Perry Rhodan

Vasall der Mächtigen

Perry Rhodan

Vasall der Mächtigen

Verlagsunion Erich Pabel-
Arthur Moewig KG, Rastatt

Redaktion: Horst Hoffmann
Titelillustration: Johnny Bruck
Druck und Bindung: Mohndruck
Graphische Betriebe GmbH,Gütersloh
Printed in Germany 1995
ISBN 3-8118-2070-2

Perry Rhodan

Vasall der Mächtigen

Zum Inhalt dieses Buches:

Das terranische Fernraumschiff MARCO POLO ist in der fernen Galaxis Gruelfin auf der Flucht vor den skrupellosen Takerern, dem Hauptvolk der Cappins. Aber Perry Rhodan gibt nicht auf. Er muß herausfinden, wie und wann die befürchtete Invasion der Milchstraße stattfinden soll. Und Ovaron, der rechtmäßige Herrscher der Cappins, sucht verzweifelt nach seinem verschollenen Volk, den Ganjasen.
Um an ihr Ziel zu gelangen, geben sich die Gefährten in die Gefangenschaft des Taschkars, des takerischen Diktators. Doch sie können nicht ahnen, welche abenteuerliche Odyssee ihnen auf dem Planeten Takera bevorsteht. Sie sterben tausende Tode und finden Welten voller Wunder und Schrecken – im Großen Vasallen . . .

Vorwort

Dieser 51. Band der PERRY RHODAN-Bibliothek dürfte so ganz nach dem Geschmack all derjenigen Leser sein, die sich gerne von actionreichen Abenteuern faszinieren lassen. Denn die Gefahren, die Perry Rhodan und seine Gefährten auf dem Planeten Takera zu meistern haben, dürften jeden auf seine Kosten kommen lassen, der gerne mit »seinen Helden« mitzittert.

Es ist ein typisches Buch aus der Mitte eines Zyklus, der damit beginnt, daß die Terraner kosmisches Neuland betreten und erst einmal Bauklötze über die verworrenen Verhältnisse vor Ort staunen. Danach folgt – eben – die Phase des gegenseitigen Abtastens und, das ist auch in Gruelfin so, des ersten Schlagabtausches mit dem jeweiligen Gegner.

Ob die Gegner auch Gegner bleiben werden, sei dahingestellt. Ein solches ehernes Naturgesetz ist mir allerdings nur schwer vorstellbar, und es wird auch später im Laufe der Serie ad absurdum geführt. Mit den Takerern jedenfalls ist nicht gut Kirschen essen, und das bekommen unsere Protagonisten hautnah zu spüren. Im nächsten Buch wird es dann bereits daran gehen, einige bedeutende Geheimnisse aufzuklären und wieder mehr kosmischen »Touch« zu geben.

Diesmal jedoch sind erst einmal folgende Autoren mit ihren Originalromanen vertreten, ungeachtet notwendiger Kürzungen und Ergänzungen:

H.G.Ewers mit *Testfall MARCO POLO* und *Die verrückten Roboter; William Voltz* mit *Der letzte Test* und *Der große Vasall; Clark Darlton* mit *Das violette Feuer;* und *Hans Kneifel* mit *Duell der Mächtigen* und *Der Schrecken von Takera.*

In diesen Romanen wimmelte es wieder von zum Teil haarsträubenden Widersprüchen, was daran lag, daß seinerzeit nur vier Autoren einen ganzen Zyklus schreiben mußten und die Kommunikationsmöglichkeiten längst nicht so fortgeschritten waren wie heute. Ich bin sicher, daß einige dieser Patzer auch dem Bearbeiter und diversen Korrektoren immer noch durchgeschlüpft sind.

Wenn sich die Fehler doch noch in Grenzen halten, dann nicht zuletzt dank der vielen Leser, die uns immer wieder mit zahlreichen Hinweisen und Anregungen versorgen. Ihnen sei an dieser Stelle wieder herzlich für ihre Mühe und ihr Engagement gedankt!

Bergheim, Sommer 1994 — Horst Hoffmann

Zeittafel

1971	Perry Rhodan erreicht mit der STARDUST den Mond und trifft auf die Arkoniden Thora und Crest.
1972	Mit Hilfe der arkonidischen Technik Einigung der Menschheit.
1976	Das Geistwesen ES gewährt Rhodan und seinen engsten Wegbegleitern die relative Unsterblichkeit.
1984	Galaktische Großmächte versuchen, die aufstrebende Menschheit zu unterwerfen.
2040	Das Solare Imperium ist entstanden und stellt einen galaktischen Wirtschafts- und Machtfaktor ersten Ranges dar.
2400	Entdeckung der Transmitterstraße nach Andromeda; Abwehr von Invasionsversuchen von dort und Befreiung der Völker vom Regime der Meister der Insel.
2435	Der Riesenroboter OLD MAN und die Zweitkonditionierten bedrohen die Galaxis. Perry Rhodan wird nach M 87 verschlagen. Nach seiner Rückkehr Sieg über die Erste Schwingungsmacht.
2909	Während der Second-Genesis-Krise kommen fast alle Mutanten ums Leben.
3430	Um einen Bruderkrieg zu verhindern, läßt Rhodan das Solsystem in die Zukunft versetzen. Bei Zeitreisen lernt er den Cappin Ovaron kennen, der entscheidenden Anteil an der Vernichtung des Todessatelliten hat, durch den die Sonne zur Nova werden sollte.
3437	Um dem Ganjo Ovaron zu seinem Recht als Herrscher über das Cappin-Volk der Ganjasen zu verhelfen und einer befürchteten Invasion zuvorzukommen, startet Perry Rhodan mit dem Ultra-Schiff MARCO POLO eine Fernexpedition in die Heimatgalaxis der Cappins, Gruelfin.

Prolog

Seit dem Aufbruch der MARCO POLO zur über 35 Millionen Lichtjahre von der Milchstraße entfernten Galaxis NGC 4594 sind mittlerweile rund sieben Monate vergangen. In dieser Zeit haben die achttausend Expeditionsteilnehmer bereits vieles über die Heimatgalaxis der Cappins erfahren können, doch noch immer sucht Ovaron, der nach 200 000 Jahren endlich zurückgekehrte rechtmäßige Herrscher, nach seinem verschollenen Volk, den Ganjasen. Perry Rhodans Interesse hingegen gilt hauptsächlich der solaren Menschheit, denn inzwischen kann kaum noch ein Zweifel daran bestehen, daß die Cappins eine Invasion der Milchstraße vorbereiten.

Seitdem Ovaron, der Ganjo, vor 200 Jahrtausenden zur Erde aufbrach, um dort die verbrecherischen Bioexperimente cappinscher Wissenschaftler und Verschwörer zu stoppen, hat sich in NGC 4594 vieles zum Schlechten entwickelt. Gruelfin, wie die Cappins ihre Galaxis nennen, wird von den Takerern beherrscht, einem der vielen Cappin-Völker. Andere Völker sind die Wesakenos, die sich als »Wahrer der Gerechtigkeit« bezeichnen, oder die Moritatoren, die von Stern zu Stern fliegen und die angeblich bevorstehende Rückkehr des Ganjos verkünden. Seltsamerweise genießen sie eine Art Narrenfreiheit, während jeder andere Aufstand gegen ihre Terrorherrschaft von den Takerern erbarmungslos bestraft wird.

Zeugnis davon legen zahlreiche zerstörte Planeten ab. Wo Ganjasen-Nachkommen überlebt haben, sind diese mutiert und haben sich vor der harten Strahlung unter die Oberfläche geflüchtet. Es kommt zu ersten Auseinandersetzungen zwischen Terranern und Takerern, und auf der Zentralwelt der Moritatoren decken Perry Rhodan und seine Gefährten einen von langer Hand vorbereiteten Coup der Takerer auf, der auch die Duldung der Moritatoren erklärt: Die Herrscher Gruelfins wollen sich den Ganjo-Kult zunutze machen und allen Cappins einen falschen Ovaron präsentieren. Rhodan und der echte Ganjo können diese Pläne durchkreuzen, doch der Planet der Moritatoren, Molakesch, stirbt durch die Zündung nuklearer Sprengsätze im Atombrand. Die Männer des Einsatzkommandos können mit der CMP-1, ihrem Kreuzer, entkommen und außerdem die gesamte Bevölkerung der explodierenden Welt retten.

Für die MARCO POLO beginnt ein kosmisches Versteckspiel, als die Takerer eine Großfahndung nach ihr beginnen. Meistens im Ortungsschutz einer Sonne versteckt, schleust das Trägerschiff weiter kleinere Einheiten zu Erkundungsunternehmen aus. Bei einer dieser Operationen wird entdeckt, daß auf dem Planeten Leffa Pedopeilstationen vom Typ des Todessatelliten hergestellt werden. Das Alter der Fertigungsanlagen deutet darauf hin, daß solche riesigen Stationen bereits in der Milchstraße installiert wurden. Das bedeutet, daß unzählige Cappins mit der Gabe der Pedotransferierung schon damit begonnen haben könnten, unbemerkt in die Menschheitsgalaxis einzusikkern.

Von den Olkonoren, den »Plünderern der Sterne«, hat man wichtige Unterlagen erhalten: Aufmarschpläne der Takerer und aktuelle Sternkarten Gruelfins. Die Wesakenos als Widerstandsgruppe gegen die Takerer-Herrschaft haben Perry Rhodan ihre Unterstützung zugesagt. Schekonu, ein von den Terranern geretteter »Wissender« der Moritatoren, gibt weiterhin nützliche Informationen, doch sein tatsächliches Wissen ist ebenfalls begrenzt. Ovaron klammert sich verzweifelt an die Hoffnung, daß sein Volk doch noch existiere, und gibt die Suche nicht auf. Perry Rhodan ist bereit, ihn nach Kräften zu unterstützen – aber seine eigenen Sorgen wachsen mit jedem Tag und jedem neuen Hinweis auf eine bereits angelaufene Cappin-Invasion. Was Pedotransferer (nicht alle Cappins sind mit der Gabe ausgerüstet) anrichten können, wenn sie Menschen geistig übernehmen, haben die Terraner schon wiederholt zu spüren bekommen. Eine Pedo-Invasion wäre mit nichts zu vergleichen, was je über die Völker der Milchstraße gekommen wäre.

Und nun, Anfang Februar 3438, schaltet sich eine neue Macht in das erbitterte Kräfteringen in Gruelfin ein . . .

1.
Februar 3438

Eben noch hatte Ovaron über eine scherzhafte Bemerkung Patulli Lokoshans gelacht. Im nächsten Augenblick erstarrte sein Gesicht zu einer Maske. Die Augen verdrehten sich, als wollte der Ganjase in sich hineinschauen.

Perry Rhodan beugte sich leicht zu ihm hinüber. Ovaron saß in einem Kontursessel neben ihm. Er legte ihm die Hand auf den Unterarm und fragte besorgt: »Was haben Sie, mein Freund?«

Die um den Kartentisch gruppierten Personen waren aufmerksam geworden. Ihr Mienenspiel zeugte von Erschrecken, Bestürzung und Besorgnis. Niemand sonst in der Kommandozentrale der MARCO POLO hatte etwas von dem Zwischenfall bemerkt.

Ovarons Augen wurden wieder normal, blieben aber leicht getrübt, als litte der Ganjase körperlichen Schmerz.

»Ich weiß nicht, Perry.« Die Stimme klang leise und unsicher.

Langsam stellte Patulli Lokoshan seine Statuette auf die Platte des Kartentisches. Die schmalen Finger des Kamashiten zitterten kaum merklich. Die blauen Augen blickten unverwandt auf den Ganjasen.

Ovaron stöhnte unterdrückt.

»Es wird schlimmer, Perry«, sagte er mühsam. »Etwas überschüttet mich und scheint mich innerlich zu zerreißen.« Er stöhnte lauter. »Energie. Ich glaube . . .«, ein Krampf schüttelte seinen Körper, » . . . ich glaube, es sind die Maschinen, die Aggregate . . .«

»Welche Aggregate?« fragte Rhodan.

Ovaron kippte plötzlich nach vorn. Seine Stirn schlug auf die Tischplatte, bevor Perry ihn halten konnte.

Lordadmiral Atlan drückte die Schaltplatte des Interkoms und forderte Medoroboter an, die den Ganjasen sofort zur Bordklinik bringen sollten. Der Arkonide schien nachdenklich zu sein.

»Ich spüre auch etwas, Sir«, warf Major Lokoshan ein. Auf dem goldbraun glänzenden Gesicht des Sol Ab-Offiziers erschien Schweiß. »Keine Schmerzen. Ich kann es nicht erklären.«

»Mein Bauch ist ganz hart«, erklärte Gucky.

»Ich fühle mich auch unbehaglich – auf eine unerklärliche Weise«, berichtete Fellmer Lloyd.

»Vielleicht eine Lebensmittelvergiftung«, sagte Atlan. Seiner Stimme fehlte jedoch die Überzeugungskraft.

Perry Rhodan sah nachdenklich zu Ras Tschubai hinüber. Der Teleporter nickte mit ernstem Gesicht.

»Fragt die nicht anwesenden Mutanten!« befahl Perry mit rauher Stimme.

Er hob den Oberkörper Ovarons behutsam an, verstellte die Rükkenlehne des Kontursitzes und legte den Ganjasen zurück.

Ovarons Körper versteifte sich wie in einem Krampf, ein Zittern durchlief ihn, in den Mundwinkeln sammelte sich blasiger Schaum. Langsam öffnete er den Mund.

»Es sind die Aggregate der MARCO POLO«, sagte er mit unerwartet klarer Stimme. Dann sackte er in sich zusammen und verlor das Bewußtsein.

Das ovale Luk eines Alarmschachtes schwang auf. Zwei Medoroboter tauchten mit einer Antigravtrage in der Öffnung auf, schwebten zum Kartentisch und luden den Ganjasen mit schnellen und doch behutsamen Bewegungen auf die Trage.

Sie benötigten keine Anweisungen und verschwanden auf dem gleichen Weg, auf dem sie gekommen waren.

Rhodan und Atlan sahen sich an. Die beiden Männer verstanden sich ohne große Worte.

Der Interkommelder summte vor Lloyds Platz. Der Telepath aktivierte das Gerät und meldete sich.

»Betrifft Ihre Anfrage, Sir«, sagte ein Leutnant. »Sämtliche Mutanten klagen über unerklärliches Unwohlsein. Ich habe sie gebeten, das Bordhospital aufzusuchen. War das richtig, Sir?«

»Vollkommen richtig, Leutnant«, erwiderte Lloyd. »Ich bedanke mich. Ende.«

Er wandte sich an Perry Rhodan.

»Es können unmöglich die Energieaggregate des Schiffes sein. Es sind ausschließlich die Mutanten betroffen – und Ovaron als Tryzom-Träger. Seine Tryzom-Körperchen sind vom Energiehaushalt her sechsdimensional. Wir Mutanten dagegen erzeugen in den mutierten Hirnrindensektoren hauptsächlich fünfdimensionale Energieströme und nur schwache sechsdimensionale Felder. Das könnte erklären, weshalb Ovaron stärker betroffen ist als wir.«

»Die MARCO POLO wurde in letzter Zeit mehrfach von nicht identifizierbaren Impulsen sechsdimensionaler Art getroffen«, bemerkte Atlan mit seltsamer Betonung.

Perry Rhodan nickte geistesabwesend.

Er dachte an den umfassenden Bericht, den Ovaron nach seiner Rückkehr aus dem Körper des Befehlshabers von Leffa, Schekret, gegeben hatte.

Aus dem Wissen des hochstehenden Takerers hatte er entnommen, daß auf dem Geheimplaneten Leffa nicht nur Dakkarkom-Geräte gebaut und Halbfertigfabrikate zum Bau von Pedopeilern hergestellt wurden, sondern daß darüber hinaus besonders streng geheimgehaltene Forschungen betrieben wurden.

Diese Geheimforschungen dienten der Aufklärung über Sinn und Herkunft sechsdimensionaler Energieimpulse, die seit längerer Zeit von den Schiffen der takerischen Flotte und von Sextadim-Meßgeräten auf Leffa selbst aufgefangen worden waren.

Es schien so, als kämen die Impulse von einem einzigen Sender, der aber seine galaktische Position ständig änderte, so daß er immer nur ungenau angepeilt und niemals gefaßt werden konnte. Der Taschkar selbst interessierte sich stark für diese geheimnisvollen Impulse. Er und die takerische Staatsführung nahmen an, daß es sich dabei um Symbolfunksprüche einer beweglichen ganjasischen Sendestation handelte und daß die Sprüche Befehle oder Informationen waren, die für bislang unauffindbare Reste des ehemaligen Ganjasischen Reiches bestimmt waren.

Rhodan stellte eine Interkomverbindung zur Ortungszentrale her. Er erfuhr, daß die MARCO POLO jetzt laufend von Energieimpulsen sechsdimensionaler Ordnung getroffen wurde.

»Ich frage mich«, meinte er nachdenklich, »wie Ovaron dazu kam, die Aggregate der MARCO POLO für seinen Zustand verantwortlich zu machen.«

»Du glaubst also, daß ausschließlich die sechsdimensionalen Impulse dafür verantwortlich sind, Perry?« fragte der Arkonide.

Perry nickte.

»Bisher jedenfalls. Unser Sextadimtriebwerk ist stillgelegt, Atlan. Die POLO sendet folglich von keiner Stelle sechsdimensionale Impulse aus. – Und jetzt gehe ich in die Bordklinik.«

Er wandte sich ab und ging auf das schwere Panzerschott der Kommandozentrale zu. Atlan sah ihm nach und bemerkte erstaunt, daß sein terranischer Freund die Schultern hängen ließ.

Bevor er Rhodan folgte, rief er den Maschinenleitstand an und bat um die Anfertigung multidimensionaler Meßdiagramme von allen Energieerzeugern des Trägerschiffes.

Die Cappin-Frau Merceile sah auf, als Ras Tschubai mit Fellmer Lloyd und Patulli Lokoshan in der Klinik rematerialisierten.

Lokoshan blickte die Biotransferkorrektorin prüfend an. Ihr Gesicht war von Sorge über Ovarons Zustand überschattet, doch ansonsten wirkte sie schöner als jemals zuvor.

Wie nicht anders zu erwarten, stand Roi Danton neben ihr. Perry Rhodans Sohn hatte vom ersten Augenblick ihres Kennenlernens an eine starke Zuneigung zu Merceile verspürt – und diese Zuneigung wurde offenbar erwidert.

»Parbleu!« schimpfte Roi. »Man hat Seiner Kaiserlichen Hoheit die stärksten Schmerzstiller injiziert, aber Seine Hoheit leiden immer noch.«

Die beiden neben Ovarons Lager stehenden Ärzte machten einen hilflosen Eindruck. Der eine sagte:

»Wir kennen uns inzwischen recht gut mit dem cappinschen Organismus aus. Unsere Mittel müßten wirken, und doch tun sie es nicht. Es ist uns unerklärlich . . .«

Er brach ab, als Perry Rhodan das Zimmer betrat.

Der Terraner sah mit blassem Gesicht auf den Ganjasen hernieder, der wahrscheinlich nur deshalb nicht um sich schlug und stieß, weil er unter einem elastischen Fesselfeld lag.

Ovaron stieß einen gellenden Schrei aus, bewegte den Kopf von einer Seite zur anderen. Die Augen waren geschlossen. Merceile wischte den erneut hervorquellenden Schaum von seinen Lippen und seufzte dabei.

»Wie sieht das Untersuchungsergebnis aus?« fragte Perry die beiden Ärzte.

»Es könnte nicht besser aussehen«, antwortete einer der Ärzte. »Keine organischen Schäden, keine Erreger im Blut, keine Toxien. Die Anfälle haben keine organische Ursache.«

Die zweite Tür des Krankenzimmers öffnete sich. Dr. Ingwar Bredel trat ein. Nachdem der ehemalige Assistent Professor Kaspons sich auf dem Planeten TCR hervorragend bewährt hatte, war ihm die Leitung der Abteilung Cappin-Medizin übertragen worden.

Bredel nickte dem Großadministrator flüchtig zu und beugte sich dann über den Patienten. Seine Hände bedienten mit routinierter Sicherheit die Diagnosegeräte des Speziallagers. Stirnrunzelnd überflog er das Ergebnis.

»Einwandfrei eine Störung des dimensional übergeordneten Energiehaushalts.«

Er richtete sich auf und sah Rhodan an.

»Unbekannte Einflüsse lassen die Tryzom-Körperchen in Ovarons Körper irregulär reagieren, Sir. Es ist keine Besserung des Zustandes zu erwarten, solange diese Einflüsse anhalten.«

Perry blickte zu Fellmer Lloyd, dann sagte er leise:

»Wenn es nun doch die Energieaggregate der MARCO POLO sind, müßten wir sämtliche Maschinen stillegen.«

»Das können wir aber nur, wenn wir die Nähe dieser planetenlosen Sonne verlassen – und damit auch ihren Ortungsschutz.«

Dr. Ingwar Bredel blickte von einem zum anderen.

»Ich weiß nicht genau, worum es hier geht«, sagte er mit fester Stimme. »Aber wenn Sie eine Möglichkeit sehen, und sei sie noch so vage, dem Ganjo zu helfen, so sollten Sie diese Möglichkeit nutzen.«

Perry antwortete nicht sofort, sondern ging zu dem kleinen Interkom, der in eine der Wände eingelassen war. Er schaltete zur Ortungszentrale durch und erkundigte sich:

»Sind innerhalb der letzten Minuten takerische Einheiten geortet worden?«

»Woher wissen Sie das?« fragte der Cheforter, räusperte sich verlegen und sagte schnell: »Ja, Sir. Wir sind noch bei der Analyse, aber vor anderthalb Minuten kamen die ersten Ortungsimpulse herein. Es sieht so aus, als leitete die takerische Flotte eine großangelegte Suchaktion ein. Ich habe die ortenden Beiboote bis auf zwei zurückgerufen, Sir.«

»Danke«, sagte Rhodan. »Melden Sie sich wieder, sobald Sie Genaueres über die takerischen Flottenbewegungen wissen. Ende.«

Er schaltete den Interkom gerade aus, da betrat Atlan mit Gucky das Zimmer. Der Arkonide wirkte sehr nachdenklich, seine albinotisch rötlichen Augen glänzten feucht, aber außer dem Augensekret war ihm nichts von Erregung anzumerken.

»Ich hatte noch von der Zentrale aus den Maschinenleitstand um eine energetische Ausmessung der Hauptaggregate gebeten«, erklärte er leise.

Perrys Muskeln spannten sich. Er sah seinen arkonidischen Freund fragend an.

Atlan hob die Hand mit seinem Armband-Minikom.

»Unterwegs nach hier erreichte mich ein erster Bericht. Danach senden die Kraftstationen für die Schutzschirme eindeutig eine Streustrahlung im Sextadimbereich aus, Perry.«

»Also doch«, meinte Perry bestürzt. »Ich hatte bis jetzt gezögert, den Befehl zum Verlassen des Sonnenrandes zu geben, weil wir dann unseren Ortungsschutz verlieren würden. Aber jetzt . . .«

Ingwar Bredel näherte sich ihm langsam und sah ihn fest an.

»Sir, ich denke, daß ich begriffen habe, worum es geht.« Er massierte gedankenverloren seine fleischige Nase. »Wenn es dem Ganjo hilft, dann sollten wir den Ortungsschutz dieser Sonne verlassen und alle Aggregate stillegen.«

»Dann werden die Takerer uns früher oder später entdecken«, widersprach Fellmer Lloyd. »Wahrscheinlich früher.« Er seufzte und sah Ovaron mit Bedauern an. »Dr. Bredel, Sie sollten es mit anderen schmerzstillenden Mitteln versuchen.«

Ein hohes Wimmern kam von Ovaron, stieg hinauf bis in eine Tonlage, die in den Ohren schmerzte.

Perry wurde blaß.

»Ich habe noch nie einen Freund im Stich gelassen, Fellmer«, sagte er düster. »Ovaron hat ein Recht darauf, daß wir ein gewisses Risiko eingehen, um ihm helfen zu können.«

Er faßte Guckys Hand.

»In die Zentrale, Kleiner!«

Kaum war er mit Gucky in der Kommandozentrale rematerialisiert, wandte er sich an den Kommandanten der MARCO POLO, Oberst Elas Korom-Khan.

»Wir verlassen den Ortungsschutz der Sonne, Oberst«, befahl er, »gehen in den freien Raum und schalten sämtliche Maschinen ab, die auf Kernfusionsbasis arbeiten.«

Korom-Khan wandte sich langsam mitsamt seinem breiten Kontursessel um. Er blickte Rhodan mit gefurchter Stirn an.

»Sir, unsere Beiboote haben eine takerische Flotte geortet . . .«

»Das weiß ich«, entgegnete Rhodan. Seine Stimme klang verärgert. »Aber wir können Ovaron nur so helfen. Bitte, beeilen Sie sich.«

Der Oberst preßte die Lippen zusammen. Sein dunkelbraunes Gesicht wurde grau. Er reagierte nicht auf den Befehl.

Mit dem schweren Sessel zur Rechten Korom-Khans schwang Oberst Hartom Manis herum. Der Ertruser saß wie ein Koloß in seinem Sessel.

»Ihr Befehl gefährdet die Sicherheit des Schiffes, Sir!« dröhnte er, daß es durch die ganze Zentrale schallte. »Bei aller Hochachtung vor Ihnen, aber es ist die Pflicht der Schiffsführung, derartige Befehle zu verweigern.« Im Gegensatz zu seinen sonstigen cholerischen Reaktionen sprach Manis mit erzwungener Ruhe.

Perry Rhodan hob die Fäuste, beherrschte sich aber und entgegnete ebenfalls ruhig:

»Ich weiß, daß meine Anordnung die MARCO POLO gefährdet, Oberst Manis. Leider können wir Ovaron nur dann von seinen fürchterlichen Qualen erlösen, wenn wir die Maschinen abschalten. Von außen kommende sechsdimensionale Impulse regen die Fusionsaggregate zur Aussendung einer Strahlung an, die für Ovarons Zustand verantwortlich ist und sich auch – allerdings schwächer – auf unsere Mutanten auswirkt.«

In diesem Moment rematerialisierte Tschubai, Lokoshan und Lloyd neben ihm.

»Vergessen Sie nicht, Hartkopf Manis«, sagte Fellmer eindringlich, »daß es Ovaron war, der das Solsystem und alle Solarier vor dem Todessatelliten rettete . . .!«

Manis' von Natur aus rotbraunes Gesicht lief tiefrot an.

»Das ist mir bekannt«, sagte er unwirsch zu Lloyd. Zu Rhodan gewandt, fuhr er fort: »Ich wußte nicht, daß der Ganjo durch unsere Maschinen gefährdet ist, Sir. Das ändert natürlich die Lage. Verstehen Sie bitte, daß ich . . .«

Perry machte eine wegwerfende Handbewegung. Plötzlich lächelte er.

»Oberst Manis – und Oberst Korom-Khan. Sie befänden sich nicht auf der MARCO POLO, wenn Sie mir nach dem Munde reden würden. Vergessen wir das also.«

Elas Korom-Khan grinste.

»Dann werde ich jetzt die notwendigen Befehle geben, Sir.«

Er schwenkte seinen Kontursessel in die Normallage zurück und aktivierte seine Kommunikationsgeräte. Hartom Manis tat es ihm nach. Innerhalb von Sekunden liefen die Aktionen an Bord so reibungslos ab, als hätte es niemals eine Auseinandersetzung gegeben.

Die Schiffszelle wurde ein wenig durchgerüttelt, als das mächtige Trägerschiff seine Impulstriebwerke einsetzte, um sich von der Sonnenatmosphäre und aus dem unmittelbaren Schwerefeld dieses einsamen Sterns zu entfernen.

Perry Rhodan verfolgte das Manöver mit größter Aufmerksamkeit. Die Bildschirme der Panoramagalerie waren gegen das unvorstellbar grelle Sonnenlicht abgefiltert. Dennoch wirkte der Anblick dieses natürlichen Atomofens bedrückend.

Gucky schaltete seinen Armband-Minikom auf die Welle des Bordsenders, der ausschließlich Unterhaltung sendete. Gedämpft erklang moderne Musik.

Major Mentro Kosum, Zweiter Kosmonautischer Offizier der MARCO POLO und berühmt-berüchtigt durch seine Knüttelverse, betrat die Kommandozentrale. Seine üppig wuchernde rostrote Haarmähne glänzte von reichlich verwendetem Haarlack, und sein sommersprossiges Gesicht trug ein spöttisches Grinsen zur Schau.

Die MARCO POLO ließ die Sonnenfläche jetzt schneller unter sich zurück. Die dunklen Strudel und Flächen niedrigerer Temperatur wurden undeutlicher.

Perry Rhodan und Gucky begaben sich wieder zum Ganjo.

Rhodan aktivierte seinen Armband-Minikom und hörte die Befehle ab, die Oberst Korom-Khan an die einzelnen Schiffssektionen gab. Wie er erfuhr, war die MARCO POLO unterdessen zweiundvierzig Millionen Kilometer von dem einsamen Stern entfernt. Die ersten Kraftstationen wurden stillgelegt. Nach und nach wurde die MARCO POLO zu einem energetisch ziemlich toten Haufen Metall.

Rhodan beugte sich über den Ganjasen, als dieser die Augen aufschlug.

Ovaron schien keine Schmerzen mehr zu haben, dennoch vergingen einige Sekunden, bis er wieder halbwegs klar denken konnte.

»Was war los, Perry?« fragte er matt. »Mir ist, als sei ich aus einer Hölle wiederaufgetaucht.«

»Wir haben sämtliche Maschinen stillgelegt«, antwortete der Terraner.

Ovaron lächelte schwach.

»Danke. Vielen Dank, Perry.« Er runzelte die Stirn. »Aber wieso haben die Maschinen sechsdimensionale Impulse ausgestrahlt?«

»Moment, bitte!« sagte Perry, als der Melder seines Minikoms summte.

Er schaltete das Gerät ein und hielt es an sein Ohr.

»Ja«, sagte er. »Tatsächlich. Das sieht mir nach einer geplanten Aktion aus. Jedenfalls vielen Dank.«

Er schaltete das Gerät aus und wandte sich wieder dem ehemaligen Ganjo zu.

»Die Ausstrahlung der Maschinen wurde von sechsdimensionalen Impulsen hervorgerufen«, erklärte er ernst. »Wenige Sekunden, nachdem wir unsere Maschinen abschalteten, setzten auch die Impulse aus. Können Sie sich das erklären, Ovaron?«

Der Ganjase schloß die Augen, dachte einige Sekunden nach und meinte dann zögernd:

»Jemand war sehr neugierig, Perry. Lassen Sie die Angelegenheit bitte positronisch und psychologisch auswerten. Dahinter steckt mehr, als es den Anschein hat.«

Perry Rhodan nickte bedächtig.

»Das kommt mir auch so vor. Ich habe ein ganz eigenartiges Gefühl bei dieser Geschichte. Sie erinnert mich an etwas, das weit, sehr weit zurückliegt . . .«

Die MARCO POLO schaltete ihre Kraftwerke wieder ein, beschleunigte mit ihren starken Impulstriebwerken und strebte dem Punkt zu, an dem sie im Linearraum untertauchen konnte.

Die Sombrero-Galaxis war groß – aber die Verfolger waren nah und zahlreich. Sie orteten die MARCO POLO sofort.

Und, was am schlimmsten war: Seit die Takerer ihre Halbraumspürer einsetzten, gab es nicht einmal während des Linearfluges Sicherheit.

Ein einzelner Mann steuerte das Schiff: Oberst Korom-Khan, Erster Emotionaut des Solaren Imperiums. Geboren in der terranischen Region Pakistan, einem Land, das vor rund anderthalbtausend Jahren wahrscheinlich nur ein kümmerliches Dasein mit ständigem Hunger und einer menschenunwürdigen Existenz hätte bieten können. Die Überbevölkerung der Erde, die zunehmende Verschmutzung von Luft und Wasser und die ständigen Kriege hatten sich unaufhaltsam einem verhängnisvollen Höhepunkt genähert, bevor der Menschheit der Sprung ins All gelang. Heute, im 35. Jahrhundert, gab es auf der Erde keine Kriege, keine Verschmutzung, keine Überbevölkerung und keinen Hunger. Die Erde war zwar kein Paradies, aber eine angenehme Heimstatt für ihre Bewohner.

Korom-Khan hatte daran gedacht, bevor die SERT-Haube sich über seinen Schädel senkte. Es war ihm seltsam vorgekommen, ausgerechnet in diesen Augenblicken an Dinge zu denken, die längst alte Geschichte waren. Doch instinktiv hatte er erkannt, daß diese Geschichte nicht tot war, daß ihr Kennen erst den heutigen Menschen dazu befähigte, in vielen Lagen unter den möglichen Entscheidungen die nützlichste zu treffen.

Mit fast traumhafter Sicherheit steuerte Korom-Khan die MARCO POLO in den Linearraum, vollführte Manöver, die die Maschinen des Schiffes bis an die Grenzen ihrer Leistungsfähigkeit belasteten.

Nach viereinhalbstündigem Flug hatte er die Verfolger abgehängt. Die MARCO POLO ging in den Normalraum zurück und trieb im freien Fall über den zerfransten Rändern einer leuchtenden Nebelwolke dahin. Gleich Leuchtfeuern blakten helle Sonnen durch den Nebel. Aber es waren keine Leuchtfeuer, die der MARCO POLO einen Weg zum Geheimnis der Galaxis Gruelfin wiesen.

Niemand an Bord kannte den Weg: nicht der Kommandant, nicht Perry Rhodan, weder der Arkonide Atlan, der Ganjase Ovaron und auch nicht der »Wissende« Schekonu.

Bisher hatte man alle möglichen Völker und Splittervölker kennengelernt, aber nicht das Volk, das man suchte: das ganjasische Volk.

Kein Wunder, daß es zu Auseinandersetzungen darüber kam, in welche Richtung man sich nun wenden sollte.

»Ich spreche hier nicht als Sonderoffizier Guck«, erklärte Gucky energisch. Er saß am Kartentisch neben Rhodan, Atlan und Ovaron sowie den übrigen Mutanten. »Ich vertrete hier die Meinung der Besatzungsmehrheit. Wir sind der Ansicht, daß die MARCO POLO sich vollständig von den Takerern absetzen sollte und sich auf passive Ortung zu beschränken hat.«

»Wir müssen vor allem stärker als bisher nach Überlebenden meines Volkes suchen«, forderte Ovaron. Der Ganjo war beschwerdefrei geblieben, auch als die Maschinen der MARCO POLO ihre Arbeit wieder aufgenommen hatten.

Perry Rhodan schüttelte den Kopf. »Das kann immer nur ein Nebenprodukt unserer Aktivität sein, Ovaron. Unsere Aufgabe ist fest umrissen und heißt: beobachten und die Pläne des Takerischen Reiches hinsichtlich der Menschheitsgalaxis auskundschaften.«

Er wandte sich an den Mausbiber.

»Dein Vorschlag geht auf eine Verringerung unserer Aktivität hinaus, Kleiner. Wir werden genau das Gegenteil davon tun, nämlich dicht am Ball bleiben. Sonst erfahren wir nichts.«

»Das bedeutet Kampf, Perry!« protestierte der Ilt. »Aber ein solcher Kampf wäre sinnlos und würde uns nur bei der Erfüllung unserer eigentlichen Aufgaben behindern. Du kannst dich nicht einfach über die Meinung deiner Partner hinwegsetzen. Das Prinzip ist doch anerkannt: Mitbestimmung bei der Planung und inneren Ordnung; Unterordnung im aktiven Einsatz.«

Der Großadministrator lächelte.
Atlan verzog das Gesicht und sagte:
»In der arkonidischen Flotte wäre so etwas völlig undenkbar gewesen . . .«
»Deshalb gibt es auch keine arkonidische Flotte mehr«, entgegnete der Kleine hitzig, »und kein Großes Imperium.«
»Ich schlage einen Kompromiß vor«, warf Ras Tschubai ein. Der Afroterraner hatte die Auseinandersetzung gelassen verfolgt. »Wir warten passiv ab, ob das ›Galaktische Abitur‹ tatsächlich weitergeht und wenn, wie es endet. Danach sehen wir weiter.«
»Akzeptiert!« schrillte Gucky.
Perry überlegte eine Weile angestrengt, dann sagte er:
»Einverstanden. Wenn Professor Eysbert recht behält, müßte die nächste Aufgabe bald kommen.« Er lächelte undurchsichtig. »Unser Chefpsychologe glaubt ja, daß wir es mit einer Reihe von Tests zu tun haben, von denen wir den ersten gerade bestanden haben. Daß Ovarons Problem nur zu lösen war, indem ich mein eigenes Flaggschiff – und damit auch mein Leben – wissentlich einer Gefahr aussetzte, soll darauf hindeuten, daß vielleicht sogar weniger Ovaron als hauptsächlich ich getestet werden sollte. Wir werden versuchen, brave Prüflinge zu sein.«
Der Arkonide lachte ironisch.
»Wenn es an Prüfungen ging, warst du schon immer der Klassenbeste, Perry. Aber diese Prüfungen oder Tests sind anders, sie sind lebensgefährlich. Außerdem gefällt es mir nicht, die Aktivität anderen zu überlassen.«
»Uns bleibt keine andere Wahl – zumindest keine bessere«, sagte Ovaron. »Ich schließe mich deshalb Tschubais Vorschlag an.«
»Damit wäre die Sitzung geschlossen«, erklärte Perry Rhodan lächelnd.

2.

Er hatte in seiner Kabine keinen Schlaf finden können. Deshalb begab sich Patulli Lokoshan in die Kommandozentrale. Als er dort ankam, sah er, wie Ovaron auf eine Antigravtrage gelegt wurde. Ein Halbkreis von Männern bildete sich um den Ganjasen und die beiden Medoroboter.

Ovaron schrie. Sein Körper zuckte konvulsivisch. Hinter Patulli kam Dr. Ingwar Bredel in der Zentrale an, lief schwer atmend auf den Ganjasen zu – und erstarrte plötzlich, als Ovarons Körper sich zu einer wabernden und auseinanderlaufenden Zellmasse verformte.

Im nächsten Moment schrie der Kosmomediziner gellend auf, wankte, stürzte zu Boden und wand sich unter starken Schmerzen. Die Anwesenden standen schreckensbleich dabei und vermochten kein Glied zu rühren. Offenbar hatten sie erkannt, daß sie der Sache völlig hilflos gegenüberstanden.

Bredel stieß einen neuen gellenden Schrei aus – und lag plötzlich ganz ruhig. Dafür wälzte sich Oberst Korom-Khan schreiend am Boden.

Ingwar Bredel schlug die Augen auf und sagte leise:

»Er hatte mich übernommen.«

Atlan half ihm auf und fragte:

»Und Sie spürten seine Schmerzen, nicht wahr?«

Bredel nickte.

»Es war grauenhaft. Aber als ich mich gegen die Übernahme wehrte, verschwand er.«

Korom-Khan beruhigte sich. Der Ganjo hatte ihn wieder verlassen und übernahm Major Mentro Kosum.

»Er sagte vorher noch, daß er einen innerlichen Zwang zum Transferieren spürte«, erklärte Perry Rhodan, sich gewaltsam zur Ruhe zwingend. »Anscheinend aber sind seine Fähigkeiten der Pedotransferierung so geschwächt, daß jeder ihn mit einiger Willenskraft abwehren kann.«

»Was können wir tun, Sir?« fragte Lokoshan.

Bevor Rhodan antworten konnte, wechselte Ovaron auf Tolot über.

Der halutische Gigant wirbelte plötzlich mit allen vier Armen, brüllte auf und raste geschoßgleich auf das Panzerschott der Zentrale zu. Er prallte dagegen und einige Meter weit zurück. Dann sackte er zusammen. Hätte er seine Molekularstruktur kristallin verhärtet, wäre er sicher glatt durch das schwere Schott geschossen.

Patulli erkannte noch, daß Ovaron den Haluter verlassen hatte, da brach der Geist des Ganjasen gleich einer Sturzflut aus flüssigem Metall über ihn herein. Wie durch eine dicke Mauer hörte er seine eigenen Schreie, und sekundenlang durchzuckte ihn die Erkenntnis, daß seine Parafähigkeit der Psychokopierung zu einer unlösbaren Verschmelzung seiner und Ovarons ÜBSEF-Konstante führen würde.

Mit äußerster Willenskraft stemmte er sich gegen Ovarons Ich-Anteil – und war im nächsten Augenblick frei.

Er kam jedoch erst endgültig zu sich, als zwei Personen ihn aufrichteten und Ingwar Bredel ihm ein Injektionspflaster auf den Nacken preßte.

»Es hat ihn fast so schlimm erwischt wie Tolot«, hörte er jemand flüstern. Als der andere sprach, erkannte er Atlans Stimme. »Aber wenigstens ist er wieder in Ordnung.«

Blinzelnd schaute Patulli sich nach dem Lordadmiral um.

»Was ist denn mit Tolot, Sir?«

»Niemand weiß es bis jetzt«, erwiderte der Arkonide. »Er rührt sich nicht und sein Körper ist so schlaff, wie wir es bei ihm noch nie gesehen haben.«

Dr. Bredel hastete zu dem Haluter hinüber, öffnete ihm den Kampfanzug und tastete die lederähnlich aussehende schwarze Haut ab.

»Hoffentlich hat sein Metabolismus nicht die Fähigkeit der Strukturveränderung verloren«, sagte er.

»Wo befindet sich Ovaron jetzt?« fragte Lokoshan. »Sein Geist, meine ich.«

»Vor einer Minute war er im Körper des Leitenden Ingenieurs«, antwortete Perry Rhodan.

Jemand rief ihm etwas zu.

»Ah!« sagte er daraufhin. »Jetzt hat es meinen Herrn Schwiegersohn gepackt.«

»Sieh dich nicht um, ein Cappin springt um«, deklamierte Mentro Kosum.

Niemand lachte über den neuesten Knüttelvers des Emotionauten. Die Lage war viel zu ernst dazu. Der Ganjo, auf der Flucht vor seinen Schmerzen von Transferierung zu Transferierung rasend – und die

Gefahr, daß die MARCO POLO von den Takerern wieder geortet werden könnte.

Alle fuhren zusammen, als Merceile einen erstickten Schrei ausstieß. Das Cappin-Mädchen war, obwohl ebenfalls Pedotransferer, verschont geblieben.

Patulli dachte zuerst, das Unbekannte hätte jetzt auch sie gepackt, doch dann sah er, wie der quallenförmige Eigenkörper Ovarons sich schwankend aufrichtete und zur normalen Gestalt zurückformte.

Er atmete – gemeinsam mit vielen anderen – auf.

Ovaron war erlöst.

Aber alle irrten.

Kaum hatte der Ganjo seine normale Gestalt wiedergewonnen, da brüllte er vor wahnsinnigen Schmerzen auf – und Sekunden später fiel sein Körper wieder zu einem unförmigen Zellhaufen zusammen.

Jemand schrie.

Die Prüfung war noch nicht zu Ende. Das grausame Spiel ging weiter.

Perry Rhodan biß sich auf die Unterlippe.

»Ich weiß zwar nicht . . .«, sagte er so leise, daß es kaum jemand verstand, ». . . wie Unbekannte aus sicherlich großer Entfernung die Vorgänge innerhalb der MARCO POLO bis ins Detail verfolgen können, aber wäre es nicht so, ergäbe der Test keinen Sinn.«

Er hob die Stimme.

»Wenn es richtig ist, daß ich getestet werden soll, dann erwartet man etwas von mir, dann darf ich nicht passiv zuschauen.«

»Ich ahne, was du beabsichtigst, Perry«, bemerkte Atlan ernst. »Aber ich bin dagegen, daß wir uns die Testbedingungen eines unbekannten Wesens oder einer Gruppe von Wesen aufzwingen lassen.«

»Was sollen wir dagegen unternehmen?« fragte Perry mit resignierendem Lächeln.

»Es ist gegen die Menschenwürde, was hier geschieht«, erwiderte der Arkonide.

»Vieles, was im Universum geschieht, ist gegen die Menschenwürde«, argumentierte Perry. »Unter anderem auch die Tatsache, daß wir gehetzt werden und daß wir manchmal in der Absicht zurückschießen, andere Intelligenzen zu töten. Aber es ist auch ein unumstößliches Naturgesetz, daß jede Aktion eine Reaktion erzeugt, und da mag denken, wer und wie er will, er kann sich diesem Gesetz nicht entziehen. Außer er gibt sich selbst auf.«

Atlan sah deprimiert zu Boden.

»Man erwartet offenbar von mir, daß ich Ovarons ÜBSEF-Konstante in mich aufnehme und Ovarons Qualen erdulde. Ich würde den Betreffenden am liebsten in eine Isolierzelle sperren, aber da ich es nicht kann, muß ich – zu Ovarons und unserem Besten – auf dieses Spiel eingehen.«

Roi Danton drängte sich durch die Menge, sein Dreispitz war verrutscht, und die Perücke hing schief. Er packte seinen Vater am Arm und sagte: »Laß mich diesen Teil übernehmen! Ich will mich dem Ganjo zur Verfügung stellen! Da ich von deinem Fleisch und Blut bin . . .«

Perry schüttelte den Kopf.

»Es würde nichts nützen, glaube mir, Mike. Man will mich. Außerdem . . .«, er grinste matt, » . . . habe ich schon früher meine Prüfungsaufgaben allein gemacht.« Er seufzte. »Jedenfalls danke ich dir, Mike.«

Roi ließ den Arm seines Vaters los und trat mit gesenkten Schultern zurück. Plötzlich riß er impulsiv Perücke und Dreispitz von seinem Kopf und schleuderte sie fort.

»Ich werde . . .«

Er kam nicht mehr dazu, seine Absicht kundzutun, denn zum zweitenmal kehrte Ovarons Geist in seinen Körper zurück und stellte die ursprüngliche Form wieder her.

Bevor der Ganjo schreien konnte, rief Perry Rhodan ihm zu:

»Nimm mich! Ovaron, in meinen Körper.«

Der Ganjase gehorchte – wahrscheinlich instinktiv.

Die folgenden drei Stunden waren das schlimmste, was Patulli Lokoshan und die anderen Personen in der geräumigen Kommandozentrale je mitgemacht hatten.

Perry Rhodan litt unsägliche Qualen. Kein Mittel der modernen Medizin half. Aber der Terraner wehrte den ganjasischen Freund nicht ab. Seine Willenskraft war so groß, daß er trotz wahnsinnigen Tobens und der Umnebelung seines Geistes, die der Schmerz hervorrief, keinen Widerstand gegen Ovarons Ich-Anteil leistete.

Nach jenen grauenhaften drei Stunden beruhigte er sich plötzlich wieder. Langsam kehrte er ins normale Leben zurück – und Ovarons Körper belebte sich erneut. Der zweite Test war beendet.

Geisterhafte Lichter huschten durch den Raum, Reflexe folgten ihnen wie lautlose immaterielle Schattenwesen.

»Sofort in die Klinik!« sagte eine Stimme. »Sie sind total erschöpft.«

Etwas, das Ähnlichkeit mit einem Trivideokubus terranischer Fabrikation hatte, aber auf ganz anderer Basis arbeitete, zeigte einen großen Raum. Zwei Roboter hoben soeben zwei schlaffe, humanoide Lebewesen auf eine frei schwebende breite Trage. Zahlreiche Personen standen darum herum, darunter ein kleingebautes Wesen mit zu kleinen Zöpfen geflochtenem grünem Haar.

»Wer immer das getan hat!« schrie der kleine Grünhaarige mit tiefer Stimme. »Er soll mich, Patulli Shangrinonskowje Batulatschino Sagrimat Lokoshan, kennenlernen!«

Eine Hand kam aus dem Schatten unterhalb der Projektion. Die Projektion erlosch.

Langsam folgten der Hand ein Kopf, ein Paar Schultern, der Oberkörper, dann stand der ALTE aufrecht in seiner Zentrale, in der außer ihm nur die energetische Aktivität von Maschinen lebte.

Summend huschte ein gelbes Leuchten auf oder unter einem blanken Streifen um die Wände. Es hüllte den ALTEN in eine Aura aus mattem Licht.

Und er enthüllte ein uraltes Gesicht, weißes, bis zu den Schultern fallendes Haar und einen langen weißen Bart, wie ihn anderswo vor vielen Jahrhunderten die biblischen Propheten getragen haben mochten.

Die Bekleidung des ALTEN bestand aus einer Art weitem Kleid mit halben Ärmeln, das von einem breiten Hüftgürtel zusammengehalten wurde, dazu Sandalen, deren Schnürriemen bis dicht unter die Knie reichten.

Das gelbe Leuchten erlosch – und der ALTE stand wieder im trüben Dämmerlicht seiner Zentrale.

Ein rotes Auge blinkte ihm gegenüber in kurzen Intervallen auf und enthüllte jeweils für die Dauer eines Herzschlags das faltige Gesicht.

Der ALTE lächelte.

Die Furcht schlich durch die MARCO POLO, die Furcht vor dem, was der nächste Test bringen würde.

Jeder versuchte, sich seine Angst nicht anmerken zu lassen und seine Arbeit so zu tun, als sei nichts geschehen und als würde nichts geschehen, was ihn erschrecken könnte.

Als Perry Rhodan und Atlan zusammen mit dem Mausbiber in die

Kommandozentrale zurückkehrten, saßen oder standen die Männer der Zentralebesatzung unbeweglich da und erweckten den Eindruck, als lauschten sie auf irgend etwas. Ovaron blickte beharrlich auf das Kommandogerät an seinem Unterarm.

»Was ist . . .«, begann Perry, wurde aber von einer metallisch hallenden lauten Stimme unterbrochen, die aus dem Übertragungsgerät des Hyperkoms schallte. Sie sprach Gruelfin.

»Ich wiederhole die galaktischen Positionsdaten des gesuchten terranischen Raumschiffs!« verkündete die Stimme. Umfangreiche Koordinatenangaben folgten. Dann schwieg die Stimme wieder.

Perry war blaß geworden. Er rannte zum Kartentisch, schaltete den Interkom ein und rief:

»Rhodan an Funkzentrale! Woher kommt der Spruch? An Ortungszentrale! Was melden die Hypertaster? An Navigation! Stimmen die Koordinaten mit dem tatsächlichen Standort der MARCO POLO überein?«

Zuerst beantwortete der Chefkosmonavigator die an ihn gerichtete Frage. Danach hatte der unbekannte Sender tatsächlich die exakten Positionsdaten der MARCO POLO genannt!

Aber weder die Funkzentrale konnte sagen, woher der Spruch kam, noch meldete die Ortungszentrale die Anmessung fremder Raumschiffe im Umkreis von zehn Lichtjahren.

Der Interkom wurde ausgeschaltet. Rhodan sah hilflos zu Ovaron hinüber.

»Empfangen Sie die Sendung auch mit Ihrem Armband?«

Der Ganjase erwachte wie aus einem schlechten Traum.

»Wie? – Ja, ich empfange sie ebenfalls, Perry. Ich möchte wissen, wer da unsere Position an die Takerer verrät.«

Abermals dröhnte die fremde Stimme aus dem Hyperkom.

Perry Rhodan wartete, bis diese Sendung vorüber war, dann stellte er eine Hyperkomverbindung zum Hyperphysikalischen Hauptlabor her und verlangte Geoffry Abel Waringer zu sprechen.

Sein Schwiegersohn kam erst nach anderthalb Minuten. Ungehalten fragte er:

»Warum rufst du mich an? Du weißt, daß ich mitten in komplizierten Versuchen stecke.«

»Eben deshalb, Geoffry. Unbekannte haben über einen starken Sender die genauen Positionsdaten unseres Schiffes verraten. Du mußt versuchen, das Störgerät, an dem ihr arbeitet, schnellstens einsatzbereit zu machen, und wenn es nur provisorisch ist.«

Waringer holte tief Luft.
»Die Positionsdaten sind verraten!« Er lachte grimmig. »Was meinst du, was wir hier tun? Genau das, was du verlangst. Mehr als ein Provisorium hatte ich nicht geplant. Wir arbeiten wie die Wahnsinnigen, aber das Gerät gegen die Halbraumspürer der Takerer ist noch nicht fertig.«
»Wie lange noch?« drängte Perry.
»Ich weiß nicht. Ich versuche, die Sache zu beschleunigen, aber viel schneller als bisher geht es wirklich nicht.«
»Gut, danke. Ende.«
Rhodan schaltete ab und sah sich bedeutungsvoll um.
»Wir sollten unsere Position wechseln, Sir!« rief Oberst Korom-Khan drängend.
»Einverstanden«, antwortete Rhodan. »Fliegen Sie vorerst vier Stunden lang irreführende Manöver. Wir müssen Zeit gewinnen, damit Waringer den Störsender fertigstellen kann. Danach dürften unsere derzeitigen Probleme gelöst sein.«
Er schaltete zur Ortungszentrale durch.
»Was sagt der Halbraumspürer?«
»Bisher keine Verfolger, Sir«, antwortete Major Ataro Kusumi, der Cheforter. Er war höflich und gelassen wie immer.
Perry wandte sich um, als sich hinter ihm jemand räusperte. Er lächelte, als er den Moritator Schekonu erkannte, den man vor rund zwei Monaten vom Planeten Mysyscher gerettet hatte.
Schekonu trug den Ehrentitel »der Wissende« und war ein sympathischer junger Mann, hochgewachsen und von kräftigem Körperbau. Außer einem hochgezüchteten Gehirn und großer Intelligenz besaß er die Parafähigkeiten, Tryzome zu orten und andere Lebewesen parasuggestiv zu beeinflussen. Letztere Gabe war jedoch nur schwach ausgeprägt. Was unter der Besatzung des Schiffes oft Anlaß zur Heiterkeit gab, den Moritator andererseits sehr menschlich machte, war sein Unvermögen, manuelle Tätigkeiten technischer Art auszuführen.
»Setzen Sie sich, Schekonu!« bat Rhodan freundlich.
Der Wissende lächelte und sagte:
»Ich habe gehört, daß Unbekannte die Position Ihres Schiffes verraten, Großadministrator.«
Perry nickte und forschte in Schekonus Gesicht.
»Sagen Sie einfach Rhodan, Schekonu. Und nun nehmen Sie bitte Platz und berichten Sie, was Sie vermuten. – Trinken Sie eine Tasse Kaffee oder mögen Sie lieber Tee?«

Schekonu wirkte verwirrt. Zögernd setzte er sich.

»Kaffee, Rhodan. Ich wundere mich, daß Sie so ruhig bleiben, während jemand Ihnen die takerische Flotte nachschickt.«

Perry Rhodan lächelte kühl. Er sah die am Kartentisch Versammelten der Reihe nach an. Man kannte diesen speziellen Blick und antwortete durch Nicken. Rhodan bestellte eine Runde Kaffee.

»Warum sollte ich nicht ruhig bleiben, Schekonu«, sagte er dann. »Die verratene Position stimmt längst nicht mehr. Aber nun . . .«

Er verstummte und preßte die Lippen zusammen.

Vor wenigen Sekunden war die MARCO POLO zu einem Orientierungsmanöver in den Normalraum zurückgekehrt. Nun ertönte die metallisch hallende Stimme erneut aus dem Hyperkom-Übertragungsgerät.

»Das terranische Schiff«, dröhnte es aus den Lautsprechern, »hat seine Position verändert und befindet sich zur Zeit im Unterlichtflug bei folgenden Koordinaten . . .« Es folgte eine exakte Angabe.

»Daten stimmen, Sir«, meldete der Chefnavigator wenig später.

Atlan stieß eine Verwünschung aus.

Rhodan holte tief Luft, wandte sich wieder an den Moritator und fragte:

»Sie wollen mir Ihre Vermutungen mitteilen, Schekonu . . .?«

Der Wissende hob seine Tasse an, verschüttete etwas auf seine Hose und erwiderte:

»Keineswegs, Rhodan. Ich bin nur gekommen, um Genaueres über die Sendungen zu erfahren.«

Er setzte die Tasse ab und stellte sie in die Luft. Sie fiel auf den Boden und rollte unter den Kontursessel, auf dem Schekonu saß.

»Das ist mir sehr peinlich«, stammelte der Wissende, kroch unter den Sessel und stieß sich am Untergestell. Er kam mit der leeren Tasse wieder hoch, rutschte auf der Kaffeepfütze aus und landete auf Atlans Knien.

Gucky zeigte seinen Nagezahn und meinte:

»Er hat nicht nur zwei ›linke Hände‹, sondern auch zwei ›linke Füße‹.«

Er hob Schekonu telekinetisch an und setzte ihn auf seinen Platz zurück.

»Entschuldigen Sie bitte die Ungeschicklichkeit, Rhodan«, wandte Schekonu sich an Perry. »Ich scheine heute einen besonders schlechten Tag zu haben. – Oh!« Er griff sich an die Stirn und verzog das Gesicht.

»Fühlen Sie sich nicht wohl?« fragte Rhodan besorgt.

Die MARCO POLO tauchte wieder in den Linearraum und begann mit der nächsten Linearetappe.

»Diese Blumen, Rhodan«, flüsterte er und sah auf das Brustteil von Rhodans Bordkombination. »Sie verwirren mich. Ihre Farben haben eine hypnotische Ausstrahlung.«

Perry sah an sich herab, entdeckte jedoch keine Blumen. Er wußte außerdem genau, daß er sich keine angesteckt hatte.

»Und diese leuchtende Kugel auf Ihrer Schulter«, flüsterte der Moritator. »Warum verlassen wir die Grotte nicht? Die Luft hier ist heiß und drückend. Das Wasser riecht faulig.«

Rhodan wollte etwas sagen, überlegte es sich aber anders. Er stellte eine Interkomverbindung zur Psychiatrischen Abteilung des Schiffes her und forderte zwei Spezialroboter an.

»So ist es besser!« rief Schekonu und wandte den Kopf, das Gesicht seltsam verklärt. »Freie Luft! Freiheit!« Seine Augen wurden dunkel. »Aber die schwarzen Vögel! Ihre Schwingen verdunkeln die Sonne. Ihre Schnäbel verschlingen das Aphraneit.« Er wimmerte.

Die beiden Spezialroboter erschienen, hüllten den Wissenden in ein Transportfeld und verschwanden mit ihm durch das Panzerschott.

»Was ist das ›Aphraneit‹?« fragte Perry den Ganjo.

»Eine alte ganjasische Mythologie nennt die Vitalkraft des Universums so«, antwortete er stirnrunzelnd. »Ich fürchte um Schekonus Verstand, Perry. Ein Mann wie er befindet sich ja immer auf der schmalen Grenzlinie zwischen Normalität und Wahnsinn.«

Der Terraner wiegte zweifelnd den Kopf.

»Diese Grenze wird im allgemeinen nur bei seelischer Überbelastung überschritten, Ovaron. Ich glaube nicht, daß die Sendungen des oder der Unbekannten für Schekonu eine solche Überbelastung darstellten.«

»Fühlen Sie sich wohl, Ovaron?« fragte Atlan plötzlich. »Und die Mutanten, wie geht es ihnen?«

Die Mutanten schüttelten den Kopf.

Der Ganjo erklärte nach kurzer Überlegung:

»Sie denken an einen weiteren Test, Atlan. Ich spüre nichts. Ich fühle mich im Gegenteil sehr wohl. Aber . . .«

Er sprach nicht weiter, als der Interkommelder vor Rhodans Platz summte.

Perry drückte die Aktivierungstaste.

»Rhodan hier.«

»Psychiatrische Abteilung, Professor Wutz. Schekonus Zustand verschlechtert sich. Der Wissende tobt, aber seine Beschwerden scheinen rein psychischer Natur zu sein.«

»Ist sein Verstand gefährdet?«

»Das läßt sich noch nicht sagen. Wir bereiten eine Psychoerfassung vor.«

»Gut. Berichten Sie mir, sobald das Ergebnis vorliegt. Ende.«

Die Alarmsirenen heulten auf.

Perry Rhodan blickte auf die Panoramagalerie und sah, daß die MARCO POLO sich wieder im Normalraum befand.

»Achtung, Fremdortung!« meldete sich Major Kusumi. »Eine takerische Flotte, viertausendeinhundertzehn schwere und mittelschwere Einheiten, dreißig Millionen Kilometer Steuerbord Rot. Eben aus dem Linearraum aufgetaucht. Starke einfallende Ortungsimpulse, Sir.«

Rhodan bedankte sich, befahl Korom-Khan, die Verfolger im Linearraum abzuhängen und lehnte sich dann in seinem Kontursessel zurück.

Es ist wie verhext! dachte er. *Die MARCO POLO ist nicht mehr als ein gehetztes Stück Wild. Wie sollen wir unter diesen Umständen unsere eigentliche Aufgabe erfüllen!*

3.

Ataro Kusumi verneigte sich, als Rhodan die Ortungszentrale betrat. Der aus dem terranischen Bundesstaat Japan stammende Offizier neigte dazu, die Höflichkeit bis zum Extrem zu treiben.

Die übrigen Besatzungsmitglieder der O-Zentrale grinsten den Großadministrator offen an. Sie achteten Kusumi zwar, aber das hinderte sie nicht daran, sich gelegentlich über sein Verhalten zu amüsieren.

Perry wartete geduldig, bis Major Kusumis Gesicht wieder oben war und erwiderte das maskenhafte Lächeln mit einem kurzen Kopfnikken.

»Ich sehe mir nur unsere Verfolger an«, erklärte er und trat zu dem Schirmsektor, auf den der Halbraumspürer die takerische Flotte übertrug.

Die Raumschiffe wirkten wie ein Schwarm leuchtender Tiefseefische. Manchmal wurde ihr Leuchten von eigentümlichen Entladungen überdeckt, die, soviel man wußte, das unterschiedliche Energiepotential zwischen dem Hyperraum und dem vierdimensionalen Raum-Zeit-Kontinuum ausglichen.

Ein andermal wurden die Leuchtblasen zu nachtschwarzen Strichen. Dann wieder ging von ihnen ein Feuerwerk masseloser Lichtblitze und Funkenschwärme aus. Rhodan vermutete, daß es sich dabei um statische Auf- und Entladungsvorgänge der Strukturschirme handelte, die sowohl die MARCO POLO als auch ihre Verfolger gegen die Einflüsse des Zwischenkontinuums schützten.

Immer aber blieben die Verfolger in etwa gleicher Entfernung. Sie vollzogen jeden Kurswechsel des Trägerschiffes innerhalb von Sekunden nach.

»Ein beeindruckendes Bild, Sir«, sagte Ataro Kusumi mit gedämpfter Stimme.

»Gewiß«, versicherte Rhodan höflich.

»Ein vorzügliches Gerät, dieser Halbraumspürer, Sir«, sagte Kusumi. »Nichts entgeht ihm.«

»Leider besitzen wir kein Monopol darauf, Major.«

»Ein äußerst beklagenswerter Umstand, Sir. Wie ich erfuhr, arbeitet Professor Waringer an einem Störsender, der die gegnerischen Halbraumspürer ›blind‹ machen soll . . .!«

»Er ist ein Schlingel, Major«, sagte plötzlich die Stimme Roi Dantons. Rhodans Sohn war unbemerkt in die Ortungszentrale getreten. »Er weiß genau, was Onkel Waringer tut. Die Idee mit den Überladungsmodulatoren für den Störsender stammt doch von Ihm, nicht wahr?«

Kusumis linkes Auge zuckte ein wenig, aber er verbeugte sich auch vor Danton und antwortete:

»Ich bin sehr glücklich, daß Professor Waringer meine ganz und gar unwichtige und minderwertige Idee verwenden kann, Sir.«

»Nenne Er mich Majestät!« fuhr Roi auf. »Und bringe Er etwas mehr Leben in Sein Porzellangesicht!«

»Mike . . .!« sagte Rhodan streng.

Kusumis Höflichkeit war plötzlich wie weggewischt.

»Einen Dreck nenne ich Ihn, du aufgeblasener arroganter Affe!« schrie er aufgebracht. »Und wenn du nicht sofort verschwindest, werde ich dich in den . . . äh . . . hinauswerfen!«

»Ich gehe ja schon freiwillig. Auf Wiedersehen, Porzellangesicht.«

Tänzelnd machte sich Roi Danton davon.

Sofort veränderte sich Major Kusumis Verhalten wieder. Er verneigte sich abermals vor dem Großadministrator.

»Es tut mir leid, Sir, daß Sie Zeuge dieser Szene werden mußten. Ich bitte um Vergebung für das, was Ihnen in meiner Abteilung widerfahren ist.«

»Sie haben richtig gehandelt, Major.«

»Das spielt keine Rolle, Sir.«

Perry Rhodan seufzte.

»Ich werde meinen Sohn zurechtweisen, Major.«

»Nein, Sir«, widersprach der Major. »Das ist allein meine Sache, denn es geschah in meiner Abteilung.«

»Wie Sie wollen«, meinte Rhodan resignierend. »Mich ruft die Pflicht. Auf Wiedersehen.«

»Beehren Sie mich recht bald wieder, Sir«, erwiderte Ataro Kusumi und verneigte sich.

Perry Rhodan fuhr mit dem Antigravlift zur Bordklinik und suchte die Psychiatrische Abteilung auf. Inzwischen war auch Professor Thunar Eysbert eingetroffen.

»Schekonus Enzephalogramm ist verheerend, Sir«, berichtete er. »Seltsamerweise gibt es Pausen, in denen er – bis auf die Abweichungen, die durch seine parapsychischen Fähigkeiten bedingt sind – völlig normal ist.«

Perry überlegte.

»Welcher Schluß läßt sich daraus ziehen, Professor?«

Eysbert war unschlüssig.

»Entweder ist Schekonu schizophren, aber dagegen spricht die bisher beobachtete Grundstimmung – oder er reagiert auf äußere Einflüsse, von denen wir nichts merken.«

»Hm!« machte Rhodan nachdenklich. Er trat an das Bett, in dem der Moritator lag. Zahlreiche Elektroden bedeckten Kopf und Körper.

Schekonu flüsterte etwas vor sich hin, das zu leise und zu schlecht artikuliert war, um es verstehen zu können.

Plötzlich richtete er sich auf, sein Blick klärte sich. Er sah Perry Rhodan an und sagte deutlich:

»Es sind die Pralitzschen Wandeltaster. Sie geben . . .« Sein Mund schloß sich, über den Augäpfeln erschien ein glasiger Film, dann sank der Wissende stöhnend zurück.

Perry Rhodan stand wie erstarrt.

Die Pralitzschen Wandeltaster waren wichtige Nebenaggregate des Dimesextatriebwerks. Ihre Aufgabe bestand darin, dimensionale normale Energieeinheiten in übergeordneten Sextadim-Halbspurimpulse umzusetzen.

Aber weder diese Nebenaggregate noch das Dimesextatriebwerk der MARCO POLO waren in Betrieb. Sie wurden nur zum sogenannten Brückenschlag von Galaxis zu Galaxis gebraucht.

Über Interkom bat er den Leitenden Ingenieur, die Geräte überprüfen zu lassen. Danach begab er sich selbst in den Kontrollstand des Dimesextatriebwerks.

Der Leitende Ingenieur, Oberstleutnant Nemus Cavaldi, befand sich bereits in der geräumigen Kontrollkabine. Zusammen mit zwei anderen technischen Offizieren verfolgte er die Leuchtskalen einiger Meßgeräte.

Perry blickte durch die transparente Wand aus Panzertroplon und sah eines der kugelförmigen, achteinhalb Meter durchmessenden Geräte im Verankerungsfeld über dem oberen Polanschluß des Dimesextatriebwerks schweben. Zwei Roboter standen darunter und warteten offenbar auf Anweisungen Cavaldis.

Nach einiger Zeit drehte sich Cavaldi zu Rhodan um. Auf seinem runden Gesicht lag der Ausdruck milden Erstaunens. Er strich sich über seinen schwarzen, zu Zöpfen geflochtenen »Argyris-Bart« und erklärte:

»Das Aggregat funkt ununterbrochen auf der Sextadimhalbspur, Sir. Es nimmt seine Energie offensichtlich aus den Fesselfeldern, denn während deren Verbrauch gestiegen ist, haben wir die direkte Zuführung zum PWT gesperrt.«

»Lassen Sie das Aggregat auf den Boden sinken und schalten Sie die Fesselfelder ab!« befahl Rhodan.

Cavaldi wandte sich an seine Begleiter und rief:

»Runter mit dem Teufelsball, Jungs! Aber vorsichtig, das Ding ist so wertvoll, als bestünde es aus massivem Ynkelonium.« Er grinste, wurde aber schnell wieder ernst und sagte zu Rhodan: »Ich habe auch die Überprüfung der drei Reserve-PWTs angeordnet, Sir. Der Bericht müßte eigentlich . . . Ah, da kommt er schon!«

Er bewegte sich flink zum Interkom und fragte:

»Nun . . .?«

»Die Aggregate arbeiten als Sextadimsender!« schrie eine panikerfüllte Stimme.

»Ganz ruhig, mein Junge«, erwiderte Nemus Cavaldi. »Es ist jetzt wichtig, daß wir die Nerven behalten. Wenn ich richtig verstanden habe, dann senden die drei PWTs trotz fehlender Energiezufuhr Impulse auf der Sextadimhalbspur?«

»Ja, Sir, es . . .«

»Das genügt vollkommen, mein Junge. Trinke eine Tasse Tee oder geh mal auf die Toilette oder so etwas, damit deine Seelen-Stabilisatoren wieder laufen. Ende.«

»Fertig!« meldeten die beiden technischen Offiziere wie aus einem Mund. »PWT steht. F-Felder abgeschaltet.«

Cavaldi grinste ihnen zu, blickte gespannt zu einer Leuchtskala und nickte. »Wie ich es gedacht hatte. Die MARCO POLO wird von so vielen Feldern durchzogen, daß der PWT immer genügend FE erhält.« Er blickte Rhodan wieder an. »Das wäre es, Sir. Wahrscheinlich ziehen wir eine strahlende Ortungsspur hinter uns her. Soll ich die Teufelsdinger demontieren lassen?«

Unwillkürlich mußte Perry über Cavaldis Ausdrucksweise lächeln.

»Vorerst nicht. Jedenfalls vielen Dank für die prompte Arbeit.«

»Nichts zu danken, Sir«, erwiderte Cavaldi grinsend. »Im Maschinenleitstand wird immer prompte Arbeit geleistet.« Er winkte seinen Begleitern zu. »Hievt das Ding wieder hoch, Jungs!«

Kopfschüttelnd verließ Perry den Kontrollstand. Dieser Cavaldi war schon ein verrückter Kerl. Aber er war ein As auf seinem Gebiet – und nur darauf kam es an.

Seine Gedanken kehrten jedoch sehr schnell zu Schekonu und zu den Verfolgern zurück. Offenbar waren es die Sextadimimpulse der Pralitzschen Wandeltaster, die Schekonus Psyche beeinflußten.

Im Augenblick aber war es noch viel bedeutsamer, daß die jeweilige Position der MARCO POLO nicht nur durch die Meldungen der oder des Unbekannten verraten wurde, sondern daß sie sich durch die pausenlos abgestrahlten Sextadimimpulse selbst verriet.

Nicht einmal Waringers Störsender würde die Takerer von der unübersehbaren Spur abbringen.

Sie würden schlußendlich die MARCO POLO einkesseln und durch massiertes Wirkungsfeuer vernichten.

Es gab nur eine Möglichkeit, das zu verhindern – oder auch zwei, je nachdem, ob man die zweite akzeptierte.

Er wußte, wie er vorzugehen hatte.

Perry hob den Arm mit seinem Minikom, als der Summer ertönte.

»Bitte?«

»Hier Robotposten Zentraleschleuse, Sir«, erscholl eine unmodulierte Stimme. »Oberstleutnant Restonov mit vier Begleitern möchte Sie dringend sprechen.«

»Einlassen!« befahl Rhodan dem Roboter.

Er erhob sich von seinem Platz, als Pawo Restonow mit vier anderen Schiffsoffizieren eintrat. Der Chef der Fünften Kreuzerflottille trug eine ernste Miene zur Schau, zeigte jedoch keinerlei Unsicherheit.

Er salutierte knapp und sagte:

»Oberstleutnant Restonow mit einer Abordnung, die etwa sechshundert Offiziere vertritt. Wir sind beauftragt, Ihnen zu sagen, daß das Offizierskorps der MARCO POLO nicht mit Ihrem Befehl einverstanden ist, die Pralitzschen Wandeltaster auszustoßen, Sir. Wir ersuchen Sie, diesen Befehl zurückzunehmen.«

Perry atmete tief durch, um ruhig zu bleiben. Er wußte, daß Restonow zu seinen besten Flottillenchefs zählte. Es wäre falsch gewesen, ihm Vorwürfe zu machen.

»Ist mein Befehl unmoralisch?« fragte er leise.

»Das nicht, Sir . . .«

»Ist er etwa verbrecherisch?«

»Nein, keineswegs. Wir wollten . . .«

»Verstoße ich damit gegen die Interessen der Menschheit?«

»Nein.«

»Sie kennen Ihre und meine Rechte und Pflichten, Oberstleutnant«, fuhr Perry unerbittlich fort. »Berührt mein Befehl jenen Teil des Flottenrechts, der besagt, daß ein Kommandant oder Kommandeur unverzüglich seines Kommandos zu entheben und festzusetzen ist, wenn er gegen die Gesetze des Solaren Imperiums verstößt?«

»Nein, Sir!« antwortete Restonow verzweifelt. »Es geht hier nicht um die Gesetze . . .«

»Worum es geht, weiß ich«, erwiderte Perry Rhodan mit leichtem Lächeln. »Und ich weiß auch, daß Ihre Gründe, hier vorzusprechen, ehrenhaft sind.«

Er hob die Stimme ein wenig.

»Aber ich weiß auch, daß meine Entscheidung nach bestem Gewissen gefällt wurde. Informieren Sie die Männer, die Sie delegiert haben, daß ich meinen Entschluß nicht ändere und daß Ihre Argumente nicht schwer genug wiegen.«

»Zum Teufel!« rief ein junger Major. »Willst du dich damit abspeisen lassen, Pawo!« Er wandte sich an Rhodan. »Sir, Sie haben sich unsere Argumente überhaupt nicht angehört!« Er glühte vor Empörung.

Perry lächelte, aber seine Stimme war eiskalt, als er entgegnete: »Ich kenne Ihre Argumente, Major. Ich habe sie mir nämlich selbst entgegengehalten – und noch einmal in einer Führungskonferenz angehört, bevor ich meinen Befehl erteilte.

Und nun gehen Sie auf Ihre Plätze zurück. Im Augenblick höchster Gefahr für das Schiff gibt es nur einen Mann an Bord, der befiehlt, und achttausend, die seine Befehle auszuführen haben!«

Der Major atmete schwer.

Pawo Restonow dagegen beherrschte sich ausgezeichnet.

»Wir werden gehorchen, Sir«, verkündete er fest, »aber anschließend noch einmal darüber sprechen.«

Er salutierte übertrieben exakt, machte kehrt – auch das mit einer übertriebenen Exaktheit, wie sie in der Flotte längst unpopulär geworden war – und verließ an der Spitze der Abordnung die Zentrale.

Atlan lächelte.

»Deine Terraner sind ein verteufelt selbstbewußter Menschenschlag, Barbar.«

Auch Perry zeigte ein Lächeln.

»Das sollen sie wohl sein, Arkonidenfürst.« Schlagartig wurde er wieder ernst. »Hoffentlich tritt das ein, was ich erwarte.«

Atlan sah ihn forschend an.

»Was erwartest du denn?« fragte er flüsternd und im Verschwörerton.

Rhodan schüttelte den Kopf.

»Ich möchte nicht darüber sprechen – jetzt noch nicht.«

Er stellte eine Interkomverbindung zum Kommandanten her und fragte unpersönlich:

»Alles klar zum Ausstoßen der PWTs, Oberst?«

»Alles klar, Sir.«

»Ausstoßen!«

Sekunden später:

»PWTs ausgestoßen, Sir. Ortung meldet drei feindliche Flottenverbände. Ich gehe in den Linearraum.«

Die Triebwerke der MARCO POLO wurden hochgeschaltet. Mit der Maximalbeschleunigung von siebenhundertzwanzig Kilometer pro Sekundenquadrat nahm das gigantische Trägerschiff Fahrt auf. Seine zwölf Kraftstationen mit ihren jeweils acht Schwarzschild-Reaktoren brachten eine Effektivleistung von neunhundertsechzig Milliarden Kilowatt, um die Triebwerke und Schutzschirmprojektoren zu versorgen.

Mit ruhiger Stimme gaben die Ortungsoffiziere die Werte über Kurs, Geschwindigkeit und Position relativ zur MARCO POLO durch. Die Feuerleitzentrale meldete volle Gefechtsbereitschaft. Reibungsloser hätte das Zusammenspiel der einzelnen Abteilungen auch bei einem harmlosen Manöver nicht sein können.

Endlich tauchte das Schiff in den Linearraum. Die takerischen Flottenverbände folgten ihm mit größerer Verzögerung als sonst. Ihre vielen Einheiten erschwerten die Koordinierung. Aber sie kamen und verfolgten die MARCO POLO wie hungrige Wölfe.

Doch Oberst Korom-Khan wäre kein Meister seiner Kunst gewesen, wenn er die Verfolger nicht schließlich abgehängt hätte. Es dauerte zwar über siebzig Minuten, aber danach hatten die Takerer die Spur endgültig verloren. Und es gab keine Pralitzschen Wandeltaster mehr, deren verräterische Impulse die Verfolger erneut auf die Spur des Trägerschiffes führen konnten.

»Damit wären wir in der Sterneninsel Gruelfin gestrandet«, sagte Atlan lakonisch.

Perry wollte etwas entgegnen, wurde aber durch das Summen seines Interkoms daran gehindert.

Auf dem Bildschirm erschien das Gesicht von Major Ataro Kusumi. Es glänzte vor Schweiß, aber die schwarzen Augen des Cheforters blickten freundlich wie immer.

»Sir, ich weiß nicht, ob es von großer Bedeutung ist«, sagte er. »Aber ich habe da eine Beobachtung gemacht . . .« Er zögerte, kämpfte anscheinend mit sich selbst.

»Ich warte!« sagte Rhodan.

Ataro Kusumi holte tief Luft.

»Die Wandeltaster, Sir!« rief er erregt. »Sie verschwanden spurlos, kaum daß sie die Verladeschächte des Schiffes verlassen hatten. Von einem Augenblick zum andern, Sir.«

Perry lächelte verstehend. Er sah seine Ahnungen und Hoffnungen bestätigt.

»Ich danke Ihnen, Major«, erwiderte er. »Ihre Beobachtung ist sehr wertvoll für uns.«

»Dunkel ist deiner Rede Sinn«, meinte Atlan, nachdem der Bildschirm erloschen war. »Wieso ist Kusumis Beobachtung sehr wertvoll für uns, für Gestrandete?«

»Weil sie beweist . . .« erklärte Perry bedächtig, » . . . daß wir nicht gestrandet sind, sondern nur einen weiteren Test bestanden haben.«

Die Schaltzentrale war vom Raunen und Wispern der elektronischen Geräte und von blinkenden Lichtern und ihren Reflexen erfüllt. Drei leuchtende Kugeln umkreisten einander in Dreiecksformation unter dem kuppelförmig gewölbten Mittelpunkt der Decke.

Der ALTE stand inmitten dieses Ausdrucks technischer Aktivität und schien in sich hineinzulauschen. Sein Gesicht wirkte in diesen Augenblicken wie eine Totenmaske, auf der lediglich verschiedenfarbige Lichtreflexe Leben vortäuschten.

Eine dünne elektronische Stimme klang auf, schien sich in den unendlichen Abgrund des Alls zu schwingen und darin zu verwehen. Eine tiefere Stimme folgte, holte die hohe dünne zurück. Nach und nach fielen immer mehr dieser seltsamen Stimmen ein, vereinten sich zu einer rauschenden Melodie, an der nichts war, was an organisches Leben erinnerte.

Der ALTE lächelte verstohlen.

Eine zweite Melodie erklang, vermischte sich mit der ersten, dann kam eine dritte hinzu. Die drei leuchtenden Kugeln umkreisten einander schneller, ihr Leuchten verstärkte sich. Dann erlosch es langsam, während die Harmonie der drei vereinten Melodien abklang und zerflatterte.

Der ALTE öffnete die Augen. Langsam schritt er auf ein hufeisenförmig geschwungenes Pult zu, streckte die Hand aus und berührte einen Sensor.

Ein Servomechanismus bewegte einen Antennenblock in eine bestimmte Richtung.

Eine Reihe von Piepstönen erklang.

Ein uraltes Programm spulte sich ab . . .

Der Kommunikationsraum im Innern der Biopositronik war von einem ständigen Raunen und Wispern erfüllt. Leuchtschaltbilder flammten auf und erloschen wieder. Vielfarbige Lichter huschten rings um die Innenwände des Gehirns.

Lordadmiral Atlan und Icho Tolot folgten dem Ganjo und Rhodan in den kuppelförmigen Innenraum der Biopositronik, der nur wenigen zugänglich war.

Ovaron drückte auf eine bestimmte Stelle seines Kommandoarmbandes und ließ einen winzigen Speicherkristall in seine hohle Hand rollen. Mit dem Kristall begab er sich zu einem geschwungenen Pult. Dort legte er ihn in eine schalenförmige Vertiefung.

»Ein neuer Test?« fragte der Arkonide flüsternd.

Perry meinte dazu:

»Noch wissen wir es nicht. Ovarons Armband empfing vor dreißig Minuten eine Sendung in einem uralten Geheimkode der Ganjasischen Flotte. Wenn jemand getestet werden soll, so wird es vermutlich diesmal der Ganjo sein.«

Er trat neben Ovaron und half ihm bei der Bedienung des automatischen Analyseabfragepultes. Kontrollampen leuchteten auf. Der winzige Kristall verschwand unter einer hellgrünen Lichtglocke.

Ovaron legte eine Hand auf die Schaltplatte der Kommunikationsaktivierung. Damit stellte er eine direkte Verbindung zum Gesamtkomplex der Biopositronik her, zu einem intelligenten, selbständig denkenden Wesen aus biologisch toter Materie, Milliarden koordinierter Kraftfelder und einem Minimum an aktivem Zellplasma.

Der Ganjo sprach schnell einige Sätze Gruelfin, der Verkehrssprache seiner Galaxis.

Die Biopositronik antwortete in der gleichen Sprache.

Etwa eine Stunde lang unterhielten sich die beiden Gesprächspartner miteinander. Ovaron wurde zum Schluß hin etwas nervös, versprach sich einige Male und legte immer längere Konzentrationspausen ein. Die Biopositronik hatte diese Schwierigkeiten nicht, kannte sie aber und stellte sich darauf ein.

Endlich schien der Dialog beendet zu sein. Das Leuchten um den Speicherkristall erlosch, und Ovaron schob ihn in sein Kommandoarmband zurück. Dann schaltete er das Pult aus, wandte sich um und erklärte lächelnd:

»Der Klartext liegt vor, Perry. Sie und ich werden von einer unbekannten Macht gebeten, auf dem ›Planeten der ersten Liebe‹, zu landen.«

Perry stutzte.

»Planet der ersten Liebe . . .?« fragte er gedehnt. »Ein Planet der Flitterwöchner?«

Der Ganjase lachte schallend, während Rhodan und Atlan sich mit merkwürdigen Blicken ansahen.

Nachdem er sich beruhigt hatte, sagte Ovaron:

»Es handelt sich um den Planeten *meiner* ersten Liebe, Perry. Ich erinnere mich noch sehr gut daran. Es war wenige Wochen nach meiner Amtseinführung, da führte ich eine Inspektionsfahrt zu den wichtigsten Stützpunktplaneten des Ganjasischen Reiches durch. Auf einem Planeten lernte ich eine junge Frau kennen . . .«

Er schloß die Augen und seufzte.

»Na'Neila! Es war Liebe auf den ersten Blick. Ihre und meine erste ernste Liebe. Wir wollten ständig in Verbindung bleiben, aber die politischen Intrigen ließen mir nur wenig Zeit für persönliche Angelegenheiten.«

Über sein Gesicht flog ein Schatten.

»Na'Neila muß seit rund zweihunderttausend Erdjahren tot sein. Woher sollte heute noch jemand von dieser kurzen Romanze wissen? Damals waren nur meine engsten Vertrauten informiert.«

Perry Rhodan lächelte breit.

»Das ist der ausschlaggebende Punkt, Ovaron. Ich meine die Tatsache, daß nur ein enger Personenkreis von Ihrer Liebe und von dem Planeten wußte, auf dem sie entstand. Heute kennen vielleicht nur noch zwei Menschen die Geschichte: der Übermittler der Botschaft und der Ganjo!«

Atlan räusperte sich.

»Wenn Sie also auf dem Planeten der ersten Liebe erscheinen, Ovaron, dann erkennt jemand daran, daß Sie der *echte* Ganjo sind. Eine Nachahmung dürfte davon nichts wissen.«

Er hob seine Stimme.

»Die Frage ist nur, kennen Sie diesen Planeten und seine Position heute noch?«

Der Ganjase erhob sich.

»Bitte folgen Sie mir.«

Er verließ die Kommunikationszentrale und begab sich an den Kartentisch der Kommandozentrale. Dort schaltete er solange am Wählblock, bis unter einem Teil der transparenten Abdeckplatte die 3-D-Darstellung eines Sternensektors erschien.

»Ich benutze der Einfachheit halber die von den Olkonoren erhaltenen Sternkarten.«

Er steuerte den elektronischen Einweiser, bis das intervallartig auf und ab flammende Licht des Einengers einen gelben Lichtpunkt umschloß. Eine weitere Schaltung, und der eingeengte Lichtpunkt beherrschte die Szene im Trivideotank. Alle anderen Sonnen waren verschwunden. Dafür sahen die Beobachter drei winzige Kugeln, die auf unterschiedlichen Kreisbahnen kaum merklich um die Projektion einer gelben Normalsonne krochen.

Perry sah nachdenklich die Symbolgruppe an, die auf einem Kontrollschirm erschienen war.

»Das System ist unbenannt?«

Ovaron schüttelte den Kopf.

»Es hat einen Namen, den die Olkonoren natürlich niemals erfuhren. Die Symbolgruppe ist nicht die ursprüngliche ganjasische Bezeichnung. Folglich hat man die Bedeutung des Systems niemals erkannt oder im Laufe der zwei Jahrhunderttausende wieder vergessen.

Es handelt sich um das Feynschest-System. Der zweite Planet war unsere Stützpunktwelt und hieß offiziell Lohkrath – Donnerschlag. Für mich – und offensichtlich noch für jemand anderen – ist es der ›Planet der ersten Liebe‹.«

»First Love . . .«, sagte Rhodan versonnen. »Sind Sie einverstanden, wenn wir ihn unter der Bezeichnung ›First Love‹ registrieren, Ovaron?«

Der Ganjase lächelte verstehend.

»Aber natürlich, Perry. Werden Sie hinfliegen?«

»Einen Augenblick!« sagte Atlan warnend. »Woher wollen wir wissen, ob First Love nicht eine Falle ist? Schön, ich denke ebenfalls, es hängt mit den Tests zusammen, aber wer sagt uns, daß die geheimnisvollen Prüfer freundlich sind? Sie könnten auch nur sichergehen wollen, daß der richtige Ganjo in ihre Falle gerät.«

»Und keinen Verdacht schöpft . . .«, ergänzte Icho Tolot langsam, » . . . weil ihm der Weg nach First Love so erschwert wurde? Dieser Gedankengang hat etwas für sich, Atlan.«

Perry schüttelte den Kopf.

»Mein Gefühl sagt mir, daß eine unbekannte Macht mit uns Verbindung aufnehmen will. Sie möchte aber sicher sein, keinem takerischen Doppelgänger auf den – hm – Leim zu gehen. Allmählich festigt sich in mir die Überzeugung, daß wir dicht an der Schwelle eines großen Geheimnisses stehen.«

»Und Geheimnisse aller Art haben schon immer eine unwiderstehliche Anziehungskraft auf dich ausgeübt«, lästerte Atlan voller Sarkasmus. »Wann wirst du lernen, nicht mit deinen Drüsen, sondern ausschließlich mit deinem Gehirn zu denken, Terraner?«

Icho Tolot gab glucksende Laute von sich und raste auf das Schott einer Isolierkammer zu, wie sie überall in den Innenwänden der Kommandozentrale installiert waren. Ovaron sah dem Haluter verständnislos nach.

»Er muß sich auslachen«, bemerkte Perry Rhodan lakonisch.

Dann wandte er sich wieder dem Arkoniden zu.

»Du bist das Opfer meiner schlechten Ausdrucksweise, Ex-Imperator«, sagte er amüsiert. »Statt Gefühle hätte ich Instinkt sagen sollen, noch besser ›sechster Sinn‹. Die Entwicklung zum Gehirntier hat zahlreiche Instinkte des Menschen verschüttet. Es ist größtenteils in eine Eigenverantwortung gestellt, aber wir sollten dankbar sein für den verbliebenen Rest. Er erlaubt uns, in gewissen Fällen mit einem Maß von persönlicher Sicherheit zu entscheiden, das wir durch rationale Überlegungen niemals erreichen können.«

Icho Tolot kehrte mit stampfenden Schritten zurück.

»Du und deine Instinkte!« sagte Atlan. »Sie mögen ja dich selber sicher machen, aber nicht die, die daran nicht teilhaben. Ich gehe lieber auf rationale Weise ganz sicher. Zu diesem Verhalten bin ich als Kristallprinz erzogen worden, und es hat sich in der Vergangenheit immer bewährt.«

»Das ist unrichtig«, widersprach Rhodan ernst. »Ohne deinen sogenannten Extrasinn wärst du in manchen Lagen hilflos gewesen.«

»Mein Extrasinn basiert auf einem künstlich aktivierten Gehirnsektor, Perry, eine Behandlung, wie sie nur den Kristallprinzen des Großen Imperiums zuteil wurde.«

»Der Lordadmiral hat recht und auch wieder nicht«, warf Tolot ein. »Ihre spezielle energetische Gehirnaktivierung, Atlan, war nur deshalb erforderlich, weil die überzüchteten arkonidischen Gehirne keine Spur mehr von früheren Instinkten enthielten. Der Extrasinn ist nichts anderes als ein Instinktkomplex, wie er bei Rhodan von Natur aus vorhanden war. Ihr auf strikte Logik ausgerichtetes Geistestraining wurde jedoch mit der Zeit zum Antagonisten Ihres Extrasinns und unterdrückte unbewußt die Instinktregungen.«

Atlan blickte den Haluter aufmerksam an. Seine rötlichen Augäpfel schimmerten feucht. »Wahrscheinlich ist es so, wie Sie sagen, Tolot. Möglicherweise wehre ich mich deshalb unbewußt gegen die Regungen meines Extrasinns, weil er mich immer wieder zum Nacherleben meiner Vergangenheit gezwungen hat. Diese Prozedur ist noch nie angenehm für mich gewesen.«

Er seufzte.

»Tu was du willst, Perry, aber kalkuliere alles zuvor mit der Positronik durch. Ich glaube, ich muß mich jetzt hinlegen und entspannen.«

Perry nickte.

»Ich lasse inzwischen Kurs auf das Feynschest-System nehmen, werde aber mit einem Einflug abwarten, bis du wieder hier bist.«

Er blickte noch gedankenverloren auf das Panzerschott, als Atlan längst verschwunden war. Vielleicht, so hoffte er, würde es seinem arkonidischen Freund gelingen, mit sich selbst ins reine zu kommen. Für einen Mann, der durch eine derart strenge geistige Schulung gegangen war wie Atlan, warfen sich immer wieder schwerwiegende Probleme auf.

Langsam wandte er sich wieder dem Kartentisch zu, schaltete den Interkom ein und sagte:

»Oberst Korom-Khan, ich übermittle Ihnen jetzt die Koordinaten eines Sonnensystems mit dem Namen Feynschest, Entfernung von unserem derzeitigen Standort elftausenddreihundertachtzehn Lichtjahre. Wählen Sie bitte einen Kurs, der eventuelle Verfolger irreführt, und nehmen Sie Fahrt auf. Ende!«

»Verstanden. Ende!« kam die knappe Antwort des Kommandanten.

Perry Rhodan und Ovaron nahmen Platz. Der Ganjase fieberte vor unterdrückter Erregung, nahm er doch an, daß er endlich – nach langer vergeblicher Suche – etwas Definitives über den Verbleib der Reste des ganjasischen Volkes erfahren würde.

Perry aber fühlte sich in eine Zeit zurückversetzt, in der die Macht der terranischen Menschheit lediglich in einem übernommenen arkonidischen Beiboot bestanden hatte.

Die Phase des Galaktischen Rätsels, eine schwere und gefährliche Prüfung, die von dem geheimnisvollen Kollektivwesen ES gestellt worden war, um einen akzeptablen Erben für ein Vermächtnis zu finden, das damals überschaubar erschienen war und sich in den folgenden Jahrtausenden als immer größer und unverständlicher erwiesen hatte.

Wie die in konzentrischen Kreisen nach außen wandernden Wellen, die ein ins Wasser geworfener Stein verursacht . . .

4.

Auf dem Frontsektor der Panoramagalerie leuchtete die gelbe Sonne Feynschest. Die Massetaster hatten drei Planeten erfaßt, die in unterschiedlichen Abständen ihr Zentralgestirn umkreisten.

»Befehl ausgeführt, Sir«, meldete Korom-Khan mit unerschütterlicher Ruhe. »Soll ich einige Kreuzer ausschleusen?«

Perry Rhodan schüttelte den Kopf. Er war sich seiner Sache so sicher wie nie zuvor.

»Nein, Oberst. Bereiten Sie lediglich alles für einen schnellen Anflug auf den zweiten Planeten vor.«

Er schaltete ab und wandte sich um.

Neben ihm saß der Wissende Schekonu und lächelte seltsam. Nach dem Ausstoßen der Pralitzschen Wandeltaster hatte sich sein Zustand sehr schnell wieder normalisiert.

»Wußten Sie etwas vom Feynschest-System, Schekonu?« fragte Rhodan.

»Nein, ich hatte keine Ahnung davon, daß es existierte«, antwortete der Moritator. »Was mag uns dort erwarten?«

Perry antwortete nicht darauf. Er dachte daran, daß alle drei Planeten von den Energietastern sondiert worden waren. Nirgends, auch nicht auf First Love, waren Anzeichen nuklearenergetischer Aktivität festgestellt worden. Natürlich konnten bei der noch relativ großen Entfernung geringfügige Aktivitäten nicht erfaßt werden, aber zumindest stand schon jetzt fest, daß es auf keinem Planeten größere moderne Ansiedlungen gab.

Möglicherweise, überlegte Rhodan, *wartet auf First Love ein Raumschiff, das uns zum eigentlichen Treffpunkt führen soll.*

Die Abteilung Analyse meldete sich über Interkom und teilte mit, der zweite Planet sei eine atmosphärelose Trockenwelt von etwa Marsgröße und einer Schwerkraft von 0,63 Gravos. Die Rotationsdauer betrüge 18,36 Stunden, wobei die jeweilige Tagseite Oberflächentemperaturen von durchschnittlich 140 Grad Celsius, die Nachtseite dagegen von 87 Grad Celsius aufweise.

Perry bedankte sich. Dann sah er Ovaron aufmerksam an.

Der Ganjo lächelte verträumt.

»Was spielt schon die Umgebung für eine Rolle, wenn man sich zum erstenmal verliebt, Perry! Für die Verliebten bleibt sie in der Erinnerung immer das Paradies.«

Gucky kicherte.

»Die Sonderform der Mund-zu-Mund-Beatmung kann schließlich auch in der künstlichen Atmosphäre eines geschlossenen Raumes stattfinden, Chef. Liegen deine diesbezüglichen Erfahrungen denn schon Jahrtausende zurück?«

Perry grinste leicht.

»Wir sprachen von der *ersten* Liebe, du vorwitziger Mausehund. Folglich muß meine diesbezügliche Erfahrung Jahrtausende zurückliegen.«

»Küssen sich Mausbiber eigentlich auch?« fragte Ras Tschubai mit ausdruckslosem Gesicht. »Oder welche Ausdrucksform zärtlicher Liebkosung bevorzugen sie?«

»Sie bevorzugen . . .«, begann der Ilt, dann schlug er sich auf den Mund. »Du indiskreter Lümmel, du! Was geht es dich an, wie solche Dinge unter Mausbibern – äh – gehandhabt werden!«

»Nun«, meinte Tschubai unschuldig, »da du dich so sehr für den menschlichen Aspekt der Sache interessierst, nahm ich an, du wolltest Informationen austauschen.«

»Gar nichts will ich«, entgegnete Gucky gekränkt und schloß die Augen.

»Worum geht es denn?« fragte Atlan, der in die Kommandozentrale zurückgekehrt war und sich dem Kartentisch genähert hatte.

»Um das Geheimnis der ersten Liebe bei Mausbibern«, sagte Fellmer Lloyd mit beziehungsvollem Kopfnicken in Guckys Richtung.

Guckys Lider zuckten, doch er öffnete die Augen nicht und stellte sich weiterhin schlafend. Das Thema war ihm in dem Moment peinlich geworden, als es ihn selbst betroffen hatte.

Nach einem Blick auf den Frontsektor der Panoramagalerie sagte der Arkonide:

»Das ist also Feynschest. Was sagen die Analysen und Meßdaten?«

Perry Rhodan gab einen kurzen Überblick.

»Nicht viel«, erwiderte Atlan darauf. »Worauf warten wir eigentlich noch?«

Perry blinzelte irritiert.

Dann drückte er auf die Schaltplatte des Interkoms und sagte:

»Oberst Korom-Khan, unser arkonidischer Freund hat eine

Erleuchtung gehabt. Wir dürfen nach First Love starten.« Er räusperte sich. »Mit feuerklaren Geschützen, natürlich.«

»Das versteht sich von selbst, Sir«, versetzte Korom-Khan. »Wenn Sie die Bemerkung gestatten: Atlans Erleuchtung hat ziemlich lange auf sich warten lassen. Hoffentlich war sie entsprechend hell.«

Die Offiziere der Zentralebesatzung hatten die Bemerkung Rhodans und des Kommandanten über ihre Interkomanschlüsse mitgehört. Donnerndes Lachen hallte durch die Zentrale.

Atlan schmunzelte.

So liebte er seine Terraner. Das war es, was sie vorteilhaft von den erbarmungslos gedrillten Besatzungen früherer arkonidischer Raumschiffe unterschied – das und noch einiges andere.

Wenig später wurde das Gelächter vom Geräusch der Kraftstationen und Umwandler abgelöst. Die MARCO POLO nahm Fahrt auf und stieß über die Grenze des Feynschest-Systems vor – auf einen Planeten zu, auf dem der Ganjo des Ganjasischen Reiches seine erste Liebe erlebt hatte.

Das Raunen und Wispern bewegter Felder, Ladungen und Teilchen wirkte auf die Dauer einschläfernd.

Aber der ALTE zwang sich dazu, wach zu bleiben.

Seine Augen waren unbewegt auf eine Reihe von Geräten und einen Bildschirm gerichtet. Lange hatte er hier gesessen, innerlich von Zweifeln, Hoffnungen und Befürchtungen erfüllt, nach außen hin aber völlig beherrscht.

Der Bildschirm begann zu flimmern.

Kurz darauf schälten sich auf ihm die Konturen eines kugelförmigen Raumschiffes heraus, aus deren Triebwerksschlünden blasse Glut waberte.

Der ALTE blickte zu einem Anzeigegerät und erkannte, daß das Kugelschiff sich auf exaktem Anflugkurs zum Planeten der ersten Liebe befand.

»Kursanweisung!« wisperte eine Stimme aus Ovarons Kommandoarmband. »Richten Sie Ihren Kurs nach folgenden Angaben neu ein und landen Sie auf einer Hochebene, die Ihnen bezeichnet werden wird.«

Ovaron und Rhodan sahen sich bedeutungsvoll an. Der Spruch war nicht kodiert gewesen. Beide Männer werteten das als Beweis dafür, daß die Unbekannten nicht mehr an Ovarons Identität und Rhodans Vertrauenswürdigkeit zweifelten.

Währenddessen wurde auf allen Meßstationen hektisch gearbeitet. Die Oberfläche von First Love wurde kartographiert, die Zusammensetzung von Planetenkruste und Schalenaufbau ermittelt. Stück für Stück mit Hochleistungs-Infrarotgeräten abgetastet.

Es gab inzwischen drei Stellen, an denen fragmentarische Anordnungen von Metallplastikspuren unter dem Sand und unter Felstrümmern ermittelt worden waren – Reste ehemaliger Stützpunkte der ganjasischen Flotte. Da es auf First Love weder Luft noch Wasser gab, konnten die Bauten nur durch massierten Beschuß mit Energiewaffen und durch atomare Bombardements zerpulvert worden sein. Die Umgebung solcher spärlicher Funde wies vergleichsweise einen geringeren Halbwertsfaktor auf als andere Stellen, was den Schluß auf atomare Bombardements noch erhärtete. Allerdings waren weder Primär- noch Sekundärstrahlungen anzumessen. Der Angriff auf First Love mußte also schon vor sehr langer Zeit erfolgt sein.

»Sah es hier schon immer so aus?« fragte Perry den Ganjo. »Wüste, kein Wasser, keine Atmosphäre?«

Ovaron nickte.

»So war es schon vor zweihunderttausend Jahren. Untersuchungen hatten damals allerdings ergeben, daß First Love vor rund zwei Millionen Jahren sowohl eine Sauerstoff-Stickstoff-Kohlendioxyd-Atmosphäre als auch freies Wasser besessen haben muß.

Wir wählten diesen Planeten wegen der strategisch günstigen Lage des Feynschest-Systems aus. Von hier aus konnten im Fall eines Krieges die Nachschubverbindungen der potentiellen Gegner empfindlich gestört werden.«

»Es hat anscheinend nichts genützt«, bemerkte Atlan.

Ovaron sah den Arkoniden an, dann antwortete er:

»Gegen Feinde von innen ist der Starke schwach.« Er lächelte melancholisch. »Ein altes ganjasisches Sprichwort. Meine Stellvertreter haben die Gefahr wohl nicht ernst genug genommen, sonst wäre das alles nicht geschehen.«

»Entfernung anderthalb Millionen Kilometer, Sir«, meldete Korom-Khan. »Harte oder weiche?«

Perry lachte trocken.

»Weiche Landung, Oberst. Aber lassen Sie den Paratronschirm bis auf Widerruf stehen!«

Die MARCO POLO bremste mit Höchstwerten ab. Sie hatte eine

ganze Menge Fahrt aufzuheben und dazu noch ihre eigene ungeheure Massenträgheit zu neutralisieren. Die Wirkung des planetaren Schwerkraftfeldes war gegen diese Kräfte kaum erwähnenswert.

Aus Ovarons Armbandgerät kamen neue Anweisungen. Der Ganjo gab sie sofort an den Schiffsführer weiter. Langsam glitt die MARCO POLO über die Nachtseite von First Love hinweg, überquerte den Terminator und senkte sich majestätisch auf die Tagseite herab.

Die Sektoren der Subbeobachtung zeigten inmitten zerrissener Gebirge und kreisförmiger Krater eine tafelförmige Hochebene, von Spalten und Rissen durchzogen, heiß, unfruchtbar und unbelebt. Dorthin dirigierte die monoton klingende Stimme das Schiff.

»Das klingt nach einem Roboter«, flüsterte Ovaron bedrückt. »Hoffentlich finden wir nicht nur eine Maschine, die über die Reste meines Volkes nicht informiert ist.«

»Schwache Streustrahlung«, meldete Ataro Kusumi über Interkom. »Verschiedene sich überlappende Energiequalitäten. Keine Punktortung möglich. Wahrscheinlich arbeiten die Fremden mit unbekannten Anti-Ortungsgeräten.«

»Landen Sie ungefähr im Mittelpunkt des Hochplateaus!« ertönte eine wohlmodulierte Stimme aus Ovarons Kommandoarmband.

Perry nahm es gelassen zur Kenntnis.

Langsam verlor die MARCO POLO an Höhe. Etwa eine halbe Minute lang arbeiteten die Korrekturtriebwerke mit Kurzschüben. Oberst Elas Korom-Khan hatte offenbar den Ehrgeiz, sein Schiff auf den Millimeter genau im Mittelpunkt des Plateaus herunterzubringen.

Perry Rhodan ließ die Außenbeobachtung auf die Bildschirme sämtlicher Schiffssektionen und Kabinen übertragen. Die Antigravfelder standen und machten das Schiff praktisch gewichtslos. Es sank nur noch mit der Geschwindigkeit, die ihm das letzte Bremsmanöver gelassen hatte. In tausend Metern Höhe fuhren die mächtigen Landestützen aus und spreizten sich. Fußballfeldgroße Landeteller drehten ihre Unterflächen mit den Tiefankern dem nackten Felsboden der Hochebene entgegen.

Die Außenmikrophone übertrugen ein minutenlang anhaltendes Knirschen, Knacken und Ächzen, als ein Teil der Antigravprojektoren abgeschaltet wurden und die MARCO POLO mit zehn Prozent ihres Erdnormgewichts auf das Hochplateau drückte. Die Landeteller sanken dreißig Zentimeter tief ein.

Roi Danton hob seine Lorgnette und spähte hindurch auf das Bild, das die Panoramagalerie übertrug.

»Hochverehrtes Publikum«, näselte er. »Sie sehen die historische Stätte, an der Seine Kaiserliche Hoheit, Ganjo der Xte, in den Armen Seiner Dulcinea das Glück der ersten Liebe – äh – auskostete.«

Er seufzte schwer und sah zu Merceile.

Ovaron verzog ärgerlich das Gesicht, sagte aber nichts.

»Falls Sie, verehrtes Publikum«, fuhr Roi fort, »auszusteigen belieben, um sich die einmalig schöne Landschaft anzusehen, empfehle ich Ihnen, entweder den Raumanzug zu schließen oder den Individualschirm aufzuspannen. Das Blumenpflücken und das Baden sind nicht gestattet.«

Gucky kicherte.

Roi Danton hob dozierend den Zeigefinger und öffnete den Mund erneut, aber was immer er auch hatte sagen wollen, es blieb ihm in der Kehle stecken.

Perry folgte dem Blick seines Sohnes und holte tief Luft. Draußen auf dem Plateau, ungefähr anderthalb Kilometer von der Bordwand des Schiffes entfernt, klaffte ein kreisrundes Loch im Fels – und aus diesem Loch schob sich eine silbrig glänzende Kuppel ins Freie. Als sie eine Höhe von dreißig Metern erreicht hatte, hielt die Bewegung an.

Ein Raunen ging durch die Kommandozentrale – und brach jäh ab, als hinter der Kuppel plötzlich vier kugelförmige Gebilde wie durch Zauberei aus dem Nichts auftauchten.

Es waren unverkennbar die vier ausgestoßenen Wandeltaster, und sie hingen freischwebend in Kraftfeldern über dem Plateau!

Perry war aufgesprungen, als die PWTs erschienen. Er sagte kein Wort, aber sein Gesicht drückte deutlich die Genugtuung aus, die er bei ihrem Anblick empfand.

Schweigend streckte er den Arm aus, deutete in Richtung der Kugelaggregate, blickte sich im Kreis um und lächelte vielsagend. Plötzlich applaudierten die Offiziere der Zentralebesatzung. Atlan enthielt sich der Stimme.

Der Applaus verebbte, als Ovaron und Merceile mit einemmal ohnmächtig zusammensanken. Schekonu legte die verschränkten Arme auf den Kartentisch, ließ den Kopf darauf sinken und weinte.

Immer noch schweigend, erhob sich Perry Rhodan erneut und zog seinen Raumanzug aus der geräumigen Tasche im Rückenteil seines Kontursessels. Mit großer Geschwindigkeit, aber ohne jede Hast, legte er ihn an. Nach einem ironischen Blick auf den Arkoniden schnallte er den Waffengurt ab, verschloß den Druckhelm und verließ die Kommandozentrale.

Vor der Mittelstützenschleuse angekommen, sah Perry, daß die Schutzschirme der MARCO POLO abgeschaltet worden waren. Korom-Khan hatte ohne Rückfrage gehandelt. Rhodans absolute Sicherheit, daß ihnen auf First Love nichts geschehen konnte, schien ihn überzeugt zu haben.

Das Innenschott öffnete sich, Perry trat in die geräumige Schleusenkammer und wartete, bis die Luft abgesaugt worden war. Dann glitt das Außenschott zur Seite und gab den unmittelbaren Blick auf das kahle Felsgestein der Hochebene frei.

Ohne Zögern schritt Perry in die atmosphärelose Landschaft hinaus. Dem Sonnenstand nach war es früher Nachmittag, und das Außenthermometer des Raumanzuges zeigte eine Temperatur von 103 Grad Celsius an. Die Klimaanlage wurde jedoch spielend damit fertig. Der Marsch strengte nicht an, denn First Love hatte ja nicht einmal zwei Drittel der irdischen Schwerkraft. Perry paßte seine Bewegungen den veränderten Schwerkraftverhältnissen ganz unbewußt an. Er war schon auf so vielen unterschiedlichen Welten gewesen, daß ihm derartige Umstellungen keine Mühe mehr bereiteten.

Was den Aufenthalt auf First Love von Aufenthalten auf den meisten anderen Planeten unterschied, war die Tatsache, daß er hier am Ende einer Prüfung angelangt war und dicht vor der Lösung eines Geheimnisses stand, das wahrscheinlich entscheidend auf seine Mission in Gruelfin einwirken würde.

Oder stehe ich hier erst am Beginn des eigentlichen Rätsels? fragte er sich. *Fängt meine Mission hier erst an?*

Er seufzte.

Wahrscheinlich war es immer das gleiche: Entdeckte man die Lösung eines Rätsels, so ergaben sich daraus nur immer mehr und größere Rätsel.

Die Kuppel war nur noch etwa fünfzig Meter entfernt. Perry kniff die Augen zusammen, um auf der reflektierenden silbrigen Oberfläche die haarfeinen Linien von Schottfugen erkennen zu können. Er sah nichts, aber noch während er hinschaute, war plötzlich eine rechteckige Öffnung in der Hülle. Sie hob sich dunkel gegen den Glanz der Oberfläche ab, und erst bei genauerem Hinsehen entdeckte Perry den rötlichen Lichtschein dahinter.

Aus diesem Lichtschein trat plötzlich eine hochgewachsene Gestalt ins Licht des Nachmittags hinaus. Perry Rhodan öffnete den Mund, um dem Fremden eine Warnung zuzurufen, denn der Mann – zweifellos war es ein Mann – trug keinen Raumanzug.

Doch dann sah Perry das undeutliche Flimmern, das den Fremden einhüllte. Es war nicht kugelförmig wie ein terranischer Individualschirm, sondern lag eng am Körper an, als wäre es ein Schutzanzug aus purer Energie.

Beim Anblick des Fremden war Rhodan stehengeblieben. Nun setzte er seinen Weg fort. Fasziniert musterte er die Bekleidung des Mannes. Sie war keineswegs so, wie er sie bei einem Wesen vermutet hätte, das Herr über eine hochstehende Technik war. Schon gar nicht ähnelte sie einem raumfahrenden Wesen, aber Perry Rhodan hatte auch in dieser Beziehung seine vielschichtigen Erfahrungen, so daß er keineswegs irritiert war.

Das Gesicht wurde zu sehr vom grellen Schein der Sonne ausgeleuchtet, als daß es Rückschlüsse auf das Alter des Fremden erlaubte. Das auf die Schultern fallende weiße Haar und der lange weiße Bart riefen jedoch unwillkürlich Assoziationen zu menschlichen Kennzeichen hervor.

Die Kleidung war schlicht und vergleichsweise primitiv. Weder die hohen Schnürsandalen noch das weite »Sackkleid« mit dem breiten Gürtel wirkten wie Erzeugnisse einer hochmodernen Fabrikationsweise. Aber gerade dieser scharfe Kontrast zu dem enganliegenden Energiefeld faszinierte den Terraner.

In fünf Schritten Entfernung blieben Rhodan und der Fremde stehen. Nun sah Perry auch das runzelige Gesicht des Mannes. Es mußte ein sehr alter Mann sein, wenn man von der Technik, die sich in den Prüfungsmethoden und dem Schutzfeld offenbart hatte, auf die Möglichkeiten der Lebensverlängerung schließen konnte, die ihm zur Verfügung standen.

Der ALTE lächelte und hob grüßend die Hand.

»Willkommen auf dem Planeten der ersten Liebe, Perry Rhodan«, sagte er mit leiser Stimme.

Perry hob ebenfalls die Hand. Trocken erwiderte er:

»Diese Begrüßung tut meinen mitgenommenen Nerven gut, alter Knabe.« Sein Lächeln strafte die Aussage Lügen.

Der ALTE lachte.

»Es tut mir leid, daß sich gewisse Unannehmlichkeiten nicht vermeiden ließen, Rhodan. Darf ich Sie in mein bescheidenes Heim bitten?«

»Mit Freuden angenommen. Wie war doch Ihr werter Name?«

Der ALTE antwortete nicht, sondern wandte sich um und schritt dem Terraner voraus auf die Öffnung am Fuß der Kuppel zu.

Perry berührte das nicht. Wenn der alte Mann seinen Namen nicht verraten wollte, ließ er es eben bleiben. Namen waren nicht unbedingt wichtig, solange man es nicht mit mehreren Personen zu tun hatte, die man gern auseinanderhalten wollte. Er folgte dem ALTEN, musterte die Inneneinrichtung der Schleusenkammer genau und nickte befriedigt, als das Flimmern um den ALTEN erlosch, sobald das Innenschott aufglitt. Der Fremde hielt also einen Schutz für unnötig, er vertraute seinem Besucher.

Der ALTE führte Rhodan in einen kleinen Raum, der ähnlich primitiv ausgestattet war wie seine Bekleidung. Nur die stählernen Wände und das indirekte Licht zeugten von einer hochstehenden Technik.

Nachdem Rhodan auf einem lederbespannten Sessel Platz genommen hatte, setzte sich der ALTE auf eine ebenfalls lederbespannte Bank. Forschend betrachtete er den Terraner, bevor er zu fragen begann:

»Warum haben Sie die vier unersetzlichen Wandeltaster ausgestoßen, obwohl Sie keine Sicherheit hatten, daß Sie sie jemals zurückbekämen und wissen mußten, daß dies nicht nur Ihre Rückkehr verhindert, sondern eventuell auch die solare Menschheit gefährdet hätte?«

Perry stutzte. Wieviel wußte der alte Mann eigentlich noch über ihn und über die Menschheit?

Nach kurzem Zögern entschloß er sich, bei der Wahrheit zu bleiben. Eine Lüge hätte das jetzige und zukünftige Verhältnis zwischen ihnen nur belastet.

»Ich war mir ziemlich sicher, daß ich meine Wandeltaster zurückerhalten würde«, erklärte er gelassen. »Nach den ersten beiden Tests erwartete ich selbstverständlich weitere, und ich war nach reiflichem Überlegen fest davon überzeugt, daß jemand sich endgültig vergewissern wollte, daß er sich auf mich und meine Leute verlassen kann.«

Er lächelte kühl.

»Glauben Sie ja nicht, ich hätte ebenso gehandelt, wenn ich nicht dieser Überzeugung gewesen wäre.«

Der ALTE runzelte die Stirn, dann lächelte er unergründlich.

»Damit haben Sie soeben den vierten Test bestanden, Perry Rhodan. Ich mußte wissen, ob Sie mich zu überlisten versuchten oder trotz verständlicher Bedenken aufrichtig blieben.«

Er räusperte sich. Sein Blick wurde durchdringend.

»Inwieweit spielte bei Ihrem Entschluß, die Wandeltaster auszustoßen, das Motiv eine Rolle, dem Ganjo und dem verschwundenen Volk der Ganjasen zu helfen?«

»Es spielte eine große Rolle, aber nicht die entscheidende«, gab Perry wahrheitsgemäß zurück. »Wir sind nicht in erster Linie nach Gruelfin gekommen, um Ovaron zu helfen, sondern wir wollten herausfinden, ob die Takerer eine Invasion unserer Galaxis vorbereiten. Entscheidend für meinen Entschluß war meine intuitiv gewonnene Überzeugung, eine freundlich gesinnte Macht wollte uns Terraner gründlich testen, um sich dann mit uns in Verbindung zu setzen. Selbstverständlich spielte bei meinen Überlegungen auch die Vermutung eine Rolle, daß diese mysteriöse Macht dem Ganjo helfen wolle.«

Der Alte sah ihn wohlwollend an.

»Ich danke Ihnen für Ihre Offenheit, Perry Rhodan.«

Er erhob sich.

»Ich begleite Sie nach draußen. Kehren Sie bitte in Ihr Schiff zurück und warten Sie ab.«

Perry erhob sich ebenfalls.

»Sie werden sich wieder mit uns in Verbindung setzen . . .?«

»Zu gegebener Zeit, Rhodan.« Der ALTE schritt ihm voraus. »Haben Sie etwas Geduld.«

Perry lachte.

»Darin bin ich geübt, alter Mann.«

Er trat durch das Außenschott, wandte sich noch einmal um und winkte.

Der ALTE stand in der Öffnung, hob die Hand – und die Öffnung schloß sich.

Einige Sekunden lang blickte Perry Rhodan noch auf die Hülle der Kuppel, dann wandte er sich um und schritt langsam auf die MARCO POLO zu, die gleich einem Gebirge aus Stahl in den Himmel ragte.

»Oberstleutnant Pawo Restonow bittet, eingelassen zu werden, Sir«, meldete der Schottcomputer mit unmodulierter Stimme.

Perry Rhodan war ungehalten. Soeben hatte er über die Rundrufanlage der Besatzung des Schiffes von seinem Gespräch mit dem ALTEN berichtet. Jetzt wollte er eigentlich in den Kommunikationsraum der Biopositronik gehen, um die Begegnung auswerten zu lassen.

Die Ankunft des Kommandeurs der Fünften Kreuzerflottille wirkte störend. Dennoch entschloß sich Rhodan, den Offizier vorzulassen.

»Diesmal ganz allein!« stellte er mit ironischem Lächeln fest, als Restonow auf ihn zukam. »Das letztemal hatten Sie vier Begleiter!«

Pawo Restonow zwang sich zu einem verlegenen Grinsen.

»Mein jetziger Besuch erfordert keine Zeugen, Sir«, erwiderte er. »Ich – äh – hatte Ihnen damals gesagt, daß wir uns wegen der Angelegenheit mit den PWTs noch einmal sprechen würden . . .«

»Tatsächlich!« meinte Perry. »Das hatten Sie gesagt. Diesmal sind Sie nicht ganz so förmlich, was mich zu der Annahme verleitet, daß ich Ihnen einen Platz anbieten darf.«

Restonows Ohren glühten, als er sich setzte. Dankend nahm er einen Kaffee entgegen, dann blickte er dem Großadministrator offen ins Gesicht und erklärte:

»Erwarten Sie bitte nicht, daß ich mich für meine damalige Vorsprache entschuldige, Sir. Meine Vorhaltungen waren berechtigt.«

»Es wäre schlecht, wenn Sie etwas getan hätten, wofür Sie sich hinterher entschuldigen müßten, Oberstleutnant«, sagte Perry und nippte an seinem Kaffee. »Ich sehe meine Offiziere immer gern als Menschen, aber setze bei ihnen ein sachlich überlegtes Handeln voraus. Sie haben mich keineswegs enttäuscht.«

»Eher das Gegenteil ist der Fall«, warf Atlan ein. Er lachte.

Auf Restonows Gesicht spiegelten sich zwiespältige Gefühle. Er fühlte sich nicht ganz wohl in seiner Haut.

»Ich bin beauftragt, Ihnen zu Ihrem Erfolg zu gratulieren, Sir. Das möchte ich auch für mich selbst tun. Wir alle freuen uns, daß nicht wir, sondern Sie recht behalten haben.« Er holte tief Luft. »Ich hatte, ehrlich gesagt, nicht daran geglaubt.«

»Ihre Aufrichtigkeit ist herzerfrischend«, versicherte Perry lächelnd. Sein Gesicht wurde ernst. »Teilen Sie bitte den Männern mit, die Sie schickten, daß die Angelegenheit für mich erledigt ist. In gewisser Hinsicht bin ich froh darüber, daß man mich nicht für unfehlbar hält. Wenn erst eine Mehrheit anfängt, an die Unfehlbarkeit einer Person zu glauben, geht der Kurs unweigerlich ins Verderben.«

Er stand auf.

»Bitte, trinken Sie Ihren Kaffee in Ruhe aus, Oberstleutnant. Ich habe jetzt in der Biopositronik zu tun und bitte Sie, mich zu entschuldigen.«

Pawo Restonow sah ihm nach, bis er durch die Pforte des Gehirns verschwunden war. Dann blickte er den Arkoniden an.

»Ist er nicht ein prachtvoller Mensch, Sir?«

Atlan lachte trocken. »Das dürfen Sie ruhig laut sagen – obwohl mir dieser Prachtmensch sehr oft auf die Nerven geht.«

»Oh!« sagte Restonow und griff nach seiner Kaffeetasse. »Und ich dachte bisher, Sie besäßen keine Nerven.«

5.

Der Taschkar blickte auf die Bildschirmgalerie. Von seinem Platz aus konnte er alle Räume des Purpurpalastes beobachten, auch die Vorhöfe und Balkone. Sie waren alle gekommen, stellte der Taschkar mit einem Seitenblick auf die Wandliste fest. Nur Pertrons Name leuchtete nach wie vor nicht auf.

Pertron würde diesen Fehler mit dem Leben bezahlen.

Der Taschkar drehte sich um. Er prüfte sein Aussehen in einem der großen Wandspiegel. Obwohl er bereits einhundertachtzig Jahre alt war, hatte er nichts von seiner jugendlichen Elastizität verloren. Der Taschkar lächelte seinem Spiegelbild zu. Er wußte, daß er gut aussah, fast wie ein Fünfunddreißigjähriger. Sein markantes Gesicht mit der scharfrückigen Nase und den dunklen Augen wirkte anziehend.

Der Taschkar strich über seine Haare. Er stellte sich vor, wie sich die Frauen der höchsten Würdenträger und Abgesandten um ihn bemühen würden, teils aus Furcht, daß er mangelndes Interesse bestrafen könnte, teils aus Neugier.

Der Taschkar hatte noch nie länger als drei Wochen mit einer Frau zusammengelebt. Er verachtete das andere Geschlecht. Er hatte fast zweihundert Jahre lang Gelegenheit gehabt, Männer zu studieren, die sich eng an Frauen banden. Diesen fehlte jeder Schwung – wenn sie überhaupt Aktivität entfalteten, dann taten sie es auf Betreiben ihrer Frauen. Die Frauen verlangten von ihren Männern einerseits Erfolge, andererseits feste Bindungen. Beides ließ sich nicht miteinander vereinbaren.

Ein Geräusch im Eingang unterbrach die Gedanken des Taschkars.

Ronar, der Sechsäugige, stand mit dem Sammelkorb in der Tür und grinste blöde. Er war nur einen Meter hoch, aber sein Brustkorb durchmaß eineinhalb Meter. Ronar war eines der stärksten Wesen, das der Taschkar kannte, und eines der einfältigsten. Aber er war dem Taschkar treu ergeben. Außer Ronar durften nur Vinhoo und Besst diesen Raum betreten.

Der Taschkar lächelte, als er an Besst dachte, der jetzt ein paar Etagen weiter oben die Musikanten zusammentrieb.

Der »Tag des Ocscha«, hatte nichts von seiner Faszination verloren. Bei diesem jährlich stattfindenden Fest bewies sich die Macht des Taschkars.

Im Laufe der Jahre hatte der Taschkar gelernt, die Erregung zu verbergen, die ihn bei solchen Anlässen überkam. Er war ein Herr über eine Galaxis, ein Mann, der Gelassenheit und Überlegenheit ausstrahlen mußte.

Ronar murrte ungeduldig, als er merkte, daß sein Herr sich nicht von dem Spiegel losreißen konnte.

»Ich komme, Ronar!« rief der Taschkar dem Ungeheuer zu. »Gib mir den Sammelkorb.«

Der Sammelkorb galt als wichtigster Bestandteil der Zeremonie, die in weniger als einer Stunde im großen Saal des Purpurpalastes beginnen würde. Er hatte nur noch symbolische Bedeutung, denn keines der Geschenke, die der Taschkar erwartete, würde in dem kleinen Korb Platz finden.

Der Taschkar achtete darauf, daß er Ronars von Drüsensekreten bedeckte Haut nicht berührte. Er nahm den Korb und befestigte ihn an seinem Gürtel.

Zusammen mit Ronar verließ er den Raum.

Das Panorama in der Vorhalle war atemberaubend, aber der Taschkar hatte sich an diesen Anblick längst gewöhnt und achtete nicht mehr darauf. Panzerglasscheiben gaben den Blick auf den Vulkansee im Innern des Berges Motah frei. Auf der einen Seite lag der breite Kanal, der unter der Insel ins Meer hinausführte. Die mittlere Scheibe umrahmte schwarze Basalthänge, an denen die Ruinen längst versunkener Herrenhäuser wie überdimensionale Vogelnester klebten. Diese Gebäude reichten bis an die Seeoberfläche. Weiter oben waren die Hänge nur von Pflanzen bewachsen. Die Takerer hatten sich die natürlichen Gegebenheiten zunutze gemacht und wunderbare Gärten angelegt. Die neueren Paläste befanden sich auf der Oberkante des Kraterrandes. Dieses Gebiet war in jahrelanger Arbeit planiert worden, so daß ein eintausend Meter breiter Streifen entstanden war, der den Vulkan umgab.

Die Insel, auch VALOSAR genannt, war der nördlichen Küste des Festlands fünfzig Kilometer vorgelagert. Der Taschkar verließ das VALOSAR nur selten. Auf dem Kontinent zeigte er sich fast nie. Wenn er gezwungen war, den Planeten Takera im Deep-Purple-System zu verlassen, ließ er sich vom VALOSAR aus direkt zum Raumschiff fliegen.

In Taschkanor, der Hauptstadt des Planeten, wurde die mangelnde Bereitschaft des Taschkars oft kritisiert, aber er störte sich nicht daran. Als Herr einer Galaxis konnte er sich über die Wünsche von sechzig Millionen Einwohnern hinwegsetzen.

Bei solchen Überlegungen merkte der Taschkar, daß er aufgehört hatte, seinen Herrschaftsbereich in seiner räumlichen Ausdehnung zu begreifen. Wenn er Takera verließ, um eine andere, von den Takerern beherrschte Welt zu besuchen, dann war das für ihn nicht mehr als das Überwechseln von einem Raum in den anderen.

Einzig und allein das VALOSAR wurde von ihm übersehen und im eigentlichen Sinn beherrscht.

Ronar grunzte aufgeregt, als ein Wachboot der Leibwache dicht an der mittleren Scheibe vorbeiglitt.

Der Taschkar winkte ab.

»Nur Ruhe, mein Freund!«

Weiter draußen im See leuchtete es auf. Eine Sonde der Marsav, der Geheimpolizei, sank dem Grund entgegen. Der Taschkar lächelte geringschätzig. Er wußte, daß die führenden Männer der Geheimpolizei sich alle Mühe gaben, den Taschkar nicht nur zu beschützen, sondern auch zu beobachten. Aber hier, in den geheimen Stationen im Kraterinnern, war er vollkommen sicher.

Der Taschkar hatte bisher keinen Grund gehabt, gegen die Marsav vorzugehen. Im Gegenteil: Die Tatsache, daß die berüchtigten Exekutionsflotten von der Marsav befehligt wurden, lenkte den Zorn vieler Unzufriedener von dem Taschkar ab.

Ronar flutete.

Der Taschkar sah ihn mißbilligend an.

»Du bist unsauber, mein Freund.«

Sein Leibwächter grunzte demütig und versuchte, das Ausfließen seiner Wasserbeutel zu verhindern. In diesen Beuteln sammelte Ronar alle Körperausscheidungen. Er mußte sie alle zwanzig Stunden entleeren. Bisher hatte der Taschkar ihm nicht beibringen können, zu diesem Zweck einen abgelegenen Raum aufzusuchen.

Verzweifelt darüber, daß er den Unwillen seines Herrn hervorgerufen hatte, hockte Ronar in der Pfütze.

Der Taschkar nickte ihm zu.

»Komm!«

Zusammen betraten sie den Antigravschacht und ließen sich nach oben bringen. Auch innerhalb des Schachtes waren Bildschirme installiert. Sie zeigten jedoch nur das Innere des großen Saales. Der Taschkar beobachtete, wie die Abordnung von Bernothaskon eintraf. Es waren vier Doppler, die ihre Weibchen fest auf den Rücken geschnürt hatten. Sie erregten einiges Aufsehen. Als Angehörige eines nichtcappinschen Volkes waren sie klug genug gewesen, ihre Eroberungspläne nach dem Zusammentreffen mit den Takerern einzustellen. Sie hatten sogar die Raumfahrt aufgegeben. Die vier Doppler waren mit einem takerischen Kurierschiff eingetroffen.

Der Taschkar fragte sich, ob die Doppler von Bernothaskon feige oder nur klug waren.

Er trat aus dem Schacht und wartete, bis ihn die Schwebeplattform am Ende des Korridors absetzte. Ronar wimmerte. Er war nicht schwindelfrei.

»Still!« zischte der Taschkar.

Er überprüfte sein Armbandgerät. Es war sein wichtigster Besitz, denn es öffnete ihm die Türen zu den Geheimstationen und stellte Verbindungen zu wichtigen Stützpunkten her.

Die Augen des Taschkars verengten sich, als er am Ende des Ganges zwei Wächter auftauchen sah, die einen widerstrebenden Minister von Arsaschnon in Richtung des großen Saales zerrten.

Ronar schob sich an seinem Herrn vorbei, aber ein leiser Ruf des Taschkars hielt ihn auf.

»Nicht so hastig, mein Freund. Du wirst schon Beschäftigung bekommen. Bisher ist noch kein Feiertag vergangen, an dem du nicht Beute machen konntest.« Ronar schien ihn zu verstehen, denn er beruhigte sich schnell.

Der Taschkar wartete, bis die beiden Wächter mit dem Minister verschwunden waren. Es gab immer wieder Narren, die glaubten, Unabhängigkeit und Stolz demonstrieren zu müssen. Im vergangenen Jahr waren am Tag des Ocscha vierzig Männer und sieben Frauen hingerichtet worden.

»Benimm dich jetzt, mein Freund!« warnte der Taschkar seinen Leibwächter, als sie den Hauptkorridor betraten. Der Korridor war mit Blumen geschmückt. An den Wänden rieselte farbiges Wasser herab. Die Decke war abgestuft und mit Gransoren bedeckt. Die Blumentiere waren festgeklebt worden und starben im Verlauf der Feier einen qualvollen Tod. Doch das war der Sinn der Sache, denn im Todeskampf spreizten sie ihre wunderbaren Blüten und entfalteten eine phantastische Farbenpracht. Der Taschkar hörte das gequälte Summen der Gransoren, aber es ließ ihn kalt.

Eine Schar phantasievoll gekleideter Diener huschte im Korridor hin und her, um die ankommenden Gäste an ihre Plätze zu führen. Sechs weitere Mitglieder der Leibwache erwarteten den Taschkar und Ronar inmitten des Korridors. Sie nahmen den Herrscher des takerischen Imperiums in die Mitte.

Es störte den Taschkar nicht, von einer Gruppe von Monstren umgeben zu sein. Seine Leibwächter kamen aus allen Teilen dieser Galaxis und waren größtenteils das Ergebnis takerischer Zuchtversuche. Jeder Leibwächter hätte auf der Stelle sein Leben geopfert, um den Taschkar zu retten.

Trotz dieser Streitmacht trug der Taschkar einen starken IV-Schirm, um gegen Schüsse aus dem Hinterhalt geschützt zu sein. Zwar wurden alle Gäste und Diener durchsucht, aber die Möglichkeit, daß jemand eine Waffe in den Purpurpalast schmuggelte, war nicht auszuschließen.

Der Taschkar war sich der Blicke bewußt, die auf ihm und seiner Leibwache ruhten. Langsam, nach allen Seiten nickend, näherte er sich dem Eingang des großen Saales. Der Eingang war für den heutigen Tag dimensioniert, so daß er wie ein flimmernder Torbogen von unendlicher Tiefe wirkte. Trotzdem erschienen die Personen im Innern des großen Saales in natürlicher Größe und Entfernung.

Cappinsche Augen waren mit solchen Spielereien leicht zu überlisten.

Der Taschkar wußte, daß im Eingang zusätzliche Kontroll- und Ortungsgeräte eingebaut waren. Hier wurden die Gäste zum letztenmal unauffällig durchsucht.

Für den Taschkar bestand keine Notwendigkeit, sich einer solchen Kontrolle zu unterziehen, aber er blieb sekundenlang im Eingang stehen und wartete, bis die Musik verstummt war.

Während er auf seinen Platz zuschritt, war es im Innern des Saales vollkommen still. Alle Gäste hatten sich von den Plätzen erhoben. Der Taschkar wußte, daß ihn mehr als die Hälfte aller Anwesenden haßte und auf der Stelle getötet hätte, wenn sich eine Gelegenheit dazu geboten hätte.

Alle bewohnten Planeten des Deep-Purple-Systems hatten Delegierte nach Takera geschickt. Hinzu kamen die Vertreter der Kolonien und der Fremdvölker.

Der Taschkar schritt an einer leuchtenden Wasserblase vorüber, in der sich Heimsoder Kernan aufhielt. Kernan lag unbeweglich am Boden und ließ die Flüssigkeit durch seine Kiemen pulsieren. Er kam von der Wasserwelt Keystoffen. Heimsoder Kernans Gedanken waren schwer zu beurteilen; er war so fremdartig und harmlos, daß es dem Taschkar auch gleichgültig war, was dieses Wesen von ihm dachte.

Wie jedes Jahr hatte Kernan auch dieses Jahr einen Krebs mitgebracht; das Tier lag in einem kleinen Becken neben der Wasserblase und wackelte mit den Fühlern.

Der Taschkar lächelte einigen Mitgliedern der Regierung zu. Die Minister auf Takera hatten lediglich Verwaltungs- und Organisationsaufgaben zu erfüllen. Entscheidungen von großer Bedeutung traf allein der Taschkar.

Der Diktator hatte seinen Platz erreicht. Es war ein schwarzes Antigravbett mit Massageboden, Ortungsgeräten, Funkgeräten und einem Abwehrschirm. Das Antigravbett stand unmittelbar über einem Bodentransmitter und konnte von einer Sekunde zur anderen aus diesem Raum katapultiert werden.

Der Taschkar ließ sich nieder und winkte lässig.

Die Musik setzte wieder ein.

Der Zeremonienmeister verlas eine Grußbotschaft des Taschkars, die die Anwesenden über Kopfhörer mithörten. Es war eine mit gewolltem Pathos durchsetzte Rede, in der der Taschkar darauf hinwies, wie gut es jenen ging, die loyal waren. Alle anderen wurden unmißverständlich gewarnt.

Der Taschkar verwies auf das wenig lobenswerte Beispiel Pertrons, der mit dem Tod rechnen mußte.

Die beiden ersten Stunden der Feier verliefen ruhig. Der Taschkar ließ seinen Gästen Zeit zum Einnehmen der Mahlzeiten. Er wurde ständig über Bemerkungen der Anwesenden unterrichtet. Natürlich wußten alle, daß es Abhöranlagen gab, aber der Taschkar war ein guter Psychologe, der auch aus überlegten Äußerungen hintergründige Emotionen herauszuhören imstande war.

Schließlich war der Taschkar bereit, Geschenke seiner Gäste entgegenzunehmen. Die Vertreter der Gruppen wurden vom Zeremonienmeister aufgerufen.

Zuerst erschien Lastovon vor dem Antigravbett. Er war ein schwarzhäutiger Kurseb mit mächtigen Greifarmen und Dornenaugen. Es war kein Zufall, daß ein Kurseb den Anfang bei der Geschenkübergabe machte. Die Kurseb hatten auf ihrer Heimatwelt eine vom cappinschen Standpunkt aus primitive Technik entwickelt. Trotzdem hatten sie den Schiffen der Takerer wochenlang Widerstand geleistet. Auch nach dem Fall ihrer befestigten Städte hatten sie als Guerillas weitergekämpft. Schließlich war eine Exekutionsflotte eingetroffen.

Den Methoden der Marsav hatten auch die Kurseb nicht widerstehen können.

Lastovon sank auf die Knie. Das war für ihn mit Schwierigkeiten verbunden, denn er besaß anstelle von Gelenken organische Kupplungen, die bei einem solchen Manöver auf gefährliche Weise strapaziert wurden. Der Taschkar legte jedoch Wert auf die symbolische Unterwerfung des Kurseb. Man hatte Lastovon davon unterrichtet, daß er den Purpurpalast nur lebend verlassen würde, wenn er sich vor aller Augen demütigte.

»Gruß von Kursabon!« rief Lastovon mit seiner knarrenden Stimme. »Wir loben den Taschkar, den Herrn über alle bösen Winde.«

Er öffnete einen Lederbeutel und entnahm ihm getrockneten Kot.

Es gelang ihm, eine Handvoll davon zu verstreuen, bevor ihn zwei Wächter packten und aus dem Saal zerrten.

»Tötet ihn!« befahl der Taschkar. »Auf Kursabon werden die Rationen für alle Kurseb um die Hälfte reduziert. Der Narr, der dafür verantwortlich ist, daß Lastovon das Zeug hereinschleppen konnte, wird aus der Wachmannschaft entfernt und einem Schiff der Exekutionsflotte zugeteilt.«

Der Taschkar empfand diesen Zwischenfall gleich zu Beginn der Zeremonie als schlechtes Zeichen. Zu seiner Erleichterung verlief die Übergabe der Geschenke von nun an jedoch wie geplant und ohne Zwischenfälle.

»Ich bin zufrieden!« verkündete der Diktator schließlich und ließ die Sachen hinausschaffen.

Der Zeremonienmeister versprach allen Anwesenden, daß die diesjährigen Wasserspiele alle vorausgegangenen übertreffen würden.

Das Dach des Purpurpalastes öffnete sich. Der Himmel wurde sichtbar.

Flugfähige Antigravprojektoren hoben tonnenweise das Wasser aus dem Vulkansee und ballten es zu einer Kugel über dem Berg Notah. Die Wasserkugel wurde farbig beleuchtet. Luftgleiter stießen in die Blase hinein und zogen beim Wiederaustritt große Wasserperlen hinter sich nach.

Es gab den ersten spontanen Beifall.

Der Zeremonienmeister trat an die Seite des Taschkars.

»Ihre Gäste sind zufrieden, Taschkar.«

Der Diktator lächelte. »Loyalität muß belohnt werden.«

Nach einem Augenblick des Zögerns sagte der Zeremonienmeister: »Balschon Thes möchte mit Ihnen sprechen.«

Der Herrscher runzelte die Stirn.

»Weshalb?« »Er antwortete nicht auf meine Fragen. Das Heimliche Verhör ergab ebenfalls keine Anhaltspunkte.«

»Sie wissen, daß Sie in solchen Fällen die Erlaubnis haben, über das Heimliche Verhör hinauszugehen.«

Der Zeremonienmeister wurde unruhig. Er begann um seine Position zu fürchten, die zwar lohnend, aber unglaublich risikoreich war.

»Balschon Thes ist der Abgesandte der drittgrößten Kolonie im Sektor Mansis, Taschkar. Es steht mir nicht zu, Ihnen Vorschläge zu machen, aber . . .«

Der Taschkar hob einen Arm.

»Schicken Sie ihn her. Noch etwas: Wurde Pertron schon verhaftet?«

»Ja, Taschkar.«

»Seine Hinrichtung wird bis morgen verschoben. Ich möchte, daß sie in alle Teile Gruelfins übertragen wird. Jetzt sind zu viele Geräte mit der Übertragung der Feierlichkeiten belastet.«

»Ich verstehe, Taschkar.« Der Zeremonienmeister eilte davon. Wenige Augenblicke später kam er mit Balschon Thes zurück.

Thes war ein schmierig wirkender Cappin, wie der Taschkar ihn in einer drittklassigen Kneipe erwartet hätte.

»Ich grüße Sie, Taschkar.«

»Was wollen Sie, Thes?« Der Diktator wollte seinen Besucher mit dieser direkten Frage verwirren. »Warum haben Sie nicht während der Geschenkübergabe mit mir gesprochen?«

»Das gilt als unschicklich.«

Das war immerhin wahr.

»Ich habe den Auftrag, wegen des Sandes mit Ihnen zu verhandeln«, fuhr Thes fort.

Der Taschkar traute seinen Ohren nicht. Dieser unverschämte fette Bursche sprach von Verhandlungen.

»Thes!« schrie der Zeremonienmeister. »Sie vergessen sich.«

Thes schob trotzig das Kinn vor. Er war berauscht, deshalb fand er diesen Mut. Die Mitglieder seiner Regierung hatten ihn offenbar wochenlang für diesen Auftritt präpariert.

Der Taschkar schüttelte sich angewidert.

»Wir sind verzweifelt!« rief Thes aufgeregt. »Grasuub, unsere größte Stadt, wird bald im Flugsand ersticken, wenn nicht etwas geschieht. Sie müssen ein paar Schiffe zum Absaugen schicken, Taschkar.«

»Warum schaffen Sie den Sand nicht selbst weg?« erkundigte sich der Herrscher spöttisch.

»Unsere Maschinen wurden beschlagnahmt«, antwortete Thes. »Sie gelten nach den augenblicklichen Gesetzen als Kriegsmaterial. Wir können gegen den Sand nichts unternehmen, wenn wir die Maschinen nicht haben. Im Vertrag wurde uns zugesichert, daß der Flugsand alle drei Wochen abgesaugt würde. Diese Abmachung sollte wenigstens bei den großen Städten eingehalten werden.«

Der Zeremonienmeister wollte Balschon Thes hinauswerfen lassen, aber der Taschkar hob einen Arm.

»Bringt mir einen Eimer und eine Schaufel!« befahl er.

Sein Befehl wurde ausgeführt.

»Wie viele Einwohner hat Grasuub?« erkundigte sich der Taschkar.

»Eineinhalb Millionen, Taschkar!« Thes' Stimme zitterte vor Erregung.

Der Taschkar hob Eimer und Schaufel.

»Rüsten Sie die Hälfte davon damit aus, Balschon Thes, dann wird die Stadt bald vom Sand befreit sein.«

Die Umstehenden brachen in lautes Gelächter aus.

Blaß und verbittert ließ Thes sich hinausführen.

»Haltet ihn auf!« befahl der Taschkar. »Ändert seine Psyche, damit er nicht in den Mansis-Sektor zurückkehrt und gegen uns hetzt.«

Thes hatte die Worte noch gehört. Er fuhr herum. Bevor er jedoch etwas sagen konnte, traf ihn ein paralysierender Strahl aus der Waffe eines Wächters. Thes' Beine knickten ein. Er fiel auf den Rücken und wurde an den Füßen aus dem Saal gezogen. Die Menge klatschte Beifall, aber viele Gesichter waren starr und drückten Angst und Verbitterung aus.

»Das Programm wird fortgesetzt!« verkündete der Zeremonienmeister. »Wir zeigen jetzt den Meeresgraben.«

Eine Wand des Purpurpalastes wurde durchsichtig. Die Gäste konnten aufs Meer hinausblicken.

Der Ozean teilte sich. Zwischen aufgestauten Wassermassen bildete sich eine Schlucht. Sie reichte weit ins Meer hinaus. Längst untergegangene Städte wurden sichtbar.

»Wer möchte, kann dort draußen spazierengehen.«

Niemand wollte. Die Vorstellung, daß die steil aufragenden Wasserwände nicht halten würden, war übermächtig.

Der Taschkar lächelte, erhob sich von seinem Antigravbett und ergriff einen Minister seiner Regierung am Arm.

»Sie möchten sich diese Gelegenheit doch bestimmt nicht entgehen lassen, Scorie?«

Scorie beherrschte sich mühsam.

»Nein, Taschkar.«

Er ging davon.

»Halten Sie das Wasser eine Stunde lang zurück!« befahl der Taschkar seinem Zeremonienmeister. »Bis dahin wird Scorie zurück sein.«

Der Diktator blickte Scorie nach. Er amüsierte sich. Angst war immer amüsant, denn sie führte in vielen Fällen zu ungewöhnlichen Taten.

Bevor der Taschkar weiter darüber nachdenken konnte, sprach sein Armbandgerät an. Der Herrscher zuckte zusammen. Niemand außer ihm konnte die Nachricht hören, die er jetzt empfing.

Die Gäste spürten, daß etwas nicht in Ordnung war, und umringten das Antigravbett des Taschkars.

Der Diktator sah die Anwesenden verwirrt an und betätigte den Transmitter. Er verschwand mit seinem Antigravbett aus dem großen Saal des Purpurpalastes.

Verständnislose Rufe wurden laut. Noch nie hatte der Taschkar seine Gäste so provoziert. Das konnte nur bedeuten, daß etwas Ungewöhnliches geschehen war.

Die Leibwache des Taschkars verschwand durch einen der vielen Ausgänge. Ihr Rückzug wirkte wie eine Flucht.

Die Unruhe im Saal nahm zu.

Der Zeremonienmeister wandte sich von einer Schalttafel ab.

»Ich habe soeben erfahren, daß der Taschkar Großalarm für die Flotte gegeben hat!« rief er den Gästen zu. »Der Taschkar ging über Transmitter an Bord des Flaggschiffs. Innerhalb der nächsten Stunde werden zehntausend Einheiten das Deep-Purple-System verlassen.«

»Was ist passiert?« fragte einer der Minister.

»Ich bin nicht befugt, darüber Auskunft zu erteilen«, erwiderte der Zeremonienmeister. »Sie können den Palast verlassen. Die Feiern zum Tag des Ocscha sind beendet.«

Die Menge verließ den Saal. Die Unruhe übertrug sich auf die Gransoren, deren Todeskampf bereits eingesetzt hatte. Sie streckten ihre blütenähnlichen Federn. Die Decke des Hauptkorridors erstrahlte in voller Pracht.

Niemand achtete darauf.

6.

Die Sonne ging auf.

Innerhalb weniger Minuten verwandelte sich die Hochebene in eine hitzeüberflutete Wüste. Die kuppelartigen Überreste einer ehemaligen ganjasischen Festung reflektierten das Licht der Sonne.

Inzwischen waren die vier Pralitzschen Wandeltaster wieder an Bord genommen und installiert worden.

Vierundzwanzig Stunden waren seit dem ersten Auftauchen des ALTEN vergangen. Bisher hatte er sich nicht wieder gezeigt.

Ovaron war darüber beunruhigt. Auch die Mutanten machten einen besorgten Eindruck, obwohl sie ihr Unbehagen nicht in Worte kleiden konnten.

Perry Rhodan wartete ab. Jetzt, da die MARCO POLO wieder fernflugtauglich war, fühlte er sich besser.

Die führenden Männer hielten sich in der Hauptzentrale des Schiffes auf. Bis auf die Zellaktivatorträger hatten sie in den letzten zwanzig Stunden abwechselnd geschlafen.

Atlan, der fast ununterbrochen auf den Bildschirm blickte, sah seinen terranischen Freund forschend an.

»Ich verstehe deine Passivität nicht. Könnte es nicht sein, daß der ALTE auf eine Initiative unsererseits wartet?«

Rhodan hatte sich diese Frage auch schon gestellt, aber er wollte diesmal keine Entscheidung treffen. Es lag an Ovaron, den Zeitpunkt einer Initiative zu bestimmen. Der Ganjo behauptete, die Verhältnisse auf dieser Welt zu kennen. Er gab jedoch zu, daß sich vieles verändert hatte. Der ALTE war ihm unbekannt.

Ovaron deutete Rhodans Schweigen richtig.

»Perry erwartet, daß ich eine Gruppe zur Kuppel hinüberführe.«

»Ja«, gab Rhodan zu. »Sollten Sie die Entscheidung jedoch zu lange aufschieben, werde ich handeln.«

Ovarons Gesichtsausdruck ließ sich nicht entnehmen, wie er darüber dachte.

»Ich möchte wissen, was unter der Kuppel liegt«, mischte sich Roi Danton ein.

Gucky watschelte heran.

»Das läßt sich leicht feststellen. Ich brauche nur ein Teleportersprüngchen . . .«

»Halt!« unterbrach ihn Rhodan. »Hier wird nicht teleportiert. Du mußt auf deine Sprüngchen verzichten.«

»Hört euch diesen alten Knacker an«, sagte der Mausbiber verdrossen. »Mein hübsches Fell setzt schon Patina an, wenn ich hier tatenlos . . .«

»Ruhe!« rief Ovaron.

Der Ganjase war erregt aufgesprungen und blickte auf sein Vielzweckarmbandgerät.

»Was ist geschehen?« erkundigte sich Rhodan gespannt.

»Es spricht wieder auf Sextadim-Halbspur an«, anwortete Ovaron. »Die Impulse sind jedoch völlig unidentifizierbar. Sie gleichen den seltsamen Schwingungen, die wir häufig während der hinter uns liegenden Tests empfangen haben.«

Atlan machte einen mißmutigen Eindruck.

»Hoffentlich bedeutet das nicht, daß neue Tests bevorstehen.«

Auf dem Bildschirm des Interkoms erschien das Gesicht des Diensthabenden der Ortungszentrale. Rhodan hatte eine Verbindung hergestellt.

»Ortung?« fragte der Terraner ruhig.

»Nichts, Sir!« Der Mann blickte verwundert drein.

»Ovarons Vielzweckgerät empfängt Impulse auf der Sextadim-Halbspur. Versuchen Sie, ob Sie etwas feststellen können.«

»Sir . . .«, setzte der Mann an. Dann besann er sich darauf, daß Rhodan alle Einwände sicher selbst überlegt hatte. Er nickte.

»Wir werden nichts feststellen«, sagte Geoffry Abel Waringer überzeugt.

»Natürlich nicht!« stimmte Rhodan zu. »Trotzdem müssen wir es versuchen.« Er blickte zu Ovaron hinüber. »Hält es an?«

»Ja.«

Das Gesicht des Cappins war verkniffen. Ovaron verfolgte das Ereignis mit innerer Anspannung.

Alaska Saedelaere trat in den Kommandostand. Unter seiner Maske flammte das Cappin-Fragment.

Der hagere Transmittergeschädigte beugte sich zu Rhodan hinab.

»Etwas stimmt nicht.« Seine Stimme klang heiser. »Ich fühle es.«

Rhodan sah auf die Maske.

»Was fühlen Sie?«

Saedelaere machte eine linkische Bewegung.

»Es ist wirklich nur ein Gefühl, daß etwas nicht in Ordnung ist, Sir«, erwiderte er. »Sie kennen meine Sensibilität, was die Cappins angeht.«

»Ich teile Ihre Sensibilität«, warf Merceile lächelnd ein. »Auch ich spüre, daß etwas innerhalb der Kuppel dort drüben geschieht.«

Rhodan blickte zu ihr auf, die jetzt hinter seinem Sessel stand. In letzter Zeit hatte Merceile sich sehr zurückhaltend benommen.

»Warum rätseln wir herum?« wollte Gucky wissen. »Ras und ich können hinüberspringen und nachsehen.«

Merkosh richtete sich von seiner Liege auf. Er sah aus wie ein bewegliches Glasstäbchen.

»Warum lassen Sie mich nicht sprechen? Wenn ich meine Stimme einsetze, wird die Kuppel in Fetzen fliegen.«

Rhodan schüttelte sich.

»Welch ein Glück, daß du nicht halb so grausam bist, wie du immer tust. Die Kuppel ist für uns unverletzlich.«

Ovaron stand auf.

»Halten Sie die Mutanten zurück, Perry!«

»Natürlich!« versprach Rhodan. »Es wird nichts geschehen, was dem ALTEN dort drüben gefährlich werden könnte.«

»Haben Sie eine Vermutung, was die Impulse bedeuten können?« wollte Atlan wissen.

Ovaron blickte auf den Boden.

»Ich *weiß* es.«

Verblüfft wartete Rhodan, daß der Cappin weitersprechen würde.

Ovaron stützte sich mit beiden Armen auf das Kontrollbrett.

»Der ALTE führt zweifellos ein Gespräch. Er ist mit jemand in Verbindung getreten. Ich möchte wissen, wer sein Gesprächspartner ist.«

Der ALTE trat ins Freie.

Vor ihm lag die Wüste im Licht der sengenden Sonne. Er überzeugte sich, daß die Kuppel sorgfältig verschlossen war. Er brauchte keinen Schutzanzug. Innerhalb seiner Energieblase war er sicher.

Er machte weite Schritte. In seiner rechten Hand trug er die Unterlagen, die er dem Ganjo überreichen wollte.

Die Gestalt sah winzig und verloren aus. Wie ein Insekt bewegte sie sich über den rissigen Boden.

»Er hat die Kuppel verlassen«, stellte Perry Rhodan fest.

»Die Impulse sind verstummt!« Ovaron betrachtete sein Armband.

In der Zentrale herrschte sekundenlang atemlose Stille.

Sie beobachteten den ALTEN, der langsam auf die MARCO POLO zukam. Nach einiger Zeit geriet er in den Schatten des Schiffes. Jetzt war das Leuchten seiner Energieblase deutlich zu erkennen.

Dann blieb der ALTE stehen.

»Was bedeutet das schon wieder?« fragte Atlan erstaunt.

Ovaron schwieg.

Rhodan wandte sich an Gucky und Fellmer Lloyd.

»Könnt ihr Mentalimpulse von ihm empfangen?«

»Nein«, sagte Lloyd.

»Wenn ich nicht mit eigenen Augen sehen könnte, daß er dort draußen steht, würde ich seine Existenz leugnen«, sagte Gucky. »Er ist parapsychisch so tot wie ein Betonklotz.«

»Er besitzt wahrscheinlich eine natürliche Abschirmung«, meinte Tschubai.

Ovaron räusperte sich.

»Wir müssen hinaus. Er erwartet uns offenbar.«

Rhodan klappte lächelnd den Helm seines Kampfanzugs zu.

»Gehen wir!«

»Halt!« rief Ovaron überrascht. »Ich meinte, daß Merceile und ich hinausgehen werden, um mit ihm zu reden.«

In Rhodans Augen begann es zu glitzern. Langsam sagte er: »Atlan und ich werden Sie begleiten, *Partner!* Merceile bleibt an Bord. Da ich bereits mit dem ALTEN verhandelt habe, ist es nur gerecht, wenn ich auch diesmal dabei bin.«

In Ovarons Gesicht arbeitete es. Er rang mit seinen Gefühlen.

»Ich kann verdammt hartnäckig sein«, fügte Perry hinzu.

Ovaron gab nach und verschloß ebenfalls seinen Helm. Atlan schob einen Kombistrahler in die Gürteltasche. Merceile kam auf den Arkoniden zu und legte ihm eine Hand auf die Schulter. Mit der anderen zog sie ihm die Waffe wieder heraus.

»Das brauchen Sie nicht!«

Atlan packte sie am Handgelenk. Er wollte ihr die Waffe entwinden, doch sie führte eine blitzschnelle Pedotransferierung in Atlans Körper durch. Vor dem Arkoniden lag ein Klumpen aus Protoplasma.

Sekundenlang kämpfte der Arkonide gegen die geistige Vorherrschaft der jungen Frau an, dann gab er nach. Er legte die Waffe auf den Boden.

»Merceile sollte das besser nicht tun«, sagte Rhodan ärgerlich zu Ovaron.

In diesem Augenblick kehrte Merceile in ihren Körper zurück.

»Sie sehen aus, als wollten Sie mich ohrfeigen«, sagte sie zu Atlan.

»Wie recht Sie haben«, entgegnete der Arkonide. Er war blaß vor Zorn. »Ich mag es nicht, wenn man mich meiner persönlichen Freiheit beraubt.«

Sie sahen sich feindselig an. Auch Ovaron spannte sich. Es war eine der Konfliktsituationen, wie sie sich in der letzten Zeit immer wieder einmal zwischen ihnen abspielten. Merceile war diesmal jedoch zu weit gegangen. Rhodan hatte den Eindruck, daß sie Atlan mit ihrer Handlungsweise hatte herausfordern wollen.

»Gehen wir endlich!« fordete Ovaron heiser. »Waffen sind bei diesem Ausflug wirklich unnötig.«

Atlan griff nach dem Strahler und schob ihn mit demonstrativer Gelassenheit in den Gürtel. Dann folgte er Perry und Ovaron, die bereits das Schott erreicht hatten.

Merceile blieb demonstrativ zurück.

Sie gingen nebeneinander über den glasharten Boden des Planeten First Love. Schräg vor ihnen verlief ein breiter Spalt, der tief in den Boden zu reichen schien. Über ihnen wölbte sich der gigantische Kugelkörper der MARCO POLO. Es war ein bedrückendes Gefühl, unter diesem Stahlberg zu stehen, dessen Schatten eine Fläche von vier Millionen Quadratmeter bedeckte.

»Er hat etwas in der Hand«, stellte Atlan fest, als sie noch hundert Meter von dem ALTEN entfernt waren.

»Keine Waffen!« sagte Ovaron sofort.

Rhodan sah den Cappin amüsiert an.

»Wir haben nicht vor, einen Kampf zu beginnen.«

Ovaron, der in diesen Stunden ausgesprochen humorlos wirkte, fragte verärgert: »Sie können sich wohl nicht vorstellen, daß allein Ihr Aussehen und Ihr Verhalten angriffslustig wirken?«

»Nein!« Atlan und Rhodan sagten es gleichzeitig.

Der Cappin blieb stehen und betrachtete seine beiden Begleiter, als stünde er ihnen zum erstenmal gegenüber.

»Ist Ihnen noch nie aufgefallen, wie groß der Unterschied zwischen

Ihrer technischen und geistigen Entwicklung ist? Sie sind Barbaren, die durch irgendwelche Umstände in den Besitz ungeheurer Machtmittel gelangt sind.«

»Da sind die Cappins doch in jeder Beziehung besser«, versetzte Rhodan schlagfertig.

Das saß. Ovaron wandte sich abrupt ab und bewegte sich weiter auf den ALTEN zu.

Sie hatten ihn fast erreicht. Rhodan sah, daß der Fremde mehrere Geräte an langen Schnüren um den Hals hängen hatte. Sie sahen nicht wie Waffen aus, aber Rhodan beschloß, vorsichtig zu bleiben.

Der ALTE warf sich vor Ovaron auf den Boden. Der Energieschirm, der ihn umschloß, paßte sich mühelos der neuen Haltung an.

»Ich bin von Jubel erfüllt«, hörte Rhodan die Stimme des ALTEN in seinem Helmlautsprecher aufklingen. Er nahm an, daß die Geräte, die der Mann mit sich trug, die Aufgabe von Funksprechanlagen erfüllten. »Ich begrüße dich als unseren Ganjo und überbringe dir den Jubel des ganjasischen Volkes, das nicht mehr hier vertreten sein kann.«

Ovarons Bewegungen verrieten Unruhe. Mit einer solchen Begrüßung hatte er nicht gerechnet.

»Bedeuten deine Worte, daß mein Volk noch existiert?« fragte der Cappin gespannt.

»Wir warten seit zweihunderttausend Jahren auf dich«, fuhr der ALTE fort, ohne auf die Frage Ovarons einzugehen. »Nun ist der Tag des Ganjos gekommen. Der Zeitplan stimmt genau mit den vorliegenden Informationen überein.«

»Warte!« unterbrach Ovaron den Redefluß des Weißhaarigen. »Ich muß dir ein paar Fragen stellen, bevor du weitersprichst.«

Der ALTE wurde unsicher. Er hatte offenbar damit gerechnet, mit seinen Worten auf großes Verständnis zu stoßen.

Ovaron nutzte die entstehende Pause.

»Wo kann ich nach meinem Volk suchen? Hat es sich aus Gruelfin zurückgezogen?«

»Die Ganjasen müssen die Herrschaft in Gruelfin wieder übernehmen«, erwiderte der ALTE. »Die Macht der Takerer muß zerschlagen werden. Ich habe dir Unterlagen mitgebracht, Ganjo. Sie werden dir die Vernichtung der takerischen Verbrecher erleichtern.«

»So einfach ist die Sache nicht.« Ovaron deutete auf Rhodan und Atlan. »Ich muß auf meine Freunde Rücksicht nehmen. Meine Begleiterin Merceile und ich sind die einzigen Cappins an Bord dieses riesigen Schiffes. Dieser Mann ist der Vertreter eines großen Imperiums, der Hellhaarige ist sein Freund. Beide haben mich aus einer fremden Galaxis hierhergebracht. Ich muß an ihre Interessen denken.«

Der ALTE erhob sich. Er kam ein paar Schritte näher heran.

»Wie kannst du sagen, daß du nicht deine gesamten Kräfte für das ganjasische Volk einsetzen willst?«

Es war deutlich zu erkennen, daß der ALTE erschüttert war. Er schwankte mit dem Oberkörper hin und her.

»Du mußt mich verstehen!« rief Ovaron, der ebenso wie Rhodan und Atlan spürte, daß der weißhaarige Mann in der Energieblase immer unruhiger wurde. »Deine und meine Interessen lassen sich vereinbaren. Aber meine Freunde sind in erster Linie darauf bedacht, ihr Volk vor einem Angriff der Takerer zu schützen.«

Rhodan trat einen Schritt vor.

»Das ist richtig! Wir verstehen Ovarons Nöte, aber er muß sich nach *unserem* Zeitplan richten, wenn er unsere Unterstützung haben will.«

Mit einer dramatisch wirkenden Geste deutete Ovaron zur MARCO POLO zurück.

»Dieses Schiff ist meine einzige Waffe. Notfalls muß ich warten, bis ich sie für meinen Zweck benutzen kann.«

»Das verstehe ich nicht«, gestand der ALTE. »Du bist der Ganjo. Du kannst doch nicht eine Reise von zweihunderttausend Jahren machen, um schließlich die Interessen von Fremden zu vertreten.«

Die Energieblase änderte erneut ihre Form, als der Weißhaarige einen Arm hob.

»Das alles muß ein Irrtum sein, Ganjo.«

Ovaron sah seine beiden Begleiter hilfesuchend an.

»Wie kann ich ihm nur begreiflich machen, wie sich alles verhält?«

Auf Rhodans Stirn erschien eine steile Falte.

»Ich glaube, er will uns nicht verstehen.«

Atlan legte eine Hand auf Perrys Arm.

»Triff keine übereilten Schlüsse. Der Alte ist tatsächlich ver . . .« Er unterbrach sich, weil Rhodans Armbandgerät ansprach. Gleichzeitig erklang Alaska Saedelaeres Stimme in den Lautsprechern der drei Männer.

»Vorsicht! Mit diesem Burschen stimmt etwas nicht!«

Rhodan und Atlan sahen sich bedeutungsvoll an. Die Hand des Arkoniden fiel auf den Waffengürtel.

»Alaska!« raunte Rhodan. »Was spüren Sie?«

»Der ALTE ist gefährlich. Auch Lord Zwiebus und Merceile sind unruhig.«

»Wenn Merceile etwas spürt, dann kann es Ovaron nicht verborgen bleiben.« Rhodans Stimme wurde lauter. »Was haben Sie zu sagen, Ovaron?«

Der Cappin fuhr herum.

»Nichts. Es ist nichts!«

Der ALTE stand jetzt unbeteiligt da. Seine Blicke ruhten auf Ovaron.

»Er ist *fremdartig!«* rief Saedelaere. »Er ist kein Cappin.«

»Was?« riefen Atlan und Rhodan gleichzeitig. »Sind Sie sicher?«

»Ich fühle es!« gab Saedelaere zurück.

»Und der Neandertaler fühlt es ebenfalls.«

Ovaron machte eine verächtliche Geste.

»Unsinn! Saedelaere besitzt keine telepathischen Fähigkeiten. Lord Zwiebus ist ebenfalls nur ein Halbmutant. Beide können nichts spüren. Es gibt überhaupt nichts . . .«

Er verstummte. Der ALTE hatte sich umgedreht und ging langsam zur Kuppel zurück. Sekundenlang blieb Ovaron wie erstarrt stehen, dann ging ein sichtbarer Ruck durch seinen Körper. Er stürmte dem Mann in der Energieblase nach.

»Bleiben Sie hier!« rief Rhodan warnend.

Mit wenigen Schritten holte Ovaron den ALTEN ein.

»Wir müssen uns über die Probleme unterhalten. Ich bin dein Ganjo, das hast du selbst gesagt. Du hast meinen Befehlen zu gehorchen.«

Unbeirrt ging der ALTE weiter. Ovaron folgte ihm. Als sicher war, daß der ALTE in die Kuppel zurückkehren wollte, blieb der Cappin stehen.

Rhodan und Atlan warteten, bis Ovaron zu ihnen kam. Der Ganjo senkte den Kopf.

»Kommen Sie!« sagte Rhodan sanft. »Wir kehren ins Schiff zurück. Ich bin sicher, daß der ALTE nur Zeit zum Überlegen braucht. Er hat sich die Ankunft seines Ganjos bestimmt anders vorgestellt.«

Schweigend schwebten sie auf ihren Antigravfeldern zur Mannschleuse hinauf. Inzwischen hatte der ALTE die Kuppel fast erreicht.

Zwanzig Stunden später tauchte er abermals auf.

Der ALTE blieb unmittelbar vor dem Kuppeleingang stehen.

»Da ist er wieder!« rief Danton. »Diesmal scheint er keinen Spaziergang machen zu wollen.«

Sie hörten die Stimme des ALTEN aus den Lautsprechern des Normalfunks klingen.

»Das Problem besteht nach wie vor. Ich konnte keine Lösung finden. Ich muß dich bitten, Ganjo, dich zusammen mit deinem Freund Perry Rhodan einem weiteren Test zu unterziehen.«

»Ich denke, wir haben schon genügend Tests bestanden«, sagte Rhodan ins Mikrophon.

»Das ist richtig«, gab der Mann vor der Kuppel zu. »Es ist jedoch eine Situation entstanden, die eine Klarstellung verlangt. Ich muß den Ganjo dazu bringen, daß er seine ursprüngliche Aufgabe versteht. Er muß dazu mit Perry Rhodan in einen Vergleich treten.«

»Nennen Sie uns die Bedingungen«, forderte ihn Rhodan auf.

»Sie müssen beide zu mir in die Kuppel kommen.«

Diese Antwort kam für Rhodan nicht unerwartet. Er schaltete den Sendeteil des Funkgerätes ab und drehte sich im Sessel um.

»Was halten Sie davon, Ovaron?«

»Wir sollten nachgeben«, schlug der Cappin vor. »Auf diese Weise bekommen wir bestimmt noch Informationen. Vielleicht können wir dem ALTEN sogar verständlich machen, worauf es ankommt.«

Rhodan überlegte. Er war nicht gewillt, sich allein mit Ovaron in das Innere der seltsamen Kuppel zu wagen.

»Sie sollten nicht zu lange mit einer Antwort zögern!« rief Ovaron.

Rhodan schaltete das Gerät wieder ein.

»Der Ganjo und ich werden kommen. Aber nicht allein. Wir bringen sechs Begleiter mit.«

Diese Ankündigung ließ Ovaron aufspringen.

»Das wird der ALTE nicht zulassen.«

Aber die Stimme, die aus den Lautsprechern klang, bewies, daß der Cappin sich täuschte.

»Ich bin einverstanden. Ihre Begleiter dürfen sich während des Tests jedoch um nichts kümmern.«

Rhodan unterbrach die Verbindung, denn seiner Ansicht nach war genug gesprochen worden. Er wollte verhindern, daß der ALTE seine Zustimmung zurückzog.

Nun begann für Rhodan die Schwierigkeit, die richtigen Begleiter auszuwählen. Da er Probleme erwartete, entschied er sich zuerst für Gucky und Ras Tschubai, die als Teleporter unersetzlich waren.

Atlan ernannte sich selbst zum Mitglied der kleinen Gruppe.

»Du brauchst einen unbestechlichen Teilnehmer.«

Rhodan akzeptierte die Entscheidung des Lordadmirals.

»Merkosh und der Paladin mit den Thunderbolts werden uns ebenfalls begleiten. Der ALTE wird den Paladin als *eine* Person ansehen und nicht protestieren.«

»Ich schlage vor, daß wir Takvorian mitnehmen!« rief Ovaron.

»Damit wären wir komplett!« meinte Rhodan, der keinen Grund hatte, den Zentauren abzulehnen. Takvorian würde auf jeden Fall eine Verstärkung bedeuten.

»Haben Sie eine Vorstellung, welcher Test uns erwartet?« erkundigte sich Rhodan bei Ovaron, als sie damit beschäftigt waren, ihre Schutzanzüge anzulegen.

»Der ALTE sprach unmißverständlich von einem Vergleich zwischen uns beiden. Offenbar will er herausfinden, welches Anliegen wichtiger ist: Ihres oder meines.«

Wahrscheinlich hatte Ovaron recht. Rhodan legte den Helm seines Schutzanzuges in den Nacken und blickte nachdenklich zu dem Cappin hinüber.

»Das bedeutet, daß wir uns den Test ersparen können.«

Ovaron lächelte spöttisch.

»Natürlich! Sie brauchen nur meine Bedingungen zu erfüllen.«

»Oder Sie meine«, fügte Rhodan hinzu.

Sie musterten sich. Jeder fühlte, daß der andere nicht zum Nachgeben bereit war. Beide Männer handelten nicht für sich. Ovaron wollte alles tun, um sein verlorenes Volk wiederzufinden. Rhodan dagegen wollte unter allen Umständen eine Invasion seiner Heimatgalaxis verhindern.

In diesem Augenblick begriff Perry, daß Ovaron auch bei einer Niederlage während des Tests nicht nachgeben würde. Auch Rhodan wußte nicht, ob er die Entscheidung eines Wesens akzeptieren würde, das keinerlei Beziehungen zur Menschheit besaß.

»Ich sehe keinen Ausweg!« Die ganze Müdigkeit eines Mannes, der sein Volk verloren hatte, sprach aus Ovarons Worten.

Rhodan blickte ihm in die Augen.

»Wir könnten zu Gegnern werden.«

»Das glaube ich nicht«, widersprach Ovaron. »Es gibt viele Dinge, die uns verbinden.«

»Sie würden die MARCO POLO aufgeben, wenn Sie dadurch Ihr Volk retten könnten«, warf Rhodan dem Cappin vor.

Um sie herum wurde es still. Jeder wollte Ovarons Antwort hören.

»Das ist durchaus möglich«, gestand Ovaron leise.

»Immerhin«, stellte Rhodan bitter fest, »sind Sie ehrlich.«

Eine neue Mauer entstand zwischen ihnen. Voller Besorgnis stellte Rhodan fest, daß sie sich innerlich immer weiter voneinander entfernten. Wenn sie nicht bald eine Möglichkeit zur Einigung fanden, konnte das geschehen, was Rhodan prophezeit hatte: Sie konnten zu Gegnern werden.

Ovaron als Feind zu haben, war für Rhodan ein wenig erfreulicher Gedanke. Er konnte sich nicht vorstellen, daß der Cappin anders darüber dachte.

Sie hatten die Vorbereitungen abgeschlossen und die MARCO POLO verlassen. Da der ALTE darauf bestanden hatte, daß sie sich der Kuppel zu Fuß nähern sollten, trug der Paladin Gucky auf der Schulter. Sie traten aus dem Schatten der MARCO POLO heraus. Die Sonne hatte ihren höchsten Stand erreicht und badete das Land in unerträglicher Helle. Die Mitglieder der kleinen Gruppe hatten den Blendschutz ihrer Helme eingeschaltet.

Vor ihnen lag die Kuppel. Unmittelbar nach der Landung der MARCO POLO auf First Love hatte sie dreißig Meter aus dem Wüstenboden geragt. Rhodan wurde den Eindruck nicht los, daß es jetzt ein paar Meter mehr waren.

Je näher sie dem Gebäude kamen, desto unruhiger wurde der Terraner. Er spürte die Gefahr, die von der Kuppel ausging.

»Fühlst du irgendwelche Impulse, Kleiner?« erkundigte sich Rhodan bei Gucky.

Der Mausbiber winkte von der Schulter des Paladins herab.

»Überhaupt nichts, Perry!«

Als sie nur noch hundert Meter von der Kuppel entfernt waren, begann diese die Farbe zu wechseln. Es sah aus, als schöben sich riesige Blenden über die Außenhülle. Die Kuppel wurde schwarz. Die neue Farbe schluckte das Licht.

Rhodan und seine Begleiter blieben stehen.

»Unheimlich!« schrillte Merkoshs Trompetenstimme. »Ich möchte am liebsten umkehren. Die Sache gefällt mir nicht.«

»Wegen eines technischen Tricks brauchen wir nicht unruhig zu werden«, sagte Ovaron ärgerlich. Er schien fest entschlossen zu sein, den Test möglichst schnell hinter sich zu bringen.

Sie gingen weiter.

Dort, wo die Kuppel den Wüstenboden berührte, waren kleine Sandwälle entstanden. Ein Eingang war nicht zu erkennen. Der ALTE war in die Kuppel zurückgekehrt. Rhodan war sicher, daß sie von ihm beobachtet wurden.

Sie erreichten den Kuppelrand und blickten sich um.

»Es gibt keinen Eingang«, stellte Atlan fest.

»Wartet!« rief Ovaron. »Der ALTE hat uns bestimmt nicht zum Spaß hierher bestellt.«

Aus der schwarzen Kuppel drang ein eigenartiges Geräusch. Es hörte sich an wie eine Stimme, Rhodan schaltete seinen Helmempfänger ab, als die Töne in immer höhere Frequenzen übergingen.

»Stümperei!« beschwerte sich Merkosh. Auch im Schutzanzug wirkte sein gläserner Körper zerbrechlich. »Da will jemand meine Stimme nachahmen.«

»Es ist vorbei«, sagte Ovaron nach einer Weile. »Jetzt werden wir sicher eingelassen.«

7.

Die Vorhalle war für Perry Rhodan eine Enttäuschung. Sie enthielt nichts außer einem leuchtenden Kubus, der fast bis unter die Decke reichte. Ein Blick nach draußen war nicht möglich. Von hier innen wirkten die Kuppelwände ebenso schwarz und lichtundurchlässig wie von draußen. Es gab ein paar regelmäßige Rillen und Vertiefungen an den Wänden und am Boden.

»Irgendwelche besonderen Erkenntnisse?« wandte Rhodan sich an die Mutanten.

»Nichts«, erwiderte Gucky, »abgesehen davon, daß es hier atembare Luft zu geben scheint.«

Ovaron blickte sich um. »Das ist erstaunlich. Wir sind nicht durch eine Schleuse hereingekommen.«

Atlan öffnete vorsichtig seinen Helm. »Alles in Ordnung«, sagte er. »Hier ist man auf den Besuch des Ganjos bestens vorbereitet.«

Das Vielzweckgerät an Ovarons Handgelenk begann wieder zu summen. Takvorian wurde unruhig.

»Sechsdimensionale Impulse!« erklärte Ovaron. »Sie kommen aus tiefer gelegenen Räumen.«

Eine Wand öffnete sich. Der ALTE trat in die Vorhalle. Er war diesmal nicht in eine Energieblase gehüllt, trug aber wieder ein paar Geräte an einer Schnur um den Hals. Vergeblich versuchte Rhodan das Alter des Mannes zu schätzen. Trotz der Falten und des hellen Bartes wirkte das Gesicht des ALTEN zeitlos.

Die Tür verschloß sich wieder.

Der ALTE durchquerte den Raum. Er kümmerte sich zunächst nicht um die Ankömmlinge. Offenbar suchte er nach etwas. Wieder hatte Rhodan den Eindruck, daß etwas nicht in Ordnung war.

Schließlich näherte sich der ALTE dem Paladin-Roboter und deutete auf Gucky, der noch immer auf der Schulter des Riesen saß.

»Wer ist das?« erkundigte er sich.

»Ich bin der ganz geheime Eichkater!« antwortete Gucky und entblößte seinen Nagezahn.

Der ALTE schien darüber nachzudenken. Die Antwort schien ihn völlig verwirrt zu haben.

»Wenn er nicht still ist, lasse ich ihn hinauswerfen«, bemerkte Ovaron. »Was soll diese blödsinnige Bemerkung?«

Rhodan fragte sich amüsiert, ob es dem ALTEN weitergeholfen hätte, wenn Gucky sich als Mausbiber vom Planeten Tramp vorgestellt hätte.

»Wir sollten uns nicht mit langen Reden aufhalten«, schlug der ALTE vor. »Je schneller der Test beginnen kann, desto eher kann ich vielleicht die Situation verstehen.«

»Ich bin bereit«, sagte Ovaron.

Rhodan nickte nur.

Der ALTE rührte sich nicht von der Stelle.

»Während des Tests werden Sie beide eine Traumapsihandlung vornehmen«, erklärte er. »Das bedeutet, daß Sie einen Teil der Ereignisse, die vor zweihunderttausend Jahren stattfanden, noch einmal erleben werden. Der Ganjo wird sich an Einzelheiten erinnern und erkennen, wie wichtig es ist, daß er sich ausschließlich um sein Volk kümmert. Die Interessen der Terraner sind bedeutungslos.«

»Was habe ich mit dieser Sache zu tun?« wollte Rhodan wissen. »Genügt es nicht, wenn Ovaron sich allein diesem Test unterzieht?«

Der ALTE wurde ungeduldig.

»Kommen Sie jetzt.« Er schritt auf die Wand zu. Sie öffnete sich vor ihm. Rhodan blickte in einen Korridor mit halbrundem Querschnitt.

Die Decke leuchtete. Aus den Wänden ragten Haltegriffe, die wie spitze Dornen aussahen. Der Korridor schien sich am Horizont zu verlieren, aber das konnte nur eine Täuschung sein.

Rhodan öffnete seinen Helm. Die Luft roch nach Metall. Im Innern der Kuppel war es kühl.

Sie folgten dem ALTEN in den Korridor. Rhodan wunderte sich über die Art, wie der ALTE sich bewegte. Er ging nicht wie ein alter Mann, obwohl seine Schritte ungelenk wirkten.

Der Boden des Korridors dämpfte ihre Schritte. Der Paladin mußte sich bücken, um durch den Eingang zu gelangen. Gucky saß nicht mehr auf der Schulter des Roboters, sondern watschelte an Rhodans Seite durch den Gang.

Plötzlich standen sie vor einem Abgrund. Die nierenförmige Öffnung im Boden war schwarz. Eine Plattform aus hellem Material ragte über den Rand.

»Wir gehen nach unten«, verkündete der ALTE und sprang in den Abgrund.

Merkosh schluckte erschrocken, als er den ALTEN in der Schwärze untertauchen sah.

»Er erwartet offenbar, daß wir ihm folgen«, bemerkte Atlan lakonisch.

»Niemand kann von mir verlangen, daß ich in dieses dunkle Loch springe!« rief Merkosh aufgeregt.

»Das ist ein Antigravschacht«, behauptete Ovaron und verschwand ebenfalls.

Rasch trat Rhodan über den Rand der Plattform. Er spürte, wie sein Körper schwerelos wurde. Um ihn herum blieb es sekundenlang vollkommen dunkel. Dann sah er die tiefer liegende Etage der Station vor sich. Riesige Maschinen füllten die Räume aus. Hier schien sich niemand aufzuhalten.

Rhodan senkte den Kopf. Unter ihm schwebten der ALTE und Ovaron. Als Rhodan aufblickte, sah er, daß die anderen ihnen folgten. Merkosh streckte alle viere von sich. Noch grotesker sah Takvorian aus, der neben dem Paladin in der Luft hing.

Die Räume der nächsten Etage waren durch Schaltwände von Rhodans Blicken getrennt. Während der Terraner sich noch umblickte, berührten seine Füße eine Plattform.

Der ALTE und Ovaron standen bereits in einem mittelgroßen Raum, der in Kniehöhe von aufgeschnittenen Röhren durchlaufen wurde. Es sah aus wie eine Modellschau für Kanäle.

»Folgen Sie mir!« forderte der ALTE sie auf. Die Wand hinter den Röhren versank im Boden. Grünliches Licht hüllte die Ankömmlinge ein. Metallringe schwebten sirrend durch die Luft, wobei sie immer wieder kleine Ösen berührten, die aus der Decke ragten. Alles sah nach einer fremdartigen Technik aus.

Ovaron jedoch schien den Anblick dieser eigenartigen Gegenstände gewohnt zu sein, denn er nickte ab und zu. Rhodan konnte sehen, daß das Gesicht des Cappins vor Erregung gerötet war. So sah ein Mann aus, der in eine bekannte Umwelt zurückkehrte!

Vielleicht, dachte Rhodan fasziniert, war dies eine immer noch intakte ganjasische Station.

Aber wer hatte sie errichtet?

Und wer war der ALTE?

Bestimmt kein Ganjase, sonst wäre die Begrüßung durch Ovaron anders ausgefallen.

Rhodans Überlegungen wurden unterbrochen, als die beiden vorausgehenden Männer einen Raum betraten, der von Schalttischen und Speicherbänken gefüllt war.

An der dem Eingang gegenüberliegenden Wand standen ein paar sesselähnliche Sitze, die fast vollkommen von Einzelteilen der verschiedensten Anlagen verdeckt wurden.

Der ALTE bewegte sich schnell zwischen zwei Speichern hindurch.

»Der Große soll aufpassen, daß er nichts beschädigt!« Damit war der Paladin gemeint, der jetzt zusammen mit Atlan hereinkam.

Vor den Spezialsitzen blieb der ALTE stehen.

»Wird hier der Test stattfinden?« fragte Ovaron.

»Ja!« Der Weißhaarige deutete auf die Sitze. »Nimm Platz, Ganjo! Der Terraner soll sich neben dich setzen.«

Ovaron folgte der Aufforderung sofort. Rhodan schaute zur Tür, wo sich aber nichts mehr ereignete.

Ein paar Klappen fielen vor Ovarons Gesicht. Alles geschah geräuschlos. Der ALTE stand an einer Schalttafel.

»Jetzt Sie, Rhodan!«

Atlan nickte seinem Freund aufmunternd zu.

»Wir greifen ein, wenn es gefährlich werden sollte.«

Das war ein Versprechen, auf das Rhodan sich unbedingt verlassen konnte. Atlan und die anderen würden nicht zulassen, daß Perry Rhodan ein Schaden zugefügt wurde.

Perry sank in den Sitz. Er überreichte Takvorian seinen Helm. Dann fielen auch vor sein Gesicht Klappen. Er konnte nichts mehr sehen.

Schläfen und Kopfhaut wurden von spitzen und stumpfen Objekten berührt. Irgendwo begann es zu summen.

»Entspannen Sie sich!« rief der ALTE. »Das macht die Sache einfacher.«

Rhodan gab keine Antwort. Er versuchte sich zu entspannen, aber die Ereignisse der letzten Stunden beschäftigten seinen Verstand. Er dachte angestrengt über den ALTEN und diese Station nach.

Plötzlich spürte er einen heftigen Schmerz. Das unangenehme Gefühl ließ schnell wieder nach. Rhodans Wirbelsäule schien zu gefrieren. Er wollte sich aufrichten, war aber auf seltsame Weise schwerelos. Seine Hände und Füße schienen anzuschwellen.

Kleine Blitze zuckten aus den Klappen vor seinem Gesicht.

Er verlor das Bewußtsein.

Der Test hatte begonnen.

Sie standen auf einer Anhöhe. Eiskalter Wind blies ihnen ins Gesicht. Die Ebene, auf die sie hinabblickten, war mit Präbios gefüllt. Viele davon lagen im Sterben. Das Schreien der Verwundeten schallte bis zu den beiden Männern herauf.

Ich war schon einmal hier! dachte Rhodan.

Ovarons rechte Hand schälte sich aus dem Pelzärmel seines dicken Mantels.

»Sehen Sie sich das an!« schrie er gegen den eisigen Wind. »Dafür sind die Takerer verantwortlich. Wir dürfen nicht länger zulassen, daß sie mit Bio-Züchtungen experimentieren.«

Zwischen den Kreaturen unten im Tal befanden sich ein paar Menschen – oder Wesen, die menschenähnlich aussahen.

»Das ist unser Planet«, sagte Rhodan. »Zumindest wird es einmal unsere Welt sein.«

»Eine lächerliche kleine Welt«, sagte Ovaron.

Der Ärger, den Rhodan empfand, verwandelte sich allmählich in Wut. Unbewußt spürte er, daß an dieser Situation etwas nicht stimmte. Das Land unter ihnen sah wie der Teil eines verrückten Bildes aus. An vielen Stellen war der Schnee vom Blut sterbender Präbios gefärbt.

»Für Sie ist es bestimmt eine kleine Welt!« sagte Rhodan. »Aber nicht für uns. Wir haben andere Wertmaßstäbe.«

Ovaron deutete zum zweitenmal in die Ebene hinab.

»Wir sind dafür nicht verantwortlich. Das ist Sache der Takerer.«

»Wenn Sie so mächtig sind, warum vernichten Sie dann die Takerer nicht?«

Es sah so aus, als würde Ovaron mit einer Antwort zögern. Der Ganjase antwortete jedoch überhaupt nicht. Er schob die Schultern nach vorn, senkte den Kopf und marschierte davon. Er bewegte sich talwärts.

»Bleiben Sie stehen!« schrie Rhodan. »Sie haben keine Waffe, um sich wehren zu können.«

Der Wind fuhr unter Rhodans Kapuze und riß sie ihm vom Kopf. Die Kälte brannte im Gesicht des Terraners. Er rannte hinter Ovaron her. Die Präbios, die die beiden Männer sehen konnten, begannen zu brüllen. Es gab drei verschiedene Arten: Zentauren, Neandertaler und Zyklopen. Die Zyklopen kämpften gegen die Neandertaler.

»Ich möchte wissen, wo sie alle herkommen?« fragte Rhodan, als er Ovaron einholte.

»Von der großen Station!« gab Ovaron zurück. »Die Zuchtstation produziert die Kreaturen jetzt zu Tausenden.«

»Wir müssen etwas tun«, verlangte Rhodan. »Sie überschwemmen das Land. Bald werden es so viele sein, daß wir nichts mehr gegen sie unternehmen können. Sie werden diesen Erdteil verwüsten und sich gegenseitig umbringen. Die junge Menschheit hat keine Chance, eine solche Invasion zu überstehen.«

Sie sanken jetzt bis zu den Knöcheln im Schnee ein.

»Wenn wir keine Furcht zeigen, kommen wir durch.« Ovaron ging unbeirrt weiter. »Die große Station liegt drüben hinter den Bergen. Wir müssen durch dieses Tal.«

»Warum haben Sie Ihre Ausrüstung zurückgelassen?« fragte Rhodan.

»Aus dem gleichen Grund wie Sie. Wir wollten uns hier zu Bedingungen treffen, die keinem von uns einen Vorteil verschaffen konnten.«

Rhodan schüttelte unbewußt den Kopf. Er konnte sich an diese Abmachung nicht erinnern.

Er konnte sich an nichts mehr erinnern!

Es war, als hätte sein Leben vor wenigen Minuten auf diesem Hügel begonnen. Immerhin kannte er die Problemstellung. Er wußte nur nicht, wie sie entstanden war.

Rhodan zog die Kapuze wieder über den Kopf.

»Es sind primitive Kreaturen!« rief Ovaron. »Sie werden eine Gasse bilden und uns durchlassen.«

Rhodan erschauerte. Er konnte sich gut vorstellen, was bei einem Angriff von Ovaron und ihm noch übrigbleiben würde.

Tatsächlich wichen die Monstren vor den beiden Männern zurück. Nur die Zyklopen setzten unbeirrt ihr grausames Werk fort. Seltsamerweise wehrten sich die Neandertaler nur schwach. Sie schienen sich mit ihrem Schicksal abzufinden.

In der Ebene war der Schnee von den Präbios zu einer vereisten Schicht zusammengetrampelt worden. Rhodan mußte aufpassen, daß er nicht das Gleichgewicht verlor.

»Nur nicht hinfallen!« warnte Ovaron. »Wenn einer von uns fällt, sind wir verloren.«

Sie befanden sich jetzt mitten unter den Ungeheuern. Die gezüchteten Wesen sahen die beiden Männer haßerfüllt an. Die Pseudo-Neandertaler trugen zum Teil Keulen, mit denen sie den Männern drohten.

Der Schnee knirschte unter Rhodans Stiefeln. Er merkte, daß er mit seinen Armen und Beinen immer wieder Präbiokörper streifte.

Ovaron schien die Richtung genau zu kennen, die sie einschlagen mußten.

Vor ihnen lagen ein paar tote Neandertaler. Ovaron kletterte über sie hinweg. Rhodan blickte zurück. Unmittelbar hinter ihm schloß sich die Gasse wieder, die die Präbios widerwillig für sie bildeten.

Wieder wurde Rhodan von dem Gedanken bedrängt, daß das Ereignis unnatürlich war. Manchmal fühlte der Terraner sich wie der Zuschauer bei einer Filmvorführung. Die Antwort schien sehr leicht zu sein, aber er fand sie nicht.

Ovaron blieb plötzlich stehen. Eine Gruppe junger Zyklopen versperrte ihnen den Weg.

Rhodan merkte, daß die Präbios hinter ihnen nachdrängten.

»Wir müssen weiter!« raunte er.

»Ich weiß!« gab der Ganjase gelassen zurück.

Er zog eine Keule unter dem Körper eines Neandertalers hervor.

»Es ist besser, wenn auch Sie sich bewaffnen.«

Trotz ihrer gefährlichen Lage mußte Rhodan lachen. Er fragte sich, was er in einer solchen Situation mit einer *Keule* anfangen konnte?

Als Ovaron sich jedoch fragend zu ihm umblickte, griff auch er nach einer Schlagwaffe.

»Vorwärts!« befahl Ovaron.

Er ging mit erhobener Keule auf die Zyklopen zu. Rhodan nahm das Bild in sich auf. Trotz seiner Unwirklichkeit besaß es etwas Symbolhaftes.

Ich bin der Lösung sehr nahe, dachte der Terraner.

Ovaron stieß mit der Keule zu. Der getroffene Zyklop brüllte auf, obwohl ihm der Schlag kaum etwas ausgemacht haben konnte.

Ovaron ging weiter, Rhodan begann mit der Keule um sich zu schlagen. Es gab dumpfe Laute, wenn sie auf die dunkelbraunen Körper der Zyklopen traf.

Die Monstren wichen verwirrt zurück.

Ovaron wirbelte die Keule über dem Kopf herum.

Rhodan wurde in den Rücken gestoßen. Er fiel nach vorn. Die Keule bohrte sich in seine Magengrube. Er fühlte, daß ihm übel wurde. Die Präbios drängten heran.

Wenn einer von uns hinfällt, sind wir verloren!

Rhodan wälzte sich herum, aber er spürte bereits die Hufe einiger Zentauren. Er konnte sich nicht mehr aufrichten. Durch die Beine der Präbios sah er Ovaron, der breitbeinig dastand und die Angriffe der Zyklopen abwehrte.

Rhodan spürte, daß er förmlich in den Schnee gestampft wurde. Er sank allmählich immer tiefer und . . .

»Dort drüben ist die Station!« rief Ovaron.

Rhodan gelangte keuchend an die Seite des Ganjos. Er ergriff Ovaron am Arm.

»Warten Sie!« Er rang nach Atem. Hinter ihnen lag die Ebene mit den Präbios.

»Da stimmt etwas nicht«, sagte Rhodan. »Es war wie bei einem Film. Ein rascher Schnitt, verstehen Sie?«

Ovaron blickte ihn verständnislos an.

»Nein, Rhodan.«

Rhodan ergriff Ovaron an beiden Armen und schüttelte ihn.

»Ich war eben noch . . . dort!« Er deutete auf die wogende Masse der Präbiokörper. »Sie trampelten mich zu Tode.«

»Ich kann verstehen, daß Sie erregt sind«, meinte Ovaron geduldig. »Doch wir haben jetzt keine Zeit, uns um Ihre Gemütsverfassung zu kümmern.«

Rhodan wischte sich über die Augen. Er glaubte den Atem der Zentauren noch immer in seinem Nacken zu spüren. Aber die Erinnerung an das grauenhafte Ereignis verblaßte. Auf einen Teil der Vergangenheit fiel ein Schatten.

»Kommen Sie endlich!« drängte Ovaron.

Sie standen auf einem Hügel. Unter ihnen am Hang lag die große Station. Sie war hufeisenförmig angelegt. An den beiden Enden der

Gebäudereihen ragten hohe Türme in den Himmel. Rhodan sah ein riesiges Tor, aus dem pausenlos Präbios quollen. Die Kreaturen schienen es eilig zu haben, ins Freie zu gelangen. Sie rannten sich gegenseitig um. Sie ergossen sich wie ein Strom ins Tal. In breiter Front über dem Tor befand sich eine gigantische Zählmaschine mit Leuchtziffern. Rhodan kniff die Augen zusammen, um besser sehen zu können.

Er atmete schwer.

»Sechs Millionen!« schrie er Ovaron an. »Lesen Sie die Zahlen. Es sind schon fast sechs Millionen!«

»Viele von ihnen verhungern oder kommen bei den Kämpfen um«, tröstete ihn Ovaron.

Rhodan blickte seinen Begleiter ungläubig an.

»Aber es ist unser Planet. Der Planet der Menschheit. Was bleibt von ihm übrig, wenn das so weitergeht?«

Zu beiden Seiten des Tores standen Takerer mit Schutzanzügen und Schockpeitschen. Sie trieben die Präbios zu noch größerer Eile an, damit der Platz vor dem Tor für die Nachdrängenden frei wurde. Eine riesige Plattform schwebte über dem Tor. Sie feuerten Strahlenschüsse auf kämpfende Gruppen ab.

»Warum tun sie das?« fragte Rhodan verzweifelt. »Welcher Sinn steckt dahinter? Was haben die Takerer davon?«

»Vermutlich nichts!« antwortete Ovaron. »Sie können die Maschinen nicht mehr abstellen.«

Rhodans Augen weiteten sich.

»Dann wird das immer so weitergehen?«

»Nein!« Ovaron schüttelte den Kopf. »Bald werden so viele Präbios dieses Land bevölkern, daß es zu einem Rückstau kommen wird. Die Körper der Präbios werden die Produktion ersticken. Das Tor wird von den Körpern verbarrikadiert werden. Vermutlich explodiert dann die Maschine. Sie muß explodieren, wenn sie nicht abgeschaltet werden kann, aber gleichzeitig ihre Produktion nicht mehr abstoßen darf.«

»Das ist entsetzlich!« sagte Rhodan erschüttert.

»Wir sind hier, um das Verhängnis aufzuhalten«, erinnerte Ovaron. »Wir brauchen die Maschine, die für alles verantwortlich ist, nur zu zerstören.«

Rhodan blickte ins Tal.

»Aber wir haben keine Waffen. Wir haben nichts! Die Takerer bewachen die Station. Wie sollen wir herankommen?«

»Wir müssen es eben versuchen.« Ovaron machte sich an den Abstieg.

Sie rutschten mehr als sie gingen, denn der Hang war glatt. Erst jetzt stellte Rhodan fest, wie riesig das Gebäude war. Wie sollten zwei Männer ohne Ausrüstung und Waffen eindringen?

Rhodan verlor den Halt. Er stürzte an Ovaron vorbei, der vergeblich die Arme ausstreckte. Rhodan spürte, wie er sich überschlug. Er rollte immer schneller auf das Gebäude zu. Der Aufprall war schrecklich. Rhodan spürte, wie sein Körper zusammengeschoben wurde und ...

»Wir haben noch nichts gewonnen«, sagte Ovaron und blickte sich innerhalb des kleinen Raumes um.

»Das ist nur eine Art Lager. Die wichtigsten Maschinen liegen im anderen Flügel des Gebäudes.«

Rhodans Puls jagte. Schweiß brach ihm aus.

»Da war es wieder!«

»Was?« fragte Ovaron.

»Der Schnitt! Ich bin gegen die Gebäudemauer geprallt, aber gleichzeitig befinde ich mich hier in diesem Raum.«

»Sie reden Unsinn!« behauptete Ovaron. »Wir müssen weiter.«

Es war unfaßbar.

Rhodan begann sich zu fragen, ob er noch er selbst war. In diesem Augenblick fühlte er sich als Spielball fremder Mächte. Der Raum, in den er angeblich eingedrungen war, erschien ihm ebenso unwirklich wie draußen die Schneelandschaft mit den Präbios.

Aber ganz in der Nähe summten Maschinen. Und an ihren Sohlen begann der Schnee zu tauen. Sie hinterließen feuchte Spuren auf dem Boden, als sie weitergingen.

Der ALTE richtete sich ruckartig auf.

Atlan beobachtete ihn aufmerksam. Rhodan und Ovaron saßen noch immer in den Sesseln. Sie schienen bewußtlos zu sein. Beide führten jetzt das aus, was der ALTE eine Traumapsihandlung genannt hatte.

»Was ist passiert?« wandte Atlan sich dem ALTEN zu. »Ist der Test beendet?«

Er bekam keine Antwort. Der ALTE verließ den Platz an den Kontrollen und drehte sich langsam um die eigene Achse. Er drehte sich immer schneller.

»Ist er verrückt geworden?« fragte Tschubai bestürzt.

Atlan gab dem Mutanten einen Wink.

Tschubai näherte sich dem ALTEN und wollte ihn festhalten. Er erhielt von den wirbelnden Armen einen Schlag, der ihn zu Boden warf. Verblüfft richtete er sich wieder auf.

»Er hat unglaubliche Kräfte.«

»Kümmern Sie sich um ihn, General!« befahl Atlan dem Chef der Thunderbolts.

Die Lautsprecheranlage des Paladins knackte.

»Es macht keinen Spaß, gegen alte Männer zu kämpfen«, entrüstete sich Harl Dephin. Trotzdem steuerte er den Paladin auf den ALTEN zu.

»Wartet!« rief Takvorian. »Ich glaube nicht, daß wir mit Gewalt etwas erreichen. Der ALTE hat offenbar einen Schock erlitten. Wahrscheinlich sind die Ergebnisse des Tests bisher nicht so ausgefallen, wie er es erwartet hat.«

Atlan nickte. Der Paladin blieb stehen. Zusammen mit Gucky und Tschubai trat der Arkonide an die Kontrollen. Er überblickte die unzähligen Instrumente und Meßgeräte.

»Es ist unmöglich, sich hier rasch zu orientieren.«

»Es ist nicht so wichtig, daß wir die Werte ablesen. Wir müssen Rhodan und Ovaron aus ihrer Lage befreien.«

Atlan fuhr herum. Warum hatte er nicht an das Nächstliegende gedacht? »Schalten Sie die Maschinen ab!« schrie er den ALTEN an.

Der Weißhaarige hielt in seinem grotesken Tanz nicht inne.

»Warum schalten wir die Maschinen nicht selbst ab?« fragte Merkosh.

Takvorian lachte rauh.

»Wollen Sie die beiden umbringen?«

Der Einwand ließ Atlan die Gefährlichkeit der Lage erkennen. Nur der ALTE kannte die komplizierten Geräte, die in diesem Raum aufgestellt waren. Der Arkonide und seine Begleiter konnten nur experimentieren. Jeder falsche Knopfdruck konnte jedoch das Ende Ovarons und Rhodans bedeuten.

»Was jetzt?« fragte Gucky niedergeschlagen.

»Warum setzt du nicht deine telekinetischen Kräfte ein?« wollte Merkosh wissen.

»Ein falscher Schalter bleibt ein falscher Schalter – ob er jetzt manuell oder mit Hilfe psionischer Energie bewegt wird.«

»Hm!« machte Merkosh. »Das ist wenig erfreulich.«

»Wir müssen diesen alten Narren zur Vernunft bringen«, schlug Atlan vor.

Er ging zu den Spezialsitzen hinüber, wo Rhodan und Ovaron saßen. Nachdem er Rhodan berührt hatte, schüttelte er den Kopf.

»Keine Reaktion! Sie sind völlig weg.«

Er blickte auf die verwirrende Anordnung von Schaltern und Kontrollinstrumenten. Sie würden Tage brauchen, um diese Anlage auch nur einigermaßen zu verstehen. So lange konnten sie jedoch nicht warten. Sie mußten den ALTEN dazu bringen, die beiden Testpersonen aus ihrer gefährlichen Lage zu befreien.

»Bleiben Sie stehen!« schrie er den ALTEN an. »Bleiben Sie endlich stehen! Ich muß mit Ihnen reden.«

Die Drehungen verlangsamten sich. Der ALTE torkelte quer durch den Raum. Der Paladin fing ihn auf, bevor er stürzen konnte.

Atlan beugte sich über ihn.

»Sie müssen diesen unsinnigen Test beenden! Wollen Sie warten, bis den beiden etwas passiert? Bis dem *Ganjo* etwas passiert?«

Das Wort »Ganjo« wirkte auf den ALTEN wie ein Signal. Er fuhr hoch und taumelte auf die Kontrollen zu. Dann blieb er stehen und machte eine hilflose Geste. »Es geht nicht!« sagte er.

»Was?« schrie Atlan bestürzt. »Warum schalten Sie die Maschinen nicht endlich ab?«

»Ich kann es nicht!«

Der Arkonide konnte sich kaum noch beherrschen.

»Warum können Sie es nicht?«

»Der Test verläuft unentschieden. Er kann erst bei einem Sieg beendet werden.«

»Er soll uns sagen, welche Schalter wir betätigen müssen!« mischte sich Ras Tschubai ein. »Dann werden *wir* die Maschinen abstellen.«

Der ALTE schüttelte ablehnend den Kopf.

Atlan sah zu den Spezialsitzen hinüber, die für Rhodan und Ovaron zu Gefängnissen geworden waren. Dann betrachtete er aufmerksam seine Begleiter. Gucky kauerte niedergeschlagen am Boden. Merkosh lehnte sich gegen Takvorian.

Tschubai erwiderte den Blick des Lordadmirals.

»Er kann sie nicht abschalten!« rief der Teleporter entsetzt. »Er kann und will diese verdammten Maschinen nicht abschalten.«

Der ALTE richtete sich wieder auf. Er begann sich erneut zu drehen, erst langsam, dann immer schneller.

Am Ende des Korridors tauchten ein paar takerische Wächter auf. Sie richteten ihre Waffen auf Rhodan und Ovaron.

»Man hat uns entdeckt!« rief Rhodan bestürzt.

Ovaron blickte sich wild um. Er entdeckte eine offenstehende Tür und rannte darauf zu. Rhodan erkannte die Sinnlosigkeit der Flucht, aber er folgte dem Ganjasen.

Vor ihm blitzte es auf. Er sah Ovaron wie durch einen Vorhang verschwinden. Er lief genau in die Strahlschüsse der takerischen Wächter hinein und . . .

»Hier sind wir vorläufig sicher«, sagte Ovaron und zwängte sich zwischen zwei mächtige Generatoren, die bis zur Decke hinaufreichten. Von irgendwoher kam das Stampfen schwerer Maschinen. Es waren keine Takerer zu sehen.

Rhodan lehnte sich mit dem Rücken gegen die Grundplatte des Generators. Seine Gedanken wirbelten durcheinander.

»Was haben Sie?« erkundigte sich Ovaron. »Sie sind blaß und zittern am ganzen Körper.«

Rhodan machte eine alles umfassende Geste.

»Das ist nicht wirklich!«

»Was?« Ovaron sah ihn verständnislos an.

»Es ist schon wieder passiert!« fuhr Rhodan fort. »Ein blitzschneller Szenenwechsel. Ich glaube, ich bin in den letzten Stunden tausend Tode gestorben. Aber ich stehe *hier.* Was wir erleben, ist keine Realität.«

»Sie sind ja verrückt!«

»Das glaube ich allmählich auch. Was haben Sie jetzt vor, nachdem man uns entdeckt hat?«

»Sie haben unsere Spur verloren.« Ovaron meinte offenbar die takerischen Wächter. »Wir haben noch eine Chance, wenn wir möglichst schnell in die Zentrale gelangen.«

Plötzlich . . .

Er saß in einem Sessel eingezwängt. Vor seinen Augen befanden sich Klappen aus Metall . . .

»Bleiben Sie stehen«, sagte er zu Ovaron. »Ich gehe nicht weiter.«

»Warum?«

»Wir müssen diesen Alptraum unterbrechen, wenn wir hier herauskommen wollen. Dabei weiß ich nicht, was *hier* überhaupt ist. Ein Gebäude, ein Raum, oder ein Universum.«

Ovaron dachte einen Augenblick nach.

»Ich gehe allein weiter.«

Rhodan sah ihn davongehen. Die Perspektive war auf merkwürdige Weise verschoben, denn Ovaron wurde sehr schnell kleiner. Er schmolz förmlich dahin. Rhodan blickte sich um. Drohend ragten die Generatoren vor ihm auf.

»Wollen Sie mich nicht doch begleiten?« Ovarons Stimme kam hinter einem Maschinenblock hervor.

Rhodan hatte das Gefühl, daß seine Füße bleischwer waren. Er machte ein paar Schritte. Die Maschine vor ihm wurde durchsichtig. Sie begann zu vibrieren. Dann verschwand sie völlig.

Vor seinen Augen befanden sich Klappen aus Metall. Er saß in einem Sessel und konnte sich nicht bewegen. Neben ihm saß noch jemand: Ovaron. Und eine Stimme, die wie Atlans Stimme klang, sagte: »Nötigenfalls müssen wir das Risiko eingehen und es selbst versuchen.«

Jemand antwortete: »Ich bin dagegen. Noch haben wir Zeit.«

Er sah Ovaron hinter einer Speicherverkleidung knien. Der Ganjase blickte sich nur kurz zu ihm um und lächelte befriedigt.

»Ich wußte, daß Sie mir folgen würden.«

Rhodan antwortete nicht. Er hatte begriffen, daß Ovaron nicht unter der Zwiespältigkeit der Ereignisse litt. Für den Ganjo spielte sich alles kontinuierlich ab. Alles um sie herum war für Ovaron Realität.

Rhodan beschloß, keine Andeutungen mehr zu machen. Er mußte auf eine Gelegenheit warten, dem Ganjasen zu beweisen, daß etwas nicht stimmte.

Ovaron deutete auf ein verschlossenes Schott, das ein paar Meter vor ihnen lag. »Da müssen wir durch. Der Korridor dahinter führt direkt in den anderen Flügel des Gebäudes.«

Rhodan blickte ihn verwundert an.

»Woher wissen Sie das?«

Einen Augenblick sah Ovaron traurig aus.

»Ganjasen haben diese Technik entwickelt. Das Gebäude könnte von Ganjasen erbaut worden sein.«

»Ich wünschte, die Cappins wären nie in unsere Galaxis gekommen.«

»Dann«, erwiderte Ovaron achselzuckend, »gäbe es keine Menschheit.«

Rhodan dachte an die Menschheit, von der er immerhin zweihunderttausend Jahre getrennt war. Was würde geschehen, wenn ihm in der Vergangenheit ein entscheidender Fehler unterlief? Wenn er die Brutmaschine nicht vernichtete? Würde die Erde dann später die Heimat von Präbios sein?

Aber das war alles längst entschieden. Es ging um etwas anderes.

»Das Schott ist verschlossen«, drang Ovarons Stimme in seine Gedanken. »Ich möchte wetten, daß auf der anderen Seite ein paar takerische Wächter stehen.«

»Was wollen wir tun?«

»Wir müssen die Takerer in diesen Raum locken, sie überwältigen und in den anschließenden Korridor eindringen.«

Er richtete sich auf und ging auf das Schott zu.

»Ich bleibe hier stehen«, erklärte er Rhodan seinen Plan. »Sie müssen irgendein stromführendes Kabel losreißen und es gegen das Schott halten. Das wird unsere Freunde munter machen.«

Rhodan hatte es längst aufgegeben, gegen Ovarons Vorschläge zu protestieren. Er wußte, daß er nicht wirklich hier war, aber Ovaron wußte das nicht.

Rhodan kletterte auf einen Vorsprung und griff nach einer Kabelleitung unter der Decke. Er löste sie aus der Halterung und zog ein Kabel heraus. Es fühlte sich fest an.

Realität! dachte Rhodan. Vielleicht war es wirklich Realität. Vielleicht war der andere Rhodan im Sessel Halluzination. Rhodan merkte, daß er wieder zitterte.

Er konnte nicht feststellen, welcher Rhodan echt und welcher Illusion war.

Eine entsetzliche Entdeckung. Er mußte auf beiden Ebenen um sein Leben kämpfen. Aber war er nicht als Rhodan in der Vergangenheit schon ein paarmal gestorben?

Seine Überlegungen wurden von Ovarons ungeduldiger Mahnung, sich zu beeilen, unterbrochen.

Rhodan suchte nach einem spitzen Gegenstand. Er scheuerte die Isolation an einer Metallkante auf. Graue Substanz rieselte heraus.

Ovaron stieß eine Verwünschung aus.

»Sie kennen sich wirklich gut aus!« bemerkte Rhodan spöttisch. Er riß einen großen Hebel aus der Halterung und ging damit auf das Schott zu. Der Ganjase begriff, was Rhodan vorhatte, und nickte anerkennend.

»Es ist möglich, daß diese Narren sofort schießen, wenn Sie das Schott aufstoßen.«

»Ganz bestimmt?« meinte Rhodan gelassen.

Er schlug zu. Es gab ein merkwürdiges Geräusch, fast wie das Schlagen einer Glocke.

Rhodan warf den Hebel Ovaron zu, der ihn geschickt auffing.

Das Schott öffnete sich knirschend. Zwei Takerer sprangen herein. Ovaron schlug den ersten nieder. Er holte zum zweiten Schlag aus, doch der Mann hatte bereits geschossen. Rhodan löste sich auf und . . .

»Das ist sie!« sagte Ovaron triumphierend. »Die Maschine!«

Sie standen auf einer Galerie und blickten auf eine kuppelförmige Anlage hinab. Sie war auf der einen Seite geöffnet. Aus drei verschieden großen Röhren krochen ununterbrochen Zyklopen, Pseudo-Neandertaler und Zentauren. Sie rannten auf das große Tor zu, das Rhodan und Ovaron bereits von außen gesehen hatten.

Ovaron richtete die erbeutete Strahlwaffe auf die Kuppel.

»Wir haben es geschafft.«

Langsam, als könnte jede schnelle Bewegung alles auslöschen, streckte Rhodan den Arm aus.

»Lassen Sie mich das erledigen!«

Ovaron blickte ihn nachdenklich an.

»Ich verstehe«, sagte er schließlich. »Bedienen Sie sich!«

Die Waffe fühlte sich fest und kalt an. Auf ihrem spiralförmigen Lauf spiegelte sich das Licht der schwebenden Lampen.

Rhodan zielte auf die Kuppel.

Die unter der Decke schwebenden Leuchtkörper verdunkelten sich. Der Testraum wurde jetzt nur noch von den Kontrollampen erhellt. Der ALTE, der inmitten des Raumes tanzte, warf riesige Schatten.

Atlan stand vor den beiden Spezialsitzen, in denen Rhodan und Ovaron gefangen waren. Der Ganjase bewegte sich nicht, aber Rhodan zuckte ab und zu mit den Beinen oder stöhnte. Der Test dauerte jetzt bereits acht Stunden. Seit vier Stunden tanzte der ALTE, ohne Anzeichen von Müdigkeit erkennen zu lassen. Der Arkonide war überzeugt davon, daß der Wächter dieser Station den Verstand verloren hatte.

»Lange können wir nicht mehr warten!« Gucky war an Atlans Seite gewatschelt und griff nach der Hand des Lordadmirals.

»Wir wissen nicht, welche Auswirkungen eine zu lange Traumapsihandlung auf Perrys und Ovarons Verstand haben kann«, fuhr Gucky fort. »Aber es ist bestimmt gefährlich.«

Atlan zog den Ilt mit vor die Schaltanlage des Testgerätes.

»Ich habe darüber nachgedacht. Vielleicht können wir die beiden befreien, indem wir *alle* Schalter betätigen.«

»Es würde genügen, den Hauptschalter zu finden«, bemerkte Ras Tschubai. »Dann könnten wir verhindern, daß weiter Energie in die Kontakte strömt.«

»Die Schalter sehen alle gleich aus«, überlegte Atlan. »Wie sollen wir den Hauptschalter finden?«

Atlan streckte eine Hand aus und berührte einen der quadratischen Knöpfe. Er zögerte jedoch, fest zu drücken. Die Verantwortung war zu groß. Wenn er einen Fehler machte, konnte es für Perry den Tod oder Geisteskrankheit bedeuten.

Entmutigt wandte er sich ab.

»Ich spreche noch einmal mit dem ALTEN.«

»Er wird dir überhaupt nicht zuhören«, prophezeite Gucky.

»Soll ich seinen Tanz verlangsamen?« erkundigte sich Takvorian.

Atlan überlegte einen Augenblick.

»Versuchen Sie es, Takvorian.«

Der Zentaur entfaltete psionische Energie, die den Bewegungsablauf des ALTEN beeinflußte. Die Drehungen des hageren Körpers wurden langsamer.

»Mehr kann ich nicht tun«, bedauerte Takvorian. Seine großen Augen glänzten.

Atlan nickte und näherte sich dem ALTEN.

»Der Test ist vorüber!« schrie er ihn an. »Der Ganjo möchte mit Ihnen sprechen.«

»Ganjo!« rief der ALTE. Er taumelte auf einen Sitz an den Schaltanlagen zu und ließ sich darin niedersinken. Dann beugte er sich nach vorn und verbarg sein Gesicht in den Händen.

Tschubai wollte ihn aufrichten, doch Atlan hielt ihn zurück.

»Der Test«, flüsterte der ALTE, »der Test hat kein Ergebnis gebracht.«

»Aber er ist beendet!« rief Atlan. »Der Ganjo möchte aufstehen.«

Der ALTE lachte wild. Mit einem Ruck richtete er sich im Sessel auf. So schnell, daß weder Atlan noch einer der anderen reagieren konnte, nahm der ALTE ein paar Schaltungen vor.

Der Raum begann zu vibrieren.

»Was bedeutet das?« fragte Takvorian furchtsam. »Das gesamte Gebäude scheint zu beben?«

»Hoffentlich hat der Narr keine Vernichtungsschaltung betätigt«, sagte Atlan.

Das Vibrieren ließ nach. Atlan atmete auf. Seine Erleichterung hielt jedoch nicht lange an, denn der Raum wurde plötzlich von heftigen

Erschütterungen durchlaufen. Etwas zerbrach mit einem Klirren. Die Tür sprang auf.

»Harl!« rief Atlan. »Schaffen Sie den ALTEN von den Kontrollen weg.« Der riesige Paladin erreichte den ALTEN mit zwei Schritten. Er packte ihn und hob ihn aus dem Sitz.

»Er ist schwer!« verkündete Cool Aracan über den Verstärker des Roboters. »Schwerer als ein Mann dieses Alters sein sollte.«

Atlan erinnerte sich an die Warnungen Saedelaeres, der ebenso wie Lord Zwiebus behauptet hatte, daß mit dem ALTEN etwas nicht in Ordnung war. Der Arkonide erschauerte. Sein Leben war schon oft in Gefahr gewesen, aber diesmal kam das Fremde in Gestalt eines harmlos aussehenden alten Mannes.

»Festhalten!« befahl der Arkonide.

»Mit Vergnügen!« gab Harl Dephin zurück.

Atlan konnte sich vorstellen, wie der Siganese im Kopfdeck des Paladins saß und die SERT-Haube trug, mit deren Hilfe er den Paladin-Roboter blitzschnell steuern konnte.

Der ALTE unternahm keine Befreiungsversuche.

Atlan fragte: »Was haben Sie getan?«

Der ALTE schien ihn zu verstehen, denn er lächelte. Die Erschütterungen verloren an Intensität. Atlan befürchtete jedoch, daß sich das Phänomen wiederholen könnte. Auch ein Gebäude wie dieses würde so schwere Beben auf die Dauer nicht aushalten.

»Mit solchen Handlungen gefährden Sie den Ganjo«, erinnerte Atlan den ALTEN. »Das wollen Sie doch bestimmt nicht?«

Der ALTE sagte etwas, doch Atlan wurde durch ein Stöhnen Rhodans abgelenkt. Er rannte zu den Sitzen hinüber. Gucky stand bereits neben dem Terraner.

»Ich glaube, er ist bei Besinnung.« Die Stimme des Mausbibers klang schrill. »Seine Gedanken sind jedoch ungeordnet.«

Atlan war höchst erregt. Er fürchtete noch immer, daß Rhodan durch diesen Test einen geistigen Schaden davontragen könnte.

Er beugte sich weit hinab, um unter die Klappen blicken zu können. Rhodans Gesicht lag im Dunkeln.

»Einen Scheinwerfer!« rief der Arkonide.

Tschubai brachte ihm den Helm. Atlan löste den Scheinwerfer und schaltete ihn ein. Er leuchtete unter die Klappen. Rhodans Gesicht war blaß und schweißbedeckt. Seine Augen standen weit offen. Die Pupillen reagierten nicht auf das Licht. Zahlreiche Kontakte berührten seinen Kopf. Atlan wagte nicht, sie zu entfernen.

»Perry!« zischte der Lordadmiral leise.

»Atlan?« Die Frage kam zögernd.

»Verstehst du mich?« Atlan war erleichtert. »Ist alles in Ordnung?«

Diesmal kam keine Antwort. Rhodans Körper schien starr zu werden. Atlan stieß eine leise Verwünschung aus. Er wechselte seinen Platz und leuchtete unter die Klappen, die Ovarons Kopf verbargen. Der Ganjase war nicht bei Bewußtsein. Seine Augen waren geschlossen. Er schien zu träumen.

»Was hast du gesehen?« wollte Gucky wissen.

»Perry scheint zu sich zu kommen«, erwiderte Atlan. »Wir müssen mit ihm sprechen.«

»Ich will versuchen, mich in seine Gedanken einzuschalten«, schlug Gucky vor. Er konzentrierte sich. »Seltsam. Perry denkt innerhalb einer fremden Umgebung. Er hat irgendwelche Wahnvorstellungen. Manchmal glaubt er, blutend im Schnee zu liegen. Hinter ihm befinden sich die Trümmer einer explodierten takerischen Station.«

Atlan biß sich auf die Unterlippe. Waren Perrys Gedanken Beweis für geistige Verwirrung oder Teil der Traumapsihandlung?

»Manchmal kehrt er für einen Augenblick in die Wirklichkeit zurück«, fuhr Gucky fort.

»Gut!« Atlan beugte sich wieder unter Perrys Klappen. »Du mußt mir sagen, wann es wieder soweit ist, damit ich mit ihm sprechen kann.«

Sie warteten gespannt. Rhodans Atemzüge kamen unregelmäßig. Ovaron machte dagegen einen völlig entspannten Eindruck.

»Jetzt!« rief Gucky.

»Perry!« Atlan packte den Terraner an den Armen und schüttelte ihn.

Rhodan zeigte eine erste Reaktion. Er schloß geblendet die Augen.

»Du mußt bei Bewußtsein bleiben, Perry!«

»Was ist passiert?« Rhodan sprach so leise, daß er kaum zu verstehen war.

»Etwas ist während des Tests schiefgegangen«, sagte Atlan rasch. »Der ALTE spielt verrückt. Er schaltet die Geräte nicht ab.«

Rhodan bewegte sich.

»Paß auf die Kontakte auf!« warnte Atlan. »Wir wissen nicht, was passiert, wenn wir dich gewaltsam befreien.«

»Ich verstehe!« Wie immer, konnte Perry sich auch diesmal schnell auf die neue Situation einstellen. »Wie geht es Ovaron?«

»Er ist bewußtlos!«

»Ich weiß nicht, wie ich mich von den Traumhandlungen immer wieder losreißen konnte«, erläuterte Rhodan. »Vielleicht durch den Zellaktivator. Jetzt muß ich hier heraus. Ich muß mit dem ALTEN sprechen.«

Atlan klopfte seinem Freund beruhigend gegen die Arme. Doch Perry war bereits wieder bewußtlos. Immerhin hatten sie miteinander gesprochen. Wenn Rhodan das nächstemal erwachte, würde er sofort wissen, was geschehen war.

Der Arkonide richtete sich auf.

»Kann ich den ALTEN jetzt loslassen?« fragte Dephin.

»Ja«, entschied Atlan. »Vielleicht ist er inzwischen vernünftiger geworden.«

Er beobachtete, wie der Paladin-Roboter den ALTEN auf den Boden stellte. Der Weißhaarige blickte sich um, als müßte er sich neu orientieren.

Er bewegte sich auf die Schaltanlage der Testsitze zu. Dephin wollte ihm mit dem Paladin den Weg versperren, doch Atlan hielt den Thunderbolt mit einer Handbewegung auf.

Schweigend nahm der ALTE an den Kontrollen Platz. Er nahm mehrere Schaltungen vor. Die Klappen um Ovarons Kopf lösten sich. Wenige Sekunden später wurde auch Perrys Gesicht frei. Ovarons Kopf sank nach vorn.

Perry war sofort bei Bewußtsein. Er wollte sich aufrichten, doch er verlor den Halt. Tschubai und Atlan waren sofort an seiner Seite und stützten ihn.

»Bist du in Ordnung?« fragte Atlan.

»Ja«, bestätigte der Großadministrator. »Mein Schädel dröhnt, und ich habe weiche Beine.«

Auch Ovaron kam jetzt zu sich. Er blieb jedoch sitzen.

Seine ersten Worte waren: »Es hat nicht geklappt.«

Zu Atlans Überraschung antwortete der ALTE: »Das ist richtig. Der Test endete unentschieden. Wenn es einen Verlierer gibt, dann bin ich es.«

Ovaron massierte seine Beine.

»Wir müssen zu einer Entscheidung kommen.«

»Natürlich«, sagte der ALTE. »Unter diesen Umständen bin ich gezwungen, meinen Namen zu nennen.«

»Wir warten!« rief Ovaron.

Der ALTE blickte sich um.

»Ich bin VASA 81103!«

»VASA 81103!« wiederholte Ovaron. »Dieser Begriff sagt mir nichts.«

Der ALTE schien darüber enttäuscht zu sein. Er zog sich schweigend in eine Ecke des Raumes zurück und wartete dort.

»Er schien zu erwarten, daß Ihnen der Begriff etwas sagen würde«, stellte Rhodan fest. »Denken Sie nach, Ganjase. Vielleicht ist der Name des ALTEN der Schlüssel zum Geheimnis des ganjasischen Volkes.«

Rhodan war sich darüber im klaren, daß die Zahl 81103 innerhalb eines rätselhaften Gefüges ein bestimmtes Individuum darstellte. Unter dem Begriff VASA konnte der Terraner sich jedoch nichts vorstellen. Es konnte ein Eigenname sein oder eine Abkürzung.

»Der ALTE ist zweifellos Nummer 81103 einer bestimmten Kategorie«, sagte Ovaron nach einer Weile. »Der Name VASA sagt mir jedoch nichts. Ich habe ihn noch nie gehört.«

»Könnte es eine Abkürzung sein?« fragte Atlan.

»Natürlich«, meinte Ovaron zögernd. »Aber das hilft mir nicht weiter. Der Name kann alles mögliche bedeuten.«

»Warum fragt ihr nicht den ALTEN?« wollte Gucky wissen.

Ovaron setzte den Vorschlag in die Tat um. Die Fragen des Ganjasen schienen den ALTEN jedoch zu verwirren, denn er gab unvollständige und zusammenhanglose Antworten. Er schien sich von seiner Enttäuschung nicht erholt zu haben.

»Lassen Sie mich mit ihm reden!« forderte Rhodan schließlich.

»Ich habe nichts dagegen«, sagte Ovaron. »Vergessen Sie jedoch nicht, daß wir eine Entscheidung treffen müssen, wenn wir beide unsere Ziele erreichen wollen.«

Rhodan lächelte. Ovaron würde sich wundern. Der Entschluß, den Rhodan gefaßt hatte, würde sogar die Freunde des Großadministrators überraschen. Rhodan wußte jedoch, daß es die einzige Möglichkeit war, aus der Sackgasse herauszukommen, in die Ovaron und er sich manövriert hatten.

Unmittelbar vor dem ALTEN blieb Perry stehen.

»Was ich jetzt sage, ist nicht der Anfang eines psychologischen Feldzugs«, begann er. »Im Gegenteil: Ab sofort werde ich Ovaron nicht mehr durch psychologische Tricks zwingen, für unsere Sache zu kämpfen.«

Er wartete auf eine Antwort, aber der ALTE stand bewegungslos da und hörte zu.

»Ich weiß nicht, worauf Sie hinauswollen«, bemerkte Ovaron.

»Aber Sie sollten vorsichtig sein. Der ALTE macht einen labilen Eindruck. Ein falsches Wort kann bei ihm verheerende Reaktionen auslösen.«

»Ich weiß, was ich will.« Rhodan nickte dem ALTEN zu. »Ich werde die MARCO POLO ab sofort ausschließlich zur Verwirklichung von Ovarons Plänen benutzen.«

Der Ganjase blickte ihn sprachlos an.

»Sprich nicht weiter, Terraner!« rief Atlan. »Du bist noch verwirrt. Der Test hat dich zu sehr strapaziert.«

»Ich denke völlig klar«, gab Rhodan zurück. »Versucht doch, mich zu verstehen. Weder Ovaron noch wir hatten bisher Erfolg. Wenn wir Ovaron vorbehaltlos bei der Suche nach den verschwundenen Ganjasen unterstützen, können wir dieses geheimnisvolle Volk vielleicht finden. Dann ist es vielleicht möglich, daß die Ganjasen uns bei der Abwehr der Invasion helfen. Ovaron ist ein Gegner der Takerer. Er wird uns unterstützen, sobald er sein Ziel erreicht hat.«

»Das ist richtig!« rief Ovaron begeistert. »Mein Volk wird hinter Ihnen stehen. Wir werden gemeinsam verhindern, daß die Takerer ihre verbrecherischen Pläne verwirklichen können.«

Atlan trat zwischen die beiden Männer.

»Was ist, wenn es keine Ganjasen mehr gibt?« fragte er mit finsterem Gesichtsausdruck. »Wenn wir wochenlang ergebnislos suchen? Dann haben wir zuviel Zeit verloren, um die Invasoren noch aufhalten zu können.«

Rhodan hatte nicht erwartet, daß seine Freunde ihn verstehen würden. Er mußte ihnen Zeit lassen, um seinem plötzlichen Gedankensprung zu folgen. Im stillen gestand Rhodan sich ein, daß sein Gesinnungswechsel eine Folge der Traumapsihandlung war. Während er mit Ovaron imaginäre Ereignisse erlebt hatte, war er auf die Gedanken gekommen, die er dem ALTEN und den anderen jetzt zu erklären versuchte.

»In dieser riesigen Galaxis ist die MARCO POLO allein bedeutungslos«, fuhr er fort. »Wir können nicht erwarten, daß wir mit diesem Schiff allein die takerische Macht brechen können. Deshalb brauchen wir Bundesgenossen. Bisher haben wir kein Volk gefunden, das stark genug wäre, um den Takerern Widerstand leisten zu können. Vielleicht sind es die Ganjasen.«

Atlan wiederholte seinen Einwand. »Wenn sie noch existieren.«

»Davon bin ich überzeugt!« sagte Ovaron.

Atlan betrachtete ihn mitleidig.

»Diese Überzeugung kenne ich! Ich habe mich selbst jahrhundertelang damit gequält. Als ich dann mein Volk fand, war es dekadent und entmachtet. Solche Träume sind gefährlich, Ganjo. Ein Mann sollte sich nicht selbst täuschen.«

Diese Worte verfehlten ihre Wirkung nicht. Aber Rhodan ergriff die Partei des Ganjasen.

»Hier liegt der Fall anders, Kristallprinz. Der ALTE wird dem Ganjo Unterlagen übergeben.«

»Ja!« rief Ovaron. »Davon bin ich überzeugt.«

Rhodan wandte sich wieder dem Weißhaarigen zu, den sie die ganze Zeit über unbeachtet gelassen hatten. Der seltsame Mann wiegte den Oberkörper hin und her. Er hielt seine Augen geschlossen.

»Haben Sie uns zugehört?« erkundigte sich Rhodan. »Der Test hat doch zu einer Einigung geführt. Der Ganjo und ich streiten nicht mehr. Ich werde Ovaron helfen.«

Der ALTE warf den Kopf in den Nacken.

»Nur der Ganjo kann das hohe Ziel kennen«, behauptete er. »Es ist nicht möglich, daß er sich in seiner Aufgabe beirren läßt. Er allein besitzt den Schlüssel. Sein Amt ist nicht teilbar.«

»Er versteht es nicht«, stellte Rhodan bedauernd fest.

Der ALTE hatte sich umgedreht und ging langsam davon. Der Paladin wollte ihn aufhalten, doch Rhodan rief die Thunderbolts zurück.

»Laßt ihn! Er muß erst verstehen lernen. Wir brauchen ihn und sein Wissen.«

Der ALTE ließ sich an den Kontrollen nieder.

»Aufpassen!« rief Takvorian. »Er will irgendwelche Schaltungen vornehmen. Soll ich ihn daran hindern?«

Rhodan mußte eine schnelle Entscheidung treffen. Er wußte, was passieren konnte, wenn sie dem ALTEN an den Kontrollen freie Hand ließen. Der Terraner sah Ovaron fragend an. Auch der Ganjo war unschlüssig, aber er schüttelte den Kopf.

»Laßt ihn in Ruhe!« entschied Rhodan. »Vielleicht fängt er sich wieder und wird vernünftig.«

Er blickte über die Schulter des ALTEN, als dieser ein paar Schaltknöpfe drückte. Augenblicke später begann der Raum erneut zu vibrieren. Bisher unsichtbare Türen glitten auf. Ein Teil der Kontrolllampen erlosch. Die Gäste des ALTEN mußten ihre Scheinwerfer einschalten. Tschubai und Atlan rissen den ALTEN aus dem Sitz. Er machte sich frei. Er begann von innen heraus zu glühen. Dann zerbröckelte sein Körper.

8.

»Oh!« machte Lord Zwiebus überrascht, als er die Ortungszentrale der MARCO POLO betrat und Saedelaeres dürren Körper in einem der Sitze vor den Kontrollen erkannte. Er trat hinter den Mann mit der Maske.

»Schlafen Sie nie?«

Saedelaere schien zu gähnen, jedenfalls bewegte sich das Gesicht unter der Plastikmaske. Er stieß sich mit den Füßen ab, so daß er mit dem Sitz herumschwang.

Lord Zwiebus trat einen Schritt zur Seite.

»Sie beobachten die Kuppel?«

Saedelaere nickte.

»Sehr gesprächig sind Sie nicht«, stellte der Neandertaler fest. »Wo sind Sie mit Ihren Gedanken?«

»Dort drüben!« erwiderte Saedelaere wortkarg. Er war müde und gereizt. Es hätte ihm freigestanden, sich in seine Kabine zu begeben, aber er wurde nach wie vor von einem Gefühl drohender Gefahr beherrscht, das ihn wachhielt. Außerdem zeigten die Meßgeräte der MARCO POLO eine verstärkte Energietätigkeit in der Wüstenstation an.

»Mit Ihrem Gesicht sind Sie ein lebendes Ortungsgerät«, meinte Lord Zwiebus versöhnlich. »Wenn Sie nicht schlafen, werde ich ebenfalls hierbleiben.«

Saedelaere beachtete ihn nicht. Er fragte sich, was in der Kuppel vorging. Sie hatten Funkkontakt zu Rhodans Gruppe, aber bisher waren nur ein paar lakonische Bemerkungen empfangen worden. Offenbar kamen Perry und seine Begleiter nicht voran.

Neben Saedelaere erhob sich ein Wissenschaftler, um ein paar Meßergebnisse zur Auswertung zu bringen. Lord Zwiebus ließ sich in dem freigewordenen Sitz nieder.

»Halten wir zusammen Wache«, schlug er vor.

Saedelaere blieb gleichgültig und äußerte sich nicht.

Auf einem der Bildschirme war die Kuppel in der Ebene deutlich zu sehen. Sie schien zu vibrieren.

Der Neandertaler rieb sich die Augen.

»Sie . . . sie bewegt sich!«

»Allerdings!« bestätigte Saedelaere. »Das geschieht jetzt schon zum zweitenmal. Ich nehme an, daß die gesamte Station davon betroffen wird.«

»Aber . . .«, Lord Zwiebus unterbrach sich, weil in diesem Augenblick auf der anderen Seite der Ortungszentrale unter den Besatzungsmitgliedern Unruhe entstand.

Saedelaere sprang auf. Die Alarmanlagen begannen zu heulen.

Der diensthabende Offizier beugte sich über das Mikrophon des Interkoms.

»Zehntausend takerische Schiffe nähern sich dem System Feynschest.«

Lord Zwiebus fuhr herum. Auf den Bildschirmen der Raumortung waren die Objekte noch nicht zu erkennen, aber Massetaster und Fernortung gaben Hinweise, die deutlich genug waren.

»Rhodan muß mit seinen Begleitern die Kuppel sofort verlassen«, sagte Lord Zwiebus zu Saedelaere. »Die MARCO POLO kann sich nur noch mit einem Blitzstart retten.«

Der Transmittergeschädigte blieb vollkommen gelassen.

»Ich frage mich, woher die Takerer plötzlich kommen. Außerdem möchte ich wissen, wer sie hergelockt hat.«

Lord Zwiebus konnte sich vorstellen, daß Roi Danton in diesem Augenblick bereits ein Funkgespräch mit Rhodan führte. In diesen Sekunden wurden lebenswichtige Entscheidungen getroffen.

»Rhodan muß schnell an Bord der MARCO POLO zurückkehren«, sagte der Neandertaler. »Das ist unsere einzige Chance.«

Saedelaere fragte: »Und wenn er die Kuppel nicht verlassen kann?«

Lord Zwiebus sah an dem Mann mit der Maske vorbei auf die Bildschirme. Dort wurden die takerischen Einheiten jetzt in Hundertergruppen sichtbar.

»Er wird uns den Befehl geben, ohne ihn zu fliehen«, sagte Lord Zwiebus nach kurzer Überlegung. »Genau das wird er tun.«

Alles ging so schnell, daß Rhodan kaum Zeit fand, alle Einzelheiten in sich aufzunehmen. Er sah, daß der ALTE sich auflöste. Es war jedoch nicht der gesamte Körper davon betroffen, sondern nur eine organische Schale. Ein länglicher Körper aus Metall mit mehreren bizarr geformten Auswüchsen wurde frei.

Rhodan hörte Ras Tschubai aufstöhnen.

Der ALTE war ein Roboter! Sie hatten tagelang mit einem Roboter verhandelt und auf ihn gehofft.

»Eine Maschine!« rief Ovaron, dessen grenzenlose Überraschung unverkennbar war. »Wie ist es möglich, daß wir das nicht erkannt haben?«

Niemand antwortete.

Rhodan sah, wie der Robotkörper zu glühen begann und in einem rötlichen Feuer verschwand. Der Raum begann zu dröhnen. Der gesamte Planet schien in Aufruhr zu sein.

Rhodan blickte sich um. Er sah, daß Merkosh den Rüssel ausgefahren hatte.

Der Gläserne sah Rhodan triumphierend an.

»Ich habe ihn vernichtet!« schrillte er. »Er war tot, bevor er noch mehr Unheil anrichten konnte.«

Das wirkte auf Rhodan wie ein Schock. Er hatte an eine Selbstvernichtung des ALTEN geglaubt. Doch es war Merkosh, der mit seiner Bösen Stimme für das Ende des Roboters VASA 81103 gesorgt hatte.

»Warum haben Sie das getan?« fuhr Rhodan den Mutanten aus Maasbar an.

Atlan trat zwischen Perry und den Opproner.

»Er hat richtig gehandelt, Perry«, verteidigte er Merkosh. »Der ALTE war im Begriff, die gesamte Station zu zerstören. Er nahm entsprechende Schaltungen vor. Deshalb müssen . . .«

Er unterbrach sich, denn in diesem Augenblick brachen Gucky und Ras Tschubai zusammen und wälzten sich am Boden. Sie schrien vor Schmerzen.

Ein Sturm n-dimensionaler Impulse raste durch die Kuppel. Die beiden empfindlichen Mutanten wurden davon betroffen.

Rhodan beugte sich zu Gucky hinab.

»Versuch es zu ignorieren, Kleiner!«

Gucky zuckte am ganzen Körper. Er schien Rhodan weder zu hören noch zu sehen. Tschubai erging es nicht besser.

»Wir müssen von hier weg, bevor eine Katastrophe eintritt!« rief Atlan vom Eingang her.

Rhodans Helmfunkgerät knackte. Das störende Rauschen war so stark, daß Rhodan die Stimme seines Sohnes kaum verstand. Was er aber hörte, war schlimm genug.

». . . zehntausend takerische Schiffe . . . Ziel . . . nur . . . System sein.«

Rhodan richtete sich langsam auf. Er wußte, daß auch seine Begleiter die Nachricht gehört hatten.

»Wir müssen schnell an Bord der MARCO POLO zurück«, sagte Harl Dephin über die Lautsprecheranlage des Paladin-Roboters.

»Eine schnelle Rückkehr wäre nur mit den Teleportern möglich«, stellte Rhodan fest. »In dem Zustand, in dem sie sich augenblicklich befinden, können wir nicht mit ihnen rechnen.«

»Dann müssen wir zu Fuß fliehen!« rief Ovaron.

»Ich kann mein Schiff nicht opfern«, entschied Rhodan. Er rief die MARCO POLO. Wie aus weiter Ferne vernahm er Dantons Stimme, der bestätigte, daß er seinen Vater einigermaßen verstehen konnte.

»Ich befehle den Alarmstart!« rief Perry. »Nehmt keine Rücksicht auf uns. Die MARCO POLO darf von dieser Riesenflotte nicht erwischt werden.«

Danton protestierte, aber Rhodan unterbrach ihn sofort.

»Das ist ein Befehl, Michael!«

Es kam keine Antwort mehr. Aber jeder, der sich an Rhodans Seite in der Station befand, wußte, daß die MARCO POLO jetzt starten würde, um nicht von den Takerern vernichtet zu werden.

Die kleine Gruppe blieb allein in einer vom Untergang bedrohten Station zurück.

Das Schiff des Taschkars flog inmitten des riesigen Verbandes. Der Taschkar hatte seine Luxuskabine vor wenigen Minuten verlassen, um den Anflug auf das Feynschest-System mitzuerleben. Die Impulse, die er zum erstenmal während der Feierlichkeiten zum Tag des Ocscha vernommen hatte, kamen von dem zweiten Planeten dieses Sonnensystems. Jetzt wurden die Impulse auch einwandfrei von den Anlagen der Schiffe geortet.

Der Taschkar war erregt, aber er wußte es geschickt zu verbergen. Nach außen hin war er der arrogante und überlegen wirkende Herrscher eines galaktischen Riesenreiches geblieben.

Er saß in einem bequemen Sessel neben dem Kommandanten und beobachtete die Bildschirme.

Endlich hatte er die Spur des Ganjos gefunden. Vielleicht ergab sich eine Gelegenheit, den gefährlichen Widersacher zu vernichten, bevor er die Fackel der Revolution durch Gruelfin trug.

Die Gedanken des Taschkars wurden unterbrochen, als eine Nachricht vom Ortungsraum kam.

»Vom zweiten Planeten des Zielsystems aus startet ein Schiff«, informierte der Kommandant den Taschkar.

Der Diktator überlegte einen Augenblick.

»Hoffentlich kommen wir nicht zu spät. Zweitausend Einheiten sollen das Schiff verfolgen. Alle anderen Schiffe bleiben auf Kurs.«

»Auch das unsere?« fragte der Kommandant.

»Ja«, erwiderte der Taschkar. »Wir werden den zweiten Planeten abriegeln und auf alles schießen, was sich bewegt. Dann schleusen wir Landungstruppen aus, um nachzusehen, ob es für uns noch etwas Interessantes zu holen gibt.«

Der Kommandant merkte, daß der Taschkar nicht an einer Fortsetzung des Gesprächs interessiert war. Er gab seine Befehle. Wenig später lösten sich zweitausend Schiffe aus der riesigen Formation.

Der Taschkar hoffte, daß sie die Verfolgung rechtzeitig aufgenommen hatten. Er wollte nicht daran glauben, daß ihm der Ganjo im letzten Augenblick entkommen war.

Vom zweiten Planeten des Feynschest-Systems gingen immer noch fünf- und sechsdimensionale Impulse aus. Dort mußte sich eine große Station mit entsprechenden Anlagen befinden.

Die Schiffe, die sich dem Zielsystem näherten, flogen mit unverminderter Geschwindigkeit weiter.

Wenig später kam eine neue Nachricht. Sie war von dem Kommandanten der 2 000 Schiffe abgefaßt, die das Kugelschiff verfolgten.

»Sie haben das fremde Schiff verloren«, sagte der Kommandant neben dem Taschkar bedauernd.

Diesmal konnte sich der Herrscher nicht zurückhalten.

»Was?« brauste er auf. »Bin ich nur von Unfähigen umgeben? Wozu haben unsere Schiffe ihre Spürgeräte?«

»Kerschron teilt Ihnen mit, daß er annimmt, daß unsere Gegner ein neues Störgerät entwickelt haben, mit dessen Hilfe sie unsere Spürgeräte ausschalten können.«

»Das nimmt er an!«

»Ja, Taschkar!«

Der Diktator beugte sich im Sitz vor.

»Wenn er nicht sicher ist, kann ich es ebenfalls nicht sein. Ich nehme an, er hat einen astronavigatorischen Fehler begangen.«

Der Kommandant des Flaggschiffs wollte einwenden, daß Kerschron ein sehr erfahrener Raumfahrer war. Aber klugerweise hielt er den Mund, denn er konnte sich vorstellen, wie der Taschkar auf einen solchen Einwand reagieren würde.

Der Taschkar beobachtete den Kommandanten lauernd.

»Was halten Sie davon?«

»Es ist sehr schwer, etwas über Dinge auszusagen, die sich Lichtjahre weit entfernt abspielen«, erwiderte der Kommandant glatt.

»Kerschron wird nicht länger Verbandskommandant bleiben«, entschied der Taschkar. »Wir setzen unsere Operation fort.«

Die MARCO POLO hatte sich in den Ortungsschutz einer Riesensonne zurückgezogen. Der von Waringer inzwischen entwickelte Librationstarner hatte die takerischen Halbraumspürer unwirksam gemacht und eine Flucht ermöglicht.

Die Verantwortlichen hatten sich in der Zentrale des Trägerschiffs versammelt. Eine gedrückte Stimmung herrschte.

»Wir hätten Rhodans Befehl nicht befolgen dürfen«, sagte Fellmer Lloyd.

»Roi hat richtig gehandelt«, verteidigte Waringer die Entscheidung von Rhodans Sohn. »Hätten wir gewartet, müßten wir uns jetzt mit zehntausend takerischen Schiffen auseinandersetzen. Das Ende eines solchen Kampfes brauche ich nicht zu schildern. Wir sind einer solchen Streitmacht hoffnungslos unterlegen. Jetzt haben wir vielleicht die Chance, Perry und die anderen wieder herauszuholen.«

Roi Danton hatte sich bislang noch nicht an der Diskussion beteiligt. Er wirkte ernster als sonst.

»Unmittelbar vor unserem Start waren die fünf- und sechsdimensionalen Impulse in der Nähe der Kuppel besonders stark«, berichtete Saedelaere. »Ich bin sicher, daß Tschubai und Gucky dadurch außer Gefecht gesetzt wurden.«

»Alaska hat recht«, stimmte Lloyd zu. »Ich spürte die Auswirkungen der Energien am eigenen Körper. Es war mir während dieser Zeit unmöglich, zu jemandem telepathischen Kontakt aufzunehmen.«

Merceile sprang auf.

»Wir reden und reden!« sagte sie heftig. »Keiner von uns denkt aber an das Hauptproblem: Was geschieht mit Ovaron und den anderen?«

Die Männer blickten sich betroffen an.

»Wir müssen davon ausgehen, daß die takerischen Schiffe First Love anfliegen und bombardieren. Im günstigsten Fall schleusen sie Landetruppen aus. Das würde eine Gefangennahme unserer Freunde bedeuten.«

Merceile schlug die Hände vors Gesicht.

»Daß Ovaron dem Taschkar in die Hände fällt, ist für mich eine furchtbare Vorstellung.«

»Ich vertraue auf ihr Können«, sagte Rhodans Sohn. »Wenn sie wirklich in die Gefangenschaft der Takerer geraten, werden sie sich schon zu helfen wissen.«

Das Bewußtsein, daß sich die MARCO POLO in jeder Sekunde mehrere Millionen Kilometer von First Love entfernte, lähmte die Entschlußkraft der Eingeschlossenen.

Perry Rhodan war sich darüber im klaren, daß sie jetzt keine Fluchtmöglichkeit mehr besaßen. Es wäre sinnlos gewesen, die Kuppel zu verlassen und in die Wüste hinaus zu fliehen. Sie konnten nur hoffen, daß die Takerer First Love nicht vernichteten.

Atlan und Merkosh bemühten sich um Gucky und Tschubai, die noch immer am Boden lagen. Der Mausbiber wimmerte leise.

Seit der ALTE verschwunden war, hatten sich die Erschütterungen noch verstärkt. Die Eingänge hatten sich geschlossen.

»Wir müssen uns auf eine Gefangenschaft einrichten«, sagte Perry ruhig. »Dazu ist es nötig, daß wir entsprechende Vorbereitungen treffen. Die Takerer wissen nicht viel über uns. Wir können sie in Verlegenheit bringen, wenn es uns gelingt, die Fähigkeiten der Mutanten vor ihnen verborgen zu halten.« Er deutete auf den Paladin. »Vielleicht werden auch die Thunderbolts nicht sofort entdeckt.«

»Ich kenne die Takerer besser«, antwortete Ovaron. »Sie werden diese Station mit einem Bombenhagel belegen, bevor sie landen. Das ist ihre Methode.«

»Was schlagen Sie vor?« fragte Atlan.

»Wir sollten uns in die untere Etage der Station zurückziehen.«

Rhodan hatte Bedenken.

»Ausgerechnet jetzt? Wenn die Erschütterungen noch schlimmer werden, ist es dort unten nicht mehr sicher.«

Ovaron machte eine entschiedene Geste.

»Wir haben keine andere Wahl.«

Perry Rhodan sah ein, daß der Ganjase recht hatte. Es war lebensgefährlich, den Weg nach unten anzutreten. Hier oben zu bleiben oder die Kuppel zu verlassen, bedeutete jedoch den sicheren Tod.

»Der Paladin soll die Mutanten tragen!« befahl Rhodan. »Wir versuchen, nach unten zu gelangen.«

Dephin steuerte den Roboter, der äußerlich wie ein Haluter aussah, auf Tschubai und Gucky zu. Mühelos hob er die beiden Teleporter auf. Tschubai schien bewußtlos zu sein. Der Mausbiber versuchte sich aufzurichten, aber es mißlang.

Atlan hatte inzwischen den Eingang untersucht.

»Wir kommen nicht heraus, wenn wir keine Gewalt anwenden.«

»Lassen Sie mich das übernehmen, Freund Atlan!« Merkoshs Rüssel weitete sich. Er begann zu brüllen. Psionische Energie hüllte den Eingang ein. Das Metall löste sich auf. Molekulare Strukturen hörten auf zu existieren.

Innerhalb weniger Sekunden war eine Öffnung entstanden, die groß genug war, um auch den Paladin und Takvorian durchzulassen.

Der Oproner machte eine einladende Geste.

»Gehen wir!«

Rhodan übernahm die Führung. Als er auf den Korridor trat, sah er die Roboter. Er ließ sich geistesgegenwärtig fallen. Als er sich in den Testraum zurückrollte, zischten drei Strahlschüsse über ihn hinweg.

»Roboter!« rief Rhodan überrascht. »Sie machen Jagd auf uns.«

»Ich kann sie nicht aufhalten«, bedauerte Takvorian. »Meine Psi-Kräfte haben ebenfalls unter der Ausstrahlung fremder Energien gelitten.«

»Dafür bin ich schließlich da«, erklärte Merkosh und trat auf den Gang hinaus.

Rhodan hörte den Gläsernen brüllen. Auch wenn man nicht im Zentrum der Intervallimpulse stand, wurde das Gehör von diesem Lärm strapaziert.

Mit einem Satz sprang der Oproner zurück.

»Verdammt!« stieß er hervor. »Ich erwische sie nicht richtig.«

Atlan lehnte sich mit dem Rücken gegen die Wand und spähte auf den Gang hinaus.

»Ein paar liegen am Boden«, stellte er fest. »Sie scheinen auf uns zu lauern.«

»Einen Angriff wagen sie nicht«, meinte Ovaron.

»Es sind verschiedene Typen.« Atlan zuckte zurück, als ein Strahlschuß knapp an ihm vorbeizischte. »Sie scheinen ungeheuer beweglich zu sein.«

»Deshalb erwische ich sie so schlecht«, knurrte Merkosh.

Rhodan blickte Takvorian an.

»Wir müßten sie verlangsamen.«

Der Zentaur schüttelte den Kopf. Er war so benommen, daß er sich kaum auf den Beinen halten konnte.

Merkosh schob sich an Rhodan und dem Paladin vorbei und setzte seine Stimme auf der anderen Seite des Raumes ein.

Rhodan wurde den Eindruck nicht los, daß auch Merkoshs Kräfte nachließen, denn diesmal dauerte es länger, bis ein Loch in der Wand entstand.

»Versuchen wir es hier«, schlug der Gläserne vor.

Rhodan schob sich als erster hinaus. Der Gang war dunkel. Der Terraner schaltete seinen Scheinwerfer ein.

»Folgt mir!« rief er. »Die Roboter sind alle auf der anderen Seite.«

Er rannte durch den Gang. Hinter ihm blitzten die Scheinwerfer seiner Begleiter auf.

»Die Erschütterungen lassen nach!« schrie Harl Dephin, der sich mit dem Paladin mühelos an Rhodans Seite vorarbeitete.

Rhodan sah zu den beiden Mutanten in den Armen des Roboters. Vielleicht kamen Ras und der Ilt schnell wieder zu sich, wenn der Impulsstrom n-dimensionaler Energie unterbrochen wurde.

Sie erreichten einen Antigravschacht.

»Wir können nicht alle gleichzeitig nach unten!« sagte Rhodan. »Merkosh soll unseren Rückzug decken.«

Er wollte springen, doch er wurde von unten beschossen. Diesmal stieß er eine Verwünschung aus.

»Sie sind auch unten im Schacht!«

»Wir haben nicht mehr viel Zeit«, sagte Ovaron. »Wir müssen uns den Weg freikämpfen.«

Atlan zog eine kleine Neutrinobombe aus seinem Waffengürtel. Er wollte sie in den Schacht werfen, aber Rhodan hielt ihn fest.

»Du kannst den Schacht damit zerstören.«

Der Arkonide grinste.

»Hast du eine bessere Idee?«

Als Rhodan nicht antwortete, warf Atlan die eigroße Bombe in den Schacht. In Erwartung der Explosion warfen sich alle bis auf den Paladin zu Boden.

Eine gewaltige Stichflamme schlug aus dem Schacht.

Die Kuppel stürzt ein! dachte Rhodan.

Weißer Rauch quoll aus dem Schacht. Trümmerteile wirbelten mit nach oben.

Das Antigravfeld stand noch. Was immer sich unter ihnen im Schacht aufgehalten hatte, war durch die Explosion zerstört worden.

Rhodan sprang auf und rannte auf den Schachtrand zu. Er mußte aufpassen, um nicht von Robotwracks getroffen zu werden.

Weit unter sich sah er Flammen hochzüngeln.

»Schließt eure Helme!« befahl er. »Im Schacht ist Feuer ausgebrochen. Hoffentlich kommen wir durch.«

Er sprang von der Plattform. Grauer Rauch hüllte ihn ein. Trotz seines Scheinwerfers konnte er die Schachtwand kaum erkennen. Schwere Wrackteile, deren Auftrieb länger gedauert hatte, schwebten an ihm vorüber. Sie waren zu langsam, um ihn gefährden zu können.

Er kam an einer zerstörten Plattform vorbei. Der Korridor dahinter war eingestürzt. Die Bombe schien im Flug explodiert zu sein. Atlan hatte sicher nicht beabsichtigt, sie so weit oben zu zünden.

In Höhe der Explosionsstelle war die Schachtwand eingestürzt und ragte in den Gang. Atlan zog seinen Strahler und zerschoß die überall vorstehenden Metallstreben. Rhodan sank langsam tiefer. Unmittelbar unter ihm brannte der Schacht. Die Flammen berührten Rhodans Stiefel. Sein Kampfanzug schützte ihn jedoch vor der Hitze.

Die Sicht wurde immer schlechter.

»Kannst du etwas sehen?« klang Atlans Stimme in Rhodans Helmlautsprecher auf.

»Nein!« antwortete Rhodan. »Aber ich . . .«

Die Station erbebte. Ein dumpfes Grollen, das sich schnell zu anhaltendem Donnern verstärkte, drang durch den Helm an Rhodans Ohren.

»Das sind die Takerer!« rief Ovaron verzweifelt. »Sie bombardieren die Station!«

Rhodan hörte ein knirschendes Geräusch. Er ahnte, daß in diesem Augenblick die große Kuppel über der Station geborsten war.

Bevor er sich darüber noch Gedanken machen konnte, passierte ein weiteres Unheil. Das Antigravfeld im Schacht fiel zusammen, und Rhodan wog plötzlich zwei Drittel seines Gewichts – entsprechend der Schwerkraft von First Love.

Er stürzte in die Tiefe.

Auf dem Bildschirm der Raumortung konnte der Taschkar deutlich erkennen, wo das riesige Kugelschiff der Fremden gestanden hatte. Überall dort, wo die Energiebündel der mächtigen Schubdüsen den Boden erreicht hatten, war die Hochebene dunkel gebrannt. In der Nähe der Station war ein schwarzer Ring entstanden, der zweieinhalb Kilometer durchmaß.Was für ein Schiff! dachte der Diktator mit widerwilliger Bewunderung.

Seine Blicke wanderten weiter. Die Kuppel sagte nicht viel über den Charakter der darunter liegenden Station aus, aber der Taschkar hatte schon genügend ganjasische Anlagen gesehen, so daß er sich genau vorstellen konnte, wie es unter dem Wüstenboden aussah.

Der Kommandant meldete:

»Gruppe achtundzwanzig in günstiger Position, Taschkar.«

»Sie sollen mit der Bombardierung beginnen.« Der Taschkar gab seiner Stimme einen gelangweilten Unterton, um zu beweisen, daß er über den Dingen stand.

Sekunden später blitzte es unten in der Ebene auf. Die Kuppel, die sich über der Station spannte, wurde pulverisiert.

Die Takerer gingen nie ein Risiko ein. Bevor sie ihre Landungstruppen ausschleusten, sorgten sie dafür, daß eventuelle Verteidiger zu keiner Gegenwehr mehr fähig waren. Auch diesmal zog der Taschkar eine Bombardierung einer sofortigen Landung vor. Dort unten konnten geheime Geschützstellungen und Abwehrforts existieren. Sie mußten vor der Landung zerstört werden.

Der Herrscher beobachtete den Fortgang der Zerstörung. Rings um das Gebiet der ehemaligen Kuppel bildeten sich zahlreiche Krater. Aber noch immer schlugen die Torpedos der takerischen Schiffe ein.

»Gruppe neunundzwanzig in günstiger Position!« rief der Kommandant.

»Weitermachen!« Der Taschkar winkte.

Da er selbst am Landeunternehmen beteiligt sein würde, wollte er vollkommen sicher sein, daß es keine Verteidigungsbastionen mehr auf dieser Welt gab.

»Die Energieimpulse gehen zurück!« meldete die Ortungszentrale.

Der Taschkar lächelte befriedigt. Diese Nachricht bewies ihm, daß die Energiequellen der Station nacheinander auszufallen begannen.

Die takerischen Schiffe hatten jetzt einen dichten Ring um den kleinen Planeten gebildet. Ständig trafen neue Meldungen über Meßergebnisse ein. Schon jetzt stand fest, daß es außer dieser Station keine anderen Niederlassungen auf diesem Planeten gab.

Der Taschkar fragte sich, wie viele ganjasische Geheimstationen es in Gruelfin noch geben mochte. Er war entschlossen, sie im Laufe der Zeit alle zu zerstören. Die Gerüchte, daß es noch immer echte Ganjasen in Gruelfin gab, wollten nicht verstummen. Der Diktator glaubte nicht an die Existenz solcher Wesen, aber er wußte, daß diese Legende ihm schaden konnte.

Die Takerer hatten die Ganjasen entscheidend geschlagen, aber den

Ruf dieses einstmals so mächtigen Volkes hatten sie bisher nicht zerstören können. Immer wieder kam es in Gruelfin zu Aufständen gegen die Takerer. Fast alle Rebellen waren von ganjasischem Ideengut infiziert.

Die Gedanken des Taschkars wurden unterbrochen, als neue Meldungen aus der Ortungszentrale eintrafen. Der Kommandant las sie und erläuterte sie dann dem Taschkar.

»Ich glaube, daß wir die Bombardierung einstellen können.«

»Gut!« Der Taschkar verließ sich auf die große Erfahrung des Raumfahrers. »Geben Sie die entsprechenden Befehle.«

Er erhob sich und befahl einen jungen Raumfahrer zu sich.

»Bringen Sie mir meinen Raumanzug!«

Er legte den Raumanzug an. Als er die Zentrale verließ, stieß er auf Ronar, der im Korridor auf ihn wartete.

»Du bleibst an Bord, mein Freund«, sagte der Taschkar zu seinem Leibwächter. »Dort unten werde ich dich sicher nicht brauchen.«

Ronar folgte dem Taschkar bis zum Antigravschacht.

»Ich begebe mich in den Hangar, mein Freund«, verabschiedete sich der Diktator. Er stieß die Kreatur mit der Stiefelspitze ein paarmal in den Nacken. Ronar grunzte zufrieden.

Als der Taschkar den Hangar betrat, waren schon ein paar Beiboote ausgeschleust worden. Der Diktator war klug genug, nie an der Spitze seiner Truppen aufzutauchen. Er überließ es gern anderen, sich unangenehm überraschen zu lassen.

Rhodan reagierte blitzschnell.

Bevor der Aufschlag erfolgte, fanden seine suchenden Hände den Kombinationsschalter seines Anzugs. Das Energieaggregat auf Rhodans Rücken schaltete sich ein. Es gab einen heftigen Ruck, als der Antigravprojektor zu arbeiten begann.

Gleichzeitig erhielt Rhodan einen heftigen Stoß in den Rücken und wurde gegen die Schachtwand geschleudert. Merkosh, der nicht so schnell reagiert hatte, sauste an ihm vorbei. Rhodan sah den dünnen Körper des Opроners in den Flammen verschwinden.

Er blickte hoch.

Über ihm schwebte Takvorian, der entweder schnell genug sein Flugaggregat eingeschaltet oder seine Psi-Kräfte zurückgewonnen hatte. Der Zentaur brauchte nur seinen Sturz zu verlangsamen, um ungefährdet zu landen.

Auch Ovaron und der Paladin schwebten jetzt in Rhodans Blickfeld. Nur von Atlan war nichts zu sehen.

»Arkonide!« rief Perry ins Helmmikrophon.

»Hier oben!« krächzte Atlan. »Auf der zerstörten Plattform.«

Auch Ovaron sagte etwas. Seine Stimme wurde jedoch von einer Serie neuer heftiger Explosionen übertönt.

Die Takerer hatten sich offenbar entschlossen, die Station völlig zu zerstören. Rhodan befürchtete, daß es zu einer Kettenreaktion kommen konnte, die den gesamten Planeten vernichten würde. Vielleicht wollten die Takerer sogar absichtlich einen Atombrand herbeiführen. Ihre Exekutionsflotten waren für gründliche Arbeit bekannt.

Rhodan landete auf der unteren Plattform. Merkosh war darauf gelandet und winkte aufgeregt. Seinen Gesten konnte Rhodan entnehmen, daß der Opproner einen Korridor entdeckt hatte, der noch nicht eingestürzt war.

Rhodan wartete, bis alle anderen über der Plattform schwebten, dann folgte er dem Mutanten in den Korridor. Sie ließen den Brandherd hinter sich.

Am Ende des Ganges tauchten skurril geformte Roboter auf. Sie eröffneten das Feuer, aber Merkosh warf sie mit einem Aufschrei seiner Bösen Stimme zurück.

Neue Explosionen ließen den Gang erbeben. Der Boden hielt die Spannung nicht mehr aus und platzte wie Papier auseinander. Die Decke spaltete sich und sank herab.

Rhodan preßte die Lippen zusammen. Die Etagen begannen einzustürzen.

Er merkte, wie Ovaron an seine Seite kam.

»Was halten Sie jetzt von Ihrer großartigen Idee, hierher zu fliehen?« erkundigte Rhodan sich ironisch.

Ovaron war niedergeschlagen.

»Vielleicht finden wir einen sicheren Platz. Ich hoffe noch immer, daß die Takerer sich so sehr für diese Welt interessieren, daß sie Landungskommandos ausschleusen.«

»Das hoffe ich auch«, gab Rhodan zurück. »Ich habe unsere Gefangennahme unbewußt sogar geplant.«

Ovaron blickte überrascht auf.

»Ist das Ihr Ernst?«

»Ja!« Rhodan preßte sich mit dem Rücken gegen die Wand, während der Paladin-Roboter sich schützend vor sie stellte, um herabfallende Trümmerstücke abzufangen.

Gucky und Ras Tschubai hatten sich erholt und mußten nicht mehr getragen werden. Ihre parapsychischen Kräfte hatten sie jedoch noch nicht zurückerlangt. Rhodan wußte aus Erfahrung, daß es Stunden dauern konnte, bis Gucky und Ras wieder Teleportersprünge wagen konnten.

Vor und hinter ihnen war der Korridor jetzt vollständig eingestürzt. Ein paar Roboter wühlten sich unter den Trümmern hervor und wurden von Atlan und dem Paladin zerstört. Merkosh schonte sich.

»Über uns gibt es keine unbeschädigten Räume mehr«, sagte Takvorian.

»Das kann unser Glück sein«, meinte Merkosh. »Die Takerer werden sich nicht die Mühe machen, die zerstörte Station zu untersuchen.«

»Sie besitzen ausgezeichnete Ortungsgeräte«, erinnerte Rhodan. »Wenn sie unsere Individualschwingungen anmessen, werden sie herunterkommen.«

Atlan richtete sich auf und lauschte angespannt.

»Ich höre keine Explosionen mehr. Offenbar haben unsere Gegner die Bombardierung eingestellt.«

Niemand antwortete. Rhodan verließ seinen Platz und kroch vorsichtig zwischen den Trümmern weiter. Er suchte nach einem Durchgang in einen unzerstörten Raum. Sie befanden sich in der untersten Ebene der Station.

Der Terraner entdeckte eine Öffnung, die groß genug war, um ihn durchzulassen.

Er winkte den Oproner zu sich.

»Ich sehe mich zusammen mit Merkosh etwas um«, erklärte er. »Die anderen warten hier.«

»Ich folge Ihnen überall hin!« verkündete der Gläserne dramatisch.

Rhodan kletterte durch die Öffnung. Das Licht seines Scheinwerfers beleuchtete Überreste der Decke.

»Auf Roboter aufpassen!« befahl Rhodan dem Oproner.

Sie gelangten an eine Stelle, wo der Korridor fast frei war. Der Boden hatte sich gewellt und war an mehreren Stellen aufgebrochen. Breite Risse in der Decke kündigten an, daß auch hier bald alles zusammenstürzen würde.

»Dort drüben ist eine Art Schott«, stellte Perry fest. »Sehen wir uns dort um.«

Das Schott ließ sich öffnen. Das Licht des Scheinwerfers beleuchtete glatten Plastikboden.

»Hier sieht es gut aus!«, meinte Rhodan.

»Wollen wir die anderen rufen?«

»Noch nicht! Erst wollen wir feststellen, was sich alles in diesem Raum befindet.«

Er leuchtete die Wände ab, an denen Speicherbänke aufgestellt waren. Die Kontrollampen der Anlagen waren erloschen. Die Energiezufuhr war längst unterbrochen worden.

In der Mitte des Raumes befand sich eine große, fast quadratisch geformte Maschine, die auf vier Sockeln stand. Einer der Sockel ragte aus dem Boden. Das Gewicht der Maschine hatte ihn zur Seite gedrückt.

»Hierher können wir uns zurückziehen«, meinte Rhodan. »Wenn es nicht zu neuen Explosionen kommt, wird es hier keine Veränderungen mehr geben.« Merkosh nickte zufrieden.

Rhodan wollte über Helmfunk die anderen rufen, als hinter der Maschine vier Roboter auftauchten. Die Automaten hielten ihre Waffenarme gesenkt. Ihre Körper waren oval und ungefähr in der Mitte eingeschnürt.

Rhodan sah, daß Merkosh den Rüssel aufstülpte.

»Warte!« sagte der Terraner.

Die Roboter machten einen unschlüssigen Eindruck. Rhodan wunderte sich, daß sie nicht angriffen. Folgten sie einer anderen Programmierung als die Roboter, denen sie bisher begegnet waren?

Rhodan wußte, daß er ein großes Risiko einging. Wenn alle vier Roboter das Feuer gleichzeitig eröffneten, nutzte ihm sein IV-Schirm wenig. Auch Merkosh konnte nicht so schnell reagieren und die Maschinen gleichzeitig ausschalten.

»Es ist gefährlich«, sagte Merkosh beunruhigt.

»Versteht ihr mich?« rief Rhodan den Robotern zu.

Die Roboter schwebten einen halben Meter über dem Boden. Ihre Außenhüllen schimmerten dunkelgrün.

»Wir benötigen diesen Raum für den Ganjo«, versuchte Rhodan zu erklären. »Zieht euch wieder zurück.«

Die Maschinen bewegten sich nicht. Rhodan sah ein, daß es keine Verständigungsmöglichkeit gab. Er konnte jedoch nicht zulassen, daß die Roboter ständig in ihrer Nähe waren. Ein unverhoffter Angriff konnte nicht ausgeschlossen werden.

»Zerstöre sie!« befahl er Merkosh.

Der Opproner brüllte auf. Die Roboter zerfielen. Zu spät zuckten ihre Waffenarme nach oben.

»Ist bei euch alles in Ordnung?« fragte Atlan über Helmfunk. Seine Stimme wurde von einem störenden Rauschen überlagert.

»Ja«, erwiderte Rhodan kurz. »Wir sehen uns noch ein bißchen um, dann könnt ihr uns folgen.«

Er durchquerte den Raum, um hinter die Maschine zu leuchten. Dort hielten sich keine Roboter mehr auf. Rhodan entdeckte jedoch ein offenstehendes Schott.

»Das müssen wir schließen«, sagte er zu Merkosh.

Er leuchtete vorsichtig in den Korridor hinaus.

»Achtung!« erklang Merkoshs Warnruf.

Rhodan fuhr herum. Der Angriff, mit dem er rechnete, erfolgte jedoch von oben. Ein tellerförmiger Roboter mit armdicken Greifzangen ließ sich auf ihn herabfallen und packte ihn an den Schultern.

»Ich kann nichts tun!« schrillte der Oproner verzweifelt. »Ich würde Sie treffen.«

Rhodan antwortete nicht. Der Automat durchmaß knapp zwei Meter und war ungefähr dreißig Zentimeter dick. Er besaß acht Greifarme, die gleichmäßig am äußeren Rand verteilt waren. Sie konnten nach oben und unten bewegt werden.

Rhodan bewegte sich nicht mehr.

Er hatte festgestellt, daß jeder Befreiungsversuch ein festeres Zupacken auslöste. Die Gefahr bestand, daß der Roboter den Schutzanzug aufschnitt.

Rhodan wurde auf das offene Schott zugeflogen.

»Was ist passiert, Alter?« fragte Atlan.

»Ein Roboter hat mich erwischt«, gab Rhodan zurück. »Er will mich offenbar nicht töten, sondern nur entführen. Ich glaube nicht, daß er weit kommen wird.«

»Du hättest nicht allein gehen sollen.« Atlan konnte diesen Vorwurf nicht unterdrücken. »Wir kommen jetzt und versuchen dich zu befreien.«

Rhodans Scheinwerfer brannte noch immer. Im Lichtschein konnte der Terraner einen halb verschütteten Korridor erkennen. Der Roboter flog sehr langsam. Geschickt schwebte er an allen Hindernissen vorbei.

Rhodan sah, daß Merkosh ihnen folgte.

Sie gelangten an eine Stelle, an der der Gang völlig zugeschüttet war. In der Außenhülle des Roboters erschienen zwei stummelförmige Waffenläufe, dann eröffnete die Maschine das Feuer. Thermostrahlen lösten die Trümmerbarriere auf.

Der Roboter flog durch die glühende Öffnung. Ohne Schutzanzug hätte Rhodan die ungewöhnlich hohe Hitzeentwicklung nicht überstanden.

Sie kamen schnell voran. Der Roboter bog in einen schmalen Seitengang ein und bewegte sich auf eine offene Tür zu.

Rhodan konnte Merkosh nicht mehr sehen, aber er verließ sich darauf, daß der Oproner ihm nach wie vor folgte.

Die Tür mündete in einen kleinen, rechteckigen Raum. Rhodan sah zu seiner Überraschung, daß hier noch Licht brannte. Von der Decke sanken zwei dicke Säulen herab, während sich zwei mit Kontrollschaltern ausgerüstete Würfel aus dem Boden schoben.

Dieser Raum mußte eine autarke und gut geschützte Energieanlage besitzen.

Der Roboter schwebte abwartend in der Luft.

Rhodan beobachtete die Säulen, die jetzt den Boden berührten und dünne Seitenarme ausfuhren, die in entsprechende Öffnungen der Würfel paßten.

Von Panik ergriffen, erkannte Rhodan, daß eine unsichtbare Automatik einen Transmitter aufbaute. Es war nur eine kleine Anlage, aber groß genug, um einen Mann von der Größe Rhodans aufzunehmen.

Der Transmitter war offenbar als letzter Fluchtweg gedacht.

Der Roboter wird mich durch den Torbogen stoßen! dachte Rhodan. Das würde bedeuten, daß er den Kontakt zu seinen Begleitern verlieren würde. Wahrscheinlich würde er sogar niemals wieder einen Menschen sehen, denn der Transmitter würde ihn vielleicht in eine abgelegene Station von Gruelfin transportieren.

Rhodan begriff, daß der Roboter, der ihn festhielt, ein Rettungsroboter war.

Bewohnern der Station wäre die Anwesenheit dieses Automaten in der jetzigen Situation sicher willkommen gewesen, aber für Rhodan hing alles davon ab, ob er den Plan der Maschine verhindern konnte.

Zwischen den Säulen entstand das charakteristische Flimmern, wie Rhodan es von den Transmittern her kannte, wie sie an Bord terranischer Schiffe benutzt wurden.

Der Roboter bewegte sich wieder. Er flog mit Rhodan auf die Öffnung zwischen den beiden Säulen zu.

Rhodan blickte in abgrundtiefe Schwärze.

9.

Das Beiboot des Taschkars kreiste über der zerstörten Kuppel. Befriedigt registrierte der Diktator, daß die Kanoniere der takerischen Kampfschiffe gut gezielt hatten. Schon nach den ersten Treffern war die Kuppel geborsten. Ihre pulverisierten Überreste hatten sich als feiner Staub auf dem Wüstenboden und in den Bombenkratern abgelagert.

Der Taschkar saß neben dem Piloten Geronsch.

Geronsch war ein alter Raumfahrer, der den Diktator schon bei vielen Einsätzen geflogen hatte. Er war schweigsam und erfahren.

Weiter hinten saßen Soldaten und Wissenschaftler.

Der Taschkar wandte den Kopf.

»Ortung?« fragte er knapp.

»Einzelne Energiequellen scheinen noch zu funktionieren«, lautete die Antwort.

»IV-Impulse?«

»Schwach, Taschkar!« Der Wissenschaftler, der die Werte ablas, schüttelte unschlüssig den Kopf. »Ich bin nicht sicher, ob dort unten noch jemand lebt. Die Ausstrahlungen können auch von Robotern mit Bioplasmagehirnen stammen.«

»Ich will exakte Angaben!« forderte der Taschkar. Er beobachtete, wie die ersten Landungsboote in der Nähe der zerstörten Kuppel aufsetzten. Bewaffnete Männer sprangen heraus. Die Landungsboote bildeten einen Ring um den oberen Teil der Station. Tausende von Männern besetzten das strategisch wichtige Gebiet. Wie der Taschkar erwartet hatte, stießen sie nicht auf Widerstand.

»Niemand soll vorläufig in die Station eindringen!« befahl der Taschkar.

Seine Anordnung wurde den Landetruppen übermittelt.

»Gehen Sie tiefer!« ordnete der Diktator an.

Schweigend ließ Geronsch das Landungsboot absacken. Sie glitten wenige Meter über dem von der Hitze deformierten Boden dahin.

»IV-Impulse werden stärker, Taschkar!« rief der Wissenschaftler, der die Ortungsgeräte überwachte.

»Gut«, sagte der Taschkar gedehnt mit einem grausamen Lächeln.
»Dort unten müssen sich mehrere Lebewesen aufhalten«, fuhr der Wissenschaftler fort. »Mindestens fünf.«
»Das habe ich mir gedacht«, behauptete der Taschkar. »Vielleicht haben wir endlich eine Spur der Ganjasen gefunden.«
Die anderen blickten ihn bestürzt an. Der Taschkar begriff, daß er einen Fehler begangen hatte. Die Ganjasen galten als ausgerottet. Der Taschkar selbst ließ immer wieder Angehörige seiner Regierung verbannen, die das Ende des Ganjasischen Reiches in Frage stellten.
»Sie mißverstehen mich«, erklärte der Diktator gelassen. »Wenn ich von Spuren der Ganjasen spreche, meine ich natürlich deren längst verlassene Stationen. Wenn dort unten Leben existiert, dann können es nur Angehörige kleinerer Völker sein. Vielleicht Wesakenos oder Oldonen. Ich bin sogar sicher, daß wir auf Oldonen stoßen werden.«
Niemand antwortete. Der Taschkar wußte, daß man seine Lüge durchschaut hatte. Das machte ihn wütend. Er hatte sich von seinem Haß auf die Ganjasen zu einem Fehler verleiten lassen.
»Wir landen!« entschied er.
»Wo, Taschkar?« fragte Geronsch, der als einziger keine Reaktion gezeigt hatte.
»Unmittelbar neben der zerstörten Kuppel. Ich werde mit den ersten Landungstrupps in die Station eindringen.«
»Das halte ich für gefährlich«, protestierte einer der Wissenschaftler. »Wir wissen nicht, was sich . . .«
Ein Blick des Herrschers ließ ihn verstummen. Der Taschkar bedauerte jetzt, daß Ronar nicht bei ihm war. Immerhin hielten sich ein paar Mitglieder seiner Leibwache an Bord der anderen Landungsboote auf. Sie würden in seiner Nähe bleiben und ihn absichern.
Geronsch landete das tropfenförmige Beiboot mit gewohnter Mühelosigkeit.
Der Taschkar schaltete den Normalfunk ein.
»Ich werde zu den Landungstruppen sprechen«, kündigte er an. Er wartete einen Augenblick, um nachzudenken.
»Hier spricht der Taschkar! Wir werden jetzt gemeinsam in die Station eindringen. Ich verlange Disziplin. Wahrscheinlich halten sich in den tieferen Etagen noch lebende Wesen auf. Ich will, daß sie nicht getötet, sondern gefangengenommen werden. Roboter und Abwehrstationen werden sofort zerstört.«
Er verschloß seinen Helm.
»Sie kommen mit!« befahl er Geronsch.

Der alte Raumfahrer griff nach seinem Helm. Wenige Augenblicke später standen der Taschkar und Geronsch gemeinsam in der kleinen Schleusenkammer des Landungsbootes. Draußen versammelten sich ein paar Mitglieder der Taschkar-Leibwache, um ihren Herrn sofort abzuschirmen.

Die Leibwache des Taschkars war ihrer Zusammensetzung wegen in ganz Gruelfin bekannt. Niemand wußte genau, wie der Diktator es schaffte, solche in der Mentalität grundverschiedene Kreaturen für eine gemeinsame Aufgabe auszubilden. In seinen Geheimstationen im VALOSAR mußte er über Möglichkeiten verfügen, die ihn allen anderen Takerern überlegen machte.

Der Taschkar sprang hinaus. Geronsch folgte ihm.

Der Diktator deutete zum ehemaligen Stationseingang hinüber.

»Die Männer sind damit beschäftigt, einen Eingang freizulegen. Kommen Sie, Geronsch.«

Der Takerer zog seinen Strahler. Er war ein vorsichtiger Mann und verließ sich nicht auf andere. Der Taschkar hatte sich an die Eigenarten des Alten gewöhnt und kümmerte sich nicht mehr darum.

Die Leibwächter bildeten einen Ring um den Taschkar und Geronsch.

Über dem Gebiet der Station kreisten Wachboote, deren Besatzungen nach unzerstörten Abwehrstationen Ausschau hielten. Auch das war eine Sicherheitsmaßnahme, die wahrscheinlich überflüssig war. Doch der Taschkar dachte an alles.

Als er zusammen mit Geronsch und den Leibwächtern den Eingang erreichte, wurden mit schweren Antigravprojektoren die Trümmermassen weggeräumt. Die schweren Strahlwaffen der Soldaten öffneten die zugeschütteten Räume und Schächte.

»Beeilt euch!« rief der Taschkar.

Der Weg in die erste Etage war schnell freigelegt. Zuerst schwebten die Kampfroboter der Takerer hinab, dann folgten die Soldaten. Es gab keinen Widerstand.

Der Taschkar war entschlossen, bis in die unterste Ebene der Station vorzudringen, denn dort hatten sich seiner Ansicht nach die überlebenden Besatzungsmitglieder verkrochen.

Rhodan stemmte sich verzweifelt gegen die Greifarme des Roboters, aber sie hielten ihn erbarmungslos fest. Noch schien der Automat auf irgendein Signal der Anlage zu warten.

An einem der würfelförmigen Kästen leuchtete ein Kontrollicht auf.

Der Roboter bewegte sich näher auf die Säulen zu. Rhodan sah, daß es in der Schwärze zu flimmern begann.

In diesem Augenblick brach der Paladin mit der Geschwindigkeit eines Geschosses durch die Rückwand des Raumes und prallte gegen den Roboter.

Rhodan erhielt einen Schlag, der ihn fast betäubte. Zusammen mit dem tellerförmigen Roboter wurde er gegen die Wand geschleudert. Die Maschine versuchte sich aufzurichten, aber der Paladin hatte bereits mit dem ersten Schlag wichtige Schaltelemente zerstört. Die Greifarme zuckten. Ein paar von ihnen lösten sich, die anderen griffen noch fester zu.

Merkosh erschien im Eingang. Sein Rüssel war einsatzbereit.

Vor Rhodans Augen verschwamm alles.

»Nicht den Transmitter, Merkosh!« schrie er. Er wußte genau, daß eine gewaltsame Vernichtung der Anlage eine verheerende Explosion auslösen konnte.

Merkosh brüllte auf.

Rhodan nahm einen Blitz wahr, aber es erfolgte kein Explosionsgeräusch.

Er merkte, daß der Paladin sich über ihn beugte. Der Roboter wurde von den Schlägen der mächtigen Arme zerschmettert. Dann wurde Rhodan aufgehoben.

Der Terraner kämpfte gegen die Benommenheit an. Als seine Blicke sich klärten, sah er, daß Merkosh einen Schaltkasten zerstört hatte. Die Säulen standen noch, aber das Energiefeld zwischen ihnen war zusammengebrochen. Das Licht war erloschen, aber die Scheinwerfer tauchten den Raum in helles Licht.

Atlan stürmte mit gezogener Waffe herein. Er ließ sie sinken und atmete erleichtert auf, als er Rhodan sah.

»Ein Fluchttransmitter!« stellte Ovaron fest, der jetzt zusammen mit Takvorian hereinkam. Bedauernd fuhr er fort: »Schade, daß Merkosh ihn zerstört hat. Wir hätten durch ihn in eine andere Station fliehen können.«

»Ich wollte kein Risiko eingehen«, erklärte der Opproner.

Rhodan glitt aus den Armen des Paladins zu Boden. Er untersuchte seinen Schutzanzug.

»Wie haben Sie den Zusammenprall überstanden?« erkundigte sich Harl Dephin. »Ich habe versucht, Sie nicht mit dem Paladin zu treffen!«

»Das ist Ihnen fast gelungen«, sagte Rhodan sarkastisch und rieb sich die schmerzenden Stellen an Schultern und Hüfte.

Merkosh und Atlan bewachten den Eingang, damit sie vor Angriffen anderer Roboter sicher waren. Rhodan hatte sich entschlossen, hier unten zu bleiben. Vielleicht half ihnen der Zufall, und die Takerer zogen sich zurück, bevor sie die untere Ebene durchsucht hatten. Andererseits fürchtete Rhodan sich nicht vor einer Gefangennahme. Er hatte Ovaron gegenüber angedeutet, daß er sie unbewußt herbeiführen wollte. Bei dieser Gelegenheit hatte er dem Cappin nicht verraten, daß er bereits einen Plan für den Fall ihrer Gefangennahme ausgearbeitet hatte. Die Takerer würden sich wundern.

Rhodan war froh, daß Gucky und Tschubai wieder auf den eigenen Beinen stehen konnten. In ein paar Stunden würden sie voll einsatzfähig sein.

»Ich orte neue Energieausbrüche an der Oberfläche!« rief Ovaron unvermittelt und berührte das Vielzweckgerät an seinem Handgelenk.

»Es erfolgen keine neuen Explosionen mehr«, stellte Atlan fest.

Der Ganjo nickte grimmig.

»Die Takerer sind gelandet und dringen gewaltsam in die Station ein.«

Rhodan konnte sich vorstellen, wie die Landungstruppen jetzt damit beschäftigt waren, die Trümmer aus Eingängen und Schächten zu entfernen.

»Wenn sie hier unten auftauchen sollten, wehren wir uns nicht«, entschied Rhodan. »Wir wollen uns ohne Widerstand ergeben.«

»Sie werden uns töten«, prophezeite Takvorian. »Wir sollten kämpfen, solange wir dazu noch Gelegenheit haben.«

Zu Rhodans Überraschung wurde sein Entschluß von Ovaron unterstützt.

»Der Terraner hat recht. Ich bin auf ein Zusammentreffen mit dem Taschkar gespannt. Er wird neugierig sein und uns erst untersuchen wollen. Das ist unsere Chance.«

»Wir werden ihn vernichten«, verkündete Merkosh triumphierend.

Rhodan zuckte zusammen. Die Stimme des Oproners war manchmal unerträglich.

»Ich bin dagegen, daß wir tatenlos warten«, sagte Atlan. »Wir sollten uns auf unsere eventuelle Gefangennahme vorbereiten.«

»Das werden wir tun.« Rhodan überzeugte sich davon, daß im Transmitterraum noch atembare Luft vorhanden war. Dann wandte er sich an Gucky.

»Du mußt deinen Schutzanzug ablegen, Kleiner.«

»Was?« Der Ilt riß empört die Augen auf. »Willst du mich der Gefahr des Erstickungstodes aussetzen?«

»Unsinn!« Rhodan machte eine entschiedene Geste. »Hier in den unteren Räumen gibt es noch genügend atembare Luft. Es besteht keine Gefahr für dich.«

Der Mausbiber blickte ärgerlich zu Rhodan empor. Er stemmte beide Ärmchen in die Hüften.

»Trotzdem sehe ich nicht ein, warum ich meinen Schutzanzug ablegen soll.«

»Nicht nur deinen Schutzanzug, sondern auch den Zellaktivator!«

Gucky wich vor seinem terranischen Freund zurück.

»Er ist völlig verwirrt«, sagte er zu den anderen. »Haltet ihn auf, bevor er meinem Leben ein Ende bereitet.«

Rhodan ließ sich nicht beirren. Gucky war ihre stärkste Waffe im Kampf gegen die Takerer. Sie durften nicht zulassen, daß die Fähigkeiten des Ilts ihren Gegnern bekannt wurden.

»Wir werden deinen Schutzanzug und den Zellaktivator im hohlen Rückenteil des Paladin-Roboters verstecken, in dem sich auch die geheimen Einsatzwaffen befinden.«

Für Gucky genügte diese Sicherheit nicht.

»Du weißt, daß ich immer wieder den Zellaktivator anlegen muß, wenn ich nicht sterben will.«

»Das ist richtig«, gab Rhodan zu. »Ich bin überzeugt davon, daß sich auch während unserer Gefangenschaft Gelegenheit dazu ergibt.«

Widerstrebend öffnete der Ilt seinen Helm. Er zog den Schutzanzug aus.

»Den Zellaktivator kannst du vorläufig behalten«, sagte Rhodan. »Wir übergeben ihn erst unmittelbar vor Eintreffen der Takerer an Paladin.«

Harl Dephin öffnete die getarnte Rückenklappe des großen Roboters, und Rhodan schob den Schutzanzug des Mausbibers hinein.

»Kannst du mir erklären, was das alles soll?« erkundigte sich Atlan.

Rhodan richtete sich auf. Er wußte, daß seine Begleiter eine Erklärung verlangten.

»Vielleicht gelingt es uns, aus Gucky eine Art Haustier zu machen«, sagte er. »Der Kleine muß möglichst harmlos und friedlich aussehen, desto größer ist die Chance, daß seine Fähigkeiten den Takerern verborgen bleiben.«

Atlan und Ovaron waren von Perrys Plan begeistert. Ebenso die Thunderbolts. Takvorian schwieg. Nur Gucky konnte sich nicht damit abfinden.

»Soll ich den Takerern etwa *nackt* entgegentreten?« entrüstete er sich.

Rhodan blickte ihn von oben bis unten an.

»Was heißt hier nackt? Du besitzt immer noch dein Fell.«

Gucky zog sich in eine Ecke zurück und schmollte. Er hoffte, daß die Takerer umkehrten, bevor sie diesen Raum entdeckten.

Der Weg in die untere Etage war beschwerlicher, als der Taschkar zunächst angenommen hatte. Durch die Bombardierung waren fast alle Gänge und Schächte eingestürzt, so daß die Soldaten gewaltige Trümmermassen wegräumen mußten.

»Ich kann mir nicht vorstellen, daß unten noch jemand lebt«, sagte der sonst so wortkarge Geronsch, als sie hintereinander einen engen Durchgang passierten und vor neuen Hindernissen standen.

»Die Ortungsgeräte sind unbestechlich«, widersprach der Taschkar. Er wartete, bis seine Leibwächter wieder um ihn versammelt waren. Schon zweimal hatten verschüttete Roboter auf die Eindringlinge geschossen. Drei Raumfahrer waren dabei getötet worden.

Der Taschkar überlegte, was er tun sollte, wenn sie Ganjasen fanden. Er würde eine Erklärung herausgeben, daß es sich um verräterische Takerer handelte. Wenn in Gruelfin bekannt wurde, daß noch Ganjasen lebten, konnte es zu Revolutionen kommen.

Drei schwere Antigravprojektoren wurden am Taschkar vorbeigeschoben. Er wartete geduldig, bis der Gang zum nächsten Schacht freigelegt war.

Die Unbekannten hielten sich ein paar Meter unter ihnen auf.

Die Landungstruppen erreichten den letzten Teil des Schachtes. Den Blicken des Taschkars entging nicht, daß hier unten Explosionen stattgefunden hatten. Immer wieder stießen sie auf zerstörte Roboter.

Die Soldaten mußten einen Hohlraum schaffen, in dem sie Trümmer des Schachtes unterbringen konnten. Das nahm abermals Zeit in Anspruch.

Endlich wurde dem Taschkar gemeldet, daß der Schacht frei war.

»Ortungsgeräte zu mir!« rief der Diktator.

Er wartete, bis eine Gruppe von Wissenschaftlern neben ihm auftauchte. Dann deutete er auf den Schacht.

»Führt mich zu den Fremden«, befahl er.

Er schaltete seinen Antigravflugprojektor ein und schwebte in den Schacht. Seine Leibwächter bildeten einen Wall aus lebenden Körpern um ihn.

Die ersten Soldaten landeten auf der unteren Ebene. Sie stießen auf keinerlei Gegenwehr.

»Sie haben sich verkrochen und zittern!« rief der Taschkar triumphierend.

In der unteren Etage gab es relativ wenig zerstörte Gänge. Trotzdem mußten die Soldaten immer wieder Hindernisse zur Seite räumen. Der Taschkar fieberte vor Ungeduld. Er fühlte, daß die Fremden unmittelbar in der Nähe waren. Wahrscheinlich beobachteten die Unbekannten die Eindringlinge mit der gleichen gespannten Aufmerksamkeit, wie es umgekehrt der Fall war.

»Sie sind am Ende des Ganges!« rief einer der Techniker. »Dort muß sich ein kleiner Raum befinden.«

Der Taschkar zog seine Waffe. Zusammen mit Geronsch und ein paar Leibwächtern ging er weiter. Am Ende des Ganges stießen sie auf ein verschlossenes Schott.

Der Diktator bewegte die Waffe.

»Öffnen!« befahl er Geronsch.

Der alte Raumfahrer trat vor. Er wollte die Tür aufstoßen, aber sie gab nicht nach.

»Zur Seite treten!« Der Taschkar hob die Waffe und zerstrahlte den Verschluß. »Jetzt wird es gehen.«

Geronsch nickte und versetzte dem Schott einen Tritt. Es gab nach.

Der Taschkar blickte in das Licht eines halben Dutzend Scheinwerfer.

Dahinter standen acht Fremde.

Einer von ihnen war der Ganjo!

Die beiden Gruppen standen sich gegenüber. Ewigkeiten schienen zu vergehen. Ovaron war der erste, der sich von seiner Überraschung erholte. Er hatte das Führungssymbol des Valos-Clans auf dem Raumhelm des Taschkars erkannt.

»Das ist der Taschkar«, sagte er zu seinen Begleitern. »Ich hätte nicht gedacht, daß er sich persönlich in die Station begeben würde.«

Rhodan trat hinter dem Paladin hervor. Er hatte gerade noch rechtzeitig den Zellaktivator des Mausbibers verstecken können.

Der Terraner sah, daß der Taschkar sich nur langsam von seiner Überraschung erholte.

Die ersten Worte des Diktators bewiesen seine Unsicherheit.

»Verschwinden Sie, Geronsch!« befahl er. »Meine Leibwache und ich werden allein mit ihnen fertig.«

Der alte Raumfahrer zog sich zögernd zurück.

»Diese Galaxis weiß bereits, daß der Ganjo zurückgekehrt ist«, sagte Ovaron gelassen. »Es muß sich nur noch herumsprechen.«

Durch die Sichtscheibe des Helmes war deutlich zu sehen, daß der Taschkar verächtlich lächelte.

Ovaron konnte die Gedanken förmlich lesen, die sich im Kopf des Taschkars abspielten. Das Oberhaupt des Valos-Clans mußte in diesem Augenblick einen ungeheuren Triumph empfinden. Der Taschkar hatte den Mann gefangengenommen, von dem ihm die größte Gefahr drohte.

In den nächsten Tagen würde sich entscheiden, ob in Zukunft der Ganjo oder der Taschkar in Gruelfin herrschte. Das Schicksal vieler Völker war mit dem Ausgang dieser Entscheidung verknüpft.

Rhodan beobachtete, wie sich die beiden Gegner mit Blicken maßen. Er wußte, daß er ein entscheidender Faktor im Kampf dieser beiden Männer war. Seine Sympathien konnten nur Ovaron gehören. Das konnte diesen Kampf entscheiden, von dem auch das Schicksal der Menschheit abhängen konnte.

Geronsch erreichte das Ende des Ganges. Er winkte den Soldaten zu. Er wußte, daß die Männer nervös waren. Wenn er nicht vorsichtig war, wurde er von den Raumfahrern der eigenen Flotte erschossen.

Sie erkannten ihn und riefen ihm zu.

»Warum kommst du zurück?« fragte einer der Offiziere den Alten.

»Der Taschkar will allein sein. Seine Leibwache ist bei ihm.«

Der Offizier konnte seine Neugier nicht mehr zügeln.

»Hast du die Fremden gesehen?«

»Ja«, erwiderte Geronsch knapp. Er war nicht gewillt, nähere Auskünfte zu geben, denn das hätte ihm der Taschkar nicht verziehen.

»Ich gehe nach oben und warte im Landungsboot auf den Taschkar«, verkündete Geronsch. »Es ist besser, wenn ihr hier wartet. Der Taschkar wird euch brauchen.«

»Wird er die Fremden töten?« wollte ein Wissenschaftler wissen.

»Bestimmt nicht«, versicherte Geronsch. »Er wird sie als seine Gefangenen mitnehmen.«

Er wußte, daß er mit dieser Bemerkung die Neugier der Wartenden noch erhöhte.

Am Ende des Ganges schaltete er seinen Flugprojektor ein und schwebte nach oben. Überall traf er auf Raumfahrer, die die Korridore und Räume untersuchten. Vorbereitungen zur endgültigen Vernichtung der Station wurden bereits getroffen. Wenn die Takerer diese Welt verließen, würde von der Station nichts mehr übrig sein.

In unmittelbarer Nähe des Ganges entdeckte Geronsch eine Öffnung in einer Wand. Da niemand in der Nähe war, schaltete er seinen Scheinwerfer ein, um einen Blick in den dahinterliegenden Raum zu werfen. Er kletterte über ein paar Trümmer hinweg.

Seine eigene Neugier wurde ihm zum Verhängnis. Er fand nichts, was aufsehenerregend gewesen wäre.

Von draußen drangen Geräusche zu ihm herein. Ein paar Raumfahrer kamen vorüber. Geronsch wartete, bis die Stimmen verklungen waren.

Als er sich dem Ausgang näherte, brach die Decke herunter und begrub Geronsch unter sich.

Er war das letzte Opfer einer Aktion, die der Beginn von unglaublichen Ereignissen sein sollte.

Cool Aracan hockte in seinem bequemen Sessel innerhalb des Paladin-Roboters und überlegte, wie lange es dauern würde, bis die Takerer den wahren Charakter des angeblichen Haluters erkannten.

»Wie lange wollten Ovaron und dieser widerliche Kerl sich noch mit Blicken messen?« fragte Retekin.

Aracan grinste.

Unmittelbar vor der Ankunft des Taschkars hatten die Männer ihre wichtigsten Ausrüstungsgegenstände in den Laderäumen des riesigen Roboters versteckt. Dazu gehörten auch Waffen.

Drof Retekin kam herein. Er ließ sich neben seinem Freund nieder und deutete auf den Bildschirm, wo der Taschkar zu sehen war.

»Ruhe im Ortungsraum!« klang Dephins Stimme auf.

Retekin sah seinen Freund an. Dephin befürchtete offenbar, daß die Takerer die Unterhaltung hören könnten. Retekin hielt das für übertriebene Vorsicht.

Als Aracan zum Bildschirm zurückkehrte, stand der Taschkar noch immer an seinem Platz. Er und Ovaron schienen einen stummen Zweikampf auszutragen.

Aracan schüttelte den Kopf. Er hoffte, daß Ovaron den Takerer nicht zu unüberlegten Reaktionen herausforderte.

Auch die anderen verhielten sich ruhig. Rhodan hatte sie alle aufgefordert, den Takerer auf keinen Fall zu reizen. Gucky stand ohne Schutzanzug und ohne Zellaktivator in einer Ecke. Er machte einen eingeschüchterten Eindruck. Aber das gehörte wahrscheinlich schon zu seinem Spiel. Aracan fragte sich gespannt, was der Ilt alles anstellen würde, um vom Taschkar als harmloses Tier anerkannt zu werden.

Plötzlich bewegte sich der Diktator.

Er streckte einen Arm aus und winkte seine Begleiter herbei.

»Nehmt ihnen die Waffen ab!« befahl er. »Sie sind meine Gefangenen.«

10.

Die MARCO POLO hatte sich dem Feynschest-System gerade wieder soweit genähert, um den Aufbruch der takerischen Flotte zu beobachten. Einzelheiten konnte die Fernortung nicht ergeben.

Ob sich Perry Rhodan in Gefangenschaft befand, war nicht mit Sicherheit festzustellen. Erst als eine rasch ausgeschleuste Space-Jet zurückkehrte und der Kommandant berichtete, auf dem verwüsteten Planeten First Love halte sich niemand mehr auf, atmete Roi Danton auf.

Seine Vermutung, Rhodan sei Gefangener der Takerer, schien sich zu bestätigen.

Es war nun seine Aufgabe, die Takerer nicht aus den Augen zu verlieren. Vielleicht würde sein Vater ihm ein Zeichen geben können, und dann startete eine Befreiungsaktion, die sich sehen lassen konnte. Roi Danton war gewillt, seinen Vater und dessen Freunde selbst aus der Hölle zu holen, wenn sich das als notwendig erweisen sollte.

»Wir folgen der Flotte«, sagte er zu Korom-Khan und schickte sich an, die Kommandozentrale zu verlassen. »Ich werde mit Schekonu sprechen.«

Korom-Khan nickte und blieb sitzen.

Er konnte jetzt nur abwarten.

Roi Danton aber suchte den Wissenden auf und bat um seinen Rat. Um seine Angaben zu verdeutlichen, ließ er sich mit der Kommandozentrale verbinden und erhielt so die exakten Daten der Orterzentrale. Die enorme Masse der zehntausend takerischen Schiffe ließ sich leicht verfolgen. Die ersten exakten Positionsangaben kamen nach der ersten Linearetappe herein. Korom-Khan gab sie durch.

Schekonu studierte einige Sternkarten und behielt schließlich nur noch eine einzige. Er setzte die Spitze seines Zeigefingers auf einen Punkt mitten im Raum.

»Hier dürften wir uns jetzt aufhalten. First Love ist etwa hier. Damit erhalten wir die Flugroute der Takerer ziemlich genau, falls sie den Kurs nicht radikal ändern. Aber ich glaube das nicht, denn es kann kein Zufall sein, daß die Verlängerung der bisherigen Linie genau nach Takera führt. Takera ist der elfte Planet eines Sonnensystems, das ›Deep Purple‹ genannt wird. Eine dunkelrote, riesenhafte Sonne mit dreiunddreißig Planeten. Das Hauptsystem der Takerer und Sitz des Taschkars.«

»Dorthin also fliegen sie mit Vater und den anderen als Gefangene. Wie sollen wir sie da jemals befreien können?«

»Ich würde an Ihrer Stelle nicht an Befreiung denken«, riet Schekonu. »Jeder Versuch ist sinnlos. Ich kenne die Takerer, und vor allen Dingen kenne ich die Methoden ihres Geheimdienstes, der sogenannten Marsav. Ihr Chef heißt Ginkorasch, und er ist dem Taschkar treu ergeben. Wenn Perry Rhodan sein Gefangener ist, können wir nur abwarten, ob er sich mit dem Taschkar einig wird. Flucht halte ich für absolut ausgeschlossen. Noch niemals konnte jemand der Marsav entkommen.«

Roi Danton war enttäuscht und entmutigt. »Wer weiß, ob ich meinen Vater wiedersehe – oder Ovaron und die anderen. Geben Sie mir bitte die Daten von Deep Purple, Schekonu.«

»Von First Love achttausendsechshundertzweiundsechzig Lichtjahre entfernt. Takeras Hauptstadt, Taschkanor, hat etwa sechzig Millionen Einwohner. Durchmesser des Planeten beträgt rund zwölftausend Kilometer. Schwerkraft etwas höher als die von Ihnen gewohnte. Warmes Klima. Sauerstoffatmosphäre und üppige Vegetation. War es das, was Sie wissen wollten?«

»Ja, und noch mehr, obwohl ich mich wundere, daß alle diese Daten Ihnen so bekannt sind. Waren Sie jemals auf Takera?«

»Wir Moritatoren wissen eine Menge«, sagte Schekonu ausweichend. »Gut, ich will Ihnen noch von den Sicherheitsmaßnahmen erzählen, die Takera vor einem Angriff von außen schützen sollen. Ein vierfach gestaffelter Kordon automatischer Abwehrstationen, die jedes anfliegende Ziel vernichten können. Fünfzigtausend Robotstationen sorgen dafür, daß sich niemand dem System unbemerkt nähern kann. Tausende von Wachkreuzern patrouillieren pausenlos . . .«

»Danke, Schekonu, das genügt. In welcher Entfernung sind wir sicher?«

»Mindestens fünfzig Lichtjahre, würde ich sagen.«

»Der Taschkar hat seinen Sitz natürlich in der Hauptstadt.«

»Eben nicht! Er hat seinen Palast auf der Valosar-Insel, die südlich des Festlandes im Meer liegt. Dort konzentriert sich seine ganze Macht und dort lebt er auch, umgeben von seiner Leibwache. Dabei handelt es sich um Lebewesen verschiedensten Aussehens, auf die er sich blindlings verlassen kann.«

»Eine Insel also!« Roi Danton schwieg einen Augenblick, dann meinte er: »Es dürfte nicht schwer sein, Perry von einer Insel zu holen, falls man ihn dorthin bringen würde.«

Schekonu lächelte mitleidig. »Ich muß Sie enttäuschen, Roi Danton. Das VALOSAR ist keine gewöhnliche Insel, sondern ein kleiner Kontinent mit einer Bodenfläche von etwa achthundert Quadratkilometern. Wahrzeichen ist der Motah, ein riesiger erloschener Vulkan. Er liegt im Mittelpunkt der Insel, und auf seinem Kraterrand steht der Palast des Taschkars. Motah galt schon immer als Heiligtum der Takerer. Heute ist er die uneinnehmbare Festung des Taschkars. Ein Energieschirm umgibt den erloschenen Vulkan, und niemand kann unangemeldet bis zum Herrscher vordringen. Wenn ich Ihnen dies alles berichte, so nur deshalb, um jede sinnlose Hoffnung in Ihnen zu beseitigen, Sie könnten Rhodan und seine Freunde mit Gewalt aus der Hand der Takerer befreien.«

Roi Danton nickte.

»Ich danke Ihnen nochmals, Schekonu, obwohl ich den Umfang Ihrer Kenntnisse nicht begreife. Nur vom Hörensagen her können Sie das nicht alles wissen.«

»Es gibt Dinge, die bekannt sind, auch wenn man sie noch nie mit eigenen Augen gesehen hat. Unser Nachrichtendienst funktioniert ausgezeichnet.«

»Vielleicht kann er uns bald auch mal einen Hinweis geben, wo mein Vater zu suchen ist.«

»Vielleicht. Wollen Sie noch mehr über VALOSAR wissen?«

»Alles, Schekonu. VALOSAR ist vielleicht der Schlüssel zur Gruelfin-Galaxis.«

»Sie haben recht, die Insel ist es. Der Kegelberg Motah besteht aus schwarzem Basalt, und seine Flanken sind von einem Labyrinth an Gängen und Hallen durchzogen, das niemand genau kennt. Nur mit Hilfe eines Positronengehirns und einer automatischen Kommandostation ist es möglich, sich dort zurechtzufinden. Ein Uneingeweihter wäre so gut wie blind.«

»Unvorstellbar!«

»Ja, das ist es! Doch hören Sie weiter, Roi Danton: Vor den Küsten der Insel VALOSAR fällt der Meeresboden nur flach ab, und zwar nach allen Seiten. Erst zehn Kilometer von der Küste entfernt wird das Meer plötzlich tief, und zwar bis zu sechstausend Metern. Auf der flachen Unterwasserebene im warmen Taka-Meer wurden zahlreiche Städte erbaut, mehr als hundert, so berichtet man. Es sind keine öffentlichen Unterwasserstädte, sondern geheime Stützpunkte des Taschkars und der Marsav. Niemand weiß, was in ihnen geschieht, und niemand kehrte bisher zurück, der als Gefangener in ihnen verschwand.«

»Herrliche Zustände!« stellte Roi Danton ironisch fest. »Und so geschützt regiert der Taschkar?«

»Ja, das tut er, wenn der offizielle Regierungssitz natürlich auch Taschkanor, die Hauptstadt ist. Hier stehen die Verwaltungsgebäude und das Regierungszentrum mit den entsprechenden positronischen Anlagen. Aber das ist reine Formsache.«

»Eine letzte Frage, Schekonu, dann überlasse ich Sie wieder Ihren Meditationen. Kennen Sie den Taschkar? Wer ist er, wie ist er? Können Sie mir da einige Tips geben?«

»Ich kenne ihn natürlich nicht persönlich, aber ich weiß genug über ihn. Er reagiert eiskalt und blitzartig, wenn er Entscheidungen zu treffen hat, aber es wird auch gesagt, daß er Kompromisse machen kann, wenn er das für vorteilhaft hält. Und dieser Zug seines Charakters bedeutet für Rhodan vielleicht eines Tages die Rettung – immer vorausgesetzt, er ist wirklich der Gefangene der Takerer.«

Roi Danton blieb noch einige Minuten sitzen, dann stand er auf.

»Ich danke Ihnen, Schekonu. Nun erst kann ich mir ein Bild von dem machen, was uns noch bevorsteht. Die MARCO POLO hat Kurs auf Takera genommen, und wir werden Rhodan finden – ihn und die anderen. Werden Sie uns dabei helfen?«

Der Moritator lächelte.

»Habe ich es nicht bereits getan?«

Roi Danton lächelte zurück und ging.

In der Kommandozentrale wartete Korom-Khan auf ihn.

»Keine Neuigkeiten«, sagte er und deutete auf die Vielzahl kleiner und kleinster Bildschirme, die unmittelbar mit der Orterzentrale verbunden waren. »Vorsichtshalber legen wir die Strecke in mehreren Etappen zurück und orten immer wieder neu. Die Flotte der Takerer liegt weiterhin auf direktem Kurs zum Deep-Purple-System.« Er schüttelte den Kopf. »Ich muß immer wieder Waringers neuestes Werk bewundern. Es ist wirklich großartig, daß wir anderen Schiffen folgen und jederzeit ihre Position bestimmen können, ohne selbst bemerkt zu werden. Es ist, als wären wir unsichtbar geworden.«

»Nur im Linearraum«, erinnerte ihn Roi Danton ernst. »Sobald wir ins Einstein-Universum zurücktauchen, werden wir wieder sichtbar. Vielleicht wäre es vorteilhaft, wir suchten uns schon jetzt eine geeignete Sonne aus, die uns als Orterschutz dienen kann. Die Entfernung sollte nicht weniger als sechzig Lichtjahre von Deep-Purple betragen.«

Korom-Khan nickte.

»Ich werde mich darum kümmern«, versprach er.

Zweihundert Lichtjahre vor dem Riesensystem teilte sich die Flotte der Takerer.

Roi Danton bat den Wissenden, zu ihm in die Kommandozentrale zu kommen. Der Moritator erfüllte sofort die Bitte und brachte seine Berechnungen mit. Die Moritatoren waren ausgezeichnete Kosmonauten, da sie es gewohnt waren, allein und ohne fremde Hilfe die Gruelfin-Galaxis zu durchstreifen.

»Es ist klar, was sie planen, Roi Danton. Sie wollen einen eventuellen Verfolger irreführen. Sehen Sie hier, das ist Deep Purple. Wir sind jetzt hier, zweihundert Lichtjahre davor. Die Flotte hat sich in vier Pulks aufgelöst, die in verschiedenen Richtungen weiterfliegen. Nur drei Schiffe, darunter wahrscheinlich das Flaggschiff mit den Gefangenen an Bord, behalten den bisherigen direkten Kurs bei. Ihnen sollten Sie folgen, Roi Danton.«

»Sind Sie sicher, daß Ihre Vermutungen stimmen?«

»Absolut. Ich kenne die Takerer.«

Es klang überzeugend und schloß jeden Zweifel aus.

Korom-Khan sagte:

»Wir werden warten, bis die drei Schiffe in den Linearraum gehen, und ihnen dann folgen. Sie entkommen uns nicht.«

Schekonu kehrte in seine Kabine zurück.

Auf den Bildschirmen beobachtete Roi Danton, wie die einzelnen Flottenteile im Linearraum verschwanden. Die Ortergeräte bestätigten die Vermutung des Wissenden. Sie flogen in den neu eingeschlagenen Richtungen weiter. Lediglich die drei verbliebenen Einheiten nahmen wieder Fahrt auf, mit Kurs auf Deep Purple.

Die MARCO POLO folgte ihnen unbeirrt.

Wenige Stunden später zeigte der Bordkalender bereits den 5. März des Jahres 3438 Terrazeit an. Roi Danton war nach einer kurzen Ruhepause in die Kommandozentrale der MARCO POLO zurückgekehrt, wo er zu seinem Erstaunen noch immer Korom-Khan vorfand. Der Kommandant hatte es vorgezogen, in seinem Kommandosessel ein wenig zu schlafen.

»Gut, daß Sie kommen«, sagte er jetzt. »Ich glaube, ich habe das richtige Versteck für uns gefunden. Sehen Sie hier, auf der Karte . . . eine kleine, rote Sonne ohne Planeten. Zweiundsechzig Lichtjahre hinter dem Hauptsystem der Takerer, von uns aus gesehen. Schekonu hält diese Sonne für besonders geeignet. Und dann ergibt sich aus ihrer Stellung ein weiterer Vorteil.«

»Und der wäre?«

»Wir passieren Deep Purple im Linearflug. Das bedeutet, daß wir nicht geortet werden können, unsererseits jedoch in der Lage sind, die drei Schiffe weiter zu beobachten.«

»Ich bin einverstanden mit dieser Taktik. Von der kleinen Sonne aus können wir Erkundungsunternehmen durchführen. Sie wird Versteck und Treffpunkt zugleich sein. Haben Sie schon einen Namen?«

»Ja, ›Punkt Davis‹. Schon eingetragen. Dieser Name daher, weil er eine ganz besondere Bedeutung zu einem Ereignis in meiner Laufbahn . . .«

Roi Danton grinste.

»Ist genausogut wie jeder andere. Punkt Davis also . . .«

Der neue Kurs wurde programmiert. Er führte ganz nahe an dem Riesensystem Deep Purple vorbei, aber da die MARCO POLO dabei im Linearraum verblieb, würde man sie nicht orten können. Erst zweiundsechzig Lichtjahre weiter würde sie ins Normaluniversum zurückfallen. Dies genügte vollauf, um nicht entdeckt zu werden.

Während des Vorbeifluges arbeiteten die Orter auf Hochtouren.

Gebannt beobachteten Danton, Korom-Khan und Professor Waringer, der inzwischen in der Kommandozentrale aufgetaucht war, die Bildschirme. Auch Schekonu war erschienen. Ruhig saß er in einem bereitgeschobenen Sessel und ließ sich keine noch so geringe Kleinigkeit entgehen.

Die drei Schiffe der Takerer drangen in das System ein und passierten ungehindert die äußeren Planeten. Ein plötzlich auftauchendes Geleit veranlaßte Schekonu sogar zu der Vermutung, der Taschkar selbst könne sich an Bord des Flaggschiffs befinden, aber Korom-Khan vertrat die Auffassung, es handele sich vielleicht mehr um einen Geleitschutz für die Gefangenen.

Niemand konnte wissen, wessen Vermutung stimmte.

Immerhin arbeitete die Orter-Peilanlagen der MARCO POLO so exakt, daß der Anflug der drei takerischen Schiffe auf den elften Planeten mit Sicherheit beobachtet werden konnte. Dann allerdings wurde die Entfernung zu groß, um weitere Einzelheiten erkennen zu lassen.

Unentdeckt flog das terranische Schiff weiter, Punkt Davis entgegen.

Die MARCO POLO stand seit drei Stunden im Ortungsschutz von Punkt Davis. Roi Danton war inzwischen fest davon überzeugt, daß sein Vater auf Takera gefangen war. Er und seine Gefährten.

Nun galt es also zu überlegen, wie man sie befreien konnte.

Der Wissende Schekonu wurde bei der Beratung wieder hinzugezogen. Ohne ihn wäre jede Planung in diesem Stadium sinnlos gewesen.

Als Danton seine Überlegungen und Vorschläge vorgetragen hatte, erntete er den Beifall Korom-Khans und Waringers. Auch Fellmer Lloyd schien mit den Plänen von Rhodans Sohn einverstanden zu sein. Schekonu hielt sich zurück. Er machte kein sehr überzeugtes Gesicht.

»Sie haben Bedenken?« erkundigte sich Roi Danton enttäuscht.

»Die habe ich, wenn Sie es gestatten«, sagte der Moritator ohne jede Ironie. »Es hätte nur wenig Sinn, den Versuch zu unternehmen, ein Robotkommando auf Takera zu landen. Es würde niemals bis dorthin gelangen. Sie unterschätzen noch immer die Macht der Takerer und ihre Sicherheitsmaßnahmen. Keinem terranischen Schiff würde es jemals gelingen, unbemerkt den Sperrgürtel zu durchbrechen. Und wenn es bemerkt wird, bedeutet das die sofortige Vernichtung.«

»Aber wir müssen doch etwas unternehmen, Schekonu! Wir können doch nicht tatenlos zusehen, wie Rhodan und Ovaron, Ihr lang erwarteter Ganjo, von der Geheimpolizei Ginkoraschs verhört und vielleicht getötet werden.«

»Keine Sorge, Roi Danton, diesmal sind die Gefangenen viel zu wichtig, als daß ihr Leben in unmittelbarer Gefahr wäre. Relativ gesehen, haben wir also Zeit. Und Zeit bedeutet Sicherheit, denn sie schließt die Vorsicht in sich ein. Wenn schon jemand unerlaubt auf Takera landet, dann keine Terraner oder terranische Roboter, sondern Moritatoren.«

Einen Augenblick lang war es still in der Kommandozentrale der MARCO POLO, dann meinte Professor Waringer anerkennend:

»Die einfachsten Ideen sind noch immer die besten, würde ich sagen. Ganz klar, ein Moritator erweckt kaum Verdacht, außerdem genießt er eine gewisse Narrenfreiheit, wenn ich es einmal so ausdrükken darf, Schekonu. Meine Gegenfrage lautet nur: Woher wollen Sie so schnell ein paar Moritatoren mobilisieren? Soweit ich unterrichtet bin, schwirren sie nicht gerade rudelweise im Universum umher.«

Schekonu lächelte.

»Das tun sie allerdings nicht, aber es gibt geheime Stützpunktplaneten in der Galaxis Gruelfin, die nur die Moritatoren kennen. Das haben Sie doch schon erfahren, nicht wahr? An so einen Stützpunkt dachte ich jetzt. Kein Moritator würde sich weigern, dem Ganjo zu helfen, wenn dieser in Gefahr ist. Und ich verbürge mich dafür, daß niemand der Moritatoren den Ganjo Ovaron für einen Schwindler hält, wenn ich meinen Bericht beendet habe.«

»Sie wollen uns zu einem Planeten der Moritatoren begleiten und sich dort für die Echtheit des Ganjos verbürgen?« Roi Danton hatte seine Enttäuschung über die Ablehnung seines Vorschlags bereits überwunden. Er war klug genug, um rechtzeitig einsehen zu können, daß der andere besser war. »Verlieren wir nicht gerade dadurch eine Menge Zeit?«

»Ich werde die MARCO POLO hier bei Punkt Davis verlassen, Roi Danton. Geben Sie mir ein Schiff, mit dem ich schnell nicht gerade geringe Entfernungen überwinden kann und das mir einige Sicherheit bietet, falls ich angegriffen werde. Einen Leichten Kreuzer vielleicht.«

Roi Danton hätte gern gefragt, wie weit dieser geheime Stützpunkt der Moritatoren entfernt war, aber vielleicht war es besser, er stellte diese Frage nicht. Wenn Schekonu es ihm sagen wollte, würde er das von selbst tun.

»Oberstleutnant Menesh Kuruzin dürfte wohl der richtige Mann für Sie sein, Schekonu. Sie kennen ihn bereits. Er ist Kommandant der CMP-1. Das Schiff und der Kommandant stehen Ihnen ab sofort zur Verfügung.«

»Sehr schön. Wenn Sie nichts dagegen haben, möchte ich so schnell wie möglich starten, nachdem ich einige Vorbereitungen getroffen habe. Eine Kontaktaufnahme ist von hier aus unnötig, da die CMP-1 über eine starke Funkanlage verfügt.«

»Sie wollen von unterwegs senden?«

»Es ist ungefährlicher.«

»Stimmt, da haben Sie recht. Hoffentlich genügt die Anlage.«

»In diesem Fall genügt sie.«

Korom-Khan schaltete den Interkom ein. Er wählte die Vermittlung des Hangars und ließ sich von dort mit der Kommandozentrale der CMP-1 verbinden. Offiziere und Mannschaften der Leichten Kreuzer hatten ihre Unterkünfte in den Schiffen, um Platz in der MARCO POLO einzusparen.

Ein diensthabender Major meldete sich. Korom-Khan verlangte den Kommandanten der CMP-1 zu sprechen, und wenig später erschien Kuruzins schwarzes Gesicht auf dem Bildschirm.

»Sir?« erkundigte er sich höflich, obwohl man ihm ansah, daß er aus dem Schlaf gerissen worden war.

»Ein Auftrag für Sie, Oberstleutnant«, eröffnete ihm der Kommandant. »Sorgen Sie dafür, daß die CMP-1 in einer Stunde startklar ist. Schekonu, der Wissende, wird an Bord kommen. Er ist von mir ermächtigt worden, Ihnen, sobald Sie die MARCO POLO verlassen haben, alle weiteren Kursdaten und Zielkoordinaten zu geben. Auch darf er die Hyperfunkanlage benutzen, wenn er das für richtig hält. Ich kann mich auf Sie verlassen, Oberstleutnant?«

»Wie immer, Sir. In einer Stunde also.«

Das war alles. Kuruzin war kein Mann von vielen Worten.

Roi Danton nickte Schekonu zu.

»Sie können sich jederzeit an Bord der CMP-1 begeben, Schekonu. Das Schiff steht zu Ihrer Verfügung. Wann können wir Sie mit den Moritatoren zurückerwarten?«

»Das weiß ich nicht, Roi Danton. Den Geheimplaneten kann ich in einem Tag sicher erreichen, aber es wird etwas länger dauern, den Moritatoren alle Zusammenhänge zu erklären – soweit sie ihnen noch nicht bekannt sind. Vielleicht insgesamt drei bis vier Tage, vielleicht weniger.«

»Wir warten hier, Schekonu.«
»Das müssen Sie auch. Niemand wird die MARCO POLO hier entdecken. Warten Sie, mehr können Sie jetzt nicht tun.«
»Viel Glück, Schekonu! Bringen Sie gute Männer mit.«
»*Alle* Moritatoren sind gute Männer.«
Genau eine Stunde später öffneten sich die gewaltigen Schleusentore der MARCO POLO, und dann schoß die hundert Meter durchmessende Kugel, die CMP-1, hinaus in den freien Raum, nahm Geschwindigkeit auf und verschwand im schimmernden Glanz der nahen roten Sonne.

11.

Man hatte sie während des Fluges nicht getrennt.
In einer Ecke der völlig isolierten Kabine, die für alle Personen groß genug war, stand der Paladin. Rhodan, Atlan, Ovaron und Ras Tschubai saßen auf Stühlen um einen Tisch. Ihre Unterhaltung schleppte sich nur mühsam dahin. Keiner wußte so recht, was er sagen sollte. Merkosh hockte auf einem Bett und pflegte seinen umstülpbaren Rüssel. Takvorian hatte es sich in einer anderen Ecke auf dem Boden bequem gemacht. Er schlief.
Der achte im Bunde der Gefangenen war der einzige, der Rhodans Absicht durchschaut hatte und wußte, daß die Gefangennahme absichtlich ermöglicht worden war.
Das bedeutete jedoch nicht, daß Gucky bedingungslos damit einverstanden war, und dafür gab es verschiedene triftige Gründe. Zum zehntenmal sprach er sie aus:
»Ich finde es eine bodenlose Gemeinheit, daß ich mal wieder den Dummen spielen muß! Ein Haustier! Einen hundsgemeinen Hund!«
Rhodan versuchte ihn zu beruhigen.
»Wie oft soll ich dir denn noch sagen, wie wichtig das für uns ist? Keine Sorge, uns hört niemand. Es gibt keine Abhörvorrichtungen hier. Also, sei vernünftig! Du bist mein Hund!«
»Ich sehe aber nicht wie ein Hund aus!«
»Das wissen die Takerer doch nicht!«
»Wau!« machte Gucky und rollte sich zusammen. Dann aber kam er

wieder hoch. »Was für ein Hund denn? Dackel? Schäferhund? Oder gar ein Bernhardiner?« Er grinste. »Ja, der würde mir gut stehen.«

»Für die Takerer ist ein Hund ein Hund«, belehrte ihn Atlan trokken. »Die Hauptsache ist, du kannst nur bellen, nicht aber sprechen.«

»Wau, wau!« machte der Ilt und streckte genüßlich alle viere von sich. »Ist das ein Hundeleben! Wenn sie das in der MARCO POLO erfahren, lachen sie sich krank. Ich, der Retter des Universums, spiele einen Hund! Ein Glück, daß ich rechtzeitig den Kampfanzug auszog, sonst hätten die Takerer sich aber gewundert. Ein Hund mit einem Raumanzug – das gab es noch nie.«

»Doch, das gab es schon – in der Mitte des zwanzigsten Jahrhunderts etwa.« Rhodan dachte eine Sekunde nach. »Es ist jetzt anderthalb Jahrtausende her. Ein Hund, der Laika hieß, umkreiste als erstes Lebewesen die Erde, in einem winzigen Raumschiff, das mit chemischem Treibstoff angetrieben wurde. Er starb, aber sein Name blieb unvergessen.«

Gucky hatte interessiert zugehört. Er spitzte die Ohren wie ein Hund.

»Soso, ein Hund war der erste Raumpionier der glorreichen Terraner! Nun ja, wenn das so ist, brauche ich mich ja nicht zu schämen. Nur schade, daß so diese hochnäsigen Takerer niemals erfahren, daß ich zur Rasse der Ilts gehöre. Aber spüren sollen sie es, *spüren!«*

»Aber erst, wenn wir unser Ziel erreicht haben und wieder frei sind«, warnte Rhodan den übereifrigen Mausbiber. »Du bist mein Hund, und damit hat sich's!«

»Wau!« bestätigte Gucky, etwas besser gelaunt. »Bis jetzt geht es uns ja noch gut. Bin gespannt, wohin uns dieser Taschkerer bringt.«

»Der Taschkar!« verbesserte Ras Tschubai pedantisch.

»Von mir aus auch das«, meinte Gucky und schloß die Augen.

Rhodan musterte den Paladin. Der Spezialroboter war derart sorgfältig konstruiert und gebaut worden, daß er bei den Takerern als Lebewesen galt. Kein Takerer war auf die Idee gekommen, ihn zu untersuchen, so daß nun die etwas merkwürdige Situation eingetreten war, daß Rhodan und seine Freunde zwar Gefangene, aber keineswegs waffenlos waren.

Auch Gucky war nicht waffenlos, wenn er auch, wie Ras Tschubai sich ausdrückte, völlig nackt war. Als Telepath verfügte er schließlich über die Gabe, die Gedanken anderer Lebewesen lesen zu können, und das war eine nicht zu unterschätzende Waffe. Als Telekinet war er in der Lage, Gegenstände, auch weit entfernte und solche, die sein eigenes Körpergewicht übertrafen, kraft seiner Geisteskraft bewegen zu können. Und schließlich war er noch Teleporter und hätte es eigentlich gar nicht nötig, sich gefangennehmen zu lassen. Wenn er wollte, konnte er über große Entfernungen hinweg teleportieren, einfach verschwinden.

Der Kleine hatte seine neue Rolle schon weidlich ausgenutzt. Als der Taschkar sie ein zweites Mal kurz in ihrer Kabine aufsuchte, lag er in Rhodans Armen und ließ sich schaukeln. Rhodan mußte das verrückte Spiel mitmachen, ob er wollte oder nicht. Er erntete dafür einen mitleidigen Blick des Herrschers, der nicht begreifen konnte, daß ein so mächtiger Mann wie Rhodan sich mit einem dummen Tier abgab.

Gucky las seine Gedanken und hätte ihn am liebsten telekinetisch aus der Kabine befördert, aber er hielt sich klugerweise zurück.

Sein Zellaktivator ruhte unentdeckt in einem der kleinsten Laderäume des Paladins, wo Gucky ihn jederzeit erreichen konnte. Und daß er das konnte, war enorm wichtig. Alle vier bis fünf Stunden mußte sich der Mausbiber den Zellaktivator für mindestens zehn Minuten umhängen, um die lebenserhaltenden Impulse aufnehmen zu können.

Geschah das nicht, würde Gucky sehr schnell altern und sterben.

Und dazu verspürte er nicht die geringste Lust.

Ovaron fragte:

»Ob der Taschkar davon überzeugt ist, daß ich der Ganjo bin?«

»Er ist es bestimmt«, meinte Rhodan. »Sein ganzes Verhalten beweist es, außerdem konnte Gucky es uns bestätigen, der ja seine Gedanken überwachte. Der Taschkar weiß genau, wen er vor sich hat – zumindest weiß er es bei Ihnen, Ovaron, und bei mir. Bei Atlan ist er sich nicht ganz klar, obwohl er auch ihn für einen Terraner zu halten scheint. Daß Ras Tschubai eine schwarze Hautfarbe hat, gibt ihm viel mehr zu denken. Merkosh, Takvorian, Paladin und Gucky hält er für die Angehörigen mit uns befreundeter Völker. Weiter hält er sie für ungefährlich, womit er einen schweren Fehler begeht.«

Gucky schlug die Augen auf.

»Besonders in bezug auf mich begeht er einen Fehler«, sagte er überzeugt. Dann döste er weiter.

»Ich bin dafür, in Ruhe abzuwarten«, sagte Atlan. »Die Hauptsache ist, Roi verliert uns nicht aus den Augen. Wenn er uns mit der MARCO POLO folgt, wird ihm auch eines Tages eine Befreiungsaktion möglich sein. Die Hauptsache ist, er startet sie nicht zu früh.

Vielleicht können wir mit dem Taschkar verhandeln, uns mit ihm einigen.«

»Mit dem Taschkar?« Ovaron schüttelte ungläubig den Kopf. »Damit rechne ich nicht. Er wird es niemals zulassen, daß der Ganjo zurückkehrt, um diese Galaxis von ihrem Tyrannen zu befreien – und er weiß nur zu genau, daß *er* der Tyrann ist. Und außerdem weiß er, welche Lieder die Moritatoren sangen, welche Sagen und Prophezeiungen sie auf den zahlreichen bewohnten Planeten von Gruelfin verbreiteten. Die Völker warten auf den Ganjo.«

Viele Stunden später wurde die Zelle geöffnet, und abermals erschien der Taschkar. Voller Genugtuung und mit einem hochmütigen Lächeln betrachtete er seine Gefangenen.

»Ich hoffe, Sie fühlen sich wohl«, sagte er spöttisch. »Bald werden Sie dieses Schiff verlassen können, denn in Kürze landen wir auf Takera, dem Nabel von Gruelfin. Wenn Sie sich vernünftig benehmen und mir keine Schwierigkeiten machen, kommen wir gut miteinander aus. Sobald Sie jedoch eine Gefahr für mich bilden, verschwinden Sie – und es gibt auf Takera tausend Möglichkeiten, spurlos zu verschwinden. Niemand wird von Ihrer Ankunft erfahren, außer meinen engsten Vertrauten, also kann Sie auch später niemand vermissen. Ich hoffe, Sie haben mich verstanden, Terraner.«

Rhodan übernahm es, dem Taschkar zu antworten. Er blieb sitzen.

»Wir haben Sie gut verstanden, Taschkar. Wir sind Ihre Gefangenen, das ist richtig. Aber Sie müssen auch zugeben, daß wir auf jede Gegenwehr verzichteten. Ich hoffe, Sie rechnen uns das an, wenn es zu einer endgültigen Beurteilung der Lage kommt. Wir haben Ihnen unseren guten Willen bewiesen.«

»Sehr zweckmäßig für Sie, zugegeben. Für mich jedenfalls haben Sie es nicht getan.«

»Wir wollen jetzt nicht argumentieren«, schlug Rhodan vor. »Wann werden wir Takera erreichen?«

»Bald. Sind Sie mit der Verpflegung zufrieden?«

»Danke, wir wurden satt.«

Auf seinem Bett bewegte sich Gucky beunruhigt, aber er hütete sich, einen Laut von sich zu geben. Natürlich vermißte er sein gewohntes Frischgemüse, seine geliebten Mohrrüben und den Obstsaft, aber das konnte er dem Taschkar schlecht sagen. Mit einiger Mühe riß er sich zusammen und brachte es zu einem undeutlichen »Wuffwuff!«

»Was meint Ihr Tier?« erkundigte sich der Taschkar interessiert.

Rhodan lächelte.

»Vielleicht wollte das Kerlchen nur seinen Unwillen ausdrücken, mehr nicht.«

»Sie vermissen es nur ungern, nicht wahr?«

»Allerdings. Wuhuf ist mein Maskottchen.«

Der Taschkar sah etwas ratlos aus.

»Wuhuf? Maskottchen?«

»Der Kleine heißt Wuhuf, weil das seine einzigen Laute sind, die er hervorbringen kann. Ein Maskottchen ist ein Talisman, ein Glücksbringer.«

Der Taschkar ging zur Tür zurück.

»Wie kann so ein Pelzvieh einem Glück bringen?« wunderte er sich und ließ seine Gefangenen allein.

Kaum hatte die Tür sich geschlossen, begann Gucky mit den geballten Fäusten die Bettdecke zu bearbeiten. Er schlug auf sie ein, als habe er den Taschkar persönlich vor sich.

»Ich bringe ihn um, ganz bestimmt bringe ich ihn noch um!« flüsterte er. »Vieh hat er gesagt!«

Atlan meinte trocken:

»Hätte er dich doch wenigstens noch einen Hund genannt.«

Worauf Gucky sich unter die Kissen verkroch, damit er nichts mehr sah und hörte.

Das Flaggschiff der Takerer mit dem Taschkar an Bord flog in das System ein und wurde von da an eskortiert. Ohne Umweg steuerte es zusammen mit den Begleitschiffen den elften Planeten an und landete auf dem Raumhafen von Taschkanor.

Der Taschkar gab seine Anweisungen, dann nahm ihn ein Flugleiter auf, der ihn unverzüglich zum VALOSAR brachte. Ein Gefühl ungeahnten Triumphes überkam ihn, als er weit vor sich die Insel mit dem stumpfen Vulkankegel in der Mitte erblickte. In seiner Hand waren die mächtigsten Männer der Fremden, die aus jener Galaxis gekommen waren, die auch bald unter seiner Herrschaft stehen würde.

Die Fremden nannten ihre Sterneninsel Milchstraße.

Noch bevor er landete, erhielt Ginkorasch seine letzten Anweisungen. Der Taschkar machte ihn persönlich für seine acht Gefangenen verantwortlich und ordnete an, daß sie sofort zum VALOSAR gebracht werden sollten, und zwar unter strengster Geheimhaltung.

Niemand außer den engsten Vertrauten sollte erfahren, daß es diese Gefangenen überhaupt gab. Der Taschkar wußte nur zu genau, daß die Ankunft des Ganjos auch auf Takera Unruhe stiften würde, ganz zu schweigen von dem Sturm freudiger Erwartung, die seine ganze Galaxis ergreifen konnte.

Ginkorasch begab sich sofort zum Festland und betrat das Flaggschiff.

Von nun an waren die Gefangenen seine ureigenste Angelegenheit, in die sich außer dem Taschkar niemand einmischen durfte. Auf die Leute der Marsav konnte er sich verlassen.

Ginkorasch wurde von einem Offizier zu der Kabine geführt, in der die Gefangenen untergebracht worden waren. Er gehörte dem herrschenden Valos-Clan an und galt als fähiger Pedotransferer.

»Hinter dieser Tür sind sie, Herr«, sagte der Offizier.

Ginkorasch nickte, eine Geste, die Takerer mit Terranern gemeinsam hatten.

»Ich will sie sehen.«

Das positronische Schloß öffnete sich.

Der Chef der Marsav betrat den Raum dahinter.

»Jetzt kommt der Knilch, der Chef des Geheimdienstes, um uns abzuholen«, flüsterte Gucky Rhodan zu. Er hatte Ginkorasch längst geespert und seine Gedanken gelesen. »Bleibt alles geheim. Soll niemand wissen, daß wir existieren. Wegen Ovaron nicht. Klar.«

»Pst!« machte Rhodan, als sich die Tür öffnete.

Ein Mann kam in den Raum und blieb dicht vor der Tür stehen. Aus kalten, grünen Augen musterte er seine Gefangenen.

Ginkorasch mochte etwa hundert Jahre alt sein und besaß eine mittelgroße, drahtige Gestalt. Sein dunkelbraunes Gesicht verriet Skrupellosigkeit, Klugheit und enorme Härte.

Er trug eine gelbe Kombination mit einem breiten Vielzweckgürtel, der fast wie eine Schärpe wirkte. In ihn waren alle möglichen Instrumente eingebaut, von denen nur die Funktionsschalter oder Skalen zu sehen waren. Auf der rechten Seite befanden sich die Waffentaschen. Die Stiefel waren direkt mit der Kombination verbunden.

»Der Taschkar hat mich beauftragt, für Ihre Sicherheit zu sorgen«, sagte Ginkorasch mit kalter Stimme. »Sie haben alle meine Anordnungen widerspruchslos zu befolgen, wenn Sie keine Schwierigkeiten haben wollen. Ich werde Sie nach dem VALOSAR bringen, wo Sie

Unterkunft und Verpflegung erhalten werden. Sie bekommen noch Gelegenheit, Ihre entsprechenden Wünsche vorzutragen, denn ich möchte nicht, daß Sie verhungern. Wie ich sehe . . .«, sein Blick wanderte von einem zum anderen, » . . . stammen Sie nicht alle von einem Volk ab. Das läßt auf unterschiedlichen Metabolismus schließen, und damit auf unterschiedliche Ernährung. Wer ist denn das?«

Die Frage bezog sich auf Gucky, der neben Rhodan auf dem Boden hockte und Ginkorasch treuherzig mit seinen braunen Augen anblickte.

»Ich erklärte es bereits dem Taschkar«, erwiderte Rhodan kühl. »Das ist Wuhuf, mein zahmer Hund. Ich darf ihn behalten.«

Ginkorasch nickte. »Nur wenn er stubenrein ist.«

Er deutete in die Ecke, in der Paladin stand. »Und was ist das?«

»Wir nennen ihn Paladin. Er sieht groß und schrecklich aus, ist aber in Wirklichkeit gutmütig und harmlos. Trotzdem hat er mir vortreffliche Dienste geleistet, und ich wäre Ihnen dankbar, wenn er bei uns bleiben dürfte.«

»Für ihn gilt dasselbe wie für den Hund«, sagte Ginkorasch streng und fuhr fort: »Ich heiße Ginkorasch und bin Chef der Marsav. Ich werde Sie in kurzer Zeit von einem Kommando abholen lassen. Wir sehen uns später wieder.«

Ginkorasch war sich seiner Gefangenen sicher genug und verzichtete darauf, sie fesseln zu lassen. Es war auch unnötig, denn wohin hätten sie fliehen sollen, ganz abgesehen von der Tatsache, daß die schwer bewaffnete Begleitmannschaft jeden Versuch in dieser Richtung schon im Keim ersticken konnte.

Gucky watschelte an Rhodans Hand aus der Kabine, die bisher ihr Gefängnis gewesen war. Ras Tschubai tat so, als müsse er den riesigen Paladin führen, der scheinbar unbeholfen neben ihm hertappte. Es sah wirklich so aus, als könnten gerade die gefährlichsten Begleiter Rhodans allein nichts mit sich anfangen. Ovaron und Atlan gaben sich etwas hochmütig und von oben herab. Sie beachteten die Takerer kaum, die mit schußbereiten Strahlern die Korridore säumten, durch die man sie führte.

Der Raumhafen war, wie Rhodan sofort bemerkte, hermetisch abgeriegelt worden. Eine Maßnahme, die unnötig schien, denn unmittelbar unter der Ausstiegsluke des Schiffes stand ein geräumiges Fahrzeug. Es lief auf Raupen, nicht etwa auf Antigravfeldern. Die Rückwand glitt auseinander. Dahinter lag ein einziger, geschlossener Raum, der allen Gefangenen genügend Platz bot.

Ohne eine entsprechende Anordnung abzuwarten, ging Rhodan voran und führte seine Freunde in den Transporter. Hinter ihnen schloß sich die Tür wieder. In dem Raum war es dunkel und nicht gerade bequem. Gucky flüsterte:

»Sie bringen uns damit zum Zug und wollen verhindern, daß uns jemand sieht.«

»Zug?«

»Ginkorasch dachte daran: Eine Art Rohrpostzug, wenn mir der primitive Vergleich gestattet ist. Er ist kein öffentliches Verkehrsmittel. Nur der Taschkar und sein Geheimdienst dürfen ihn benutzen. Die Rohrlinie beginnt am Rande des Feldes, führt tief unter die Erde, dann hinaus auf den Grund des Meeres, welches das Festland von der Insel VALOSAR trennt. Mehr habe ich noch nicht herausbringen können. Soviel denken die Kerle vom Geheimdienst auch wieder nicht.«

»Es genügt«, meinte Rhodan und fügte hinzu: »Wir wollen nicht zuviel reden, vielleicht gibt es Abhöranlagen und dazwischengeschaltete Translatoren. Also nur das Wichtigste.«

Das Fahrzeug setzte sich in Bewegung. Die Gefangenen suchten sich eiligst einen sicheren Halt, um nicht zu stürzen. Rhodan, Atlan und Ovaron setzten sich einfach hin und lehnten sich mit dem Rücken gegen die Wand.

»Sehr wohl ist mir nicht zumute«, sagte Atlan.

Gucky verfolgte telepathisch ihre Reise, denn es gab immer wieder diesen oder jenen Takerer, der an die Gefangenen, die Umgebung und an das Reiseziel dachte. Aus dem Durcheinander der vielfältigen Gedankeneindrücke verstand es der Mausbiber geschickt, sich ein Bild von dem zu machen, was draußen geschah. Mit leiser Stimme unterrichtete er seine Freunde.

Der Transporter rollte langsam quer über das Landefeld und fuhr dann in einen Tunnel, der schräg nach unten führte. Hier, in einer riesigen Halle, wartete der Zug auf sie. Eigentlich war es kein Zug, wie Gucky feststellte, sondern ein langes, schlankes Geschoß, das genau in die weiter vorn beginnende Röhre hineinpaßte. Sein Durchmesser betrug etwa fünf Meter, die Länge vielleicht dreißig.

»Die wollen uns wohl zur Insel schießen?« fragte der Mausbiber verwundert.

»Der Zug«, sagte Rhodan, »bewegt sich mit Sicherheit auf Antigrav-

Prallfeldern und wird durch Luftdruck oder magnetische Pole angetrieben – Wechselpole. Bin nur gespannt, ob wir hineinpassen, besonders Paladin.«

Rhodans Sorge war überflüssig. Die Takerer schienen vorerst nicht die geringste Absicht zu haben, ihre Gefangenen zu trennen. Ob sie erst einmal auf die weiche Tour versuchen wollten, alles aus ihnen herauszuholen, was sie wissen wollten?

Der Transporter hielt an.

Als sich seine Tür öffnete und die Gefangenen ihre Umgebung wieder wahrnehmen konnten, mußten sie feststellen, daß Guckys Schilderung ziemlich genau gewesen war. Das war eine erstaunliche Leistung des Mausbibers, der das Bild ja nur aus den Gedanken ihrer Bewacher zusammengesetzt hatte.

Wieder wurden sie von einer Eskorte streng bewacht. Takerer in gelben Kombinationen säumten die kurze Strecke bis zu dem torpedoförmigen Wagen wie eine Ehrenwache. Die Tür war bereits geöffnet, aber sie war nicht so groß wie jene des Transportfahrzeuges. Paladin hatte einige Mühe, in das Innere des Wagens zu gelangen. Er mußte sich bücken und halb hineinkriechen.

Endlich hatten sie es geschafft.

Der Raum besaß keine Fenster, aber das hatte auch niemand erwartet. Immerhin gab es eine indirekte Beleuchtung aus der Decke, so daß sie nicht im Finstern sitzen mußten. Zwei Angehörige der Marsav kamen mit ihnen, aber sie trugen keine Übersetzergeräte bei sich. Trotzdem war Vorsicht geboten. Wenn ihre Funkgeräte eingeschaltet waren, konnten die Gespräche der Gefangenen direkt zu einem solchen Gerät übermittelt und belauscht werden.

Gucky legte sich zusammengerollt in eine Ecke und begann leise zu schnarchen. Der Paladin saß in der gegenüberliegenden Ecke, ruhig und bewegungslos. Takvorian scharrte mit den Hufen, als suche er Futter. Merkosh verhielt sich abwartend und möglichst unauffällig.

Die beiden Terraner, der Arkonide und der Ganjase setzten sich auf die gepolsterten Bänke und ignorierten ihre beiden Wächter. Sie begannen eine unverfängliche Unterhaltung.

Der Zug setzte sich in Bewegung. Er beschleunigte mit solchen Werten, daß der Paladin beinahe umgestürzt wäre.

Die Fahrt dauerte eine knappe Stunde, Beschleunigung und Abbremsung inbegriffen. Als der Zug anhielt, geschah noch nichts. Die beiden Bewacher machten keine Anstalten, die Tür zu öffnen. Es schien, als warteten sie noch auf besondere Anweisungen.

Rhodan sah Gucky fragend an, aber der Mausbiber reagierte nicht. Er schien zu lauschen.

Als ein Signal hörbar wurde, sprangen die Takerer auf und gingen zur Tür. Sie öffnete sich, und dann betrat Ginkorasch höchstpersönlich den Wagen. Er betrachtete seine Gefangenen forschend, als wolle er sich davon überzeugen, daß sie keine Fluchtgedanken hegten. Insgeheim befürchtete Rhodan schon, man habe Gucky sprechen gehört, aber der Mausbiber schüttelte unmerklich den Kopf.

Ginkorasch sagte endlich:

»Sie werden nun den Zug verlassen und mir folgen. Zu Ihrer Orientierung möchte ich Ihnen noch mitteilen, daß wir uns am Fuß des Berges Motah befinden, auf dessen Kraterrand der Palast des Taschkars steht. Ein Antigravschacht wird uns zu Ihren vorläufigen Quartieren bringen. Ich warne Sie noch einmal vor unüberlegten Schritten, sie würden Ihre Lage nur verschlechtern. Kommen Sie jetzt.«

Er ging voran. Rhodan und die anderen folgten ihm. Den Abschluß bildeten die beiden Wachen, zu denen sich nun weitere gesellten. Man ging kein Risiko ein.

Der Weg war nur kurz, dann nahm der Lift sie auf. Er schien sonst für Materialtransporte gedacht zu sein, denn er bot genügend Raum.

Diesmal spürten sie keinen Andruck. Der Lift war mit Antigravfeldern abgepolstert. Aber es war klar, daß er sie nach oben brachte.

»Ich möchte Ihnen noch etwas mitteilen«, fuhr Ginkorasch fort, »obwohl ich derartige Informationen für überflüssig halte. Der Taschkar wünscht jedoch, daß ich Sie über alles unterrichte. Sie sollen sich zwar nicht als freie Besucher fühlen, aber auch nicht wie Gefangene. Betrachten Sie alle unsere Maßnahmen als Sicherheitsvorkehrungen zum Schutz Ihres Lebens.«

»Es gehört eine Menge Optimismus und Nachsicht dazu, das zu tun«, teilte Rhodan ihm ruhig mit. »Aber bitte, sprechen Sie weiter.«

Ginkorasch beherrschte sich, und es fiel ihm nicht leicht. Wahrscheinlich war er gewohnt, mit seinen Gefangenen in einem anderen Ton zu sprechen, aber diesmal mußte er sich noch an die Befehle des Taschkars halten. Rhodan spürte den Haß des Mannes – und seine relative Hilflosigkeit. Er würde sich für die Demütigung rächen, wenn der Taschkar ihm eines Tages freie Hand ließ.

»Aus Sicherheitsgründen werde ich Sie nicht in einem einzigen Raum, sondern getrennt unterbringen. Man kann Ihnen auf die Dauer nicht zumuten, daß Sie mit ihren seltsamen Haustieren zusammenleben.«

»Es würde uns nicht stören, denn wir sind daran gewöhnt.«

»Der Taschkar möchte es aber nicht, und sein Wunsch ist auch für Sie ein Befehl. Sie werden ausreichend verpflegt werden und können den Wachen jederzeit Ihre diesbezüglichen Wünsche mitteilen. Im Augenblick befinden wir uns in den Flanken des Berges Motah. Wir nähern uns jetzt dem oberen Kraterrand, werden jedoch nicht bis zur Oberfläche gelangen. Der Taschkar hat beschlossen, Ihnen eine Ruhepause zu gewähren. Morgen wird er sich ausführlich mit einigen von Ihnen unterhalten.«

Diesmal gab Rhodan keine Antwort.

Die Tür des Liftes öffnete sich.

Sie erblickten eine weite und hellerleuchtete Halle mit glatten, farbigen Wänden. Gänge zweigten in verschiedenen Richtungen ab und führten zu unbekannten Zielen. Überall standen bewaffnete Takerer in gelber Uniform. Man mußte sich in einem der Hauptquartiere der Marsav aufhalten.

Ginkorasch ging abermals voran. Er winkte.

»Folgen Sie mir, ich zeige Ihnen die Unterkünfte.«

Sie wurden in drei verschiedenen Räumen untergebracht, wobei es nicht ganz klar wurde, nach welchen Gesichtspunkten Ginkorasch dabei vorging. Rhodan, Atlan und Ovaron blieben zusammen. Ihr Gefängnis bestand aus einem Hauptraum mit Nischen, in denen sanitäre Vorrichtungen, ein Bad und eine Küche eingebaut waren. Im Hauptraum standen Betten.

Merkosh und Takvorian erhielten ihr Quartier unmittelbar daneben.

Im dritten Gefängnis fanden der Paladin, Ras Tschubai und Gucky ihre vorläufige Bleibe.

Die Türen wurden positronisch verschlossen.

Die Gefangenen waren allein.

In dieser Nacht geschah nichts.

Rhodan konnte das Licht in ihrem Gefängnis löschen, ohne daran gehindert zu werden. Es sah tatsächlich so aus, als gestattete der Taschkar ihnen alle Bequemlichkeiten und Wünsche, daß sich seine »Gäste« wohl fühlten.

Die Siganesen in dem Paladin-Roboter konnten auf eine zusätzliche Verpflegung verzichten. In den Vorratsräumen ihres Giganten lagerten Lebensmittel für Wochen und Monate.

Gucky allerdings war mit seiner Verpflegung nicht zufrieden gewesen. Verächtlich hatte er auf die Schüssel mit dem grauen Brei gedeutet und Ras Tschubai gefragt:

»Was soll denn das? Denken die vielleicht, so was schütte ich mir in den Bauch?«

Ras hatte ihn beschwichtigt und vorsichtig darauf aufmerksam gemacht, daß sie beobachtet werden könnten. Daraufhin war Gucky tapfer genug gewesen, das undefinierbare Zeug herunterzuschlingen. Unfähig zu jeder weiteren Handlung hatte sich der Mausbiber dann auf sein Bett gelegt und zu schlafen versucht.

Vergeblich. Die Bauchschmerzen ließen nicht nach.

Er schwor, einen solchen Brei nie mehr anzurühren, und wenn er verhungern würde.

Am anderen Vormittag wurden Rhodan, Atlan und Ovaron zum ersten Verhör abgeholt. Ginkorasch erwartete sie in einem seiner Amtsräume, der in seiner nüchternen Sachlichkeit überraschte. Er wirkte lediglich durch die vielen Nachrichtenanlagen, Bildschirme und technischen Einrichtungen ein wenig überladen.

Der Chef des Geheimdienstes saß hinter einem breiten Tisch. Er deutete auf drei Sessel.

»Nehmen Sie Platz. Der Taschkar wird gleich erscheinen, um Ihnen einige Fragen zu stellen.«

Schweigend setzten sie sich.

Rhodan wußte, daß Gucky sie ständig überwachte und jederzeit wußte, was hier geschah, auch wenn die Gefängnisse dreihundert Meter entfernt waren. Zusammen mit Ras Tschubai war der Mausbiber durchaus in der Lage, sie im äußersten Notfall sofort zu holen. Aber das war nur ein vorübergehender Ausweg aus einer unmittelbar gefährlichen Lage. Die Marsav würde sie überall auf diesem Planeten aufspüren und zurückbringen können.

Rhodan hoffte, daß die beiden Teleporter nicht einzugreifen brauchten.

»Sind Sie mit der Unterbringung zufrieden?« erkundigte sich Ginkorasch in neutralem Tonfall.

»Ich hatte leider noch keine Gelegenheit, mich nach dem Wohlbefinden der anderen zu erkundigen«, erwiderte Rhodan, der die Falle sofort bemerkte. »Funkgeräte besitzen wir leider nicht, und keiner von uns kann durch die Wände gehen.«

Ginkoraschs Gesicht blieb ausdruckslos.

»Ich fragte *Sie,* sonst niemanden. Den anderen geht es gut.«

Das Gespräch wurde durch den Eintritt des Taschkars unterbrochen.

Wortlos ging er zu einem separat stehenden Sessel und nahm Platz, wobei er den Ganjo mit finsteren Blicken maß. Eine Weile betrachtete er seine drei Gefangenen, dann sagte er:

»Ich will Sie, Ovaron, nicht dafür verantwortlich machen, daß Sie sich auf meiner Hauptwelt aufhalten, denn ich habe Sie selbst hierher bringen lassen. Aber Ihre Gegenwart sollte geheim bleiben. Es sieht jedoch so aus, als hätten Uneingeweihte von Ihrer Existenz erfahren. Mein Volk ist unruhig geworden.«

»Das ist nicht meine Schuld, Taschkar. Es konnte nicht unbemerkt bleiben, daß der Ganjo zurückgekehrt ist.«

»Ich weiß, daß Sie der Ganjo sind, Ovaron, aber ich werde den Völkern dieser Galaxis klarmachen, daß Sie ein Betrüger seien. Es gibt dazu immer noch Mittel.« Er sah Rhodan und Atlan fest an, ehe er fortfuhr: »Diese beiden sind Ihre Freunde, Ovaron, aber sie gehören nicht unseren Völkern an.«

»Sie können trotzdem Freunde sein.«

»Das stimmt allerdings. Warum haben sie Ihnen geholfen, nach Gruelfin zurückzukehren? Es gäbe keine Probleme, wäre das nicht geschehen.«

»Sie sind meine Freunde, das sagte ich schon, und sie wollen mir helfen, das verschollene Volk der Ganjasen wiederzufinden.«

»Ist das der einzige Grund?«

»Ja, Taschkar.«

»Wir werden das noch überprüfen. Aber ich sage Ihnen, Ovaron, Ihre Suche ist sinnlos. Es gibt kein Volk der Ganjasen mehr. Zweihunderttausend Jahre sind eine lange Zeit. Ihr Volk ging unter.«

»Sie werden entsprechend nachgeholfen haben. Wir fanden Spuren grausamer Vernichtungskriege, und fast immer auf jenen Planeten, die einst von Ganjasen bewohnt wurden. Sie und Ihre Vorgänger, Taschkar, haben ganze Arbeit geleistet. Warum?«

»Machen Sie mich für die Arbeit meiner Vorgänger verantwortlich, Ovaron? Dazu haben Sie kein Recht! Wir reden noch später darüber. Zuerst einmal zu den beiden Fremden.« Er wandte sich an Rhodan. »Ich kenne Ihren Namen, mehr nicht. Was wollen Sie bei uns? Wer sind Sie?«

Rhodan antwortete: »Mein Freund Atlan und ich haben Ovaron begleitet, damit er sein Volk findet. In meiner Heimatgalaxis nehme ich eine ähnliche Stellung ein wie Sie hier in Gruelfin, nur unter anderen Voraussetzungen.«

»Sie haben keinen anderen Grund, hier zu sein?«

»Keinen. Ovaron sollte geholfen werden, das ist alles.«

Zum erstenmal lächelte der Taschkar. Es war ein Lächeln, das sein Gesicht nicht freundlicher machte. »Das glaube ich Ihnen nicht.«

»Sie müssen es, Taschkar! Wenn Sie wollen, betrachten Sie mich als Kurier in eigener Mission. Ich vertrete ein Sternenreich, das so mächtig ist wie das Ihre. Ich respektiere Ihre Stellung, Taschkar, und ich wünsche, daß Sie auch die meine respektieren.«

»Und wenn nicht? Vergessen Sie nicht, daß Sie in meiner Gewalt sind.«

»Und Sie scheinen mein Schiff zu vergessen, das Ihren zehntausend Schiffen entkommen konnte.«

»Ihr Kommandant hatte Glück, nicht mehr. Berichten Sie mir von Ihrem Sternenreich. Ist es groß? Wie viele Sonnensysteme umfaßt es?«

»Mehrere tausend, Taschkar. Wir Terraner sind das mächtigste Volk unserer Galaxis.«

Der Taschkar nickte und sah Atlan aufmerksam an. »Ist Atlan auch ein Terraner?«

»Er ist ein Arkonide und gehört damit einem uns eng verwandten Volk an. Im Gegensatz zu den Takerern verkehren wir mit anderen Völkern, auch dann, wenn sie anders aussehen als wir, freundschaftlich.«

Der Taschkar lächelte spöttisch. »Ja, wir wissen das. Ihr Wuhuf zum Beispiel.« Er stand auf und ging zu Ginkorasch. »Wenn Sie noch weitere Fragen haben, stellen Sie sie. Sorgen Sie für die Gefangenen und seien Sie wachsam. Ich werde in wenigen Stunden ein zweites Verhör beginnen, sobald ich mich mit meinen Wissenschaftlern beraten habe.«

Ohne Gruß verließ er den Raum. Ginkorasch stellte die erste Frage.

»Dieser unnütze Metallklotz steht bloß da herum und taugt zu nichts«, meckerte Gucky und sah den Paladin bitterböse an. »Und unsere winzigen Freunde hocken in ihm und lassen es sich gutgehen.«

»Gönne ihnen die Erholung«, riet Ras Tschubai. »Wenn es darauf ankommt, können wir uns auf sie verlassen. Das weißt du doch. Also schimpf nicht!«

»Ja, ich weiß es – war auch nicht so gemeint. Was tun wir jetzt? Das Verhör ist beendet, wir mußten nicht eingreifen. Wie wäre es mit einem Ausflug? Rhodan meint, wir könnten es wagen, sollten uns aber nicht dabei erwischen lassen.«

»Es ist noch Tag.«

»In dem Labyrinth spielt das keine Rolle, und ich habe nicht die Absicht, mir die Insel von außen anzusehen.«

Ras schüttelte den Kopf.

»Möchte wissen, warum du so patzig bist. Für einen Schoßhund benimmst du dich ziemlich rabiat. Was ist übrigens mit Merkosh und Takvorian?«

»Der Gläserne döst vor sich hin. Unser Pferdchen war aber schon eifrig tätig. Hat doch tatsächlich den Strom in den Leitungen gewisser Beobachtungsinstrumente derart verlangsamt, daß die Takerer glauben, ihre Geräte seien nicht in Ordnung. Wir können ungehemmt reden, die Brüder verstehen kein Wort.«

»Fällt das nicht auf? Sie werden Reparaturen versuchen.«

»Können sie, aber da gibt es nichts zu reparieren, weil nichts kaputt ist. Also, wie ist es? Machen wir einen Ausflug?«

»Beide? Und wenn inzwischen jemand kommt?«

»Dann soll er sich den Kopf zerbrechen, wie wir uns unsichtbar gemacht haben. Den Zellaktivator habe ich gerade abgelegt, ich halte es wieder vier Stunden aus.«

»Nehmen wir eine Waffe mit?«

»Warum? Brauchen wir doch nicht. Wir verschwinden wieder, wenn es brenzlig wird.«

Sie faßten sich bei den Händen, nachdem sie Harl Dephin unterrichtet hatten.

Gucky konzentrierte sich auf eine Gegend, von der aus keine Gedankenimpulse zu ihm drangen, damit sie die Gewißheit hatten, nicht mitten zwischen Takerern zu rematerialisieren.

Bis auf einige Maschinenanlagen war die Halle leer. Wahrscheinlich handelte es sich um ein Pumpwerk, mit dessen Hilfe für eine zureichende Durchlüftung der im Kraterwall vorhandenen Korridore und

Räume gesorgt wurde. Ein seltsam geformter Roboter marschierte langsam von Maschine zu Maschine und überprüfte sie laufend. Er stellte keine Gefahr dar.

»Was wir brauchen«, flüsterte Ras Tschubai, »ist ein sicheres Versteck für den Fall, daß wir überstürzt flüchten müssen. Wir beide schaffen es notfalls mit drei oder vier Sprüngen alle in Sicherheit zu bringen, falls wir wissen, wohin. Ob das Labyrinth da die beste Lösung ist, weiß ich wirklich nicht.«

Gucky gab keine Antwort. Er hatte die Hand des Afrikaners nicht losgelassen und zog ihn mit sich. Durch eine Öffnung gelangten sie in einen breiten Korridor, der schräg nach oben führte. Gucky schnupperte.

»Du kannst sagen, was du willst, aber ich rieche frische Luft.«

»Der innere Kraterrand, das ist möglich. Nicht zu schnell, Kleiner. Draußen ist noch Tag!«

Sie bewegten sich vorsichtiger voran, bis sie zu einer Metallwand kamen, die den Korridor abrupt beendete. Irgendwelche Hebel oder Schalter zum Öffnen waren nicht zu entdecken.

Gucky blieb vor der Wand einige Augenblicke ratlos stehen, dann meinte er:

»Warum soll ich mir den Kopf zerbrechen, wie ich das Ding öffnen soll? Komm, wir springen einfach . . .«

Ehe Ras protestieren konnte, teleportierte der Mausbiber schon mit ihm. Es war nur ein sehr kurzer Sprung, gerade durch die Wand hindurch, aber er genügte. Und er wäre fast zu lang gewesen, denn die beiden Teleporter standen mitten zwischen dichten Büschen mit bunten Blüten und dicken, grünen Blättern, die alle einen Stich ins Rötliche besaßen.

Direkt vor ihnen, tief in dem runden Talkessel eingebettet, lag der Kratersee des Vulkans Motah.

Ihr Blick wanderte nach oben, bis er an dem Kraterrand hängenblieb, auf dem in fast regelmäßigen Abständen die unterschiedlichsten Gebäude standen.

»Vorsicht, in Deckung bleiben!« warnte Ras Tschubai besorgt. »Wer dich hier findet, hält dich bestimmt nicht für einen Hund.«

Sie saßen etwa zweihundert Meter über dem See. Der Kraterrand war dreihundert Meter über ihnen. Der ziemlich steil abfallende Hang war mit dichter Vegetation bedeckt. Man mußte Humuserde herbeigeschafft haben, denn in dem schwarzen Basalt, der an verschiedenen Stellen zum Vorschein kam, hätte keine Wurzel Halt gefunden.

Der Anblick des Sees schien Gucky besonders zu faszinieren.

»Willst du baden?« erkundigte sich Ras kopfschüttelnd. »Achthundert Meter Durchmesser etwa. Sicher sehr tief, wie alle Kraterseen.«

»Nicht nur das«, versicherte ihm der Mausbiber. »So ein See kann in vieler Hinsicht äußerst interessant sein, besonders dann, wenn schon der ganze Vulkan so ausgebaut wurde wie dieser hier. Ich habe da so einige Gedanken aufgeschnappt und möchte mich überzeugen, was wirklich daran ist.«

»Vielleicht besitzt du die Freundlichkeit, mir das näher zu erklären . . .«

»Der See ist nur eine Tarnung für einen bequemen Weg zum offenen Meer. Er steht mit ihm in direkter Verbindung. Bei Gelegenheit will ich mir das ansehen. Wer weiß, wozu das gut ist.«

»Ein Tunnel oder Kanal?«

»Wie soll ich das wissen? Ich konnte doch nur Gedankenfetzen auffangen und reimte mir den Rest zusammen. Wir werden es aber bald wissen. Heute nacht sehen wir uns das an. Warte!« Er stieß Ras an und nahm seine Hand. »Sie bringen wieder Verpflegung. Rhodan hat einem der Wächter gerade eine Frage gestellt. Los, schnell zurück, ehe sie unsere Zelle erreichen. Wenn ich allerdings an den verdammten Brei denke . . .!«

Sie teleportierten zurück, und kaum saßen sie da, da öffnete sich bereits die Tür.

Gucky konnte aufatmen. Diesmal gab es keinen Brei.

12.

Das zweite Verhör verlief ähnlich wie das erste. Ihm ging eine medizinische Untersuchung voraus, die ähnlich oberflächlich war wie die bereits im Flaggschiff der Takerer vorgenommene. Der Taschkar stellte seine Fragen, war scheinbar mit den Antworten zufrieden und entließ seine Gefangenen mit der Versicherung, sich morgen mehr um sie zu kümmern.

In ihrem Quartier diskutierten sie noch einmal ausführlich ihre Lage, und dann stellte Ovaron die entscheidende Frage, auf die Rhodan bereits gewartet hatte.

»Sie haben uns nun schon zweimal untersucht und die Zellaktivatoren gesehen. Ich verstehe nicht, warum man sie uns nicht abnahm oder zumindest fragte, was das für Geräte sind. Was meinen Sie, Perry?«

»Ehrlich gesagt, ich weiß es nicht. Wir können uns da nur auf Vermutungen stützen. Als der Taschkar eben sagte, morgen würde er sich mehr um uns kümmern, fiel sein Blick unwillkürlich auf meine Brust. Ich fürchte, morgen fällt die Entscheidung.« Seine Stimme wurde leiser. »Dazu einige Hinweise schon jetzt, Ovaron, damit Sie Bescheid wissen. Wie Ihnen ja bekannt ist, können die Zellaktivatoren von jedem getragen werden und schenken ihrem Träger die ständige Zellerneuerung und damit die Unsterblichkeit – solange er den Aktivator an seinem Körper behält. Lediglich Atlans und mein Zellaktivator unterscheiden sich von allen anderen. Sie sind auf unsere Individualimpulse geeicht und töten jeden anderen, der sie anlegt. Wir werden bei der kommenden Untersuchung also geschickt dafür sorgen müssen, daß entweder mein oder Atlans Aktivator abgenommen wird, nicht der Ihre. Man darf seinen wahren Charakter niemals erkennen, sonst sind wir verloren.«

»Und wie sollen wir das anstellen?«

»Ich werde es Ihnen morgen sagen, Ovaron. Mein Plan steht noch nicht fest, aber ich glaube einen Weg gefunden zu haben, der gleich zwei Zwecke auf einmal erfüllt. Wir werden erreichen, daß man uns die Aktivatoren läßt, und zweitens wird sich der Taschkar noch einmal gründlich überlegen, ob er die geplante Invasion der Milchstraße starten soll oder nicht.«

»Da bin ich aber gespannt, Perry.«

»Das können Sie auch sein. Was meinst du, Atlan? Wir haben ja schon darüber gesprochen. Schaffen wir es?«

»Die Chancen stehen gut, glaube ich. Wenn sie meinen oder deinen Aktivator testen, haben wir gewonnen.«

Rhodan nickte.

»Ich glaube es auch. Sobald das Licht gelöscht ist, werde ich Gucky bitten, mir einen kurzen Besuch abzustatten. Er belauscht uns bestimmt, und ich glaube nicht, daß wir damit ein Risiko eingehen. Die einseitige telepathische Verbindung ist ja schon ein Vorteil, aber ich nehme an, er kann mir einige Auskünfte geben, die wir unbedingt benötigen.«

Sie saßen vor den Speisen, die man ihnen gebracht hatte. Seit der zweiten Untersuchung waren sie schmackhafter und besser geworden. Wie es schien, hatte man ihren Metabolismus inzwischen genau analysiert und entsprechende Anweisungen an die Küchensyntronik gegeben.

Eine Stunde später, nach einem angenehmen Bad, lagen sie in den Betten. Das Licht erlosch.

Rhodan blieb ganz ruhig liegen und dachte intensiv in Richtung Gucky:

»Hör zu, mein Kleiner! Ich hoffe, du hörst mich. Du kannst in wenigen Minuten zu mir teleportieren. Ich weiß nicht, ob wir noch beobachtet werden. Das wäre möglich, auch wenn wir es hier dunkel gemacht haben. Ich halte es deshalb für besser, wenn du unter meiner Bettdecke materialisierst. Da sieht dich auch die beste Optik nicht. Warte noch etwas. Und überlege dir inzwischen, was du mir zu berichten hast. Wir haben nur wenig Zeit. Unsere Probleme kennst du ja. Versuche, die Antworten zu finden.«

Rhodan schloß die Augen. Wenn der Mausbiber nicht gerade schlief, oder sehr unachtsam war, mußte er seine Gedankenimpulse empfangen und verstanden haben. Natürlich war es durchaus möglich, daß er gerade einen Ausflug unternommen hatte, aber auch dann konnte er ihn »hören«.

Regelmäßige Atemzüge verrieten Rhodan, daß Atlan und Ovaron eingeschlafen waren. Die beiden Freunde bewiesen damit eiserne Nerven. Es war auch gut so.

Rhodan spürte, wie er plötzlich zur Seite gedrückt wurde. Der Mausbiber war in der Tat unter der Bettdecke materialisiert, gerade an den Beinen. Er machte sich sofort unverschämt breit, und Rhodan wäre glatt aus dem Bett gefallen, wenn er sich nicht energisch zur Wehr gesetzt hätte.

»Aufhören!« flüsterte er, indem er den Kopf unter die Decke steckte. »Soviel Platz brauchst du nicht! Und sei ruhig, wenn es geht! Du hast also meine Botschaft empfangen.«

»Wäre ich sonst hier?« stellte Gucky die Gegenfrage. »Also, wenn du mich fragst, wird es höchste Zeit, daß wir von hier verschwinden. Es gefällt mir überhaupt nicht.«

»Und wohin, wenn ich fragen darf?«

»Du darfst, aber du bekommst keine Antwort, weil ich sie selbst noch nicht kenne. Ras und ich werden noch in dieser Nacht einen zweiten Ausflug unternehmen. Wir wollen den Tunnel erkunden, der vom Kratersee aus zum Meer führt. Mag sein, daß wir da ein Versteck entdecken.«

»Das ist aber ziemlich unwahrscheinlich!« wandte Rhodan ein. »In der Umgebung des Vulkans wimmelt es von Leuten der Marsav. Wenn schon, dann seht mal auf der anderen Seite des Planeten nach.«

»Da sind wir auch nicht sicherer.« Er bewegte sich. »Leg mal die Beine etwas zur Seite. Außerdem wird es mir hier zu warm. Hebe die Decke an, damit ich nicht ersticke.«

Rhodan tat dem Mausbiber den Gefallen. Seine Beine hingen schon aus dem Bett.

»Klappt es mit Paladin und dem Aktivator?«

»Tadellos, Perry. Ist zwar ein komisches Gefühl, so ohne das Ding herumzulaufen. Man fühlt sich direkt älter, wie ein Greis. Aber wenn dann die Impulse wieder zu strömen beginnen, wird man wieder jung.«

»Na fein. Das Problem mit dem Aktivator haben wir *morgen!* Du weißt es ja wohl schon, nehme ich an. Ich will noch ein paar Stunden schlafen. Versuche, ein Versteck zu finden. Ich fürchte, morgen werden wir fliehen müssen, oder es wird kritisch.«

»Ich komme morgen früh berichten, oder in der Nacht. Aber erschrick nicht, wenn ich plötzlich auf deinen Beinen liege und vielleicht naß oder kalt bin. Schlaf gut, Perry.«

»Danke«, sagte Rhodan, aber der Mausbiber hörte es schon nicht mehr.

Er war bereits verschwunden, und Rhodan hatte das Bett wieder für sich allein.

Gegen Morgen wurde er durch das Erscheinen des Mausbibers geweckt. Wie schon angekündigt, materialisierte er abermals unter der Bettdecke, diesmal in der Tat etwas feucht und zudem reichlich abgekühlt.

Rhodan machte Platz. Er war sicher, daß man ihn heimlich beobachtete, also zog er die Decke bis zu den Ohren hoch und tat so, als schliefe er noch.

»Hast du ein Bad genommen?«

»Unfreiwillig, allerdings. Aber ich bin kaum noch naß.«

»Berichte.«

»Wir haben den Gang entdeckt, der vom Kratersee bis ins Meer hinausführt, das an den Küsten der Insel sehr flach ist. Auf dem Grund dieses Meeres führt der Tunnel entlang, verzweigt sich später in andere, die in verschiedenen unterseeischen Stützpunkten enden. Beim besten Willen ist es uns nicht gelungen, dort ein sicheres Versteck ausfindig zu machen. Wir unternahmen noch einen Ausflug aufs

Festland, wo wir schon günstigere Bedingungen vorfanden. Morgen nacht suchen wir einen anderen Kontinent auf. Ich bin sicher, daß wir dort Erfolg haben werden.«

»Wird auch Zeit. Heute erwarte ich das entscheidende Verhör.«

»Wir können jederzeit fliehen. Kein Takerer vermutet zwei Teleporter bei uns, also haben sie auch keine entsprechenden Vorsichtsmaßnahmen ergriffen. Ras und ich können euch jederzeit in ein provisorisches Versteck bringen, von wo aus wir in Ruhe weitersehen können.«

»Gut, Kleiner. Wir verlassen uns auf dich und Ras. Bleibe mit uns in Kontakt, wenn wir zum Verhör geführt werden. Du handelst aber nur, wenn ich es dir ausdrücklich befehle. Ist das klar?«

»Klar, Boß!« Gucky zwickte Rhodan ins Bein. »Ich muß sagen, du willst dem Taschkar ja einen hübschen Bären aufbinden.«

»Die Chancen stehen zwei zu eins für uns.«

»Ich kann auch bis drei zählen. Also dann viel Glück! Das werdet ihr nämlich brauchen.«

»Wenn alles glattgeht, kommst du heute abend wieder.«

»Wenn alles schiefgeht, sehen wir uns früher«, konterte der Mausbiber trocken und entmaterialisierte.

Rhodan streckte sich und schloß die Augen.

Er versuchte, noch ein paar Minuten zu schlafen.

Der Taschkar machte ein finsteres Gesicht, als er den Raum betrat. Er sah Ginkorasch fragend an, ehe er sich setzte.

»Sind die Gefangenen bereit zu sprechen?« fragte er.

»Sie schweigen«, gab der Chef der Marsav Auskunft. »Ich glaube, wir werden andere Methoden anwenden müssen, Taschkar. Ich habe von Anfang an gesagt, daß wir sie zu gut behandeln. Sind sie nun Gefangene oder Ehrengäste?«

»Das wird sich noch heute herausstellen, Ginkorasch. Haben Sie die befohlenen Posten aufstellen lassen?«

»Alles abgesichert, Taschkar. Jeder Fluchtversuch wäre sinnlos.«

Ein flüchtiges Lächeln huschte über das Gesicht des Takerers.

»Gut so.« Er wandte sich an Rhodan. »Haben Sie es sich überlegt? Wollen Sie nun endlich zugeben, daß Ovaron nicht der einzige Grund für Ihren Besuch in Gruelfin ist?«

»Warum sollte ich?« Rhodan beugte sich ein wenig vor und sah den Taschkar direkt an. »Im übrigen finde ich Ihr Benehmen skandalös. Ich glaube nicht, daß wir das Oberhaupt eines fremden Sternenreiches so empfangen würden, wie Sie uns empfingen. Fassen Sie meine Bemerkung ruhig als den offiziellen Protest des Solaren Imperiums auf.«

»Für einen Gefangenen gebrauchen Sie starke Worte, Rhodan. Was meint Ihr Freund Atlan dazu?«

»Ich vertrete die gleiche Auffassung, nur können Sie von mir noch etwas anderes dazu hören, wenn Sie Wert darauf legen, Taschkar.«

»Ich lege Wert darauf.«

Atlan lächelte kaum merklich.

»Glauben Sie nicht, ich wollte Ihnen drohen, das wäre in meiner augenblicklichen Lage ziemlich lächerlich. Ich möchte Sie nur warnen, Taschkar. Vielleicht unterscheiden sich die militärischen Kreise, die hinter mir stehen, erheblich von jenen, die von Perry Rhodan befehligt werden.«

»Was soll das heißen?«

»Das soll heißen, daß man vielleicht mein Verschwinden mit böser Absicht in Verbindung bringen könnte. Sie verstehen, Taschkar, man weiß schließlich, wo ich mich aufhalte. Sie haben die MARCO POLO gesehen. Sie sind von ihr beeindruckt, das können Sie nicht abstreiten. Das Schiff hat uns hierher gebracht, über fast sechsunddreißig Millionen Lichtjahre hinweg. Es ist nicht das einzige Schiff seiner Art. Würden Sie mit tausend solcher Schiffe fertig werden?«

»Das ist keine Warnung, das ist eine Drohung – und sie wirkt in Ihrer Lage tatsächlich lächerlich.« Der Taschkar deutete auf Atlans Brust, auf der an einer Kette der Zellaktivator hing. »Vielleicht hat dieser seltsame Gegenstand damit zu tun. Er scheint Ihnen Mut und auch Frechheit zu verleihen.«

»Probieren Sie es aus, Taschkar. Sie haben, soweit ich informiert bin, noch eine Lebenserwartung von gut achthundert terranischen Jahren. Eine lange Zeit, wenn man sie leben kann. Aber sie ist absolut uninteressant, wenn man tot ist.«

Der Taschkar ging nicht darauf ein. Er hielt es für klüger, das Thema zu wechseln.

»Sie wissen also eine Menge von mir, sogar meine voraussichtliche Lebenserwartung. Dann wissen Sie ja auch, daß ich ein Pedotransferer bin – und zwar ein sehr fähiger. Fürchten Sie keine Übernahme durch mich?«

Atlan schüttelte den Kopf. Er wußte inzwischen genau, was Rhodan plante. Und es war auch sein Plan. Zum Glück wurde Ovaron von dem Taschkar wie eine zweitrangige Persönlichkeit behandelt. Das mochte daran liegen, daß er dem Ganjasen seine ganze Verachtung zeigen wollte.

»Nein, die fürchte ich nicht. Warum sollte ich?«

»Ich könnte auch Sie, Rhodan, übernehmen.«

»Bitte, Sie dürfen es versuchen«, entgegnete Perry.

Der Taschkar verbarg seine Verwirrung geschickt. Er lächelte.

»Ihre unglaubliche Zuversicht macht mich neugierig. Es ist nicht sehr verwunderlich, daß Sie über die Gabe vieler Cappins unterrichtet sind, aber wenn Sie behaupten, sich dagegen wehren zu können, so muß ich Ihnen sagen, daß Sie lügen.«

»Wenn Sie glauben, daß wir lügen, dann versuchen Sie es doch«, erwiderte Rhodan, und anschließend dachte er intensiv: *Achtung, Gucky! Es ist bald soweit! Halte dich bei Takvorian bereit. Es muß auf die Sekunde genau klappen!*

Auf Gucky war Verlaß. Er stellte die einzig mögliche Verbindung zu dem Pferdemenschen dar. Und Takvorian war unbedingt dazu notwendig, die Pedoübernahme durch den Taschkar zu verhindern. Da der Mutant auch energetische Transporte verlangsamen konnte, war eine einwandfreie Pedotransferierung nicht möglich. Damit rechnete Rhodan.

Der Taschkar überlegte. Man sah ihm die Zweifel an, die ihm plötzlich kamen. Wenn seine Gefangenen über die Pedotransferierung Bescheid wußten, dann mußten sie eigentlich auch wissen, wie schwierig es war, sich gegen eine Übernahme zu wehren, insbesondere dann, wenn man selbst kein Pedotransferer war.

»Nun gut«, sagte er zu Rhodan, »wenn Sie so sicher sind, dann werde ich es eben mit Atlan versuchen. Es wird für mich ein Experiment sein, und für Ihren Freund Atlan wahrscheinlich ein heilsamer Schock. Es könnte sein, daß Sie danach gesprächiger und vor allem bescheidener werden.«

Ginkorasch saß schweigend hinter seinem Tisch. Er schien die Anweisung erhalten zu haben, sich auf keinen Fall in das Verhör einzumischen. Auch jetzt, als sich der Taschkar auf die Pedoübernahme Atlans vorbereitete, gab er keinen Kommentar. Man sah ihm jedoch die Erregung an.

Der Taschkar fixierte den Arkoniden und konzentrierte sich.

Rhodan war froh, daß es ihm gelungen war, den Taschkar auf Atlan zu konzentrieren. So behielt er selbst freie Hand hinsichtlich der Berichterstattung an den Mausbiber, der seinerseits Takvorian unterrichtete.

Plötzlich ging mit dem Taschkar eine erschreckende Veränderung vor. Er schien sich regelrecht aufzulösen, ohne an Masse zu verlieren. Seine Körperformen wurden verschwommen, flossen in sich zusammen und verloren die Konturen. Es gab auf einmal keine humanoiden Umrisse mehr, sondern nur noch eine gallertartige, schwabbelige Masse, die nur wenige Meter von Rhodan, Atlan und Ovaron entfernt auf dem Boden brodelte.

Rhodan gab seine Eindrücke sofort weiter, und er war davon überzeugt, daß Takvorian bereits eingegriffen hatte. Optisch war diesmal die Verlangsamung des Zeitablaufs nicht festzustellen. Sie bezog sich ja nur auf die sechsdimensionalen Energieströme des Pedotransferers.

Atlan erwartete seinen Gegner ruhig und gelassen. Rhodan hatte ihm seinen Plan erläutert, soweit es die Übernahme anbetraf. Es kam auf die Situation an, wie sie sich weiter verhalten würden. Zuerst einmal ging es darum, den Taschkar davon zu überzeugen, daß es keineswegs so einfach war, einen Terraner oder Arkoniden zu übernehmen.

Wenn dieser Teil des Planes gelang, ergab sich zwangsläufig eine Situation, die den zweiten Teil so gut wie notwendig machte.

Ginkorasch sah abwechselnd auf die Gallertmasse und auf Atlan, der ruhig in seinem Sessel saß und abwartete.

Aber es geschah nichts!

Atlan war noch er selbst, das konnte Ginkorasch an dem etwas spöttischen Lächeln des Arkoniden sehen. Rhodan berichtete alles, was er sah und hörte, an Gucky weiter, damit Takvorian stets wußte, was er zu tun hatte.

Bis jetzt verlief alles nach Wunsch.

Ginkorasch sprang entsetzt auf, als die Gallertmasse wieder Formen anzunehmen begann.

Das war ungeheuerlich! Das hatte es noch nie gegeben, daß eine Pedotransferierung auf so geringe Entfernung hin nicht einwandfrei verlief. Und dazu noch die des Taschkars, der als einer der fähigsten Pedotransferer überhaupt galt.

Sein Blick blieb auf Atlans Gesicht hängen. Der Arkonide erwiderte den Blick Ginkoraschs mit ironischer Überlegenheit, wirkte aber dabei nicht etwa schadenfroh.

Der Taschkar entstand aus dem formlosen Brei, blieb aber mit geschlossenen Augen auf dem Boden liegen. Ginkorasch gab Alarm, und wenig später erschienen Medoroboter und einige Ärzte. Sie untersuchten den Herrscher, um eine tiefe Erschöpfung festzustellen, die zwar unangenehm, aber keineswegs lebensgefährlich war. Der Taschkar benötigte Ruhe, das war alles.

Die drei Gefangenen wurden von ihren schwerbewaffneten Wärtern in ihr Gefängnis zurückgebracht. Ginkorasch hatte ihnen ein weiteres Verhör in Aussicht gestellt, sobald sich der Taschkar erholt hatte.

Als sich die Tür schloß, sagte Ovaron:

»Auf der einen Seite finde ich es ja sehr erfreulich, daß die Aufmerksamkeit des Taschkars in erster Linie Ihnen beiden gilt, aber allmählich beginne ich mich zu fragen, ob er mich noch ernst nimmt? Er kümmert sich eigentlich gar nicht um mich.«

»Ein gutes Zeichen«, beruhigte ihn Rhodan und setzte sich. »Wenigstens für Atlan und mich. Er hält uns für gefährlicher, und genau das ist ja unsere Absicht. Die Takerer sollen sich durchaus nicht in Sicherheit wiegen, was ihre intergalaktischen Pläne anbetrifft. Aber darüber können wir jetzt nicht reden – noch nicht. Warten wir das nächste Verhör ab. Übrigens, Atlan, wie war es?«

»Der Übernahmeversuch?« Atlan setzte sich und wartete, bis auch Ovaron Platz genommen hatte. »Ich konnte den tastenden Versuch genau verfolgen, weil er langsam und behutsam erfolgte. Aber das muß nur der Eindruck gewesen sein, der durch Takvorians Eingreifen verursacht wurde. Ich konnte den Taschkar mit Leichtigkeit abwehren. Unter diesen Umständen hätten zehn Pedotransferer gleichzeitig eingreifen können. Sie hätten ihr Ziel, nämlich die vollkommene Übernahme, niemals erreichen können.«

»Gut, sehr gut. Dieses Experiment wird seine Wirkung nicht verfehlen, weder auf den Taschkar noch auf den Augenzeugen Ginkorasch. Der Bursche schien mir sichtlich beeindruckt zu sein.«

Wenig später erschien Gucky, diesmal auf der Toilette, wo keine Abhöranlage vermutet wurde. Rhodan unterhielt sich leise mit ihm und unterrichtete ihn davon, daß jederzeit das Verhör wieder beginnen konnte. Man beschloß die bisherige Taktik nicht zu ändern. Sie hatte sich ausgezeichnet bewährt.

Gucky verschwand, Rhodan kehrte in den Wohnraum zurück. Atlan und Ovaron hatten sich auf die Betten gelegt. Sie warteten.

Der Taschkar hatte sowohl seine Gelassenheit als auch seine Überlegenheit eingebüßt. Er war auch nicht mehr so höflich wie vorher. Als die Gefangenen erschienen, begrüßte er sie nicht einmal. Finster blickte er Atlan an, den er für sein Versagen verantwortlich zu machen schien.

»Sie sind mir eine Erklärung schuldig! Warum konnte ich Sie nicht übernehmen?«

»Rhodan hatte Sie gewarnt, Taschkar. Versuchen Sie es niemals mehr wieder, wenn ich Ihnen einen wohlgemeinten Rat geben kann. Der zweite Versuch könnte tödlich enden – tödlich für Sie.«

»Auch für Sie, Atlan. Ich nehme keine Rücksicht mehr auf Ihre Stellung in Ihrer Galaxis, die weit genug entfernt ist, mich nicht zu interessieren. Das gilt auch für Sie, Rhodan!«

In diesem Augenblick änderte Rhodan seinen Plan. Wieder einmal bewahrheitete sich die Behauptung, er sei ein sogenannter ›Sofortumschalter‹. Er änderte ihn deshalb, weil die neue Fassung mehr Erfolg versprach und die Gelegenheit von Ovaron weiter abzulenken, besonders günstig schien.

»Es wäre schlecht für Sie und Takera, wenn Sie uns töten ließen«, sagte Rhodan ruhig. »Ihre Welt würde vernichtet.«

Der Taschkar sah ihn verwundert an.

»Das soll ich Ihnen glauben?«

»Einen kleinen Teil meiner Behauptung kann ich beweisen, wenn Sie mich aussprechen lassen.«

»Ich warte schon lange genug darauf, daß Sie endlich sprechen. Fangen Sie an.«

Nach einem raschen Blick zu Atlan und Ovaron begann Rhodan:

»Lassen Sie mich zuerst klarstellen, Taschkar, daß wir über Ihre Pläne, unsere Milchstraße zu erobern, bestens unterrichtet sind. Wenn ich Sie in dieser Hinsicht bisher angelogen habe, dann nur im Interesse meiner Galaxis, beziehungsweise deren Bewohner. Ich kam nach Gruelfin nicht allein deshalb, um Ovaron bei der Suche nach seinem verschollenen Volk behilflich zu sein, sondern ich wollte mich auch davon überzeugen, wie weit Ihre Vorbereitungen zur geplanten Invasion gediehen sind. Und ich kam, um Sie zu warnen.«

Der Taschkar war sitzen geblieben, aber in seinen Augen schimmerte es verdächtig. Er hatte von einer Sekunde zur anderen begriffen, wie sehr er seinen Gegner unterschätzt hatte.

»So, wir planen eine Invasion? Haben Sie die bereitgestellten Flotten schon gefunden?«

Es klang spöttisch, aber der gefährliche Unterton seiner Stimme war nicht zu überhören.

Rhodan lächelte kalt.

»Ich habe ursprünglich nach einer Flotte gesucht, aber inzwischen ist mir klargeworden, wie Sie eine Invasion bewerkstelligen wollen. Und es ist ein Glück, daß meine Wissenschaftler das noch vor mir wußten, obwohl sie niemals nach Gruelfin kamen. Sie haben heute selbst erlebt, wie wir vorgesorgt haben. Sie wären bei der Übernahme fast getötet worden.«

»Ach!« Der Taschkar war ehrlich überrascht. »Sie wollen behaupten, Atlan habe die Übernahme durch mich bewußt verhindert und könne es immer und immer wieder tun?«

»Es ist die Wahrheit. Ich kann es auch.«

»Und wenn ich fragen darf – wie?«

Rhodan nahm seinen eiförmigen Zellaktivator in die Hand und hielt ihn dem Taschkar entgegen.

»Hiermit, Taschkar! Wir wußten von der bevorstehenden Invasion, und meine Wissenschaftler entwickelten dieses Gerät zur Abwehr. Jeder, der ein solches Gerät bei sich führt, kann nicht durch eine Pedotransferierung übernommen werden. Atlan hat es Ihnen bewiesen.«

Eine Weile war es still in dem Raum. Ginkorasch, der hinter seinem Tisch saß, vor sich eine schwere Handenergiewaffe, rührte sich nicht. Außer dem Taschkar wußte nur er noch, wie weit die streng geheimen Vorbereitungen zur Invasion der Milchstraße angelaufen waren. Und nun kam ein Terraner und behauptete, das alles schon gewußt zu haben! Nicht der leiseste Verdacht kam ihm, Rhodan könnte bluffen.

»So, das kleine Gerät also! Gibt es mehrere davon?«

»Viele Millionen, Taschkar«, log Rhodan überzeugend. »Alle unsere wichtigen Persönlichkeiten tragen derartige Geräte. Wenn Sie sich also doch zu einer Invasion entschließen, dann können Sie diese nur mit herkömmlichen Mitteln durchführen. Mit Ihrer Raumflotte zum Beispiel. Und wenn Sie das tun, stoßen Sie auf unsere Schiffe, von denen die MARCO POLO nur eines ist. Ich kann Ihnen da nur viel Vergnügen wünschen.«

Der Taschkar sagte lange nichts. Er saß in seinem Sessel und sah einmal Rhodan, dann wieder Atlan an. Jetzt hatte er Ovaron wirklich vergessen.

Endlich, nach langer Zeit, streckte er die Hand aus.

»Geben Sie mir das Gerät«, sagte er zu Rhodan.

Rhodan schüttelte energisch den Kopf.
»Ich habe kein Interesse an Ihrem Tod, Taschkar.«
»An meinem Tod? Warum sollte ich sterben, wenn ich das Gerät anlege, das eine Pedotransferierung verhindert? Außerdem will ich es gar nicht anlegen. Ich will es nur betrachten.«
»Der Erfolg wäre derselbe. Sie müßten sterben. Wollen Sie mir nicht glauben?«
»Nein. Aber wir werden einen Versuch machen, dann weiß ich, ob Sie die Wahrheit sprechen. Ich werde einen meiner Leute kommen lassen. Sie werden ihm das Gerät umhängen. Dann wissen wir, was es wert ist.«
»Ich weigere mich, das Gerät abzulegen, Taschkar.«
»Es wird Ihnen mit Gewalt abgenommen werden. Sie können sich also ruhig weigern«, sagte der Taschkar eiskalt. »Ich muß wissen, was wahr und was Lüge ist. Das Gerät könnte, wenn Sie wahr gesprochen haben, alle unsere Pläne zunichte machen, das gebe ich zu. Aber das wäre auch Ihr Tod, Rhodan.«
Rhodan wußte, daß er nun gesiegt hatte. Trotzdem tat er noch so, als habe er Bedenken.
»Ich will nicht für den Tod eines Takerers verantwortlich sein, Taschkar. Ich weigere mich also noch immer.«
»Wir nehmen das Experiment mit einem Rukal vor. Das sind halbintelligente Lebewesen, die in unseren Wäldern leben. Man kann sie leicht einfangen und zähmen.«
»Leben ist Leben . . .«
»Wollen Sie *mich* etwa dazu überreden?«
»Natürlich nicht, Taschkar. Wenn ich Sie zu etwas überreden will, dann nur zur Vernunft. Diese Geräte werden bei uns in Serie hergestellt, sie gelangen zur Verteilung und kommen zu allen Sonnensystemen. Es sind nicht nur Millionen, inzwischen müssen es viele Milliarden sein. Bald wird jeder Terraner ein solches Gerät haben. Ich frage Sie: wie wollen Sie Lebewesen übernehmen, die es tragen?«
»Ich werde es herausfinden.«
»Und vergessen Sie nicht – ich hatte es bisher noch nicht erwähnt –, daß jedes dieser Geräte auf die Individualausstrahlungen seines Trägers abgestimmt sein muß, um nicht sein sofortiges Ende zu verursachen. Wenn Sie es mir abnehmen, geschieht mir nichts. Wohl aber dem, der es an meiner Stelle anlegt.«
»Wir werden ja sehen«, sagte der Taschkar und gab Ginkorasch schnell einige Befehle. Der Chef der Marsav entfernte sich. »Aber wie

immer das Ergebnis auch sein mag, *Ihnen* werden die Geräte nichts mehr nützen. Ich werde sie Ihnen abnehmen und Sie übernehmen lassen. Sie werden für mich ein williges Werkzeug sein. Und sobald die Invasion anläuft, werden Sie mich begleiten. In der Milchstraße werden Rhodan und Atlan die Befehle geben.«

»Ich fürchte, auch daraus wird nichts«, sagte nun Atlan kühl. »Aber das erklären wir Ihnen später, wenn Sie gestatten. Alles auf einmal würden Sie nicht verkraften.«

Der Taschkar sah ihn wütend an, ohne sich vom Platz zu rühren.

»Sie fühlen sich sehr sicher«, sagte er leise. Dann lauschte er, und wenig später öffnete sich die Tür. Mehrere Kampfroboter und bewaffnete Angehörige der Marsav betraten den Raum. Sie führten ein Tier mit sich.

Es ging auf vier Beinen und besaß einen dicken, unförmigen Körper, aber die dunklen, flinken Augen verrieten ein gewisses Maß an Intelligenz.

Die Takerer ließen es auf einen Wink ihres Herrschers hin frei.

Es blieb stehen.

Der Taschkar hielt abermals Rhodan die Hand entgegen.

»Nun? Wollen Sie mir jetzt das Gerät überreichen?«

»Nur, wenn Sie mich zwingen. Ich will nicht für den Tod des Rukal verantwortlich gemacht werden. Weiß es, was ihm bevorsteht?«

»Es versteht unsere Sprache nicht, Rhodan. Geben Sie her!«

Perry stand vor einer schweren Entscheidung, die er im Grunde genommen selbst gewollt hatte. Er wußte nur zu gut, daß das Rukal zum Tode verurteilt war, wenn es den Zellaktivator umgelegt bekam. Was immer auch geschah, Rhodan war dafür verantwortlich.

Da nahm Atlan ihm die Gewissensentscheidung ab. Er trat vor, nahm seinen Zellaktivator ab und überreichte ihn dem Taschkar, der ihn erstaunt anblickte.

»Was soll das? Ich habe Rhodan befohlen . . .«

»Sie haben ihn gebeten«, korrigierte Atlan ruhig. »Aber Sie sehen auch, daß er zögert. Er will niemanden verletzen oder töten, auch kein Rukal. Ich selbst bin nicht so zartbesaitet, Taschkar. Nehmen Sie also mein Gerät. Es ist mit dem Rhodans nahezu identisch. Das Resultat des Versuches wird sich dadurch nicht ändern, aber ich warne Sie trotzdem noch einmal: Das Rukal wird sterben.«

Der Taschkar hielt den Aktivator noch immer in seinen Händen. Wenn er ihn nicht bald weitergab, konnte er selbst das Opfer seiner geheimnisvollen Tätigkeit werden.

Er winkte einem Takerer zu. Der Mann kam näher und verbeugte sich unterwürfig.

»Sie sind ein Pedotransferer, Haleschkar?«

»Ja, Herr, ein schlechter Pedotransferer.«

»Aber Sie können leicht ein Rukal übernehmen, oder nicht?«

»Selbstverständlich, das ist kein Problem. Es hätte nur wenig Sinn, denn wer würde schon auf die Befehle eines Rukal hören wollen . . .«

»Gut, dann nehmen Sie dies hier . . .«, der Taschkar gab ihm den Zellaktivator Atlans, » . . . und hängen Sie es dem Rukal um den Hals. Und dann übernehmen Sie es durch eine Pedotransferierung.«

Der Mann nahm den Aktivator und betrachtete ihn forschend. Er wußte nicht, was das Experiment bezwecken sollte, und er hatte auch nicht die geringste Ahnung, welches Märchen Rhodan und Atlan seinem Herrn erzählt hatten.

Er kannte nur eines: gehorchen!

Und es war kein Risiko, ein Rukal zu übernehmen.

Das Tier hatte trotz seines eiförmigen Körpers einen verhältnismäßig kleinen Kopf und schlanken Hals. Der Takerer hatte keine Schwierigkeiten, ihm den Aktivator Atlans umzuhängen.

Dann trat er zurück und sah den Taschkar an.

Der zögerte auf einmal.

Kamen ihm Bedenken, das halbintelligente Rukal zu opfern, oder traute er dem Ganzen plötzlich nicht mehr? Atlans Gesicht blieb ausdruckslos, als der Taschkar ihn ansah. Ihm war nichts zu entnehmen, und auch Rhodan verzog keine Miene, obwohl er wußte, was in wenigen Augenblicken geschehen würde.

Dann gab der Taschkar dem Pedotransferer einen Wink, mit dem Versuch zu beginnen.

Aber es war bereits zu spät dazu.

Der Körper des bedauernswerten Lebewesens begann sich aufzublähen und scheinbar an Masse zuzunehmen. Dabei mußte es fürchterliche Qualen erleiden, denn es begann mit röhrender Stimme zu brüllen, und zwar so grauenhaft und laut, daß Rhodan sich erschüttert abwandte. Er hatte es gewußt, aber ihm war auch klargewesen, daß es keine andere Möglichkeit gab, sich und seine Freunde zu retten und gleichzeitig die Invasion der Milchstraße zu verzögern oder gar zu verhindern.

Atlan hingegen sah scheinbar unbewegt zu, was geschah.

Ovaron rührte sich nicht von seinem Platz. Er hatte die Augen geschlossen und schien ganz weit weg zu sein.

Das Rukal platzte!

Gleichzeitig erstarb das schreckliche Gebrüll, und Atlans Zellaktivator fiel unversehrt durch das grüne Aufflammen, das dem Zerplatzen des toten Rukal folgte.

Dann erlosch auch das rätselhafte Feuer. Von dem Rukal war nicht viel übriggeblieben.

Einige der Takerer in gelber Kombination hatten ihre Waffen emporgerissen und auf Atlan und Rhodan gerichtet, aber sie wagten es nicht, ohne den Befehl des Taschkars das Feuer zu eröffnen. Die Roboter hoben ebenfalls ihre Waffen. Sie hatten jeden möglichen Fluchtweg blockiert.

Rhodan nickte Atlan unmerklich zu.

Der Arkonide ging gelassen an dem verdutzt dastehenden Haleschkar vorbei, ignorierte die auf ihn gerichteten Waffen, bückte sich und nahm seinen Zellaktivator auf. Erst als er ihn wieder umgehängt hatte, trat er vor den scheinbar völlig erstarrten Taschkar und sagte:

»Wie Sie selbst erlebten, haben wir nicht geblufft. Dieses Gerät kann nur von jenen Lebewesen getragen werden, auf dessen Individualimpulse es abgestimmt wurde. Jedes andere muß sterben, ganz abgesehen davon, daß eine Pedotransferierung unmöglich ist. Es würde Ihnen also nichts nützen, wenn Sie uns die Geräte abnähmen und selbst verwenden wollten. In diesem Zusammenhang kann ich Ihnen nur raten, jeden weiteren Versuch, uns zu übernehmen, aufzugeben. Es wäre sinnlos.«

Der Taschkar hatte sich von seinem Schrecken erholt. In seinen haßerfüllten Blick, mit dem er seine Gefangenen musterte, mischten sich aber noch immer Furcht und Skepsis. Er schien selbst nicht mehr zu wissen, was er glauben sollte. Er und seine Vorfahren hatten seit zweihunderttausend Jahren eine ganze Galaxis beherrscht und mit brutaler Gewalt war jeder Versuch im Keim erstickt worden, diese Herrschaft zu brechen oder auch nur einzuschränken. Nun hatte er sich angeschickt, eine fremde Galaxis in seine Gewalt zu bringen.

Dann tauchten drei Männer auf, die ihn daran zu hindern suchten.

Und es sah ganz so aus, als könnte ihnen das gelingen!

Sein Blick wurde wieder ausdruckslos.

»Haleschkar!« rief er kurz und scharf. »Kommen Sie her!«

Der Offizier der Marsav, der den Versuch hatte unternehmen sollen, das Rukal zu übernehmen, kam näher und warf sich vor seinem Herrscher auf den Boden. Er zitterte am ganzen Körper, denn er hatte versagt.

»Wie war es?« fragte ihn der Taschkar.

Haleschkar hob den Kopf an, blieb aber liegen.

»Herr, ich weiß es nicht. Ehe ich den Versuch der Übernahme beginnen konnte, starb das Rukal. Seine natürlichen Abwehrimpulse waren sehr stark, das konnte ich noch spüren, aber nicht mehr. Ich glaube behaupten zu dürfen, daß eine Übernahme sehr schwer gewesen wäre.«

»Es ist gut, Haleschkar. Sie können gehen.«

Der Takerer schien es nicht glauben zu können, daß er keine Strafe erhielt. Langsam nur erhob er sich, und in gebückter Haltung verließ er den Raum. Die Tür schloß sich hinter ihm.

Ginkorasch kam hinter seinem Tisch hervor. Vor dem Taschkar blieb er stehen.

»Wenn ich raten darf, Taschkar . . .«

»Reden Sie, Ginkorasch! Haben Sie die Lösung, oder haben Sie nur wieder einen Ihrer undurchführbaren Vorschläge?«

»Ich weiß nicht, ob es die Lösung ist, aber ich halte es für gefährlich, den Gefangenen die Geräte zu belassen, mit denen sie die Pedotransferierung unmöglich machen. Warum nehmen wir ihnen die Geräte nicht ab, dann können Sie sich nicht mehr wehren?«

Der Taschkar nickte.

»Natürlich werden wir sie ihnen abnehmen, Ginkorasch, aber damit haben wir noch längst nicht die Lösung. Gut, die Gefangenen können übernommen werden, aber das ist auch alles. Ich beginne zu glauben, daß es Millionen dieser Geräte gibt. Wenn jedes so wirkt wie das, welches man uns vorführte, müssen wir zu anderen Mitteln greifen. Und ich weiß auch schon, was zu tun ist.« Er winkte Ginkorasch zu, sich wieder an seinen Platz hinter den Tisch zu begeben. Zu Rhodan gewandt, fuhr er fort: »Sie werden doch nicht den Fehler begehen, unsere Wissenschaftler zu unterschätzen? Oder glauben Sie wirklich, daß es uns nicht möglich sein könnte, diese Geräte unschädlich zu machen? Auf breiter Basis, meine ich, nicht Stück für Stück . . .«

»Sie könnten es versuchen, aber wie?«

»Ich nehme zum Beispiel Ihr Gerät, oder das von Atlan oder Ovaron, und lasse es untersuchen. Vielleicht werden einige meiner Wissenschaftler dabei getötet, so wie das Rukal getötet wurde, aber sie müssen gehorchen. Einem wird es schließlich gelingen, das Gerät auseinanderzunehmen und unschädlich zu machen. Dann kann er mit der Untersuchung beginnen, lernt die Wirkungsweise kennen, entdeckt das Geheimnis, das Sie so vor mir hüten wollen, und dann . . .«

»Ich unterbreche Sie nur ungern in Ihren kühnen Träumen«, sagte Atlan kalt dazwischen, »aber vielleicht ist es besser, wir sagen Ihnen gleich alles, ehe Sie einen nicht mehr wiedergutzumachenden Fehler begehen. Einen Fehler übrigens, der alle Ihre Pläne nicht nur zunichte machen, sondern auch Ihrem Leben ein Ende bereiten würde.«

»Sie bluffen!«

»Nicht mehr, als wir bisher geblufft haben. Und wenn Sie den Tod des Rukal als einen Bluff bezeichnen wollen, so ist das Ihre Sache. Ich warne Sie noch einmal, Taschkar! Es ist unmöglich für Sie, ein solches Gerät . . .«, er nahm seinen eiförmigen Zellaktivator fast spielerisch in die Hand, » . . . zu untersuchen, weil es Ihnen unmöglich ist, ihn uns abzunehmen.«

»Es sollte mir nicht möglich sein?« Ungläubig sah der Taschkar auf den schimmernden Zellaktivator. »Warum? Ich brauche Ginkorasch nur zu befehlen . . .«

»Ginkorasch wird diesen Befehl nicht ausführen, Taschkar. Er wird es deshalb nicht tun, weil er kein Selbstmörder ist – und weil er als Ihr getreuer Diener auch *Sie* nicht töten will.«

Atlans Stimme klang kompromißlos und absolut überzeugend. Der Taschkar sah ihn forschend und durchdringend an. Er schien in den Gedanken des Arkoniden lesen zu wollen, was ihm natürlich nicht gelang. Der Taschkar war kein Telepath.

»Was geschieht«, stellte er endlich die entscheidende Frage, »wenn Ihnen das Gerät abgenommen wird, ohne daß jemand es an Ihrer Stelle trägt? Hätte das Folgen für Sie und Ihr Leben?«

»Ja«, gab Atlan zu. »Weil wir im Augenblick auf demselben Planeten stehen wie Sie, Taschkar. Wir haben Ihnen bewiesen, daß die Geräte auf die Individualimpulse ihres Trägers geeicht wurden. Sobald sie andere Impulse empfangen, töten sie den falschen Besitzer. Nein, geben Sie sich keinen Illusionen hin, Taschkar, ich weiß schon, was Sie jetzt denken. Sie meinen, dann muß das Gerät bei der Untersuchung eben so isoliert werden, daß es keine Impulse empfangen kann. Das genügt nicht!«

»Warum sollte es nicht genügen?«

»Wenn das Gerät länger als fünfzehn Minuten ohne die Impulse seines Trägers bleibt, wird eine Vorrichtung ausgelöst, die eine Sextadim-Explosion hervorruft. Gerade Ihnen brauche ich wohl nicht zu erklären, was das bedeutet: die Vernichtung von Takera!«

Der Taschkar war blaß geworden. Fassungslos sah er Atlan an. Auch Ginkorasch machte keinen gelassenen Eindruck mehr. Er saß wieder hinter seinem Tisch und hatte die Hände vor sich auf der Platte liegen. Seine Überlegenheit war total verschwunden.

»Ich glaube Ihnen nicht« rief der Taschkar schließlich. Seine Stimme klang unsicher, voller Zweifel. »Wir hätten davon erfahren müssen! Sie lügen!«

Atlan nahm seinen Zellaktivator ab und reichte ihn dem Taschkar.

»Nehmen Sie, Taschkar. Sie können das Gerät behalten, unter einer einzigen Bedingung: Sie lassen uns sofort frei und stellen uns ein Raumschiff zur Verfügung – aber innerhalb von fünfzehn Minuten. Einverstanden?«

Der Taschkar nahm den Aktivator nicht.

»Behalten Sie das Gerät! Sie dürfen es behalten, aber ich werde schon einen Weg finden, die Wahrheit zu ergründen. Das Verhör ist beendet. Wir sehen uns morgen wieder.«

Abrupt erhob er sich, nickte Ginkorasch zu und verließ den Raum, von den Wachen und Kampfrobotern gefolgt.

Auf dem Boden waren noch die Spuren des verbrannten Rukal zu sehen.

Ginkorasch ließ die Gefangenen in ihr Quartier zurückbringen.

13.

Noch am selben Abend mußten die Gefangenen ihre Quartiere verlassen.

Der Befehl dazu kam ohne Begründung. Man ließ ihnen eine Stunde Zeit, sich auf den Umzug vorzubereiten. Immerhin ließ Ginkorasch ihnen durch seine Offiziere bestellen, daß sie von nun an nicht mehr getrennt untergebracht würden, sondern zusammenblieben.

Rhodan flüsterte Atlan zu:

»Was soll denn das?«

»Ich nehme an, Perry, daß bei unserer bisherigen Überwachung nicht viel herausgekommen ist. Nun bringt man uns in entsprechend vorbereitete Räume. Man hofft, einiges mehr als bisher zu erfahren.«

»Ich vermute ebenfalls, daß man uns belauschen möchte. Es wird gut sein, wenn wir bald verschwinden. Zwar erhielten wir Kontakt mit dem Taschkar, aber es ist nichts dabei herausgekommen. Wir fliehen in ein gutes Versteck, und dann muß der Paladin einen Rafferspruch absenden. Wir können nur hoffen, daß die MARCO POLO ihn empfängt.«

Die Offiziere der Marsav kamen, um sie abzuholen. Auf dem Korridor warteten bereits Merkosh und Takvorian. Überall standen schwerbewaffnete Takerer in ihren gelben Kombinationen. Ein Trupp von ihnen brachte den Paladin, Ras Tschubai und Gucky. Der Mausbiber ließ es sich nicht nehmen, die Gelegenheit zu einer kleinen Schau wahrzunehmen. Er rannte auf allen vieren zu Rhodan, der sich bückte und ihn erfreut begrüßte.

»In dieser Nacht soll ein Verhör stattfinden«, flüsterte Gucky, als er Rhodans Wangen wie ein Hund abschleckte. »Mit allen technischen Raffinessen.«

»Ja, da ist er ja, mein kleiner Wuhuf!« rief Rhodan und hob Gucky empor. »Bist du froh, wieder bei Herrchen zu sein?«

»Und wie!« flüsterte der Mausbiber, um dann sofort mit dem Geschrei zu beginnen, das sich in der Tat fürchterlich anhörte: »Wauwau! Wuffwuff!«

Atlan und Ras Tschubai verzogen die Gesichter, als hätten sie Schmerzen. Nur mit Mühe blieben sie ernst.

»Ruhig!« warnte Rhodan laut. »Wenn du nicht still bist, bekommst du heute abend nichts zu fressen!« Zu Atlan gewandt, fügte er hinzu: »Zu dumm, daß er nichts versteht, aber sicher wird Wuhuf am Tonfall merken, daß er den Mund halten soll.«

Gucky knurrte wie ein Wolf, als Rhodan ihn absetzte. Mißmutig trottete er hinter der Gruppe her, als man sie abführte. Paladin stampfte an der Spitze.

Die neue Unterkunft war nicht weit von der alten entfernt, so daß Atlans Vermutung, es könne sich um einen besonders präparierten Raum handeln, an Wahrscheinlichkeit zunahm. Man hätte sie sonst in den anderen Quartieren lassen können.

Es handelte sich um eine richtige Halle, deren Einrichtung an Gemütlichkeit und Bequemlichkeit zu wünschen übrig ließ. An den Wänden standen ein paar Betten, davor einige Tische und Stühle. Es war nicht zu übersehen, daß man den Raum eiligst und ohne Sorgfalt eingerichtet hatte. Wahrscheinlich hatte man sich dabei auf ganz andere Dinge als das Wohlbefinden der Gefangenen konzentriert.

Die Tür wurde geschlossen, und sie waren wieder allein.

Rhodan gab den anderen einen Wink und unternahm mit Atlan einen Rundgang. Da sie damit rechneten, ständig beobachtet und belauscht zu werden, verzichteten sie vorerst auf ein Gespräch. Sie verständigten sich durch Blicke und sparsame Gesten.

Eine versteckte Kamera und dazugehörige Mikrophone fand Rhodan sofort. Sie saßen alle unter der Decke, durch Beleuchtungskörper getarnt.

Das war ein Fall für Gucky. Der Mausbiber hockte auf einem der Sessel und stierte mißmutig und scheinbar beleidigt in eine Ecke, in der es absolut nichts zu sehen gab. Dabei schielte er vorsichtig nach oben unter die Decke. Er war davon überzeugt, daß es noch weitere Abhöranlagen gab, sicherlich besser versteckt als diese. Trotzdem tastete er sie telekinetisch ab und brach einige Kontakte.

Ein Blitz zuckte auf und zerstörte die Kamera.

Das war nicht vorgesehen, aber Rhodan reagierte richtig und schnell.

Er zeigte Erschrecken, deutete nach oben und sagte:

»Ein Kurzschluß! Was ist denn das?« Er stand genau unter der verbrannten Kamera. »Sieht wahrhaftig so aus, als wollte man uns beobachten. Na, ich werde mich beim Taschkar beschweren.«

Die Tür öffnete sich. Ein Offizier betrat den Raum. Sein Blick ging sofort hinauf zur Decke. Streng fragte er:

»Wer hat das getan?«

»Kurzschluß!« klärte Rhodan ihn auf. »Wenn Sie schon eine derartige Anlage errichten lassen, müßten die entsprechenden Arbeiten von Spezialisten und nicht von Stümpern erledigt werden. Sagen Sie das Ihrem Chef, und nun lassen Sie uns in Ruhe.«

Der Offizier verließ schweigend den Raum.

Als das Licht gelöscht wurde und es in dem großen Gefängnisraum dunkel geworden war, ging Gucky wieder zum Paladin und legte den Zellaktivator um. Er konnte es nun wieder vier Stunden aushalten, ohne daß er Schaden nahm. Allmählich ging ihm dieses Auftanken, wie er es nannte, auf die Nerven.

Rhodan und Atlan saßen zusammen auf einem Bett. Ovaron hatte sich einen Stuhl herbeigeholt, um an der leise geführten Unterhaltung teilnehmen zu können. Ras Tschubai und Gucky bereiteten sich inzwischen auf einen neuen Ausflug vor, der allerdings nur wenige Minuten dauern sollte. Für diese Nacht mußte das Versteck endgültig vorbereitet werden.

Denn in dieser Nacht wollte Rhodan fliehen.

»Wollen wir nicht lieber das nächste Verhör abwarten?« fragte Atlan.

»Es scheint klüger zu sein«, meinte Ovaron, der sichtlich ruhiger geworden war, seit er feststellt hatte, daß der Taschkar sich in erster Linie um die Terraner kümmerte, nicht um ihn. »Warten wir ab, was er diesmal für Mittel anzuwenden gedenkt. Je mehr wir darüber wissen, desto genauer werden wir auch über seine weiteren Pläne informiert. Er fühlt sich sicherer und wird vielleicht unvorsichtiger. Für mich ist es wichtig, alles über ihn zu erfahren – und vielleicht auch über das Schicksal meines Volkes.«

»Selbstverständlich wollen wir nichts übereilen«, sagte Rhodan. »Zwar könnten wir von hier aus besser fliehen, aber ich glaube, daß wir es auch vom Verhörraum aus schaffen. Wenn Takvorian den Zeitablauf für die Takerer entsprechend verlangsamt, werden wir für ihre Augen so schnell sein, daß sie nur noch huschende Schatten wahrnehmen können. Das genügt, uns in Sicherheit zu bringen.«

»Was haben wir eigentlich mit unserer Gefangennahme erreicht?« erkundigte sich Ras Tschubai. »Eigentlich doch nur, daß wir den Taschkar kennenlernten.«

Rhodan schüttelte den Kopf.

»Eine Menge mehr, Ras. So wird der Taschkar es sich jetzt sehr überlegen, ob er die geplante Invasion der Milchstraße überhaupt riskieren soll oder nicht. Unsere Vorstellung mit Atlans Zellaktivator hat die beabsichtigte Wirkung nicht verfehlt. Natürlich wird er auch weiterhin versuchen, einen Aktivator zu ergattern, aber er weiß nun, wie gefährlich sie für ihn und jeden Takerer sind. Einfach ignorieren kann er die Behauptung jedenfalls nicht, daß jeder wichtige Terraner so ein Ding besitzt. Ich habe den Taschkar genau beobachtet, als wir ihm das erklärten. Seine Bedenken waren nicht zu übersehen.«

»Er wird immerhin Kommandotrupps zur Milchstraße entsenden«, vermutete Atlan. »So einfach aufgeben wird er nicht!«

»Wahrscheinlich nicht, aber schon wenn er vorsichtig geworden ist, haben wir eine Menge erreicht. Und wenn uns die Flucht gelingt, die für ihn rätselhaft und unverständlich sein muß, wird er anfangen, uns zu überschätzen. Er soll uns fürchten lernen, und zwar so sehr, daß er nur noch an die Sicherung seines Sternenreiches denken kann, nicht aber mehr an die Eroberung fremder Galaxien. Wenn wir ihn so weit haben, taucht Ovaron öffentlich auf, der lange erwartete Ganjo. Ich bin überzeugt, daß sein Erscheinen der Macht des Taschkars den entscheidenden Stoß versetzen wird. Die Völker von Gruelfin warten seit Jahrtausenden auf den Ganjo. Wir werden es kaum nötig haben, uns in die weitere Entwicklung einzumischen. Sie wird automatisch eingeleitet und ist nicht mehr aufzuhalten, weder von uns noch von dem Taschkar.«

Ovaron überlegte.

»Vielleicht haben Sie recht, Perry. Vielleicht! Aber ich bin nicht sicher, daß alles so geschehen wird, wie Sie es sich vorstellen.«

»Nicht genauso, sicher nicht, Ovaron, aber so ähnlich. Ich weiß von Gucky, daß selbst in den Reihen der Marsav Takerer existieren, die auf den Ganjo warten, der ihnen die Befreiung bringen soll. Sicher, sie haben es besser als die Takerer allgemein, aber sie sind keine freien Individuen. Sie warten auf den Ganjo, um die Freiheit zu gewinnen. Die Moritatoren haben ganze Arbeit geleistet, Ovaron. Sie sollten das niemals vergessen, wenn Sie den Taschkar ablösen.«

»Ich will mein Volk wiederfinden, das ist alles. Die Takerer interessieren mich nur am Rande. Ich will den Taschkar keineswegs ablösen, das stünde mir nicht zu. Ich möchte nur, wenn es möglich ist, weitere Grausamkeiten an unschuldigen Völkern verhindern. Denken Sie nur an die Exekutionsflotte! Sie existiert noch immer.«

»Ich habe den Anblick der vernichteten Planeten nicht vergessen«, sagte Rhodan. »Wir alle haben das nicht vergessen. Verantwortlich dafür sind der Taschkar und seine Vorgänger. Er wird sich dafür verantworten müssen, aber es wäre falsch, ihm das schon heute zu sagen.«

Gucky kam herbeigehoppelt. Seine Rolle als Schoßhund schien ihm endgültig Spaß zu machen. Lange genug hatte es gedauert.

»Ras und ich werden jetzt mal«, flüsterte er. »Ich bleibe mit dir in Kontakt, Perry, und kehre mit Ras sofort zurück, wenn sie euch zum Verhör abholen wollen.«

»Gut, aber bleibt nicht zu lange aus.«

Ras Tschubai und Gucky faßten sich bei den Händen und teleportierten.

Sie sprangen hinüber zum Kontinent Lusac, auf dem die Hauptstadt Taschkanor lag. Von hier aus wagten sie den zweiten Sprung, der sie zu einem anderen Kontinent brachte, fast auf der anderen Seite des Planeten.

Sie rematerialisierten mitten in einer Einöde, aber zum Glück war hier heller Tag, so daß die Orientierung nicht schwerfiel. Ras Tschubai deutete nach Osten. »Das Gebirge dort, wie wäre es damit? In Gebirgen sind immer Höhlen und andere Versteckmöglichkeiten. Vergiß nicht, daß wir den Paladin dabeihaben.«

»Den würde ich bestimmt nicht vergessen, weil er meinen Zellaktivator hat.« Gucky war einverstanden. »Also gut, das Gebirge.«

Sie schafften es mit einem Teleportersprung bis zum Fuß des langgestreckten Höhenzuges, dessen Gipfel bis zu einer Höhe von dreitausend Metern emporragten. Breite Täler wechselten mit tiefen, unwegsamen Schluchten, die keine Spuren menschlicher Besiedlung zeigten. Auch in der Ebene, die sich bis zum westlichen Horizont erstreckte, konnten Ras und Gucky kein einziges Haus entdecken.

»Wenigstens hätten wir hier unsere Ruhe, Ras. Wollen doch mal sehen, wo wir einen wohnlichen Platz finden. Eine Höhle ist jetzt nicht unbedingt notwendig, denn vor wem sollten wir uns verstecken?«

Sie wählten das breite Tal, das ihnen am nächsten lag. Es gab kleine Buschwälder, üppige Wiesen und einen klaren Bach, der Geröll und Sand mitführte. Er kam aus dem Gebirge, und bei seinem Austritt bildete er eine schmale Klamm.

»Ein hübscher Platz«, sagte Ras und sah sich nach allen Seiten um. »Mit den Lebensmitteln, die in dem Paladin gelagert sind, halten wir das schon eine Weile aus.«

»Da drüben hängt die Felswand über, Ras. Wenn es regnet, werden wir nicht naß. Ich schlage vor: hier und nirgendwo anders.«

»Einverstanden. Was machen die anderen jetzt?«

»Noch kein Verhör. Sehen wir uns noch etwas um, ehe wir zurückkehren. Ich habe Kontakt mit Perry. Er denkt sehr intensiv an uns und berichtet laufend von der Lage im Gefängnis.«

Gucky betrachtete den Bach und sagte: »Wau! Ich gehe mal baden!« Ehe Ras etwas erwidern konnte, sprang der Mausbiber mit einem Satz wieder an die Oberfläche und teleportierte an Land. »Brrrr!« knurrte er erschrocken. »Ist das kalt!«

»Das Wasser kommt aus den Bergen. Ideen hast du manchmal! Nicht zu fassen!«

»Ich fühlte mich unsauber!« verteidigte sich Gucky und schüttelte das Wasser aus dem Pelz. »Und so ein Gebirgsbach reizt mich eben immer wieder. Moment!« Er lauschte in sich hinein, und Ras hütete sich, seine Konzentration zu stören. Es schien so, daß Rhodan eine Botschaft dachte. »Ja, es ist soweit! Schritte nähern sich auf dem Gang. Komm, Ras, wir müssen!« Er sah sich noch einmal um, damit er wieder in das Tal zurückfinden konnte. »Gib mir die Hand . . .«

Sie teleportierten zurück ins Gefängnis.

Atlan hörte die Schritte, als er neben der Tür stand und lauschte.

Kein Zweifel! Man holte sie ab zum Verhör.

»Perry! Ruf Gucky und Ras zurück!«

Zehn Sekunden später wurde die Tür geöffnet, und fast gleichzeitig rematerialisierten die beiden Teleporter im Raum. Ras rückte seine lindgrüne Uniform zurecht, während Gucky sich gleich auf alle viere niederließ und die eintretenden Takerer giftig anbellte. Er hatte die Stimme eines Rehpinschers, grell und durchdringend.

»Komm her!« rief Rhodan und hielt ihm die Hand hin. »Sei brav, Wuhuf!«

»Wuhuf« kam winselnd herbei.

Ein Takerer mit Rangabzeichen stand in der Tür.

»Rauskommen, alle!« sagte er grob. »Der Taschkar hat ein Gesamtverhör angeordnet. Niemand bleibt in der Zelle.«

Rhodan war sich darüber klar, daß damit noch ein weiterer Zweck erfüllt werden sollte. Die Beobachtungsanlagen waren ausgefallen, sie mußten repariert werden. Wenn sie später in die Zelle zurückkehrten, würde alles wieder in Ordnung sein. Die Kamera würde wieder funktionieren, und ein zweiter Kurzschluß würde fällig sein.

Wuchtig stampfte der Paladin aus dem Raum und trat hinaus auf den Gang. In seinem Innern saßen die sechs Siganesen und steuerten ihn. Sie fühlten sich nicht wohl in ihrer Haut und kamen sich vor wie in einem zweiten Extragefängnis.

Wenn der Paladin untersucht wurde, sah es schlecht für sie aus.

Die anderen folgten, Ovaron wie immer zwischen Rhodan und Atlan.

Diesmal hatte Ginkorasch für eine besonders eindrucksvolle Wachparade gesorgt. Roboter und Takerer standen in regelmäßigen Abständen an beiden Seiten des Korridors, die Waffen auf die Gefangenen gerichtet. Der Chef der Marsav schien nicht das geringste Risiko eingehen zu wollen und hatte vorgesorgt. Unter normalen Umständen würde bei dieser Behandlung jeder Fluchtversuch heller Wahnsinn sein. Rhodan kam der Verdacht, daß eins der versteckten Mikrophone vielleicht doch noch funktioniert haben könnte, und wenn der Taschkar auch nicht alles wußte, so hatte er eventuell doch einige Brocken aufgeschnappt. Das Wort »Flucht« war mehrmals gefallen, und seine Bedeutung mußte durch einen Translator leicht und klar übersetzt werden können.

Es fiel Rhodan auf, daß sie dieses Mal nicht an der ihm schon bekannten Stelle in einen anderen Gang einbogen, sondern weitergeführt wurden. Damit war klar, daß das Verhör in einem anderen Raum stattfand.

Was konnte das zu bedeuten haben?

Vorerst gab es noch keinen Grund zur Besorgnis.

Gucky ging auf den Hinterbeinen, weil ihm das Laufen auf allen vieren mit der Zeit zu umständlich und ermüdend wurde. Ab und zu bellte er einen der Takerer an, die sein heiseres Gekläff jedoch völlig ignorierten. Der Taschkar hatte angeordnet, daß man dem hohen Gefangenen sein seltsames Tier ließ.

Eine Gruppe bewaffneter Roboter versperrte ihnen den weiteren Weg. Sie bewachten eine Tür, vor der Rhodan und die anderen stehenblieben. Sie konnten nicht ahnen, was auf der anderen Seite auf sie wartete, aber Rhodan konnte sich des Gefühls nicht erwehren, daß die Geduld des Taschkars nun endgültig erschöpft war und er beschlossen hatte, andere Methoden bei seinen Verhören anzuwenden. Sollte das in der Tat der Fall sein, konnte sie wirklich nur noch die Flucht retten.

Hoffentlich hatten Gucky und Ras rechtzeitig ein Versteck gefunden. Er hatte noch keine Gelegenheit gehabt, mit den beiden Teleportern darüber zu sprechen.

»Wuffwuff!« machte Gucky.

War das die Antwort auf seine gedachte Frage?

Die Tür vor ihnen öffnete sich, und was Rhodan zuerst dahinter sah, waren blitzende Instrumente und Bildschirme wie in einer Nachrichtenzentrale. Aber die Stühle mit den Kopfhauben und anderen elektronischen Geräten verrieten ihm sofort, um was es sich wirklich handelte:

Um einen technisch perfekt eingerichteten Verhörraum.

Die Zeit der relativ harmlosen Unterhaltungen mit dem Taschkar war endgültig vorbei. Die Marsav hatte genügend Zeit gehabt, ihre Gefangenen zu studieren und die empfindlichen Lügendetektoren – oder um was immer es sich auch handeln mochte – auf sie einzustellen. Dazwischengeschaltete Translatoren würden jedes Wort sofort übersetzen. Aufzeichnungsgeräte würden es für alle Zeiten festhalten.

Rhodan wußte, daß die Stunde der Entscheidung näher rückte.

Ginkorasch kam ihnen entgegen. In seiner Stimme klang Ironie mit, als er sie begrüßte:

»Wie Sie sehen, haben wir unsere Methode geändert. Bald werden wir alles über Sie und Ihre wahren Absichten wissen. Und wir werden auch in Erfahrung bringen, wie wir Ihr Abwehrgerät gegen die Pedoübernahme unschädlich machen können. Der Taschkar hat die Geduld verloren. Er wollte in Frieden mit Ihnen auskommen, nun hat er Sie mir und der Marsav überlassen.«

Rhodan würdigte ihn keiner Antwort. Wortlos ging er an Ginkorasch vorbei und blieb in der Mitte des Raumes stehen. Zu seiner Beruhigung konnte er keine Wachtposten entdecken. Wahrscheinlich war der Raum so abgesichert, daß ein Entkommen praktisch unmöglich war. Dafür wimmelte es auf den Korridoren von bewaffneten Robotern.

Die anderen Gefangenen folgten Rhodan. Gucky kroch unter einen der Instrumentensessel und rollte sich zusammen.

Takvorian und der Paladin wurden angewiesen, in einer Ecke stehenzubleiben. Ginkorasch höchstpersönlich leitete diese Aktion, und wie es schien, würde der Taschkar nur Zuschauer werden. Rhodan beschloß, ihn an dieser passiven Rolle zu hindern.

Ginkorasch ließ die Tür schließen. Dann kam er zurück in den Raum und blieb vor Rhodan, Atlan und Ovaron stehen.

»Der Taschkar wird bald erscheinen. Er wird Ihnen Fragen stellen, und Sie werden diesmal die Wahrheit sagen. Ich mache Sie noch darauf aufmerksam, daß die Befragung mit unseren elektronisch gesteuerten Psychotestern unter Umständen sehr schmerzhaft sein kann. Es kommt auf die mentale Widerstandskraft des Befragten an. Es ist jedoch nicht der erwähnte Schmerz allein, der ihn zum Bekenntnis der Wahrheit zwingt. Das wäre eine unvollkommene Methode. Das wiederum verrate ich Ihnen nur deshalb, damit Sie nicht zu dem Fehlschluß gelangen, das Ertragen von Schmerzen reichte aus, die Wahrheit zu verschweigen. Ich hoffe, Sie verstehen mich.«

»Sehr gut sogar«, gab Rhodan zu und setzte sich ohne zu fragen in einen der Sessel. »Aber geben Sie sich keine Mühe, Sie werden nicht mehr erfahren, als Sie ohnehin schon wissen. Und von nun ab brauchen Sie keine Fragen mehr zu stellen, bis der Taschkar erschienen ist.«

Ginkorasch steckte den Hieb ein, ohne mit der Wimper zu zucken. Er konnte ruhig bleiben. Was immer auch geschah und wie immer auch dieses Verhör ausging, eines Tages würden die Gefangenen ihm allein gehören, und dann würde er sich für jede Schmach furchtbar rächen.

Als er das dachte, bewegte sich Gucky unter seinem Sessel. Er sah in Richtung des Chefs der Geheimpolizei und knurrte unwillig.

Ginkorasch würde nichts zu lachen haben, wenn man Gucky auf ihn losließ.

Der Taschkar betrat den Raum durch eine andere Tür, die Rhodan bisher noch nicht bemerkt hatte. Er kam ohne jede Begleitung, trug aber einen reich verzierten Strahler im Gürtel seines Gewandes. Er begann sofort mit Ginkorasch ein leises Gespräch.

Wieder lauschte Gucky. Rhodan beobachtete ihn heimlich, und er wußte, daß der Mausbiber ihm ein Zeichen geben würde, wenn es sich bei dem Gespräch zwischen den beiden Takerern um etwas Wichtiges handeln würde.

Es schien sich jedoch nur um eine Routineangelegenheit zu handeln, denn Gucky rührte sich nicht. Er lag unter seinem Sessel und schien zu schlafen.

Schließlich nahm der Taschkar auf einem etwas erhöhten Sessel Platz. Er wirkte wie ein Thron. Er betrachtete die Gefangenen, dann winkte er Rhodan, Atlan und Ovaron zu sich. Ras Tschubai ignorierte er völlig.

Rhodan erhob sich langsam und befolgte den stummen Befehl. Er wollte den Taschkar nicht unnötig reizen.

»Ich habe Sie deshalb hierherbringen lassen, um ein letztes Mal mit Ihnen zu sprechen – ganz offen zu sprechen. Ich will alles wissen, was mit diesem Gerät zusammenhängt, und ich will auch wissen, ob wirklich eine verheerende Explosion stattfindet, wenn die entsprechenden Individualimpulse für eine gewisse Zeit fehlen. Gewiß hat Ginkorasch Ihnen inzwischen erklärt, welche Methode der Befragung wir nun anzuwenden gedenken. Ich möchte Ihnen die Chance geben, noch einmal ohne technische Druckmittel mit mir zu sprechen. Ich verlange dafür von Ihnen das Versprechen, daß Sie nicht lügen. Die andere Methode ist äußerst schmerzhaft. In erster Linie will ich erfahren, was Sie von der geplanten Invasion wissen. Ich muß wissen, ob Sie wirklich etwas besitzen, das meine Pläne zum Scheitern verurteilt. Ich will die Wahrheit wissen – das ist alles!«

»Die hörten Sie bereits.«

»Ich brauche die Bestätigung.«

»Noch eine Frage, Taschkar! Was werden Sie mit uns machen, wenn Sie das kennen, was Sie als Wahrheit bezeichnen? Wie sollen wir jemals in unsere Galaxis zurückkehren, wenn wir nicht wissen, was mit unserem Schiff geschehen ist?«

Der Taschkar erwiderte schnell – vielleicht ein wenig zu schnell:

»Sie sind frei, sobald ich alles weiß. Ihr Schiff werden wir verständigen, das dürfte kein Problem sein. Beginnen wir.«

Während er Ginkorasch zunickte, sah Rhodan schnell zu Gucky, der noch immer unbeachtet unter dem Sessel lag. Der Mausbiber schüttelte den Kopf.

Der Taschkar hatte gelogen.

Rhodan beschloß, nun die Initiative zu ergreifen. Es hatte wenig Sinn, die Flucht noch länger hinauszuzögern.

Doch sein Entschluß kam um Sekunden zu spät, denn in diesem Augenblick griff die Natur ein.

Wenigstens hatte es den Anschein.

Draußen im Freien, wo der Vulkan Motah das Landschaftsbild beherrschte, ging eine erschreckende Veränderung vor sich. Wolken waren am Himmel aufgezogen und verdeckten die Sterne. Es war dunkel geworden, aber die Finsternis wurde durch ein Feuer gemildert, dessen Ursprung nicht festzustellen war. Es kam nicht aus den Tiefen des Vulkans, dessen Flanken plötzlich zu beben begannen. Es war einfach da und schien aus einer anderen Dimension zu stammen, in die das normale dreidimensionale Universum eingebettet ist.

Das Beben wurde stärker und setzte sich in den Tiefen des Berges fort.

Als Perry Rhodan das Beben unter seinen Füßen spürte, dachte er sofort an einen Vulkanausbruch. Er sah, wie der Taschkar aus seinem Sessel sprang, dann aber vor Entsetzen zitternd stehenblieb. Ginkorasch erging es nicht viel anders. Er sah den Herrscher ratlos an.

»Kommt hierher!« rief Rhodan seinen Freunden zu. »Versammelt euch hier in der Mitte des Raumes. Ras und Gucky werden uns jetzt zum Versteck bringen. Ist doch alles in Ordnung, Ras?«

»Alles in Ordnung!« bestätigte der Afrikaner. »Wir können jetzt, ehe es zu spät ist. Vulkanausbruch?«

»Vielleicht«, sagte Rhodan und wartete, bis auch der Paladin bei ihnen war. »Ovaron und Merkosh, Sie gehen zuerst!«

Gucky und Ras Tschubai reichten den beiden die Hände, um den Kontakt herzustellen, aber in diesem Augenblick geschah etwas völlig Unerwartetes.

Der ganze Raum war von einer Sekunde zur anderen in violettes Feuer gehüllt, für dessen Ursprung es keine Erklärung gab. Der Taschkar, keine drei Meter von Rhodan entfernt, schrie entsetzt auf. Sein Allzweckgerät am Arm begann zu glühen. Er warf sich auf den Boden, als wolle er das Feuer mit seinem Körper ersticken.

Aber Rhodan blieb keine Zeit, sich um den Taschkar zu kümmern.

Er wußte, daß er einen Fehler begangen und die Flucht zu spät angesetzt hatte. Niemand würde jetzt noch den Raum verlassen können, auch kein Teleporter.

Das violette Glühen war sechsdimensionaler Natur. Es hatte nichts mit einem natürlichen Vulkanausbruch zu tun.

Jemand hatte in die Geschehnisse eingegriffen . . .

Wer?

Das violette Feuer griff nicht um sich, sondern wurde durch unbekannte Kraft stabilisiert. Es wurde zu einem undurchdringlichen Schutzschirm, der sich kugelförmig um den Raum legte. Den Taschkar und Ginkorasch sah Rhodan nicht mehr. Entweder hatten sie den Raum verlassen, oder sie lagen irgendwo auf dem Boden, vor Entsetzen und Schreck gelähmt.

Er kümmerte sich nicht um die Takerer.

Ihm blieb auch keine Zeit dazu, denn die Entstofflichung begann.

Es war wie bei einer Transition, etwas schmerzhaft und jenseits des Begreifens. Gucky wälzte sich auf dem Boden, aber nicht vor Schmerzen, sondern vor Enttäuschung über die mißlungene Flucht. Nur der Paladin stand ruhig und abwartend an seinem Platz. Niemand wußte, wie es den sechs Siganesen in seinem Innern erging.

»Hinlegen!« wollte Rhodan noch warnen, aber kein Laut kam über seine Lippen. Und dann, als er wieder sehen konnte, als sein Körper wieder dreidimensional wurde, war der violette Energieschirm scheinbar frei im Nichts schwebend und noch immer da, aber sie standen nicht mehr in dem Verhörraum.

Die Instrumente waren verschwunden, und eigentlich war nur der Boden und der Schutzschirm geblieben. Ein Boden allerdings, kreisrund und mit einem Durchmesser von zwanzig Metern, von dem unwirklichen Feuer des Energieschirms eingeschlossen.

Was jenseits des Schirms war, ließ sich nicht erkennen. Es sah so aus, als schwebten schattenhafte Gebilde umher, näherten sich dem Schirm, entfernten sich wieder und umkreisten ihn.

»Wo sind wir?« fragte Rhodan, nur um etwas zu sagen und auszuprobieren, ob er wieder sprechen konnte. »Was ist geschehen, Ovaron?«

»Ich weiß es wirklich nicht! Aber wir leben!«

»Mich juckt das Fell!« kreischte Gucky dazwischen und begann sich überall zu kratzen. »Das war ja eine halbe Teleportation, aber ich frage mich, ob wir wirklich den Standort wechselten. Stecken wir noch in dem Vulkan?«

»Wo immer wir sind«, sagte Rhodan mit einem bitteren Auflachen, »ich fürchte, wir sind vom Regen in die Traufe gekommen. Gefangen sind wir, in einem sechsdimensionalen Energiefeld gefangen! Aber ich glaube, der Taschkar hat nichts damit zu tun. Wer aber dann?«

Atlan ging bis dicht an den Energieschirm und versuchte, durch ihn hindurchzublicken, aber er konnte die herumschwebenden Schatten auch nicht besser erkennen als vorher.

Er drehte sich um zu den anderen.

»Raum und Zeit – ein Gefängnis in Raum und Zeit«, sagte er zögernd. »Eine Energieblase, vielleicht unter dem Vulkan, vielleicht frei im Raum schwebend. Ich weiß es nicht. Sicher ist jedenfalls, daß wir nicht dem Zufall überlassen sind. Jemand entriß uns der Gewalt des Taschkars, aber wer soll wissen, ob das gut oder schlecht ist? Wir werden es bald erfahren, denn der Unbekannte wird uns nicht unserem Schicksal überlassen. Bis dahin würde ich empfehlen, Kräfte zu sparen. Wir werden sie vielleicht bald benötigen.«

»Kräfte!« schrie Gucky wütend und legte sich auf den nackten Boden. »Ich will was zu essen und trinken, sonst bin ich böse!«

Rhodan nickte ihm zu.

»Niemand wird dich daran hindern, böse zu sein. Ich jedenfalls ziehe es vor, Atlans Rat zu befolgen. Ruht euch aus, Freunde. Wir können jetzt nichts anderes tun. Das Geheimnis wird sich lüften, und dann werden wir wissen, ob uns ein Freund oder ein noch gefährlicherer Gegner entführte.«

Sie warteten, und draußen, kaum zu erkennen durch den violetten Schimmer des Energiefeldes, umkreisten sie die Schemen einer fremden Dimension.

14.

Der violette Schirm erlosch, als sie schon fast nicht mehr daran glaubten. Perry Rhodan und seine Mannschaft kehrten aus einer gespenstischen Unwirklichkeit in eine unwirklich erscheinende Realität zurück.

Perry Rhodans Augen waren noch immer zusammengekniffen, eine Reaktion auf die blendende Helligkeit des eigenartigen Energieschirmes. Erst allmählich nahm er die Dinge seiner Umgebung wahr.

Der Terraner erkannte, daß seine Begleiter und er auf einer erhöhten Plattform standen. Die Plattform durchmaß nur etwa zwanzig Meter. Jenseits ihres Randes standen fremdartige große Aggregate vor dem Hintergrund metallisch glänzender Wände.

Eine Halle!

Eine gewaltige kuppelförmige Halle aus fugenlosem Metallplastik, durch das diffuses gelbliches Licht sickerte, als kröchen die Photonen einzeln durch mikroskopisch winzige Poren.

Ein schallendes Niesen wischte das Gespenstische der Umgebung weg, machte den Lebewesen auf der Plattform klar, daß sie nicht willenlose Figuren eines beklemmenden Alptraums waren.

Gucky!

Perry Rhodan wandte den Kopf und blickte den Mausbiber an, der sich in einem neuen Niesanfall krümmte.

»Gesundheit, Kleiner!« Das war Tschubais Stimme. Der Afroterraner stand leicht vorgebeugt neben dem Gigantenkörper Paladins und musterte die Umgebung mit wachen Augen.

Atlan und Ovaron blickten zu Perry.

Merkosh hatte eine Hand auf Takvorians Rücken gelegt; sein Rüsselmund wölbte sich vor und zurück. Der Zentaur drehte den schmächtigen humanoiden Oberkörper, während seine Hufe den Boden scharrten.

»Ich muß mich erkältet haben«, bemerkte Gucky.

Perry lächelte geistesabwesend. Nur kurz dachte er daran, daß der Ilt bereits abhängig von künstlichen Hüllen geworden war, ein Opfer der Zivilisation, das sich trotz seines dichten Pelzes erkälten mußte, wenn ihm die zusätzliche Kleidung fehlte.

Seine Gedanken kreisten jedoch in der Hauptsache um die Frage, wieso mitten im Machtzentrum des Taschkars eine völlig unbekannte Macht in der Lage gewesen war, sie aus der Gefangenschaft zu entführen. Das Wort »befreien« getraute er sich nicht anzuwenden, denn noch waren sie nicht frei. Es mußte sich erst noch herausstellen, zu welchem Zweck man sie in diese Halle geholt hatte.

Und wo sich diese Halle befand!

Perry überlegte gerade, ob er die Besatzung des Paladin-Roboters anweisen sollte, alle eingelagerten Waffen und Ausrüstungsgegenstände herauszugeben, als die Stimme erklang.

Es war eine künstlich klingende Stimme, und sie sagte:

»Willkommen, Ganjo, der langsame Tod wird schneller!«

Ovaron stöhnte leise, ansonsten breitete sich eine beklemmende

Stille aus. Es war, als wagten die anwesenden Personen nicht mehr zu atmen.

Perry Rhodan wurde von dieser Beklommenheit nicht betroffen. Er ließ die Stimme in seinem Innern nachhallen und versuchte, sie zu analysieren.

Ovaron war willkommen geheißen worden – das war die eine Tatsache. Die andere Tatsache war, daß der Inhalt der Begrüßung von einer gewissen Schizophrenie des Sprechers zeugte. Da der Sprecher jedoch der Stimme nach ein Roboter gewesen sein mußte, ließ sich aus dem Text auf einen Schaltfehler im Positronengehirn schließen.

Perry lächelte grimmig. Sie waren also vielleicht aus der Gewalt eines skrupellosen, aber geistig gesunden Herrschers in die Gewalt eines womöglich wohlmeinenden, aber verrückten Roboters geraten.

»Ich frage mich . . .«, begann Atlan, wurde aber durch die Robotstimme unterbrochen.

»Der Ganjo und seine Begleiter werden gebeten«, teilte die seltsame Stimme mit, »das Podest zu verlassen, die Transmitterhalle in Richtung auf eine rote Signallampe zu durchqueren und die unterhalb der Lampe aktivierte Schleuse zu betreten.«

»Wohin führt die Schleuse?« fragte Ovaron. Der Ganjo bedeutete seinen Gefährten durch Handzeichen, die Plattform noch nicht zu verlassen.

»Das werdet ihr sehen«, antwortete die Robotstimme. »In mir könnt ihr nicht bleiben, ich bin nur ein Transmit-Roboter. Geht durch die Magmaschleuse, dann erfahrt ihr, warum dreiundzwanzig nicht zweiundvierzig ist. Nur dreißig ist austauschbar.«

»Verrückter Blechkasten!« sagte Gucky, teleportierte von der Plattform und watschelte in die angegebene Richtung.

Perry Rhodan folgte ihm gelassen. Die Tatsache, daß sie sich innerhalb eines Roboters befanden, konnte ihn nicht erschüttern. Ihn beschäftigte vorerst nur die Frage, was unter einer »Magmaschleuse« zu verstehen war.

Unterhalb der roten Signallampe waberte ein undurchsichtiger Energievorhang. Gucky blieb stehen, als er ihn erreicht hatte. Perry trat neben ihn. Er stutzte, als ihm klar wurde, daß das leise Grollen, das sie die ganze Zeit über gehört hatten, durch das energetische Schott kam.

Plötzlich erlosch der Vorhang.

Perry wich unwillkürlich einen Schritt zurück. Er sah auf eine Röhre aus transparenter Energie – und auf die weißglühenden Massen flüssigen Gesteins, die unter, über und neben den energetischen Wandungen brodelten. Das dumpfe Donnern war zu einem ohrenbetäubenden Dröhnen angeschwollen.

»Was ist das?« überschrie Takvorian den Lärm entfesselter Urgewalten.

»Magma«, erklärte Perry. »Unser Transmit-Roboter ist offenbar in flüssiges Magma eingebettet.«

»Wir befinden uns mitten in einem Vulkan«, flüsterte Gucky kaum hörbar. Seine Nackenhaare sträubten sich, die Barthaare zitterten.

Perry nickte, dann wandte er sich um.

»General Dephin!« befahl er. »Unsere Ausrüstung!«

Harl Dephin gab den Befehl an Captain Dart Hulos weiter, der die Waffenlager des Paladin-Roboters verwaltete. Sekunden später öffneten sich die hervorragend getarnten Kammern Paladins, in denen man vor der Gefangennahme die Waffen und die speziellen Mikroausrüstungen verborgen hatte.

»Jetzt fühle ich mich wenigstens nicht mehr nackt«, sagte Atlan, während er seinen Waffengurt umschnallte.

Perry überprüfte seinen Strahler und schob ihn befriedigt ins Gürtelhalfter zurück. Danach verstaute er die Mikrofusionsladungen in den zahllosen Taschen seiner Kombination. Sie hatten zwar ihre Kampfanzüge noch nicht wieder, aber ihre Bewaffnung reichte auch so aus, um sie zu einem gefährlichen Einsatzkommando zu machen.

Gucky nieste schon wieder. Hastig hängte er sich seinen Zellaktivator um. Für die in seinem Organismus schlummernden Schnupfenviren waren die Stunden, in denen er das Gerät ablegen und verbergen mußte, eine günstige Gelegenheit zur Vermehrung gewesen.

Rhodan winkte dem Paladin, und der Roboter stapfte auf seinen Säulenbeinen in die Energieschleuse hinein. Der transparente Boden trug ihn mühelos; dennoch entstand für die anderen Personen der Eindruck, als schritte Paladin direkt auf dem brodelnden Magma des Vulkans.

Perry folgte dem Giganten nach einer Sekunde des Zögerns. Die grelle Glut und das ohrenbetäubende Dröhnen zerrten an den Nerven. Falls der energetische Schutz plötzlich erlosch, würden die Lebewesen, die sich ihm anvertraut hatten, innerhalb weniger Sekundenbruchteile verdampfen.

Nach etwa fünfzig Metern mündete die Energieröhre in eine weitere Halle. Da sich die Robotstimme nicht wieder meldete, schritten Rhodan und seine Begleiter am anderen Ende der Halle in eine zweite

Energieröhre hinein. Der Vorgang wiederholte sich im ganzen fünfmal, dann schien man sich dem vorläufigen Ende des Weges genähert zu haben.

Paladin marschierte einige Meter in die weite Halle hinein und blieb stehen. Hinter ihm drängten sich die anderen Personen und blickten fassungslos auf die zahlreichen metallischen Objekte, die wie ein Mükkenschwarm in der Luft auf und ab tanzten.

Perry zog instinktiv seinen Strahler. Er schoß jedoch nicht, denn die metallenen Gebilde griffen nicht an. Dennoch ging von ihnen eine unbestimmbare Drohung aus.

Gucky schrie plötzlich auf und deutete nach oben, zum kuppelförmigen Dach der Halle.

Perry hob den Kopf und erblickte seltsame Fische, Quallen und Kalmare, die in einer grünlich fluoreszierenden Flüssigkeit schwammen.

Das Meer!

Die Kuppel stand auf dem Grunde eines Meeres, das nach allem, was man bisher gesehen hatte, nur das Taka-Meer sein konnte. Die Energieröhren hatten also aus dem Innern des Vulkans Motah geführt.

Bevor jemand etwas sagen konnte, schwebte ein relativ kleines Metallgebilde herab und blieb dicht vor Ovaron in der Luft hängen. Es sah aus wie ein geschrumpfter menschlicher Torso und besaß zahllose Auswüchse und zwei kantige Stäbe am Vorderteil.

»Ganjo ist gekommen! Ganjo ist gekommen!« echote es silberhell aus zahlreichen anderen robotischen Stimmorganen. Die Metallgebilde kurvten plötzlich hektisch und aufgeregt durcheinander.

»Wir grüßen den Ganjo, auf den wir seit Äonen gewartet haben«, rief das Gebilde vor Ovaron – und wiederum hallten die Stimmen der anderen Roboter gleich einem vielfachen Echo durch den Saal.

Es war ein gespenstisch wirkender Vorgang. Die Begleiter Rhodans konnten sich der bannenden Wirkung dieses Eindrucks nicht entziehen.

Perry jedoch mußte lachen. Ihm kam das Ganze so vor, als hätte ein Verrückter vor langer Zeit ein Programm erarbeitet, das eventuelle Besucher beeindrucken sollte. Nur die Tatsache, daß die Roboter Ovaron als Ganjo begrüßten, milderte diese Einschätzung.

Der vor Ovaron schwebende Roboter kurvte nach oben weg, jagte hinter einigen Artgenossen her und trieb sie zurück.

»Ich begrüße dich, Ganjo!« Diesmal wisperte der Roboter nur. »Ich begrüße dich in der uralten Stadt im tiefen Meer. Ich bin ein Vasall, wie meine dreiundfünfzig Gleichartigen, aber nur vier Vasallen handeln noch nach dem alten Programm, der Rest ist positronisch fehlgeschaltet und irregulär.«

Ovaron hatte sich wieder gefaßt. Er blickte den Vasallen aufmerksam an und fragte:

»Du erkennst mich als Ganjo an?«

»Wir alle erkennen dich als Ganjo an«, antwortete der Roboter.

»Wessen Vasallen seid ihr?«

»Wir sind die Vasallen.«

»Wahrscheinlich . . .«, rief Perry dazwischen, » . . . ist VASA eine Abkürzung von Vasall. Der ALTE von First Love nannte sich VASA 81103. Erinnern Sie sich? Die Vasallen haben Sie anerkannt, Ovaron. Versuchen Sie, ihnen Befehle zu erteilen! Beispielsweise, die MARCO POLO anzurufen oder die Moritatoren zu benachrichtigen.«

Gucky quiekte erzürnt und schlug nach einem Vasallen, der dicht neben seinem linken Ohr wie verrückt summte. Der Roboter schwebte davon und flog anschließend Guckys rechtes Ohr an. Der Ilt hielt ihn sich schließlich telekinetisch vom Leib.

Ovaron belächelte den Zwischenfall, dann legte er die Hände trichterförmig an den Mund und rief: »Wenn ihr wißt, mit welchem Schiff wir gekommen sind, dann benachrichtigt es, daß wir in relativer Sicherheit sind. Wenn nicht, informiert die Moritatoren von Gruelfin über unseren Aufenthaltsort!«

Die Vasallen verharrten einen Herzschlag lang in der Luft, dann wirbelten sie in irrsinnigem Tanz durcheinander und stimmten einen elektronischen Singsang an, bei dem Perry und seine Begleiter erschauerten.

Perry spürte, wie sich seine Sinne allmählich verwirrten. Die Vasallen produzierten eine fast hypnotisch wirkende elektronische Musik, ein geisterhaftes Chaos von irren Tönen.

»Aufhören!« schrie Ovaron.

Der elektronische Singsang verstärkte sich eher noch. Takvorian bäumte sich auf, wirbelte mit den Vorderhufen in der Luft und rannte dann bockend und ausschlagend durch den Saal.

Atlan hob seine Waffe und sah seinen terranischen Freund fragend an. Doch Perry schüttelte den Kopf.

»Hier General Dephin!« röhrte Paladins Stimme. »Achtung! Ohren zuhalten!«

Sekunden später stimmte Harl Dephin mit Hilfe der positronischen Verstärkeranlage einen halutischen Kampfschrei an, bei dem der Boden erbebte. Einige Vasallen stießen zusammen und trudelten zu Boden, fingen sich jedoch wieder. Der elektronische Singsang brach ab.

Der Paladin verstummte. Gucky nahm die Hände von den Ohren und schüttelte benommen den Kopf.

Atlan äußerte grinsend:

»Der lauteste Schreier gewinnt immer. Aber ich gestehe, daß mir Paladins Posaunen lieber waren als die Musik positronischer Idioten.«

Drei Vasallen steuerten ihn an, umkreisten seinen Kopf und drehten sich so schnell, daß man Atlans Gesicht wie durch einen grauen Schleier sah. Der Arkonide duckte sich, aber die drei Vasallen folgten ihm wie blutdürstige Stechfliegen. Gucky trat von einem Fuß auf den anderen und versuchte, telekinetisch einzugreifen, doch längst waren die drei Vasallen nicht mehr in Einzelobjekte trennbar. Ein telekinetisches Eingreifen hätte Atlan gefährdet.

Der Lordadmiral rettete sich schließlich dadurch, daß er gebückt floh und zwischen Paladins Säulenbeinen Deckung suchte.

Kurz darauf bildeten etwa zehn Robotgebilde eine enge Kette und rasten dicht über dem Boden auf Gucky zu. Der Ilt hüpfte mit einem empörten Schrei hoch und vergaß dabei sogar seine Gabe der Teleportation. Die Vasallen rasten wenige Millimeter unter seinen Fußsohlen durch, wendeten und kamen abermals auf ihn zu. Diesmal entblößte Gucky seinen Nagezahn, stoppte die Vasallen telekinetisch und ballte sie zu einer Kugel zusammen, die er in rasende Rotation versetzte.

»So!« sagte er zufrieden. »Beim nächstenmal backe ich einen Blechkuchen aus euch!«

»Ich befehle vollständige Passivität!« rief Ovaron. Der Ganjo schien schier zu verzweifeln. »Alle Vasallen versammeln sich dicht über dem Boden!«

Die Robotgebilde kurvten wild durcheinander, dann schwebten sie zur Kuppeldecke und rotierten dort langsam.

»Sie tun genau das Gegenteil von dem, was Ovaron befiehlt«, sagte Atlan und spähte vorsichtig aus seiner Deckung.

Ovaron trocknete sich die schweißnasse Stirn ab.

»Ich möchte bloß wissen, was das alles zu bedeuten hat«, sagte er. »Die regulär und rational funktionierenden Vasallen zu mir!«

Aus der rotierenden Formation lösten sich vier Robotgebilde, sanken langsam herab und verhielten einen Meter vor Ovarons Gesicht.

»Wir stehen zur Verfügung, Ganjo«, sagten alle vier gleichzeitig.

»Was ist eure Aufgabe?« fragte Ovaron.

»Wir sollten den Ganjo erwarten«, erklärten die vier normalen Vasallen. »Unsere ureigenste Aufgabe kennen wir nicht mehr, wir wissen nur noch, daß es eine solche gab, bevor der Taschkar uns neu programmieren ließ.«

»Ihr untersteht dem Taschkar?« Ovarons Stimme verriet, daß der Ganjase erschrocken war.

»Wir unterstanden dem Taschkar«, kam die Antwort. »Als deine Tryzome jedoch superneutral erregt wurden, während man dich verhörte, kam es bei uns zu Reaktionen auf einer höheren Schwingungsebene. Ein Teil eines alten, bisher überlagerten Programms setzte sich durch und veranlaßte, daß ihr mit Hilfe eines fokussierbaren Transmitterfeldes in die alte Stadt entführt wurdet.«

Perry wurde aufmerksam, als er das hörte. Er fragte sich, wie das alte Programm gelautet haben mochte und wieso es dem Taschkar gelungen war, es zu überlagern und die Vasallen in seine Kommandogewalt zu bekommen.

Irgendwie mußten sie ursprünglich auf Ovarons Tryzom-Schwingungen abgestimmt gewesen sein. Teilweise waren sie es noch, sonst hätten sie sich nicht gegen den Taschkar stellen können.

Und wie kamen sie in eine Tiefseestadt auf Takera, dem Hauptplaneten des Takerischen Reiches?

»Ihr behauptet«, sprach Ovaron weiter, »als einzige von vierundfünfzig Vasallen noch positronisch normal zu sein. Warum habt ihr dann nicht eingegriffen, als die verrückten Einheiten meine Befehle nicht befolgten.«

»Die anderen Vasallen hätten uns getötet«, antworteten die vier Robotgebilde.

Perry horchte auf.

Die Roboter hatten »getötet« gesagt, wie konnten Maschinen diesen Begriff für die Auslöschung ihrer Existenz verwenden? Wenn sie »zerstört« oder »eliminiert« gesagt hätten, aber so . . .! Hing das vielleicht damit zusammen, daß sie nicht nur dachten, sondern auch in gewisser Hinsicht fühlten?

Die vier »normalen« Vasallen flogen wieder davon. Dafür senkten sich drei andere Maschinen herab, umkreisten den Ganjo und streckten plötzlich je zwei Arme aus, an deren Enden gummiartige Hautlappen saßen.

Die Hautlappen strichen Ovaron übers Haar, tätschelten seine Wangen und klopften ihm unsichtbare Stäubchen von der Kombination. Dabei gaben ihre Besitzer schnalzende und glucksende Töne von sich. Ein Vasall bildete am Ende eines Ärmchens so etwas wie eine Bürste aus und strich damit Ovarons Haar glatt, ein anderer polierte seinen Waffengurt auf Hochglanz.

Atlan kam zu Perry herüber.

»Diese Vasallen kommen mir unheimlich vor«, flüsterte er. »Sie benehmen sich wie Erwachsene, die in einen ausgeprägten Infantilismus zurückgefallen sind.«

»Ich halte sie eher für gefährlich«, antwortete Perry, der während der letzten Minuten gründliche Überlegungen angestellt hatte.

Der Arkonide lachte unsicher.

»Gefährlich? Ja, sicher, wenn man ihre irrsinnigen Manöver bedenkt. Aber was sollen sie sonst schon anrichten können? Sie haben uns anerkannt.«

»Uns . . .?« fragte Perry betont.

»Na, schön. Sie haben den Ganjo anerkannt. Aber wir gehören in ihren ›Augen‹ schließlich zu ihm.«

»Meinst du?«

Atlan blickte dem Freund forschend ins Gesicht. Doch Rhodans Miene war wieder einmal so ausdruckslos wie ein Stück Granit. Achselzuckend wandte der Lordadmiral sich ab.

Immer mehr Vasallen schwebten inzwischen zu Ovaron, umschwärmten den Ganjasen, streichelten seine Wangen, seine Hände und Füße, gurrten, gluckten und summten. Eine Maschine begann, Ovarons Haar zu schneiden, und ließ sich erst davon abbringen, als Gucky telekinetisch eingriff. Eine andere Maschine fuhr dünne weiche Borsten aus und reinigte die Ohren des Ganjos. Ovaron schimpfte und lachte abwechselnd.

Schließlich kam Perry Rhodan zu dem Schluß, daß er nicht länger tatenlos zusehen durfte, wie sein ganjasischer Freund gequält wurde. Er hob die Hand und gab Paladin einen Wink.

Der Robotgigant stampfte auf die Vasallen zu und schrie:

»Laßt den Ganjo in Ruhe!«

Die Vasallen wichen einige Meter zurück und hingen mit drohendem Summen in der Luft.

Ovaron atmete tief ein, dann wandte er sich den Maschinen zu und befahl:

»Bringt meine Begleiter und mich in Sicherheit!«

Die Vasallen schwärmten aus. Ein Roboter mit zwei Flügeln aus dünnem Goldblech und zwei gegenläufig rotierenden Rädern am Oberteil des Rumpfes schwebte auf den Ganjo zu und verkündete mit elektronischer Stimme:

»Der Ganjo wird leben, aber die fremden Begleiter müssen getötet werden, wie es die uralte Programmierung befiehlt!«

Bevor Perry oder seine Begleiter reagieren konnten, stürzten sich die Vasallen auf sie, umklammerten mit ausgefahrenen Tentakeln Arme und Beine und machten ihre Opfer dadurch bewegungsunfähig. Nur Ovaron blieb verschont.

Ras stieß einen gellenden Schrei aus und entmaterialisierte. Gucky verschwand eine Sekunde später.

Perry Rhodan hatte bereits mit dem Leben abgeschlossen gehabt, nun merkte er, daß die Vasallen sie nicht gleich töten wollten. Er befahl seinen Gefährten, sich vorläufig ruhig zu verhalten.

Kurz darauf fühlte er sich hochgehoben und zu einer weiteren Energieschleuse getragen. Seine Gefährten wurden von den übrigen Maschinen transportiert.

Es ging durch Röhrenstraßen, die von Wasser umgeben waren, durch einen senkrechten Schacht in den Untergrund des Meeres und in einen Gebäudekomplex, der eine Felsenhöhle ausfüllte.

Perry fragte sich, was man mit ihnen vorhatte, ehe man sie tötete, da tauchten seine »Träger« mit ihm in einen dampferfüllten Raum und rissen ihm die Kleider vom Leib . . .

Ras Tschubai rematerialisierte in völliger Dunkelheit. Er fiel etwa einen halben Meter, stolperte über ein unsichtbares Hindernis und stieß mit der rechten Schulter an etwas Hartes.

Ras breitete die Arme aus und stützte sich an etwas ab, das sich wie eine poröse Mauer anfühlte. Er lauschte, während er sich selbst ganz still verhielt.

Von vorne kam ein beständiges Grollen, das den Untergrund vibrieren ließ. Ansonsten war es still. Keine Anzeichen von anderen Lebewesen.

Ras atmete auf.

Er war blind teleportiert, als sich fünf Vasallen auf ihn gestürzt hatten. Blinde Teleportationen aber bargen immer ein unkalkulierbares Risiko, vor allem auf einer Welt voller Feinde. Ras hatte Glück gehabt.

Er lauschte noch einige Minuten. Als sich dann immer noch nichts gerührt hatte, entnahm er einem flachen Packen seiner Mikroausrüstung eine kugelförmige daumennagelgroße Leuchtbombe, preßte den Daumen auf den Auslöser und schleuderte sie weit weg.

Sekunden später glomm ungefähr dreißig Meter entfernt ein düsteres Licht auf, verstärkte sich zu einem weißen milchigen Leuchten, das die Konturen und Flächen der Umgebung so erhellte, daß das menschliche Auge nicht geblendet wurde.

Ras erkannte, daß er sich in einer uralten Stadt befand. Feuchte und teilweise mit Moos, Flechten und Schimmel bedeckte Hauswände, geborstene Straßen und leere Fensterhöhlen umgaben den einsamen Mann.

Der Teleporter stieß sich von der Hauswand ab, an der er lehnte. Er überquerte die Straße und stellte sich in einen Hauseingang. Unschlüssig betrachtete er die alten Bauwerke. Er wußte nicht, wo diese alte Stadt lag, und da er blind teleportiert war, hatte er auch keine Ahnung, wie er zu Perry Rhodan und den anderen Personen zurückkehren konnte.

»Telepath müßte man sein«, sagte er seufzend.

Die Leuchtbombe flackerte und erlosch. Erneut legte sich abgrundtiefe Dunkelheit über die Stadt. Zuvor aber prägte sich Ras die Stellung des Turmhauses ein, das er an der Grenze zwischen Licht und Dunkelheit gesehen hatte.

Als es dunkel wurde, teleportierte er.

Er rematerialisierte am Rand der Turmplattform, glitt aus und stürzte in die schwarze Tiefe. Verärgert konzentrierte er sich erneut auf die Plattform – und diesmal glückte der Sprung.

Es war ein seltsames Gefühl, auf einer feuchten Plattform in bestimmt fast hundert Metern Höhe zu stehen und weder etwas zu hören noch zu sehen. Nur das anhaltende dumpfe Grollen bildete eine Geräuschkulisse.

Tschubais Finger griffen nach der nächsten Leuchtbombe, erstarrten aber mitten in dieser Bewegung. Aus den Augenwinkeln heraus hatte Ras einen schwachen blauweißen Schein am Horizont wahrgenommen, und er war sicher, daß es dort Sekunden zuvor ebenso dunkel gewesen war wie an allen Stellen der alten Stadt.

War nicht das Grollen angeschwollen?

Ras hatte das Empfinden, als schwanke der Turm, auf dem er stand. Er überlegte, ob das Grollen von vulkanischer Tätigkeit herrühren mochte – und ob das blauweiße Leuchten auf einen Magmaeinbruch hinwies.

Die Lage des Teleporters war verzweifelt. Er kannte die Stadt zu wenig, um aufs Geratewohl irgendwo hinzuspringen. Einerseits mußte er also langsam vorgehen, während andererseits Perry Rhodan und die anderen Nichtteleporter in Gefahr waren und Hilfe brauchten.

Ras beschloß, ein großes Risiko einzugehen und in die Nähe des blauweißen Leuchtens zu springen. Er konzentrierte sich auf einen dunklen kompakten Schatten rechts neben dem Leuchten, der ein Gebäude sein konnte. Der Schweiß lief in Strömen über sein Gesicht, den Hals und die Brust.

Dann sprang Ras.

Er rematerialisierte zwischen zwei konischen Säulen und sah tief unter sich eine graue, das blauweiße Licht schwach reflektierende Fläche. Ras teleportierte abermals und stand im nächsten Augenblick auf den gut erhaltenen großen Platten eines Platzes. Das blauweiße Leuchten spendete genügend Licht, um ihn die Umgebung konturen- und flächenhaft erkennen zu lassen.

Ras wandte sich langsam um und sah aus zusammengekniffenen Augen auf einen blauweißen Energieschirm, hinter dem glühende Massen flüssigen Gesteins in Bewegung waren. Das Donnern war an dieser Stelle der Stadt beinahe ohrenbetäubend.

Ras Tschubai fühlte sich winzig und machtlos gegenüber den Urgewalten, die hinter dem Energieschirm tobten. Er strauchelte, als eine Bebenwelle durch den Untergrund lief. Mit hartem Knall barst eine der starken Platten.

Ras stand wieder auf und rieb sich das Knie, das er sich beim Sturz angeschlagen hatte. Er musterte die Umgebung genauer. Die Gebäude waren moderner und besser erhalten als die, bei denen er zuerst materialisiert war. Sie hatten die Form von Würfeln und hochkant stehenden Rechtecken, besaßen keine Fenster und waren völlig glatt.

Er warf sich zwischen den beiden Säulen auf den Boden, als er das Summen eines Schottmechanismus hörte. Angestrengt spähte er umher, konnte aber nichts sehen. Nach einer Weile ertönte das Tappen schneller Schritte, dann summte ein anderer Schottmechanismus.

Diesmal hatte Ras wenigstens die Richtung erkannt, aus der das Geräusch gekommen war. Er sprang auf und lief auf eines der würfelförmigen Gebäude zu, bog um eine Ecke und stand in einer Straße, aus der das Geräusch gekommen sein mußte.

Niemand war zu sehen.

Der Unbekannte mußte in eines der Gebäude gegangen sein, Tschubais Gefühl nach entweder in das rechteckige zur Linken oder in das kubische zur Rechten.

Ras entschied sich dafür, hinter das Schott des rechten Gebäudes zu teleportieren. Er zog seinen kleinen Kombistrahler, konzentrierte sich kurz und sprang.

Die Helligkeit, in der er wiederverstofflichte, verblüffte ihn etwas. Er hatte nicht gedacht, daß in dieser alten Stadt die Beleuchtung noch intakt sein könnte. Ras huschte in den grauen Schatten einer Nische. Er erschrak, als er gegen eine Gittertür stieß, die mit lautem Quietschen nachgab.

Sofort erlosch das Licht. Der Fremde war also gewarnt.

Ras hatte jedoch nicht die Absicht, sich überraschen zu lassen. Der Fremde mußte ihn hier vermuten, wo sich die Gittertür befand. Er teleportierte zur gegenüberliegenden Seite der Lifthalle, lehnte sich gegen die Wand und wartete. Von hier aus konnte er die Nische mit der Gittertür nicht einsehen, wohl aber sämtliche Liftschachtöffnungen. Aus einer mußte der Fremde kommen.

Als nach einigen Minuten die Gittertür abermals quietschte, war Ras so überrascht, daß er gegen seinen Willen den Feuerknopf des Strahlers niederdrückte. Eine grelle Glutbahn fauchte durch die Halle und entlud sich donnernd an der Wand.

Ras verwünschte seine Reaktion. Er überlegte, ob er den anderen anrufen sollte, verzichtete jedoch darauf. Nach seinem Schuß würde der Fremde ihm seine friedlichen Absichten nicht glauben.

Dennoch war Ras nicht auf das gefaßt, was nun geschah.

Aus Richtung der Gittertür raschelte es, dann flog ein tennisballgroßer Gegenstand durch die Luft und schlug vor Tschubais Füßen auf.

Eine Bombe!

Ras teleportierte, ohne lange zu überlegen. Er rematerialisierte zwischen den beiden konischen Säulen und spürte, daß sich ein lebendes Wesen neben ihm befand.

Im nächsten Moment stieg von dort, wo er eben noch gewesen war, eine Feuersäule empor. Ein krachender Donnerschlag folgte.

»Dem habe ich es aber gegeben!« piepste eine wohlbekannte Stimme!

Ras fuhr herum und hatte die Genugtuung, daß Gucky vor Schreck einen Satz rückwärts vollführte.

»Ras . . .!?« Die Stimme klang schrill und panikerfüllt.

»Bombenleger!« sagte Ras drohend. »Beinahe hättest du mich auf dem Gewissen gehabt!«

Der Mausbiber klopfte verlegen mit dem breiten Schwanz auf den Boden.

»Du . . .?« fragte er. »Du warst in dem Haus?«

»Ja!« antwortete Ras grimmig. »Ich war in dem Haus, weil ich gehört hatte, wie jemand hineingeschlichen war. Wie hätte ich wissen sollen, daß du der Schleicher warst!«

Gucky kicherte nervös.

»Und wie hätte ich wissen sollen, daß du mir nachschleichst, Ras. Du hast ja einen Gedankenblock aufgebaut! Meine telepathischen Superultralauscher sind außerdem seit dem Fluchtsprung darum bemüht, einen Gedanken von Perry oder den anderen aufzufangen, denn ich weiß nicht, wo wir hier stecken.«

Ras seufzte. »Ich auch nicht. Wir . . .«

»Jetzt habe ich etwas!« Guckys Nagezahn blinkte auf. »Perry! Aber er denkt, daß . . .!«

»Was denkt er?« fragte Ras gespannt.

»Er denkt, das Badewasser sei zu heiß«, berichtete Gucky. »Bei allen Geistern der Altemona! Die Vasallen haben ihn in eine Badewanne gesteckt und schrubben ihn ab.«

Ras merkte, daß sein Mund offenstand, und schloß ihn schnell wieder.

»Oh!« rief der Ilt. »Das ist kein Spaß! Die Vasallen heben ihn aus der Wanne, massieren ihn und bürsten sein Haar. Ras, das ist eine Zeremonie für zum Tode Verurteilte!«

»Kannst du anpeilen?« fragte Ras verzweifelt.

»Ich will es versuchen«, erwiderte Gucky.

15.

Perry sträubte sich, aber gegen die maschinellen Kräfte der Vasallen kam er nicht an. Man hatte ihn gebadet und desinfiziert, und nun streiften ihm die Roboter seine Kleider über und besprühten ihn mit duftenden Essenzen.

Ein Vasall fuhr einen Arm aus, an dessen Ende eine Bürste war. Sorgfältig bürstete er Perrys feuchtes Haar glatt. Zwei andere Vasallen schnitten ihm die Finger- und Zehennägel.

Perry atmete auf, als die Prozedur endlich vorüber war. Die Vasallen drängten ihn in einen Saal, in dem seine Gefährten bereits warteten. Auch sie glänzten vor Sauberkeit und dufteten nach exotischen Essenzen.

»Ich möchte wissen, was das zu bedeuten hat«, sagte Atlan wütend. Das Gesicht des Arkoniden war gerötet.

Die Vasallen summten und zirpten, antworteten jedoch nicht.

Plötzlich öffnete sich ein Schott. Ovaron stürmte in den Saal. Seinem Aussehen nach war er von der Reinigungsprozedur verschont geblieben. »Was soll das alles?« schrie der Ganjo erregt. »Das sind meine Freunde. Warum laßt ihr sie nicht in Ruhe?«

Einer der Vasallen löste sich aus dem Kreis der anderen und schwebte vor Ovarons Gesicht.

»Es ist ein altes Gesetz«, erklärte er, »daß Verurteilte gereinigt werden müssen, bevor sie sterben!«

Perrys Hoffnung, die Todesdrohung von vorhin könnte nur eine neue Verrücktheit gewesen sein, schwand. Er entschloß sich, das makabre Spiel der Vasallen nicht länger mitzuspielen.

Doch bevor er seinen Strahler ziehen konnte, den die Vasallen ihm nach der Reinigungszeremonie wieder ins Halfter gesteckt hatten, fuhr Merkosh seinen Rüssel aus und stimmte ein markerschütterndes Gebrüll an. Die Vasallen, die von seinen Hyperschallschwingungen getroffen wurden, zerbröckelten.

Der Paladin schwang seine Arme wie Windmühlenflügel und zertrümmerte einen Roboter, der in seine Nähe kam. Die Vasallen kurvten durch die Halle, stießen auf Merkosh und Paladin herab und wurden abgewehrt.

Perry Rhodan schoß auf einen Vasallen, der im Sturzflug auf ihn herniederstieß. Die Maschine explodierte. Ein Trümmerstück zerkratzte Perrys Wange von der Schläfe bis zum Unterkiefer. Atlan wurde von zwei Vasallen zwischen die leuchtenden Säulen einer Maschine geschleppt.

Plötzlich materialisierten Gucky und Tschubai. Der Ilt befreite den Arkoniden telekinetisch aus seiner mißlichen Lage. Ras Tschubai lief auf Rhodan zu, ergriff dessen Arm und materialisierte mit ihm in der Lifthalle eines unbekannten Gebäudes.

Kurz darauf erschien Gucky mit Atlan und Merkosh. Tschubai verschwand erneut und tauchte mit Takvorian wieder auf. Gucky nickte dem Großadministrator zu, entmaterialisierte und kehrte mit Paladin zurück.

»Wo ist Ovaron?« fragte Perry.

»Der Ganjo bleibt bei seinen verrückten Maschinen«, erklärte der Ilt. »Freiwillig. Wenn du mich fragst, dann hat der Bursche eine Meise.«

Perry mußte wider Willen lachen. Dann drohte er dem Ilt mit dem Finger. »Deine Ausdrucksweise ist nicht die beste, Kleiner. Was will Ovaron noch bei den Vasallen?«

»Er will versuchen, die Roboter unter seine volle Befehlsgewalt zu bekommen, Perry. Meiner Meinung nach ein hoffnungsloses Unterfangen. Die Dinger sind doch völlig durchgedreht und sollten verschrottet werden.«

»Hm!« machte Perry nachdenklich. »Ich teile deine Ansicht, Kleiner. Andererseits weiß ich, daß Ovaron nichts ohne triftige Gründe tun würde. Überlegen wir einmal: Wenn er die Vasallen tatsächlich unter seine Gewalt bekommt und ihr irreguläres Verhalten unterbinden kann, dann wäre das eine große Hilfe für uns.«

»Das wäre es in der Tat«, warf Atlan ein. »Unsere Lage ist ziemlich kompliziert. Zur Zeit befinden wir uns zwar nicht in der Gewalt des Taschkars, aber wir sind auch nicht frei.«

Er sah den Terraner ironisch an.

»Nun, der uns hineingeritten hat, wird uns auch wieder herausbringen.«

Perry lächelte.

»Wir sind nun schon so lange zusammen, Arkonidenfürst, aber noch immer begreifst du nicht, was terranische Einsickerungstaktik ist.«

»Oh, doch!« entgegnete Atlan. »Ich habe sehr wohl begriffen, daß ihr Terraner gern Vabanque spielt. Leider bringe ich es nicht fertig, mich aus euren Spielen herauszuhalten.«

»Vielen Dank für das Kompliment«, erwiderte Perry und winkte zu Paladin hinüber. »General Dephin, lassen Sie Major Rigeler ein paar Liter Kaffee kochen. Wir legen eine kleine Pause ein und beratschlagen dabei, wie es weitergehen soll.«

Kurz darauf saßen sie in einem anderen Raum, in seltsam geformten Sesseln, und vor ihnen auf einem achtbeinigen Tisch mit runden Vertiefungen in der Platte standen die mit Kaffee gefüllten Faltbecher.

Perry Rhodan nahm seinen Becher in beide Hände und zog den aromatischen Duft des Getränks tief ein. Verstohlen beobachtete er dabei seine Gefährten. Er sah ihnen an, daß sie nervös waren und darauf brannten, etwas zu unternehmen, um ihre Lage zu verbessern, aber er hielt jede Eile für unangemessen.

Seine Gedanken kreisten um die Erde und die solare Menschheit. Er war sicher, daß der Taschkar nach der List mit den Zellaktivatoren zögern würde, die geplante Pedo-Invasion zügig anlaufen zu lassen, und das war im Moment das, was für ihn am meisten zählte.

Es gab ihm eine Frist, die er in seinem Sinne zu nutzen gedachte. Nach den bisherigen Erlebnissen auf Takera glaubte er, daß er hier Ansatzpunkte finden würde, die zur Erschütterung der Macht des Taschkars führten.

»Wir werden uns später etwas gründlicher in dieser uralten Stadt umsehen«, erklärte er. »Ras und Gucky, ihr stellt fest, wo sie sich genau befindet.«

»Wahrscheinlich tief unter dem Meeresboden«, sagte Tschubai und setzte seinen Becher ab. »Und in vulkanischem Gebiet.«

Atlan leerte seinen Becher und meinte skeptisch:

»Hoffentlich bist du dir darüber im klaren, daß der Taschkar mit unserer Flucht nicht einverstanden ist. Er wird nach uns suchen lassen, Perry.«

Perry hatte für diesen Einwand nur ein Lächeln übrig.

»Was du nicht sagst! Es sieht allerdings so aus, als hätte die Suche nach uns bisher keinen Erfolg gehabt. Eigentlich müßte es hier von Suchtrupps nur so wimmeln. Warum, denkst du, ist das nicht der Fall?«

Atlan sah ihn nachdenklich an, antwortete aber nicht.

Perry erhob sich. Sein Gesicht war ausdruckslos, dahinter aber jagten sich die Gedanken. Er hatte eine ganz bestimmte Vermutung, was das Ausbleiben von Suchmannschaften betraf. Aber noch fehlten ihm Beweise dafür. Er beschloß, vorläufig noch nicht über seine Vermutung zu sprechen.

»Folgendes werden wir tun«, sagte er. »Gucky sondiert innerhalb der alten Stadt nach allen Himmelsrichtungen. Ras wird in kurzen Etappen nach oben vordringen. Wir anderen trennen uns und durchsuchen einzeln von hier aus nach verschiedenen Richtungen die Gebäude. Vielleicht finden wir einen Hinweis darauf, wer diese Stadt gebaut hat und zu welchem Zweck. Wer etwas findet, was seiner Meinung nach wichtig ist, der gibt einen kurzen Kodeimpuls über Telekom ab. Kennwort ›Footstep‹! In seinem solchen Fall treffen wir uns hier wieder.«

Er blickte von einem zum anderen, sah in den Augen Zustimmung und wandte sich an Harl Dephin. »General, wir werden unsere Elektronenaugen brauchen. Veranlassen Sie die Ausgabe!«

Der siganesische USO-Spezialist bestätigte. Die Fersenschleuse öffnete sich, und in einem Kraftfeld schwebten die Elektronenaugen heraus. Diese Geräte, eine Neuentwicklung, die sich erst noch bewähren mußte, hatten eine gewisse Ähnlichkeit mit präkosmischen Lupenbrillen, arbeiteten jedoch nach dem Prinzip von Hypertastern und übermittelten das Bild über Elektronensonden direkt ins Sehzentrum des Gehirns.

Perry setzte seine Brille auf und gab den Mutanten ein Zeichen. Ras und Gucky entmaterialisierten. Die anderen Personen fuhren mit dem Lift ins Erdgeschoß, verließen das Gebäude und gingen nach verschiedenen Richtungen auseinander.

Perry Rhodan wählte als erstes Ziel ein kuppelförmiges Gebäude. Mit Hilfe der Elektronenaugen konnte er seine Umgebung so deutlich sehen, als herrschte ungetrübtes Tageslicht. Er sah, daß dieser Teil der ausgedehnten Stadt höchstens einige Jahrhunderte alt war. Dennoch kam es ihm vor, als sei er niemals bewohnt worden.

Die Kuppel lag wie ein gigantisches Ungeheuer auf einem runden Platz. Perry spürte das typische Kribbeln im Nacken, das ihn immer dann überfiel, wenn Gefahr drohte. Wachsam musterte er die fugenlose Stahlwand. Ein Eingang war auf dieser Seite der Kuppel nicht zu sehen.

Perry umrundete das Gebäude langsam. Der Eindruck naher Gefahr verstärkte sich. Das Grollen und Donnern vulkanischer Tätigkeit war allgegenwärtig, aber es beunruhigte Perry nicht sonderlich. Die Natur mochte viele Gefahren bergen, aber das hatte stets etwas Vertrautes, denn die Natur war für alle Lebewesen Vater und Mutter zugleich. Die wirkliche Gefahr drohte stets von jener Besonderheit des Lebens, die man mit dem Wort »Intelligenz« bezeichnete.

Auf der anderen Seite der Kuppel entdeckte der Terraner die Fugen eines Schottes. Er legte die Hand auf die vorgewölbte Stahlplatte und spürte ein schwaches Vibrieren. Dann versank das Schott so schnell im Boden, daß Perry beinahe gestrauchelt wäre.

Er sah eine erleuchtete Schleusenkammer vor sich und schob die Elektronenbrille hoch. Hinter ihm schloß sich das Außenschott. Links blinkte ein gelbes Licht, dann versank das Innenschott im Boden.

Vor Perry lag ein langer Gang mit rechteckigen Türen zu beiden Seiten – zweifellos war die Kuppel für humanoide Lebewesen erbaut worden. Perry zog den Strahler und entsicherte ihn. Langsam, mit angespannten Sinnen, ging er den Gang entlang, an dessen Ende sich wiederum ein Schott befand.

Das Schott öffnete sich von selbst, als Perry sich auf einen Meter genähert hatte.

Dahinter lag eine ovale Halle mit den rechteckigen Ein- und Ausstiegsöffnungen von Antigravschächten.

Der Terraner überlegte kurz, dann ging er in die Halle hinein. Er hatte kaum einige Meter zurückgelegt, da erlosch das Licht, und der Boden senkte sich mit großer Geschwindigkeit. Perry wollte zurückspringen, aber es war zu spät.

Er kniete sich mit schußbereiter Waffe auf die Plattform und wartete . . .

Ras Tschubai rematerialisierte in einer kleinen Maschinenhalle. Seine Elektronenaugen ermöglichten ihm eine rasche Orientierung. Er blickte sich um und stellte voller Verwunderung fest, daß die Maschinen fast neu waren und arbeiteten.

Langsam trat er an die nächsten Aggregate heran. Infolge der beinahe lückenlosen Metallplastik-Verkleidung konnte er nicht erkennen, welchem Zweck die Maschine diente. Er sah nur einen fast meterdicken Kabelstrang, der aus dem Unterteil in die Wand führte. Ein schwaches Summen ging von dem Gerät aus.

Neugierig ging Ras zu einer der beiden offenstehenden Türen der Maschinenhalle. Er blickte in eine zweite Halle. Dort fand er keinen Anhaltspunkt dafür, wo sich die alte Stadt befand. Er schloß lediglich aus dem Zustand der Maschinen, daß ein Teil dieser Stadt erst vor kurzem erbaut worden sein mußte.

Ras kehrte um und ging zur zweiten Tür. Sie führte in einen breiten Korridor, der sich allmählich senkte. Ras beschloß, in dieser Richtung weiterzuforschen. Er eilte den Korridor entlang und stieß nach einiger Zeit auf einen Raum, in dem morsche Kisten und schrottreife Geräte lagerten. Hinter einem Kistenstapel entdeckte er die Fugen eines Schottes. Es war verrostet, und die grüne Farbe blätterte in großen Fetzen ab.

Kurz entschlossen räumte Ras die Kisten beiseite. Sie zerfielen, als er sie berührte. Kleine Brocken einer violetten Substanz rollten auf den Boden. Ras griff vorsichtig nach einem von ihnen. Als er ihn berührte, wurde er abrupt in eine andere Umgebung geschleudert.

Er stand auf einem treibenden Asteroiden im All und sah zu einem wolkenverhangenen Planeten hinauf. Glitzernde Funken umkreisten den Planeten in großen Schwärmen. Unter der unteren Rundung tauchte ein bleiches Gesicht auf: ein Mond. Seltsame Leuchterscheinungen waberten am Pol des Mondes – und plötzlich stürzten die Funken auf den Planeten zu.

Ras keuchte vor Entsetzen, als die Planetenkugel von einem Ausschlag glühender Flecken überzogen wurde. Feuergeister stiegen empor und verschlangen die Wolken. Der obere Pol des Planeten verwandelte sich allmählich in eine leuchtende Kappe flüssiger Glut, die ihre Magmabäche bis zum Äquator schickte.

Die glitzernden Funken zogen sich von dem brennenden Planeten zurück, vereinigten sich zu einer Formation und verschwanden in den Tiefen des Alls. Der Planet aber hüllte sich in eine Schicht aus Dampf und Rauch, durch die nur noch besonders heftige Ausbrüche geisterhaft bleich leuchteten. Langsam zerbröckelte der Mond und bombardierte den Planeten mit seinen Bruchstücken.

Ras Tschubai wußte mit einemmal, daß der Planet die Erde war. Im gleichen Augenblick wurde ihm klar, daß er nicht die Wirklichkeit gesehen hatte, sondern nur einen Alptraum, der seit Jahrtausenden tief in der Psyche des Menschen verwurzelt war und meist im Unterbewußtsein schlummerte.

Als Ras begriff, was mit ihm geschehen war, kehrte sein Bewußtsein wieder in die Wirklichkeit zurück. Er ließ den violetten Mineralbrokken fallen, als bestünde er aus glühendem Metall.

Ras lehnte sich an die Wand neben dem verrosteten Schott und atmete mühsam. Er verzichtete darauf, sich den Kopf über den ursprünglichen Zweck der Alptraum-Minerale zu zerbrechen. Wie alle Unsterblichen konnte er darauf verzichten, nach der Lösung von Rätseln zu forschen, die nur Randerscheinungen bei der Suche nach einem größeren Ziel waren.

Statt dessen versuchte er, das Schott zu öffnen. Es widerstand seinen Bemühungen. Offenbar funktionierte der Öffnungsmechanismus seit vielen Jahren nicht mehr, und die Plastikdichtungen waren verrottet und hatten sich mit dem Schottrahmen chemisch verbunden.

Ras zog die Waffe und ließ einen scharfgebündelten Energiestrahl über die schwarze Fuge wandern. Nach einigen Minuten schwankte das Schott, neigte sich und fiel polternd um. Eine dichte Staubwolke wallte auf.

Hinter der Öffnung war es dunkel. Ras setzte wieder die Elektronenbrille auf und erkannte vor sich einen langgestreckten Raum mit Wänden, die vor Feuchtigkeit glitzerten. Der Raum war völlig leer – bis auf das Skelett eines annähernd humanoiden Lebewesens.

Langsam ging Ras näher und beugte sich über das weiße Skelett. Er sah die Knochen von zwei sehr langen Beinen, einen verhältnismäßig dazu kleinen Rumpf mit breitem Brustbein und an den Enden der langen dünnen Armknochen die Knochen einer Hand, die verblüffend der einer terranischen Fledermaus glich, nur daß sie erheblich größer war.

Unwillkürlich erschauerte Ras. Er musterte den Schädel, sah die breite, hochgewölbte Stirn und die weit ausladenden Hinterhauptknochenplatten. Zweifellos gehörte das Skelett einem intelligenten Lebewesen – einem Wesen, das Fledermausflügel besessen hatte!

Die Todesursache ließ sich nicht feststellen, keiner der Knochen wies eine Fraktur auf. Es gab auch keine Verbrennungen, wie sie von Strahlwaffen hervorgerufen werden. Dennoch verstärkte der Anblick des Skeletts das Gefühl drohender Gefahr.

Ras durchquerte den langgestreckten Raum und kam vor ein weiteres verrostetes Schott. Auch hier erwies sich der Strahler als der einzig passende Schlüssel. Dahinter lag eine große niedrige Halle mit halbzerfallenen Stahlregalen.

Der Raum war bis auf die Regale leer. Nichts deutete darauf hin, was hier vor langer Zeit einmal gelagert worden war. Das Schott am gegenüberliegenden Ende war halbgeöffnet.

Ras schlüpfte hindurch und fand sich in einer Verteilerhalle wieder. Transportbänder zerbröckelten unter den Sohlen der Raumfahrerstiefel, das Stahlskelett einer Art Drehweiche war von sinterartigen Wucherungen überzogen. Sechs große Tore verrieten, woher die Transportbänder gekommen waren und wohin sie geführt hatten, zumindest, was die Richtung anging.

»Ich möchte wissen, wer das alles gebaut hat«, flüsterte Ras. Ihm war unbehaglich zumute.

Ein schwaches Knirschen alarmierte ihn. Er wich bis zum halbgeöffneten Schott zurück, lehnte sich an die Wand daneben und lauschte angestrengt.

Wieder ertönte das Knirschen. Es schien aus dem Tor zu kommen, das sich rechts von Ras befand. Der Mutant hob die Hand mit der Waffe und wartete. Er versuchte sich einzureden, daß er völlig gelassen war, aber das dumpfe Pochen seines Herzens bewies das Gegenteil. Das Knirschen wurde lauter, kam offenbar näher. Dazu gesellte sich ein dumpfes Poltern und helles Quietschen. Dann rollte ein halbkugelförmiges metallisches Gebilde auf vier rostigen Felgen aus dem Tor rechts von Ras und hielt an.

»Wer bist du?« erscholl es quarrend.

Tschubais Anspannung wich einer plötzlichen Heiterkeit.

»Ich bin Ras«, sagte er, »der Gott der lichtlosen Helligkeit. Und wer bist du?«

»Ich bin Unkel 1143«, kam es zurück. »Was ist ein Gott, Ras?« Das »R« rollte, als donnerte ein schwerbeladener Wagen über einen präkosmischen Schienenstrang.

Ras lachte, als ihm das Komische der Situation bewußt wurde. Da stand er in einer alten Verteilerhalle unter der Oberfläche von Takera und führte mit einem angerosteten Roboter sinnlose Gespräche.

»Das ist nur eine Berufsbezeichnung, Unkel«, antwortete er. »Es genügt, wenn du mich Ras nennst. Du bist ein Roboter, nehme ich an?«

»Ich bin ein Diener, der seinen Herrn verloren hat. Willst du mein neuer Herr sein, Ras?«

Ras nickte.

»Warum nicht! Beantworte mir eine Frage: Wo befindet sich diese alte Verteilerhalle?«

»Deine Frage läßt sich leicht beantworten«, sagte Unkel 1143, und ein bedrohliches Scheppern begleitete seine Worte. »Die Halle befindet sich hier.«

Ras hätte sich am liebsten die Haare gerauft. Roboterlogik war anscheinend überall im Universum eine besondere Art von Logik: einerseits kindlich naiv und andererseits unbestechlich exakt.

»Ich meinte, in welchem Teil dieses Planeten, Unkel? Unter der Oberfläche, unter dem Meeresboden oder wo?«

»Darüber fehlen mir genaue Informationen, Ras«, antwortete der Roboter. »Ich weiß nur, daß wir uns innerhalb der Planetenkruste befinden, und zwar innerhalb eines vulkanischen Gebiets.«

»Etwas Ähnliches hatte ich mir beinahe gedacht«, entfuhr es Ras. »Wer war dein erster Herr?«

»Er hieß Bironasch, und er war ein sehr gebildeter, vornehmer Mann. Aber er ist schon sehr lange tot. Seitdem irre ich einsam durch die alte Stadt und wache darüber, daß die Vasallen nicht den Leichnam Bironaschs finden.«

Ras schob seine Waffe ins Gürtelhalfter zurück. Die alte Stadt barg anscheinend mehr Geheimnisse, als selbst die Vasallen und vielleicht auch der Taschkar ahnten.

»Woran starb Bironasch?« fragte er.

»Mein Herr starb an zu hohem Alter, Ras«, antwortete der Roboter. »Es ist das Schicksal aller organischen Lebewesen, daß die Regenerationsfähigkeit ihrer Körperzellen mit zunehmendem Alter immer mehr nachläßt, bis lebenswichtige Organe ausfallen und der Gehirntod eintritt. Selbst ich bin nicht unsterblich, aber im Unterschied zu organischen Lebewesen wird mein Gehirn noch lange weiterleben, wenn der größte Teil meiner Maschinerie kaputt ist – so lange, bis die Reaktionsmasse des Reaktors aufgebraucht ist.«

Ras war überrascht. Einen Roboter, der über das Leben allgemein und im besonderen philosophierte, hatte er noch nicht kennengelernt. Aber er konnte sich nicht auf derartige Gespräche einlassen. Perry Rhodan und die anderen Personen warteten auf Resultate.

»Kannst du mich zu deinem Herrn führen?« fragte er den Roboter.

»Ich könnte es, aber niemand soll seine Ruhe stören.«

Ras deutete hinter sich.

»Ich habe dort die Überreste eines intelligenten Lebewesens gefunden, das fliegen konnte. War das dein Herr?«

»Nein, Ras. Ich kenne das Skelett. Es gehörte einem Ahslab, der sich auf der Flucht vor den Vasallen verirrt hatte. Aber ich könnte dir die geheime Schaltzentrale eines Lebewesens zeigen, das dir ähnelt. Er hatte die Vasallen vor einiger Zeit unter seine Gewalt gebracht, aber vor kurzem haben sie sich daraus gelöst.«

Der Taschkar! durchfuhr es Ras.

»Ich bin einverstanden«, sagte er mit rauher Stimme. »Aber vorher möchte ich noch einen Freund rufen.«

Er dachte intensiv:

Gucky! Hier ist Ras. Ich habe etwas Wichtiges entdeckt. Peile mich an und komm!

Da er nicht in der Lage war, telepathische Botschaften zu empfangen, konnte er nichts weiter tun als hoffen, daß der Mausbiber seine Nachricht »gehört« hatte.

Vier Minuten verstrichen. Ras sandte seine Nachricht noch einmal aus – und plötzlich materialisierte Gucky zwischen den Metallkonstruktionen der Drehweiche. Er stürzte einen halben Meter und wirbelte eine Wolke verrosteten Materials auf.

Der Ilt ruderte mit den Armen in der Staubwolke und nieste heftig. Dann teleportierte er neben Ras und sagte vorwurfsvoll:

»Hebe dir solche Scherze für deine spätere Frau auf, Nachtgespenst!«

Er nieste abermals und entdeckte erst dann den seltsamen Roboter.

»He, was ist das für ein Rostkarren!« rief er.

Ras grinste.

»Das ist mein Diener Unkel 1143, Gucky. Er hat sich erboten, uns zu der Schaltzentrale des Taschkars zu führen.«

»Dein Freund scheint ein Tier mit besonderer Begabung zu sein, Ras«, schnarrte Unkel 1143. »Dieser aerodynamisch geformte Schwanz! Eine ausgefallene Laune der Natur!«

Gucky schnappte nach Luft.

Bevor der Ilt sich für Unkels scheinbar anzügliche Bemerkung rächen konnte, fragte Ras schnell:

»Kannst du uns tragen, Unkel?«

»Selbstverständlich. Steigt auf!« antwortete der Roboter.

Schweigend kletterten Ras und Gucky auf die flache Oberfläche des Maschinenwesens. Unkel 1143 setzte sich in Bewegung und fuhr mit rumpelnden Felgen und quietschendem Fahrgestell über die Reste eines Transportbandes davon.

Nach dem ersten Schreck kehrte Perrys Kaltblütigkeit zurück. Er schob die Elektronenbrille wieder über die Augen und musterte die Wände des Schachtes, durch den ihn die Plattform beförderte.

Perry überlegte, ob der Raum mit der versenkbaren Plattform eine Falle darstellte, kam aber zu keiner eindeutigen Schlußfolgerung.

Sollte er nach Gucky rufen?

Er entschied, daß es zu früh dafür sei. Nicht nur er, sondern auch seine Gefährten würden bei ihren Nachforschungen in ungewohnte und vielleicht gefährliche Situationen geraten. Bevor jemand Unterstützung anforderte, mußte er versuchen, selbst mit auftretenden Schwierigkeiten fertig zu werden.

Perry hob die Waffe etwas höher, als die Plattform ruckend zum Stillstand kam. Ringsum zogen sich Torbögen um die Plattform, und dahinter erstreckte sich eine Halle, die bis in die Unendlichkeit zu reichen schien.

Und in der Halle lagen die gebleichten Skelette zahlloser verschiedenartiger Lebewesen!

Einen Herzschlag lang zögerte Perry und erwog die Möglichkeit, daß die Plattform sich mit ihm wieder nach oben bewegen und ihn damit in relative Sicherheit zurückbringen würde. Dann siegte die Neugier über das angeborene Sicherheitsbedürfnis, und er rannte über die Plattform und sprang durch einen Torbogen in den Saal der Skelette.

Gespannt sah er zu, wie sich hinter ihm die Plattform hob und im

Schacht verschwand. Dann ging er, seine Umgebung wachsam beobachtend, zu dem nächstliegenden Skelett und beugte sich darüber. Während seine Ohren angespannt auf Geräusche lauschten, musterte er die Gebeine.

Zuerst stellte Perry fest, daß die Knochen von keinem humanoiden Wesen stammten. Er sah einen dreieckigen Schädel mit je einer Augenhöhle in den Dreiecksflächen, darunter die Wirbelknochen eines unterarmlangen Halses, die Knochen von vier sehr langen Armen und die breiten Knochenplatten eines beinahe kugelförmigen kurzen Rumpfes. Die Beinknochen waren sehr stark und endeten in tellergroßen Hufen.

Perry erhob sich und ging langsam weiter. Es gab noch mehr dieser Skelette, aber auch absolut humanoide und solche von den Vertretern anderer unbekannter Völker.

Der Terraner versuchte, das Alter dieser Skelette abzuschätzen. Sie konnten nicht länger als einige Jahrzehnte hier liegen.

Obwohl es keinerlei Anzeichen für physische Gewaltanwendung gab, sprach die große Anzahl der Skelette für sich. Perry war sicher, daß es sich um Opfer eines Massenmordes handelte.

Einige hundert Meter weiter stieß er auf einen wichtigen Hinweis.

Er fand zwei fahrbare Steinfräsen und ein auf thermischer Basis funktionierendes Abschmelzgerät. Daneben lag ein elektronisches Nivellierinstrument.

Es handelte sich um Baugeräte!

Perry spürte, wie sich seine Nackenhaare sträubten. Er glaubte die Wahrheit zu ahnen, eine schreckliche Wahrheit!

Einige hundert Meter weiter stieß Perry Rhodan auf eine große Tunnelfräse. Neben ihr lagen die Skelette zweier humanoider Lebewesen. Die Fingerknochen des einen Skeletts waren in seltsamem Winkel zueinander verstreut – und zwischen ihnen lag ein walnußgroßer Glaswürfel.

Perry hob den Würfel auf. Er leuchtete zwischen seinen Fingern auf und zeigte auf jeder Fläche das gleiche dreidimensionale Bild: ein halbkreisförmiges flaches Haus mit einer weißen Sandfläche davor und neben dem Eingang ein weibliches humanoides Wesen und drei Kinder.

Der kostbarste Besitz des Ermordeten, der den Mördern entgangen war. Behutsam legte Perry den Trivideo-Kubus wieder zwischen die Fingerknochen des Skeletts. Er verspürte eiskalte Wut auf die Intelligenzen, die diesen Massenmord befohlen hatten.

Langsam ging er weiter. Als er hinter sich etwas rascheln hörte, wirbelte er mit schußbereiter Waffe herum.

Ein rattenähnliches Tier, so groß wie ein terranisches Wildkaninchen, sah ihn mit glitzernden Augen an. Perrys Finger verstärkte den Druck auf den Feuerknopf, dann zog er sich zurück. Ein Schuß konnte ihn verraten und eventuell anwesende Takerer alarmieren – oder die Vasallen.

Er stampfte mit dem Fuß auf. Das Tier zuckte zusammen, floh aber nicht. Angewidert ging Perry weiter. Rattenähnliche Tiere wie dieses hatten wahrscheinlich die Toten bis auf die Knochen abgenagt.

Hinter einer Säule stand eine Maschine, die offenbar dem Guß von Plastikbeton gedient hatte. Daneben lagen zwei weitere Skelette. Perry Rhodan blieb stehen. Zum erstenmal konnte er ein Ende der Halle absehen. Zwischen den zahllosen Säulen hindurch erspähte er eine Metallwand mit den Fugen von Schotten.

Hinter sich hörte er wieder das Rascheln, diesmal aber lauter. Er wandte sich um und sah, daß es inzwischen neun Tiere waren, die ihm im Abstand von höchstens fünfzehn Metern folgten. Sie blieben stehen, als er sie ansah, doch als er weiterging, hörte er wieder das Rascheln und Trappeln.

Allmählich wurde es ihm unheimlich zwischen den vielen Gebeinen und den Tieren hinter sich. Er ging schneller auf die Stahlwand zu, aber mit jedem Schritt erhöhte sich die Zahl der rattenähnlichen Tiere. Einige von ihnen preschten plötzlich bis auf wenige Meter an ihn heran. Perry stellte den Kombistrahler auf Paralysieren ein und schoß auf seine Verfolger. Ungefähr zwanzig Tiere kippten steif um, ihre Artgenossen fielen über sie her und zerrissen sie mit unheimlicher Schnelligkeit.

Perry schluckte. Ihm wurde übel.

Er trat an eines der Schotte heran. Es ließ sich nicht von innen öffnen, also blieb ihm nichts anderes übrig, als doch seinen Strahler auf Impulsmodus zurückzuschalten und einzusetzen. In einem Funkenregen kippte das Schott nach außen.

Perry wandte sich um und ließ den Hochenergiestrahl über die inzwischen erneut angewachsene Masse der Tiere wandern. Danach stieg er durch die Öffnung und sah sich um.

Auch hier lagen wieder Skelette. Hunderte von Gebeinen, die eine aufwärts führende Rampe bedeckten, dazwischen Bauwerkzeuge. Im Unterschied zum Boden der Halle schimmerte das Metall der Rampe wie neu.

Perry stieg über die Skelette hinweg und kam an ein weiteres Schott. Er mußte es ebenfalls mit Impulsstrahlen aufschneiden. Dahinter war ein leerer Raum mit völlig glatten Metallwänden. Perry durchquerte ihn und stieß auf ein Schott, das sich von innen öffnen ließ.

Er schloß es aufatmend hinter sich, denn die rattenähnlichen Tiere hatten Verstärkung erhalten und ergossen sich wie eine graubraune Flut in den Raum davor.

Vor sich sah Perry einen langen Gang, der irgendwo in der Ferne nach links abbog. Quadratische Öffnungen in der stählernen Decke ließen gelbes Licht hindurch. Perry nahm seine Elektronenbrille ab.

Das Donnern der vulkanischen Tätigkeit war hier kaum noch zu hören. Dafür vernahm Perry deutlich das charakteristische Summen starker Energieleiter. In der Nähe mußte es Anlagen geben, die in Betrieb waren.

Dafür sprach auch der Zustand des Ganges. Er konnte nicht älter als einige Jahrzehnte sein. Offenbar hatte hier jemand vor nicht allzu langer Zeit neue Anlagen auf dem Areal der uralten Stadt bauen lassen – streng geheime Anlagen, denn sonst hätte der Bauherr nicht den Tod der Bauarbeiter zu veranlassen brauchen.

Perry Rhodan beschleunigte seine Schritte. Er wollte diesen Teil der Stadt so schnell wie möglich erkunden und dann zum Treffpunkt zurückkehren, damit sich niemand unnötige Sorgen über seinen Verbleib machte.

Hinter der Biegung des Ganges stieß Perry auf eine Abzweigung. Nach links führte ein breiter, beleuchteter und sauberer Korridor, nach rechts ging es in einen dunklen Stollen, der nach Moder und Feuchtigkeit roch. Eine Gittertür versperrte den Stollen.

Perry wandte sich nach links – und stockte, als er aus dem alten Stollen ein seltsames Rumpeln und Klappern hörte. Er überlegte kurz, dann huschte er einen Teil des Weges zurück, den er eben gekommen war. Hinter der Biegung legte er sich hin und spähte zu der Gittertür hinüber.

Das Rumpeln und Klappern verstärkte sich. Eine blecherne Stimme sagte: »Gleich sind wir da, Ras.«

Perry zuckte irritiert zusammen. Die Stimme gehörte zweifellos einem Roboter.

Der Terraner hielt den Atem an, als die Gittertür aufgestoßen wurde und ein halbkugelförmiges Gebilde auf vier Rädern in den Gang rollte, deren Gummi- oder Plastikbereifung längst verrottet war. Die nackten Felgen klapperten und quietschten laut.

Und auf der ebenen Oberfläche des seltsamen Fahrzeuges saßen Ras Tschubai und Gucky!

Perry erhob sich und kam aus seinem Versteck hervor.

»Hallo, ihr beiden!« rief er.

Ras grinste übers ganze Gesicht.

»Sonderoffizier Tschubai auf dem Wege zum Taschkar!« meldete er lässig. »Was suchen Sie eigentlich in unserem Revier?«

»Zufall«, erklärte Perry. »Wo ist der Roboter, der vorhin zu Ihnen gesprochen hat, Ras?«

Ras schlug mit der flachen Hand gegen die roststarrende Halbkugel, auf der er saß.

»Hier. Er heißt übrigens Unkel 1143. Mein Diener. Er will uns zum Taschkar führen. – Unkel, das ist Perry Rhodan.«

»Interessant«, quarrte Unkel. »Er sieht blaß aus, wahrscheinlich fehlen Vitamine.«

»Ich hatte ein schlimmes Erlebnis«, sagte Perry. Er berichtete von dem Saal der Skelette.

»Das war der Taschkar«, erklärte Unkel mit seiner blechernen Stimme. »Er hat eine ganze Armee von Bauarbeitern einschließen und durch Gas töten lassen, nachdem seine geheimen Anlagen fertiggestellt waren.«

»Das dachte ich mir«, sagte Perry betroffen. »Das erklärt übrigens auch, warum wir bisher nicht verfolgt wurden. Der Taschkar ist nicht daran interessiert, andere Personen in sein Geheimnis einzuweihen. – Unkel, wo befindet sich der Taschkar?«

»In seiner Schaltzentrale. Wenn Sie uns begleiten möchten, Perry Rhodan?«

Perry nickte.

Dann setzte sich das seltsame Gefährt wieder in Bewegung. Es rumpelte den nach links abzweigenden Korridor hinunter.

Perry Rhodan folgte ihm nachdenklich.

16.

Nach etwa einem Kilometer schwenkte der Korridor stärker nach links ab und verwandelte sich bald darauf in eine abwärts führende Spiralrampe.

Perry rannte, denn Unkel wurde immer schneller. Der seltsame Roboter kreischte, blubberte und zischte, während er von einer Wand zur anderen schleuderte. Eines der Räder begann zu eiern.

Gucky und Ras hielten sich aneinander fest, schwankten und rutschten auf der glatten Oberfläche.

»Langsamer!« schrie Perry.

»Ich kann nicht«, antwortete Unkel 1143 stotternd. »Die Elektronenbremse bekommt keine Energie.«

Die rechte Seite des Roboters schleifte knirschend an der Gangwand, das eiernde Rad sauste ein Stück die Wand hinauf, dann überholte es das Fahrzeug rechts. Gucky und Ras entmaterialisierten, und im nächsten Moment kippte Unkel 1143 um und rutschte auf der Seite die steile Rampe hinunter.

Die beiden Mutanten rematerialisierten dicht neben Perry. Vor den drei Personen verschwand Unkel um die nächste Biegung. Es schleifte, polterte und krachte ohrenbetäubend, dann war es still.

Gucky tastete seinen Körper ab.

»Blaue Flecken wie Sand am Meer. Man sollte nie mit fremden Unkels gehen, Ras.«

Unter ihnen erscholl ein mißtönendes Knacken, ein schleifendes Geräusch folgte, dann ein harter Aufprall.

Eine blecherne Stimme gab unverständliche Töne von sich. Nach einer Weile gingen sie in einen Singsang über.

»Unkels Totengesang«, bemerkte Ras. »Ohne unsere Gabe der Teleportation, Gucky, würden wir jetzt in den Choral einstimmen.«

»Wir folgen dem Roboter«, entschied Perry. »Hoffentlich hat er sich nicht geirrt, was den Taschkar betrifft.«

Ras zog es vor zu schweigen.

Langsam gingen sie die steile Rampe hinunter. Perry und Ras mit den griffigen Sohlen ihrer Raumfahrerstiefel waren dem Ilt gegenüber im Vorteil. Gucky rutschte immer wieder mit seinen nackten Sohlen aus, fing sich aber immer telekinetisch.

Nach einigen Minuten sahen sie das dreirädrige Fahrgestell des Roboters. Es hing verbogen an der Seitenwand; die Halterungen des halbkugelförmigen Roboters waren abgebrochen. Eine helle Schleifspur führte davon weg.

Etwa hundert Meter weiter kamen die drei Personen in eine halbkreisförmige kleine Halle. Der eiförmige Rumpf Unkels war gegen die geschwungene Hinterwand geprallt und stark eingebeult. Immer noch aber drang der komische Singsang aus dem Roboter.

Ras schlug gegen die Metallplastikhülle und fragte:

»Kannst du mich hören, Unkel?«

Der Singsang verstummte, wurde abgelöst von einem langgezogenen Schnarren, das in ein hartes Klicken überging.

»Schrottkasten!« schimpfte Gucky.

»Nicht undankbar sein«, sagte Ras. »Vielleicht hat Unkel uns wirklich auf die Spur des Taschkars gebracht.«

Das Klicken brach ab. Gleich darauf ertönte ein helles Zirpen, ging über in ein metallenes Scheppern, dann verstummte Unkel 1143 endgültig, wie es schien.

Perry musterte die beiden geschlossenen Schotte an der Rückwand des Raumes.

»Wohin, Freunde?« fragte er grübelnd.

Ras Tschubai zog einen silbernen kleinen Kreisel aus seiner Kombination, ein diskusförmiges Ding mit einem langen und einem kurzen Stab.

»Ein Geschenk von Ihrer mütterlichen Freundin«, sagte er zu Rhodan. »Der listigen Piratin Tipa Riordan.«

Er drehte den längeren Stab zwischen Daumen und Zeigefinger und ließ den Kreisel auf den kürzeren Stab springen. Der Silberdiskus drehte sich rasend schnell, zog weite, allmählich enger werdende Kreise und trudelte schließlich in der Nähe des rechten Schottes aus.

»Die gute alte Tipa«, meinte Perry mit versonnenem Lächeln und ging auf das rechte Schott zu. Es ließ sich durch Handauflegen öffnen, besaß also ein Thermalschloß.

»Die verschrumpelte Giftspritze hat dir den Kreisel geschenkt?« wandte sich Gucky an Ras.

Ras lächelte.

»Sie ist im Grunde genommen ein liebes Mädchen, zwar nicht mehr ganz knusprig, aber mit einem sonnigen Gemüt. Ich rettete sie einmal vor einem Wutanfall Atlans. Dafür schenkte sie mir ihren Zauberkreisel.«

Perrys Schultern zuckten vor unterdrückter Heiterkeit, als er den Korridor hinter dem Schott betrat. Die Feind-Freundschaft zwischen Atlan und Tipa Riordan war in der ganzen Galaxis bekannt. Wenn beide Menschen zusammentrafen, gifteten sie sich an, aber viel öfter hatten sie zum Nutzen der Menschheit Hand in Hand gearbeitet.

»Wir wollen hoffen, daß Tipas ›Zauberkreisel‹ uns den richtigen Weg gewiesen hat«, meinte er.

»Einen kurzen Weg, hoffentlich«, sagte Gucky. Der Ilt watschelte mühsam hinter den beiden Männern her. Er hatte in letzter Zeit viel überflüssiges Fett angesetzt und schwitzte nun.

Perry Rhodan wünschte sich ebenfalls das Ende des langen Korridors herbei. Die letzten Tage waren das genaue Gegenteil von erholsamen Ferien gewesen. Die Bekleidung war schon wieder verschmutzt und verschwitzt, die Haut juckte, und die Füße brannten.

»Ein Sternenreich für ein Bad!« rief er und seufzte.

»Das kommt darauf an, was es für ein Bad ist«, bemerkte Gucky ächzend.

Ras blieb plötzlich stehen und hob die Hand.

»Ich höre etwas.«

»Gewiß«, sagte Gucky. »Mein Magen knurrt.«

»Sei still«, flüsterte Perry. »Ich höre es ebenfalls. Maschinengeräusche! Gucky, stelle deine Lauscher auf!«

Der Ilt wackelte mit den Ohren und grinste flüchtig, wurde aber schnell ernst, als er Rhodans ärgerliche Miene sah. Er stellte die runden Ohren auf und lauschte.

»Ja«, flüsterte er. »Es klingt, als wären starke Projektoren in Betrieb.«

Perrys Hand verkrampfte sich unwillkürlich um die Waffe. Er nickte und sagte: »Ich gehe vor – allein. Ras, Sie sichern nach hinten ab. Gucky, du verfolgst meine Gedanken. Wir müssen damit rechnen, daß sich der Taschkar durch automatische Fallen absichert. Gerate ich in Gefahr, holt Gucky mich heraus. Klar?«

Er wartete die Antwort nicht ab, sondern schlich mit federnden Schritten weiter. Jeder Nerv in ihm war angespannt.

Nach rund zweihundert Metern bog der Korridor nach rechts ab. Perry sah sich um und nickte den Gefährten zu, dann schlich er weiter. Der Gang endete nach etwa hundert Metern vor der Öffnung eines Antigravschachtes.

Perry hielt sich an den Rändern fest und prüfte das Kraftfeld vorsichtig mit dem Fuß. Es zog nach unten, in unbekanntes Terrain. Rhodan war sich darüber klar, daß er sich in Gefahr begab, falls dieser Lift tatsächlich näher an eine Schaltzentrale des Taschkars führte. Dieser Takerer war nicht so leichtsinnig, eine geheime Schaltzentrale ungesichert zu lassen.

Um so überraschter war er, als er ungehindert bis zum Boden des Kraftfeldschachtes gesunken war. Mit der Waffe sichernd, spähte er durch die Ausstiegsöffnung.

Unwillkürlich hielt er den Atem an.

Wieder einmal blickte er in einen erleuchteten Korridor. Aber am Ende des Korridors war keine feste Wand, sondern nur ein gelbliches Leuchten, durch das man in eine mit unzähligen Instrumenten versehene Zentrale sehen konnte.

Gucky! dachte er. *Ich sehe die Schaltzentrale. Peile mich an, und komm mit Ras zum Grund des Liftschachtes!*

Sekunden später materialisierten die beiden Mutanten neben ihm.

»Hochmodern«, sagte Ras, nachdem er den sichtbaren Teil des Raumes gemustert hatte. »Das gelbe Leuchten scheint ein Energieschirm zu sein. Lassen Sie mich teleportieren.«

Perry schüttelte den Kopf.

»Ich versuche es zuerst auf meine Weise, Ras. Ihr beide wartet hier und beobachtet.«

Er hielt die Waffe schußbereit, während er Schritt für Schritt auf das gelbe Licht zuging. Als er wenige Meter vor der Leuchtwand stand, nahm er einen Magnetschreiber und schleuderte ihn über den Boden.

Das Schreibgerät glitt auf das gelbe Leuchten zu und wurde unsichtbar.

Perry verzog die Lippen. Langsam ging er auf das Licht zu, streckte die Hand aus – und plötzlich sah er den Magnetschreiber hinter der Leuchtbarriere liegen. Er holte tief Luft und trat hindurch.

Das gelbe Leuchten war also eine Art mechanohypnotischer Sperre. Langsam und mit wachen Sinnen ging Perry Rhodan weiter. Immer mehr von der Schaltzentrale kam in sein Blickfeld, und endlich entdeckte er den Taschkar selbst.

Der Takerer saß auf einem drehbaren Schalensessel und hantierte offensichtlich nervös an einigen Schaltungen.

Perry bemerkte gleich darauf die Ursache der Nervosität. Auf vier großen Bildschirmen sah er jeweils einige der verrückten Vasallen, die in einem unbekannten Teil der Stadt umherirrten.

Der Taschkar stand auf, ging zu einer anderen Schaltung, drückte einige leuchtende Platten und wandte den Kopf wieder nach den Bildschirmen.

Die Vasallen wirbelten noch verrückter durcheinander. Zwei von ihnen stießen in der Luft zusammen, stürzten zu Boden und kurvten nach einigen Sekunden schwerfällig wieder hoch.

Der Taschkar trommelte mit den Fäusten auf sein Schaltpult. Einmal wandte er das Gesicht dem Terraner zu, und Rhodan sah die Verzweiflung, die Wut und die Ratlosigkeit darin. Der Takerer schien ihn jedoch nicht sehen zu können.

Kommt nach! dachte Perry.

Die beiden Mutanten rematerialisierten neben ihm und sahen atemlos in die Schaltzentrale des Taschkars.

»Er versucht, die Vasallen wieder unter seine Kontrolle zu bekommen«, flüsterte Perry.

»Und wie es aussieht«, sagte Ras, »gelingt ihm das nicht. Ich möchte ihm gern ein wenig Gesellschaft leisten.«

»Nein!« rief Gucky. »Laß mich gehen. Dem Burschen möchte ich das Genick umdrehen – telekinetisch selbstverständlich.«

»Ich hätte nichts dagegen«, gab Perry zurück. »Aber die Schaltzentrale ist sicher noch durch andere Schutzschirme abgesichert.«

Er ging zwei Schritte weiter und prallte plötzlich mit dem ausgestreckten linken Arm gegen eine unsichtbare Wand. Seine Hand fühlte sich an, als wäre sie in flüssige Luft getaucht worden. Er taumelte mit schmerzverzerrtem Gesicht zurück.

»Hättest du mich lieber gleich gehen lassen«, sagte der Mausbiber vorwurfsvoll. Im nächsten Augenblick war er verschwunden.

Perry Rhodan umklammerte seine schmerzende Hand und blickte mit düsterer Miene in die takerische Schaltzentrale. Den Strahler hatte er zurückgeschoben.

Er ahnte, was kommen würde – und er brauchte nur wenige Sekunden zu warten, bis seine Befürchtung sich erfüllte.

In einem Luftwirbel materialisierte ein leuchtendes Schemen, das gewisse Ähnlichkeit mit dem Mausbiber hatte. Langsam verwandelte sich das Leuchtgebilde in die normale Gestalt Guckys.

Der Ilt war bewußtlos.

»Vorwitziger Bursche«, schimpfte Perry, obwohl er genau wußte, daß sie um diesen Versuch gar nicht herumgekommen wären. Einer hätte die Absicherungen erproben müssen.

»Wenn er zu sich kommt, wird er furchtbare Schmerzen haben«, sagte Ras. Das Gesicht des Afroterraners war grau geworden, er wußte, wie ein Teleporter zu leiden hatte, wenn er versuchte, dimensional übergeordnete Energieschirme zu durchdringen.

»Bringen Sie uns zurück, Ras«, sagte Rhodan.

Er sah noch einmal zurück in die Schaltzentrale. Der Taschkar saß vor einem anderen Pult und schaltete wie verrückt.

Dann legten Ras und er sich Guckys schlaffe Arme um die Schultern – und Tschubai teleportierte . . .

Sie rematerialisierten dort, wo sie noch vor wenigen Stunden Kaffee getrunken hatten. Perry aktivierte das Minikom-Armband, ein Reservegerät, das während der Gefangenschaft in einem Lagerraum Paladins gelegen hatte.

Das Kennwort »Footstep« wurde abgestrahlt. Es bedeutete, daß jemand eine wichtige Spur gefunden hatte.

Zuerst traf Takvorian ein. Das Fell des Zentauren glänzte vor Schweiß. Atemlos sagte er:

»Ich habe die Vasallen gesehen! Drei Etagen tiefer in einem dunklen Stollen. Sie suchen offenbar nach uns.«

»Woher wollen Sie das wissen, Takvorian?« fragte Perry.

»Sie arbeiten mit Infrarotlichtscheinwerfern«, antwortete Takvorian. »Ich habe eine Sprengladung an dem Schott angebracht, das sie vom Zugang zu dieser Ebene trennt.«

»Gut«, erwiderte Perry. »Wenn es knallt, wissen wir also Bescheid.«

Atlan und Merkosh betraten den Raum gleichzeitig. Der Arkonide hinkte leicht. Sein Gesicht war wütend.

»Dieser Glasmann hätte mich beinahe umgebracht!« schimpfte er.

»Atlan ist selbst schuld«, verteidigte sich der Gläserne heftig. »Er hat mich erschreckt, und ich schrie vor Angst.«

Perry sah seinen arkonidischen Freund fragend an.

»Ein Roboter hat mich verfolgt«, erklärte Atlan. »Ich wollte ihm einen Hinterhalt legen und bin auf eine Art Falltüre geraten. Plötzlich liege ich in einem Silo voll getrockneter Kräuter, und Merkosh brüllt los. Er hat mit seinem Hyperschall den Boden des Silos zerpulvert und ich bin vier Meter tief abgestürzt.«

»Ich hörte den Krach«, warf Merkosh ein. »Die Hypnosekräuter bewegten sich. Ich kam zu mir und schrie. Aber der Roboter ging auch kaputt, jawohl!«

»Hypnosekräuter?« fragte Takvorian.

»Sie haben mich schläfrig gemacht«, antwortete der Gläserne. Das Gehirn hinter seiner transparenten Schädelkapsel zuckte. »Ich hatte Hallunisionen.«

»Halluzinationen«, verbesserte Atlan.

»Ganz richtig. Halluzitionen.«

Gucky kicherte.

»Da hätte ich Mäuschen spielen mögen«, sagte er und entblößte seinen Nagezahn. »Aber wir haben auch allerhand erlebt.« Er verzog das Gesicht, als er an die grausamen Schmerzen dachte, die er ausgestanden hatte. Eine Injektion hatte ihn davon befreit.

Der Paladin stapfte herbei.

»Keine besonderen Vorkommnisse, Sir«, meldete Harl Dephin. »Immerhin weiß ich jetzt, daß es auch einen neuen Teil der Stadt geben muß. Ich bin auf einen Saal voller Skelette und Baumaschinen gestoßen. Dahinter beginnt eine Zone, die erst vor wenigen Jahrzehnten erbaut worden sein muß.

Übrigens fand ich zwei zerschossene Schotte. Irgend jemand muß also außer uns hier umhergeistern.«

Perry lachte trocken. »Das war ich, General.«

Er berichtete, was er allein und später zusammen mit Gucky und Ras Tschubai erlebt hatte. Ras ergänzte seinen Bericht.

»Der Taschkar«, schloß er, »hat also die Vasallen noch nicht wieder unter schalttechnische Kontrolle bekommen. Wenn wir Glück haben, kommt Ovaron ihm zuvor.«

Der Donnerschlag einer Explosion ließ die Wände erbeben. Takvorian hatte sich gerade mit dem Huf an der Flanke gekratzt, er verlor das Gleichgewicht und trat Atlan auf den ohnehin schmerzenden Fuß.

Der Arkonide stieß einen Schrei aus und hüpfte auf einem Bein im Zimmer herum.

»Sind Sie vom Affen gebissen, Tak?« brüllte er den Zentauren an.

»Nein, Sir«, erwiderte Takvorian. »Aber Sie sind vom Pferd getreten. – Tut mir sehr leid, Sir, ehrlich.«

»Schon gut!« ächzte der Arkonide. »Es geht eben nichts über gute Freunde, die einen abhärten wollen.«

»Und nichts über Sprengladungen, die ein Pferd installiert hat«, warf Perry Rhodan ein. »Ras, sehen Sie sich vorsichtig draußen um! Ich fürchte, die Vasallen haben unsere Spur aufgenommen.«

Er erklärte Atlan, Merkosh und dem Thunderbolt-Team, was Takvorian entdeckt hatte und daß er den Zugang zu dieser Ebene mit einer Sprengladung abgesichert hatte.

»Nun, ich könnte durchaus wieder ein Bad gebrauchen«, sagte Atlan zynisch. »Hier wird man offenbar schneller dreckig als anderswo.«

Von draußen kam das Donnern einer Energieentladung herein. Dann materialisierte Tschubai im Zimmer. Auf dem Kopf des Teleporters prangte eine blaue, schnell anschwellende Beule.

»Die Vasallen sind draußen«, meldete er. »Einer der Burschen hat mich gerammt.« Er tastete behutsam nach seiner Beule. Die Haut über der Schwellung war aufgeschürft, und Blut sickerte hervor. »Ich habe ihn zu seinen Ahnen geschickt!« erklärte Ras grimmig.

Perry und der Ilt sahen sich an.

»Der Taschkar dürfte den Zwischenfall gesehen haben«, sagte Gucky. »Ich schlage vor, wir verschwinden von diesem unfreundlichen Ort.«

Ein durchdringendes Summen unterstrich seine Mahnung. Einen Sekundenbruchteil später stürzten zwei Vasallen durch die offene Tür. Sie griffen Takvorian an, und Rhodan fragte sich, ob sie in dem Zentauren den Bombenleger erkannt hatten.

Takvorian schlug mit den Hinterbeinen aus und traf einen der Roboter. Es klirrte metallisch. Dann schoß Atlan. Der Hochenergiestrahl fuhr dicht an Perrys Kopf vorbei und versengte einen Teil der Haare. Ein Vasall verdampfte, als sich die Energie in ihm entlud. Der zweite stürzte sich auf den Paladin und wurde von einem wuchtigen Prankenhieb zerschmettert.

»Blockieren Sie den Hauseingang, General!« rief Perry Rhodan dem Kommandanten des Roboters zu. »Die anderen folgen mir!«

Er lief hinter Paladin aus dem Zimmer, überquerte den Flur und sprang in die Öffnung des abwärts gepolten Antigravschachtes. Von draußen kam ein Gebrüll wie aus hundert Schiffssirenen: der Kampfruf des Paladins.

Nach einer Flucht durch Korridore, über Verteilerhallen und von Haus zu Haus sammelten sich bis auf den Paladin alle Personen in einer kleinen stählernen Arena.

Perry wischte sich den Schweiß von der Stirn und sah zu, wie Gucky telekinetisch vom Rücken Takvorians glitt.

Ras Tschubai machte eine Armbewegung, die die gesamte Arena umfaßte.

»Wer mag wohl hier früher aufeinander losgegangen sein?«

Er schlenderte auf eine Loge zu, deren Brüstung fünf Projektoren aufwies.

Die Sitze dahinter waren ebenfalls aus Stahl, aber man konnte noch sehen, daß sie früher einmal gepolstert gewesen waren. Zwischen stählernen Rippen hingen poröse graue Plastikfetzen.

Ras setzte sich und legte die Finger auf eine Konsole unterhalb der Logenbrüstung. Knisternd baute sich vor der Loge ein flimmernder Energieschirm auf. Starke Scheinwerfer beleuchteten die Arena von unten aus.

Takvorians Pferderumpf scheute. Der Zentaur bäumte sich auf und galoppierte dann über die patinierten Stahlplatten der Arena.

Plötzlich senkte sich ein Teil des Arenarundes, versank im stählernen Boden. Rechteckige Stahlbehälter schoben sich aus dem unteren Rand der Arena, öffneten und schlossen sich in einem sinnlosen Rhythmus.

Perry rieb sich die Augen, als die Arena sich von einer Sekunde zur anderen in eine hitzeflirrende Wüste verwandelte. Ein Sturm heulte über die Dünen und trieb feine Schleier weißgelben Sandes vor sich her. Graugrüne Kakteen standen in kleinen Gruppen im Sand.

Takvorian galoppierte über die flachen Dünen – aber seine Hufe hinterließen keine Spuren.

Eine Illusion!

Die Wüste mußte eine Illusion sein.

Merkosh der Gläserne lachte und rannte über den Sand auf Takvorian zu. Vor ihm schnellte eine silbergrüne Schlange hoch, stieß zu und biß den Gläsernen in die Wade.

Merkosh wirbelte herum und brüllte, aber die Schlange zerbröckelte nicht, sondern züngelte den Gläsernen unverwandt an.

»Abschalten, Ras!« befahl Perry.

Tschubai nickte zu ihm herab und ließ seine Finger wiederum auf der Schaltkonsole spielen.

Übergangslos verwandelte sich die Wüste in eine unter fahlem grünem Licht liegende Sumpflandschaft. Merkosh schrie auf und versank bis zur Brust in einem Schlammloch. Takvorian sprang in wilden Sätzen über blasenwerfende tückische Stellen, und der sichere Instinkt des Pferdekörpers fand einen Weg aus dem tödlichen Sumpf. In wildem Galopp jagte der Zentaur über die stählerne Bande in den verwaisten Zuschauerraum und blieb neben Atlan stehen.

Ras schaltete erneut. Sein schwarzes Gesicht verzerrte sich zu einer Grimasse und bedeckte sich mit Schweiß. Ihm war offenbar klargeworden, daß er die Kontrolle über die fremdartige Maschinerie verloren hatte.

Plötzlich verwandelte sich der Sumpf in eine bizarre Eislandschaft. Merkosh hing an einer hochkant stehenden Eisscholle und ließ los, als er die Veränderung bemerkte. Er wurde von der Gewalt eines arktischen Sturmes gepackt, niedergeworfen und über die Eisfläche getrieben.

Gucky entmaterialisierte und tauchte neben dem Gläsernen wieder auf. Er packte Merkosh bei den Schultern und stand im nächsten Moment mit ihm neben Rhodan. Eiskristalle glitzerten in seinem braunen Fell.

Perry bückte sich und öffnete den Magnetsaum von Merkoshs Hosenbein. Auf der mattgläsernen nackten Wade waren zwei punktförmige rote Einstiche zu sehen.

Atlan kam herbei und prüfte das Material der Hose.

»Keine Beschädigung«, sagte er. »Es wäre ja auch seltsam gewesen, wenn eine Schlange durch eine Bordkombination beißen könnte.«

»Dann ist die Wunde durch Einbildung entstanden«, stellte Perry betroffen fest. »Ein Psychostigma also.«

Ras Tschubai kam aus der Loge herabgestiegen. Seine Beine bewegten sich unsicher.

»Mein Gott!« flüsterte er. »Ich habe nicht geahnt, was ich da auslöste.«

Das trompetende Röhren des Paladin-Roboters lenkte die Aufmerksamkeit auf einen anderen Teil der Arena. Der Paladin rannte vor einem Schwarm Vasallen davon. Von der Seite galoppierte Takvorian heran.

Perry wurde blaß.

Wenn sie nicht schnell ein Versteck fanden, würden sie sämtliche Vasallen abschießen müssen. Das aber hielt er für einen gefährlichen Fehler, denn die seltsamen Roboter hatten zweifellos eine Bedeutung für Ovaron. Wenn der Ganjo genügend Zeit hatte, gelang es ihm wahrscheinlich, sie unter seine Kontrolle zu bringen und herauszubekommen, worin ihr Geheimnis bestand.

»Hinter die Loge!« rief Ras. »Ich habe ein Schott entdeckt! Schnell!«

Er rannte bereits wieder hinauf. Perry und die übrigen Personen folgten ihm. Sie drängten sich hastig durch das Schott, warteten auf den Paladin-Roboter, hinter dem sich die beiden Schotthälften wieder schlossen. Perry verschweißte die Ränder des Schotts mit seinem Strahler.

»Ich mußte noch einen Vasallen zerstören, Sir«, meldete Dephin.

»Dann haben wir insgesamt acht erledigt«, überlegte Perry laut. »Hoffentlich ist das nicht schon zuviel.«

»Du meinst«, fragte Atlan, »sie handeln als eine Einheit – jedenfalls, wenn sie unter Kontrolle sind?«

Perry Rhodan nickte.

»Und ich hoffe, daß Ovaron sie unter seine Kontrolle bringt.« Er blickte in den Tunnel hinein, den sie betreten hatten. »Ich bin gespannt, wohin dieser Stollen führt.«

Er steckte die Waffe zurück und setzte sich in Bewegung. Weit hinten im Tunnel war ein grünes Leuchten erkennbar.

17.

Das grüne Leuchten entpuppte sich als die Ausstrahlung von Milliarden mikroskopisch winziger Kristalle, die von unsichtbaren Kraftfeldern in einer runden Kuppelhalle gehalten und formiert wurden.

Die Kristalle, von denen nur die Lichtausstrahlung gesehen wurde, wichen zur Seite, als Perry die Halle betrat. Sie formierten sich Millimeter entfernt um ihn herum, ohne ihn zu berühren. Sekunden später spürte er Panik in sich aufsteigen.

»Nun?« fragte Atlan ironisch, als Rhodan die Angst zurückgedrängt hatte. »Du sahst aus, als hättest du einen Geist gesehen.«

»Nicht einen, sondern sämtliche Geister des Universums«, entgegnete Perry mit belegter Stimme. »Die Kristalle strahlen Panikimpulse aus. Ihr müßt die Halle so schnell wie möglich durchqueren. Wartet einen Moment!«

Er ging zur gegenüberliegenden Seite der Halle. Wieder umgaben ihn die Kristalle wie ein grünlich flirrender Film. Aber seine Mentalstabilisierung ließ die Panikimpulse nicht durch. Er versuchte, das Schott an dieser Seite zu öffnen. Als es mit normalen Mitteln nicht gelang, zerschoß er es. Da verlosch das Leuchten der Kristalle. Der Hallenboden bedeckte sich mit einer dünnen Schicht grauen Staubes.

Perry streckte die linke Hand abwehrend nach hinten aus, als die Gefährten ihm folgen wollten.

Er hatte in dem Gang, den er freigeschossen hatte, ein undefinierbares Geräusch gehört, ein gleitendes Schleifen und Summen.

Kurz darauf schob sich ein metallener Quader aus dem Gang, hielt in der Öffnung an und verankerte sich knirschend mit einem starken Magnetfeld. Perry Rhodan konnte die Stärke an seinem Kombinationsarmband ablesen.

»Da hat man uns einen feinen Korken vor die Nase gesetzt«, meinte Gucky. »Soll ich ihn zurücktreiben, Perry?«

Rhodan nickte.

Der Mausbiber schob Merkosh, der ihm im Wege war, zur Seite. Dann konzentrierte er sich auf den metallenen Pfropfen. Sekunden später gab es einen dumpfen Knall, und der Pfropfen schoß mit der Geschwindigkeit einer Gewehrkugel den Gang zurück. Irgendwo da hinten krachte und donnerte es, dann war es still.

»Gucky, der Pfropfenlöser!«, rief Major Mirus Tyn aus dem Paladin. »Du hättest Ohrenarzt werden sollen, Ilt.«

Perry packte den Mausbiber am Nackenfell und zog ihn mit sich.

»Er hat es aber vorgezogen, Komiker zu werden«, gab er zurück. »Komm, Kleiner! Wenn noch so ein Pfropfen kommt, brauchen wir dich an vorderster Stelle.« Er ließ den Ilt los.

Nebeneinander drangen sie in den Gang ein. Am Ende stießen sie auf einen Liftschacht mit großem Durchmesser. In der stählernen Hinterwand klaffte ein großes rechteckiges Loch.

Gucky deutete darauf und fragte:

»Bin ich gut oder nicht, Leute?«

»Manchmal bist du zu gut«, bestätigte Rhodan und prüfte den Kraftfeldzug mit dem Fuß. Er war abwärts gepolt.

Er wandte sich um und sagte zu seinen Begleitern:

»Wir gehen da hinunter. Aber allergrößte Vorsicht! Die Panik-Kristalle und der Verschlußpfropfen deuten darauf hin, daß wir uns abgesichertem Gebiet nähern.«

»Gegen den Überallzugleich-Töter gibt es keine Sicherheit«, meinte der Ilt und sprang in den Liftschacht.

Perry folgte ihm. Bei Gucky mußte man stets auf Überraschungen gefaßt sein. Der Ilt hielt sich wegen seiner Parafähigkeiten für unbesiegbar und vergaß dabei manchmal, daß seine Gefährten von der Natur weniger begünstigt waren als er.

Der Liftschacht mündete in eine riesige kugelförmige Halle. Das Kraftfeld setzte sich unsichtbar bis zum Zentrum der Kugel fort und endete auf einer schwebenden Plattform.

Rhodan musterte die Innenseite der gewaltigen Kugel. Sie war mit kegelförmigen grobporigen Erhebungen besetzt, die aus dieser Entfernung wie Seepocken unter der Wasserlinie eines Meeresfahrzeuges aussahen. Die Öffnungen an der Oberseite der Kegel waren rund und schwarz; bei einigen glaubte Perry Bewegung hinter der Schwärze zu sehen.

Der Paladin ging langsam zum Rand der Plattform, wich aber sofort wieder zurück, als die Plattform sich nach dieser Seite neigte. Takvorian glitt mit seinen glatten Hufen aus und verschwand schreiend hinter dem Rand.

Gucky pfiff schrill und entmaterialisierte.

Perry Rhodan legte sich auf den Bauch und robbte bis zum Rand der Plattform. Er schob den Kopf darüber und sah nach unten. Was er sah, ließ sein Blut erstarren:

Gucky und der Zentaur schwebten dicht beieinander etwa zehn Meter über der Kugelwandung, umschlungen von zahllosen purpurroten Fangfäden, die sich aus ungefähr dreißig Kegeln geschnellt hatten. Der Zentaur strampelte wild mit den Beinen; Gucky dagegen lag ganz still.

Perry winkte.

»General Dephin! Das ist eine Aufgabe für Sie! Aber nehmen Sie die Flugaggregate!«

Der Paladin schwebte plötzlich einige Zentimeter über dem Boden der Plattform. Dann schaltete sich sein Impulstriebwerk ein. Die Glut schlug auf die Platte und verflüssigte die Oberflächenschicht.

Perry beobachtete, wie der Paladin zu den beiden Mutanten hinabstieß. Captain Dart Hulos hatte die Geschützklappen geöffnet und verbrannte die Fangschnüre mit dem Feuer der Impulsgeschütze.

Im nächsten Moment schnellten aus anderen Kegelöffnungen zahlreiche Fangschnüre hervor, wickelten sich um den Paladin und versuchten ihn herabzuziehen. Der Roboter fuhr die langen Messer aus den Handlungsarmen und durchtrennte die Schnüre, als bestünden sie aus Butter. Die Glutströme seines Impulstriebwerks verbrannten den Rest.

Der Paladin kam frei und stieß auf die beiden Mutanten herab. Takvorians Körper zitterte, als ein mächtiger Arm ihn aus dem Fadengewirr riß. Der Mausbiber dagegen rührte sich immer noch nicht. Sein Körper war von abgetrennten Fangschnüren umhüllt.

Sekunden später legte der Paladin die beiden Mutanten auf der Plattform ab. Perry zog sein Vibratormesser und schnitt die restlichen Fangschnüre von Gucky. Atlan tat das gleiche bei Takvorian.

Perry schluckte, als er die geröteten und geschwollenen Striemen an

Guckys Körper sah. Die Fangschnüre hatten ganze Streifen des Felles verätzt und das rohe Fleisch bloßgelegt. Der Ilt war bewußtlos.

Ras ließ sich den Medokoffer aus dem Paladin geben und versorgte den Zentauren und Gucky mit starken Antibiotika-Injektionen. Danach behandelte er die Wunden mit Heilplasma.

Der Ilt kam einige Minuten später zu sich. Er richtete seine großen glänzenden Augen auf Rhodans Gesicht und fragte:

»Wie sieht mein Fell aus, Perry?«

Seine Stimme klang ängstlich.

»Nicht besonders gut«, antwortete Perry untertreibend. »Aber das heilt bald wieder.«

Der Ilt richtete sich halb auf, sah die nackten Striemen in seinem Pelz an und fiel erneut in Ohnmacht.

Perry Rhodan wandte den Kopf und sagte:

»General Dephin, verbrennen Sie sämtliche Fangpflanzen!«

Der Paladin-Roboter hob abermals von der Plattform ab. Diesmal hielt er sich in sicherer Distanz. Dafür arbeiteten seine Impulsgeschütze desto intensiver. Die Luft füllte sich mit beißendem Rauch, als die Fangpflanzen oder -tiere mitsamt ihren Kegeln abgebrannt wurden.

Nachdem er auf die Plattform zurückgekehrt war, senkte sich die große Platte langsam. Nach etwa einer Minute stieß sie am Grund der Kugel auf. Im selben Moment öffnete sich in der metallenen Wandung ein rundes Schott.

Atlan und Ras Tschubai sprangen gleichzeitig durch die Öffnung. Der Paladin nahm Gucky behutsam auf den Arm. Währenddessen war Perry dem Arkoniden und dem Teleporter gefolgt. Er hatte wieder das Gefühl naher Gefahr, einer größeren Gefahr, als es die Fangpflanzen gewesen waren. Aber noch gab es keinen Anhaltspunkt dafür, wie die Gefahr beschaffen sein würde.

Ein Panzerschott versperrte den Weg. Atlan hob den Strahler und schnitt das Schott aus der Fassung. Donnernd krachte es zu Boden. Dahinter lag eine scheibenförmige Halle. Silberblaues Licht schuf eine eigentümliche Atmosphäre. Mitten in der Halle standen, vier Meter voneinander entfernt, auf massiven Sockeln aus glasartigem Stein, die Statuen zweier Tiere mit mächtigen Mähnen und aufgerissenen Rachen.

Wie eine Marionette ging Ras auf die ihm nächststehende Statue zu, fuhr mit zitternden Fingern über die braune Mähne und flüsterte:

»Ein Berberlöwe!« Er wandte sich um und sah Perry aus flackernden Augen an. »Wie kommt das Standbild eines terranischen Löwen hierher?«

Perry trat an die Statue heran und versuchte, einen Unterschied zu terranischen Löwen zu erkennen. Er fand keinen.

»Wahrscheinlich ist es reiner Zufall«, sagte er mit belegter Stimme. »In der Galaxis Gruelfin haben sich Menschen entwickelt, die Terranern äußerlich völlig gleichen. Warum sollten ähnliche Parallelentwicklungen nicht auch im Tierreich stattgefunden haben!«

Atlan lachte und sagte:

»Oder warum sollte nicht irgendwann vor einigen tausend Jahren ein Taschkar eine Jagdsafari auf der Erde durchgeführt haben . . .!«

»Ein Taschkar . . .«, wiederholte Perry. Er richtete seinen Blick auf das gegenüberliegende Schott.

Dieses Schott unterschied sich von allen anderen, die sie bisher auf Takera gefunden hatten, durch die Übergröße und die friesartige Verzierung. Das Material bestand an der Oberfläche aus transparentem Metallplastik, darunter lag eine Schicht aus metallischblauen und goldfarbenen Steinen, die zu Ornamenten zusammengesetzt waren. Perry und seine Gefährten erkannten eine goldene Sonnenscheibe mit strahlenartig geformten Schwingen, darunter zwei Miniaturlöwen aus blaufunkelnden Steinen und links und rechts je ein Symbol.

»Offenbar stehen wir vor einer Art Grabkammer«, sagte Perry. Er trat an das Schott und tastete es vorsichtig ab. Es rührte sich nicht. »Ich möchte es nicht beschädigen«, erklärte er. »Ras, teleportieren Sie dahinter und versuchen Sie, es zu öffnen. Aber sehen Sie sich vor.«

Der Teleporter nickte ernst. Dann entmaterialisierte er.

Die übrigen Personen warteten schweigend.

Plötzlich schwangen die beiden Hälften des verzierten Schottes langsam nach außen. Ras Tschubai wankte durch die Öffnung, eine Hand an der Kehle.

Er grinste verzerrt, als er Rhodans besorgten Blick bemerkte.

»Alles okay«, meldete er. »Nur ein übler Geruch da drin.«

Der Schwall trockener Luft, die nach Karbol und gegerbten Häuten roch, traf Perry eine Sekunde später. Er hielt unwillkürlich den Atem an und sah in eine von funkelnden Säulen getragene Halle.

Auf einem Podest aus grünem, glasähnlichem Material stand ein steinerner Sessel – und auf dem Sessel saß steif und reglos ein prächtig gekleideter Takerer . . .

Langsam gingen die sieben Personen in den Saal und stellten sich vor dem Podest auf.

Der Takerer auf dem Sessel trug gelbe Hosen aus samtähnlich schimmerndem Material, dazu rote Kunstlederstiefel mit silbernen Ornamenten, ein blaues futuristisch geformtes Hemd und darüber einen kurzen Schulterumhang.

Das Gesicht war eingefallen und von einer braunen, ledrigen Haut überzogen. In den Augenhöhlen saßen gelbe Edelsteine von einem betörenden Feuer. Die Ohren waren nur noch flache Knorpelscheiben.

»Eine Mumie . . .«, flüsterte Atlan und trat näher.

Ras bückte sich vor dem Sockel und blickte auf die dort angebrachte Metalltafel.

»Hier sitzt Bironasch der achtundzwanzigste«, las er vor, »aus dem mächtigen Bironasch-Clan. Er war zu Lebzeiten ein mächtiger Taschkar und wird im Tode ein furchtbarer Rächer des Frevels sein. Der du dieses liest, mache deinen Frieden, denn bald wirst du sterben.«

»Mache deinen Frieden«, sagte Atlan nachdenklich, »denn bald wirst du sterben. – Was bedeutet das?«

»Das bedeutet . . .«, antwortete Perry bedächtig, » . . . daß die Mumie des Taschkars aus dem Bironasch-Clan gegen ›Grabschänder‹ wie uns abgesichert ist.«

»Aber die Absicherung scheint nicht funktioniert . . .«, begann Takvorian, verstummte aber, als die Grabstätte in Dunkel gehüllt wurde.

Perry Rhodan und seine Begleiter setzten sofort die Elektronenbrillen auf, aber sie sahen dennoch nichts. Die Dunkelheit war etwas völlig anderes als das Fehlen von sichtbarem Licht, etwas Unheimliches und zugleich Faszinierendes.

Perry spürte, wie der Boden unter ihm vibrierte. Irgendwo waren uralte Energiestationen angelaufen.

Ein Schrei ertönte.

Merkosh!

Zerbröckeltes Material prasselte herab, Staub drang in Nasen und Augen.

Perry fröstelte.

»Ich öffne das Tor!« schrie Gucky mit einer Stimme, der die Panik deutlich anzuhören war.

Perry drehte sich in die Richtung, in der er das verzierte Schott wußte. Er wartete darauf, daß der Ilt es mit seinen telekinetischen Kräften öffnete.

Statt dessen aber glomm vor dem Tor ein düsteres rotes Leuchten auf, wurde zu einer Scheibe, die rasend rotierte. Ein Lichtfunke löste sich daraus und zuckte zum Paladin hinüber. Gucky teleportierte auf Takvorians Rücken. Der blitzartig aufgebaute Energieschirm des Paladin-Roboters flammte grell auf.

Das rötliche Leuchten blieb, und es schuf wenigstens eine kleine Zone der Helligkeit. In dieser Helligkeit tauchte plötzlich eine Spinne von der Größe eines terranischen Elefanten auf. Sie stapfte auf acht dünnen Beinen auf die Gruppe um Rhodan zu, und als ihre Oberfläche das rötliche Leuchten reflektierte, sah Perry, daß die »Spinne« eine metallene Haut besaß.

Er zielte mit dem Strahler und drückte den Feuerknopf ein. Der Kopf des spinnenförmigen Roboters glühte auf und zerplatzte in Kaskaden grellen Lichts.

Die seltsame Konstruktion setzte ihren Weg jedoch fort. Erst ein Schuß aus Paladins Desintegratorgeschütz beendete ihre Existenz. Flirrende grünliche Gasschwaden trieben zu der Mumie Bironaschs hinüber.

Aus der Decke drang ein gräßliches Heulen. Lichtblitze zuckten herab und schmolzen dort, wo sie trafen, Löcher in den Boden. Perry und seine Gefährten sprangen und rannten um ihr Leben. Nur der Paladin stand ruhig wie ein Fels in der Brandung und jagte Schuß auf Schuß gegen die Decke.

Nach einer Weile verstummte das feindliche Feuer. Perry sah, daß Takvorian auf den Vorderbeinen kniete und mit seinen Händen am Sockel Bironaschs hantierte.

»Hier ist eine Schaltung!« rief der Zentaur.

Gleich darauf ertönte ein helles Schnarren. Der Sockel mit Bironaschs Mumie schwang zur Seite und gab eine runde dunkle Öffnung frei.

Perry lief hinüber. Mit Hilfe der Elektronenaugen konnte er erkennen, daß unter der Öffnung ein Schacht begann.

Drei schmale Stahlleitern führten an den Wänden abwärts. Rhodan prüfte wieder mit dem Fuß. Es gab kein Kraftfeld.

»Vielleicht ist es ein Weinkeller«, vermutete Ras grinsend, wurde aber rasch ernst, als aus dem Hintergrund der Halle fünf Roboter anmarschiert kamen.

Perry und Atlan drehten sich um und schossen. Zwei der Roboter explodierten, die restlichen drei wurden vom Paladin vernichtet.

»Gefechtswert gleich Null«, resümierte der Arkonide. »So furchtbar ist Bironasch als Rächer nicht, wie er sich gibt.«

Takvorian kletterte unbeholfen die erste Leiter hinab. Seine Hufe fanden auf den stählernen Sprossen nur wenig Halt. Ohne die Hände des menschlichen Oberkörpers hätte er gar nicht klettern können.

»Der Gefechtswert wurde von mir herabgesetzt, Lordadmiral«, sagte er. »Andernfalls hätten die Maschinen uns gefährlich werden können.«

Merkosh stülpte seinen Rüsselmund aus und brüllte auf. Ein weiterer Spinnenroboter zerfiel zu Staub. Dann schwang sich der Gläserne ebenfalls in den Schacht.

Perry benutzte die dritte Leiter. Der Paladin machte den Abschluß und zerrte das Podest mit der Mumie mit einem Ruck über die Öffnung.

Als Perry den Boden des Schachtes erreichte, schloß er für einen Moment die Augen. Er hatte nach unten gesehen und ein Labyrinth von gläsernen Gängen, Hallen und Stegen erkannt, das mindestens einen Kilometer tief und unabsehbar breit war.

»Diese Scherze gehen mir allmählich auf die Nerven«, sagte Ras und sprang neben Rhodan auf den transparenten Boden. »Meine Großmutter hat mich immer davor gewarnt, der Gefährte eines Helden zu werden – nun habe ich den Salat.«

Gucky lehnte sich gegen die Wand des gläsernen Ganges – und schrie plötzlich auf. Der Schrei hallte noch in Rhodans Ohren, als Gucky bereits verschwunden war.

Dann war der Ilt wieder da. Aber er zitterte am ganzen Körper.

»Die Gangwand war eine optische Täuschung«, berichtete er stokkend. »Eine immaterielle Projektion. Ich fiel ins Leere, als ich mich dagegenlehnte, und rutschte eine spiegelglatte Rampe abwärts. Sie führte mitten in das vulkanische Magma der Unterwelt. Wäre ich nicht schnell genug teleportiert, dann . . .«

»Wir befinden uns also in einem Labyrinth voller Fallen«, sagte Perry leise. »Ein Glück, daß es ein Teleporter herausgefunden hat. Von nun an müssen wir mit größter Wachsamkeit vorgehen. Wir dürfen unseren Augen nicht trauen.«

»Ich habe einen besseren Vorschlag«, warf Merkosh ein. »Die Teleporter sollen uns auf die obere Ebene der Stadt zurückbringen. Dann sind wir in Sicherheit.«

Perry schüttelte den Kopf.

»In dieser fragwürdigen Sicherheit haben wir angefangen, Merkosh. Ich halte es für falsch, zurückzugehen. Außerdem möchte ich erfahren, wohin dieses Labyrinth führt.«

»Neugier ist kein Motiv«, widersprach der Gläserne.

Atlan lachte rauh auf und sagte:

»Für Terraner schon, besonders, wenn er Perry Rhodan heißt. Ich kenne diesen Mann länger als Sie, Merkosh, und ich weiß, daß er seinen Willen bisher noch immer durchgesetzt hat. Geben Sie sich also keine Mühe.«

Perry lächelte.

»Ich gehe voran«, sagte er. »Hinter mir kommt Gucky, dann Atlan und hinter ihm Ras. Danach Merkosh und Takvorian. Der Paladin bildet den Abschluß. Wir halten einen Abstand von fünf Metern ein, damit niemals zwei Personen gleichzeitig in eine Falle geraten. – Es geht los!«

Er kümmerte sich nicht um Merkoshs protestierendes Gemurmel, sondern ging langsam und genau in der Mitte des Ganges los. Er fühlte sich, als schritte er auf Luft. Manchmal, wenn er in einem bestimmten Blickwinkel zu den anderen Gängen des Labyrinths stand, sah es aus, als wäre unter ihm nichts mehr.

Nach einiger Zeit hörten die Wände auf, und Perry Rhodan schritt über einen freischwebenden, kaum sichtbaren Steg. Vorsichtig tastete er zuerst immer den Boden vor sich mit einem Fuß ab, damit er nicht plötzlich ins Leere trat.

Dann stieß er mit der ausgestreckten Linken an ein unsichtbares Hindernis.

Perry wandte sich um und sah den Ilt an. Gucky hatte sich anscheinend gut erholt. Er grinste ihn an. Die Schwellung der Striemen war abgeklungen. Wahrscheinlich würde das beschädigte Fell schnell nachwachsen.

»Spürst du etwas, Kleiner?« fragte Rhodan.

Gucky schüttelte den Kopf.

»Nichts, außer einem allgemeinen Angstgefühl, das von dir und den anderen stammt.«

»Und von dir«, sagte Atlan hinter dem Ilt. »Ich kann Angst riechen.«

Perry tastete mit den Händen an dem Hindernis entlang. Rechts davon fühlte er eine Öffnung. Seine Füße tasteten den Boden ab; er fühlte sich fest und sicher an.

Äußerst behutsam ging Perry an dem Hindernis vorbei und auf dem ertasteten Weg entlang.

Plötzlich krachte hinter ihm ein Schott herab.

Perry wirbelte herum und hätte beinahe das Gleichgewicht verloren.

Knapp einen halben Meter hinter sich sah er die Lichtreflexe auf einem transparenten Schott und dahinter seine Gefährten, die anscheinend noch nicht gemerkt hatten, was vorgefallen war.

Der Terraner schaltete sein Armbandgerät ein und sagte:

»Achtung! Zwischen Gucky und mir befindet sich ein unsichtbares Schott. Gucky, versuche vorsichtig, es telekinetisch zu öffnen!«

»Klar«, antwortete der Mausbiber gelassen.

Perry spürte, wie sich das Schott bewegte, aber er sah nicht mehr, ob es Gucky gelungen war, es zu öffnen, denn im nächsten Augenblick löste sich der Boden unter seinen Füßen auf, und er fiel in einen bodenlosen Abgrund . . .

18.

Er hatte das Empfinden, als sinke er dem Boden eines Schlamm-Meeres entgegen. Perry versuchte, den Atem anzuhalten, um die schmutzige Brühe nicht seine Lungen überfluten zu lassen.

Es gelang ihm für einige Zeit, dann flimmerten rote Kreise vor seinen Augen. Er verlor die Beherrschung über seinen Körper und riß mit einer qualvollen Anstrengung den Mund auf.

Im nächsten Augenblick wurde das Wasser klar und durchsichtig. Perry erkannte unter sich einen mit bunten Platten ausgelegten Innenhof – und prallte mit den Füßen auf. Einen Herzschlag lang rang er um sein Gleichgewicht, dann fiel er schwer in ein Blumenbeet.

Einige Zeit lag er bewegungslos da und fühlte sein Herz bis zum Halse schlagen. Die Todesfurcht wirkte noch in ihm nach und ließ seine Glieder schwer wie Blei werden.

Perry Rhodan versuchte zu erkennen, was wirklich mit ihm geschehen war. War er ertrunken und gaukelten ihm die absterbenden Hirnzellen Sicherheit in einer zauberhaften Umgebung vor, die nichts als eine Illusion war? Oder hatte ihn der Fall aus großer Höhe in ein Kraftfeld befördert, das ihn dann in einer realen Umgebung absetzte?

»Ich denke, also bin ich«, sagte er in einem Anflug von Selbstironie.

Langsam richtete er sich auf, musterte die Erde an seinem Ärmel und zog den Duft der exotischen Blumen ein. Sein Blick wanderte zu den Mauern, die den Innenhof umgaben. Perry sah, daß sie aus großen

Plastikplatten zusammengefügt waren, in denen sich schmale, unverglaste Fensteröffnungen befanden. Es war hell, aber der Himmel gehörte nicht zur freien Oberfläche eines Planeten, er schwamm in einem milchigen Weiß ohne Wolken und ohne Sonne.

»Ein Transmitter«, erkannte Rhodan. »Ich muß während des Falls in einen Transmitter geraten und abgestrahlt worden sein. – Aber wohin?«

Jede der vier Wände besaß eine Tür. Er wählte die, die sich direkt vor ihm befand, und gelangte in einen kühlen dämmerigen Hausflur. In den schwach fluoreszierenden Wänden steckten rechteckige Metallkonstruktionen, offenbar Wartungsroboter. Zwei Liftöffnungen und eine schmale Wendeltreppe begannen hier unten. Ein leises Summen, wie von einem Bienenschwarm, lag in der Luft.

Bevor Perry das Haus verließ, überprüfte er seine Waffe. Er wünschte sich seinen Kampfanzug herbei, mit Hilfe seiner Tornisteraggregate hätte er sich unsichtbar machen können, von anderen Möglichkeiten ganz zu schweigen. Doch diese Spezialanzüge waren ihnen nach der Gefangennahme abgenommen worden – und die Reserveanzüge lagen in der MARCO POLO.

Perry Rhodan trat durch die offene Haustür – und erstarrte.

Er befand sich auf einer breiten Straße. Zahllose Gleiter schwebten mit schwachem Summen über die Fahrbahn, und in den Kabinen saßen humanoide Lebewesen.

Diese Untergrundstadt war alles andere als tot und verlassen!

Perry wischte sich den Schweiß von der Stirn. Er wußte, daß er nicht ewig hier stehenbleiben konnte. Auf den Transportbändern für Fußgänger standen zahllose Passanten allein oder in Gruppen. Sie unterhielten sich angeregt, aber keiner beachtete den einsamen Mann an der Haustür. Wenn er aber noch länger stehenblieb, würde man auf ihn aufmerksam werden, vielleicht sogar Verdacht schöpfen.

Perry trat unentschlossen auf das langsamste Transportband und ließ sich an den Häuserreihen entlang befördern. Immer noch nahm niemand von ihm Notiz, obwohl er sich durch seine Kleidung von den anderen Menschen unterschied. Er hätte unbedingt auffallen müssen, und die Tatsache, daß das nicht geschah, verwirrte ihn noch stärker.

Das Transportband stieg allmählich an, mündete in eine Kraftfeldstraße, die sich über die Häuser der Untergrundstadt erhob, eine weite Schleife vollführte und wieder absank. Doch der Blick von oben hatte Perry neue Erkenntnisse vermittelt – und ihn noch mehr verwirrt.

Denn die Anordnung dieser Stadt glich verblüffend jener alten

Untergrundstadt, in die Perry und seine Begleiter auf der Flucht vor den Vasallen geraten waren. Sogar die metallene Arena war zu sehen. Aber hier herrschte überall brodelndes Leben. Von der Arena hallten Schreie und das Brausen einer großen Menge herüber. In dem weiten Rund bewegten sich Objekte, die keine organischen Lebewesen sein konnten. Roboter wahrscheinlich.

Als das Transportband wieder neben eine breite Straße führte, war der Ausblick verschwunden, doch die Erinnerung daran peinigte den Terraner. Er fragte sich, wie er jemals wieder zu seinen Gefährten finden sollte.

Ich muß an die Oberfläche des Planeten! überlegte er. *Nur dort kann ich mich orientieren.*

Er wandte den Blick wieder in Fahrtrichtung. Weit vor ihm verließen die Passanten das Band.

Perry fühlte, wie eine eiskalte Hand nach seinem Herzen griff.

Die Menschen waren nicht abgestiegen, sondern plötzlich spurlos verschwunden.

Immer mehr Passanten verschwanden vor ihm, bis er ganz allein auf dem Band stand – bis auf die Personen, die hinter ihm waren.

Perry federte in den Knien und sprang seitlich vom Band. Er stürzte, rollte sich über die Schulter ab und sprang auf. Für einen kurzen Augenblick glaubte er wenige Meter vor sich brodelndes weißglühendes Magma zu sehen und das Donnern entfesselter Naturgewalten zu hören. Dann wich er einen Schritt zurück, und es wurde wieder still.

Schweratmend lehnte er sich an die Hauswand hinter ihm.

Beinahe wäre er in eine tödliche Falle geraten. Er sah zu, wie der Strom der Passanten von dem Transportband herangetragen wurde und dicht hinter der Stelle, von der er abgesprungen war, spurlos verschwand.

Alles wirkte mit einemmal unwirklich. Es konnten unmöglich lebende Wesen sein, die die Transportbänder und die Gleiter bevölkerten. Also wurde er von immateriellen Projektionen genarrt.

Aber die Häuser!

Perry drehte sich um und schlug mit der Faust gegen die Wand, an der er gelehnt hatte. Sie war hart und zweifellos materiell. Er blickte prüfend auf den Ärmel seiner Kombination, mit dem er im Blumenbeet des Innenhofes gelandet war. Einige Spuren inzwischen getrockneter Erde waren noch zu sehen.

Also war die Stadt selber real. Nur die Bewohner waren es nicht.

Mit grimmiger Entschlossenheit trat er dicht neben das äußere

Transportband und wartete, bis ein Passant in seine Reichweite geriet. Zwei Frauen glitten dicht an ihm vorüber. Dann kam ein stutzerhaft gekleideter Mann. Perry streckte die Arme aus, packte zu und glitt wenige Millimeter neben dem Mann ab. Er kam nicht an ihn heran. Ihm war, als wäre der Mann von einem energetischen Film überzogen, der den unmittelbaren Kontakt mit der Umwelt verhinderte.

Langsam trat Perry Rhodan zurück.

Er überlegte angestrengt und kam zu dem Schluß, daß er durch vorsichtige Versuche nichts erreichen würde. Es hätte auch wenig Sinn, stundenlang auf den Transportbändern spazieren zu fahren und dabei vielleicht in eine besser getarnte Falle zu geraten als die, der er mit Mühe und Not entgangen war.

»Hier hilft nur eins . . .«, sagte er kalt, » . . . die massive Provokation. Dann wird sich zeigen, wer oder was hinter der semi-illusionären Stadt steckt!«

Er zog den Strahler, zielte auf einen Turmbau gegenüber und drückte ab.

Der daumenstarke Strahl gebündelter Hochenergie schlug drüben ein und schmolz die Fassade weg. Verflüssigtes Material rann über die Fassade herab, glühende Trümmerstücke neigten sich und prasselten auf die Straße und das jenseitige Transportband. Wo die Trümmer einen Passanten trafen, löste sich das Opfer in Nichts auf. Langsam brannte und schmolz das obere Drittel des Turmbaus zusammen.

Rhodan stellte das Feuer ein. Die erwartete Reaktion war ausgeblieben. Jetzt setzte er alles auf eine Karte. Er war nicht gewillt, dieses Spiel noch länger mit sich treiben zu lassen.

Völlig ruhig visierte er einen großen Gleiter an und schoß. Das Fahrzeug verschwand von einem Augenblick zum anderen, und der Energiestrahl entlud sich im Untergeschoß eines Gebäudes. Dort allerdings erzeugte er eine sichtbare Wirkung. Der Unterbau des Hauses verdampfte oder sackte zusammen, der Oberbau neigte sich und krachte auf die Fahrbahn. Wo er aufschlug, verschwanden Gleiter und Menschen. Auch die Passanten, die auf ihren Transportbändern auf die rauchenden Trümmer zuschwebten, lösten sich beim Erreichen des Hindernisses in Nichts auf.

Perry stieß eine Verwünschung aus.

Er überlegte einige Minuten lang, dann glaubte er, eine bessere Möglichkeit der Provokation gefunden zu haben. Er ging einen Häuserblock zurück und bestieg ein Transportband, das, soviel er erkennen konnte, an der Arena vorbeiführte.

Wenig später sprang er neben der Arena vom Band und lief auf das große Portal zu. Zwei uniformierte Wächter standen daneben. Sie beachteten Perry nicht.

Der Terraner gelangte ohne Schwierigkeiten auf eine Plattform, von der aus Rampen zu den Tribünen und der Ehrenloge führten. Von hier aus hatte er außerdem einen guten Überblick über die Arena selbst.

Er sah, daß sich wieder eine Wüstenlandschaft aufgebaut hatte. Die Ruine eines Tempelbaues stand in der Mitte der fiktiven Wüste, und etwa dreißig Roboter mit humanoiden Körperformen kämpften um ihren Besitz. Sie wandten alle Tricks an, deren intelligente Maschinen fähig waren.

Kaltblütig zielte Perry auf die Tempelruine. Kurz darauf löste sie sich in Dampf, Rauch und flüssige Glut auf. Die Roboter erstarrten, dann marschierten sie von allen Seiten auf das Glutmeer zu und gingen darin unter.

Perry vernahm gellende Schreie von den Tribünen. Eine künstlich klingende Stimme sagte etwas, das er nicht verstand – und plötzlich versank die Umgebung in einem milchigen Schleier.

Und Perry sah sich der Mumie Bironaschs gegenüber!

Er sah verwirrt auf das eingetrocknete Gesicht, blickte sich um und entdeckte seine Gefährten, die anscheinend ebenso verwirrt waren wie er selbst.

Im nächsten Moment schoben sich zahllose würfelförmige Gebilde von allen Seiten in den Saal. Die Gebilde waren von flimmernden Energieschirmen umgeben. Der Paladin feuerte auf sie, gab jedoch bald wieder auf, als die Hitze unerträglich wurde.

»Eine Falle!« schrie Atlan. »Man hat uns durch Illusionen in Sicherheit gewiegt und zur Passivität verurteilt, damit die Vernichtungsmaschinerie in Gang kam!«

Perry erkannte, daß der Arkonide recht hatte. Alles, was vom Augenblick an geschah, in dem Ras die Tafelinschrift vorgelesen hatte, war nur Illusion gewesen: der Kampf gegen die Spinnenroboter, die gläserne Kugel, der Fall in die Stadt – alles.

»Gucky! Ras!« befahl Perry mit harter Stimme. Er hatte seine klare Überlegung wiedergewonnen. »Bringt uns hier heraus!«

Die beiden Mutanten begriffen schnell.

Während sie mit Atlan und Merkosh teleportierten, sagte Takvorian ruhig:

»Ich verzögere den Eigenzeitablauf der Vernichtungsmaschinen. Wir haben viel Zeit.«

Perry lächelte. Sein Blick fiel auf den Ärmel, mit dem er in einem fiktiven Blumenbeet gelandet war. Plötzlich war das Lächeln aus seinem Gesicht verschwunden. An dem Kunststoffmaterial hingen immer noch einige Krumen eingetrockneter Erde!

Er rang noch immer mit diesem scheinbar unlösbaren Problem, als Gucky neben ihm auftauchte und ihn mitnahm.

Sie rematerialisierten in einer alten Maschinenhalle. Deutlich waren die Schneidspuren an den Sockeln zu sehen, von denen man die Maschinen entfernt hatte.

Sekunden später materialisierten Ras und der Paladin. Gucky sprang noch einmal und brachte Takvorian mit.

Der Ilt zitterte am ganzen Körper.

Merkosh streichelte Takvorians blaues Fell, blickte Perry Rhodan an und fragte:

»Warum sind die Illusionen nicht bis zum Ende geblieben?«

Das war eine gute Frage, und Perry glaubte, die Antwort darauf zu kennen. Er berichtete über seine Erlebnisse in der scheinbar belebten Untergrundstadt und erkannte an den Zurufen seiner Gefährten, daß sie Ähnliches erlebt hatten.

»Mein Anschlag auf die Arena«, schloß er, »muß einen Sicherheitsmechanismus ausgelöst haben. Warum, das weiß ich nicht, ich kann es nicht einmal ahnen. Vielleicht visierte mein Körper die Mumie des Bironasch-Taschkars an, während mein Geist in den Illusionen gefangen war.«

Wieder sah er ratlos auf die Erdspuren an seinem Ärmel.

Sollte er den Gefährten darüber berichten?

Er verzichtete nach kurzem Überlegen darauf. Es hätte die Freunde nur noch stärker verwirrt. Vielleicht stammten die Erdreste auch aus einem Teil der realen Erlebnisse während ihrer Flucht vor den Vasallen.

»Was nun?« fragte Ras Tschubai. Seine Stimme zitterte noch etwas, aber äußerlich hatte sich der Teleporter wieder beruhigt.

Atlan blickte Perry Rhodan mit einer Mischung von Ironie und mitfühlendem Bedauern an.

»Tschubais Frage zielt darauf ab, endlich ein konkretes Ziel ins Auge zu fassen, Perry«, erklärte er. »Bisher sind wir nur, mehr oder weniger gejagt, in diesem Unterweltkomplex umhergeirrt. Unsere Aktionen benötigen eine klare Richtung.«

Perry nickte, dann lächelte er ironisch.

»Ihr alle habt völlig recht. Aber man kann nun einmal einem nackten Mann nicht in die Tasche fassen.«

Er machte eine Pause, als aus dem Innern des Paladins, verstärkt durch die Lautsprecheranlagen, donnerndes Gelächter ertönte.

»Ich wollte, ich könnte mitlachen«, fuhr er sarkastisch fort. »Leider sehe ich keinen Grund dazu. Aber bitte, ich mache niemandem einen Vorwurf, wenn er unsere Lage etwas Heiteres abgewinnt.«

Er nahm den Becher mit Kaffee entgegen, den Merkosh ihm reichte, nickte dankend und trank einen Schluck.

»Wir sind uns wohl alle darüber klar, daß wir nichts Entscheidendes unternehmen *dürfen,* solange keine Hilfe von der MARCO POLO in Sicht ist. Ohne eine solche Hilfe würden wir nur getötet werden oder erneut in Gefangenschaft geraten. Aber es ist sehr wichtig für den Zeitpunkt, zu dem wir offen in Aktion treten werden, daß wir soviel wie möglich von dieser unterseeischen Stadt erfahren, vor allem von den Anlagen neueren Datums. Das ist die Marschrichtung, die ich geben kann.«

»Wir werden also«, sagte Atlan, »unsere kleine Odyssee fortsetzen, uns in Labyrinthen verirren, die es gar nicht gibt, und uns von wahnsinnigen Robotgeschöpfen verfolgen lassen.«

»Mit der nötigen Vorsicht, ja«, gab Perry zurück. »Hier scheinen wir einigermaßen sicher zu sein. Deshalb schlage ich vor, wir legen eine Pause von etwa acht Stunden ein, um uns zu erholen, unser Äußeres zu renovieren und Abstand zu den Dingen zu bekommen, die wir bisher erlebten.«

Gucky gähnte herzhaft, deutete mit der Hand auf Rhodan und sagte:

»Dies war der beste Vorschlag, den du während deiner Amtszeit gemacht hast. Meine Nachkommen werden dich dafür segnen.«

»Deine Worte sind Balsam für meine Seele«, erwiderte Perry grinsend. »Als Lohn dafür wirst du nach der Ruhepause auf die Suche nach Ovaron gehen dürfen.«

Er schnallte seinen Waffengurt ab, lehnte sich sitzend an einen Maschinensockel und befahl mit schläfriger Stimme:

»General Dephin, die Pause gilt auch für das Thunderbolt-Team. Aber einer von Ihnen wird abwechselnd wachen, damit man uns nicht im Schlaf überrascht.«

»Es wird uns eine Ehre sein, Sir«, antwortete Harl Dephin.

Doch das hörte Perry schon nicht mehr. Er schlief mit halbgeöffnetem Mund. Eine Haarsträhne war ihm in die Stirn gefallen, und die tiefen Atemzüge verrieten, wie erschöpft er wirklich war.

Nach und nach stellte sich auch bei seinen Begleitern der Schlaf ein. Takvorian schlief im Stehen, ab und zu zuckte sein Schwanz und schlug gegen die Flanken des Pferdeleibes, als müßte er imaginäre Bremsen und Mücken verscheuchen.

Ras Tschubai erwachte zuerst.

Der Afroterraner richtete sich ächzend auf. Seine Glieder und sein Rücken schmerzten, als wäre er gerädert worden. Harter Plastikbeton war eben nicht das ideale Ruhelager.

Ras merkte, daß die Gefährten noch schliefen. Gucky schnarchte leise und zuckte mehrmals heftig zusammen. Seine Füße bewegten sich ab und zu, als wollte er vor einer Gefahr davonlaufen.

»Du wirst hoffentlich nicht im Schlaf teleportieren, Kleiner«, flüsterte Ras.

Der Mausbiber hörte schlagartig auf zu schnarchen und lispelte:

»Wenn, dann nur mit dir.« Er reckte sich. »Diese Faulpelze schlafen ja alle noch.«

»Mit Ausnahme von mir«, kam eine Stimme aus dem Paladin.

»Das ist doch Cool Aracan«, sagte Gucky.

»Richtig geraten, Haustier«, kam es zurück. »Kann ich etwas für euch tun?«

»Ja«, sagte Ras. »Du kannst Perry, wenn er erwacht, ausrichten, wir seien auf die Suche nach Ovaron gegangen.«

Gucky ließ sich nicht lange bitten und konzentrierte sich auf die Gedankenimpulse Ovarons.

Erst nach zehn Minuten hatte der Ilt Erfolg.

Gucky atmete auf, kratzte sich hinter dem Ohr und sagte:

»Bei allen Dunkelnebeln! Das war vielleicht ein Gedankenchaos. Der gute Ganjo ist total verwirrt, wie mir scheint.«

»Sehen wir uns den Grund dafür an«, entgegnete Ras und griff nach Guckys Hand.

Sie rematerialisierten in einer Art Thronsaal. Der Fußboden bestand aus bläulich funkelndem, glasartigem Material, die Wände waren mit Goldplatten belegt und die transparente Decke verbreitete ein mildes orangefarbenes Leuchten.

»Willkommen im Palast des Ganjos!« sagte Ovaron. Seine Stimme klang bitter.

Der Ganjo saß in einem mit Schnitzereien reich verzierten mächtigen Sessel, einer nach vorn geöffneten Halbschale aus gehämmertem

Silber, die reichlich gepolstert war. Ovaron trug ein in allen Farben schillerndes weites Gewand und an den Füßen edelsteingeschmückte Sandalen. Finger- und Zehennägel waren silbern lackiert, das Haar frisch geschnitten und getönt. Ovarons Gesicht strahlte förmlich vor Sauberkeit.

Ras Tschubai berichtete dem Ganjo, was sie seit der Trennung erlebt hatten.

Ovaron sah ihn deprimiert an.

»Dann müßte ich eigentlich dankbar dafür sein, daß mir nichts Derartiges widerfahren ist. Aber ich bin es nicht.«

Er machte eine den Raum umfassende Gebärde.

»Ich lebe zwar in kaum vorstellbarem Prunk, werde von meinen Dienern gehegt und gepflegt, gefüttert und gewaschen und was der Dinge mehr sind – aber ich komme mir dabei vor wie ein Luxustier in einem goldenen Käfig. Alle meine physischen Wünsche werden erfüllt, doch niemand gehorcht meinen Befehlen, wenn sie andere Dinge betreffen. Ich bin nichts anderes als das Fürsorgeobjekt von Robotern.«

Ras blickte unbehaglich über die Schulter zu dem Portal des Saales.

»Wo sind die Vasallen jetzt?« fragte er.

»Vermutlich suchen sie euch noch immer. Nur die vier normal gebliebenen Roboter halten sich zur Zeit in der Nähe auf. Soll ich sie rufen?«

»Lieber nicht«, meinte Gucky.

Ovaron sagte nachdenklich:

»Manchmal befürchtete ich, die Vasallen könnten aufeinander losgehen, aber sie kennen offenbar keinen Streit. Ich bin zu dem Schluß gekommen, daß die Maschinen alle aus der gleichen Produktion stammen.«

»Und die gleiche Programmierung besaßen?« fiel Ras ein.

Der Ganjase schüttelte den Kopf.

»Vermutlich nicht. Ich denke, daß sie alle unterschiedlich programmiert gewesen waren und daß nur ihre Basisprogramme übereinstimmten. Nach allem, was ich bisher aus meinen intensiven Beobachtungen entnehmen konnte, müssen sie dazu bestimmt gewesen sein, den lange erwarteten Ganjo zu identifizieren, ihn zu bedienen und danach wahrscheinlich zu einem ganz bestimmten Ziel zu bringen.«

»Diese Prunkhalle hier?« fragte der Ilt.

»Wohl kaum«, erwiderte Ovaron. »Der amtierende Taschkar hat sie offenbar, wie eure Beobachtungen zu beweisen scheinen, vor einiger

Zeit unter seine technische Kontrolle gebracht. Dabei müssen die wesentlichen Elemente des Basisprogramms gelöscht oder verstümmelt worden sein.«

»Das könnte zutreffen«, meinte Ras Tschubai. »Ich bitte Sie, alles zu tun, um die Vasallen unter Ihre Kontrolle zu bringen. Es wäre eine Katastrophe, wenn der Taschkar sie wieder in seine schalttechnische Gewalt bekäme.« Er stand auf. »Und nun müssen wir wieder gehen.«

Ovaron erhob sich und schüttelte ihnen die Hände.

»Ich werde tun, was ich kann«, versprach er. »Grüßt mir Perry und sagt ihm, er solle – wie sagt man es doch unter Terranern? – die Ohren steifhalten.«

19.

Als Ras und Gucky in der leeren Maschinenhalle rematerialisierten, waren die übrigen Personen schon aufbruchbereit.

Tschubai berichtete Perry Rhodan, was sie von Ovaron erfahren und mit ihm besprochen hatten.

Perry hörte nachdenklich zu.

»Das Grundproblem Ovarons«, sagte er, »besteht offensichtlich darin, daß die verrückten Vasallen seine Befehle entweder nicht ausführen oder genau das Gegenteil davon tun.«

Er blickte den Afroterraner scharf an.

»Ras, Sie haben vor Jahren eine wissenschaftliche Arbeit über Programmierungsfehler und Robotpsychologie geschrieben . . .!«

Tschubai lächelte bescheiden.

»Der Titel hieß genau ›Kybernetisch-psychiatrische Maßnahme bei alogischer Arbeitsweise von positronisch-robotischen Systemen‹.«

Sein Gesicht veränderte sich plötzlich, dann schlug er sich mit der flachen Hand gegen die Stirn.

»Warum bin ich nicht selber daraufgekommen! Die X-Logik! Natürlich, das wäre die einzige Methode, um die Vasallen zum Gehorsam zu bringen. Aber wie kamen Sie darauf?«

»Mein terranischer Freund hat ein Gedächtnis wie ein Schwamm«, warf Atlan ein. »Es saugt alles auf, und manchmal gibt es auch wieder etwas von sich.«

Ras hatte gar nicht zugehört. Er massierte aufgeregt sein Kinn und bemerkte:

»Aber meine Theorie und ihre Anwendung sind zweierlei Dinge. Ich kann dem Ganjo unmöglich meine gesamte Theorie darlegen. Das würde ihn nur verwirren. Außerdem ist die Erarbeitung einer spezifischen X-Logik ein zweischneidiges Schwert. Eine einzige falsche Formulierung – und die Vasallen bringen den Ganjo um.«

Perry musterte den Afroterraner leicht spöttisch.

»Ovaron ist kein Kind, Ras. Als Zweidenker dürfte er in der Lage sein, eine Theorie folgerichtig in der Praxis anzuwenden. Teleportieren Sie zu ihm und machen Sie ihm anhand einiger Beispiele klar, was unter X-Logik zu verstehen ist. Anschließend kann Ovaron daraus eine spezielle X-Logik für die Vasallen ableiten.«

Ras bestätigte und entmaterialisierte. Diesmal brauchte er Gucky nicht dazu, denn inzwischen kannte er ja die Position Ovarons.

Perry wandte sich an seine übrigen Begleiter.

»Ich vermute, daß es in der Nähe von Bironaschs Grabstätte die meisten Geheimnisse dieser Unterwasserstadt zu finden gibt. Nicht ohne schwerwiegenden Grund haben wir hochqualifizierte Abwehrmechanismen ausgelöst, als wir die Grabkammer betraten. Ich glaube nicht, daß diese Abwehr nur dem Schutz von Bironaschs mumifiziertem Leichnam gilt. Vielmehr bin ich zu dem Schluß gekommen, daß der ehemalige Taschkar auch nach dem Tode über seine Geheimnisse wachen wollte, gewissermaßen als symbolischer Hüter. Der Herrscher über ein riesiges Sternenreich mag mit Hilfe von Aberglauben regieren, aber er wird bestimmt intelligent genug sein, um seinen sterblichen Überresten keine große Bedeutung beizumessen.«

»Es sei denn, um seinem Erben einen besseren Start zu ermöglichen. Die Verehrung einer Mumie . . .«

»Aha!« sagte Perry voller Sarkasmus. »Du hast also deinen Denkfehler selbst bemerkt, Kleiner. Ein verborgener Leichnam kann nicht zum Gegenstand eines Kultes gemacht werden.«

Ras Tschubai rematerialisierte zwischen Gucky und Rhodan und meldete:

»Ovaron ist aufgeklärt worden.« Er bemerkte das Grinsen auf Rhodans und Atlans Gesicht und fuhr fort: »Wie die X-Logik aufgebaut wird.«

Er atmete schwer.

»Ich mußte mich unter seinem Sessel verstecken und mit ihm flüstern, denn die verrückten Vasallen waren zurückgekehrt. Sie schwirrten und krochen um den Ganjo herum wie Insekten. Noch eine halbe Stunde länger, und mein Geist hätte sich total verwirrt.«

Perry Rhodan nickte ernst.

»Genug der Scherze!« rief er. »Also, wir lassen uns von den Teleportern in die Nähe von Bironaschs Grabkammer bringen und werden uns von dort aus, notfalls mit den Strahlern, einen Weg nach unten bahnen. Ich möchte ungefähr einhundert Meter unter der Grabkammer herauskommen. Klar?« Er blickte Ras und Gucky fragend an.

Gucky kicherte nervös und sagte zu Ras:

»Unser Großadministrator glaubt nämlich, daß der tote Biernascher auf seinen Geheimnissen sitzt wie eine Glucke auf einem Nest voller Ostereier.«

Perry überhörte die geistlose Witzelei geflissentlich. Er kannte die Symptome nur zu gut. Sie traten jedesmal auf, wenn ein riskanter Einsatz unmittelbar bevorstand. Es war der Versuch des Unterbewußtseins, die bewußt erkannten Gefahren zu überspielen. Ohne diese Fähigkeit des Unterbewußtseins wären viele Leistungen unmöglich gewesen.

»Zuerst Atlan und mich!« befahl er. »Dann Merkosh, Takvorian und den Paladin!«

Ras legte ihm die Hand auf die Schulter, dann verschwand der Maschinensaal. Ohne Zeitverlust rematerialisierten sie, gleichzeitig mit dem Mausbiber und Atlan, in einem aus dem Fels gebrannten Gewölbe. Es war dunkel, deshalb setzten sie ihre Elektronenaugen auf. Ras und Gucky verschwanden sofort wieder.

»Eigenartig«, flüsterte der Arkonide.

»Was ist eigenartig?« fragte Perry, der nichts entdecken konnte.

Atlan lächelte undefinierbar.

»Der Fels sieht aus, als wäre er erst gestern bearbeitet worden. Keine Oxydationserscheinungen, kein Belag.«

Perry konnte nicht sofort antworten, denn der Rest seiner Mannschaft materialisierte im Gewölbe.

»Mir ist unheimlich«, sagte Merkosh.

Perry Rhodan wurde ungeduldig. »Was zeigen die Ortungsgeräte des Paladins, General Dephin?«.

Captain Drof Retekin, Mathelogiker und Ortungsoffizier des Riesenroboters, meldete sich.

»Die Wände und die Decke geben schwache Streustrahlung im hyperdimensionalen Bereich ab, Sir. Keine schädigende Strahlung, aber irgend etwas stimmt hier nicht.«

»Das sagt mir mein Gefühl auch«, warf der Gläserne ein.
Perry blickte sich prüfend um. An den Wänden war nichts zu sehen, was auf eine Gefahr hinwies. Allerdings sahen sie wirklich so aus, als wären sie erst gestern aus dem natürlich gewachsenen Fels gebrannt worden. Links war kein Ende des Gewölbes abzusehen, rechts führte es nach etwa hundert Metern zu einer hölzernen Tür.
Eine hölzerne Tür!
Auch sie sah wie neu aus. Etwas stimmte hier wirklich nicht. Doch Perry war kein Freund überstürzter Rückzüge, er entschied sich für eine Flucht nach vorn.
Sein Strahler verbrannte die Tür in Sekundenschnelle zu Asche. Also war zumindest sie keine Illusion gewesen.
»Vorwärts!« rief er und eilte zu der Öffnung.
Ras Tschubai bildete den Abschluß. Der Teleporter befand sich noch im Gewölbe, als plötzlich die Wände verschwanden. Rötlich leuchtendes Gas brach von beiden Seiten herein.
»Ras!« schrie Gucky.
Tschubai teleportierte die letzten Meter. Das rötliche Gas verteilte sich langsam im Gewölbe und kroch dann auf die Öffnung zu, hinter der Perry Rhodan und seine Begleiter standen.
»Die Wände waren energetisch stabile Projektionen«, teilte Drof Retekin mit. »Übrigens zersetzt das Gas die Materie, wie Sie beobachten können.«
Perry überlief es eiskalt. Er konnte von seinem Platz aus deutlich sehen, wie der Felsboden des Gewölbes aufschäumte und von kleinen Kratern, Rissen und Schründen durchzogen wurde.
»Fort von hier!« rief er seinen Gefährten zu.
Sie befanden sich in einer Verteilerhalle mit sechs Liftöffnungen. Atlan lief zu der, die dem Gewölbe gegenüberlag, und prüfte den Sog des Kraftfeldes mit dem Fuß. Als er sich umwandte, war er blaß.
»Keine Energie!«
Merkosh, Takvorian und Rhodan überprüften die übrigen Antigravschächte. Auch hier waren die Kraftfelder nicht aktiviert. Wer einen der Schächte betrat, stürzte sich unweigerlich zu Tode.
Und das zersetzende Gas kam näher. Es zerfraß die angekohlte Türfassung. Das Felsgestein darum wurde grobporig und zerfiel aufschäumend und zischend.
»Thunderbolts!« befahl Perry. »Bahnt uns einen Weg!«
Sie sprangen zur Seite, als der Riesenroboter zur Mitte der Verteilerhalle schritt. Dann zuckte ein grünlich schimmernder Desintegra-

torstrahl hinüber zur entgegengesetzten Wand, löste das Material des Liftschachtes auf und vergaste die dahinterliegende Stahlwand.

Ein hell erleuchteter Gang wurde sichtbar.

Perry lief los und setzte mit einem großen Sprung über das dunkle Loch des Antigravschachtes. Seine Gefährten folgten ihm. Ras und Gucky teleportierten natürlich. Hinter ihnen baute sich ein stählern glänzender Energieschirm auf und hielt das tödliche Gas zurück.

»Warum der Schutzschirm?« fragte Ras. »Ohne ihn könnte uns das Gas doch weiter verfolgen. Schließlich wußten die Erbauer der Falle nicht, daß unter den Opfern Teleporter sein würden.«

»Sicher wußten sie auch nicht, daß wir uns einfach einen Weg freischießen würden«, gab Atlan zurück.

Perry zuckte mit den Schultern und setzte sich an die Spitze seiner Mannschaft. Atlan holte ihn ein und ging neben ihm her.

»Hast du Angst, Perry?« fragte der Arkonide.

»Schreckliche Angst«, gab Perry zu.

Atlan lachte heiser.

»Warum ziehen wir uns dann nicht in irgendeinen Winkel zurück und warten ab, bis dein wackerer Sohn uns herausholt?«

Perry Rhodan sah den Freund von der Seite an.

»Weil Angst für mich kein akzeptables Motiv ist, mein Freund«, antwortete er mit ungewöhnlichem Ernst.

Er ging mit weitausgreifenden Schritten weiter. Hinter ihm trappelten die Hufe Takvorians und stampften die Füße des Paladin-Roboters.

Die tödlichen Schatten aber, die über ihnen schwebten, hörten und sahen sie nicht . . .

Nach einer halben Stunde kamen sie in einen wohnlich ausgestatteten Raum. Acht Sitzschalen aus Plastik waren über den Raum verteilt, eine zehn Meter durchmessende runde Liege stand in der Mitte, und die Wände waren mit hellgrauem Leder bespannt, auf denen in roter Farbe Tiermotive prangten.

»Endlich eine Oase der Kultur in dieser barbarischen Wüste«, seufzte Gucky erleichtert und teleportierte auf die riesige Liege. Er legte sich hin und verschränkte die Arme hinter dem Kopf.

Perry hörte nur mit halbem Ohr zu. Mißtrauisch musterte er die Wände. Dieser Raum war ihm zu kultiviert eingerichtet. Er roch förmlich die Falle dahinter.

»Die Wände sind in Ordnung, Sir«, meldete Captain Retekin. »Keine Hyperstreustrahlung. Ich werde jetzt die Decke abtasten.«

Er hätte lieber den Boden abtasten sollen, aber als er zu diesem Entschluß kam, war es schon zu spät.

Der Boden löste sich plötzlich in Nichts auf, ebenso das Mobilar. Weder Gucky noch Ras waren darauf vorbereitet gewesen. Sie fanden keine Zeit, sich per Teleportation in Sicherheit zu bringen.

Perry drehte sich instinktiv im Fallen und kam dadurch auf die Füße. Er gab beim Aufprall in den Knien nach und rollte sich über die Schulter ab, wie er es als junger Astronautenanwärter immer wieder geübt hatte.

Dann sprang er auf, die Strahlwaffe schußbereit in der Hand.

Kein Anzeichen unmittelbarer Gefahr. Er stand in einem sehr großen runden Raum mit merkwürdig geflecktem Boden und spiegelglatten Stahlwänden.

Trotz seiner bis zum Zerreißen angespannten Nerven mußte er grinsen, als er sah, daß der Paladin beim Aufprall eine tiefe Beule in den Stahlboden geschlagen hatte.

Das Grinsen verging ihm jedoch schnell, als er den Mausbiber sah.

Gucky lag reglos auf der Seite, die Beine leicht angezogen und die Arme ausgebreitet. Aus seinen Nasenlöchern sickerten zwei dünne hellrote Blutfäden.

Mit drei langen Schritten war Perry bei ihm. Behutsam tasteten seine Finger den Kopf Guckys ab, dann atmete er auf.

»Kein Schädelbruch«, sagte er zu Atlan, der neben ihn getreten war.

»Aber vermutlich eine Gehirnerschütterung«, bemerkte der Arkonide. Er seufzte. »Der arme Kleine scheint bei diesem Unternehmen den Prügelknaben abzugeben.«

»Tschubai ist auch bewußtlos!« rief Merkosh von einer anderen Seite des Raumes.

Rhodan sprang auf und lief zu dem Teleporter.

Ras lag auf dem Gesicht. Als Perry ihn vorsichtig herumdrehte, sah er die rasch wachsende Schwellung auf der Stirn. Er fühlte Tschubais Puls.

»Leicht verlangsamt«, stellte er fest, »aber regelmäßig.«

Atlan hatte unterdessen die Nähte an einer Stelle seiner Bordkombination aufgerissen, unter der ein kleiner Vorrat an Medikamenten eingenäht war. Der Arkonide preßte Tschubai ein Injektionspflaster in den Nacken, dann ging er zu Gucky hinüber und wiederholte dort die Prozedur.

»Auch diesmal haben wir noch Glück gehabt«, sagte er leise.

Perry blickte ihn skeptisch an.

»Gewöhnlich kommt der größte Gag erst am Schluß der Vorstellung, Arkonide«, sagte er ironisch.

Als hätte er damit ein Stichwort für die bislang unsichtbaren Akteure gegeben, lösten sich ringsum die Wände auf. Im gleichen Moment röhrten die Strahlgeschütze des Paladin-Roboters auf.

Den schwarzhäutigen Ungeheuern, die langsam in den Raum krochen, schien das nichts auszumachen. Die Waffenenergie floß wirkungslos von ihren Körpern ab und formte sich zu strahlenden Bällen, die auf die sieben Personen zuschwebten – sieben Personen, wenn man den Paladin mit seiner sechsköpfigen Besatzung als eine Person zählte.

Perry sprang wieder zu Ras, griff dem Teleporter unter die Schultern und schleifte ihn zur Mitte des Raumes. Dort legte er ihn neben dem Ilt nieder. Ohne daß er ein Kommando zu geben brauchte, scharten sich die übrigen vier Personen um die beiden Mutanten.

Als Perry aufblickte, merkte er, daß die Ungeheuer sich kaum noch bewegten. Nur mit unendlicher Langsamkeit schoben sie sich vorwärts. Auch die Energiebälle hingen fast reglos in der Luft.

Er sah fragend zu Takvorian. Der Zentaur nickte. Also hatte er die Bewegungsabläufe der Angreifer und der Energiegebilde stark verlangsamt.

Jetzt hatte Perry auch Gelegenheit, die Ungeheuer genauer zu betrachten. Sie glichen jenen großen Echsen, die es auf der Erde nur noch im Naturreservat der Galapagos-Inseln gab, aber sie waren sicher nicht so harmlos und vor allem nicht so verwundbar!

Der Paladin war inzwischen dazu übergegangen, die Reptilien mit seinen Desintegratorwaffen zu beschießen. Mit dem einzigen Ergebnis, daß sich die schwarze Haut der Echsen leicht aufhellte.

»Geben Sie es auf, General Dephin!« rief Perry dem Kommandanten Paladins zu. »Wir müssen uns etwas anderes einfallen lassen.«

»Vielleicht sollten wir unser Transformgeschütz einsetzen, Sir«, antwortete der Siganese. Die Waffen des Paladins verstummten.

Perry Rhodan ging nicht darauf ein. Er wußte genau, daß die Thunderbolts viel zu intelligent waren, als daß sie die Transformkanone ihres Riesenroboters in geschlossenen Räumen eingesetzt hätten. Dabei wäre die halbe Unterseestadt vernichtet worden – und sie alle mit.

Wieder musterte Perry die Echsen. Ihre Krallen und Zähne glichen scharfgeschliffenen Dolchen, und wenn sie aus dem gleichen Material bestanden wie die anscheinend unverwundbare Haut, dann konnten sie damit mühelos die Eindringlinge zerfetzen.

Aber solange Takvorian die Bewegungsabläufe der Ungeheuer verlangsamte, waren die Echsen keine gefährlichen Gegner. Mehr Kopfzerbrechen machte sich Perry wegen der zahllosen Energiebälle, die gleich einer ringförmig leuchtenden Wand über und hinter den Reptilien schwebten. Sie würden sich wahrscheinlich entladen, wenn man sie berührte, und angesichts der in ihnen steckenden Energie würden die Entladungen tödlich sein für alle, die keinen Kampfanzug mit Schutzschirmprojektoren besaßen.

Nur das Thunderbolt-Team konnte mit dem Paladin gefahrlos durchbrechen.

Er wandte sich an den haluterähnlichen Giganten.

»Schalten Sie Ihren Paratronschirm ein, General!« befahl er. »Dann bringen Sie sämtliche Energiekugeln zur Entladung. Anschließend steigen wir über die Zeitlupenechsen und verschwinden von hier!«

Der Paladin setzte sich eben in Bewegung, da wurde der Raum in orangefarbenes Licht getaucht.

»Gas!« schrie Atlan entsetzt.

Perry Rhodan lud sich Gucky auf die Schulter; der Arkonide tat das gleiche mit Ras Tschubai.

»Los, raus hier!« befahl Perry.

»Halt, Sir!« ertönte die verstärkte Stimme Drof Retekins. »Es ist kein Gas, sondern eine Strahlung, die für unseren Organismus unschädlich ist.«

»Aber nicht für den Organismus von Ungeheuern«, versetzte Merkosh mit unbewegtem Gesicht. Der Gläserne deutete auf die Echsen.

Nun sah es Perry auch.

Langsam wurde die Farbe der Echsen heller, ging zuerst in ein düsteres Grau über, wurde hellgrau und schließlich weiß – und plötzlich waren die Echsen verschwunden.

Ras öffnete die Augen, ächzte und sagte: »Wenn ich den erwische, der mir einen Vorschlaghammer gegen den Kopf geschlagen hat . . .!«

Diese Bemerkung löste die Spannung.

»Ich frage mich«, meinte der Arkonide, »warum diese apfelsinenfarbene Strahlung nicht uns, sondern unsere Gegner vernichtet hat.«

»Vermutlich hat der regierende Taschkar mit den Schaltungen der unterseeischen Stadt experimentiert«, sagte Perry. »Da er bestimmt nicht alle Funktionen des Fallensystems kennt, konnte er naturgemäß nicht genau wissen, was seine Experimente auslösten.«

»Mit anderen Worten«, meinte Atlan, »die Basisprogramme einiger Automaten sind umgekehrt worden. Ursprünglich sollte die orangefarbene Strahlung wohl Eindringlinge vernichten. Nun arbeitet sie *für* Eindringlinge.«

Er ließ Tschubai los.

Perry Rhodan ließ den Ilt zu Boden gleiten und schlug ihm leicht gegen die Wangen.

Gucky schlug die Augen auf, blinzelte und sagte: »Immer trifft es die Kleinen. Diese Welt ist doch ungerecht organisiert, Perry.«

Rhodan musterte den Mausbiber verblüfft.

»Deine klare Aussprache beweist mir, daß du nicht erst jetzt aufgewacht bist. Warum hast du nicht eher etwas gesagt?«

Der Ilt kniff ein Auge zu.

»Weil ich es als wohltuend empfand, von dir getragen zu werden. Auf Händen will ich dich durchs Leben tragen. Hübsch, nicht?« Er stöhnte und verzog das Gesicht. »Mein Denkapparat hat anscheinend etwas gelitten. Eine Gemeinheit ist das! Ich begann gerade, mich so richtig wohl zu fühlen, und dann . . .!«

»Offenbar geht es dir schon wieder ganz gut«, sagte Perry. Er stellte verwundert fest, daß die Striemen auf Guckys Haut fast ganz abgeheilt waren. An den Rändern der Wunden sproß bereits neues flaumiges Haar.

Atlan räusperte sich durchdringend.

»Vielleicht beendet ihr euren idiotischen Dialog endlich!« sagte er unmutig. »Wir wurden zwar von den Echsen befreit, aber nicht von den Energiebällen.«

Perry erhob sich und zog den Ilt mit hoch.

»Wir haben zwei Möglichkeiten«, sagte er. »Entweder bringt der Paladin die Energiekugeln zur Entladung, oder Gucky und Ras teleportieren uns hinter sie.«

»Ich sehe eine bessere Möglichkeit«, erklärte der Gläserne. Er stülpte den Rüsselmund vor, formte ihn zu einem Trichter und stimmte ein ohrenbetäubendes Brüllen an.

Die von Merkoshs Hyperschallwellen getroffenen Energiekugeln verfärbten sich bläulich, schwollen an und explodierten lautlos. Die Luft in dem Raum erhitzte sich innerhalb weniger Sekunden so stark, daß allen – außer der Paladin-Besatzung – der Schweiß ausbrach.

»Aufhören!« befahl Perry, als Merkosh eine breite Bresche in die Mauer aus Energiebällen gebrüllt hatte. »Gegrillt ist mein Körper ziemlich nutzlos.«

Merkosh zog seinen Rüssel ein und lachte glucksend.

»Gegrillter Großadministrator à la Takera wäre etwas Neues auf der Speisekarte.«

Er merkte, daß er allein in dem runden Raum stand, und beeilte sich, die Gefährten wieder einzuholen.

Perry und Atlan hatten unterdessen einen großen Käfig durchschritten und standen vor einem nach außen gewölbten Schott. Es ließ sich trotz aller Bemühungen nicht auf normale Weise öffnen, darum bat Perry Harl Dephin, seinen »Nachschlüssel« einzusetzen.

Die Desintegratorgeschütze des Paladin-Roboters lösten die Materie des Schottes in kurzer Zeit auf.

Perry trat durch die Öffnung und wurde blaß.

»Die gläserne Kugel«, flüsterte Atlan neben ihm.

Perry Rhodan sah mit einem unguten Gefühl in den riesigen Hohlraum, den sie alle bereits kannten – aus ziemlich ähnlichen Illusionen, die sie vor nicht ganz elf Stunden in der Grabkammer des Taschkars Bironasch gebannt hatten.

Ein Alptraum hatte sich in Realität verwandelt.

Perry wußte genau, daß auch die Gefahren der riesigen gläsernen Kugel real sein würden, wenn sie sich ihnen auslieferten.

Dennoch spürte er in sich den Drang, die Geheimnisse des gläsernen Labyrinths zu ergründen. Er wandte sich um und sagte:

»Ich gehe voran. Formation und Abstände wie gehabt.«

Langsam ging er in das gläserne Labyrinth hinein . . .

Ein schlauchartiger transparenter Stollen, auf dessen Oberfläche gelbe Lichtreflexe tanzten, führte Perry Rhodan und seine Gefährten in eine – ebenfalls durchsichtige – Kuppelhalle.

Perry spähte nach oben, konnte jedoch kein Anzeichen von Gefahr erkennen. Plötzlich huschte ein Schatten über die Kuppeldecke, ein wesenloser, lichtloser Fleck ohne erkennbare materielle Substanz.

»Wenn ich nicht wüßte«, sagte Gucky, »daß Geister keine Schatten werfen, würde ich sagen, der Schatten stamme von einem Geist.«

»Sehr geistreich«, entgegnete Atlan. Der Arkonide war nervös.

»Irgend etwas muß aber den Schatten geworfen haben«, erklärte Perry. Seine Hand fuhr unwillkürlich an den Griff seines Strahlers, als ein zweiter Schatten über die Decke glitt.

»Die Schatten sind immateriell«, meldete Captain Retekin aus dem Paladin-Roboter. »Wie jeder normale Schatten auch.«

»Schatten . . .«, sagte Ras Tschubai dozierend, » . . . ist der lichtfreie Raum hinter einem beleuchteten undurchsichtigen Körper. Ich frage Sie, Captain Retekin, wie ein Schatten normal sein kann, auf den diese streng wissenschaftliche Definition nur zur Hälfte zutrifft?«

Der Siganese kam nicht mehr zu einer Antwort, denn plötzlich ertönten von allen Seiten schrille Schreie, vermischten sich nach einer Weile mit ihren zahllosen Echos zu einem grauenhaften Choral, der Gänsehaut erzeugte.

Perry schrie durch den Lärm.

»Trick! Laßt euch nicht irremachen!«

Er kümmerte sich nicht mehr um den ohrenbetäubenden Lärm, sondern durchquerte die gläserne Halle, als ginge er in einem Park der Erde spazieren. Sein Beispiel wirkte sich beruhigend auf seine Gefährten aus. Sie formierten sich wieder zu einer Reihe und folgten ihm mit dem nötigen Sicherheitsabstand.

So unvermittelt, wie die Schreie ertönt waren, brachen sie wieder ab. Perry entdeckte auf Grund der Lichtreflexionen den breiten Gang, der auf der anderen Seite der Kuppelhalle begann. Behutsam tastete er sich mit den Füßen hinein. Der Boden hielt, aber aus bitterer Erfahrung wußte Perry, daß sich das sehr schnell ändern konnte.

Nach etwa zehn Metern stieg der Boden sanft an. Rhodans Füße ertasteten schmale gläserne Stufen. Als er sich nach einiger Zeit umdrehte, erkannte er an den Positionen seiner Begleiter, daß die Treppe spiralförmig nach oben führte. Wieder wünschte er, sie hätten ihre flugfähigen Kampfanzüge dabei. Wenn jetzt die Stufen verschwanden, dann mußten sie sich unweigerlich zu Tode stürzen.

Doch stärker als die Furcht vor lauernden Gefahren war die alte Neugier der Menschheit, die sich seit jeher auf Unbekanntes gerichtet hatte und noch immer in voller Stärke wirkte.

Höher und höher führten die gläsernen Stufen. Gucky keuchte asthmatisch und gab das Treppensteigen auf. Mit Hilfe seiner telekinetischen Kräfte schwebte er hinter Rhodan her.

Vor Perry lösten sich plötzlich die Stufen auf. Der Terraner trat ins Leere, fiel und klammerte sich im letzten Moment an den unversehrten Stufen hinter ihm fest, bevor der Mausbiber ihn telekinetisch hochzog und auf die Füße stellte.

»Wohin wolltest du springen?« fragte Gucky unschuldig. »Hast du ein Schwimmbecken entdeckt?«

»Leider nur eines für Nichtschwimmer«, gab Perry heiser zurück. »Captain Retekin! Haben Sie keine Hyperstrahlung festgestellt?«

»Tut mir sehr leid, Sir«, antwortete der Siganese betrübt. »Die Treppe gibt auch jetzt keine Streustrahlung ab.«

Perry wurde blaß, als er die Sachlage konsequent durchdachte.

»Dann muß irgendwo dort unten ein Desintegrator gearbeitet haben. Er hätte uns alle mit auflösen können.«

»Bestätigung!« rief Drof Retekin. »Speicherung enthält auf dem DI-Diagramm eine steile Kurve kurzfristiger Energieanmessung. Achtung! Ich messe eben links von Ihnen eine meterbreite Brücke an. Einwandfrei molekularverdichtetes Glas, wie die Treppe. Die Brücke führt auf eine achtzehn Meter durchmessende Plattform, unter der sich ein Pufferfeld befindet.«

»Also eine Art Lift«, stellte Perry Rhodan fest. Er war noch immer blaß. »Wir nehmen die Retekin-Brücke!«

»Sollen wir nicht lieber teleportieren?« fragte der Ilt.

Perry winkte ab. Man konnte die Mutanten nicht ständig strapazieren, sonst erschöpften sich ihre Psi-Kräfte zu schnell.

»Nein, halte dich nur zum Eingreifen bereit, Gucky. Ras ebenfalls. Ich gehe jetzt. Sobald ich drüben bin, folgt Gucky mir – und so weiter.«

Die gläserne Brücke schwankte leicht, als er sie betrat. Die Schwankungen und Schwingungen verstärkten sich, je weiter er kam, und schließlich rannte er los, um nicht das Gleichgewicht zu verlieren.

»Elegant, elegant«, bemerkte Gucky und setzte mit einer Kurzteleportation über.

Perry sah ihn verärgert an.

»Anstatt dumme Reden zu halten, hättest du lieber die Brücke stabilisieren können!« Guckys trauriger Blick erinnerte ihn daran, daß er ihm erst vor wenigen Minuten das Leben gerettet hatte. Er strich ihm über den Kopf. »Entschuldige, Kleiner. Meine Nerven sind etwas angespannt.«

»Schon gut, Perry«, piepste der Mausbiber. »Aber ich habe versucht, das Schwanken zu verhindern. Leider ohne Erfolg.«

»Ich kann ebenfalls nichts daran ändern!« rief Takvorian von der anderen Seite.

Nun kam Atlan an die Reihe. Der Arkonide hielt sich nicht erst mit behutsamen Versuchen auf, sondern rannte sofort los. Dadurch schwankte die Brücke zwar stärker als vorher, aber Atlans höhere Geschwindigkeit stabilisierte das Gleichgewicht.

Ras Tschubai teleportierte ebenfalls. Der Gläserne setzte sich auf Takvorians Rücken und ließ sich hinübertragen. Paladin, der den

Abschluß bildete, kam nur bis zur Brückenmitte. Dann brach die Konstruktion unter seinem Gewicht zusammen. Der Riesenroboter wurde von Gucky zur Plattform bugsiert, bevor er sein Impulstriebwerk aktivieren konnte.

Während sich General Harl Dephin auf typisch siganesische Art, nämlich überaus höflich und mit wohlgesetzten Worten, bei Gucky bedankte, setzte sich die Platte vibrierend in Bewegung. Zuerst langsam, dann schneller werdend, stieg sie auf einem unsichtbaren Kraftfeld empor, dem Zentrum des gläsernen Hohlraumes entgegen.

Immer schneller wurde der seltsame Lift, dann verzögerte er und hielt genau im Mittelpunkt der gläsernen Kugel an.

In der nächsten Sekunde erlosch das gelbe Licht. In die Kugel ergoß sich eine undurchdringliche Schwärze. Perry und seine Begleiter setzten sofort die Elektronenaugen auf, doch es half nichts.

Perry Rhodan zuckte heftig zusammen, als Gucky einen gellenden Schrei ausstieß.

»Was ist los?« fragte er in die Finsternis hinein.

»Ich habe schlecht geträumt«, antwortete der Ilt verlegen. Er holte tief Luft. »Die Wahrheit ist, daß dieses verflixte Pferd mir das Gesicht mit seinem Schwanz abgewischt hat.«

»Tatsächlich«, fragte der Zentaur scheinheilig. »Dann muß ich meinen kostbaren Schweif in die Reinigung geben.«

Atlan lachte schallend.

»Terraner und Mausbiber!« rief er, nach Atem ringend. »Diese Kombination ist anscheinend so unverwüstlich wie Unkraut.«

Merkosh nieste und erklärte:

»Ich muß mich erkältet haben. Hier oben zieht es.«

»Wahrscheinlich hast du meine Schnupfenviren eingefangen«, spottete der Ilt, »und damit einen Hauch meines exzellenten Geistes.«

»Du lieber Himmel«, flüsterte Perry zu sich selbst. »Jeden Augenblick kann etwas Furchtbares passieren, und diese Burschen schaukeln ihren Galgenhumor hoch.«

Er sah in die Dunkelheit. Nach einiger Zeit glaubte er einige helle Lichtpunkte zu sehen, die wie glühende Funken in der Schwärze schwammen. Er fragte Captain Retekin danach.

»Ja, Sir«, erwiderte der Siganese. »Ich habe die Lichtquellen auf den Energietastern. Die optische Vergrößerung weist sie als Kugeln von genau vier Zentimetern Durchmesser aus. Spektralanalyse . . .! Eine Sekunde! Unbekanntes Gas mit einem drei Millimeter durchmessenden Erregerkern aus Quecksilber. Ende.«

»Danke«, sagte Perry mechanisch.

Die Lichtpunkte schienen zahlreicher geworden zu sein. Eine Anfrage bei Retekin bestätigte die Beobachtung. Immer mehr Lichtpunkte tauchten auf – und sie verwandelten die Schwärze in einen mittleren Grauton. Die Brücken, Rampen, Treppen und Gänge der gläsernen Kugel hoben sich wegen der vervielfachten Reflexion deutlicher ab als bei der normalen gelben Beleuchtung. Ein verwirrendes Labyrinth wurde sichtbar.

Plötzlich ertönte ein grauenhaftes Gelächter. Es schwoll an, und die gläsernen Konstruktionen wurden von den Schallwellen zu einem vielstimmigen Klingen, Summen und Zirpen angeregt.

»Wieder ein Psychotrick«, sagte Perry Rhodan. »Gleich lache ich mit. Hahaha!«

»Hahaha!« gellte es von überall zugleich zurück.

Die schemenhaft sichtbaren Konturen des Paladin-Roboters wackelten mit einemmal. Kurz darauf meldete Harl Dephin:

»Fusionsreaktor ausgefallen, Sir. Ich mußte die Notstromanlage in Betrieb nehmen.«

Vor dem Rachenmund des Giganten zitterte heiße Luft; Rauch kräuselte sich aus der Öffnung. Also hatte das Thunderbolt-Team das Notaggregat aktiviert, von dem unter anderem der Kompressor versorgt wurde, der das hydraulische Notbewegungssystem des Paladins in Gang setzte.

Perry war verblüfft.

Ausgerechnet der tausendfach geprüfte Kugelreaktor des Paladin-Roboters sollte ohne ersichtlichen Grund ausgefallen sein. Das war einfach undenkbar, denn siganesische Präzisionsarbeit galt als Garantie für absolut fehlerfrei funktionierende Produkte.

»Da steckt wieder eine Teufelei dahinter«, meinte er.

Das irre Gelächter schwoll noch mehr an – und brach dann abrupt ab. Die Lichter wurden eine Stufe heller, als hätte jemand am Regler gedreht.

Und da kam auch schon der erwartete Angriff.

Es waren die restlichen Vasallen, die plötzlich in der gläsernen Kugel auftauchten, um die Hindernisse kurvten und zum Zentrum strebten.

»Wir müssen hier verschwinden«, sagte Atlan. »Fragt sich nur, wie.«

»Teleportation?« bot der Ilt an.

»Nein!« sagte Rhodan hart. »Hier in der Kugel gibt es sicher Parafallen.«

»Ovaron hat also noch keine X-Logik für die Vasallen entwickeln können«, sagte Ras enttäuscht.

»Das zwingt uns dazu«, folgerte Perry, »die Maschinen abzuschießen.«

Er zog den Strahler, brachte das elektronische Fadenkreuz in Dekkung mit einem Vasallen und drückte ab. Nichts geschah. Die Waffe funktionierte nicht.

Perry prüfte hastig das Energiemagazin. Es war noch halb voll.

»Unsere Waffen funktionieren ebenfalls nicht mehr«, sagte Atlan dumpf.

Sie standen da und sahen den anfliegenden Vasallen entgegen, niemand machte sich Illusionen über die Lage. Im Nahkampf waren Roboter stärker als fast alle intelligenten Lebewesen.

Nur Gucky konnte noch helfen.

Doch konnte er das wirklich?

Der Mausbiber stand starr und steif da, als wäre er tiefgefroren. Und die Vasallen kamen immer näher . . .

Perry sah, daß ein Vasall genau auf ihn zukam. Er duckte sich, und die Maschine ging tiefer. Perry entblößte die Zähne zu einem grimmigen Lächeln. Er würde kämpfen, notfalls mit bloßen Händen gegen Maschinen.

Aber in dem Moment, in dem der Zusammenprall dicht bevorstand, sackte die Liftplattform nach unten weg. Über ihr kurvten die Vasallen durcheinander.

»Mir ist schlecht«, lispelte der Mausbiber.

»Das ist dein schlechtes Gewissen«, sagte Ras wütend. »Warum hast du Löcher in die Luft gestarrt, anstatt uns zu helfen?«

»Ich weiß es nicht«, erwiderte Gucky. »Mir wurde schlecht, und ich sah nichts mehr. Und jetzt wird mir noch schlechter.«

Die Vasallen stießen jetzt von oben herab auf die Raumfahrer zu. Der Lift sank schneller, als wäre seine Automatik dafür programmiert, Fahrgäste vor Angreifern in Sicherheit zu bringen.

Gucky stöhnte und schwankte. »Ich halte es nicht mehr aus.«

Tschubai ging breitbeinig auf ihn zu, um ihn zu stützen. Doch bevor er ihn erreichte, entmaterialisierte der Ilt.

Perry preßte die Lippen zusammen. Wenn Gucky in panischer Angst floh, obwohl er mit Parafallen rechnen mußte, dann ging es ihm schlimmer, als ihm anzusehen gewesen war.

Hoffentlich passiert ihm nichts! dachte Perry.

Die Liftplatte schwang unverhofft nach rechts weg. Takvorian stürzte und prallte gegen den Paladin. Der Riesenroboter taumelte. Ohne die elektronische Steuerung war er kaum mehr als ein unbeholfener Gigant.

Schlagartig wurde es wieder hell. Die vielen Lichter erloschen. Perry Rhodan fragte sich, wohin die Gaskugeln mit dem Quecksilberkern verschwunden waren – und auf welchem Wege. In der gläsernen Kugel gab es keine Spur mehr von ihnen.

»Hauptkraftwerk arbeitet wieder!« schrie Harl Dephin aufgeregt. »Übernehme Emotio-Steuerung.«

Perry lächelte. Dann sah er, daß die Vasallen sich zurückzogen. Es war, als wüßten sie, daß die sieben Personen auf der Plattform nicht mehr wehrlose Opfer, sondern gefährliche Gegner waren.

Die Liftplattform beendete ihre Horizontalbewegung und sank erneut senkrecht ab. Auf einem gläsernen Kegelstumpf landete sie.

»Was nun?« fragte Merkosh. Der Gläserne blickte nach unten. Von der Plattform waren es schätzungsweise zweihundert Meter bis zum tiefsten Punkt des Kugelraumes.

»Ich wundere mich nur«, sagte Atlan mit seltsamer Betonung, »daß es bisher keine neuen Fallen gegeben hat.«

»Das war die Untertreibung des Jahrhunderts«, stellte Ras fest.

»Ich meinte, in dieser Kugel«, korrigierte sich der Arkonide.

Die Liftplattform bewegte sich schwach.

»Na, endlich!« sagte Ras.

In diesem Augenblick materialisierte Gucky.

»Einen schönen Gruß von Ovaron!« rief er. »Er hat . . . Hallo, was ist das?«

Der Mausbiber drehte sich langsam um seine Körperachse, wurde schneller und schneller, so daß seine Konturen für Außenstehende verschwammen.

»Ein Rotationsfeld!« schrie Atlan.

Teleportieren, Gucky! dachte Perry intensiv.

Im nächsten Moment begann er sich selbst zu drehen. Vor seinen Augen flammten rote und gelbe Kreise und Sterne mit. Allmählich ließ das Denkvermögen nach. Perry wußte nur noch, daß seine inneren Organe, einschließlich des Gehirns, von der Zentrifugalkraft gegen die Körperwandungen gepreßt und zerquetscht werden würden, wenn die Rotation nicht aufhörte. Wahrscheinlich würde er zum Schluß förmlich zerplatzen.

Etwas kreischte an seinem Ohr, ein scharfer Schmerz durchfuhr seinen Hals, dann stürzte er schwer, rollte über eine harte Unterlage und verlor die Besinnung.

Die Ohnmacht dauerte jedoch nicht lange, denn der instinktive Wille zum Überleben peitschte den Organismus auf und intensivierte die Drüsentätigkeit.

Ächzend richtete er sich auf. Er zuckte zusammen, als er durch die Schleier vor seinen Augen zwei ineinander verkrallte Gestalten zu Boden stürzen sah. Sie rollten einige Meter, dann richtete sich eine Gestalt wieder auf – Ras Tschubai – und entmaterialisierte.

Perry schüttelte vorsichtig den Kopf. Sein Gehirn schien im Nervenwasser eigenständig zu rotieren und die Hirnhaut aus der Verbindung mit der Schädelkapsel zu reißen. Nur langsam wurden seine Wahrnehmungen klarer.

Er sah dort, wo die Rollbewegung der beiden Körper geendet hatte, Atlan liegen. Die Bordkombination des Arkoniden wies an der linken Seite einen durchgehenden Riß auf.

Hinter Perry krachte es, eine schwere Erschütterung pflanzte sich durch den stählernen Boden fort.

Langsam wandte der Terraner Oberkörper und Kopf. Hinter ihm hockte der Paladin, auf Handlungs- und Laufarme gestemmt.

»Alles in Ordnung?« fragte Perry mühsam.

»Bei uns schon«, antwortete ihm Harl Dephins Stimme. »Wir konnten uns durch Aufbau des Paratronschirmes schützen, mußten ihn aber leider abschalten, damit Gucky uns mitnehmen konnte. Was können wir für Sie tun, Sir?«

»Im Augenblick nichts«, sagte Perry.

Er musterte seine Umgebung. In einer Ecke des vieleckigen Raumes lag Takvorian, in einer anderen Merkosh. Also fehlten nur noch die beiden Mutanten.

»Sie wollten noch einmal zurück«, sagte Dephin. Der Paladin richtete sich auf und stand wieder sicher auf seinen schwarzen Säulenbeinen.

Zwischen ihm und Perry flimmerte die Luft. Die Mutanten rematerialisierten.

Gucky entblößte seinen Nagezahn, salutierte lässig und sagte:

»Gleich existiert das Mistding nicht mehr, Chef.«

Der Donner einer Explosion rollte heran, die Erschütterungswellen verschafften Perry Rhodan das Gefühl, statt eines gut funktionierenden Gehirns eine glühende Stahlkugel im Schädel zu haben.

»Das war's!« verkündete der Ilt stolz.

»Die Rotationsenergie kam aus dem Innern der Plattform«, berichtete Ras Tschubai sachlich. »Wir haben eine Mikrofusionsbombe mit Verzögerungszündung angebracht.«

»Helft Merkosh und Takvorian«, sagte Rhodan. »Atlan und ich sortieren inzwischen unsere Gehirnwindungen.«

Einen Teil des Geschehens konnte er nur gedanklich rekonstruieren. Das Rotationsfeld hätte ihn beinahe umgebracht. Dann hatte etwas dicht an seinem Ohr gekreischt – das mußte Gucky gewesen sein. Von ihm stammte offenbar auch der lange Kratzer an Perrys Hals, der zu schmerzen begann. Der Mausbiber war demnach, als er sich aus seinem eigenen Rotationsfeld gerettet hatte, in sein, Perrys, Rotationsfeld gesprungen, hatte blindlings zugegriffen und war in diesen bizarren Raum teleportiert. Das Kreischen konnte nichts anderes als die Schmerzensäußerung Guckys gewesen sein. Er seufzte, legte sich zurück und schloß die Augen.

Es dauerte knapp eine Stunde, bis Rhodan und seine Gefährten alle wieder halbwegs auf dem Posten waren. Ihre Bewegungen waren noch etwas unsicher, und die Muskeln schmerzten höllisch, aber das würde vergehen.

Sie aßen einige Konzentratwürfel und schlürften die gallertartige Flüssigkeit aus ihren Trinkbehältern, die den Durst löschte und gleichzeitig die Tätigkeit der Nieren bremste. Für begrenzte Zeit brauchten sie dadurch nur ein Zehntel der Flüssigkeitsmenge zu sich zu nehmen wie sonst.

Plötzlich fiel Perry Rhodan etwas ein. Er fuhr sich mit der Hand über die Augen und sagte:

»Meine Elektronenbrille ist weg.«

Es stellte sich heraus, daß auch seine Gefährten ihre Elektronenbrillen verloren hatten – und andere Dinge, die lose an ihren Körpern befestigt gewesen waren oder sich in offenen Taschen befunden hatten.

»Nun . . .«, meinte Atlan bedächtig, ». . . wir sollten froh sein, daß wir nicht auch unser Leben verloren haben. Diesmal waren wir dem Tod sehr nahe.«

Perry nickte. Seine Erinnerungslücken füllten sich allmählich. Er blickte den Mausbiber an und fragte:

»Du wolltest etwas von Ovaron ausrichten, Kleiner?«

»Ja. Der Ganjo sagte mir, er hoffe, die Vasallen allmählich unter Kontrolle zu bekommen. Einige Experimente seien schon geglückt, und in meiner Anwesenheit gelang es ihm durch einen gegensätzlichen Befehl, die Roboter aus der Glaskugel zurückzubeordern.«

»Deshalb sind sie also so schnell verschwunden«, bemerkte Takvorian.

»Leider nicht auf Nimmerwiedersehen!« rief Captain Drof Retekin aus dem Paladin. »Die Vasallen sammeln sich vor diesem Raum. Es sind genau dreiundzwanzig – und die übrigen formieren sich vor der zweiten Tür.«

»Dann müssen wir durch die Wand«, stellte Perry trocken fest. »General Dephin, übernehmen Sie!«

Harl Dephin zögerte nicht lange. Er erteilte Dart Hulos, dem Feuerleitoffizier der wandelnden Festung, einen scharfen Befehl. Gleich darauf flimmerte die Luft. Ein Teil der Seitenwand löste sich in flirrende grünliche Gaswolken auf.

Aber im gleichen Moment öffneten sich die beiden Schotte, und die Vasallen drangen ein. Gucky und Ras teleportierten mit Rhodan, Atlan und Merkosh in Sicherheit, Takvorian verzögerte den Zeitablauf der Roboter, so daß sie den Fliehenden nur langsam folgen konnten.

Perry Rhodan und seine Gefährten drangen unterdessen in einen breiten Ringkorridor ein, zerschossen ein Schott und standen kurz darauf vor einer nach oben führenden Rampe . . .

Das Positronengehirn wartete seit langer Zeit. Es wartete weder geduldig noch ungeduldig, denn Positronengehirne haben keinen Zeitbegriff wie organische Intelligenzen.

Seit einiger Zeit aber schien sich eine Entwicklung anzubahnen, die der Positronik die Erfüllung ihrer Hauptaufgabe ermöglichte. Fremde waren in der Nähe aufgetaucht.

Das Positronengehirn aktivierte die Energieversorgung des Fallentransmitters und seinen Logikschaltkreis. Verborgene Sensoren übermittelten ihm ihre Wahrnehmungen aus den umliegenden Gängen, Liftschächten und Hallen.

Die Positronik stellte fest, daß sich sieben Lebewesen genau auf die scheibenförmige Halle zubewegten, in deren Wänden die Entstofflichungs- und Abstrahlprojektoren verborgen waren. Sie liefen ahnungslos in die tödliche Falle, tödlich deshalb, weil der Transmitter als Energiezerstäuber funktionierte. Es gab keine Gegenstation – jedenfalls nicht für Feinde. Wer eingefangen und abgestrahlt wurde, der verlor sich für immer in Form einer lockeren Wolke von Atomen im fünfdimensionalen Raum.

Die Fremden kamen näher – aber sie kamen nicht allein. Die Positronik aktivierte zusätzliche Sensoren und gab Identifikationsinformationen an den Logikschaltkreis weiter.

Das Positronengehirn erkannte, daß die Fremden von Feinden seines längst verstorbenen Herrn, eines Taschkars aus dem Bironasch-Clan, verfolgt wurden. Der Logikschaltkreis kam zu einem Resultat und übermittelte eine Empfehlung.

Die Positronik schaltete den »Abwehrkreis Feind« aus und aktivierte den »Rettungskreis Freund«. Wer von den Vasallen verfolgt wurde, mußte ein Freund des verstorbenen Herrn sein, und für Freunde gab es ein Sonderprogramm . . .

Sie stürmten in die scheibenförmige Halle, Perry Rhodan an der Spitze. Gucky rematerialisierte. Er hatte die Vasallen telekinetisch zurückgedrängt.

Das gab den Raumfahrern einige Minuten Zeit, aber nicht mehr. Die Flucht würde weitergehen, bis entweder Ovaron die Vasallen unter Kontrolle bekam oder bis man sich entschloß, die Maschinen abzuschießen.

»Zerstören wir diese verdammten Maschinen!« rief Atlan, aufs höchste erregt. »Wir werden uns doch nicht von diesen Dingern durch die gesamte Stadt hetzen lassen.«

Perry schüttelte den Kopf.

»Die Vasallen sind für einen bestimmten Zweck geschaffen worden, Atlan, und ich möchte herausfinden, für welchen. Ich halte das für entscheidend wichtig.«

Der Arkonide schwieg resigniert.

Plötzlich schrie Drof Retekin:

»Energieortung! Hinter den Wänden laufen starke Maschinen an!«

Perry drehte sich zum Paladin um. Er wollte ihm befehlen, eine Öffnung in die Wand zu brennen, wie er es schon oft getan hatte. Doch er kam nicht mehr dazu, auch nur ein Wort zu sagen.

Die gesamte Halle war plötzlich in blutrotes Licht getaucht – und dann war sie verschwunden.

Statt dessen standen die Raumfahrer in einer viel größeren Halle mit glatten Metallwänden.

»Ich orte keine Vasallen mehr«, gab Retekin bekannt.

»Sie dürften unsere Spur verloren haben«, sagte Atlan erleichtert. »Wir sind uns sicher alle klar, daß wir schon wieder von einem Transmitterfeld an einen anderen Ort befördert wurden.«

Perry Rhodan schob den Strahler ins Gürtelhalfter zurück und erwiderte:

»Ein Glück, daß der Transmitter uns in Sicherheit gebracht und nicht in den Hyperraum abgestrahlt hat.«

Er ahnte nicht, wie groß ihr Glück gewesen war – und er würde es aller Voraussicht nach auch nicht erfahren.

»Ich hoffe doch«, sagte Atlan nachdrücklich, »du hast jetzt endlich die Nase voll vom Suchen nach dem großen Geheimnis, kleiner Barbar.« Er blickte Rhodan scharf an.

Perry sah ihn fragend an.

»Wie kommst du auf diese abwegige Idee, Arkonide? Wir haben längst nicht alles erfahren, was es zu erfahren gibt. Nach einer kleinen Erholungspause werden wir weitersuchen.«

Atlans Fluchen wurde vom Lachen der Thunderbolts übertönt.

20.

Am vierten Tag nach ihrem Aufbruch kehrte die CMP-1 zur MARCO POLO zurück und wurde eingeschleust.

Eine halbe Stunde später befanden sich Schekonu und Kuruzin bei Danton.

»Was bringen Sie mit?« fragte Roi nach der Begrüßung.

Schekonu sagte:

»Es ist uns gelungen, durch meine Kenntnis der Daten einen relativ unbekannten Stützpunkt der Moritatoren anzufliegen.«

»Es war nicht besonders schwer«, stellte Kuruzin fest. »Auch nicht besonders gefahrvoll. Wir kamen gut zurecht.«

Hinter dieser knappen Äußerung verbargen sich zahlreiche Aufregungen, Mühen und knifflige Situationen.

»Ich verzichte auf eine lange Beschreibung«, sagte Schekonu. »Ich gab jedenfalls meinen Bericht ab und versuchte, so überzeugend zu wirken, wie es mir möglich war. Mein Bericht wurde zuerst mit großer Skepsis, dann aber mit zunehmender Begeisterung aufgenommen. Ich bat um die Menge der Unterstützung, die wir brauchen. Die Wesakenos wurden ebenfalls verständigt. Sie haben natürlich wesentlich skeptischer als die Moritatoren reagiert. Ich habe den Eindruck, daß sie sich wohlwollend, aber abwartend verhalten werden. Sie verfolgen sämtliche Ereignisse, die mit uns, der MARCO POLO und rund um den Ganjo herum passieren.«

»Wie geht es weiter?« fragte Roi leise.

Schekonu schien mit dem Erfolg seines Versuches nicht unzufrieden zu sein.

»In ungefähr zwanzig Stunden wird ein Raumschiff des Moritatorenvolkes hier bei Punkt Davis eintreffen. Die Besatzung dieses Schiffes ist hochgradig qualifiziert und genau auf den zu erwartenden Einsatz hin ausgesucht worden. Es sind auf ihre Art lauter erstklassige Spezialisten. Sie haben sich mit unseren Vorschlägen einverstanden erklärt.«

Schekonu lächelte Roi Danton an.

Danton sagte kurz:

»Das bringt uns also zum Spezialisten für besondere Einsätze, also zu unserem allseits bekannten Bordsarkastiker Oberst Cascal. Ich werde ihn hierher bitten.«

Eine junge Logistikerin hob die Hand und sagte:

»Ich lade ihn ein, ja?«

Roi nickte und erwiderte:

»Machen Sie's dringend. Er soll sich so schnell wie möglich hier einfinden und eine Liste seiner besten Leute mitbringen.«

»Verstanden.«

Die Frau ging die wenigen Schritte bis zum nächsten kleinen Interkom, wählte die Hangarnummer von Cascals Flaggschiff und redete etwa zwei Minuten lang. Dann hörten die drei Männer durch ihre Unterhaltung die sonore, tiefe Stimme des schlanken Mannes, der eine kurze Antwort gab. Die Logistikerin kam zurück, unterbrach das Gespräch und sagte:

»Er ist in einigen Minuten hier und bringt das Gewünschte mit. Wie ging es weiter, Schekonu?«

»Die Moritatoren, die übrigens einen unerwartet entschlossenen Eindruck machten, haben sich mit unserem Vorhaben einverstanden erklärt. Sie haben nichts dagegen, daß insgesamt fünfzig Terraner in der Verkleidung von Moritatoren an Bord ihres Schiffes gehen. Ich bin auch dafür, daß der Chef dieser Gruppe Joaquin Manuel Cascal sein sollte. Das bedingt natürlich einige Vorbereitungen.«

Roi sah ihn entschlossen an.

»Sie haben völlig freie Hand, Schekonu – wenn Sie nicht gerade die MARCO POLO einschmelzen wollen.«

Schekonu musterte das dunkle Gesicht Dantons und nickte. Er hatte genügend Gelegenheit gehabt, den Mann selbst und die gefährliche Geschmeidigkeit seiner beherrschten Kräfte kennenzulernen, der geistigen Kräfte wie der körperlichen. Er wußte, daß Roi in die Reihe der Männer wie Atlan oder Rhodan oder Ovaron hineingehörte. Abgesehen von der geringen Lebenserfahrung, bedingt durch die weniger hohe Anzahl der Lebensjahre, war Rhodans Sohn ein würdiger Vizechef dieser Expedition.

»Die MARCO POLO einschmelzen – kaum. Aber wir werden in wahrer Rekordzeit diese fünfzig Männer zu waschechten Moritatoren machen müssen. Nicht nur die äußerliche Verkleidung muß perfekt sein, sondern das gesamte Bewußtsein, sämtliche Kenntnisse und die Sprache . . . das ist nicht gerade leicht.«

Die Tür schob sich auf, und Cascal kam herein. Er blieb dicht neben dem Tisch stehen, streckte seine Hand aus und begrüßte der Reihe nach Danton, den Wissenden Schekonu und Kuruzin, dem er kameradschaftlich auf die Schulter schlug.

»Ich nehme an, ein Selbstmordkommando liegt an, Roi?« fragte er.

Er setzte sich in einen der Sessel am Tisch. Er war sich darüber im klaren, daß ihn Schekonu unausgesetzt beobachtete, und dieser Mann war hier im Augenblick die Schlüsselfigur. Cascal sah den Moritator an und sagte:

»Ich habe die Liste dabei. Wenn ich wüßte, nach welchen Kriterien ich die Männer aussuchen soll, wäre mir mehr gedient.«

»Ich werde Ihnen gleich erzählen, worum es geht. Zuerst eine Frage: Haben Sie Lust, an einem Einsatz mitzuwirken, der mit der Befreiung unserer Gefährten enden soll?«

Cascal nickte und bemerkte:

»Endlich ist einmal wieder etwas los. Wir alle sterben vor Langeweile.«

»Ausgezeichnet. Ich hatte auch keine andere Antwort erwartet«, sagte Danton.

Cascal grinste. Schekonu sah die knappen, beherrschten Gesten und Bewegungen des Mannes und wußte, daß sie keinen besseren hätten finden können. Zwar neigte Joaquin in Zeiten der Ruhe dazu, sich durch lange und spöttische Dialoge unbeliebt zu machen, aber sobald man ihm eine echte Aufgabe stellte, war er ruhig, konzentriert und schaltete ungeheuer schnell.

»Die fünfzig Mann sollen also in der Maske von Moritatoren an Bord gehen«, erklärte Schekonu. »Zum Ausgleich werden fünfzig Moritatoren in der MARCO POLO bleiben – dieser kleine kulturelle Austausch wird die Beziehungen zwischen den beiden Völkern weiter verbessern. Hoffe ich wenigstens.«

»Vermutlich«, sagte Cascal. »Ich schlage vor, daß Fellmer Lloyd in meine Mannschaft beordert wird. Er kann unter Umständen besser sein als ein Hypersender. Vielleicht ist ein mentaler Kontakt zu der Gruppe Rhodans nötig – wir brauchen ihn.«

»Wir werden ihn verständigen«, sagte Danton.

Schekonu stand auf und ging langsam hinter seinem Sessel hin und her. Auch er war von der Nervosität erfaßt worden. Die Spannung würde erst nachlassen, wenn sie erfuhren, was mit Rhodan und Ovaron geschehen war. Beide Männer waren im Augenblick gleich wertvoll und – womöglich – gleich gefährdet.

»Wir müssen mit größter Schnelligkeit eine umfassende Hypnoschulung einleiten«, sagte der Wissende. »Es darf einfach keine Panne passieren. Alle fünfzig Männer müssen ein perfektes, bis in alle feinsten Verästelungen exaktes Gruelfin sprechen lernen.«

Danton stimmte zu:

»Ich werde sofort mit der psychologischen Abteilung dieses Schiffes sprechen. In einigen Stunden können wir anfangen. Wir brauchen von Ihnen, Schekonu, nur noch eine Aufstellung über diejenigen Verhaltensregeln, die sich stark unterscheiden. Natürlich meine ich die Unterschiede zwischen der Lebensart der Moritatoren und der Terraner.«

Schekonu bestätigte:

»Ich werde Ihnen geben, was Sie brauchen. Alles. Und ferner können die letzten Unsicherheiten noch durch die Mannschaft des Moritatorenschiffes an Ort und Stelle ausgebügelt werden. Schließlich wird der Flug ins Deep-Purple-System einige Zeit dauern. Cascal?«

»Ich höre?«

»Die Männer, die Sie hier ausgesucht haben – sind sie sicher?«

Cascal lächelte humorlos und erwiderte hart:

»Diese Männer sind auf ihre Weise Elite. Sie begreifen schnell, ordnen sich freiwillig der Aufgabe unter und sind ziemlich gerissen und schlau, wenn es um ungewohnte Situationen geht. Sie alle werden Ihre helle Freude an ihnen haben.«

»Unsere Freude«, sagte Roi Danton gedankenvoll, »ist ziemlich nebensächlich. Die Aufgabe der Männer unter Ihrer Leitung wird sein, Mittel und Wege zur Befreiung Rhodans zu finden – falls er sich in Gefahr befindet.«

Kuruzin fügte hinzu:

»Und im Augenblick sieht es so aus, als sei er in Gefahr. In Lebensgefahr.«

Cascal stand auf und blieb neben Schekonu stehen.

»Kommen Sie«, sagte er leise. »Wir gehen in die psychologische Abteilung und rufen von dort die neunundvierzig Männer zusammen. Der fünfzigste steht bereits bei Ihnen.«

»Einverstanden.«

Sie verabschiedeten sich von Roi, der Logistikerin und Kuruzin und verließen den Raum. Durch Stollen aus Metall und lange Korridore gingen und fuhren sie hinüber zur psychologischen Abteilung, wo die notwendigen Grundlagen einer umfassenden Hypnoschulung vorbereitet werden sollten. Der Auftrag, der zur Befreiung Rhodans führen sollte, lief an.

21.

Mindestens zwei Tage lang waren sie unterwegs gewesen, immer auf der Suche nach einem Ausweg aus dem neuen Labyrinth. Es schien hier nur Gänge und Stollen zu geben, und immer wieder tote Hallen. Kein Funkverkehr war zu belauschen. Sie hatten keine Verbindung zu Ovaron.

Als es wieder heftig zu beben begonnen hatte, waren sie in einem Lift ein gutes Stück aufwärts gekommen und hatten einen relativ sicheren, rechteckigen Korridor gefunden. Doch nun standen sie wieder vor einem runden, verschlossenen Schott.

»Hier bleiben wir«, sagte Atlan. Die Beben hatten wieder nachgelassen.

Sie setzten sich, und Atlan packte die letzten Vorräte aus. Sie tranken Fruchtsaft und koffeinhaltige Getränke aus kleinen, gekühlten Packungen. Sie aßen die Rationen, die klein und sehr konzentriert waren und sämtliche Nährstoffe enthielten, die sie brauchten. Sehr langsam kehrte die Kraft wieder zurück, und Rhodan kümmerte sich zusammen mit Atlan um den Mausbiber und Tschubai. Die beiden

Mutanten hatten schier Übermenschliches geleistet und noch einige Male Bekanntschaft mit energetischen Fallen gemacht. Medikamente wurden herausgesucht und eingenommen, und Atlan verpaßte beiden Teleportern eine Beruhigungsspritze, die schmerzstillend und entkrampfend wirkte. Das hatte zur Folge, daß nach zehn Minuten Tschubais Kopfschmerzen rapide nachließen. Und nachdem er getrunken und gegessen hatte, fühlte er sich wieder ausgezeichnet. Gucky ging es noch wesentlich schlechter.

Sie hatten jedes Zeitgefühl verloren.

Atlan tippte Rhodan auf den Arm und sagte kurz:

»Das Funkgerät!«

Rhodan nickte und schluckte den letzten Bissen seiner Ration. Er war ebenso müde wie die anderen, aber die Kräfte des Zellaktivators machten sich immer wieder wohltuend bemerkbar.

Paladin machte sich an dem Schott zu schaffen und musterte den Öffnungsmechanismus. Er ließ sich, wenn auch schwergängig, bewegen. Immerhin ein weiterer kleiner Lichtblick.

Merkosh sagte laut: »Ich wundere mich, daß wir so lange Ruhe vor weiteren Beben hatten.«

»Sprich nicht so laut«, sagte Takvorian. »Ich beginne mich gerade an diesen angenehmen Zustand zu gewöhnen.«

Rhodan schaltete das Funkgerät ein, drehte den Lautsprecher auf und sagte eindringlich:

»Hier Rhodan. Ich rufe Ovaron. Ovaron, bitte melden, wenn Sie mich hören können.«

Aus dem Lautsprecher kamen pfeifende und knisternde Störungsgeräusche. Hämmernd schlug Paladin auf einen Hebel ein, und der Arkonide schrie:

»Paladin – einen Moment aufhören. Wir bekommen endlich etwas herein!«

Der Lärm am Schott hörte schlagartig auf.

Dann hörten sie leise und sehr undeutlich:

». . . offensichtlich . . . Nähe . . . direkt über Ihnen . . . Teleporter . . . keine Gefahr . . .«

Ovarons Stimme riß ab.

Perry Rhodan sprang auf. Dies war der erste Kontakt mit dem Ganjasen seit Tagen! Erregt sagte Perry, laut und sehr deutlich betont:

»Wir versuchen, einen Teleporter zu schicken. Bitte, warten Sie auf uns.«

»... ja!« hörten sie nur, dann wurden die Störungen lauter und verschluckten den Text.

»Immerhin«, sagte Takvorian.

»Ja, immerhin. Keine Gefahr, sagte er. Das ist natürlich sehr schön«, bemerkte Merkosh.

Ras hob die Hand und lächelte. Sein Gesicht war schmutzig, der Bart wucherte, und die Augen waren blutunterlaufen.

»Ich werde Ovaron suchen«, sagte er. »Gucky ...« Er brauchte nicht mehr zu sagen. Der Ilt war so geschwächt, daß er nicht einmal protestierte.

Rhodan hatte Bedenken und fragte besorgt:

»Werden Sie es schaffen, Ras?«

»Ja«, versicherte der Teleporter. »Ich brauche nur etwas Schlaf. Aber mein Kopf ist völlig klar.«

Rhodan überlegte kurz, dann sagte er:

»Schließen wir einen Kompromiß. Wir gehen zuerst durch diese Schleuse, sehen nach, was es dahinter gibt, und wenn wir eine kritische Stelle erreicht haben sollten, springen Sie. Ist das fair?«

»Akzeptiert!« sagte der Mutant.

Sie standen auf und gingen langsam auf das Schott zu, das gerade in dem Augenblick, als Atlan den Paladin erreichte, aufgezogen wurde. Eine runde, dicke Stahlplatte, innen fast einen Meter dick isoliert und mit breiten Dichtleisten versehen, schwang langsam auf und gab den Blick in eine Schleusenkammer von rund zweihundertfünfzig Kubikmetern Inhalt frei. Die Decke begann zu leuchten.

»Hinein!«

Sie stiegen durch den kreisförmigen Ausschnitt hinein, und der Paladin schloß das Schott hinter ihnen. Dann bewegte sich der siganesische Roboter auf die andere Seite der Schleuse, die offensichtlich als Magmaschleuse ausgebildet war – sie konnte zweifellos große Drücke aushalten, und die ausgefahrenen Projektoren bewiesen, daß hier schwere Schutzschirme aufgebaut werden konnten.

Langsam schwang das andere Schott nach außen auf. Nacheinander kletterten Rhodan und seine Begleiter nach draußen und standen nach fünf, sechs Metern wieder einer Liftanlage gegenüber.

Das Schott schloß sich mit einem dumpfen Knall und wurde verriegelt.

Atlan blieb vor dem Lift stehen und sagte nach einigen Sekunden des Überlegens:

»Die gleiche Art der Anlage wie zuvor. Nur kleiner.«

»Benutzen wir den Lift? Vielleicht bringt er uns zu Ovaron?« fragte Takvorian.

Rhodan und Ras Tschubai sahen sich an, dann meinte Perry:

»Noch nicht springen, Ras. Im Augenblick sind wir in Sicherheit, soweit dies hier unten möglich ist. Wir nehmen diesen Lift und versuchen, weiter nach oben zu kommen. Einverstanden?«

»In Ordnung.«

Einige Leuchtkörper schalteten sich automatisch ein, als sich die Gruppe dem Lift näherte. Vermutlich hatten sie Kontaktströme unterbrochen. Sie stiegen nacheinander auf die Bodenplatte, die sich nach wenigen Sekunden erhob und die langsame Fahrt nach oben antrat. Atlan errechnete eine Geschwindigkeit von rund einem Meter in der Sekunde.

»Wir sollten so schnell wie möglich mit Ovaron Verbindung aufnehmen«, drängte Atlan.

Ununterbrochen glitt der Lift nach oben, in seinem Innern war es völlig dunkel.

Rhodan sagte: »Warten wir noch einige Zeit. Vielleicht kommen wir alle in Ovarons Nähe wieder heraus. Wir sind vor den Vasallen geflohen. Es ist sehr wahrscheinlich, daß er sie mit Hilfe der X-Logik inzwischen voll beherrscht.«

Takvorian schränkte ein:

»Ich wäre da nicht so sicher. Wir sollten wirklich zuerst einen Späher losschicken.«

Ein erneuter Erdstoß erschütterte den Berg, der schlimmste bisher.

Er schien in ihrer Umgebung riesige Felsumschichtungen vorzunehmen. Ein Höllenlärm brach aus und fing sich in dem engen Metallrohr, und sie alle dachten, sie wären im Innern einer riesigen Glocke gefangen. Sie hörten das Zischen heißen Dampfes, das Plätschern von Wasser und immer wieder das Fallen von Steinen und Felsstücken. Aber noch immer glitt der Lift nach oben.

Rhodan entschloß sich, die Gefahr zu verkleinern.

»Ras!« schrie er durch den Krach.

»Ja?«

»Suchen Sie Ovaron, berichten Sie, wo wir sind, und lassen Sie sich sagen, was inzwischen geschehen ist. Schnell!«

Der Mutant fragte:

»Sie bleiben weiter hier?«

»Ja, Sie wissen, wo wir sind. Nötigenfalls müssen Sie uns herausholen. Klar?«

»Ich gehe!« sagte Tschubai und war verschwunden, aber das konnte in der Dunkelheit niemand sehen.

Die Fahrt durch das Chaos aus Wasser und Dampf, Lärm und schwankendem Metall ging weiter. Die lange Röhre der Liftanlage begann zu federn, schwang ganz langsam in einem Kreis herum wie ein Gewicht in der Mitte eines bewegten Seiles. Rasselnd und knirschend bewegte sich die Scheibe nach oben, und die Erdstöße wurden nur langsam geringer. Als sich die Gefährten durch eine Zone bewegten, die etwas heller schien, mußten sie merken, daß hier das Metall bereits zu glühen begann.

Der Weg durch die Finsternis ging weiter. Wie lange es dauern würde, war niemandem bekannt. Gucky war noch immer völlig erschöpft – er bewegte sich zwischen langen Perioden des tiefen Schlafes und kurzen Zeiten des Wachseins, in denen er nichts anderes sah als Dunkelheit und darin die Scheinwerferstrahlen des siganesischen Roboters.

Die Minuten schienen sich ins Unerträgliche zu dehnen.

Die Fahrt ging weiter.

Und unaufhörlich bebte die Liftröhre, prasselten ungeheure Massen von Steinen und Felsen nach unten, zitterte der gesamte Berg. Jetzt war das Beben offensichtlich in seine letzte, entscheidende Phase eingetreten. Wieder befand sich die kleine Gruppe in Lebensgefahr, obwohl sie jede Sekunde um einen Meter weiter der Oberfläche entgegenbrachte.

»Verdammt!« flüsterte Rhodan.

Aber in der Dunkelheit und in dem Lärm der tobenden vulkanischen Natur verstand ihn niemand.

Der erste Versuch Ras Tschubais mißlang völlig.

Er hatte sich flüchtig orientiert und kam in einer Halle heraus, die wie eine blitzsauber ausgeräumte Lagerhalle wirkte. Glatte, feinbearbeitete Felswände an allen vier Seiten, darüber eine Dachkonstruktion aus Stahlrohren, von der runde Beleuchtungskörper herunterhingen, nicht weniger als fünfhundert Stück. Jede war in einer anderen Höhe angebracht, ein bizarres Bild.

Der zweite Versuch war dafür um so erfolgreicher. Ras kam, zu seiner eigenen Verblüffung, wieder in der Halle der Vasallen heraus.

»Auch hier . . . die Beben«, sagte er und begann zu laufen.

Ovaron saß im Zentrum der geräumigen Halle. Die Vasallen hatten ihm eine ausgesprochen luxuriöse und fremdartige Residenz eingerichtet.

»Ovaron!« rief Ras.

Er landete nach einem Kurzsprung gegenüber von Ovaron auf einem Sessel.

»Ras Tschubai!« rief der Ganjo und sprang auf. »Ich bin erleichtert! Ich habe euch alle für verloren gehalten! Wie geht es . . . Mann, wie sehen Sie aus?«

Ras hob die Hand und sagte schwach:

»Wir leben noch alle. Wir sind in den letzten Stunden . . .«

». . . in den letzten Tagen, Ras!«

Sie sahen sich an. Von fern vernahmen sie beide das Donnern des unterirdischen und unterseeischen Bebens. Auch hier, in diesem Raum, vibrierten alle Gegenstände.

Ovaron deutete auf Ras und sagte:

»Zuerst Sie. Berichten Sie. In der Zwischenzeit lasse ich frische Kleidung kommen, und Sie brauchen dringend ein Bad.«

»Was haben Sie erreicht?« fragte Ras.

Ovaron war aufgesprungen und führte ihn zu einem Wandschirm, der vor einer automatischen Badekabine stand. Kleine, kastenförmige Robots schwebten umher und schienen den Befehlen des Ganjos zu gehorchen.

Ovaron sagte, während Ras sich auszog:

»Ich werde auch etwas zu essen bringen lassen. Ich habe sehr wichtige Nachrichten, Ras!«

»Ich höre! Schnell – die anderen stecken in einem Lift, der mitten im Bebengebiet steht.«

Während Ras Tschubai sich in die Waschkabine stellte, sagte Ovaron:

»Erstens: Ich habe Ihre X-Logik für meine Zwecke weiterentwikkelt, ausprobiert und angewendet. Ich gebe also Befehle, die ich keineswegs so befolgt haben will. Also reagieren die verrückten Vasallen entsprechend anders – alles funktioniert, wie ich es will. Etwa fünfundzwanzig Prozent aller Befehle werden auf diese Art und Weise befolgt.«

Wasser und eine Reinigungsflüssigkeit wurden auf Ras gesprüht, weiche und härtere Bürsten rotierten, dann folgte eine eiskalte Dusche, schließlich legte sich ein feiner Ölnebel auf seine Haut, und weiche Hände griffen nach ihm und massierten ihn. Das alles dauerte nur wenige Minuten.

»Die anderen, Ovaron?« fragte er und duckte sich unter dem heißen Luftstrom, der sein Haar trocknete.

»Im Gegensatz dazu sind die vier bisher normalen Vasallen nunmehr vollkommen durchgedreht. Sie können zwischen den normalen und den Anweisungen in X-Logik nicht mehr unterscheiden und tun genau das, was ich anordne, also genau das Falsche. Ich habe aber auch den Verdacht, daß irgendwo Fremdschaltungen durchgeführt werden.«

Ras rief überrascht:

»Fremdschaltungen? Sie meinen, daß der Taschkar . . .?«

»Möglicherweise«, sagte Ovaron. »Es geht noch weiter.«

Langsam und methodisch zog sich Ras Tschubai um. Er durchsuchte seine verdreckte und zerschlissene Kleidung sehr genau und verstaute alles in den Taschen der neuen Kleidungsstücke. Zuletzt schnallte er den Kombinationsgürtel mit den vielen verborgenen Taschen und der Waffe um. Er fühlte sich großartig, und als ihm Ovaron einen riesigen Becher eines schwarzen, heißen Getränkes reichte, nahm er einen riesigen Schluck und holte tief Atem.

»Wie geht es weiter?« fragte er.

»Einer der verrückten Vasallen«, sagte Ovaron leise, »hat durch Fremdschaltungen oder, was wahrscheinlicher ist, durch meine Anwendung der X-Logik offensichtlich zu seiner Grundprogrammierung zurückgefunden. Daran ist nichts Außergewöhnliches. Aber vor etwa zwei Stunden hat mir dieser Roboter mitgeteilt, daß der einzige und letzte Befehl ausgeführt ist.«

Ras nahm einen zweiten Schluck.

»Was ist ausgeführt?« fragte er erstaunt.

Ovaron sagte leise:

»Der Vasall sagte wörtlich: *Der einzige und letzte Befehl ist ausgeführt. Wir bringen dich heim zur Urmutter!*«

Ras grinste und bemerkte respektlos:

»Da wird sich Ihre Frau Mutter aber freuen. Und was hat das zu bedeuten?«

Ovaron sagte:

»Ich habe keine Ahnung, aber einige Vermutungen. Ich glaube auch, daß ich ungefähr weiß, wo der Taschkar seine Schaltzentrale hat.«

Sie tauschten einige Minuten lang Informationen aus, dann stellte Ras den Becher zur Seite und fragte abschließend:

»Kommen Sie mit?«

»Nein«, sagte Ovaron entschlossen. »Ich werde hier warten und versuchen, noch weitere wichtige Informationen zu erhalten. Ich nehme an, daß dieses ›zurück zur Urmutter‹ auf die Tatsache zurückzuführen ist, daß sämtliche Vasallen nur Bestandteile, also teilautonome externe Elemente eines Riesengerätes von robotischer oder positronischer Natur sind. Dies ist im Augenblick alles, was ich sagen kann – Genaueres weiß ich leider nicht.«

»Die Beben werden stärker, Ovaron«, warnte Ras.

Der Ganjo schüttelte den Kopf und erwiderte:

»Sie wissen jetzt wieder, wo ich mich befinde. Sie kennen also auch die Gänge und Stollen, die hierher führen. Falls ich wirklich in Not bin, werde ich Rhodan anfunken. Klar?«

Ras drängte es, wieder zu seinem Team zurückzukehren; er wußte nicht, wie es ihnen im Augenblick ging.

»Klar. Trotzdem . . . geben Sie auf sich acht.«

»Natürlich.«

Tschubai teleportierte hinweg. Auch für ihn war es wichtig, noch möglichst viele Informationen zu bekommen. Er sprang also zunächst in den größten aller Vasallen hinein, nämlich denjenigen, der als Transmitter ausgebildet war.

Er landete in der Zerstörung . . .

Der uralte Teil der unterseeischen Stadt an den Rändern des vulkanischen Berges drohte endgültig ein Raub von Flammen und Hitze, Wassereinbrüchen und Dampferuptionen zu werden. Was die zusammenbrechenden Wandungen nicht zerstörten, erledigten die Wassereinbrüche. Die Leitungen wurden kurzgeschlossen, wertvolle Maschinen wurden geflutet und hörten auf zu arbeiten. Blitze und die nachfolgenden Trommelschläge des Donners erschütterten die Luft.

Die stählernen Verstrebungen, berechnet für stärkste Belastungen, brachen zusammen.

Der Transmitter, in dessen Mitte sich Ras einen Moment lang befand – natürlich nicht in der Mitte der Torbögen –, wurde von den zusammenbrechenden Felswänden zerstört. Lava strömte nach, und zwei Sekunden, bevor die riesige Detonation das gesamte Aggregat zerfetzte und dadurch andere Räume vernichtete, sprang er zurück zu seinen Freunden.

Sie kletterten gerade, leichenblaß und an allen Gliedern zitternd, aus dem Lift. Hinter ihnen dröhnten die Schläge der abbrechenden Stahlröhre.

»Hier ist er!« schrie Gucky auf.

Der Schlaf der letzten halben Stunde schien ihm seine Kräfte wiedergegeben zu haben.

Atlan fragte höchst erstaunt:

»Wie sehen Sie denn aus, Ras?«

Tschubai berichtete in einigen kurzen Sätzen, was er gesehen und gehört hatte. Er berichtete auch vom zusammenbrechenden Transmitter und von den rätselhaften Aussprüchen des Vasallen.

»Jedenfalls weiß ich wieder ziemlich genau, wo wir uns befinden«, sagte Ras abschließend.

»Mir wäre lieber«, meinte Atlan, »wenn ich endlich den Taschkar in die Finger bekäme. Ich habe den Eindruck, daß diese gesamte Anlage binnen weniger Stunden völlig zerstört sein wird. Das dürfte, wenn wir weiter hier bleiben, auch unsere eigene Lebensdauer sein.«

Rhodan entschloß sich, etwas anders vorzugehen, als man es erwartete.

»Ras und Gucky«, sagte er leise. »Ihr bringt uns jetzt bitte nacheinander von hier weg.«

»Nichts tue ich lieber«, versetzte der Mausbiber.

Tschubai nickte nur schweigend. Rhodan fuhr fort: »Und zwar in die Nähe jenes Teiles der uralten Stadt, der supermodern ist. Dort befindet sich aller Wahrscheinlichkeit nach der Taschkar. Wir haben ihn schon einmal gesehen, konnten aber nicht durchdringen, weil riesige Abwehrschirme ihn schützen. Ihr müßt uns also bis zu einem Punkt bringen, an dem wir ihn sehen können, aber nicht selbst gesehen werden. Alles andere entscheiden wir an Ort und Stelle. Einverstanden?«

Atlan sagte resigniert:

»Ich hätte es lieber in Großraumplanung, aber auch gut. Vorsicht ist besser als Sterben.«

»Du sprichst aus, was ich denke«, sagte Rhodan. »Hier greift uns niemand an, also bitte zuerst Paladin und Takvorian.«

»Mit Vergnügen«, sagte Gucky und krabbelte auf Takvorians Rükken hinauf.

Ras Tschubai griff nach einem der Arme des siganesischen Robots und verschwand. Eine halbe Sekunde später waren auch Gucky und Takvorian verschwunden.

»Man fühlt sich direkt allein«, meinte Rhodan. »Ras hat es gut – man hat ihn komplett eingekleidet.«

»Es wird Zeit, daß wir wegkommen. Gleich bricht hier die gesamte Anlage nach unten in die Lava«, sagte Atlan.

Die Bemerkung hatte ihre Richtigkeit.

Die Beben wurden stärker, und alles zitterte und schlingerte wie auf einem mittelgroßen Schiff, das mit voller Kraft voraus einer rauhen See zu trotzen versuchte. Das Chaos begann. Schon längst hatte der Lärm der zusammenbrechenden Anlagen und der berstenden Wände, des einströmenden Dampfes und der nachdrückenden Lava jeden Versuch einer Unterhaltung unmöglich gemacht. Da . . .

Die beiden Mutanten erschienen.

Rhodan sagte laut:

»Merkosh und Atlan.«

Zwei Sekunden später war er allein.

Und sechs Sekunden später befand sich auch er in einem relativ kleinen und gutausgestatteten Raum. Es schien eine Art übergroßer Konferenzraum zu sein. Eine mächtige Tür stand offen, und Ras Tschubai sagte:

»Dort vorn, etwa zweihundert Meter weiter, geschützt durch einige hintereinander gestaffelte Schirme, ist der Taschkar.«

Und Gucky rief aufgeregt:

»Da ist er wieder, sitzt vor seinem Pult und schaltet wie verrückt. Was sollte er auch sonst an einem Schaltpult machen?«

Vermutlich war der Taschkar durch eine Transmitterverbindung, die nur ihm bekannt war, in den modernen Teil des unterseeischen Labyrinths vorgedrungen.

Rhodan hob die Hand und sagte:

»Wartet, bitte!«

Er schaltete das Funkgerät ein. Der Lautsprecher knisterte und pfiff nicht mehr so stark wie bei den anderen Versuchen. Plötzlich ertönte das Heulen einer Störung durch die winzige Lautsprecheranlage, dann riß es ab, und der Empfang war fast glasklar.

Ovaron meldete sich.

»Rhodan – sind Sie auf Empfang?«

»Ich bin«, sagte Rhodan. »Wir befinden uns hier im modernen Teil der Anlage. Gibt es wichtige Neuigkeiten? Ras hat alles berichtet.«

Ovaron sagte:

»Ich habe erfahren, daß eine große Anzahl der Energieerzeugungsstationen ausgefallen ist. Dadurch sind eine Menge Energieschirme zusammengebrochen, und die Folge davon ist . . .«

» . . . daß wir die Stimme des Ganjos glockenrein hören können«, rief der Lordadmiral. »Was gibt es?«

Aufgeregt rief Ovaron:

»Die Lage hat sich entscheidend geändert!«

»In welcher Weise?« erkundigte sich Perry.

»Die Seebeben haben wichtige Kraftstationen und andere Anlagen zerstört, das ist nicht mehr gerade neu. Die Energieschirme, die bisher über all den Räumen lagen, in denen die Vasallen untergebracht waren, sind plötzlich verschwunden.«

Atlan sagte interessiert:

»Ein gutes Zeichen und ein Punkt von großer Wichtigkeit. Weiter!«

»Die Vasallen, die bisher einen verrückten Eindruck machten, benehmen sich ausgesprochen normal. Normal, aber leicht gestört. Ich kann also die X-Logik vergessen und ihnen Befehle geben, die sie befolgen.

Nur hin und wieder gibt es eine Störung, aber das hängt sicher mit dem durcheinandergeratenen Energiehaushalt dieses Gebiets zusammen.«

Rhodan erwiderte nachdenklich:

»Das ist aber sicher nicht nur die aufgehobene Wirkung der Energiefelder, sondern auch der Versuch des Taschkars, die Vasallen wieder in die Gewalt seiner Schaltungen zu bringen. Gucky und Ras haben ihn beobachtet. Wenn es ihm gelingt, sind Sie in äußerster Gefahr, Ovaron!«

»Ich weiß. Aber ich halte es noch eine Weile aus.«

»Ihr Risiko. Melden Sie sich, wenn Sie gefährdet sind.«

»Verstanden!«

Rhodan schaltete ab.

Vor einigen Tagen, als diese höllische Jagd begann, war es beiden Teleportern unmöglich gewesen, in die Schaltzentrale des Taschkars vorzudringen. Die Energiefelder, die jeden Eingang und jeden Ausgang verschlossen, hatten auch sie aufgehalten.

Auch jetzt konnten sie den Taschkar sehen, aber nicht angreifen – er befand sich außerhalb ihrer Reichweite.

»Wir gehen sehr vorsichtig diesen Korridor entlang«, sagte Rhodan. »Der Taschkar ist allein?«

»Ja«, meinte Ras. »Wir haben eben einen schnellen Rundgang beendet. Hier unten ist niemand, nur der Taschkar. Zwei Drittel aller Eingänge in seine Schaltzentrale sind durch stählerne Schotts verschlossen. Hier, am Ende dieses Korridors, befinden sich nur drei Schirme.«

» . . . nur!« wiederholte Atlan und fluchte.

Ras dachte angestrengt nach.

»Wir werden ihn sehen, er uns möglicherweise nicht, wenn wir etwas aufpassen. Vielleicht gibt es einen Weg, die Schirme zu durchbrechen.«

Der Paladin sagte ungeduldig:

»Gehen wir! Das Gebirge hält die ständigen Beben nicht mehr lange aus. Wir müssen weg, und dabei kann uns nur der Taschkar helfen.«

»Jawohl!« sagte Rhodan. »Los!«

Mit dem Paladin an der Spitze und Rhodan und Atlan als Sicherung am Ende, setzte sich die kleine Gruppe in Marsch. Gucky saß schon wieder auf Takvorians Rücken, aber sie alle hatten sich sichtlich erholt. Auch war der Lärm hier kaum zu hören, die Erschütterungen hielten sich in Grenzen. Sie waren nur von Zeit zu Zeit als leichte Stöße spürbar.

Zuerst waren Rhodan und seine Begleiter Gefangene des Taschkars gewesen. Jetzt versuchten sie, den Spieß umzudrehen – sie mußten diesen Mann in ihre Gewalt bekommen, um ihn zwingen zu können, sie freizulassen und ihnen einen Ausweg zu zeigen.

Schweigend und konzentriert, die Hände auf den Kolben der Waffen, marschierten sie voran. Sie sahen schon von hier, in einer etwas anderen Optik als vorher, was vielleicht auch mit Illusionen zusammenhing, die verschiedenfarbigen Schutzschirme, die nicht mit normalen Mitteln zu durchbrechen waren. Rhodan war nicht gewillt, zuviel Rücksichten walten zu lassen. Er war so häufig angegriffen worden . . . jetzt ging er selbst zum Angriff über.

Vorausgesetzt, er hatte echte Chancen.

Nach einigen Minuten kamen sie an den Eingang der Schaltzentrale des Taschkars.

Sie blieben stehen und prägten sich ein, was sie sahen. Diese Ortskenntnis konnte schon in Minuten lebenswichtig sein.

Die Bauweise war klar: Eine vollkommene Kugel war in ein System aus Räumen und Gängen eingeschlossen, das seinerseits kantig war, vielleicht würfelförmig oder von rechteckigem Grundriß. Jedenfalls ragte die Spitze der Kugel ins Wasser des Ozeans hinein – deutlich sahen die Gefährten hoch über sich die Fischschwärme und das Wasser, das von fernem Tageslicht durchstrahlt wurde. Sie waren der Oberfläche noch nie so nahe wie jetzt gewesen.

»Eine Halle, kugelförmig . . . mit optimaler Raumausnutzung«, sagte Atlan.

Sie schwiegen und beobachteten das Bild.

Eine große Kugel, etwa sechzig Meter durchmessend. Überall an den Wänden sah man, geschoßweise angeordnet, die Eingänge und die Schotts der Ausgänge. Die Mehrzahl bestand aus wuchtigen, schwarzen Metallanlagen, etwa ein Drittel war durch Schirme verschlossen wie hier.

Die Kugel war in sieben Ebenen eingeteilt.

Nur die unterste bildete einen vollkommenen Kreis. Die sechs, die sich in verschiedenen Höhen über ihr befanden, waren von unterschiedlichster Form. Man sah von jeder Plattform auf alle anderen, die unter ihr lagen, ausgezeichnet herunter. Diese Ebenen oder Stockwerke waren mit Maschinen aller Art und der bizarrsten Formen ausgerüstet und durch geschwungene Metallstege mit weißem Belag miteinander verbunden. Man konnte von jeder Ebene sechs andere erreichen.

Die Beleuchtung war faszinierend.

»Jede Ebene ist in einer anderen Grundfarbe erhellt!« rief Takvorian.

»Soll ich die Böse Stimme erheben und die Lampen ausblasen?« fragte Merkosh.

»Nein!« sagte Rhodan. »Sinnlos!«

Traurig ließ der Gläserne seinen Rüsselmund nach unten hängen und trompetete protestierend.

»Ruhe!« zischte der Arkonide.

Es gab keinerlei Raumbeleuchtung. Überall dort, wo Licht gebraucht wurde, befanden sich indirekt angebrachte Lichtquellen. Ein angenehmes Blau für die oberste Plattform, dann ein Sonnengelb, ein Grün und ein Licht, das golden schimmerte. Überall befanden sich eingeschaltete Kommunikationsgeräte, deren Schirme Bilder der Zerstörung zeigten oder in Störungslinien flackerten.

Eine der Plattformen, die dritte von unten, bildete eine Ausnahme. Sie war quadratisch bis auf die Seite, an der sie mit der Wandung verbunden war. Ihre Kennfarbe war ein Rot wie das der Sonne dieses 33-Planeten-Systems.

Die Seitenlänge dieses Quadrates betrug rund acht Meter, und von den Ecken dieser Plattform strebten vier tiefrot glühende Energiesäulen nach oben und vereinigten sich wie ein gotisches Kreuzgewölbe genau über dem Zentrum der Grundplatte, in etwa fünfzehn Meter Höhe.

Atlan sagte erstaunt:

»Ein Transmitter – unser Weg nach draußen!«

Rhodan deutete nach unten.

»Wir könnten, vorausgesetzt, die Schirme ließen uns durch, über dieses System von Stegen in drei Minuten den Transmitter betreten. Falls wir angreifen – die Mutanten bleiben hier oben und greifen ein, falls es notwendig wird. Merkosh und Takvorian bleiben ebenfalls hier in Deckung. Paladin, du, Atlan, und ich, wir gehen hinunter und stellen den Taschkar.«

Atlans Lächeln war kalt wie Eis.

»Ich fürchte, er wird etwas dagegen haben«, sagte er trocken.

Rhodan wagte sich einige Meter weiter nach vorn, achtete aber darauf, daß er mit dem Körper in der Deckung des Rahmens blieb. Dann studierte er mit geradezu wissenschaftlicher Genauigkeit den Platz des Taschkars und dessen Umgebung.

Ein fast rundes Pult mit einem schmalen Eingang umgab einen großen, drehbaren Sessel.

Hinter dem abgeschrägten Pult mit Tausenden von Schaltern befanden sich, ähnlich der Panoramagalerie der terranischen Schiffe, Bildschirme von verschiedenen Größen. Die Verkleidungen wuchsen an geschwungenen Verbindungselementen aus der Rückfront des Schaltpultes hoch.

Von diesem Schaltpult aus, das auf dem Boden der untersten Plattform stand, führten Stege zu den anderen Ebenen. Aber wenn der Taschkar versuchte, den Transmitter zu erreichen, würde er vermutlich die geringste Steigung nehmen, also einen Umweg wählen, der ihn über zwei andere Ebenen führte. Der Taschkar trug eine Art Kampfanzug, der den terranischen kaum ähnelte – er war enger, und der Energietornister war wesentlich kleiner.

Also rechnete der Taschkar bereits mit einem Angriff oder wenigstens mit einem Versuch dazu.

Rhodan sagte, als er sich umdrehte:

»Ich warte auf einen bestimmten Vorgang.«

Er hatte sich sämtliche Deckungsmöglichkeiten, sämtliche Wege und die stählerne und gläserne Landschaft innerhalb der Kugel photographisch genau eingeprägt.

Atlan fragte leise:

»Worauf wartest du, Perry?«

Rhodan deutete auf die drei Schirme vor ihnen, die sie vom Ziel trennten.

»Darauf, daß die Beben so viele Anlagen zerstören, daß die ungeheure Energie für die Schutzschirme nicht mehr geliefert werden kann. Für uns arbeitet jetzt die Zeit, Freunde.«

»Warten wir also«, sagte der Paladin. »Falls noch Zweifel bestehen sollten – ich renne los, sobald ich eine Chance für uns sehe.«

Rhodan sagte entschlossen:

»Richtig. Wir brauchen den Taschkar lebend.«

22.

Es wäre sinnlos gewesen, hier etwas anderes zu tun. Zum Beispiel zu versuchen, durch konzentrierten Beschuß einen Zusammenbruch der Schutzschirme herbeizuführen. Dazu hätte es der Feuerkraft eines kleinen Raumschiffes bedurft. Der Paladin mit seinen Anlagen reichte nicht aus. Also wählte man die andere Alternative – man wartete.

Zehn Minuten.

Dabei ließen weder Rhodan noch Atlan noch der siganesische Robot den Taschkar aus den Augen. Nach wie vor saß der hochgewachsene, schlanke Mann in seinem bequemen Sessel und führte Schaltungen durch und stützte von Zeit zu Zeit seinen Kopf in die Hand. Er schien etwas ermüdet zu sein. Von dem Lärm, der immer näher kam, und von dem Beben selbst, das hier immer noch nicht stärker zu spüren war, schien er nicht beeindruckt zu sein.

Fünfzehn Minuten.

Der gesamte Komplex des ehemals erloschenen Vulkans, der ein Ventil in der planetaren Kruste darstellte, wurde erschüttert. Je tiefer die Anlagen waren, desto näher befanden sie sich an dem Stumpf von Magma, der im Zentrum des Vulkans nach oben reichte. Dort, wo der Boden des Berges *direkt* auf der untersten Schicht des Gesteins und dicht über dem zähflüssigen Mittelpunkt des Planeten auflag . . . von dort kam das Chaos.

Die Lava wurde von den planetaren Kräften hochgedrückt.

Sie suchte einen Ausweg.

Der Ausweg hieß: Hinaus in die Atmosphäre. Also drückte die Lava in den Stollen und Gängen, in allen Spalten des Berges und in allen Hohlräumen nach oben. Der Pegel stieg. Es war, als ob der Berg langsam versänke – dieselben Erscheinungen wie in einem sinkenden

Schiff. Nur war es hier nicht kühles Meerwasser, sondern heiße Materie aus dem Planeteninnern.

Seit dem ersten Beben hatte die Lava einen langen, wenn auch komplizierten Weg zurückgelegt.

Sie kletterte, von den ungeheuer starken Drücken geschoben, höher und höher. Überall dort, wo sie auftraf, wurde alles vernichtet.

Und irgendwie drang sie auch in die riesigen Meiler ein, die wartungsarm oder überhaupt wartungsfrei gebaut worden waren und ferngesteuert geschaltet werden konnten. Es gab Explosionen, die das Beben verstärkten. Gleichzeitig aber fielen die Energiemengen, die dort erzeugt wurden, natürlich aus. Die Leitungen waren tot, die Sicherungen vorher zerschmolzen.

Und einige Minuten später war die kritische Grenze erreicht.

Atlan bemerkte es zuerst.

»Hier«, sagte er. »Der erste Schirm flackert!«

Die Terraner machten sich bereit. Die Zeit hatte für sie gearbeitet. Tatsächlich wurde der erste Schirm instabil, begann zu flackern, und aus den Projektoren drangen knatternde Geräusche.

Mit einem harten Knall erlosch der äußere Schirm, also der grünlich flimmernde, der den Eindringlingen am nächsten war.

»Nur Ruhe bewahren!« sagte Atlan leise, schob ein neues Magazin in seine Waffe und prüfte genau die Funktionen.

Die gleichen Erscheinungen zeigten sich nur wenige Sekunden später beim zweiten Energieschirm. Die Projektoren bekamen nicht mehr genügend Energie und stellten ihre Tätigkeit ein.

»Gleich kommt der dritte! Bereit, General Dephin?«

Der Paladin hob schweigend den Arm.

Als er ihn senkte, war der Weg frei. Mit einer Startgeschwindigkeit von etwa vierzig Stundenkilometern setzte sich der Koloß in Bewegung und schaltete bereits auf den ersten zehn Metern des Steges seine sämtlichen Verteidigungsanlagen ein. Rhodan und Atlan schnellten hoch und setzten im Deckungsschutz des Giganten nach. Sie rasten den ersten Steg hinunter, dann folgte eine lautlose Verständigung – Atlan huschte nach links hinüber, Rhodan schwang sich nach rechts.

Sie besaßen keine Kampfanzüge. Was sich jetzt hier abspielen würde, war ein Taktieren gegen überlegene Waffen.

Nur dann schießen, wenn man sicher war. Sonst immer in Deckung bleiben und versuchen, einen strategisch besseren Platz zu haben. Bei einem Angriff von oben nach unten war dies nicht besonders schwer, aber der winzigste Fehler konnte das Leben kosten.

Der Taschkar bewies im Verlauf der drei ersten Sekunden, daß er ein ernstzunehmender Gegner war.

Er schützte sich selbst, indem er an seinen Tornister griff und ein Schutzfeld um sich legte.

Gleichzeitig mußte er bemerken, daß der Paladin durch einen HÜ-Schirm und ein Paratronfeld geschützt war und auf ihn zudonnerte wie eine Planierraupe, nur um das Zwanzigfache schneller.

Er schwang seinen Sessel herum, als auch schon die ersten Strahlbahnen in seinen Schirm schlugen und mühelos absorbiert wurden.

Er drehte einen Hebel herum.

Zwanzig kleine, bewegliche Projektoren an verschiedenen Punkten der Kugel richteten sich auf den Paladin ein und begannen zu feuern. Plötzlich, von einer Sekunde zur anderen, war die kugelförmige Halle von dem Lärm von Hunderten einzelner Abschüsse erfüllt. Sie addierten sich zum näher kommenden Lärm des Bebens, und Rhodan hielt sich die Ohren zu. Er kauerte hinter einem wuchtigen Schaltschrank, ging jetzt vorsichtig nach oben und hob die Waffe.

Er drehte seinen Körper in einem Halbkreis und schoß sechsmal.

Sechs der kleinen Projektoren schmolzen, brachen aus der Wand und stellten ihr Feuer ein.

Lordadmiral Atlan feuerte seinerseits auf andere, und genau nach zwanzig Sekunden verhallte der letzte Schuß aus diesen Projektoren.

Atlan und Rhodan verständigten sich über eine Entfernung von dreißig, vierzig Metern miteinander und wechselten die Positionen.

Sie rasten im Feuerschutz des anderen über die Stege und kamen auf diese Weise wieder um zwei Plattformen tiefer herunter. Zwischen ihnen, genau im Schnittpunkt ihrer Waffen, lag die Ebene mit dem eingeschalteten Transmitter.

Hoffentlich wird dessen Energie von einer anderen Station erzeugt als von der, die eben überflutet worden ist! dachte Atlan.

Aber die Tatsache, daß dies des Taschkars eigener Transmitter war, schloß eine solche Möglichkeit aus. Vermutlich war sogar innerhalb der Halle ein Notaggregat vorhanden.

Der Sessel des Taschkars hob sich jetzt um zwei Meter.

Der Mann, geschützt durch sein körpereigenes Schutzfeld, umklammerte die Armlehnen und drückte auf verborgene Knöpfe. Aus den Vorderkanten der Lehnen schoben sich kurzläufige Strahler, und eine höllische Energieflut brandete dem Paladin entgegen.

Sie verwandelten sich an seinem Schirm in einen Funkenregen, der den Weg des Roboters markierte.

Der Kampf stand unentschieden.

Der Paladin konnte hier natürlich seine Mikrotransformkanonen nicht einsetzen, und er war jetzt dem Taschkar bis auf dreißig Meter näher gekommen.

Seine Lautsprecher dröhnten.

»Ergeben Sie sich, Taschkar!«

Ein Feuerstoß von noch größerer Heftigkeit war die Folge.

Paladin brüllte erneut:

»Ergeben Sie sich! Ich will Sie nicht umbringen, sondern gefangennehmen. Sie haben gegen uns keine Chance, und wir sichern Ihnen eine faire Behandlung zu.«

Der Taschkar reagierte nicht. Er ignorierte auch die dritte Aufforderung, dann polterte der Paladin durch die Lücke des Schaltpultes, schlug mit einer einzigen Bewegung seines Armes die Hydraulik des Stuhles auseinander und prallte gegen den Taschkar, der aus dem Sessel geschleudert wurde.

Überraschend schnell war der Mann wieder auf den Beinen, wehrte sich mit zwei Waffen, die er in beiden Händen hielt.

Mit aller Kraft schlug Paladin auf die Schutzschirme ein, aber es war, als schlage er gegen Luft. Sie schützten nicht nur gegen Strahlen, sondern wehrten auch kinetische Energien hervorragend ab.

Nichts geschah.

Rhodan spähte vorsichtig in der Halle umher. Der Paladin trieb langsam, Schritt um Schritt, den Taschkar um das Schaltpult herum. Keiner konnte den anderen verwunden – zwei Giganten kämpften gegeneinander, was die aufgewendeten Energien betraf.

Rhodan hob die Hand. »Das müßte reichen«, meinte er.

Ras Tschubai und Gucky, Takvorian und Merkosh, Atlan und er – alle zielten auf den Taschkar und feuerten, was die Waffen hergaben.

Der Taschkar war von einer Kugel aus verschiedenfarbigem Feuer umgeben, aber noch immer war deutlich sichtbar, daß er versuchte, die Richtung zum Transmitter einzuschlagen. Der Paladin erkannte dies natürlich und trieb ihn immer wieder zurück.

Während Rhodan feuerte, sah er zufällig auf sein linkes Handgelenk. Dort, neben dem aufgerissenen Hemdverschluß am Ärmel, der zerschlissen und verschmutzt war, leuchtete im Funkgerät die kleine Lampe auf.

Ovaron.

Rhodan ließ sich in Deckung fallen, nahm die Waffe zurück und schaltete das Gerät ein.

»Hier Rhodan. Was gibt es?« schrie er.

Er konnte gerade noch verstehen, was Ovaron sagte, obwohl der Lärm in der Halle markerschütternd war. Der Lautsprecher krachte, er war hoffnungslos übersteuert.

Ovaron rief:

»Eine Meldung. Außerordentlich wichtig! Alle bisher verrückten Vasallen sind wieder völlig normal. Wiederhole: Völlig normal. Sie haben eben mit ihren Dakkarkomgeräten eine Serie von Funknachrichten auf der Sextadimspur abgeschickt. Ich habe verstanden, daß ein unbekannter Empfänger diese Meldungen erhalten und registriert hat. Er hat die Meldungen entschlüsselt und binnen einiger Sekunden eine Antwort zurückgefunkt. Ich habe versucht, diese Antwort zu entschlüsseln, aber mein Armbandgerät schaffte es nicht mehr. Ich habe nur ein Wort verstanden.«

Rhodan schrie, schwitzend und aufgeregt:

»Welches Wort, Ganjo?«

»Freude!« sagte Ovaron. Rhodan fragte zurück, um sicherzugehen.

»Welches Wort? Wiederholen!«

Ovaron schrie jetzt:

»Freude!«

Plötzlich stieß er einen langen, fürchterlichen Schrei aus. Er fing sich aber wieder und rief atemlos:

»Ich habe eben einen Dakkarkomimpuls von höchster Intensität erhalten. Genau nach Beendigung dieses Impulses haben alle überlebenden Vasallen sich im roten Feuer aufgelöst. Sie sind einfach verschwunden, zu Asche verbrannt.«

Rhodan rief:

»Ich lasse Sie holen. Keine Widerrede – Sie sterben sonst!«

»Verstanden, ich warte!«

Rhodan schaltete ab, breitete beide Arme aus und winkte nach oben. Ras Tschubai beugte sich vorsichtig vor, und er schrie ihm aus vollen Lungen zu:

»Ovaron holen!«

Laut kam es zurück:

»Verstanden!«

Ras verschwand augenblicklich. Rhodan atmete auf – wieder war ein kleines Kapitel dieses Dramas beendet. Und mit der Auflösung dieses Kapitels hatten sich gleich wieder mehrere neue Rätsel gebildet. Sie würden später vielleicht Zeit dazu haben, sie zu lösen oder es wenigstens zu versuchen. Rhodan hob seinen Kopf wieder aus der

Deckung und sah, daß der Kampf zwischen den beiden Giganten weiterging. Das Feuer aus sämtlichen Waffen der Gefährten war nutzloser gewesen als ein Schneeball in der Sonne.

Er schüttelte den Kopf, spähte zwischen zwei Schränken hinunter zum Taschkar und sah neben sich plötzlich Ovaron und Ras. Der Teleporter verschwand sofort wieder.

»Wie sieht es aus?« fragte Ovaron.

»Er ist nicht so vernünftig, sich zu ergeben«, sagte Rhodan resigniert.

Im gleichen Augenblick ließen sie sich fallen. Zwei lange Feuerstöße aus den beiden Waffen des Taschkars setzten die Schaltelemente, hinter denen sie sich verbargen, in Flammen. Ovaron zog den Strahler, musterte nachdenklich die Umgebung und analysierte die Situation.

Dann sagte er laut:

»Takvorian und ich – wir schaffen es. Passen Sie gut auf, reagieren Sie schnell.«

Er winkte nach oben und schrie, Ras solle Takvorian herunterbringen, aber in die Deckung eines wuchtigen Energieumformers. Er selbst, Ovaron, kroch dicht über dem Boden zu diesem Umformer.

Dann setzte Takvorian seine Kräfte ein.

Er schien eine sehr große Menge an Konzentration zu brauchen, denn zuerst geschah nichts.

Takvorian stand langsam auf und richtete den Blick seiner großen Augen auf den Taschkar, den der Paladin gegen einen riesigen Schaltschrank getrieben hatte und dort festhielt. Es sah aus, als presse ein Ball den anderen gegen eine Wand.

Auf der Stirn des Mutanten erschienen Schweißtropfen.

»Ruhe!« flüsterte Ovaron.

Auch er konzentrierte sich auf den Gegner. Der Taschkar ergab sich nicht. Er rechnete noch mit genügend Chancen, den Transmitter erreichen zu können und feuerte wild um sich, sobald er ein Ziel sah. Im Moment stockte der Kampf.

Takvorian richtete seine Fähigkeiten auf den Schutzschirm des Taschkars und versuchte, ihn zu einem Stillstand der bewegten Energie zu bringen. Dies war leichter gesagt als getan, denn sämtliche Partikel, die in diesem Schirmfeld mit rasender Geschwindigkeit kreisten, mußten stark verlangsamt werden. Dies geschah jetzt!

Durch die Verzögerung auf den Bahnen der energiereichen Teilchen wurden diese abgebremst. Sie verlangsamten sich noch mehr und erstarrten schließlich wie in einem Prozeß plötzlicher Vereisung.

Das Dakkarfeld war energetisch neutral geworden.

Innerhalb der farbig schillernden Blase zeigten sich bereits Risse, dann verlor der Schutzschirm seine charakteristische Kugelform. Das alles dauerte nur vielleicht zehn, fünfzehn Sekunden.

Atlan flüsterte:

»Unglaublich, was dieser Mutant schafft!«

Es war dies nicht die erste, aber eine der überzeugendsten Kraftproben, die der Lordadmiral bisher von Takvorian gesehen und erlebt hatte.

»Hoffentlich . . . Ovaron«, bemerkte Rhodan.

Er stand völlig im Bann des Geschehens, aber seine Wachsamkeit ließ nicht einen Augenblick nach. Er hörte die Geräusche des näher kommenden Bebens, er sah, wie die Gegenstände zu zittern begannen und wie hier und dort Scheiben brachen und Visiphonröhren zerbrachen.

Das Dakkarfeld löste sich auf . . .

Darunter befand sich ein fünfdimensional wirkendes Energiefeld, das einem terranischen HÜ-Schirm nicht unähnlich war.

Diesen Schirm konnte Ovaron mit Hilfe seiner Kräfte durchdringen.

»Jetzt!«

Der Tryzomtänzer wendete seine natürliche Gabe an und führte eine Pedotransferierung durch. Im gleichen Augenblick begann der Paladin wieder einen Angriff, ohne daß sie sich abgesprochen hätten, oder daß ein Befehl ertönt wäre. Der Taschkar war für eine kurze Zeitspanne derart mit der Abwehr beschäftigt und abgelenkt, daß er Ovarons psychologischen Angriff nicht spürte.

Zuerst sah Rhodan, wie in seiner Nähe, aber in bester Deckung, der Eigenkörper Ovarons sich bewegte wie eine seltsame Schnecke. Langsam hob der Terraner die Waffe, dann sah er wieder hinauf zum Taschkar.

Dessen Geist war von Ovaron übernommen worden. Die Kontrolle war restlos und ausschließlich.

Aber nur sehr kurz. Unter der Willenseinwirkung des Ganjos drehte sich der Taschkar etwas herum, und sein Arm bewegte sich schnell zum Energietornister. Ein Schalter wurde zweimal, nein, dreimal herumgedreht.

»Perry!«

Atlan stieß den Arm hoch.

Natürlich sah auch der Paladin, was mit dem Taschkar vorging – Harl Dephin hatte wirklich blitzschnell geschaltet. Er hob beide Arme, und in dem Augenblick, in dem die Hand des Taschkars vom Schalter zurückzuckte, schlugen die Haumesser an den Armen des Roboters den Energietornister in Stücke – das geschah fast zeitgleich mit dem Zeitpunkt, an dem der fünfdimensionale Schirm zusammenbrach.

Der Taschkar war schutzlos geworden. Dann aber verließ Ovaron den Verstand und den Körper des Taschkars und machte die Pedotransferierung rückgängig. Aus dem wallenden und zuckenden Etwas wurde binnen eines Augenblickes wieder die schlanke Gestalt Ovarons.

»Takvorian – aufhören!« sagte Rhodan scharf.

»Verstanden«, erwiderte der Pferdemutant.

Der Paladin ging fünf Meter zurück, seine Lautsprecher wurden eingeschaltet, und die Stimme eines Siganesen sagte deutlich:

»Sie sind schutzlos, Taschkar. Ergeben Sie sich. Legen Sie Ihre Waffen nieder, und wir werden Ihnen nichts tun.«

Der Taschkar widersetzte sich: »Nein!«

Die Situation hatte sich jetzt drastisch geändert. Niemand wußte im Augenblick, was zu tun war. Der Paladin, im vollen Schutz seines Schirmes, versperrte, ohne zu schießen, dem Taschkar den Weg zum Transmitter. Es wäre glatter Mord gewesen, wenn der Paladin jetzt geschossen hätte. Sie führten einen harten, aber fairen Kampf.

Rhodan und Atlan standen dem Taschkar, abgesehen von Paladin, am nächsten. Sie hatten ihn von rechts und links in der Zange, aber sie befanden sich in ausgezeichneter Deckung.

Takvorian und Ovaron befanden sich eine Ebene höher und ebenfalls in Deckung. Sie konnten nicht angegriffen werden.

»Ergeben Sie sich – Sie haben nicht mehr die geringste Chance!« sagte der Paladin. »Dies ist meine letzte Aufforderung!«

Der Taschkar hatte gemerkt, daß er seine Schirme nicht mehr einschalten konnte. Gehetzt schaute er über die Halle auf der Suche nach seinen Gegnern.

Rhodan stand auf und zeigte sich bis zur Hüfte.

»Sie sollten sich ergeben«, sagte er. »Ich schieße nicht gern auf lebende Wesen. Aber ich werde es tun müssen!«

Blitzschnell hob der Taschkar beide Arme.

Er schoß, und gleichzeitig schoß Rhodan.

Die Terraner sahen, wie die detonierende Waffe aus der linken Hand des Taschkars flog, und wie dicht neben Rhodans Kopf eine glühende Bahn durch das lackierte Stahlblech des Schaltschrankes fuhr.

Atlan schrie erschrocken auf:

»Perry – zurück! Er bringt dich kaltblütig um!«

Rhodan schrie hinter dem brennenden Schaltschrank:

»Nicht eingreifen! Wir haben gleiche Chancen. Vielleicht kann ich ihn entwaffnen.«

Jeder hörte die wilde Entschlossenheit in Rhodans Stimme. In Atlan wurden Erinnerungen wach an die gemeinsamen harten Kämpfe der ersten Jahre ihrer Freundschaft.

»Verstanden«, meinte er resignierend und kontrollierte seine Waffe.

Der Paladin gab keinen Kommentar, aber er bewegte sich rückwärtsgehend bis auf den Steg hinaus, der die unterste Ebene mit derjenigen verband, auf der der Transmitter stand und eingeschaltet auf den Taschkar zu warten schien. Dieser Weg war dem Cappin versperrt. Es schien, als neige sich der Aufenthalt der Terraner in diesem dröhnenden Hexenkessel aus Technik und drohendem Untergang den letzten Minuten zu.

Rhodan kroch zum anderen Ende der brennenden Schaltbank, visierte den Taschkar an und hob dann die Waffe.

»Warum ergeben Sie sich nicht?« fragte er und feuerte gleichzeitig.

Zwei Zentimeter neben der rechten Hand fuhr ein Strahlschuß in das Schaltpult. Die Reaktionsgeschwindigkeit des Taschkars war geradezu verblüffend schnell.

Dicht vor Rhodan schmolz ein Feuerstoß den Bodenbelag.

»Ich ergebe mich nicht meinen Feinden!« rief der Taschkar. Gleichzeitig rannte er los, spurtete in ungeheurer Schnelligkeit einen Steg hinauf und bewegte sich ständig in einer Art komplizierten Zickzacks, so daß Rhodans vier Schüsse ihn verfehlten.

»Dieser sentimentale Narr!« tobte Atlan.

Rhodan feuerte, als sich der Körper des Taschkars mit einem riesigen Satz nach vorn warf, und in der Deckung einer Maschine verschwand. Der Taschkar rollte sich durch die Flammen, gleichzeitig schwang sich Rhodan über die hundertfünfzig Zentimeter hohe stählerne Barriere und hatte nun ein besseres Schußfeld. Er feuerte fünfmal, und rings um den Taschkar begannen Maschinenteile zu brennen. Rauch kam auf und zog zwischen den beiden Männern vorbei.

Sie reagierten beide gleichzeitig.

Sie nutzten den Rauchvorhang aus, um ihren Standort zu wechseln. Mit einigen wilden Schritten raste Rhodan eine Ebene höher hinauf und wurde beinahe getroffen, als rechts von ihm der Taschkar aus dem Rauch auftauchte und ebenfalls auf den Transmitter zurannte.

Rhodan zielte bewußt auf den rechten Arm und die rechte Hand, aber die Bewegungen waren so schnell, daß er nicht anders konnte, als den Taschkar wieder zurück in die Deckung zu treiben.

»Machen Sie endlich ein Ende, Rhodan!« schrie Ovaron.

»Ich halte ihn auf!« bot sich Takvorian an.

Rhodan schrie zurück.

»Ich will ihn lebend und ohne jeden Trick.«

Niemand antwortete. Das Duell ging weiter.

Als sich Rhodan aus seiner Deckung hob und den Standort des Taschkars anvisierte, schlugen rings um ihn Blitze ein. Funken blendeten ihn, und er ließ sich nach hinten abrollen, schlug sich mehrmals an und lag endlich hinter einem großen Sessel, der vor einem Bildschirm stand.

Jetzt sah er den Taschkar.

Der Mann lief schneller als je in seinem Leben, auf dem Steg, der seine Ebene mit der Transmitterebene verband. Rhodan stand auf.

Jetzt bot sein gesamter Körper, ausgenommen der linke Arm und die Stiefel, ein riesiges Ziel.

Der Taschkar drehte sich im Rennen um, zielte schnell und schoß dreimal. Rhodan warf sich nach links und nach rechts, und dann drückte er den Auslöser.

Er schoß Dauerfeuer.

Den Lauf seiner Waffe verließen lange, fast lichtschnelle Blitze. Sie schlugen irgendwo im Hintergrund der Halle in die Verkleidung ein, aber sie lagen direkt vor dem Taschkar, an der Stelle, an der er, wenn er weiterlief, in einer halben Sekunde vorbeikommen mußte. Rhodan stand da, um ihn herum die Detonationen der Einschläge, die Funken und Flammen, der Rauch – und der Taschkar rannte in den Feuerstoß hinein.

Er starb ohne einen Laut, fiel um, prallte auf den Steg und rutschte langsam herunter. Dann prallte er auf den Rand der nächsten Ebene auf, zerschmetterte dort einen riesigen Bildschirm und fiel zusammen mit den Scherben hinunter.

Rhodan blieb noch einige Sekunden lang stehen, dann wischte er sich Schweiß und Ruß aus dem Gesicht. Einige Zeit lang nahm er nicht einmal die Geräusche des Bebens wahr, aber als sich in seinem seitlichen Blickfeld etwas bewegte, erwachte er aus der kurzen Starre.

»Deine gesamte Fairneß war umsonst!« sagte Atlan und kam mit gezogener Waffe näher. »Die Individualimpulse des Taschkars sind, laut Gucky, erloschen – weg von hier.«

Der Rest der Gruppe kam von oben herunter und bewegte sich auf dem System der Stege in die Nähe des Transmitters.

Rhodan steckte die Waffe ein und sagte:

»Es ist wichtig, sich zu überzeugen, ob er auch wirklich tot ist.«

Dann deutete er auf den Paladin und sagte:

»Paladin – Sie gehen zuerst durch den Transmitter. Mit ausgefahrenen Waffen und eingeschalteten Schutzschirmen. Wenn wir in der Gegenstation angegriffen werden sollten, ist es Ihre Aufgabe, uns zu schützen. Sie sind die Vorhut!«

»Verstanden.«

Der siganesische Robot stapfte auf den Transmitter zu.

»Der Rest – ihm nach«, befahl Rhodan. »So schnell wie möglich diesen Raum verlassen! Wir sehen nur nach, ob er tot ist, dann kommen wir nach. Schnell, keine Diskussionen mehr!«

Merkosh und Ras Tschubai, Takvorian und Gucky und Ovaron bewegten sich von verschiedenen Standorten in Richtung auf die Plattform, auf der sich der eingeschaltete Transmitter befand. Als Rhodan und Atlan ebenfalls von verschiedenen Plattformen kommend, nach unten liefen, sah der Lordadmiral, wie eben der Paladin zwischen den vier hochgespannten Säulen verschwand.

Rhodan nickte dem Arkoniden zu und rannte zur Plattform.

Sie erreichten das rauchende und brennende Gelände mit dem Schaltpult und dem Sessel. Beide Männer beugten sich schweigend über die Gestalt, die verkrümmt vor ihnen lag.

Die Hand umklammerte noch immer die Waffe.

Rhodan vergewisserte sich, daß der Taschkar tot war. Als er sich wieder aufrichtete, hatte er die Gewißheit.

»Gehen wir!« sagte er leise.

»Obwohl er dich fast zehnmal beinahe umgebracht hatte, wolltest du ihn lebend«, sagte Atlan. »Das verstehe ich nicht.«

Rhodan sah ihn an, als er erwiderte: »Schnell – durch den Transmitter. Ich bin gespannt, wo wir herauskommen.« Sie liefen hintereinander den direkten Steg hoch. Gerade gingen die beiden letzten, Takvorian und Ovaron, durch die Anlage und verschwanden.

Der starke Stoß erreichte sie mitten auf dem Steg, zwanzig Meter vom rettenden Transmitter entfernt.

Sie ließen sich fallen und schlangen Arme und Beine um den Steg. Der Steg federte auf und nieder wie ein dünnes Brett, und überall in der kugelartigen Halle brachen Verbindungen, rissen Leitungen, zersplitterten Schirme und Metallflächen.

»Verdammt!« sagte Rhodan.
»Los, weiter!«
Sie erhoben sich schwankend. Rhodan reichte Atlan die Hand, dann rannten sie auf dem bebenden Steg weiter. Sie stolperten auf den breiteren Teil des Steges hinaus, sahen vor sich den Transmitter, wollten sich nach vorn werfen, um zwischen den Säulen aus reiner Energie verschwinden zu können.
Ein schmetternder Schlag erfolgte.
Gleichzeitig brachen die vier gespannten Strahlen knallend auseinander, lösten sich auf, und der Druck der Implosion ließ die Männer zurücktaumeln.
»Elendes Pech!« schrie Atlan. »Wir sind um zwei Sekunden zu spät gekommen.«
»Ja«, sagte Rhodan. »Wieder einmal ist die Energie ausgefallen. Diese verdammten Beben. Hätte . . .«, er verschluckte den Rest des Satzes.
Sechs von ihnen waren auf der anderen Seite der Transmitterverbindung. Der Paladin würde die anderen zweifellos beschützen können.
Aber Rhodan und Atlan waren hier.
Die gesamte Kugel zitterte und wankte. Die Beben waren so stark geworden, daß sogar der neue Teil der unterseeischen Stadt in Mitleidenschaft gezogen wurde. Rhodan sah senkrecht nach oben und stieß Atlan an. Die Fische, die sich in dem hellen Wasser tummelten, schienen halb wahnsinnig geworden zu sein.
»Es geht ihnen nicht anders als uns«, sagte Rhodan.
»Aber sie haben einen Nachteil«, bemerkte der Lordadmiral, während er langsam um den Sockel des Transmitters herumging. »Sie können nicht versuchen, die Situation zu verändern.«
Rhodan verfolgte ein dickes Bündel von Kabeln und sah, daß sie in einem Schaltkasten endeten, der sich eine Ebene tiefer befand. Atlan hingegen beendete seinen Rundgang und hatte nichts entdeckt, was auf eine Umschaltmöglichkeit der Energiezufuhr schließen ließ.
»Aber es muß eine Notstromanlage vorhanden sein!« sagte er.
Rhodan spurtete den Steg hinunter und blieb vor dem Schaltpult stehen.
Er betrachtete die Anordnung von Schaltungseinheiten, er sah die Linien an, die den Verlauf der Schaltverbindungen kennzeichneten. Dann bewegte er probehalber ein paar Schalter, und nach dem zehnten Versuch hörten sie ein schrilles Pfeifen. Es wurde lauter und lauter.

»Die Ventilation?« fragte Atlan.

Er versuchte, die Beschriftungen zu lesen.

Rhodan erklärte:

»Hier ist die Verbindung, die direkt den Transmitter versorgt. Es ist der Energieausgang. Der Strom kommt über diese, diese und jene Schaltstellen von hier.«

Er deutete auf das, was er erklärte.

»Und hier . . . das müßte eine zweite und darunter eine dritte Möglichkeit sein«, sagte Atlan.

»Ich habe vermutlich das Aggregat eingeschaltet«, sagte Rhodan und drückte einen weiteren Schalter. Er fühlte sich elend, wenn er daran dachte, daß sie hier eingeschlossen waren und jede Sekunde einen Meerwassereinbruch befürchten mußten. Aber neue Spannung erfüllte ihn, als zwei grüne Lampen aufleuchteten.

»Weiter!« sagte Atlan.

Rhodan drückte einen Schalter, eine neue Lampe glühte auf. Jetzt gab es eine Kette von grünen Lichtern von einem Ende des Schaltpultes bis fast zum anderen.

Die Lichter liefen parallel zu jenen, die vorher geleuchtet hatten, als die normale Energieversorgung noch intakt war.

Rhodan flüsterte:

»Der letzte Schalter.«

Seine Hand drehte den wuchtigen Kunststoffblock herum.

Das Pfeifen steigerte sich zu einem Dröhnen, und flackernd, wie das Gas in einer Leuchtstoffröhre, erhoben sich die vier Säulen des Transmitters wieder. Die beiden Flüchtlinge waren bereits auf dem Weg, als sich die Säulen in der Mitte vereinigten. Sie warteten, bis das Glühen konstant war, dann sahen sie sich an.

»Die Einstellung ist dieselbe?« fragte Atlan.

Rhodan grinste.

»Vielleicht haben wir ihn auf die MARCO POLO justiert, ohne es zu wissen.«

Sie stiegen auf die Plattform und gingen schnell in das Zentrum der Säulen, dann sahen sie sich plötzlich ihren Kameraden gegenüber.

»Geschafft!« sagte Rhodan.

»Wir haben gedacht, uns bleibt das Herz stehen«, sagte Ovaron. »Plötzlich veränderte sich die Farbe der Transmittersäulen, und Sie beide kamen nicht.«

Atlan berichtete, was vorgefallen war.

Rhodan sah sich um.

»Gefahr?« fragte er. »Aussichten, Paladin?«
Der Robot erwiderte:
»Soweit ich es beurteilen kann, keine Gefahren. Aussichten? Ich weiß nichts. Ich habe mich in den vergangenen zwei Minuten darauf beschränkt, hier diese kleine Halle zu bewachen.«
Sie waren in einem kreisrunden Raum von etwa fünfundzwanzig Metern Durchmesser und einer Höhe von etwa zwanzig Metern herausgekommen. Bis auf das Transmitterpodest von acht Metern Kantenlänge war der Raum vollkommen kahl und leer.
Die Schwerkraft war normal – nicht wesentlich mehr oder weniger als ein Gravo.
»Hat jemand eine Ahnung, wo wir uns befinden?« fragte Ras Tschubai.
»Keine Ahnung«, sagte der Paladin. »Es kann auf einem Planeten sein, innerhalb dieses Dreiunddreißig-Planeten-Systems oder ganz woanders. Woher sollen wir es wissen? Wir sehen nichts, dieser Raum gibt uns keine Hinweise.«
»Es ist anzunehmen«, meinte Rhodan, »daß wir uns innerhalb eines streng geheimen Verbindungsweges des toten Taschkars befinden. Darauf läßt auch unser Erlebnis mit dem Transmitter schließen, denn es wäre sonst nicht eine dreifache Energieversorgung hier angeschlossen gewesen. Dem Taschkar war dieser Transmitter und das System, in dem wir uns jetzt befinden, sehr viel wert.«
Der Taschkar hatte keinen anderen Ausweg gesucht, war keinem anderen Ausgang entgegengelaufen, sondern nur dieser Transmitterverbindung. Die nächsten Stunden und Tage würden den Terranern zeigen, wo sie sich befanden.
Niemand war zu sehen.
»Ich schlage vor, die Gruppe zieht sich vom Transmitterpodium zurück und ruht sich aus«, kam es vom Paladin. »Eine Pause von einigen Stunden wird uns allen nicht schaden.«
Rhodan erwiderte:
»Feine Idee. Übernehmen Sie die Wache, Paladin?«
»Werde ich wohl müssen«, maulte einer der sechs Siganesen. »Immer auf die Kleinen abschieben.«
Takvorian hob Gucky von seinem Rücken und ließ sich nieder.
Bald darauf schliefen sie alle.

23.

Er erwachte mit einem Schrei. Noch benommen von den Alpträumen der letzten Minuten und nahezu überwältigt von der aufsteigenden Übelkeit, krümmte er sich auf dem glatten Boden zusammen. Dann entspannte sich sein Körper wie eine Feder, er taumelte auf die Beine, prallte gegen die glatte Wand und wurde zurückgeworfen. Die Decke schien sich über ihm zu drehen.

»Ras!«

Der Paladin stampfte heran, sein mächtiger Körper versperrte Tschubai die Sicht auf die anderen, die noch nebeneinander am Boden lagen.

Die Handlungsarme des Roboters griffen nach ihm und hoben ihn hoch.

»Loslassen!« rief Tschubai.

Neben dem Paladin tauchte Perry Rhodan auf, der durch den Lärm aufgewacht war.

»Legen Sie ihn auf den Boden, General!« befahl Rhodan.

In dem Chaos unklarer Empfindungen, in das Ras hineintrieb, bedeutete Rhodans Stimme einen Halt.

Der Paladin beugte sich nach vorn. Tschubai berührte den Boden. Er rollte sich auf den Rücken.

In diesem Augenblick begann Gucky zu schreien.

»Das habe ich befürchtet«, sagte Rhodan.

Die Gesichter, die auf Tschubai herabblickten, wirkten in die Länge gezogen. Die Decke schwankte.

»Sechsdimensionale Impulse!« rief Ovaron und drehte sein Vielzweckbandgerät auf die Unterseite seines Handgelenks. »Hoffentlich werden Takvorian und Merkosh nicht auch davon betroffen.«

Inzwischen waren alle aufgewacht und umstanden die beiden Teleporter.

Takvorian untersuchte eine der glatten Wände mit den Händen.

»Wir müssen hier heraus«, sagte er. »Die Strahlung scheint sich auf diesen Raum zu konzentrieren.«

Rhodan deutete zum Transmitterpodest hinüber.

»Das scheint der einzige Zugang zu diesem Raum zu sein. Aber die Energiesäulen des Transmitters sind erloschen.«

»Wir werden die Wände sorgfältig untersuchen«, erbot sich Dephin. »Irgendwo muß es schließlich einen Ausgang geben.«

»Beeilen Sie sich«, drängte Merkosh. »Die Impulse beginnen mir Schwierigkeiten zu bereiten.«

Rhodan blickte sich in dem fünfundzwanzig Meter durchmessenden Raum um. Er fragte sich wieder einmal, wo sie herausgekommen waren.

Tschubai und Gucky waren vorläufig ausgeschaltet. Das bedeutete, daß die kleine Gruppe auf die Teleporterfähigkeiten der beiden verzichten mußte.

»Da ist etwas!« klang Dephins Stimme auf. »Wir werden . . .«

Er unterbrach sich, denn in diesem Augenblick begann das Dröhnen. Die Schwingungen ließen den Boden des Raumes erbeben.

Tschubai lag auf dem Bauch. Um seine weit gespreizten Finger entstanden Strahlenkränze. Sie sahen wie Schwimmhäute aus.

Gucky war bewußtlos. Sein Mund stand offen.

Das Dröhnen wurde stärker.

»Wir müssen hier heraus!« rief Atlan. »Vorwärts, Harl! Brennen Sie ein Loch in diese verdammte Wand.«

»Ich bin noch kräftig genug, um diese Aufgabe zu übernehmen.« Merkosh stülpte seinen trompetenförmigen Rüssel nach außen.

»Nein!« sagte Rhodan ablehnend.

Der Paladin deutete auf eine Stelle an der Wand, die sich äußerlich durch nichts von anderen Stellen unterschied.

»Da ist etwas!« bemerkte Dephin. »Ich könnte . . .« Er ließ den Satz unvollendet. Dart Hulos, der Waffeningenieur unter den Thunderbolts, öffnete die Brustkammer des Paladins. Der Lauf des schweren Desintegrators erschien.

Rhodan ergriff Ovaron am Arm und zog ihn von der Wand zurück. »Seien Sie vorsichtig!« mahnte er General Dephin. »Niemand weiß, was sich auf der anderen Seite der Wand befindet.«

Rhodan empfand die Drohung, die hinter der Wand lag, fast wie etwas Körperliches.

Aber hier im Transmitterraum konnten sie nicht bleiben.

Das Dröhnen hatte so an Intensität zugenommen, daß es Schmerzen verursachte.

Rhodan beobachtete den Paladin.

Aus dem Lauf des Desintegrators kam ein feiner Strahl. Er traf auf die Wand, zerstörte die obere molekulare Schicht und erhitzte das darunter liegende Material. Durch dessen Verfärbung zeichneten sich die Umrisse einer bisher unsichtbar gebliebenen Schleuse ab. Sie reichte vom Boden bis zur Decke und war vier Meter breit.

In Sekundenschnelle fraß der Desintegratorstrahl sich in die widerstandsfähige Legierung und zerstörte sie. Es entstand ein unförmiges Loch, das sich schnell vergrößerte. Die Wand zerfiel.

Dart Hulos schaltete die Waffe ab. Rhodan trat an die Seite des Paladins. Er wartete darauf, daß die Eigenstrahlung der Wandränder nachlassen würde, so daß er in den anschließenden Raum hinüberblikken konnte.

In diesem Augenblick sprang etwas durch die gewaltsam geschaffene Öffnung, prallte gegen Rhodans Brust und warf ihn um.

Eine Stunde nach dem Tod des Taschkars öffneten sich auf allen von Takerern besetzten Planeten in Gruelfin die Geheimtresore des Diktators. Sie enthielten den Namen des Taschkar-Nachfolgers. Die Agenten der Marsav wußten längst, welcher Name auf den kleinen weißen Plastikstreifen stehen würde und hatten mit den entsprechenden Vorbereitungen begonnen. Längst programmierte Befehle wurden von allen vorhandenen Kommunikationsgeräten in alle Teile der Galaxis abgestrahlt.

Die Machtübernahme durch den neuen Taschkar dauerte weniger als dreißig Minuten. Bevor sich die Cappins vom Schock der Todesnachricht erholt hatten, gab es bereits einen neuen Diktator. Die meisten Intelligenzen erfuhren von der Machtübernahme eines neuen Taschkars, bevor sie Nachricht vom Tod des bisherigen Herrschers erhielten.

Die Galaxis Gruelfin duckte sich unter der zu erwartenden Verhaftungswelle.

Sie würde schlimmer sein als alle vorausgegangenen, denn der neue Taschkar hieß Ginkorasch und war Chef der berüchtigten Marsav.

Ginkorasch überzeugte sich, daß sich die Tür hinter ihm geschlossen hatte, dann durchquerte er langsam den Hauptschaltraum der einigermaßen wiederhergestellten Geheimstation im Innern des Berges Motah. Die Seebeben und Magmaausbrüche hatten aufgehört. Der Berg war wieder ruhig. Überall war die Lava gesunken, und Instandsetzungsroboter verrichteten ihre Arbeit. Auf dem Festland war es kaum zu Verwüstungen gekommen.

Vor den Kontrollen blieb er stehen. Sein hartes Gesicht verriet nichts von den Gefühlen, die ihn in diesem Augenblick beherrschten.

Ginkorasch hatte gewußt, daß er der Nachfolger des Taschkars sein würde. Durch geschickte Manipulationen hatte er den Diktator bewogen, ihn als Erben einzusetzen. Jeder Taschkar war verpflichtet, unmittelbar nach seinem Amtsantritt einen Nachfolger zu benennen, damit eine Machtübernahme schnell und ohne Komplikationen durchgeführt werden konnte.

Der von den Fremden getötete Taschkar hatte zunächst einen anderen Mann als Ginkorasch benannt, aber im Laufe der Jahre hatten Ginkorasch und die Agenten der Marsav dafür gesorgt, daß der Geheimdienstchef an die Stelle des ersten Favoriten getreten war.

Ginkorasch berührte die Kontrollen mit den Fingerspitzen.

Die Individualimpulse des alten Taschkars waren verstummt. Auch der Individualalarm war unterbrochen worden.

Ein neuer Taschkar hatte die Geheimstation im VALOSAR betreten, um die Geschicke der Takerer zu leiten.

Ebenso wie der getötete Taschkar gehörte Ginkorasch zur mächtigen Familie des Valos-Clans.

Ginkorasch wußte, daß ihn die positronisch gesteuerten Roboter der Geheimstation anerkannten, denn sie waren auf seinen Namen programmiert und konnten ihn durch seine Individualimpulse identifizieren. Ginkorasch war jetzt der einzige Takerer, der ohne Gefahr für sein Leben in diese geheimnisumwobenen Räume eintreten konnte.

Die Finger des neuen Taschkars zeichneten unsichtbare Linien auf den Kontrolltisch. Ginkorasch umrundete den Tisch und blieb neben dem Sessel stehen.

Er würde hier sitzen und die Geheimnisse der Station ergründen. Nur ein Taschkar, der diese Station beherrschte und von all ihren Möglichkeiten Gebrauch machen konnte, war ein vollkommener Herrscher. Ginkorasch war zuversichtlich.

Jetzt, da er die Macht übernommen hatte, würde er sie festhalten.

Ginkorasch trat hinter den Sessel und blickte auf die Sitzfläche. Es war, als strömten unsichtbare Impulse von ihr aus. Die Blicke des neuen Taschkars wanderten weiter und blieben an der verwirrenden Vielfalt der Kontrollschaltungen hängen. Er würde viel lernen müssen, aber die Roboter würden ihm dabei helfen.

Der Diktator trat vor den Sessel. Er wußte, daß unglaublich viel zu tun war, aber er ließ sich Zeit. Lange – viel zu lange – hatte hier ein anderer gesessen.

Ginkorasch nahm Platz.

Der Sessel fühlte sich kalt und hart an.

Eine künstliche Stimme sagte: »Wir grüßen dich, Taschkar.«

Ginkorasch entspannte sich und schloß die Augen. Seine Hände umklammerten die Armlehnen. Eine wunderbare Kraft schien von ihnen in die Arme des Diktators zu strömen.

»Sie werden in der Informationszentrale und im Individualaufzeichnungsraum erwartet, Taschkar«, sagte die Stimme.

»Ja«, erwiderte der Taschkar. Er öffnete die Augen. Über ihm schwebte ein Flugroboter, der ihn offenbar führen sollte.

»Ich werde später die genannten Räume aufsuchen«, sagte er. »Zunächst muß ich ein paar Befehle geben, die sofort an die zuständigen Stellen weitergeleitet werden müssen.«

Auf dem Kontrolltisch flammten ein paar Lämpchen auf. Klappen öffneten sich und gaben den Blick auf bis dahin verborgene Mikrophone frei.

Der Taschkar wußte, daß er jetzt sprechen konnte. Er zog eine vorbereitete Liste aus der Tasche und gab sie in den Aufnahmeteil.

»Diese Liste enthält die Namen von Personen, die sofort beseitigt werden müssen«, erläuterte der Diktator. »Es handelt sich um mir feindlich gesinnte Offiziere in der Takerischen Flotte, um unzuverlässige Diplomaten und um latente Rebellen auf dieser und auf anderen Welten.«

»Die Befehle werden weitergegeben«, versicherte die Automatik.

Der Taschkar nickte befriedigt. Überall in Gruelfin würden die Marsav-Agenten darauf achten, daß die Befehle des neuen Herrschers ausgeführt wurden.

Die Liste Ginkoraschs enthielt über fünftausend Namen.

Es war die erste von insgesamt achtzehn, die in den nächsten Tagen in die Maschinen eingespeist werden sollten.

Stinkender Atem strich über Rhodans Gesicht. Er sah einen dunkelbraunen verquollenen Kopf mit einem rechteckigen gelben Auge in der Mitte. Der Körper des Angreifers lastete schwer auf Rhodan. Der Terraner spürte, daß sich Krallen in seine Kombination bohrten. Die Kreatur, die ihn angesprungen hatte, war in eine Art Uniform von dunkelroter Farbe gehüllt.

Um Rhodan herum entstand unbeschreiblicher Lärm. Durch die Öffnung in der Wand quoll eine Horde Kreaturen von unterschiedlichster Körperform. Sie hatten nur eines gemeinsam: die Uniformen.

Rhodan riß beide Arme hoch und traf dabei den Kopf seines Gegners. Während ringsum der Kampf entbrannte, gelang es ihm, sich auf die Seite zu wälzen und seinen Strahler zu ziehen.

Die Kreatur bohrte ihren Kopf unter Rhodans Körper und schlug immer wieder mit ihren krallenbewehrten Armen zu. Das Material der Kombination hielt, aber Rhodan wußte, daß er zumindest Prellungen und Blutergüsse davontragen würde.

Während er angestrengt versuchte, seine Waffe in Schußposition zu bringen, sah er den Paladin, der mit robotischer Gelassenheit vor der Schußöffnung an der Wand stand und tote oder bewußtlose Gegner in den benachbarten Raum zurückbeförderte. Trotzdem wimmelte es noch innerhalb des Transmitterraumes von Angreifern. Takvorian und Merkosh hatten sich schützend vor die bewußtlosen Teleporter gestellt.

Rhodan ahnte, daß sie es mit Mitgliedern der Taschkar-Leibwache zu tun hatten. Schon einmal hatte er diese roten Uniformen gesehen, als einige Kreaturen in der Nähe des Taschkars erschienen waren.

Offenbar hatte der Transmitter sie direkt ins Hauptquartier der Leibwache gebracht. Die Kampfesweise der Fremden ließ darauf schließen, daß die meisten von ihnen keine oder nur geringe Intelligenz besaßen.

Rhodan kam zum Schuß, doch das Monstrum wich ruckartig aus. Wie eine Katze schnellte es vom Boden hoch, um sich wieder fallen zu lassen. Rhodan nutzte seine plötzliche Freiheit, um auf die Beine zu springen. Sein Gegner fiel vor ihm ins Leere.

Rhodan senkte den Strahler und schoß. Das Ungeheuer starb.

Rhodan hörte hinter sich ein Geräusch und fuhr herum. Er erblickte Atlan, der von einem zwei Meter hohen Monstrum mit Schlangenarmen umklammert wurde. Ovaron stand hilflos dabei. Er konnte nicht schießen, denn dabei hätte er den Arkoniden gefährdet.

»Harl!« schrie Rhodan. »Hierher!«

Der Paladin warf sich herum. Er stürmte quer durch den Raum, schlug dabei drei Leibwächter nieder und erreichte Atlan. Der Arkonide war blaurot im Gesicht und bekam kaum noch Luft.

»Die Vibratormesser!« schrie Rhodan. »Zerschneiden Sie die Arme.«

Dephin begriff sofort, worauf es ankam. Die Vibratormesser des Roboters waren bereits ausgefahren.

Die Messer sausten auf die gefleckten Arme des Monstrums nieder und zerschnitten sie. Atlan taumelte aus der gefährlichen Umklammerung der Kreatur und wurde von Ovaron aufgefangen.

»Zieht euch an die hintere Wand zurück!« befahl Rhodan.

Er wußte, daß der Paladin sie leichter beschützen konnte, wenn sie sich an einem Platz versammelten.

Merkosh war auf die Transmitterplattform gesprungen. Er mußte mit dem Einsatz seiner Bösen Stimme jedoch vorsichtig sein, denn es bestand die Gefahr, daß er seine Freunde verletzte oder tötete.

Mit schußbereitem Strahler zog Rhodan sich zur Wand zurück. Die Monstren, die zunächst blindlings angegriffen hatten, wandten jetzt eine neue Taktik an. Sie schlossen sich zu Gruppen zusammen und griffen immer nur eine Person an.

Auf diese Weise war es ihnen gelungen, Takvorian abzudrängen. Der Zentaur konnte die Bewegungsabläufe verschiedener Angreifer verlangsamen und sie damit zur Harmlosigkeit verurteilen. Andere erledigte er mit seinem Handstrahler. Trotzdem waren Gucky und Tschubai, die bewußtlos zwischen seinen Beinen am Boden lagen, gefährdet.

»Takvorian!« rief Rhodan dem Paladin zu. »Er kann Gucky und Ras nicht mehr beschützen.«

Der Paladin setzte sich in Bewegung, um zu helfen.

In diesem Augenblick erschien im Eingang des Transmitterraums ein Wesen, das so groß war, daß es nicht eintreten konnte. Es trug ebenfalls die rote Uniform der Taschkar-Leibwache. Rhodan schätzte, daß es vier Meter hoch war. Es besaß sechs Arme und sechs Beine von stark gekrümmter Form und von roter Farbe, die sich kaum von der Uniform abhob. Aus dem krötenähnlichen Riesenkopf des Monstrums ragte ein kurzer Rüssel. Beherrschend in diesem Kopf jedoch waren zwei riesige Augen, die eine suggestive Kraft zu besitzen schienen. Obwohl Rhodan mentalstabilisiert war, fühlte er die Impulse, die von diesem Ungeheuer ausgingen.

Der Paladin blieb stehen. Offenbar wurden die Thunderbolts im Innern des Robot-Körpers von den Strahlungen beeinflußt.

Die Kämpfe kamen zum Erliegen, als sich die Kreaturen, die Takvorian umringten, blitzschnell zum Eingang zurückzogen.

»Vorsicht, Harl!« rief Rhodan. »Das Ding dort besitzt Psi-Kräfte.«

Der Paladin begann sich unkontrolliert zu bewegen. Rhodan registrierte bestürzt, daß Dephin unter seiner SERT-Haube unter dem suggestiven Einfluß des Fremden Steuerfehler zu machen begann.

Rhodan zielte und feuerte seinen Strahler ab. Das Wesen im Eingang war jedoch von seinem Schutzschirm geschützt.

Atlan legte einen Arm auf Rhodans Schulter.

»Warte, Terraner. Ich glaube, dieser Bursche ist intelligent. Vielleicht können wir mit ihm reden.«

»Das bezweifle ich«, gab Rhodan zurück. Er ließ es jedoch zu, daß Atlan sich dem Eingang näherte.

»Wir haben mentalstabilisierte Gehirne!«, rief Atlan dem Wesen im Eingang zu. »Du kannst uns nicht beeinflussen. Aber wir sind bereit, mit dir zu verhandeln.«

»Blokh verhandelt nicht!« antwortete die Kreatur mit einer Stimme, die irgendwo aus dem riesigen Körper kam. »Wir werden euch töten, weil ihr die Individualimpulse des Taschkars zum Verstummen gebracht habt.«

Rhodan merkte, daß sich die suggestiven Befehle verstärkten. Das Wesen, das sich Blokh nannte, verlangte, daß sie ihre Waffen niederlegen sollten. Bisher zeigten sich die Thunderbolts als einzige Mitglieder der kleinen Gruppe anfällig. Rhodan erkannte die Gefahr, daß der Paladin von Blokh beeinflußt und gegen seine eigenen Freunde eingesetzt werden konnte.

»Weg vom Eingang!« rief er Atlan zu. »Es hat keinen Sinn.«

Der Arkonide wandte sich ab.

»Du hast recht«, stimmte er zu.

»Wir müssen das Ding vertreiben, bevor es die Thunderbolts noch mehr verwirren kann.« Rhodan rannte zum Transmitterpodest und kletterte hinauf. »Versuchen Sie Ihr Glück, Merkosh.«

»Ich werde ihn vernichten!« versprach der Opproner und stülpte seinen Rüssel nach außen.

Sekunden später ertönte die Böse Stimme des Gläsernen.

Blokh bäumte sich hinter seinem Schutzschirm auf und zog sich in den anderen Raum zurück. Seine kleinen Begleiter waren nicht mehr zu sehen. Ein paar verwundete Kreaturen flohen unter Schmerzgeschrei aus dem Transmitterraum. Nur die Toten blieben zurück.

Das Dröhnen verstummte. Es wurde vollkommen still.

Rhodan atmete auf.

»Wir haben nur eine Atempause gewonnen. Die Bestien werden zurückkommen und ihre Angriffe verstärken.« Er deutete zum Eingang. »Vielleicht setzen sie sogar wirksame Waffen ein.«

Der Paladin kam hinter das Transmitterpodest.

»Alles in Ordnung, General?« erkundigte sich Rhodan.

Der Siganese erwiderte: »Die SERT-Haube schien die Impulse des Leibwächters zu verstärken. Als ich sie abnahm, konnte ich den Suggestiv-Befehlen leichter widerstehen.«

Rhodan blickte sich um.

»Hier können wir nicht bleiben. Der Anzahl der Angreifer nach zu schließen, befinden wir uns in einer großen Station. Sicher gibt es Räumlichkeiten, die nicht von den Leibwächtern beherrscht werden.«

»Ich möchte wissen, wo diese Leibwache war, als wir den Taschkar aufstöberten und stellten. Ich möchte auch wissen, wo wir sind«, überlegte Atlan. »Ich glaube nicht, daß diese Station noch zur Geheimanlage des Taschkars im VALOSAR gehört.«

»Der Taschkar«, vermutete Rhodan, »wollte allein sein. Warum, das erfahren wir nie.«

Der Paladin hatte zwei dicke Metallplatten vom Transmitterpodest gelöst und schleppte sie zu der Öffnung, die er in die Wand geschossen hatte. Mit Hilfe seiner Thermowaffen heftete er die Platten über die Öffnung und verschweißte sie.

»So«, sagte Dephin befriedigt. »Jetzt sind wir wenigstens vor einem unverhofften Angriff sicher.«

»Wir müssen versuchen, an einer anderen Stelle aus diesem Raum auszubrechen. Übernehmen Sie die Spitze, Harl.«

Gucky und Ras Tschubai wurden auf den Rücken des Zentauren gelegt und festgebunden. Dann formierten sich die drei Männer mit Merkosh und Takvorian hinter dem Paladin, der auf die Wand zuging und das Feuer aus einem schweren Desintegrator eröffnete. Diesmal fand der Riesenroboter keine Schleuse, aber die Wand hielt auch an dieser Stelle dem konzentrierten Beschuß nicht stand. Noch bevor sie endgültig zerstrahlt war, schaltete Harl Dephin den HÜ-Schirm des Roboters ein und steuerte den Koloß auf die Wand zu. Der Paladin durchbrach das Metall und schuf eine Öffnung, die groß genug für die Nachfolgenden war. Rhodan und die anderen trugen jedoch keine Schutzschirme und mußten warten, bis die Strahlung der Wand nachließ. Dann folgten sie dem Paladin in einen breiten Korridor. Im Boden liefen handbreite Rillen bis zum Ende des Gangs. An der Decke hingen kuppelartige Gebilde, unter denen es leise summte. Rhodan vermutete, daß darin Maschinen oder Energieanlagen untergebracht waren.

»Ich orte zahlreiche andere Räume und Kraftstationen«, meldete Cool Aracan über die Lautsprecheranlage des Paladins. »Wir befinden uns in einer riesigen Station. Sie ist so groß, daß sie unmöglich im Berg Motah untergebracht sein kann.«

Rhodan überlegte angestrengt.
»Vielleicht befindet sie sich auf einem anderen Planeten im Deep-Purple-System. Doch das ist jetzt unwichtig. Wir müssen einen Eingang zur Zentrale finden, denn nur dort können wir feststellen, wo wir überhaupt sind.«
Sie bewegten sich fünfzig Meter durch den Gang und wurden dann von einer leuchtenden Wand aufgehalten.
Rhodan betrachtete die glatte Fläche.
»Seltsam, daß es keine Seitengänge gibt. Dieser Korridor scheint völlig bedeutungslos zu sein.«
Der Paladin klopfte mit seinen mächtigen Armen gegen die Wand.
»Es gibt zahlreiche Eingänge, die jedoch alle verschlossen sind.«
»Öffnen Sie einen davon gewaltsam, Harl!« befahl Rhodan und zog sich mit den anderen ein paar Schritte zurück.
Abermals feuerte Dart Hulos den Desintegrator des Paladins ab. In der Wand entstand ein tellergroßes Loch.
Gleichzeitig gab es ein eigenartiges Geräusch, als würde jemand einen Korken aus einer riesigen Flasche ziehen. Rhodan fühlte, wie seine Lungen zusammengepreßt wurden. In seinen Ohren dröhnte es. Seine Augen quollen hervor.
Er wollte einen Befehl rufen, doch seine Stimme versagte ihren Dienst.
»Ich habe einen Zugang zu einem luftleeren Raum geschaffen!« rief Harl Dephin entsetzt. »Die Luft entweicht aus dem Korridor.«
Über die Rundumgalerie seiner Kontrollanlagen konnte der siganesische General beobachten, wie seine Begleiter zusammenbrachen. Sie litten unter dem explosiven Druckverlust und unter Sauerstoffmangel. Dephin gab ein paar hastige Befehle an die anderen Thunderbolts. Die Öffnung wurde in aller Eile wieder zugeschweißt. Gleichzeitig schoß der Paladin auf die andere Seitenwand. Es entstand ein Loch, durch das Sauerstoff hereinströmte.
Dephin kümmerte sich um die halb bewußtlosen Mitglieder der kleinen Gruppe. Er gab ihnen Sauerstoff aus seinem eigenen Vorrat.
Stöhnend richtete Rhodan sich auf.
»Das war knapp! Wir müssen von nun an vorsichtiger sein. Sicher gibt es noch mehr luftleere Räume in dieser Station.«
»Können wir aus dieser Tatsache nicht schließen, daß wir uns auf einem Planeten ohne Atmosphäre befinden?« fragte Takvorian.
»Nicht unbedingt«, gab Rhodan zurück.
Im stillen gestand er sich ein, daß ihn das gefährliche Ereignis sehr

verwirrt hatte. Verschiedene Theorien, die er entwickelt hatte, waren durch das Vorhandensein luftleerer Räume in dieser Station widerlegt worden.

Rhodan blickte sich um. Er stellte fest, daß sich alle soweit erholt hatten, daß sie die Suche nach der Zentrale fortsetzen konnten.

Der Paladin vergrößerte das Loch, durch das frischer Sauerstoff in den Korridor geströmt war.

»Ich glaube, daß wir uns an Bord einer Raumstation befinden«, meinte Atlan, während sie auf das Abklingen der Strahlung an der zerschossenen Wand warteten. »Der luftleere Raum und das Vorhandensein von zahlreichen Energiestationen läßt diese Schlußfolgerung zu.«

Rhodan nickte.

»Schon möglich!« Aber er war nicht überzeugt. Er wollte Gewißheit haben. Vor allem mußten sie einen Fluchtweg finden und auf irgendeine Weise Verbindung zur MARCO POLO aufnehmen.

Inzwischen war der Paladin in den anderen Raum eingedrungen.

»He!« ertönte Dephins dumpfe Stimme durch die Schußöffnung. »Kommen Sie mit den anderen nach, Sir! Hier gibt es ein paar interessante Dinge zu sehen.«

Rhodan nickte Atlan zu. Er sprang durch die Öffnung. Der Raum, in dem er herauskam, besaß eine transparente Decke, durch die die Sockel und Grundplatten schwerer Maschinen zu sehen waren. Alle vier Wände waren vorgewölbt und mit dunkelblauen Metallringen versehen. In der Mitte des Raumes ragten ein paar fingerdicke Drähte oder Kabel aus dem Boden. Ein Teil davon reichte bis zur Decke.

Der Paladin stand daneben und berührte sie vorsichtig mit einer Hand. Die Drähte begannen zu schwingen. Sie erzeugten ein angenehmes Geräusch.

»Was kann das sein?« fragte Harl Dephin.

Rhodan kam näher. Er klopfte mit dem Lauf seiner Waffe gegen einen Draht, der wie eine Stimmgabel zu schwingen begann.

»Es sind Drähte von unterschiedlicher Länge, und jeder erzeugt einen anderen Ton.« Dephin demonstrierte die Richtigkeit seiner Behauptung, indem er schnell hintereinander mehrere Drähte von verschiedener Länge berührte.

»Das kann doch unmöglich ein Musikinstrument sein«, meinte Atlan. »Wer wäre wohl so verrückt, es *hier* unterzubringen?«

Dephin ließ den Paladin fester zugreifen. Einer der Drähte wurde verbogen. Es gab ein mißtönendes Geräusch.

Rhodan zuckte zusammen.
»Aufhören!« befahl er Dephin. »Wir wissen nicht, welche Reaktionen wir auslösen, wenn wir willkürlich an diesen Apparaten experimentieren.«
Dephin lachte und ließ den Paladin ein paar Schritte zurückgehen.
Nachdem einer der Drähte beschädigt war, hörten auch die anderen auf zu schwingen. Obwohl Rhodan und Atlan sie sanft berührten, blieben sie stumm.
Der Arkonide schüttelte den Kopf.
»Seltsames Gebilde.«
Rhodan riß sich von dem Anblick los.
»Gehen wir weiter.«
Sie entdeckten eine Stelle an der Wand, an der sich keine Ringe befanden.
»Das ist eine Tür!« behauptete Dephin. »Dahinter liegt ein großer Raum, vermutlich eine Schaltstation, denn ich kann Energieanlagen orten.«
Rhodan untersuchte die glatte Wand. Er fand keine Vertiefungen oder andere Hinweise auf einen Verschluß. Behutsam berührte er die Ringe links und rechts von der freien Öffnung.
Sie gaben Geräusche von sich. Rhodan betrachtete sie näher und stellte fest, daß sie dünne Wände mit zahlreichen Öffnungen besaßen.
»Sie stehen im Zusammenhang mit den Drähten«, behauptete er.
»Das Musikzimmer eines fremdartigen Geschöpfes!« Atlans Handrücken streifte über eine Reihe von Ringen und brachte sie zum Summen. »Aber das Wesen muß schon lange Arme haben, wenn es gleichzeitig die Ringe und die Drähte spielen will.«
»Es ist ein Olkschron!« sagte Ovaron plötzlich.
Sie blickten den Ganjasen an.
Ovaron lächelte.
»Ich erinnere mich an dieses Instrument.«
»Das könnte bedeuten, daß wir uns in einer *ganjasischen* Station befinden«, sagte Rhodan überrascht.
Ovaron senkte den Blick.
»Nein!« Seine Hände strichen über die Ringe. »Nur das Olkschron kommt mir bekannt vor.«
»Vielleicht will er sich nicht an die anderen Dinge erinnern«, sagte Atlan vorwurfsvoll.
Zwischen dem Arkoniden und Ovaron entstand eine fühlbare Spannung. Rhodan wußte, wie Ovaron auf solche Angriffe zu reagieren

pflegte, und er fragte rasch: »Welche Bedeutung hat dieses Instrument?«

»Es ist ein Befehlsgeber für halborganische Roboter.«

Rhodan war verblüfft. Er hatte keinen Grund, Ovarons Erklärung anzuzweifeln.

Ovaron fügte hinzu: »Unsere führenden Wissenschaftler waren ausgesprochene Ästhetiker. Sie hielten es für reizvoll, solche Instrumente zu bauen. Von der Fähigkeit eines Olkschronspielers hing es ab, wie geschickt eine Gruppe halborganischer Roboter gesteuert werden konnte. Die Schwingungen sind auch auf n-dimensionaler Ebene zu empfangen, daher besitzt das Olkschron eine große Reichweite.«

»Können Sie sich vorstellen, auf welche Weise dieses . . . Instrument hierher kommt?«

»Vielleicht wurde es von Takerern geraubt und hier eingebaut.«

Rhodan bezweifelte, daß dies die richtige Antwort war, aber sie hatten jetzt keine Zeit, sich noch länger um das Olkschron zu kümmern.

»Wenn die Thunderbolts recht haben, liegt hinter dieser Tür eine wichtige Schaltstation«, sagte Rhodan. »Wir wollen versuchen, in den anderen Raum einzudringen, ohne etwas zu beschädigen.«

Der Paladin untersuchte mit seinen empfindlichen Ortungsgeräten die Tür und entdeckte ein Impulsschloß.

»Wir würden Jahrhunderte brauchen, um die richtigen Impulse zu finden«, sagte Atlan achselzuckend und zog seine Waffe. Er zerstrahlte das in der Tür eingelassene Schloß. Der Paladin warf sich gegen die Tür. Sie gab nach. Mit seinem Körpergewicht schob der Roboter die Tür vollkommen nach der anderen Seite.

Rhodan, der neben dem Paladin stand, blickte in einen mit Kontrollen und Maschinen überfüllten Raum. Auf der anderen Seite verliefen breite Instrumententische, über denen rechteckige Bildschirme in die Wand eingelassen waren.

Rhodan achtete jedoch nicht auf die Einrichtung. Eine transparente Wand im Hintergrund erregte seine Aufmerksamkeit. Dahinter lagen seltsam geformte Gegenstände.

Rhodan befahl den Thunderbolts, an der Tür zu warten.

»Es kann sein, daß wir von der Leibwache des Taschkars verfolgt werden. Ich möchte vor Überraschungen sicher sein, wenn wir diesen Raum untersuchen.«

Takvorian schleppte die noch immer bewußtlosen Teleporter in eine Ecke und blieb dort stehen. Die drei Männer und Merkosh durchquerten den Raum. Sie achteten kaum auf die Kontrollpunkte. Ihr Ziel war die transparente Wand.

Als sie davorstanden, konnten sie in eine Art Gewölbe blicken, dessen Decke und Wände mit skurril aussehenden Gegenständen bedeckt waren. Rhodans erster Eindruck war, daß es sich um überdimensionale Vogelnester von abstrakter Form handelte.

Er sah Ovaron hilfesuchend an. Die Augen des Ganjos glänzten.

»Eine Idee?« erkundigte sich Rhodan leise.

Der Ganjase schüttelte den Kopf.

Rhodan klopfte gegen die Wand. Sie machte einen stabilen Eindruck.

»Nicht zerstören«, warnte Dephin. »Ich glaube, daß der dahinterliegende Raum luftleer ist.«

Rhodan beschloß vorsichtig zu sein. Er preßte sein Gesicht gegen die Wand, aber dadurch wurde die Sicht nicht besser. Verschiedene »Nester« sahen wie Beulen aus, andere wie gebogene Flaschen. Es gab keine Form, die sich wiederholte.

Rhodan drehte sich seitwärts. Der Raum hinter der Wand schien ungeheure Ausmaße zu besitzen. Sein Ende war nicht zu erkennen. Rhodan wußte, daß dies am Blickwinkel liegen konnte, aber er glaubte, daß das Gewölbe wirklich riesig war.

Sie standen vor dem größten Rätsel der geheimnisvollen Station.

»Schade, daß wir uns diesen Raum nicht aus der Nähe ansehen können«, bedauerte Atlan.

Sie gingen an der Wand entlang. Sie reichte bis an die Instrumententische.

Rhodan blickte nachdenklich auf die Schalttasten. Er war versucht, ein paar Schaltungen auszuprobieren, um herauszufinden, welche Teile der geheimnisvollen Station von hier aus kontrolliert wurden. Da er jedoch nicht wußte, welche Folgen das haben würde, unterdrückte er seinen Wunsch.

Takvorian hatte inzwischen die Maschinen und Instrumente in seiner näheren Umgebung untersucht.

»Sie führen alle Energie«, erklärte er. »Das heißt, daß wir uns in einer lebendigen Station befinden. Dieses Gebilde ist alles andere als mechanisch oder energetisch tot. Ich behaupte, daß es sogar voll funktionsfähig ist.«

»Wahrscheinlich ist es eine takerische Raumstation, die allein dem Taschkar als Versteck zur Verfügung stand«, wiederholte Atlan seine Behauptung. »Deshalb ist auch seine Leibwache anwesend.«

Rhodan und Atlan wandten sich jetzt ebenfalls den Kontrollen zu. Nur Ovaron blieb vor der transparenten Wand stehen.

Sie erzielten bei der Untersuchung der Maschinen und Kontrollanlagen keinen Fortschritt.

»Wir werden uns in anderen Räumen umsehen müssen«, entschied Rhodan schließlich, obwohl er ahnte, daß das Rätsel der Station nur *hier* gelöst werden konnte.

»Warten Sie!« rief Ovaron. »Ich glaube, ich habe eine Erklärung gefunden.«

Überrascht kehrten Rhodan und Atlan zu der Wand zurück, hinter der das Gewölbe lag.

Ovaron deutete auf die »Nester«.

»Sehen Sie sich diese Dinger genau an!« forderte er seine Begleiter auf. »Werden Sie nicht an etwas erinnert?«

»An ein paar abstrakte Riesenskulpturen, die ich einmal auf einer Ausstellung gesehen habe«, erwiderte Atlan.

»Ich mache keinen Spaß«, sagte der Ganjase. »Wenn Sie diese Gebilde lange und aufmerksam betrachten, werden Sie die gleiche Feststellung machen wie ich.«

Rhodan schloß halb die Augen und konzentrierte sich.

Die Erkenntnis traf ihn wie ein Schock.

»Sie haben recht, Ovaron!« rief er.

Der Ganjo lächelte.

»Ich wußte, daß *Sie* es zuerst bemerken würden.«

»Danke!« sagte Atlan trocken. »Aber vielleicht werden jetzt die weniger Aufnahmefähigen dieser Gruppe aufgeklärt.«

»Sie brauchen nicht beleidigt zu sein«, sagte Ovaron besänftigend.

»Sieh hinüber!« Rhodans Stimme klang angestrengt. »Erinnern dich diese Gebilde nicht an die verrückten Vasallen, die wir in der Geheimstation des Taschkars gefunden haben?«

»Tatsächlich!« Atlan beugte sich nach vorn. »Ich verstehe nicht, warum ich nicht von selbst darauf gekommen bin.« Seine Stimme hob sich. »Aber das sind keine Vasallen! Es sind nur große Gebilde, die an der Decke und an den Wänden kleben.«

Ovaron lehnte sich mit dem Rücken gegen die Wand. Das Licht, das von ihr ausging, schuf einen Lichtkranz um den Körper des Cappins.

»Denken Sie nach! Dort drüben gibt es zahlreiche Hohlräume von einer Form, die uns an die Vasallen erinnern. Liegt nicht die Vermutung nahe, daß die Vasallen in diese Hohlräume hineinpassen könnten, daß es die *Hangars* der Vasallen sind?«

»Natürlich!« stimmte Rhodan zu. »In jede dieser Öffnungen könnte ein Vasall hineinpassen.«

»Dies hier ist ein Sammler«, sagte Ovaron überzeugt. »Diese Bezeichnung scheint mir der beste Begriff für diese Station zu sein, die offenbar eine unbekannte Zahl von Vasallen in sich aufnehmen kann.«

Rhodan hatte beinahe bildlich die wie verrückt herumschwirrenden Vasallen vor Augen.

Hatten die Vasallen nicht von einer »Urmutter« gesprochen, zu der sie heimkehren mußten?

»Erinnern Sie sich an den Begriff Urmutter?« fragte Rhodan den Ganjasen. »Die verrückten Vasallen haben diesen Begriff ein paarmal verwendet.«

Takvorian kam heran.

»Was bedeutet das alles?« erkundigte er sich verwirrt.

»Das bedeutet, daß dieser Sammler unter Umständen mit der geheimnisvollen Urmutter identisch sein könnte«, erwiderte Ovaron. »Damit ist das Geheimnis jedoch nicht gelöst, denn wir wissen nicht, was eine Urmutter überhaupt ist. Wir wissen nur, daß es sich um eine Sammelstation für Vasallen handelt. Völlig unklar bleibt, warum es diese Station gibt.«

»Ihr müßt rasch einen Entschluß fassen!« rief Harl Dephin über die Sprechanlage des Paladins. »Im benachbarten Raum sind ein halbes Dutzend Leibwächter mit Strahlenwaffen aufgetaucht.«

Rhodan und Atlan blickten sich betroffen an. Sie wußten, daß ein einziger Treffer genügte, um die transparente Wand zu beschädigen.

Die Luft würde aus dieser Schaltzentrale explosionsartig entweichen.

Den plötzlichen Druckverlust würde keiner außer den Siganesen im Innern des Paladin-Roboters überstehen.

24.

Blokh kauerte in seiner Ersatzmulde und erholte sich von dem Schock, den die Niederlage in ihm ausgelöst hatte.

Die vorläufige Niederlage! korrigierte er sich in Gedanken.

Inzwischen hatte er die intelligenten Leibwächter bewaffnet und mit dem Befehl losgeschickt, die Fremden zu töten. Blokh wußte, daß die Bewaffnung der Leibwächter ein Risiko war, denn nach dem Tod des Taschkars unterwarfen sie sich nur noch widerwillig den Befehlen des Kanjarts. Emotionen, die bisher nur unterschwellig aufgetreten waren, traten jetzt offen zutage.

Blokh hatte schon einigemal seine Suggestivkraft einsetzen müssen, um einen Kampf der Leibwächter untereinander zu verhindern. Diese Wesen kamen aus den verschiedensten Teilen von Gruelfin. Der Taschkar hatte sie allein nach ihrer Gefährlichkeit und Kampfart ausgesucht, ohne darauf zu achten, daß viele natürliche Feinde waren.

Blokh brummte unwillig. Jetzt mußte er mit diesen Schwierigkeiten fertig werden. Er war schließlich nicht der Taschkar. Die Nachteile begannen schon bei der Station. Der Diktator hatte alle Schaltanlagen beherrscht – Blokh kannte keine einzige. Er wußte nur, was er als Begleiter des Taschkars ausfindig gemacht hatte.

Blokh kannte ein paar Waffenarsenale und wußte, wie man verschiedene Eingänge innerhalb dieser Station schließen konnte.

Der Kanjart wurde in seinen Gedanken unterbrochen, als Wershon losbrüllte, um ihn auf den Angriff zweier Terposen aufmerksam zu machen.

»Ruhe!« befahl Blokh und richtete seine starren Augen auf die Kreaturen. »Ich muß nachdenken.«

Die Terposen schlichen auf ihren Gehschwämmen in eine Ecke, während Wershon in der Nähe des Kanjarts blieb, um auf alle Fälle geschützt zu sein.

Blokh wälzte sich in seiner Mulde herum. Auf seiner Heimatwelt besaß er eine riesige weiche Mulde, die mit stickstoffhaltigem Schlamm gefüllt war. Das *hier* war nur eine mit schmutziger Flüssigkeit gefüllte harte Vertiefung.

Er überblickte die um ihn versammelten Leibwächter. Es waren fast fünfzig. Draußen in den Korridoren hielten sich in verschiedenen Nischen noch ein paar hundert verschiedenartige Wesen auf. Blokh wußte nicht genau, wieviel Leibwächter es insgesamt gab, aber er schätzte ihre Zahl auf tausend. Mindestens die Hälfte aller Leibwächter hielten sich in dieser Station auf, wenn nicht sogar alle, aber viele von ihnen befanden sich in weit entlegenen Räumen, so daß sie niemals mit Blokh und dessen Gruppe in Kontakt treten würden.

Blokh brummte unwillig. Ausgerechnet in dieser Sektion mußten die Fremden herauskommen.

Jetzt, da der Taschkar tot war, sehnte sich der Kanjart mehr als jemals zuvor nach seiner Heimat. Er hatte schon Pläne für eine Rückkehr auszuarbeiten begonnen, da waren die Fremden aufgetaucht.

Blokh wußte, daß nur eine der beiden Parteien den einzigen Rettungsweg benutzen konnte. Das bedeutete Kampf.

Kampf um das Überleben!

Wieder schlug er die versammelten Leibwächter in seinen suggestiven Bann.

»Verhaltet euch ruhig!« befahl er. »Ich werde mich um die Fremden kümmern.«

Er richtete sich auf und ließ die schmierige Flüssigkeit von sich abtropfen. Während er aus der Mulde stampfte, überlegte er, warum die Fremden kaum auf seine Suggestivkraft reagiert hatten. Sollten sie eine natürliche Immunität besitzen?

Blokh ergriff vier Strahlenwaffen und schob seinen mächtigen Körper auf den Korridor hinaus.

Er erinnerte sich an das Gebrüll des dürren Fremden, das ihm trotz des eingeschalteten Schutzschirms Schmerzen bereitet hatte.

Eine Stimme als Waffe! Blokh grunzte. Das war zweifellos ein Phänomen. Er mußte vorsichtig sein.

Der vierarmige Fremde, den er gesehen hatte, schien für die suggestiven Blicke am empfänglichsten zu sein. Vielleicht konnte er ihn gegen die Eindringlinge einsetzen.

Blokh bog in einen Seitengang ein. Er beeilte sich, denn die sechs bewaffneten Leibwächter mußten ihr Ziel jeden Augenblick erreichen. Blokh beschloß, in jenem Augenblick aufzutauchen, wenn die Fremden sich völlig auf die Abwehr der Schützen konzentrieren mußten.

Dcr Kanjart öffnete eine Tür, indem er eine bestimmte Stelle erhitzte. Auch das hatte er dem Taschkar abgeschaut.

Er blieb stehen und lauschte, ob schon Kampflärm zu hören war.

Der Raum, in den sich die Fremden zurückgezogen hatten, war nicht mehr weit entfernt.

Alles blieb ruhig. Blokh schlich weiter. Er hielt die vier Waffen schußbereit. Zwei seiner Arme hielt er frei, um damit zuschlagen zu können. Für Blokh war der Einsatz solcher Waffen ungewohnt. Bisher hatten seine Blicke genügt, um alle Gegner zu lähmen.

Der Taschkar hatte ihn nicht ohne Grund zum Anführer der Leibwache innerhalb dieser Station bestimmt.

Blokh ahnte, daß früher oder später der *neue* Taschkar hier auftauchen würde. Wenn Blokh sich dann noch hier aufhielt, war er verloren. Der neue Taschkar würde jeden loyalen Anhänger seines Vorgängers töten, denn er konnte nie sicher sein, ob man ihm die gleiche Treue entgegenbrachte, die die Leibwächter dem alten Taschkar bewiesen hatten.

Blokh hörte das charakteristische Zischen von Strahlwaffen.

Er brummte triumphierend und stürmte durch den Raum, um in der entscheidenden Phase in den Kampf eingreifen zu können.

Ginkorasch saß inmitten der gewölbten Bildschirmgalerie der Informationszentrale. Die Übertragungsgeräte übermittelten ihm die Vorgänge an Bord der VARTASCHON so echt, daß er seine Zuschauerrolle fast vergaß. Er glaubte, selbst an Bord dieses großen Schiffes zu sein.

Das Bild zeigte die Zentrale.

Vor dem Kommandositz stand Kommandant Keylesch und blickte ungläubig auf zwei Mitglieder der Besatzung, die ihn mit Waffen bedrohten. Es waren Offiziere niederer Ränge, die Keylesch bisher kaum aufgefallen waren.

Ginkorasch wußte, daß die beiden Männer Marsav-Agenten waren und jetzt auf seinen Befehl handelten. An Bord vieler großer Raumschiffe spielten sich jetzt ähnliche Szenen ab. Ginkorasch mußte alle dem alten Taschkar treu ergebenen Kommandanten ausschalten.

»Was bedeutet das?« fuhr Keylesch die beiden Offiziere an.

»Wir handeln im Auftrag des neuen Taschkars«, antwortete einer der Männer.

Ginkorasch war ungehalten. Er mochte es nicht, wenn jemand zuviel redete. Jedem an Bord der VARTASCHON, auch dem Kommandanten, war klar, auf wessen Befehl hin die beiden Männer in die Zentrale eingedrungen waren.

In Keyleschs Gesicht ging eine Veränderung vor. Der hochgewachsene Mann schien nur langsam zu begreifen, daß das Ende seiner Laufbahn gekommen war. Noch einmal versuchte er seine Autorität ins Spiel zu bringen.

»Sie sind verhaftet!« rief er. »Begeben Sie sich in Ihre Kabine, bis ich Sie abgeurteilt habe.«

»Sie irren sich, Kommandant Keylesch!« widersprach einer der Marsav-Agenten. »*Sie* sind verhaftet!«

Keylesch blickte sich hilfesuchend um, aber keiner der in der Zentrale anwesenden Offiziere stand ihm bei. Sie wußten, daß sie nur dann in ihren Positionen bleiben konnten, wenn sie jetzt nicht eingriffen.

Keylesch lachte wild und griff nach seiner Waffe. Diese Bewegung kam so unerwartet, daß Ginkorasch in seinem Sitz zusammenzuckte.

Doch die Marsav-Agenten waren geschulte, reaktionsschnelle Männer. Ihre Schüsse töteten den Kommandanten, bevor dieser noch abdrücken konnte.

»Ab sofort«, sagte einer der Marsav-Agenten, »ist Pantrosch Kommandant dieses Schiffes und des dazugehörenden Verbandes.«

Das Bild verblaßte.

»Sicher möchten Sie noch mehr sehen, Taschkar?« fragte der Roboter, der hinter dem Sitz stand und die Kontrollen bediente.

Noch etwas benommen von dem Schauspiel, das er gerade erlebt hatte, erhob sich Ginkorasch vom Sitz.

»Nein, ich bin damit zufrieden«, sagte er ablehnend.

Er konnte sich vorstellen, daß weitere Übertragungen nur Wiederholungen sein würden. Die ständig korrigierten Auswertungen bewiesen, daß es in Gruelfin nur zu unbedeutenden Zwischenfällen kam. Die Machtübernahme des neuen Taschkars verlief wie geplant.

Ginkorasch strich sich über die Stirn. Er ließ sich ein stimulierendes Getränk bringen, um die Müdigkeit zu verscheuchen. Immerhin war er jetzt über zwanzig Stunden ununterbrochen auf den Beinen. Er war jedoch noch zu erregt, um Ruhe finden zu können. Außerdem bestand noch immer die Möglichkeit, daß es zu Zwischenfällen kommen würde, die klare Entscheidungen verlangten.

»Ich möchte jetzt die Station kennenlernen«, ordnete der Taschkar an. »Gebt mir entsprechende Informationen und führt mich herum.«

Er wollte endlich wissen, welche Möglichkeiten ihm die Station im Inneren des Vulkankegels bot. Wesentliche Teile hatte der Taschkar ihm vorenthalten. Selbst mit den Mitteln der Marsav waren sie nicht auszuspionieren gewesen. Natürlich konnte er nicht alles an einem Tag lernen, aber einen Überblick wollte er sich auf alle Fälle verschaffen.

Ginkorasch ging zu einem anderen Sitz. Auf den Schirmen erschienen Bilder der Station. Eine Memohaube sank auf den Kopf des Diktators herab, um ihn zu informieren.

Ginkorasch lehnte sich zurück. Er hörte eine Stimme.

»Zunächst wird der Aufbau der Gesamtstation mit allen Verbindungs- und Transportmöglichkeiten gezeigt. Später werden die einzelnen Räume erklärt. Es soll . . .«

Ginkorasch schloß die Augen und hörte zu.

Er wurde schnell schläfrig. Solange er jedoch die Bilder sah und die Stimme hörte, nahm er Informationen in sich auf. Seine Überzeugung, daß sich die Macht des erschossenen Taschkars vor allem auf die technischen Möglichkeiten dieser Station gestützt hatte, bestätigte sich.

Das alles gehörte jetzt ihm!

Die nächsten Tage würde er hart arbeiten müssen, um alles zu verstehen. Er war entschlossen, die in der Station entstandenen Schäden beheben zu lassen. Es gab genügend Roboter, die diese Aufgabe übernehmen konnten.

Plötzlich wurde der neue Taschkar wieder hellwach. Er sah die Fremden im Kampf mit dem Taschkar. Er erlebte, wie sein Vorgänger vom Anführer der Gefangenen erschossen wurde. Dann erlebte er die Flucht der Fremden durch einen Transmitter.

»Wir gehen nun einhundertacht Jahre in die Vergangenheit zurück, um genau zeigen zu können, wo sich die Fremden jetzt befinden«, erklärte die Memo-Haube.

Die Bilder wechselten abrupt. Der Weltraum wurde sichtbar. Ginkorasch stutzte.

Was hatte das zu bedeuten?

In zunehmender Erregung beobachtete er ein Ereignis, das schon über hundert Jahre zurück lag. Das phantastische Geschehen nahm den neuen Taschkar gefangen . . .

Der Paladin schlug die Tür zu und verschweißte sie mit seiner Thermowaffe.

»Wir müssen einen zweiten Ausgang finden, bevor die Leibwache die Tür zerstört!« rief Perry Rhodan.

Sie begannen mit der Untersuchung der beiden Seitenwände. Die Transparentwand schied als Fluchtweg aus, denn hinter ihr lag das luftleere Gewölbe mit den »Nestern« der Vasallen – falls es sich wirklich um solche handelte.

Der Paladin blieb an der verschweißten Tür stehen, um den bevorstehenden Angriff abwehren zu können.

Ein Seitenblick überzeugte Rhodan davon, daß die fremden Kreaturen den Eingang bereits unter Beschuß genommen hatten. Das Metall begann sich zu verfärben.

»Soll ich meine Stimme einsetzen?« erkundigte sich Merkosh.

»Noch nicht!« Rhodan befürchtete, daß in den anderen Nebenräumen ebenfalls ein Vakuum herrschte. Wenn Merkosh mit seiner Psi-Stimme eine Wand zerstörte, konnte das den Tod der ungeschützten Wesen in der Schaltstation bedeuten.

In der Tür entstand ein Loch. Glutflüssiges Metall tropfte zischend auf den Boden.

Harl Dephin schaltete den HÜ-Schirm des Paladins ein.

Das Loch im Eingang vergrößerte sich schnell. Rhodan glaubte draußen auf dem Gang schattenhafte Gestalten zu erkennen.

In diesem Augenblick handelte der Paladin. Gesteuert von Dephin brach er durch das erhitzte Metall der Tür. Den Kreaturen im Korridor mußte sein plötzlicher Ausbruch einen Schock versetzen.

Auf den Bildschirmen konnte Dephin seine Gegner sehen. Sie hatten hinter Maschinenblöcken Deckung bezogen und feuerten auf ihn. Der HÜ-Schirm absorbierte die Energie. Die Leibwächter trugen ebenfalls Schutzschirme, so daß die ersten von Dart Hulos abgefeuerten Schüsse wirkungslos verpufften.

Da tauchte das sechsarmige Monstrum mit den großen Glotzaugen auf, das die Thunderbolts noch in unangenehmer Erinnerung hatten. Der Fremde, der sich Blokh genannt hatte, schleppte vier Waffen mit sich. Er feuerte sie gleichzeitig auf den Paladin ab. Da die sechs in Deckung gegangenen Leibwächter ebenfalls schossen, begann der HÜ-Schirm des Roboters aufzuglühen. Die Grenze seiner Belastbarkeit wurde allmählich erreicht.

Dephin ließ den Paladin auf die Handlungsarme sinken und raste los.

Blokh warf sich zur Seite und entging knapp dem Ansturm.

Der Paladin bremste. Dephin warf ihn herum. Die Leibwächter hatten sich erhoben und feuerten auf das tobende Ungeheuer aus Stahl. Die Energiestrahlen trafen jedoch nur selten. Der Paladin bewegte sich trotz seiner Größe unglaublich schnell. Außerdem waren die Leibwächter nervös.

Nur Blokh behielt die Übersicht. Er achtete darauf, daß er immer in Richtung des Giganten blickte.

»Achtet auf seine Augen!« schrie Dephin in den Lautsprecher des Interkoms.

Hulos hatte sich auf einen Leibwächter in seiner unmittelbaren Nähe konzentriert. Das Wesen sah wie eine Kugel aus, durchmaß fast eineinhalb Meter und konnte nach Belieben ein halbes Dutzend Glieder ausfahren. Die Kugel war der geschickteste Schütze.

Dem konzentrierten Beschuß aus allen Waffen des Paladins war ihr Schutzschirm jedoch nicht gewachsen. Er blähte sich auf und begann zu flackern.

Hulos gab eine Serie von Schüssen ab, die den sich auflösenden Schirm voll trafen. Die Sicht wurde immer schlechter. Die Luft ringsum hatte sich erhitzt. Farbe begann zu verbrennen. Aus verschiedenen Maschinen schlugen Blitze hervor. Es kam zu den ersten Explosionen.

Die Kugel zog blitzschnell alle Gliedmaßen ein und rollte davon.

Blokh schien zu ahnen, daß einem seiner Helfer Gefahr drohte, denn er schob sich zwischen die Kugel und den Paladin. Die beiden Riesen standen sich gegenüber. Blokhs gefährliche Augen leuchteten.

Dephin merkte, wie die suggestive Kraft des Fremden seine Entschlußkraft lähmte. Die anderen Leibwächter schienen das Zögern ihres Gegners zu bemerken, denn sie wurden jetzt mutiger und griffen von allen Seiten an.

Dephin beschleunigte den Paladin erneut. Er streifte Blokh und warf ihn um. Dann erreichte er die Kugel. Das Ding schrie auf, als der Paladin über es hinweg stampfte. Der Paladin ergriff die Waffe des sterbenden Monstrums und zerschmetterte sie mit einem Schlag gegen die Wand.

Im HÜ-Schirm des Roboters entstand ein Strukturriß.

»Cool!« schrie Dephin auf. »Der Schirm!«

Die Thunderbolts konnten nicht riskieren, den Paratronschirm einzuschalten. Innerhalb dieses kleinen, von Energien aller Art überfluteten Raumes hätte das zu einer Katastrophe führen können.

Aracan verstärkte die Energiezufuhr des HÜ-Schirmes, der sofort wieder stabil wurde.

Blokh, der die Schwäche des Gegners bemerkt und geschossen hatte, war fast ein Volltreffer in den Strukturriß gelungen.

Dephin konzentrierte sich. Er stürmte auf einen Leibwächter zu, der fast humanoid aussah, aber einen seltsam verbogenen Körper und drei Beine besaß.

In diesem Augenblick änderte Blokh die Taktik. Er befahl drei Leibwächtern, den Gegner zu umgehen und die anderen Fremden in der Schaltstation anzugreifen.

Dephin merkte das erst, als es bereits zu spät war. Er richtete den Paladin auf, um ihn in die Schaltstation zu steuern, wo Rhodan und die anderen sich aufhielten.

Doch Blokh und die beiden anderen Leibwächter versperrten ihm den Weg. Sie schienen entschlossen zu sein, ihn solange aufzuhalten, bis der Kampf in der Schaltstation entschieden war. Dephin dachte an die transparente Wand und das luftleere Gewölbe dahinter. Seine Freunde hatten keine Chance, wenn nur ein Schuß fehlging und die Wand traf.

Blokhs flammende Augen erfaßten den Paladin.

Dephin konnte sich der suggestiven Kraft dieser Blicke nicht entziehen. Er hörte Hulos fluchen. Er biß sich auf die Unterlippe. Der Schmerz half einen Augenblick. Der Paladin stürmte vorwärts.

Blokh und die beiden anderen schossen. Wieder begann der Schirm des Paladins unstabil zu werden. Hulos war klug genug, nur auf einen der Gegner zu schießen. Er hatte Erfolg. Der Schirm des Halbhumanoiden zerfiel.

Dephin wollte nachsetzen und den Widersacher niederschlagen, als die fünf an der Wand nebeneinander stehenden Maschinen explodierten. Das Ereignis brachte den Kampf von einer Sekunde zur anderen zum Erliegen.

Als die drei so verschiedenartig aussehenden Leibwächter in der zerstörten Tür erschienen, hob Atlan seinen Strahler.

»Nicht schießen!« schrie Rhodan. Er ging hinter einem Maschinenblock in Deckung. »Es darf unter keinen Umständen zu einem Gefecht kommen.«

Er kroch von der transparenten Wand weg.

»Bleibt in meiner Nähe!« forderte er die anderen auf. »Wenn die

Leibwächter schießen, dürfen wir uns nicht in der Nähe des Gewölbes aufhalten.«

Ovaron und Atlan waren ebenfalls in Deckung gegangen. Takvorian stand zwischen zwei Maschinen und konzentrierte sich. Er wollte versuchen, jeden auf die Wand abgegebenen Schuß unter Kontrolle zu bekommen. Er wußte, wie schwierig das in der augenblicklichen Situation sein würde.

Tschubai und Gucky lagen noch immer bewußtlos auf dem Rücken des Zentauren.

Takvorian beobachtete die drei Eindringlinge. Sie schienen unschlüssig zu sein, wie sie sich verhalten sollten. Sie konnten ihre Gegner nicht sehen, wußten aber, daß sie sich irgendwo innerhalb dieses Raumes versteckt hatten.

Auch Rhodan beobachtete die drei Leibwächter. Im Nebenraum wurde noch immer gekämpft. Durch die zerstörte Tür quoll gelber Rauch in die Schaltstation.

Rhodan schob sich an die Seite des Oproners.

»Können Sie die drei mit einem Schlag ausschalten?« fragte er Merkosh.

Der Rüssel des Gläsernen begann zu zucken.

»Ich weiß nicht«, erwiderte Merkosh. »Ich bin nicht im Vollbesitz meiner Kräfte, aber ich könnte es versuchen.«

Rhodan zögerte, den entscheidenden Befehl zu geben. Wenn Merkoshs Stimme nicht sofort Erfolg hatte, würden die Leibwächter das Feuer eröffnen.

»Man könnte . . .«

Merkosh wurde von einer gewaltigen Explosion unterbrochen, die entweder im Korridor oder im Nebenraum stattfand. Die Druckwelle erfaßte die drei in der Tür stehenden Leibwächter und warf sie zu Boden.

Rhodan war vom Lichtblitz geblendet, aber er sprang auf die Beine und rannte zur Tür. Die gesamte Station schien zu beben. In Rhodans Ohren dröhnte es.

Atlan folgte ihm unverzüglich. Sie warfen sich auf die drei benommenen Wesen und rissen ihnen die Waffen aus den Armen.

»Der Paladin!« rief Ovaron besorgt. »Er muß sich im Zentrum der Explosion befunden haben.«

Rhodan nickte und rannte zur Tür, während Atlan und der Cappin die drei Leibwächter in Schach hielten.

Bevor Rhodan den Raum verlassen konnte, schlug ihm eine Stichflamme entgegen. Die Hitze versengte sein Gesicht und nahm ihm den Atem. Er fuhr zurück. Nur die Tatsache, daß seine Kombination aus nicht brennbarem Material bestand, rettete ihm das Leben.

Die Flammen loderten herein.

Takvorian trabte heran und half dem Terraner auf die Beine.

Rhodan berührte mit den Handflächen sein brennendes Gesicht.

»Da kommen wir nicht durch!« stellte Atlan nüchtern fest. »Aber ich hoffe, daß der Paladin die Explosion unbeschadet überstanden hat.«

»Lange können wir nicht warten«, sagte Ovaron. »Das Feuer breitet sich schnell aus. Durch die Hitze wird es zu weiteren Explosionen kommen.«

Rhodan wankte zu den Kontrollen. Er mußte sich mit beiden Armen auf einen Tisch stützen.

Rhodan sah sein Gesicht in einem unbeleuchteten Bildschirm. Es war rot und blasig.

Atlan trat hinter seinen Freund.

»Der Paladin hat aufsprühbares Hautplasma in seiner Ausrüstung.«

»Ja«, sagte Rhodan grimmig. »Aber der Paladin ist nicht da.«

Sie beobachteten die Tür.

»Ich will versuchen, das Feuer einzudämmen«, erbot sich Takvorian. »Dann kann einer von uns nach drüben, um ihn zu suchen.«

In diesem Augenblick schob sich eine riesige Gestalt durch die Tür.

Sie brannte und schrie.

Es war Blokh.

Er trug in vier Armen Waffen und gab damit unkontrollierte Schüsse ab. Einen Augenblick sahen die Eingeschlossenen den brennenden Riesen überrascht an.

Das Zischen der Strahlenschüsse und das Prasseln der Flammen vermischten sich zu ohrenbetäubendem Lärm.

Blokhs Schüsse schlugen in die Kontrollen ein, furchten den Boden auf und brannten die Decke dunkel. Es war ein Wunder, daß sie noch nicht die Wand im Hintergrund getroffen hatten.

Auf den Bildschirmen war von der Umgebung kaum noch etwas zu erkennen, aber die Angaben, die Cool Aracan ihm aus der Ortungszentrale übermittelte, reichten aus, um General Dephin das ganze Ausmaß der Katastrophe erkennen zu lassen.

Der Paladin lag unter den Trümmern mehrerer Maschinen begraben. Die Explosion und die Flammen allein hätten dem Robotriesen kaum etwas ausgemacht. Bei der Zerstörung der Maschinen war jedoch sechsdimensionale Strahlung freigeworden und hatte einen Teil der positronischen Sensoren des Paladins beschädigt.

Dephin drückte auf einen Knopf und atmete erleichtert auf. Immerhin funktionierte der Interkom des Paladins noch.

»Mirus! Stellen Sie fest, wo Schäden aufgetreten sind.«

»Schon geschehen«, erwiderte Mirus Tyn. »Es sieht nicht gut aus, General. Sie wissen, daß ein Teil der Sensoren auch die Umgebung aufnehmen und damit die Bewegungen des Paladins steuern.«

Dephin brummte zustimmend und nahm die SERT-Haube vom Kopf. Solange der Paladin bewegungsunfähig war, brauchte er die schwere Haube nicht zu tragen.

Tyn fuhr fort: »Der Paladin kann sich natürlich noch bewegen, aber ich befürchte, daß er Ihren Impulsen nur noch teilweise folgen würde.«

»Ich komme zu Ihnen runter!«

»Besser nicht!« rief Tyn. »Retekin und ich haben mit dem Auswechseln der Sensoren begonnen, die für die Bewegungen verantwortlich sind.«

Dephin sah auf die Bildschirme. Durch Lücken zwischen dem Trümmerberg konnte er den brennenden Raum sehen. Die Leibwächter waren mit Sicherheit tot. Vielleicht aber hatte der riesige Blokh die Explosion überstanden.

»Die Strahlung hat sofort nach der Explosion wieder an Intensität verloren«, informierte Cool Aracan die anderen Thunderbolts. »Sie ist jetzt ungefährlich.«

»Nötigenfalls müssen wir den Paladin verlassen«, sagte Dephin ärgerlich. »Macht die Linsen startbereit.«

»Linsen« war die Bezeichnung für die Mini-Fluggleiter der Siganesen im Paladin.

Dephin machte sich Sorgen, weil sie keine Verbindung mehr mit den anderen hatten.

Hulos meldete sich.

»Ich könnte mit einer Linse einen Erkundungsflug machen«, schlug er vor.

»Bleiben Sie an Ihrem Platz, Dart. Sobald wir den Paladin aufrichten, werden Sie an den Waffen gebraucht.«

Hulos lachte auf.

»Glauben Sie wirklich, daß dort draußen noch jemand ist, der uns Widerstand leisten könnte?«

Dephin antwortete nicht. Hulos hatte natürlich recht. Der General befürchtete jedoch, daß auch ihre Freunde durch die Explosion in Gefahr geraten waren.

»Hier sieht es böse aus!« meldete Tyn aus einem Speicherraum. »Einige Widerstände sind verbrannt.«

»Beeilen Sie sich!« befahl Dephin.

Nach einer Weile sagte Tyn: »Wir müssen den Paladin aufzurichten versuchen.«

»Weshalb?« erkundigte Dephin sich argwöhnisch.

»Wir haben keine Zeit, *alle* zerstörten Teile zu ersetzen«, erklärte der Ingenieur. »Wenn wir den Paladin bewegen, sehen wir sofort, worauf es bei der Reparatur ankommt.«

Dephin seufzte und griff nach der SERT-Haube. Er mußte sich in diesem Fall auf Tyns Angaben verlassen.

»Fertig?« fragte Tyn.

»Ja«, gab Dephin zurück. »Wir müssen vorsichtig sein. Wenn der Paladin sich unkontrolliert bewegt, kann es Schwierigkeiten geben.«

Er aktivierte die Haube. Behutsam nahm er die ersten Schaltungen vor und strahlte die entsprechenden Impulse ab. Die Beine des Paladins krümmten sich.

»Wunderbar!« kommentierte Tyn.

Dephin konnte den kleinen Ingenieur fast vor sich sehen, wie er mit verschwitztem Gesicht vor den Kontrollen kauerte, um die fehlerhaften Sensoren zu markieren.

Dephin bewegte die Handlungsarme des Paladins. Der rechte Arm gehorchte den Impulsen nur ruckartig.

»Ah!« machte Tyn.

Dephin reagierte nicht. Er mußte seine Aufmerksamkeit auf den linken Laufarm konzentrieren, der auf den ersten Bewegungsimpuls nicht reagiert hatte. Dephin preßte die Lippen zusammen und versuchte es noch einmal. Der Ausfall eines Laufarms war tragischer als eine Beschädigung der Handlungsarme.

»Da ist ja ein ganzer Trakt verschmort!« rief Tyn verzweifelt. »Das erfordert eine längere Reparatur.«

»Bleiben Sie unten!« befahl Dephin grimmig. »Schließlich kann der Paladin sich auch auf den Beinen bewegen.«

Er beugte sich vor und gab ein paar Impulse an die Beinmechanik. Der Paladin bewegte sich.

»Was, bei allen Planeten . . .« begann Tyn. Dann schrie er: »Warten Sie damit, Harl!«

Doch es war schon zu spät. Dephin reagierte zwar sofort auf die Warnung und strahlte Gegenimpulse ab, doch der Roboter gehorchte nicht.

Er brach unter dem Berg von ausgeglühten und verbogenen Metallteilen hervor. Die Trümmer vor sich her schiebend, setzte er sich in Bewegung und tappte in den brennenden Raum hinein.

»Halten Sie ihn auf!« schrie Tyn.

Dephin riß sich die Haube vom Kopf. Seine Hand fiel auf die Katastrophenschaltung. Er berührte den Knopf, mit der die Energieanlage des Paladins abgeschaltet werden konnte.

Der Roboter stampfte weiter. Er marschierte geradewegs auf die nächste Wand zu. Die Flammen umloderten ihn und brachten seine Außenhülle fast zum Kochen.

»Schalten Sie wenigstens einen Schutzschirm ein!« bat Tyn aufgeregt.

»Ich weiß nicht, was geschehen ist«, bekannte Dephin. »Aber der Bursche reagiert nicht mehr.«

Er hörte Tyn schlucken.

»Wir müssen einen kleinen Wettlauf veranstalten«, meinte Dephin gelassen. »Sie müssen schneller reparieren, als unser Freund sich bewegt.«

Tyns Antwort bestand aus einer Serie von Verwünschungen.

Der Paladin schwenkte ruckartig nach rechts und bewegte sich auf den Korridor zu. Seine mächtigen Beine zertraten die Überreste einer Maschine.

»Was macht er jetzt?« fragte Rigeler bestürzt.

»Er geht ein bißchen spazieren!« erwiderte Retekin trocken.

»Sie sollten ihm sagen, wo die Tür ist«, schlug Dart Hulos dem General vor. »Soweit ich auf den Bildschirmen der Zieloptik erkennen kann, wird er sie um drei Meter verfehlen.«

Dephins Hände glitten über die Kontrollen. Einzelne Teile des Roboters reagierten, aber die Hauptschaltanlage schien vollkommen ausgefallen zu sein.

Trotzdem gelang es dem General, die Richtung des Paladins zu verändern. Der Roboter marschierte in die Flammen zurück.

Dephin war sich darüber im klaren, daß er eine andere Lösung finden mußte. Der Paladin-Roboter mußte aus diesem Raum, wo er und seine sechs Passagiere ständig von neuen Explosionen bedroht waren, hinausgebracht werden. Noch wichtiger war die Verbindungsaufnahme mit Perry Rhodan.

Mit einem Ruck änderte der Paladin abermals die Richtung.

Dephin fluchte und beugte sich über die Kontrollen. Mit einer Hand nahm er Schaltungen vor, mit der anderen zog er die zweite SERT-Haube aus der Ersatzteilnische unter dem Kontrolltisch. Er stülpte sie hastig über den Kopf, doch sie funktionierte ebenfalls nicht.

Der Paladin schwankte wie ein Betrunkener. Er näherte sich einer Wand, an der die Flammen hochzüngelten. Die Innentemperatur war seit der Explosion um sechs Grad gestiegen. Dephin versuchte erneut, den HÜ-Schirm einzuschalten, aber er hatte keinen Erfolg.

Der Paladin prallte gegen die Wand. Dephin schätzte, daß er sie unter normalen Umständen durchbrochen hätte. Diesmal jedoch wurde er zurückgeworfen und kippte nach hinten.

Dephin klammerte sich fest, denn er ahnte, daß Andruckneutralisatoren und pneumatische Stoßdämpfer ebenfalls ausgefallen waren.

Der Stoß warf ihn fast aus dem Sitz.

Einige Bildschirme erloschen.

»Wir müssen ihn unter allen Umständen an einer Fortsetzung dieser Freiübungen hindern«, krächzte Tyn. »Versuchen Sie, ihn vorsichtig zu bewegen, Harl.«

Dephin griff nach dem Schalthebel der Antigravprojektoren, aber er hatte auch diesmal kein Glück. Der Paladin blieb auf dem Rücken liegen. Um ihn herum loderten Flammen auf.

Dephin winkelte die Handlungsarme des Roboters an. Auf diese Weise konnte er den Koloß etwas anheben.

Tyn meldete: »Wir haben jetzt ein halbes Dutzend Sensoren erneuert.«

Dephin brummte nur. Die Beine des Paladins folgten den Befehlsimpulsen. Auf die Handlungsarme gestemmt, schob der Paladin sich nach vorn und richtete sich auf diese Weise auf seine Knie auf.

»Achtung!« rief Dephin. »Ich lasse ihn jetzt wieder aufstehen.«

Diesmal ging es – zur allgemeinen Erleichterung – glimpflich ab. Der Paladin erhob sich und blieb stehen. Dephin atmete auf. Er wagte jedoch nicht, weitere Befehlsimpulse abzustrahlen, denn es mußten noch immer zahlreiche Sensoren ersetzt werden. Der Antigravtrakt begann wieder zu arbeiten. Das Kontrollicht der Hauptschaltanlage leuchtete auf.

Das machte Dephin Mut. Er setzte den Paladin in Bewegung. Jetzt konnte er ihn jederzeit zum Stillstand bringen.

»Gut gemacht, Major!« lobte er Tyn. »Jetzt bewegt er sich einigermaßen vernünftig.«

»Ja, ich bin ein Fuchs!« versetzte Tyn.

Noch bewegten sich die Laufarme des Paladins in falschem Rhythmus, aber Dephin ließ sich nicht daran hindern, den Roboter auf den Durchgang zum Nebenraum zuzubewegen. Im Korridor lagen zwei tote Leibwächter. Ihre Körper waren von den Flammen schrecklich zugerichtet.

Dephin erschauerte.

Entsetzt fragte er sich, welcher Anblick ihn erwartete, wenn er durch die Tür in den Schaltraum blickte.

Dephin wappnete sich.

Er mußte damit rechnen, seine Freunde tot vorzufinden.

25.

Ginkorasch hatte sich in seinem Sitz aufgerichtet.

Er wußte, daß er gestellte Bilder sah, aber genau so mußte sich vor einhundertacht Jahren alles zugetragen haben.

Der neue Taschkar erblickte den Weltraum. Sehr nahe schwebte die Jacht des alten Taschkars im freien Fall. In einem Bildausschnitt sah man den alten Taschkar, wie er die Kontrollen seines Schiffes bediente und gleichzeitig die Bildschirme beobachtete.

Aus der Tiefe des Alls schwebte ein seltsamer Körper heran. Er war von asymmetrischer Form.

»An diesem Tag entdeckte der Taschkar den Sammler«, berichtete die Stimme in der Memo-Haube. »Das Gebilde ist einhundert Kilometer lang, siebzig Kilometer breit und vierzig Kilometer hoch.«

Ginkoraschs Mund stand offen. Er ahnte, daß er jetzt eines der größten Geheimnisse des Taschkars erfahren würde, die er selbst vor der Marsav hatte verbergen können.

Das Gebilde wurde größer und größer. Die Jacht des Taschkars wirkte daneben winzig. Erneut mußte Ginkorasch sich ins Gedächtnis zurückrufen, daß dies alles bereits vor über hundert Jahren geschehen war.

Das Riesengebilde sah wie ein zerklüfteter Felsbrocken aus, der aus einem explodierenden Planeten herausgesprengt worden war. Ginkorasch hatte jedoch noch nie einen metallisch silbern glänzenden Felsbrocken gesehen, und er fragte sich, was dieser »Sammler« in Wirklichkeit war.

Wieder wurde der alte Taschkar auf den Bildschirmen sichtbar. Er war damals ebenso erregt gewesen wie Ginkorasch in diesem Augenblick.

Und abermals begann die Stimme in der Memo-Haube zu sprechen: »Der Taschkar stellte fest, daß der Sammler eine große, im Weltraum schwebende Station war, die durch irgendwelche unbekannten Umstände Beschädigungen erlitten hatte. Der Taschkar war fasziniert von der einmaligen Technik in dieser Station. Er schickte Wissenschaftler und Ingenieure an Bord. Diese Männer stoppten die Reparaturarbeiten der überall an Bord befindlichen Roboter. Der Taschkar nahm den Sammler in seinen Besitz, denn er wußte, daß er eine unvergleichbare Fluchtstation gefunden hatte.«

Ginkorasch atmete schwer.

Das Bild wechselte erneut. Ginkorasch erblickte die größten Flottentender und Bergungseinheiten der takerischen Flotte, wie sie mit Traktorstrahlen und Magnettrossen mit der Bergung des Sammlers begannen.

»Während der Sammler ins Deep-Purple-System geschleppt wurde, setzte der Taschkar zusammen mit den Wissenschaftlern die Untersuchungen fort«, erklärte die Memo-Haube mit ihrer sanften Stimme, die mehr ein Wispern im Gehirn Ginkoraschs war.

»An Bord der Station befanden sich unzählige seltsam geformte Roboter, die von dem Riesengebilde transportiert wurden. Diese Roboter nannten sich selbst Vasallen. Als der Taschkar die Energieanlagen der großen Station stillegen ließ, um beim Flug ins Deep-Purple-System kein Aufsehen zu erregen, geschah etwas Merkwürdiges.«

Ginkorasch konnte beobachten, wie Tausende von Robotern, die die Memo-Haube als Vasallen bezeichnet hatte, sich aus ihren Verankerungen im Innern der Station lösten und blitzschnell durch einen Transmitter verschwanden.

»Das alles geschah so schnell«, fuhr die Memo-Haube fort, »daß dem Taschkar kaum Zeit zum Eingreifen blieb. Immerhin gelang es ihm mit Hilfe der Wissenschaftler, vierundfünfzig Vasallen aufzuhalten.«

Ginkorasch sah, wie vierundfünfzig Roboter mit Magnetfeldern vor dem Transmitter abgefangen und desaktiviert wurden. Zu Ginkoraschs Überraschung wurden diese vierundfünfzig Roboter von Bord gebracht.

Der Taschkar experimentierte mit ihnen und brachte sie in die Geheimstation im Berg Motah, in der nun Ginkorasch die Befehle gab.

»Fast alle Vasallen wurden verrückt«, berichtete die Memo-Haube weiter. »Trotzdem gaben sie dem Taschkar wertvolle Auskünfte und halfen ihm bei zahlreichen Problemen.«

»Halt!« rief Ginkorasch. »Ich möchte wissen, welche Auskünfte der Taschkar von den Vasallen erhielt.«

»Darüber liegen keine Daten vor!« flüsterte die Memo-Haube.

Ginkorasch wurde ungehalten.

»Weshalb nicht? Der Taschkar hätte alles Wissenswerte in die Geheimpositronik geben müssen.«

»Es liegen keine weiteren Daten vor«, wiederholte die Memo-Haube, die nicht in der Lage war, die Erregung Ginkoraschs zu begreifen.

Ginkorasch war wütend.

Der alte Gauner hatte ihm doch ein Rätsel hinterlassen. Einen Spaß hatte er sich für den Fall seines Todes erlaubt. Ginkorasch glaubte das spöttische Grinsen im Gesicht seines Vorgängers vor sich zu sehen.

Der alte Taschkar hatte seinem Nachfolger die Existenz der geheimnisvollen Station verraten, aber er hatte verschwiegen, woher sie kam und welche Aufgabe sie hatte. Es war ungeheuerlich, daß die Marsav nie davon erfahren hatte!

Eines stand fest: Der Sammler war nicht takerischen Ursprungs. Er war auch nicht von Wesakenos, Oldonen oder von irgendeinem anderen Volk erschaffen worden, das heute in Gruelfin eine Rolle spielte.

Ginkorasch spürte, daß sich Unbehagen in ihm breitmachte. Zum erstenmal seit der Machtübernahme dachte er wieder an die Legenden, die in Zusammenhang mit dem Ganjo existierten.

War diese Station vielleicht eine Produktion der angeblich ausgerotteten Ganjasen?

Ginkorasch nahm die Haube vom Kopf.

»Ich möchte alles über die Station erfahren!« forderte er. »Beschafft weitere Unterlagen. Es muß diese Daten geben. Stellt Nachforschungen an.«

Ein paar Lautsprecher sagten: »Die Informationszentrale hat Zugang zu allen Positroniken dieser Geheimstation. Außerdem steht die Informationszentrale mit allen anderen Positroniken und mit den Datenspeichern in den Privatschiffen des toten Taschkars in Verbindung. Es gibt keine zusätzlichen Daten.«

Ginkorasch begann unruhig in der Informationszentrale auf und ab zu gehen. Er wußte, daß er nichts erzwingen konnte. Die Positroniken konnten nur solche Informationen an ihn weitergeben, die verbindlich waren.

Der Diktator beruhigte sich wieder und kehrte zum Sessel zurück.

»Weitere Informationen!« befahl er.

Die Bildschirme wurden wieder hell.

»Der Sammler wurde ins Deep-Purple-System geschleppt und umkreist seither den Planeten Tschukmar«, sagte die Memo-Haube.

Ginkorasch nickte verstehend.

Wahrscheinlich hatte der Taschkar den Sammler in einen engen Orbit um Tschukmar gebracht. Tschukmar war eine gewaltige Methan-Ammoniak-Wasserstoffwelt, die sogar von den Takerern gemieden wurde.

»Ich habe noch eine Frage«, sagte der Taschkar. »Der Sammler ist angeblich beschädigt. Hat mein Vorgänger jemals den Befehl gegeben, ihn zu reparieren?«

»Nein!«

Ginkorasch runzelte die Stirn. Täuschte er sich, oder hatte die Positronik mit einer Antwort gezögert?

»Warum hat der alte Taschkar nie den Befehl zu einer Reparatur gegeben?« fragte er weiter.

»Der Taschkar wußte nicht, was der Sammler im Augenblick seiner Wiederherstellung tun würde«, lautete die Antwort.

Der ehemalige Chef der Marsav zuckte zusammen.

Das konnte nur bedeuten, daß der alte Taschkar sich vor einem intakten Sammler gefürchtet hatte. Ließ das wiederum Rückschlüsse auf die Herkunft des Sammlers zu?

»Nun gut!« Ginkorasch war noch nicht bereit, das Gespräch mit der Positronik abzubrechen. »Aber bis zu einem gewissen Wahrscheinlichkeitsgrad muß bekannt sein, weshalb der Taschkar eine Station im Deep-Purple-System herumfliegen ließ, die offenbar nicht ungefährlich ist.«

Eine Weile blieb es still.

Dann sagte die Stimme: »Die Auswertung ergibt, daß der alte Taschkar diese Station als letzte Fluchtmöglichkeit angesehen hat. Außerdem hielt sich an Bord des Sammlers die Leibwache des Taschkars auf, wenn sie auf Takera nicht benötigt wurde.«

Ginkorasch stieß einen überraschten Pfiff aus.

»Bedeutet das, daß sich noch immer Leibwächter dort aufhalten?«

»Alle, die noch am Leben sind!«

Das Gesicht des Diktators rötete sich. Das war eine unerwartete Nachricht. Ginkorasch hatte angenommen, daß die Leibwache seines Vorgängers geflüchtet oder in Kämpfen umgekommen war. Jetzt erfuhr er, daß alle überlebenden Mitglieder dieser Truppe sich innerhalb des geheimnisvollen Sammlers aufhielten.

Je länger er nachdachte, desto wichtiger erschien es Ginkorasch, sich diese Leibwache untertan zu machen. Er wußte, welche Dienste die fremdartigen Kreaturen dem alten Herrscher geleistet hatten. Auf eine solche Unterstützung konnte Ginkorasch nicht verzichten.

»Ist es möglich, daß ich den Sammler sehen kann?« fragte er.

Sekunden später erschien auf dem Bildschirm der Weltraum. Der Sammler zeichnete sich gegen die fleckige Oberfläche des Planeten Tschukmar ab.

»Das ist der Sammler!« verkündete die Memo-Haube.

Ginkorasch wußte sofort, daß er ein Bild aus der Gegenwart vor sich hatte. Er fieberte dem Augenblick entgegen, da er auch Aufnahmen aus dem Innern des Sammlers erblicken würde. In Gedanken begann er bereits zu überlegen, wie er durch den Transmitter an Bord der Station gehen und die Leibwache überraschen konnte.

Takvorian verlangsamte zwei Schüsse Blokhs, die die Transparentwand nur knapp verfehlten.

Rhodan beobachtete, wie der sechsarmige Riese endgültig die Kontrolle über seinen Körper verlor. Eine Waffe polterte zu Boden. Blokh schrie noch immer, obwohl seine Uniform nicht mehr brannte. Er kippte langsam zur Seite.

Atlan und Ovaron liefen mit schußbereiten Waffen auf das Monstrum zu.

»Nicht schießen!« rief Rhodan. »Er kann uns nicht mehr gefährlich werden. Vielleicht ist er jetzt verhandlungsbereit.«

Sie umringten den verletzten Fremden.

Blokh lag auf der Seite. Drei seiner sechs Arme ragten in die Luft. Fetzen seiner Uniform hatten sich in seine Haut gebrannt. Er stöhnte leise. Rhodan konnte sich vorstellen, daß der Riese fürchterliche Schmerzen hatte.

Blokhs Augen hatten nichts von ihrer Kraft verloren, aber sie konnten sich nicht mehr auf einen Gegner konzentrieren.

Rhodan trat noch näher an den Leibwächter heran.

»Wir sind bereit, dir zu helfen«, sagte er. »Du mußt uns versprechen, alle feindlichen Handlungen einzustellen.«

Blokh antwortete nicht. Ab und zu zuckte sein mächtiger Körper zusammen.

Rhodan gab Atlan ein Zeichen. Der Arkonide bückte sich und zog Blokh die Waffen aus den gekrümmten Armen. Perry wandte sich wieder an Blokh.

»Der Taschkar ist tot!« sagte er eindringlich. »Wollt ihr weiterhin für einen Toten kämpfen und sterben?«

Blokh schwieg verbissen.

Rhodan gab nicht auf.

»Wir könnten uns verbünden und gemeinsam versuchen, aus dieser Station zu entkommen.«

Aus Blokhs Rüssel kam ein trompetenartiges Geräusch.

»Er hat offenbar keine Lust, mit uns zu verhandeln«, stellte Ovaron fest.

»Wir müssen mit ihm ins Gespräch kommen«, sagte Rhodan. »Vielleicht können wir dann mehr über diesen Sammler erfahren.«

Als Rhodan sich wieder über den verletzten Giganten beugte, spürte er, daß Blokh seine letzten Kräfte aktivierte, um seine Gegner suggestiv zu beeinflussen. Die Augen des Monstrums hatten wieder die alte Starre angenommen und schienen größer zu werden. Sie strahlten stark.

»Das hat keinen Sinn!« rief Rhodan. »Wir besitzen mentalstabilisierte Gehirne.«

Alles, was er erreichte, war ein unwilliges Brummen Blokhs. Der Riese konnte offenbar nicht begreifen, daß jemand auf seine parapsychischen Kräfte nicht ansprach.

Rhodan lächelte mitleidig.

»Es ist sinnlos. Du solltest dich besser unserer Gruppe anschließen.«

Zum erstenmal antwortete Blokh. »Das ist sinnlos.«

»Nein!« Rhodan sprach mit Nachdruck. »Du kannst uns vertrauen.«

»Das ist keine Frage des Vertrauens«, versetzte Blokh. »Nur einem von uns kann die Flucht aus der Station gelingen. Wir würden zwar zusammenhalten, bis wir uns durchgekämpft hätten, aber dann ständen wir vor der Entscheidung, wer von uns fliehen darf. Es käme wieder zu einem Kampf.«

Rhodan verstand diese Antwort so, daß es nur eine begrenzte Fluchtmöglichkeit aus dieser Station gab. Für Blokh stand es fest, daß er keine Chance hatte, wenn er sich mit den Fremden verbündete.

Bevor Rhodan weitersprechen konnte, erschien der Paladin in dem in Flammen stehenden Eingang.

Rhodan fiel ein Stein vom Herzen.

»Wir haben uns schon Sorgen gemacht!« rief er den Thunderbolts zu. »Wie hat der Roboter die Explosion überstanden?«

»Nicht sehr gut«, erwiderte Dephin. »Aber die Reparaturen machen gute Fortschritte.«

Rhodan sah, daß der Paladin-Roboter große Plastikstreifen hereinschleppte. Dephin steuerte den Koloß auf den liegenden Blokh zu.

»Was haben Sie vor, Harl?« fragte Rhodan.

Der Paladin band Blokh die Streifen um den Kopf, so daß die Augen verbunden waren. Rhodan verstand dieses Vorgehen der Thunderbolts.

»Wir sind nur vorsichtig«, erläuterte Dephin. »Sobald wir weitere Streifen bekommen, fesseln wir ihn.«

Blokh versuchte den Augenverband abzustreifen, aber er war so geschwächt, daß er seine Arme kaum bewegen konnte.

»Er ist starrköpfig«, bedauerte Rhodan. »Obwohl er uns helfen könnte, lehnt er alle Vorschläge ab.«

Atlan öffnete eine Versorgungsklappe des Paladins und entnahm ihr eine Erste-Hilfe-Box. Er behandelte Rhodans Gesicht. Dann blickte er fragend in Blokhs Richtung.

Rhodan nickte. Er betrachtete es als seine Pflicht, dem verletzten Gegner zu helfen. Vielleicht änderte Blokh danach seine Meinung.

Der Fremde ließ alles mit stoischer Gelassenheit über sich ergehen. Atlan besprühte die Brandwunden auf Blokhs Haut mit Biomolplast, obwohl sie nicht sicher sein konnten, daß der Leibwächter diese Behandlung vertrug.

»Er hat sich mit seinem Tod abgefunden«, sagte Ovaron leise zu Rhodan.

Der Anblick des am Boden liegenden Giganten schien dem Ganjo recht zu geben.

»Wir lassen ihn hier liegen«, entschied der Terraner. »Die Flammen sind bereits am Ersticken und werden nicht auf diesen Raum übergreifen. Wir nehmen seine Waffen mit. Ich glaube nicht, daß er uns noch einmal gefährlich werden kann.«

»Trotzdem werden wir ihn fesseln«, sagte Harl Dephin, der den Paladin mit weiteren Plastikstreifen auf Blokh zusteuerte.

Rhodan ließ es geschehen. Diese Vorsichtsmaßnahme war zu ihrer eigenen Sicherheit notwendig.

Inzwischen war Atlan auf den brennenden Gang hinausgetreten.

»Das Feuer hat nachgelassen!« rief er zu seinen Begleitern herein. »Wir können es riskieren, diesen Teil der Station zu verlassen.«

Rhodan fragte sich bekümmert, wohin sie sich wenden sollten. Es bestand die Gefahr, daß sie in anderen Räumen wieder auf Leibwächter stießen.

Trotzdem konnten sie nicht im Schaltraum bleiben.

Rhodan sah noch einmal bedauernd zu Blokh. Es war sinnlos, länger mit dem Leibwächter zu sprechen, Blokh hatte einen Entschluß gefaßt und würde nicht davon abgehen. Die Flüchtlinge wußten zu wenig von der Mentalität des Riesen, um ihn umstimmen zu können.

Ovaron und Merkosh überzeugten sich davon, daß Gucky und Ras Tschubai noch gut auf Takvorians Rücken festgebunden waren.

Harl Dephin unterrichtete Rhodan davon, daß der Paladin noch nicht wieder voll einsatzfähig war.

»Trotzdem übernehmen die Thunderbolts mit dem Paladin die Spitze«, entschied Rhodan. »Blokh hat davon gesprochen, daß es eine Fluchtmöglichkeit aus dieser Station gibt. Wir müssen den Weg dorthin finden.«

Ovaron blickte sich skeptisch um.

»Wir wissen nichts über den Fluchtweg, von dem Blokh sprach. Es kann ein Transmitter oder sogar eine Triebwerkschaltung sein, mit deren Hilfe sich der ganze Sammler steuern läßt.«

Merkosh blickte in den Gang hinaus, wo es an verschiedenen Stellen noch immer brannte. Der Nebenraum stand in Flammen.

»Ich bin müde«, verkündete der Oproner. »Wir sollten uns einen Platz suchen, wo wir uns ausruhen können.«

Rhodan war einverstanden. Sie würden einen Raum ausfindig machen, wo sie einigermaßen sicher waren. Dort konnten sich alle erholen, die erschöpft waren. Außerdem konnten sie sich dann intensiv um Gucky und Ras Tschubai kümmern. Rhodan war entschlossen, die Ruhepause zu weiteren Nachforschungen zu nutzen. Ovaron und Atlan würden ihm helfen, denn sie waren als Zellaktivatorträger widerstandsfähiger als Merkosh und Takvorian.

Sie ließen den zerstörten Teil des Korridors hinter sich. Nachdem Rhodan wußte, daß der Sammler die Heimat der Vasallen war, erschienen ihm die Gänge und Räume der Station weniger verwirrend. Er wurde jedoch den Verdacht nicht los, daß sich innerhalb des Sammlers auch schon jene Wesen aufgehalten hatten, die die Vasallen und ihre Urmutter konstruiert hatten.

Daran, daß sie sich in der Urmutter befanden, zweifelte Rhodan keinen Augenblick.

Er konnte nicht ahnen, daß er einem Irrtum zum Opfer gefallen war.

Blokh spürte, daß seine Außenhülle starb. Das geschah ein paar Jahrhunderte zu früh, aber Blokh machte sich deshalb keine Sorgen. Sein Leben war seit dem Eindringen der Fremden in diese Station in Gefahr gewesen. Wenn Blokh nicht mehr als seine Außenhülle opfern mußte, wollte er zufrieden sein.

Er wartete, bis alle Lebensimpulse abgestorben waren. Die Fesseln, die man ihm angelegt hatte, erschwerten das Abstoßen der Außenhülle. Außerdem hatte man ihn noch mit einer klebrigen Substanz besprüht. Die Außenhülle trocknete schnell aus. Sie schrumpfte und löste sich dabei vom Hauptkörper des Leibwächters, indem sie Risse bildete.

Blokh begann sich ruckartig zu bewegen. Die Fesseln schnitten tief in seine neue Außenhülle, aber darauf konnte er jetzt nicht achten.

Die alte Hülle zerbröckelte. Blokh begann aus den Fesseln zu schlüpfen. Sobald zwei seiner Arme frei waren, riß er sich die Plastikstreifen von den Augen.

Er sah, daß er allein war.

Draußen im Gang brannte es noch.

Blokh zerriß die letzten Fesseln und richtete sich auf. Er war schwach, wußte aber, daß er keine Zeit verlieren durfte. Sein Gehirn arbeitete fieberhaft. Er wunderte sich, daß die Fremden ihn nicht getötet hatten.

Der Leibwächter schleppte sich zur zerstörten Tür. Im Eingang zum Nebenraum lagen zwei tote Mitglieder seiner Gruppe. Er untersuchte sie und fand einen Schirmfeldprojektor. Er schob ihn in eine Hauttasche, nachdem er sich davon überzeugt hatte, daß er damit noch einen Schutzschirm erzeugen konnte.

Waffen fand er nicht. Die Fremden hatten sie offenbar versteckt oder mitgeschleppt.

Blokh brummte. Er würde den Kampf fortsetzen und siegreich beenden. Die Eindringlinge hatten aber bewiesen, daß sie nicht leicht zu schlagen waren. Aus diesem Grund war der Kanjart entschlossen, alle Leibwächter zu alarmieren. Das Risiko, daß er dabei einging, schreckte Blokh nicht. Er hatte nichts mehr zu verlieren.

Er fragte sich, wohin die Fremden gegangen sein konnten. Sie kannten den Fluchtweg nicht, also irrten sie wahrscheinlich durch die Station.

Blokh überlegte, wie er anstelle der Fremden vorgegangen wäre. Es war immer schwierig, die Gedanken eines anderen Wesens nachzudenken, aber in diesem Fall blieben dem Gegner nicht viele Möglichkeiten.

Die Fremden würden nach einem Fluchtweg suchen und dabei allen Gegnern aus dem Weg gehen.

Am Ende des Korridors blieb Blokh vor einer Tür stehen und öffnete sie durch Erhitzen des Schlosses. Er trat in einen Lagerraum. Hier waren keine Schäden aufgetreten. Blokh war erleichtert. Von hier aus konnte er die Leibwächter informieren. Obwohl er bezweifelte, daß alle seinem Befehl folgen würden, rechnete er sich gute Chancen aus.

Blokh ließ sich neben der Wand nieder und begann mit seinen Armen dagegen zu trommeln. Die Wand begann zu schwingen. Ein zunächst kaum hörbares Summen ging von ihr aus.

Blokh brummte zufrieden. Wie er gehofft hatte, war alles in Ordnung. Die Explosion hatte hier noch nichts zerstört.

Das Summen wurde lauter. Blokhs Fäuste hämmerten gegen die Wand. Das war eines der Geheimnisse der Station, das ihm der Taschkar freiwillig verraten hatte.

Das Summen wurde zu einem Dröhnen. Es hallte durch die Hallen, Räume und Korridore des Sammlers. Überall richteten sich verschiedenartig aussehende Kreaturen auf und lauschten. Sie kannten die Bedeutung dieses Signals. Es bedeutete Gefahr. Jemand war in die Station eingedrungen. In verschiedenen Räumen des Sammlers hatten die Leibwächter gegeneinander zu kämpfen begonnen. Als sie das Dröhnen hörten, brachen die Auseinandersetzungen ab.

Ein gemeinsamer Feind war aufgetaucht. Er mußte vernichtet werden.

Fast eintausend Wesen von den verschiedensten Planeten der Galaxis Gruelfin setzten sich in Bewegung.

Blokh trommelte weiter.

Das Geräusch alarmierte Merkosh. Es weckte Takvorian, der neben Gucky und Ras Tschubai am Boden lag und fest schlief, und die Thunderbolts.

Harl Dephin rieb sich die Augen und griff nach der SERT-Haube.

»Worauf hämmern Sie da herum, Mirus?« fragte er über Interkom.

Tyn und Retekin, die wegen der Reparaturarbeiten noch nicht hatten schlafen können, blickten sich überrascht an.

»Das sind wir nicht«, antwortete Tyn und griff nach einem anderen Werkzeug. »Es kommt von draußen.«

Dephin blickte auf die Bildschirmgalerie. Sie befanden sich in einem Raum, dessen Wände auf einer Seite zu einem spitzen Winkel zusammenliefen. In der Ecke befanden sich die verlassenen »Nester« einiger Vasallen.

Rhodan hatte zusammen mit Atlan und Ovaron den Raum verlassen, um sich in den benachbarten Hallen und Korridoren umzublicken.

»Es erinnert mich an das Dröhnen, das wir schon einmal gehört haben«, sagte Dart Hulos verschlafen. »Aber es ist trotzdem anders.«

Dephin brummte unwillig.

»In dieser verdammten Station gibt es niemals Ruhe! Halten Sie sich bereit, Dart. Ich befürchte, daß dieser Lärm nichts Gutes bedeutet.«

Merkosh kam hinter einem Maschinenblock hervorgekrochen und schnaubte erregt durch seinen Rüssel.

»Da versucht jemand, meine Böse Stimme nachzuahmen!«

Takvorian ergriff Gucky und legte ihn sich auf den Rücken. Dann zog er Tschubai zu sich hinauf.

»Binden Sie die beiden fest!« bat er Merkosh. »Es kann sein, daß wir wieder Schwierigkeiten bekommen.«

Rhodan und die beiden anderen Männer kamen zurück.

»Wir hielten es für besser, unsere Suche sofort abzubrechen«, erklärte der Terraner. »Dieser Lärm scheint von oben zu kommen. Ich bin fast sicher, daß das Dröhnen seinen Ursprung dort hat, wo wir kämpften.«

»Wollen wir nachsehen, was es bedeutet?« fragte Atlan.

»Das wäre Zeitverschwendung«, versetzte Rhodan. »Wir müssen möglichst schnell aus dieser Station verschwinden. Es muß einen Fluchtweg geben, das beweisen Blokhs Bemerkungen.«

»Ich hätte so gern ein bißchen geschlafen«, jammerte der Oproner.

»Dazu haben Sie später noch Gelegenheit.« Rhodan überzeugte sich, daß die beiden Teleporter fest auf den Rücken des Zentauren gebunden waren, dann führte er die kleine Gruppe auf den Korridor hinaus.

»Wohin wollen wir gehen?« fragte Dephin.

»Ovaron glaubt festgestellt zu haben, daß sich alle Gänge in diesem Sammler auf einen kugelförmigen Punkt zubewegen«, antwortete Rhodan. »Bisher haben wir uns um diese Zentrale herum bewegt. Jetzt werden wir versuchen, uns von ihr zu entfernen und die Peripherie der Station zu erreichen. Dort sehen wir weiter.«

Sie bewegten sich durch einen halbdunklen Korridor, dessen Decke runde Vertiefungen aufwies. Im Boden entdeckten sie die charakteristischen Rillen.

Wieder endete der Gang an einer Metallwand.

»Auf jeder Seite befindet sich eine Tür«, informierte Cool Aracan über die Sprechanlage des Paladins. »Wir müssen uns für eine Seite entscheiden.«

Rhodan zerschoß eines der Schlösser. Noch immer, wenn sie gewaltsam in einen anderen Teil der Station eindrangen, bestand die Gefahr, daß sie auf einen luftleeren Raum stießen.

Diesmal jedoch hatten sie Glück. Sie stießen die Tür auf. Vor ihnen lag ein Raum, der nur vier Meter hoch war. An der Decke hing ein netzartiges Geflecht aus leuchtendem Metall. Auf dem Boden standen seltsam geformte Blöcke. Die Wände wirkten durchsichtig und schienen mit einer Flüssigkeit gefüllt zu sein.

Rhodan nahm jedoch an, daß dieser Effekt auf der Beleuchtung beruhte.

Ovaron deutete zur Decke.

»Dieses Netzwerk könnte der Aufenthaltsort für Hunderttausende winziger Vasallen sein.«

Rhodan winkte den Paladin zu sich heran und kletterte auf dessen Handlungsarme. Von dort aus konnte er die Decke erreichen. Er berührte sie mit dem Lauf seiner Waffe. Sofort veränderte sie ihre Farbe. Rhodan erschien es, als würden sich die einzelnen Öffnungen dabei öffnen und wieder zusammenziehen.

»Eigenartig!« meinte der Terraner. »Man könnte fast . . .«

Er wurde von einem explosionsartigen Knall unterbrochen. Auf der anderen Seite des Raumes hatte sich eine sechseckige Öffnung in der Wand gebildet.

Vier Wesen in der Uniform der Taschkar-Leibwache sprangen in den Raum.

Mit einem Satz verließ Rhodan die Handlungsarme des Roboters.

Er griff nach seiner Waffe. Während er hinter einem Metallblock Deckung suchte, beobachtete er, daß immer mehr Leibwächter hereinkamen. Jetzt waren es schon über zwanzig, und jene, die sich noch im Nebenraum befanden, drängten so schnell nach, daß sie die vorderen fast umrannten.

Rhodan hörte Takvorian aufstöhnen.

»Wo kommen die plötzlich alle her?« rief Dephin.

Der HÜ-Schirm des Paladins flammte auf.

Rhodan befürchtete, daß ihnen die Waffen diesmal nicht viel nützen würden. Einige Gegner konnten sie vielleicht ausschalten, aber die anderen würden sie einfach überrennen.

Blokhs Arme sanken nach unten. Er hatte keine Kraft mehr. Die Wand kam zur Ruhe.

Blokh ließ sich zur Seite sinken. Er benötigte jetzt dringend einige Zeit Erholung. Um die Fremden brauchte er sich nicht zu kümmern. Sie hatten mit Sicherheit genügend mit den Leibwächtern zu tun.

Der sechsarmige Riese wälzte sich auf den Rücken. Seine neue Außenhülle war noch weich. Sie schmerzte überall dort, wo die Fesseln eingeschnitten hatten.

Blokh versenkte sich in sich selbst. Seine Augen blieben weit geöffnet.

In diesem Zustand des Halbschlafs verharrte er noch, als drei Petaskanen hereinkamen. Die Petaskanen waren Mitglieder der Leibwache. Sie besaßen schlanke biegsame Körper mit kräftigen Tentakeln. Anstelle eines Kopfes besaßen sie ein büschelartiges Geflecht von Sinnesorganen. Darunter lag das kleine Gehirn verborgen.

Die Petaskanen blieben stehen. Ihre Büschelhäupter berührten sich. Hellblaue Fäden stellten den Kontakt her. Als die Petaskanen mit ihrer Unterhaltung begannen, entstanden zwischen den Fäden kleine Blitze.

»Da liegt jemand«, stellte der Anführer der kleinen Gruppe fest.

»Wir sehen es!« erwiderten die beiden anderen.

Der Anführer »morste« mit den hellblauen Fäden auf seinem Kopf das Symbol für »Blokh«.

»Er ist es!« stimmten die beiden anderen zu. »Aber er sieht verändert aus.«

Der Anführer der Petaskanen trat näher an Blokh heran und berührte ihn mit einem Tentakel. Der riesige Leibwächter bewegte sich nicht. Seine Augen schimmerten wie altes Elfenbein. Sie hatten ihre suggestive Kraft verloren.

Der Petaskane winkte seine beiden Begleiter heran. Wieder berührten die drei fremdartigen Wesen ihre Morsefühler.

»Er hat seine Augenkraft verloren«, stellte der Anführer fest. »Außerdem scheint er zu schlafen.«

»Ja«, bestätigten die beiden anderen.

Eine Funkenkaskade entstand über den Büschelköpfen der drei Kreaturen. Das bedeutete allerhöchste Erregung.

Der Anführer bückte sich und schlang einen Tentakel um Blokhs Kopf. Die beiden anderen folgten seinem Beispiel.

Blokh erwachte aus der Versenkung. Der Zugriff der Tentakel verstärkte sich. Blokh brüllte auf, als er die schreckliche Gefahr erkannte, die ihm drohte.

Die Petaskanen hatten ihn schon immer gehaßt. Es war ein schrecklicher Zufall, daß sie ihn ausgerechnet im Zustand des Halbschlafs gefunden hatten.

Die Tentakel der drei Angreifer schnürten sich immer fester um Blokhs Kopf. Die Kraft seiner Augen nützte ihm jetzt nichts mehr, denn die Tentakel bedeckten auch die beiden leuchtenden Psi-Organe.

Blokhs Arme griffen ins Leere. Die Todesangst verlieh ihm ungeheure Kräfte. Aber die Petaskanen wichen instinktiv zurück. Ihre langen Tentakel erlaubten ihnen, Blokhs Kopf umschlungen zu halten, ohne in die Reichweite seiner Arme zu geraten.

»Laßt mich los!« schrie Blokh mit dumpfer Stimme, obwohl er wußte, daß er sich auf diese Weise nicht verständlich machen konnte.

Er bekam kaum noch Luft. Seine Beine zuckten. Verzweifelt schlug er mit seinem Rüssel. Es war alles vergebens. Die Petaskanen wußten, daß sie ihr einmal begonnenes Werk fortsetzen mußten, wenn sie nicht getötet werden wollten.

Blokhs Bewegungen wurden schwächer und erstarben schließlich.

Um sicher zu sein, daß ihr verhaßter Feind tatsächlich tot war, hielten die Petaskanen ihn noch einige Zeit fest. Dann lösten sie sich von Blokh und betrachteten ihn. Sie standen so dicht nebeneinander, daß sie sich mit ihren Morsefühlern betasten konnten.

»Er ist tot!« triumphierte der Anführer, und ein Schwarm heller Funken stob aus seinem Büschelkopf. Sie drehten sich alle drei um und schwankten aus der Schaltzentrale hinaus. Dabei blieben sie dicht nebeneinander, um sich weiterhin über das Ereignis unterhalten zu können. Über ihren Köpfen sprangen die Funken hin und her.

»Wir sind frei!« morste der Anführer stolz.

»Ja«, erwiderten seine Begleiter. »Wir haben Blokh getötet.«

Niemand konnte sie bestrafen, denn Blokh besaß keine Freunde. Und der Taschkar, der Blokh als Führer der Leibwache eingesetzt hatte, war ebenfalls tot.

Die Petaskanen konnten nicht ahnen, daß in diesem Augenblick ein neuer Taschkar die Vorbereitungen für einen Transmittersprung in den Sammler fast abgeschlossen hatte.

26.

Die Bilder aus dem Innern des Sammlers hatten Ginkorasch bewiesen, daß die Leibwache des alten Taschkars sich in diese Station zurückgezogen hatte. Die Kreaturen konnten sich an Bord des Sammlers frei bewegen. Sie schienen von dieser Möglichkeit auch Gebrauch zu machen. Ginkorasch stellte fest, daß es unter den Mitgliedern der Leibwache verschiedentlich zu Streit gekommen war. Einige Wesen hatten sogar gegeneinander gekämpft.

Der Diktator wußte, daß er schnell eingreifen mußte, wenn er einen völligen Zerfall der Leibwache verhindern wollte. Er mußte diese gefährliche Truppe übernehmen, bevor sie sich selbst vernichtete.

Die Positronik in der Informationszentrale hatte dem neuen Taschkar klargemacht, daß sie nicht aus allen Räumen Aufnahmen bringen konnte. Das erklärte die Tatsache, daß Ginkorasch die Fremden nicht gesehen hatte. Die Spuren ihrer Anwesenheit an Bord des Sammlers waren jedoch unverkennbar. An mehreren Stellen waren sie offenbar mit Leibwächtern zusammengeprallt und hatten kämpfen müssen.

Ginkorasch hatte inzwischen einen Kampfanzug angelegt und sich mit zahlreichen Waffen ausgerüstet. Er hatte erfahren, daß er durch den Transmitter in einen Raum gelangen konnte, den der alte Taschkar ausschließlich für seine Zwecke eingerichtet hatte. Dort standen auch Suggestivprojektoren, mit deren Hilfe die wütenden Leibwächter zur Ruhe gebracht und zum Gehorsam gezwungen werden konnten.

Ginkorasch überprüfte seine Ausrüstung sorgfältig, denn er wußte, daß er sich auf ein nicht ungefährliches Abenteuer einließ.

Ein letztes Mal griff er nach der Memo-Haube.

»Ist der alte Taschkar früher immer mit eingeschaltetem Individualschutzschirm durch den Transmitter gegangen?«

»Nein!« lautete die knappe Antwort.

»Ich werde nur solange innerhalb des Sammlers bleiben, bis ich die Leibwache in meine Gewalt gebracht habe«, erklärte der Diktator. »Sollte mir etwas zustoßen, müssen einige meiner Vertrauten mir folgen und mich zu retten versuchen.«

»Es gibt einen Befehl, der es jedem Takerer verbietet, diese Station zu betreten«, wandte die Positronik ein.

Ginkorasch schüttelte ungeduldig den Kopf.

»Der Befehl gilt als aufgehoben, wenn ein Notfall eintritt.«

Er legte die Memo-Haube auf die Kontrollen und verließ die Informationszentrale. Die Macht seines Vorgängers hatte sich nicht zuletzt auf die Leibwache und diesen geheimnisvollen Sammler gegründet. Ginkorasch wollte die gleichen Möglichkeiten besitzen wie der alte Taschkar.

Seine Schritte hallten durch den breiten Korridor. Er begegnete einer Robotergruppe, die zu den Räumen weiter unten unterwegs war, um die Schäden des ausgestandenen Seebebens zu beheben. Sie beachteten ihn nicht.

Ginkorasch wußte, daß er sich auf die Positronik verlassen konnte.

Seine kräftige Hand umschloß das Kombinationsschloß seines Waffengürtels. Die Antigravprojektoren traten in Tätigkeit und trugen ihn zu einer Plattform hinauf, von wo aus er den richtigen Transmitter erreichen konnte.

Innerhalb *dieser* Geheimstation des Berges Motah gab es zahlreiche Transmitter, aber nur einer diente als Verbindungsstation mit dem Sammler.

Ginkorasch versuchte verbissen sein Ziel zu erreichen. Er würde den Sammler besitzen und die Leibwache beherrschen. Nicht nur das: Er würde auch das Rätsel dieser Station zu lösen versuchen. Die Furcht seines Vorgängers vor einer Reparatur des Sammlers war ihm unbegreiflich.

Schließlich war die Station ein technisches Gebilde, das ebenso wie andere Maschinen gesteuert werden konnte.

Ginkorasch blickte sich um. Im Hintergrund verbreiterte sich der Korridor zu einer Halle mit einer kuppelförmigen Decke. Dort stand der Transmitter, durch den er in den Sammler gelangen konnte.

Er betrat die Transmitterhalle.

»Bin ich hier richtig?« fragte er die allgegenwärtige Positronik.

»Ja«, kam es aus dem Lautsprecher.

»Aktiviere den Transmitter!« befahl Ginkorasch.

Er wartete, bis die Säulen aufleuchteten und sich zu einem energetischen Bogen über dem Transmittereingang verbanden.

Bevor er die Schwelle zum Nichts überschritt, zog er seinen Strahler. Er wollte gerüstet sein, wenn er in der Gegenstation herauskam.

Dann ging er weiter auf den Transmitter zu, in dessen vollkommener Schwärze ein blaues Wabern entstand.

Ginkorasch machte den entscheidenden Schritt und wurde entstofflicht.

Die Leibwächter griffen an. Die meisten von ihnen trugen keine Waffen, stürzten sich aber unter Mißachtung ihrer eigenen Sicherheit auf die Fremden.

Dephin hatte den Paladin vor den Metallblöcken aufgestellt, um seine Freunde abzuschirmen. Dutzende von fremdartig aussehenden Kreaturen sprangen den Paladin an, ohne ihn gefährden zu können. Andere glitten an ihm vorüber, wurden aber vom Abwehrfeuer der drei Männer und Merkoshs Gebrüll zurückgeworfen.

Atlan schob sich an Rhodans Seite.

»Es werden immer mehr!« Er mußte schreien, um den Lärm zu übertönen.

Rhodan nickte grimmig.

»Jemand hat sie gegen uns mobilisiert.«

»Wir können uns hier nicht halten.« Der Arkonide deutete mit dem Lauf seines Strahlers zur rückwärtigen Tür. »Wir müssen uns absetzen.«

Der Eingang, durch den sie hereingekommen waren, lag fünfzehn Meter hinter ihnen. Wenn sie ihn erreichen wollten, mußten sie ihre Deckung aufgeben. Rhodan hielt das für gefährlicher, als sich weiterhin gegen die Angreifer zu verteidigen.

Die Leibwächter konzentrierten sich jetzt auf den Paladin, denn sie hatten erkannt, daß er ihr stärkster Gegner war. Die bewaffneten Mitglieder der Leibwache eröffneten das Feuer auf den Roboter. Der HÜ-Schirm begann schon wieder aufzuglühen.

Takvorian kümmerte sich um die Schützen. Es gelang ihm, zahlreiche Energiestrahlen unter Kontrolle zu bekommen. Trotzdem war der HÜ-Schirm des Roboters durch das konzentrierte Feuer gefährdet.

An einigen Stellen innerhalb des Raumes brach Feuer aus.

Rhodan befürchtete, daß es bald zu Explosionen kommen würde. Er war froh, daß viele Leibwächter offenbar nicht besonders intelligent waren. Ihre Angriffe wurden planlos vorgetragen.

Ovaron dachte offenbar genauso.

»Wir haben Glück, daß sie uns nicht gleichzeitig von zwei Seiten angreifen, obwohl sie dazu in der Lage wären.«

»Der HÜ-Schirm wird zu stark belastet!« rief Dephin dazwischen. »Ich muß etwas unternehmen.«

Rhodan rechnete damit, daß die Thunderbolts ihren Roboter zurückziehen würden, doch sie ergriffen die Flucht nach vorn.

Der Paladin duckte sich und raste los. Er prallte gegen die in den vorderen Reihen kämpfenden Leibwächter und riß sie durch sein Gewicht zu Boden. Der Angriff des Giganten kam für die Gruelfiner völlig unerwartet. Sie reagierten mit wütendem Abwehrfeuer, ohne darauf zu achten, daß sie dadurch auch Mitglieder ihrer eigenen Gruppe in Gefahr brachten.

Rhodan erkannte die Chance, die sich ihnen bot. Er sprang auf und winkte mit seiner Waffe.

»Wir ziehen uns zurück!«

Als er losrennen wollte, sank das netzartige Metallgeflecht plötzlich von der Decke und legte sich über ihn. Auch die anderen wurden darin gefangen.

Rhodan verlor das Gleichgewicht und stürzte. Das biegsame Netz sank auf ihn herab und hüllte ihn ein. Der Zugriff der Metallstreben war nicht besonders fest, trotzdem konnte sich der Terraner kaum bewegen.

Mühsam drehte er den Kopf. Ein paar Schritte von ihm entfernt lag Atlan und versuchte verzweifelt seinen Waffenarm freizubekommen. Rhodan erkannte, daß sich das Netz überall von der Decke gelöst hatte. Auch die Leibwächter lagen darunter begraben.

Nur der Paladin hatte offenbar den rettenden Ausgang rechtzeitig erreichen können. Aber das war nicht sicher, denn Perry konnte nur einen Teil des Raumes überblicken.

Rhodan bewegte sich vorsichtig, denn er stellte fest, daß das Netz vor allem auf Widerstand reagierte.

»Perry!« rief Atlan.

Seine Stimme klang übermäßig laut. Rhodan erkannte daran, daß es innerhalb des Raumes in wenigen Augenblicken still geworden war.

»Ich höre dich«, gab Rhodan zurück. »Offenbar ist niemand von uns ernsthaft verletzt worden.«

»Ich habe meine Waffe freibekommen!« gab Ovaron triumphierend bekannt. »Ich wage jedoch nicht, auf das Netz zu schießen. Es gehört zu einem Abwehrsystem der Station.«

Das Prasseln der Flammen machte Rhodan auf eine andere Gefahr aufmerksam. Das Feuer begann sich auszudehnen. Es würde früher oder später die gefangenen Männer erreichen.

»Dephin!« schrie Rhodan. »Hören Sie mich?«

»Ja«, erwiderte der Siganese. »Ich konnte den Paladin nicht rechtzeitig wegbringen. Er liegt ebenfalls unter dem Netz.«

»Versuchen Sie sich zu befreien!« befahl der Terraner.

Dephin brummte unwillig.

»Das geht nicht. Das Netz ist stärker.«

Das war eine beunruhigende Nachricht. Wenn der Paladin mit seinen ungeheuren Kräften nicht freikam, hatten die anderen keine Chance, es sei denn . . .

»Merkosh!« rief Rhodan.

»Ich verstehe Sie!« erwiderte der Oproner. Er mußte irgendwo hinter den Blöcken rechts neben Rhodan liegen.

»Wir müssen hier herauskommen. Versuchen Sie das Netz zu zerstören.«

»Halt!« warnte Ovaron. »Wir wissen nicht, wie dieses Ding reagieren würde. Vielleicht kann der Oproner sich befreien, aber sein Eingreifen kann für uns den Tod bedeuten.«

Der Einwand war nicht unberechtigt. Rhodan drehte den Kopf auf die andere Seite. Er sah Takvorian auf der Seite liegen. Der Zentaur hatte die bewußtlosen Teleporter halb unter sich begraben.

Takvorian erwiderte den Blick des Terraners.

»Nichts zu machen!« Takvorian bewegte vorsichtig den Kopf. »Ich habe keinen Einfluß auf das Netz.«

Das Prasseln der Flammen wurde lauter.

»Das Feuer zwingt uns dazu, etwas zu unternehmen«, sagte Rhodan. »Wir können nicht warten, bis es uns erreicht.«

»Immerhin hat das Netz auch etwas Gutes«, meinte Atlan. »Es hält uns die Leibwache fern.«

»Dieses Netz ist eine Art Hangar für winzige Vasallen«, sagte Ovaron. »Durch irgendeine Fehlschaltung wurde es dazu gebracht, sich herabzusenken.«

»Mit Ihrer Erkenntnis können wir herzlich wenig anfangen«, meinte Atlan.

»Das stimmt«, schränkte Ovaron ein. »Aber wir wissen jetzt immerhin, daß es eine Möglichkeit gibt, dieses Netz nach unten *und* oben zu bewegen.«

Atlan lachte spöttisch.

»Wie sollen wir an die Schaltmechanismen herankommen?«

Der Ganjase ließ sich nicht beirren.

»Der Paladin besitzt einen Hangar mit mehreren Linsen. Vielleicht können die Thunderbolts mit zwei Linsen starten. Sie müßten an verschiedenen Stellen durch das Geflecht dringen können.«

»Gute Idee!« schaltete Dephin sich in das Gespräch ein. »Aber was hilft es Ihnen und den anderen, wenn wir den Paladin verlassen? Wir wissen nicht, wo die Kontrollen für das Netz aufgestellt sind. Selbst, wenn wir sie finden, können wir sie nicht betätigen, da wir das Schaltschema nicht kennen.«

Heiße Luft strömte über Rhodans Gesicht. Das Feuer breitete sich schneller aus. Es fand Nahrung am Isolationsmaterial der Metallblöcke und an den Uniformen einiger Leibwächter, die hilflos in der Nähe der Seitenwand lagen.

»Starten Sie trotzdem!« befahl Rhodan den Siganesen. »Fliegen Sie zu den Kontrollen hinüber und nehmen Sie sie unter Beschuß.«

Im Innern des Paladins nahm Harl Dephin die SERT-Haube vom Kopf. Die Gesichter der fünf anderen Thunderbolts zeichneten sich auf den Bildschirmen über den Kontrollen ab.

»Zwei von ihnen werden starten!« entschied der General. »Hulos und Aracan. Beeilen Sie sich!«

Zwei Bildschirme erloschen. Die Siganesen, die zurückbleiben mußten, sahen enttäuscht aus.

»Tyn und Rigeler haben noch zu arbeiten«, erklärte Dephin. »Und Retekin ist mit der Linse noch nie gut zurechtgekommen.«

Mirus Tyn rieb sich das Kinn.

»Wir setzen die Reparaturarbeiten fort«, sagte er. »Hoffentlich hat es überhaupt einen Sinn.«

Dephin antwortete nicht, sondern schaltete in den Hangar um. Auf dem Kontrollbildschirm konnte er Hulos und Aracan sehen, die vor der flachen Flugmaschine standen und ihre Ausrüstung überprüften.

»Beeilen Sie sich!« rief Dephin.

Der Waffenwart und sein Begleiter kletterten auf die Linse und schalteten die Antigravprojektoren ein. Die Bauchschleuse des Paladins öffnete sich. Über den Bildschirm konnte Dephin einen Teil des Netzhangars sehen, unter dem der Paladin lag.

Die Linse schwebte lautlos aus dem Hangar.

Dart Hulos klammerte sich mit einer Hand an dem Haltegeländer fest, mit der anderen deutete er zum Netz hinauf. Sie hatten Glück, daß es über der Bauchschleuse einen kleinen Hohlraum gab.

Aracan, der die Linse steuerte, schüttelte den Kopf.

»Die Öffnungen sind zu winzig«, sagte er.

»Wir versuchen es trotzdem.« Hulos deutete in eine andere Richtung. »Fliegen Sie dorthin.«

Einen halben Meter weiter körperwärts mußten sie anhalten, denn hier berührte das Netz den Robotkörper. Es schien mit dem Metall verschmolzen zu sein.

Hulos ließ seine Blicke über die Öffnungen wandern. Inzwischen gewann die Linse allmählich an Höhe. Die Öffnungen im Netz waren von unterschiedlicher Form, aber keine erschien den Siganesen groß genug, um die Linse durchzulassen.

»Wir versuchen unser Glück«, meinte Aracan. Er steuerte auf das größte Loch zu. Die Linse war jedoch so groß, daß sie sofort hängenblieb.

»Verankern Sie sie!« rief Hulos.

Aracan sah ihn argwöhnisch an.

»Was haben Sie vor?«

Der Waffeningenieur grinste, packte eine Strebe des Netzes und zog sich hinauf.

Aracan verzog unwillig das Gesicht, schaltete aber die Triebwerke ab und ließ die Magnettrossen ausfahren. Jetzt hing der flache Fluggleiter unter dem Netz.

So ungefähr mußte es aussehen, wenn ein Vasall in diesem eigenartigen Hangar gelandet war, überlegte Aracan.

»Kommen Sie!« rief Hulos ungeduldig. »Wir sind klein genug, daß wir durch die Öffnungen kriechen können. Dann fliegen wir mit unseren Antigravprojektoren zu den Kontrollen hinüber.«

»Was halten Sie davon, General?« erkundigte Aracan sich über Sprechfunk bei Dephin.

»Es scheint die einzige Chance zu sein«, gab Dephin widerwillig zu. »Beeilen Sie sich. Das Feuer hat den Großadministrator fast erreicht. Takvorian kann es nicht mehr lange aufhalten.«

Hulos zwängte sich durch ein Loch. Dann legte er sich flach auf das Netz und half Aracan heraus. Sie blickten sich um. Das Hangarnetz ähnelte einer unwirklichen Planetenlandschaft. Überall dort, wo »Berge« und »Hügel« zu sehen waren, lagen Leibwächter oder Freunde der Siganesen begraben.

Hulos riß sich gewaltsam von diesem unheimlichen Anblick los. An verschiedenen Stellen schlugen Flammen durch die Netzöffnungen. Die betreffenden Stellen sahen aus wie feuerspeiende Vulkane.

Aracan packte Hulos am Arm.

»Wir müssen dort hinüber!«

Der Waffenwart rückte sein Flugaggregat zurecht und hob vom Netz ab. Aracan folgte ihm. Sie schwebten über dem Netz. Die Wand, an der sie die Kontrollen vermuteten, lag hinter Flammen und Rauch.

Hulos ließ sich nicht irritieren. Er flog durch den Qualm. Die Seitenwand des Raumes wurde sichtbar. Das Netz schloß mit der Wand ab, zeigte aber quadratische und rechteckige Ausbuchtungen.

»Nun?« fragte Aracan skeptisch. Er hatte den Strahler in der rechten Hand. »Haben Sie eine Idee, was wir unter Feuer nehmen könnten?«

»Nein!« gestand Hulos. Er war völlig ratlos. Die Kontrollanlagen reichten bis zur Rückwand – und es war nicht einmal sicher, ob sie eine energetische Verbindung zum Netzhangar besaßen.

Hulos sah auf die qualmenden Löcher hinab. Sie erschienen ihm wie gierig aufgerissene Mäuler.

»Wir müssen durch das Netz nach unten«, sagte er mit einem Gefühl des Unbehagens. »Vielleicht können wir Verbindungsleitungen entdecken.«

»Hören Sie mit dieser verdammten Diskutiererei auf!« klang Dephins Stimme in ihren Empfängern auf. »Tun Sie endlich was!«

Aracan verzog wütend das Gesicht. Wie stellte sich der General ihr Vorgehen überhaupt vor? Er saß vor den Kontrollen und konnte sich nur an der Unterhaltung Aracans und Hulos' orientieren.

Hulos landete auf dem Netz und wartete, bis Aracan an seiner Seite war. Der Waffenwart deutete auf eine Öffnung.

»Versuchen wir es hier!«

Er ließ sich durch das unregelmäßige Loch unter das Netz gleiten. Es dauerte ein paar Sekunden, bis sich seine Augen an das Halbdunkel gewöhnt hatten. Das Netz umschloß die Kontrollen nicht völlig, bedeckte aber die oberen Rahmen. Das Feuer hatte sich bis an die Instrumentensockel vorgefressen. Flammen züngelten an den Metallkästen empor.

Hulos hoffte, daß es nicht wieder zu einer Explosion kam.

»Hier sind keine Leitungen!« stellte Aracan fest. Er drehte sich langsam um die eigene Achse. Etwa fünf Meter von ihm entfernt lag Rhodan.

Er machte Hulos darauf aufmerksam.

»Die Flammen haben ihn erreicht!« stellte der Waffenwart fest. »Ohne die Spezialimprägnierung der Kombination wäre er bereits verloren.«

»Wir können das Feuer nicht eindämmen«, sagte Aracan verzweifelt. »Wenn wir wenigstens eine Möglichkeit hätten, das Hangarnetz anzuheben.«

In diesem Augenblick hörten sie den Oproner aufbrüllen. Merkosh hatte sich offenbar entschlossen, nicht länger zu warten. Seine Trompetenstimme hallte durch den Raum und fand in den umliegenden Korridoren und Räumen ein Echo.

Die Böse Stimme Merkoshs verstummte nach wenigen Augenblikken wieder.

»Hatte . . . hatte er Erfolg?« fragte Hulos zögernd.

»Nicht unbedingt«, antwortete Dephin. »Er kann sich kaum bewegen, so daß er mit seinem Rüssel nur einen Teil des Netzes erreichen kann. Er hat einen Abschnitt zerstört, aber das reicht nicht aus, um jemand von unserer Gruppe zu helfen.«

Hulos und Aracan sahen sich an. Beide hatten damit gerechnet.

Sie hörten ein Zischen. Jemand hatte einen Schuß abgegeben. Das mußte Ovaron gewesen sein, der jetzt ebenfalls zu Aktionen überging, die er vor einigen Minuten noch abgelehnt hatte.

»Ovaron hat eine andere Stelle des Hangars zerstört«, gab Dephin bekannt. »Aber auch das nützt uns wenig.«

Hulos hob seine Waffe.

»Es bleiben uns nicht mehr viele Möglichkeiten«, meinte er.

Aracan und der Waffenwart eröffneten gleichzeitig das Feuer auf einen Kontrollkasten. Die Vorderwand flammte auf. Ein Überschlagblitz erfaßte die Instrumentensockel des nächsten Kastens und ließ sie verglühen.

Eine Serie leichterer Explosionen ließ die Seitenwand vibrieren. Die beiden Siganesen wichen ein paar Schritte zurück.

Das Netz bewegte sich nicht. Dafür loderten jetzt an Stellen, wo es bisher nicht gebrannt hatte, Flammen auf.

»Kommen Sie!« schrie Hulos.

Er schaltete auf volle Beschleunigung. Dicht über dem Boden raste er an den Kontrollen entlang. Dabei feuerte er immer wieder seinen Kombistrahler ab. Er wußte, daß dieses Vorgehen lebensgefährlich war, aber er sah keine andere Chance mehr, den Eingeschlossenen zu helfen.

Aracan flog einen Meter hinter seinem Freund und zielte auf alles, was dem Beschuß des Waffenwarts standgehalten hatte. Die Kontrollen fielen in sich zusammen. Der Lärm explodierender Aggregate und unzähliger Stichflammen machte die beiden Siganesen fast taub. Druckwellen warfen sie immer wieder aus der Flugbahn.

Hulos landete vor der Ecke des Raumes. Aracan schwebte ein paar Zentimeter über ihm. Hinter ihnen lag die zerstörte Wand.

Der Waffenwart atmete schwer.

»Mehr konnten wir nicht tun!«

In diesem Augenblick begann sich das Netz zu bewegen.

Aracan krächzte erregt: »Wir haben es geschafft.«

Hulos stand nur da und beobachtete das langsam nach oben gleitende Hangarnetz.

Aracan versetzte ihm einen Rippenstoß.

»Wir haben es geschafft!« schrie er.

Hulos lächelte müde. Begriff Aracan denn nicht, daß in dem Augenblick, da ihre erschöpften Begleiter sich wieder bewegen konnten, auch die eingeschlossenen Leibwächter wieder freikommen würden?

Sie hatten eine Gefahr überwunden, sich damit aber nur einer noch größeren ausgesetzt.

Ginkorasch materialisierte. Der Entzerrungsschmerz war überraschend stark gewesen.

Der Taschkar schnappte nach Luft. Er taumelte aus dem Abstrahlbereich des Transmitters heraus. Seine Blicke nahmen die ersten Einzelheiten der neuen Umgebung wahr.

Die Wände leuchteten. Ringsum waren fremdartig aussehende Maschinen aufgestellt. Sie schienen funktionsbereit zu sein.

Ginkorasch erholte sich schnell. Er ging um den Transmitter herum, um auch die andere Seite des Raumes zu inspizieren. Dort fand er einen Kontrolltisch, der offenbar nachträglich hier aufgestellt worden war. Das hatte wahrscheinlich der Vorgänger des ehemaligen Chefs der Marsav veranlaßt.

Der Kontrolltisch war halbrund geformt, in der Mitte der Krümmung stand ein bequemer Sessel. Schaltanlagen und Instrumente waren auf einer schrägen Fläche von einem halben Meter Höhe untergebracht. Die gesamte Anlage erinnerte in ihrem Aussehen an die Schaltzentrale im Informationszentrum im Berg Motah. Die Bildschirme über dem Tisch verstärkten diesen Eindruck noch.

Erst jetzt fiel Ginkorasch auf, wie still es in diesem Raum war. Die kühle Luft ließ ihn erschauern.

Langsam umrundete er den Transmitter. Es gab zwei Türen, die beide verschlossen waren.

Der neue Taschkar fühlte sich nicht sicher, aber er folgte dem inneren Drang zu einer sofortigen Umkehr nach Takera nicht. Jetzt, da er sich im Innern des Sammlers aufhielt, wollte er die Leibwache unter seine Kontrolle bringen und möglichst viel über das Gebilde erfahren, das um den Riesenplaneten Tschukmar kreiste.

Ginkorasch kehrte zum Kontrolltisch zurück. Er ließ sich im Sessel nieder.

Wie oft mochte sein Vorgänger hier gesessen haben?

Seit er in der Informationszentrale gestanden hatte, sah Ginkorasch seinen Vorgänger in einem anderen Licht. Zweifellos hatte der alte Taschkar Vorstellungen und Pläne gehabt, von denen niemand etwas geahnt hatte. Vor allem seine Verbindung mit den 54 Vasallen und diesem Sammler war äußerst mysteriös.

Ginkorasch griff nach dem Hauptschalter.

Die Kontrollen wurden aktiviert. Die Bildschirme erhellten sich. Die Meßgeräte zeigten unverständliche Werte.

»Hier spricht der neue Taschkar!« Seine Stimme erschien ihm kümmerlich, aber er sprach entschlossen weiter. »Ich habe alle Rechte meines Vorgängers übernommen. Wer kann mich hören?«

Die Antwort erfolgte prompt. Sie bedeutete eine Überraschung für den Diktator, denn es meldete sich die Informationszentrale im Berg Motah auf Takera.

»Wir wissen, wo Sie sich befinden, Taschkar. Hier spricht die Hauptpositronik im Berg Motah.«

Ginkorasch fuhr hoch.

»Stehen wir in direkter Funkverbindung?«

»Natürlich. Der alte Taschkar legte Wert darauf, auch dann mit der Station im VALOSAR sprechen zu können, wenn er sich an Bord des Sammlers befand.«

Ginkorasch biß sich auf die Unterlippe. Er kam sich wie ein Narr vor. Hätte er nur ein paar Minuten nachgedacht, wäre ihm diese Überraschung erspart geblieben. Das Vorhandensein der Kontrollen und der Funkverbindung nach Takera war nur logisch.

»Welche Anlagen des Sammlers werden von hier aus kontrolliert?« erkundigte sich der Taschkar.

»Keine!«

Ginkorasch befeuchtete seine Lippen mit der Zungenspitze. Er war nervös. Das rührte nicht allein von der fremden Umgebung her, sondern resultierte auch aus dem Verhalten der Hauptpositronik, das dem Taschkar merkwürdig erschien.

Er nahm sich Zeit, bevor er die nächste Frage ins Mikrophon sprach.

»Wozu sind diese Kontrollen dann nachträglich hier aufgestellt worden?«

»Sie können von Bord des Sammlers aus einen Teil der Geheimstation auf Takera kontrollieren«, antwortete die Kunststimme bereitwillig.

»Weiter!« drängte der Taschkar. »Ich möchte eine genaue Erklärung, damit ich die Schaltungen nötigenfalls bedienen kann.«

Er erfuhr, daß er von diesem Sessel aus Verbindung mit den Leibwächtern in den anderen Räumen des Sammlers aufnehmen konnte. Außerdem ließ sich von hier aus eine Serie von Suggestivprojektoren steuern, mit deren Hilfe die Leibwache beeinflußt werden konnte.

Der Taschkar ließ sich die einzelnen Schaltvorgänge und Meßinstrumente erklären. Je mehr er erfuhr, desto weniger verdächtig erschien ihm diese Anlage. Sein Vorgänger hatte nur das getan, was jeder Taschkar ebenfalls in die Wege geleitet hätte.

Seufzend ließ Ginkorasch sich zurücksinken.

»Eine Frage noch: Wie kann ich die Bildschirme einschalten und welche Räume zeigen sie?«

Der entsprechende Schaltknopf flammte auf.

Aus dem Lautsprecher ertönte die Stimme der Hauptpositronik: »Die Bildschirme zeigen die hauptsächlichen Aufenthaltsräume der Leibwächter. Bis auf zwei Ausnahmen kommen die Bilder aus denselben Räumen wie in der Informationszentrale auf Takera.«

Ginkorasch nickte. Auch das war selbstverständlich.

Er berührte den leuchtenden Knopf mit der Daumenkuppe. Der Schalter wurde dunkel. Die Bildschirme jedoch flammten auf.

Der Taschkar ließ seine Blicke über die Galerie wandern.

»Es sind nur ein paar Leibwächter zu sehen«, stellte er erstaunt fest. »Wo sind die anderen?«

»Sie machen Jagd auf die Fremden.«

Es mißfiel Ginkorasch, daß die Leibwächter eigenmächtig handelten. Das bewies, daß sie sich bereits an die Abwesenheit ihres Herrschers gewöhnt hatten. Wenn Ginkorasch nicht bald eingriff, würden die Kreaturen bald überhaupt nicht mehr zu zähmen sein.

Ginkorasch ließ sich noch weiter im Sitz zurücksinken, um nachzudenken. Es wäre einfach gewesen, jetzt die Suggestivprojektoren einzuschalten, doch er mußte sich auch über die nachfolgenden Maßnahmen im klaren sein.

Während er mit halbgeschlossenen Augen dasaß, entdeckte er die versiegelten Schaltungen unterhalb des Tisches.

Blitzschnell sprang er auf und bückte sich unter den Tisch.

Sechs mit durchsichtigen Klappen versiegelte Schalter waren dort befestigt.

»Ich habe soeben die sechs Schalter unterhalb des Tisches entdeckt«, sagte er wütend. »Warum wurde ich nicht darüber informiert?«

»Sie haben nicht danach gefragt«, entgegnete die Positronik mit der ihr eigenen Sachlichkeit.

»Ich verlangte eine Erklärung für alle Schaltungen!« erinnerte der Taschkar drohend.

»Die Auswertung besagt, daß Ihre Frage nur die vom Taschkar eingerichteten Schaltanlagen betraf.«

Ginkorasch spürte, wie sich sein Pulsschlag beschleunigte. Er sah die sechs Schalter wütend an, als handelte es sich um lebende Wesen.

»Und wer hat das hier anbringen lassen?« Ihm fiel ein, daß die Positronik ihn nicht »sehen« konnte und fügte hinzu: »Ich meine die sechs Schalter.«

Gespannt wartete er auf die Antwort, obwohl er zu wissen glaubte, wie sie lauten würde. Seine Ahnung trog ihn nicht, denn die Positronik sagte: »Die Vasallen!«

»Aber der Taschkar wußte davon?«

»Natürlich!«

»Hm!« Ginkoraschs sehnige Hände glitten über die Klappen, unter denen die geheimnisvollen Schalter verborgen waren. »Welche Bedeutung besitzen diese Dinger?«

»Darüber besitzen wir keine Daten.«

»Und die Wahrscheinlichkeitsberechnung?«

»Sie sagt, daß mit Hilfe dieser Schaltanlage bestimmte Teile des Sammlers aktiviert werden können.«

Der Taschkar bebte vor Wut. Genauso hatte er sich die Sache vorgestellt. Jetzt würde er nicht locker lassen. Er mußte erfahren, welches Geheimnis sein Vorgänger mit in den Tod genommen hatte.

»Hat der Taschkar sich jemals dieser Schaltanlagen bedient?«

»Nein. Die Wahrscheinlichkeitsberechnung sagt aus, daß ein solches

Vorgehen dem alten Taschkar zu riskant erschien. Er hätte diese Schaltanlage nur im äußersten Notfall benutzt.«

Ginkorasch lächelte geringschätzig.

Er würde herausfinden, wozu diese Schaltanlage da war. Dazu brauchte er nur auf ein paar Knöpfe zu drücken.

Doch zuvor wollte er sich um die Leibwächter kümmern.

Aus Rauch und Flammen kamen die Leibwächter herangestürmt. Dephin hatte den Paladin aufgerichtet, um die Angreifer aufzuhalten. Es waren jedoch zu viele.

Rhodan kniete hinter einem Metallblock. Er war von den Flammen weggekrochen. Die Hitze hatte ihn fast betäubt.

Ein paar Meter entfernt lag Atlan. Er schoß auf die Leibwächter. In seiner Uniform hatte sich das Muster des Hangarnetzes in dunklen Linien abgedrückt. Das Gesicht des Arkoniden sah fleckig aus.

Rhodan wälzte sich herum. Der Lärm war ohrenbetäubend. In das Prasseln der Flammen und das Zischen der Waffen mischte sich das Geschrei der Leibwächter, die jetzt wie von Sinnen waren.

Rhodan entdeckte Takvorian, der sich mit seinen beiden bewußtlosen Schützlingen in eine Ecke des Raumes zurückgezogen hatte. Merkosh stand vor ihm und setzte seine Böse Stimme gegen jeden Angreifer ein, der Takvorian zu nahe kam.

Ovaron war nicht zu sehen. Rhodan sah es jedoch hinter einem Metallblock auf der anderen Seite des Raumes immer wieder aufblitzen. Er vermutete, daß der Ganjase dort in Deckung gegangen war.

Inzwischen hatte Dephin mit dem Paladin den Eingang blockiert, um zu verhindern, daß weitere Leibwächter eindringen konnten. Innerhalb seines HÜ-Schirms ähnelte er einem monströsen Fisch in einer Wasserblase.

Vor Rhodan tauchte ein riesiger Leibwächter auf. Die Kreatur war kaum einen Meter hoch, aber zwei Meter breit und fast ebenso tief. Sie stampfte auf baumdicken Beinen heran und katapultierte dabei kugelförmige Extremitäten in Rhodans Richtung. Die Kugeln hingen an Schnellsehnen und konnten blitzartig wieder eingezogen werden. Rhodan ahnte, daß ihn ein einziger Schlag des Monstrums getötet hätte.

Er zielte sorgfältig auf eine Stelle, wo er ein Zentralorgan seines Gegners vermutete. Bevor er abdrücken konnte, wurde er von einem behaarten Humanoiden angesprungen, der sich von der Seite angeschlichen hatte.

Perry verlor das Gleichgewicht und stürzte neben dem Block zu Boden. Der Behaarte besaß zwei lange dürre Arme, die in dreifingrigen Krallenfingern endeten. Die Krallen bohrten sich wie Stahlklammern in Rhodans Kombination.

Rhodan versuchte zu schießen, aber er bekam den Waffenarm nicht frei. Dicht an seinem Kopf vorbei schnellten zwei Kugeln des untersetzten Angreifers.

Der Behaarte stieß einen unartikulierten Schrei aus und griff nach Rhodans Hals. Rhodan zog die Beine an und stieß sich mit einem Ruck ab. Der Behaarte wurde hochgeworfen, klammerte sich aber fest. Seine Hände zogen sich zusammen.

Rhodan warf die Beine hoch und brachte sie vor die Brust des Gegners. Er drückte das Wesen zurück. Gleichzeitig wurde er von einer Organkugel des Untersetzten an der Hüfte getroffen. Es war wie ein Schlag mit einem schweren Hammer. Rhodan stöhnte unterdrückt. Der Behaarte nutzte die Chance, um sich wieder nach vorn zu werfen. Doch Perry war vorsichtig. Er wälzte sich herum und stieß gleichzeitig zu. Ohne es zu beabsichtigen, schleuderte er den Behaarten gegen zwei Organkugeln des Untersetzten. Die Kreatur mit den Krallenfingern schrie auf und fiel zu Boden, wo sie bewegungslos liegenblieb. Ohne sich um den Getroffenen zu kümmern, walzte der Untersetzte weiter auf Rhodan zu. Rhodan wurde von einer Kugel gegen die Brust getroffen, aber der Untersetzte hatte die Entfernung falsch berechnet, so daß dem Terraner nur einen Augenblick die Luft ausging.

Rhodans tastende Hände fanden den Strahler. Er hob ihn auf und schoß.

Der Untersetzte gab ein knurrendes Geräusch von sich und katapultierte ein halbes Dutzend Organkugeln gleichzeitig. Dieser instinktiv vorgetragene Angriff war jedoch zu kraftlos, um noch einen Effekt erzielen zu können.

Beim zweitenmal zielte Rhodan sorgfältiger. Der Leibwächter fiel in sich zusammen wie ein landendes Luftkissenboot. Seine Beine verschwanden unter riesigen Hautfetzen. Die schlaff werdenden Schnellsehnen konnten die schweren Kugelenden nicht mehr halten. Die Organklumpen fielen aus den Körperöffnungen und rollten davon, soweit es die Sehnen zuließen.

Rhodans Aufmerksamkeit wurde von vier Leibwächtern abgelenkt, die Atlan eingeschlossen hatten. Drei tot oder bewußtlos vor dem Arkoniden liegende Kreaturen bewiesen, daß Atlan sich bisher erfolgreich zur Wehr gesetzt hatte.

Die Leibwächter, die den Arkoniden bedrängten, waren Vierbeiner mit langen Hälsen und Glotzaugen in einem winzigen Gesicht. Zwei trugen Waffen, die beiden anderen richteten sich auf die Hinterbeine auf, um mit den Vorderbeinen anzugreifen.

Atlan stand mit dem Rücken zu einem Metallblock. Er hatte seine Waffe verloren. Rhodan wunderte sich, daß die bewaffneten Vierbeiner ihn noch nicht erschossen hatten. Vielleicht hinderte Takvorian sie mit seiner Psi-Kraft daran.

Rhodan nahm die Gegner des Arkoniden unter Beschuß. Erst jetzt merkte er, daß die Kreaturen Schutzschirme besaßen, die unter seinen Schüssen aufleuchteten.

»Dephin!« schrie er mit der schwachen Hoffnung, daß seine Stimme den Lärm übertönen würde.

Da wurde Atlan von den Vorderbeinen eines Angreifers getroffen und ging zu Boden. Blut sickerte aus einer Kopfwunde.

Rhodan biß die Zähne aufeinander. Sie konnten sich nicht länger halten. Trotz der beiden Mutanten und den ungeheuren Kräften des Paladins mußten sie dieser Übermacht unterliegen.

Rhodan gelangte nicht bis zu seinem Freund. Um ihn herum wimmelte es jetzt von Leibwächtern, die auf ihn eindrangen. Die meisten besaßen keine Waffen. Rhodan schoß in die Menge hinein.

Er hörte Merkoshs schreckliche Stimme, aber der Oproner konnte den Kampf nicht mehr entscheidend beeinflussen.

Rhodan erhielt einen Schlag gegen den Rücken und stürzte vornüber. Entschlossen, nicht aufzugeben, warf er sich herum. Etwas griff nach dem Strahler und riß ihn aus seiner Hand. Er packte sein Messer und wollte sich aufrichten.

Ein dunkler Schatten beugte sich über ihn. Rhodan roch die Ausdünstungen eines fremden Wesens.

Der Lärm schien sich noch zu steigern.

Ein Riese hockte auf Rhodans Brust. Er hatte eine Waffe in einer Hand, die er auf das Gesicht des Terraners richtete.

Rhodan schloß die Augen. Er empfand die verzweifelte Enttäuschung eines Mannes, der erst die Hälfte seines Weges gegangen war.

27.

Ginkoraschs Erregung klang ab. Er zwang sich dazu, den alten Taschkar vollkommen zu vergessen. Jetzt hatte er die Macht übernommen. Das allein war entscheidend.

Die Geister der Vergangenheit würden zur Ruhe kommen, sobald er die Leibwache übernommen und das Geheimnis des Sammlers gelöst hatte.

Der Taschkar empfand auch kein Mißtrauen mehr gegenüber der Hauptpositronik im VALOSAR, die in relativ begrenztem Umfang sicher alles tat, um den neuen Diktator zu unterstützen.

»Was wird geschehen, wenn ich jetzt die Suggestivprojektoren einschalte?« erkundigte er sich über Funk bei der Hauptpositronik in der Informationszentrale.

»Die Leibwächter werden sich in ihre Räume zurückziehen und auf weitere Befehle warten.«

Diese Antwort war zufriedenstellend.

»Wird es möglich sein, daß ich diese Befehle gebe?«

»Das kommt darauf an, wie Sie die Projektoren programmieren. Sie müssen die Leibwächter auf Ihre Individualimpulse aufmerksam machen. Sobald diese Impulse von allen Wesen akzeptiert werden, sind Sie Herr über die Leibwache.«

»Ausgezeichnet!« Ginkorasch sah sich bereits in der Rolle seines Vorgängers.

Ohne zu zögern, beugte er sich über die Kontrollen und schaltete die Suggestivprojektoren ein.

Er konnte nicht ahnen, daß er damit einen Kampf beendete, der schon fast entschieden gewesen war.

Rhodan hatte die Augen geschlossen.

Plötzlich spürte er, daß das Gewicht des fremden Körpers von seiner Brust verschwand. Gleichzeitig wurde es stiller. Es hörte sich an, als würden sich die Gegner entfernen.

Rhodan schlug die Augen auf.

Er lag allein am Boden.
Verblüfft richtete er sich auf. Was hatte das zu bedeuten? Im Augenblick des Sieges hatten die Leibwächter sich zurückgezogen?
Rhodan sah den Paladin neben dem Eingang stehen. Seine Insassen schienen ebenso überrascht zu sein wie Rhodan.
Da spürte der Terraner die suggestiven Impulse. Sein mentalstabilisiertes Gehirn wurde davon nicht beeinflußt, aber er konnte sie trotzdem verstehen.
Die Leibwächter wurden aufgefordert, sich in ihre Räume zurückzuziehen und auf Befehle zu warten.
Zunächst dachte Rhodan, ein zweiter Blokh wäre aufgetaucht, doch dann spürte er den Unterschied zwischen diesen Signalen und den Suggestivbefehlen des Sechsarmigen.
Irgendwo innerhalb des Sammlers standen Suggestivprojektoren, die jetzt in Tätigkeit getreten waren.
Ein paar Schritte von Rhodan entfernt, richtete sich Atlan auf. Der Arkonide blutete am Kopf. Auch aus dem offenen Brustteil der Uniform sickerte Blut.
Der Paladin kam langsam in die Mitte des Raumes.
»Sie sind weg!« rief Takvorian, gleichzeitig erstaunt und erleichtert.
Rhodan nickte nur. Besorgt sah er, daß Atlan sich stützen mußte, um nicht das Gleichgewicht zu verlieren.
»Suggestivprojektoren!« rief Ovaron und kam hinter einem großen Metallblock hervor. »Sie stehen irgendwo innerhalb des Sammlers.«
»Irgend jemand hat uns gerettet!« vermutete Merkosh, der am ganzen Körper vor Anstrengung zitterte.
»Bestimmt nicht mit Absicht«, meinte Atlan.
Rhodan hatte die Versorgungsklappe des Paladins geöffnet und einen Erste-Hilfe-Kasten herausgenommen. Er begann Atlan zu untersuchen und stillte das Blut von zwei großen Wunden an Kopf und Schulter.
»Das ist alles sehr rätselhaft«, meinte Perry, während er Biomolplast auf Atlans Wunden sprühte. »Jemand hat uns vor dem sicheren Tod gerettet. Ich glaube nicht, daß das zufällig geschehen ist.«
Ovaron schaute sich um.
»Wenn wir hier einen unsichtbaren Beschützer haben, hat er aber lange mit seinem Eingreifen gewartet.«
»Die Leibwächter sind wir auf jeden Fall los«, stellte Takvorian fest. »Sie folgten dem Ruf der Suggestivimpulse.«
Rhodan reichte dem Arkoniden ein paar Kautabletten, die zusam-

men mit dem Zellaktivator die Kräfte Atlans schnell reaktivieren würden.

Auch Rhodan spürte die pulsierende Kraft des Aktivators.

Er machte sich jedoch Sorgen um Merkosh und Takvorian, die unbedingt eine Erholungspause benötigten. Vor allem der Gläserne schien total erschöpft zu sein. Der pausenlose Einsatz der Psi-Kräfte hatte die beiden Mutanten ausgelaugt.

»Ich glaube, daß wir vorläufig vor weiteren Angriffen der Leibwächter sicher sind«, sagte Ovaron. »Dagegen wissen wir nicht, welche Überraschungen der Sammler noch für uns bereithält.«

Die Bemerkung des Ganjos ließ Rhodan erkennen, daß Ovaron den Sammler für den Einsatz der Suggestivprojektoren verantwortlich machte. Rhodan konnte sich dieser Überlegung nicht anschließen. Diese Station war ein riesiger Hangar für die Vasallen, offenbar identisch mit der von den seltsamen Robotern erwähnten »Urmutter«, die Leibwächter waren erst später von einem Takerer an Bord gebracht worden. Vielleicht war es der Taschkar gewesen, der die Projektoren aufgestellt hatte, um besser mit seiner Leibwache fertig werden zu können.

Sie verließen den brennenden Raum. Im Korridor und in den geöffneten Nebenräumen waren keine Leibwächter zu sehen. Sie waren spurlos verschwunden.

Rhodan spürte keine hypnotischen Impulse mehr. Das bedeutete, daß die Projektoren nicht mehr arbeiteten.

Jemand oder etwas hatte sie abgeschaltet.

Sie fanden einen kleineren Raum, in dem keine Maschinen standen.

Rhodan schickte Takvorian und Merkosh mit den beiden bewußtlosen Teleportern hinein.

»Hier können Sie vorläufig bleiben und sich ausruhen. Wir lassen den Paladin als Wächter zurück.«

Dephin protestierte, aber Rhodan änderte seine Meinung nicht.

»Nun gut«, fand Dephin sich mit der Entscheidung des Terraners ab. »Das gibt uns Zeit, alle noch notwendigen Reparaturen zu beenden.«

Rhodan wandte sich an den Arkoniden.

»Fühlst du dich kräftig genug für weitere Erkundungen?«

Atlan kratzte sich getrocknetes Blut aus dem Gesicht. Er lächelte nur.

»Dann gehen wir!« Rhodan war entschlossen, zumindest die nähere Umgebung zu erkunden.

Als sie durch den Korridor gingen, sagte Ovaron: »Ich verstehe nicht, warum wir nicht in die äußeren Räume der Station gelangen.«

»Vielleicht sind wir schon dort gewesen, ohne es zu bemerken«, gab Rhodan zu bedenken.

»Wir sind uns wohl darüber einig, daß wir uns im Innern einer Raumstation aufhalten«, erinnerte Ovaron. »Demnach müßte es hier Kuppeln, Hangars oder Schleusen geben. Zumindest aber eine Art Observatorium.«

»Die Station scheint sehr groß zu sein«, gab Atlan zu bedenken. »Wir haben erst wenige Räume untersucht.«

Rhodan wußte, daß sie keine andere Wahl hatten als weiterzusuchen. Sie mußten einen Ausweg finden, wenn sie nicht umkommen wollten.

Auf den Bildschirmen konnte Ginkorasch sehen, wie die Leibwächter sich in mehreren Räumen versammelten. Ein paar machten einen erschöpften Eindruck. Ginkorasch beobachtete, daß auch Verletzte und Sterbende unter den Kreaturen waren.

Das konnte nur bedeuten, daß sie in Kämpfe mit den Fremden verwickelt gewesen waren.

Der Gedanke, daß die Fremden ungehindert durch den Sammler streiften, gefiel ihm überhaupt nicht.

Er bedauerte, daß er die Leibwächter noch nicht völlig kontrollierte, sonst hätte er sie gegen die Fremden einsetzen können. Vielleicht war es sogar ein Fehler gewesen, die Suggestivprojektoren schon jetzt einzuschalten.

Ginkorasch überlegte, ob er diesen Raum verlassen und die Station durchsuchen sollte. Aber das war der Fremden wegen zu gefährlich. Außerdem kannte er sich im Sammler noch nicht aus.

Ginkorasch mußte lächeln. Er durfte über der Station nicht seine Aufgabe als Herrscher des Takerischen Reiches vergessen. Doch darum brauchte er sich jetzt keine Sorgen zu machen. Seine Vertrauten waren noch damit beschäftigt, die Position des neuen Diktators zu festigen. In ein paar Tagen würde Ginkorasch seine ersten Befehle geben.

Vor allem die Invasion der Galaxis, aus der die Fremden kamen, durfte nicht länger aufgeschoben werden.

Ginkorasch programmierte seine Individualimpulse und ließ sie von den Suggestivprojektoren abstrahlen.

»Wie lange wird es dauern, bis sich die Leibwächter an mich gewöhnt haben?« fragte er die Informationszentrale.

»Es gibt keine festen Werte. Der Zeitraum ist bei den einzelnen Lebewesen unterschiedlich.«

Ginkorasch sah ein, daß daran vorläufig nichts zu ändern war. Immerhin brauchte er sich jetzt nicht um die Leibwache zu kümmern. Er konnte abwarten, bis alle Mitglieder dieser Gruppe bereit waren, dem neuen Taschkar zu dienen.

Er hatte jetzt Zeit für die Fremden und ein paar Experimente.

Als er sich nach vorn beugte und die versiegelten Schalter berührte, meldete die Hauptpositronik: »Schemor und Kranstomp möchten Sie sprechen, Taschkar.«

Ginkorasch fuhr wütend hoch.

»Dazu habe ich jetzt keine Zeit.«

»Beide sagen, daß es dringend ist.«

Ginkoraschs Augen bewegten sich hastig hin und her.

»Besteht eine Möglichkeit, von hier aus mit ihnen über Funk zu sprechen?«

»Ja.«

»Gut. Ich brauche eine Verbindung zu den beiden Männern.«

Der zum Funkgerät gehörende Bildschirm wurde hell. Die Gesichter der beiden Marsav-Agenten zeichneten sich darauf ab.

Ginkorasch wußte nicht, ob ihn die beiden Männer ebenfalls sehen konnten. Es war ihm auch gleichgültig.

»Was wollt ihr?« fragte er mit schneidender Stimme. »Ich hatte befohlen, daß man mich nicht stören soll.«

Schemor und Kranstomp blickten sich betroffen an. Schließlich war es Schemor, der sich an Ginkorasch wandte.

»Auf Takera ist es zu Unruhen gekommen, Taschkar.«

»Auf Takera?« wiederholte der Taschkar ungläubig. »Ausgerechnet auf der Hauptwelt. Das verstehe ich nicht. Wenn wir in anderen Gebieten Gruelfins Schwierigkeiten hätten, könnte ich das noch begreifen.«

»Es ist nicht so, daß wir nicht damit fertig würden«, versuchte Schemor zu erklären. »Aber bei unseren Aktionen haben wir festgestellt, daß auf Takera eine gefährliche Geheimorganisation existiert.«

Ginkorasch lachte rauh.

»Nur eine?«

Schemor senkte die Stimme, um ihr einen bedeutenden Unterton zu verleihen.

»Natürlich existieren mehrere, aber diese eine wird von Wesakenos geleitet.«

Ginkorasch betrachtete seine Hände, die auf dem Kontrolltisch lagen.

»Wesakenos?« Er dehnte das Wort. »Zerschlagt die Organisation.«

Er merkte, daß die beiden Marsav-Agenten zögerten. Sie gehörten zur führenden Gruppe des Geheimdienstes und sorgten seit Jahrzehnten dafür, daß die Vorstellungen Ginkoraschs im Deep-Purple-System Beachtung fanden.

»Was ist noch?«

Schemor sagte: »Die Wesakenos haben das Gerücht ausgestreut, daß auch eine ganjasische Geheimorganisation auf Takera existiert.«

Ginkorasch biß sich auf die Unterlippe. Das paßte zu den klugen Wissenschaftlern. Das Gerücht verlieh ihnen Sicherheit, denn die Zerschlagung einer großen Geheimorganisation konnte nicht unbemerkt von der Öffentlichkeit vonstatten gehen. Wenn es zu Verhaftungen und Hinrichtungen kam, würde diese Öffentlichkeit sich fragen, ob vielleicht etwas Wahres an diesem Gerücht sein könnte.

»Verstehen Sie jetzt, warum wir mit Ihnen sprechen mußten, Taschkar?« fragte Kranstomp.

»Unternehmen Sie vorläufig nichts!«, befahl der Diktator. »Ich bin in ein paar Stunden zurück und werde mich dann um diese Angelegenheit kümmern. Geben Sie alle Informationen an die Geheimstation weiter, damit sie ausgewertet werden können.«

Ginkorasch unterbrach die Verbindung, bevor die beiden Agenten weitere Fragen stellen konnten. Er dachte nur einen Augenblick über diese Entwicklung nach. Natürlich konnten die Wesakenos auf Takera nicht gefährlich werden. Gefährlich war nur dieses immer wieder auftauchende Gerücht von der Existenz der Ganjasen.

Der Taschkar rieb sich das Kinn. Damit mußte endlich aufgeräumt werden. Die Ganjasen mußten aus der Vorstellungswelt eines jeden intelligenten Wesens in Gruelfin verbannt werden. Dann erst konnten die Takerer von vollkommener Macht sprechen. Ginkorasch wollte der Taschkar sein, der dieses ersehnte Ziel erreichen würde.

Die Wesakenos hatten sich die unleugbare Tatsache zunutze gemacht, daß die Ganjasen für die Takerer ein Stück unbewältigter Vergangenheit waren.

Ginkorasch hieb mit beiden Fäusten auf den Kontrolltisch.

Es war, als hätten die Takerer einen Sieg errungen, um dessen Erfolg sie betrogen werden sollten.

Der Taschkar wandte sich wieder dem Mikrophon zu.

»Ich befehle, daß alle Informationen, die über die Geheimorganisation eintreffen, sorgfältig ausgewertet werden.«

»Das wird geschehen, Taschkar!« erwiderte die Hauptpositronik.

»Außerdem soll ein Untersuchungsausschuß eingesetzt werden, der sich um die Sache kümmert.«

Nach einem Augenblick des Nachdenkens fügte er hinzu: »Es muß möglichst schnell ein Gegengerücht verbreitet werden, daß die Geheimorganisation aus fanatischen Anhängern meines Vorgängers besteht.«

Die Positronik bestätigte den Empfang der Befehle.

Ginkorasch wußte, daß er im Augenblick nicht mehr tun konnte. Aber die Zeit, die er noch innerhalb des Sammlers zubringen konnte, war begrenzt.

Er mußte die knappe Zeitspanne, die ihm zur Verfügung stand, voll ausnutzen.

Nachdem er sich davon überzeugt hatte, daß der Transmitter abstrahlbereit war, ließ Ginkorasch sich wieder vor den Kontrollen nieder. Jetzt interessierten ihn jedoch nur die Schalter, die die Vasallen angebracht hatten.

Er würde herausfinden, welche Bedeutung sie hatten.

Nacheinander öffnete er alle Klappen. Die Schalter lagen jetzt frei vor ihm. Ginkorasch fragte sich, ob die Positronik ihn beobachtete. Aber ihre Stimme schwieg.

Der Taschkar berührte einen Schalter. Er gab so leicht nach, daß Ginkoraschs Hand unwillkürlich zurückzuckte. Sekunden verstrichen. Der Taschkar hörte den Schlag seines Herzens. In seinen Ohren dröhnte es. Er hätte nicht geglaubt, daß es ihn eine derartige Überwindung kosten würde, die Schalter auch nur zu berühren.

Wenn er noch länger zögerte, würde er die Schaltungen niemals vornehmen.

Es war nicht Angst, die ihn lähmte, sondern das Gefühl, etwas völlig Fremdartiges in Gang zu bringen, das besser weiter geruht hätte.

Er streckte die Hand aus und aktivierte den ersten Schalter. Er merkte, daß er schwitzte. Schnell betätigte er auch die anderen Schalter. Sein Unterbewußtsein hätte ihn fast daran gehindert.

Er hörte sich aufatmen. Als hätte er eine körperlich anstrengende Arbeit geleistet, ließ er sich zurücksinken.Er hatte genau acht Sekunden Zeit, um in dieser Stellung auszuruhen.

Dann brach innerhalb des Sammlers das Chaos aus.

28.

Der Boden teilte sich genau in der Mitte des Raumes. Es entstand zunächst ein Spalt von einem Meter Breite.

Rhodan merkte, daß die Hälfte des Raumes, in der Atlan, Ovaron und er sich aufhielten, sich bewegte. Gleichzeitig drang ein merkwürdiges Geräusch an die Ohren der drei Männer. Es hörte sich an, als würde jemand mit den Fingernägeln auf einer glatten Metallplatte kratzen.

Sie waren vor ein paar Minuten in einen großen Raum eingedrungen, dessen Mittelpunkt ein riesiger Energiespeicher bildete, der durch die Decke in den nächsthöheren Raum reichte. Die Wände waren fugenlos glatt, nur eine Stelle bildete eine Ausnahme. Dort war ein großes Vasallennest angebracht.

Rhodan hatte sich gefragt, warum in diesem Raum nur ein einziger Vasall untergebracht gewesen war, aber bevor er mit seinen Begleitern darüber sprechen konnte, hatte die merkwürdige Bewegung des Raumes begonnen.

Durch den Eingang drangen Geräusche herein, die Rhodan vermuten ließen, daß in ihrer näheren Umgebung ähnliche Bewegungsvorgänge eingesetzt hatten.

Die gesamte Station schien in Aufruhr zu geraten.

Rhodan hielt sich an einem Wulst des Energiespeichers fest. Der Boden bewegte sich abermals. Der Spalt verbreiterte sich.

»Was bedeutet das schon wieder?« fragte Atlan und beugte sich vor, um in den Spalt blicken zu können.

»Der Sammler scheint zu erwachen«, vermutete Ovaron.

Rhodan blickte ebenfalls in die Tiefe. Unter ihnen lag eine riesige Halle mit zahlreichen verschiedenartigen Maschinen. Von Rhodans Platz aus sahen sie wie eine Herde stählerner Tiere aus.

Ein paar Maschinen bewegten sich.

Rhodan kniff die Augen zusammen. Er sah, wie sich sieben trapezförmige Blöcke nebeneinander aufreihten. Der achte Block glitt auf die Wand zu, wo sich eine Öffnung bildete. Die Maschine rollte aus der Halle.

Atlan stieß einen leisen Pfiff aus.

Sie standen jetzt alle drei auf einem Wulst des Energiespeichers und blickten in die Halle hinab. Der Boden war auf der einen Seite des Raumes völlig verschwunden. Vom Boden der Halle löste sich eine dreieckige Plattform mit zahlreichen Metalltentakeln und schwebte zu den Männern herauf.

»Das ist kein Vasall!« stellte Ovaron fest.

»Der Roboter kommt hierher!« Atlan griff nach seinem Strahler.

»Schießen Sie nicht!« warnte Ovaron. »Das scheint ein Reparaturrobot zu sein.«

Rhodan sprang auf die andere Seite des Raumes hinüber.

»Ich möchte wissen, wer oder was für die plötzliche Aktivität des Sammlers verantwortlich ist«, überlegte er laut.

Von allen Seiten war jetzt der Lärm von Maschinen zu hören.

Die dreieckige Plattform verhielt in Deckenhöhe neben dem Energiespeicher und schlang zwei ihrer Tentakelarme um vorstehende Teile. Auf der Oberfläche der Plattform blitzten Lichter auf.

»Wir kehren besser um«, schlug Atlan vor. »Wenn es überall in der Station so aussieht, sollten wir zusammenbleiben.«

»Du hast recht!« stimmte Perry zu. »Irgend etwas Entscheidendes ist geschehen.«

Ovaron, der bereits den Ausgang erreicht hatte, blieb plötzlich wie angewurzelt stehen. Rhodan befürchtete schon, daß wieder ein paar Leibwächter aufgetaucht sein könnten, doch dann sah er, daß Ovarons Reaktion durch ein anderes Ereignis ausgelöst wurde.

Der Gang, durch den sie hereingekommen waren, existierte nicht mehr. Unmittelbar hinter dem Ausgang versperrte ihnen eine Wand den Weg.

Ovaron betastete sie.

»Sie muß sich herabgesenkt haben.«

»Treten Sie zur Seite!« forderte Atlan ihn auf. »Wir werden ausbrechen.«

Ovaron reagierte nicht, sondern schlug mit dem Kolben seiner Waffe gegen die Wand. Es gab dumpfe Geräusche.

»Das ist nicht nur *eine* Wand«, behauptete er. »Ich vermute, daß sich der Korridor zusammengeschoben hat. Da kommen wir nicht durch.«

Rhodan deutete zur gegenüberliegenden Wand, wo sich ebenfalls ein Ausgang befand. Aber von dieser Tür waren sie durch eine fünfzehn Meter breite Öffnung im Boden getrennt.

Er kehrte zu dem säulenförmigen Energiespeicher zurück.

»Wir können daran nach unten klettern«, stellte er fest. »Von der Halle aus gibt es sicher einen Weg nach oben.«

Er umklammerte einen Wulst und zog sich bis zu einem Kabelschacht. Dort ließ er sich abwärts gleiten. Die beiden anderen folgten ihm. Die Plattform kümmerte sich nicht um die drei Männer. Unter ihnen in der Halle konnte Rhodan noch immer Bewegungen feststellen. Überall dröhnte und summte es. Der Energiespeicher vibrierte.

Perry sprang auf den Boden der Halle und blickte sich um. Auch hier hatten sich Boden und Decke an verschiedenen Stellen geöffnet, aber die Löcher waren verhältnismäßig klein.

Rhodan sprang über eine Öffnung hinweg, um den nächsten Ausgang schneller zu erreichen.

»Diesmal haben wir Glück«, sagte er erleichtert, als er auf den Korridor hinausblickte.

Auf der anderen Seite des Ganges befand sich eine durchsichtige Wand. Der Raum dahinter war ein typischer Vasallenbunker. Rhodan vermutete, daß der Raum luftleer war.

Plötzlich zeigte sich oben an der Decke ein dunkler Schatten. Auf der gesamten Breite des Korridors senkte sich etwas herab. Zu seinem Erstaunen stellte Rhodan fest, daß es ein ganzer Raum war.

Die drei Männer wichen zurück. Als der Boden des herabsinkenden Raumes in Kopfhöhe war, stieß Ovaron einen überraschten Ruf aus.

Sie konnten den Paladin-Roboter und die Mutanten sehen, die auf dem Boden des sinkenden Raumes standen und ihnen zuwinkten. Auf geheimnisvolle Weise hatte sich der gesamte Komplex vor den Vasallenhangar geschoben.

»Sie sinken tiefer!« rief Atlan.

Sie konnten noch sehen, wie Merkosh seinen Rüssel aufstülpte. Offenbar hatte er die Transparentwand zerstören wollen. Doch der Gläserne konnte seine Absichten nicht mehr verwirklichen, denn der Raum war bereits weiter abgesackt.

Rhodan deutete zum Ende des Korridors.

»Wir müssen ihnen folgen – schnell!«

Sie rannten los. Rhodan wußte nicht, wie sie eine oder mehrere Etagen tiefer gelangen sollten, denn er hatte in der Nähe weder einen Schacht noch eine damit vergleichbare Einrichtung gesehen. Ihre einzige Hoffnung waren die überall entstandenen Bodenöffnungen.

Wie alle anderen, die sie bisher entdeckt hatten, endete auch dieser Korridor urplötzlich an einer leuchtenden Wand.

Rhodan blickte sich um.

»Wir werden uns einen Durchgang schießen müssen!« Er mußte fast schreien, um sich über den Lärm von unsichtbaren Kraftanlagen und Maschinen hinweg verständlich zu machen.

Als er seine Waffe zog, begann der Boden unter seinen Füßen zu zittern.

»Warten Sie!« rief Ovaron. »Ich glaube, daß sich auch dieser Teil der Etage in Bewegung setzt.«

Rhodan beobachtete, wie sie langsam an der transparenten Wand nach oben glitten.

»Wir bewegen uns entgegengesetzt zu Takvorian und den anderen.«

In schneller Fahrt bewegten sie sich etwa hundert Meter hoch. Dann kam der Boden zur Ruhe. Ein paar Meter von den drei Männern entfernt entstanden metergroße Öffnungen, aus denen Metallstangen hervorragten. Die Enden der Stangen falteten sich wie Schirme auseinander.

Rhodan rannte auf eines der Löcher zu. Mit ein paar Schüssen zerstrahlte er das gespreizte Ende der Stange und machte die Öffnung damit frei. Ohne zu zögern, schwang er sich in das Loch und rutschte an der Stange in die Tiefe.

Schräg unter ihm befand sich eine leuchtende Fläche, die an mehreren Stellen dunkle Flecken aufwies. Tausende von kleinen Metallkugeln flitzten geschäftig hin und her. Überall, wo sie Wände, Decke oder Boden berührten, blitzte es auf. Die Kügelchen prallten auch gegen Rhodan, aber das machte dem Terraner nichts aus.

Über ihm erschienen Atlan und Ovaron in der Öffnung. Rhodan sah einen hell gefärbten Maschinenblock, der sich kaum gegen den Boden abhob. Die Anlage hatte die Form eines zusammengedrückten Z. Rhodan stieß sich ab und sprang. Er landete sicher auf der Maschine. Hier unten flogen so viele Kügelchen herum, daß sie dem Terraner die Sicht versperrten. Rhodan stellte fest, daß es zwei Arten gab: Eine, die sich horizontal, und eine, die sich vertikal bewegte. Trotz des Gewimmels berührten sich die Kügelchen nie.

Atlan und Ovaron tauchten hinter Perry auf.

»Man kann die Wände nicht sehen!« rief Atlan. »Diese verdammten Erbsen bilden einen Vorhang.«

Rhodan schätzte die Entfernung bis zum Boden und schwang sich von der Maschine. Er trat auf ein paar Dutzend Kügelchen und wäre fast gestürzt. Dicht über dem Boden flogen die seltsamen Gebilde in dichten Schwärmen.

Rhodan watete unbeirrt durch die Flut von Metallkügelchen. Hinter ihm folgten Atlan und Ovaron.

»Die anderen müssen noch weiter unten sein!« schrie der Arkonide. »Ich befürchte, daß wir sie nicht wiederfinden.«

Rhodan blickte zurück. Durch die seltsame Beleuchtung wirkten seine beiden Begleiter wie riesige Schatten.

Vor ihnen tauchte eine Wand auf. Sie leuchtete unter den Aufschlagblitzen von mehreren tausend Kügelchen.

Die drei Männer bewegten sich an der Wand entlang. Die Decke war nicht zu sehen, dazu flogen die Kügelchen zu dicht.

Rhodan hielt die Blicke auf den Boden gerichtet, denn er wollte keine Bodenöffnung übersehen.

Die Wand schien endlos lang zu sein.

Ovaron hielt Rhodan am Arm fest und machte ihn auf ein großes Gebilde im Mittelpunkt der Halle aufmerksam. Es war durch die Kügelchen kaum zu sehen, aber Rhodan konnte feststellen, daß es pyramidenförmig war und sich bewegte.

Er winkte den beiden anderen zu.

Sie näherten sich der Pyramide. Sie stieg stufenförmig an und schien bis zur Decke zu reichen. Ein paar Stufen fehlten. Dort konnte man ins Pyramideninnere blicken. Rhodan kletterte hinauf, bis er eine fehlende Stufe erreichte. Er ließ sich auf den Boden sinken und blickte in die Öffnung. Unter sich sah er mehrere kleinere Räume.

In einem davon befanden sich die vier Mutanten und der Paladin.

Rhodan schrie und winkte, aber die anderen konnten ihn nicht hören.

Atlan ließ sich neben Rhodan nieder.

»Da unten sind sie!« Der Arkonide winkte jetzt ebenfalls. »Aber wir kommen nicht zu ihnen.«

»Wir müssen etwas suchen, was wir hinabwerfen können«, sagte Ovaron. »Dann werden sie vielleicht auf uns aufmerksam.«

Rhodan blieb auf der Stufe stehen, um ihre Freunde zu beobachten, während Atlan und der Ganjase sich entfernten, um geeignete Wurfgegenstände zu suchen. Sie kamen schon nach wenigen Augenblicken mit Metallbrocken zurück, die sie mit ihren Waffen aus Maschinenblöcken getrennt hatten.

»Zielt genau!« sagte Rhodan.

Sie warfen die Brocken hinab. Einer davon streifte Takvorian.

Rhodan beugte sich tief in die Stufenöffnung und winkte. Der Zentaur hatte sie endlich bemerkt und winkte zurück.

»Sie haben uns gesehen«, stellte Rhodan erleichtert fest.

Der Paladin kam zu ihnen heraufgeflogen. Die Stufenöffnung war nicht groß genug, um ihn durchzulassen, aber die Männer zwängten sich hindurch und kletterten auf die Arme des Roboters.

»Was ist mit dem Sammler geschehen?« fragte Dephin über die Sprechanlage. »Die gesamte Station scheint in Bewegung zu sein.«

»Wir können darüber sprechen, wenn wir bei den anderen sind«, erwiderte Rhodan.

Sie landeten sicher innerhalb des kleinen Raumes, wo sich auch die anderen befanden. Zu seiner Erleichterung stellte Rhodan fest, daß Gucky und Ras Tschubai wieder bei Bewußtsein waren. Sie saßen jedoch noch auf Takvorians Rücken und machten einen geschwächten Eindruck.

»Wir kommen hier nie mehr heraus«, meinte Merkosh verzweifelt.

Bevor jemand antworten konnte, begann der Raum, in dem sie sich befanden, zu beschleunigen. Das geschah so ruckartig, daß Rhodan fast das Gleichgewicht verloren hätte. Ein Blick zu der hoch über ihnen liegenden Decke zeigte dem Terraner, daß sich nur der Raum bewegte.

»Wir werden davongetragen!« rief Atlan entsetzt.

Niemand antwortete.

Der Raum raste mit ihnen durch die Station – einem unbekannten Ziel entgegen.

Die Zwischenwand krachte auf die Kontrollen herab und spaltete sie. Mit einem entsetzten Aufschrei sprang Ginkorasch hoch. Ein Splitter traf ihn am Oberarm und bohrte sich tief ins Fleisch. Voller Furcht, daß eine zweite Wand ihm den Weg zum Transmitter versperren könnte, rannte er los.

Plötzlich verschwand vor ihm der Boden. Er wäre fast in den Abgrund gestürzt. Hastig schaltete er die Flugprojektoren seines Schutzanzugs ein. Jetzt erwies es sich als seine Rettung, daß er seine komplette Ausrüstung mit in diese geheimnisvolle Station gebracht hatte.

Während er über die Öffnung auf den Transmitter zuflog, schrie er: »Besteht noch eine Funkverbindung nach Takera?«

Er erhielt keine Antwort, aber damit hatte er gerechnet. Der von seinem Vorgänger aufgestellte Kontrolltisch war zerstört. Wahrscheinlich waren auch die Suggestivprojektoren ausgefallen, die seit einiger

Zeit die Individualimpulse des neuen Taschkars gesendet hatten. Ginkorasch wußte nicht, ob die Leibwache bereits jetzt auf seine Befehle reagieren würde. Das war ihm im Augenblick auch gleichgültig.

Unmittelbar vor dem Transmitter setzte er auf. Glücklicherweise waren die Transmitteranlagen autark. Die Beschädigung des Kontrolltischs beeinträchtigte die Funktionen des Transmitters nicht.

Ginkorasch bereute seine Neugier. Er hatte Dinge in Bewegung gesetzt, von deren Bedeutung er noch nicht einmal etwas ahnte. Die gesamte Station schien in Aufruhr geraten zu sein.

Der Taschkar zögerte nicht länger. Er trat in die dunkle Torbogenöffnung des Transmitters. Bevor der Entzerrungsschmerz unerträglich zu werden begann, wurde Ginkorasch entstofflicht.

Der Schmerz kehrte jedoch zurück, als der Takerer die Gegenstation im Berg Motah verließ. Ginkorasch fragte sich, warum der Entzerrungsschmerz trotz der relativ geringen Entfernung so heftig war.

Er stürmte zu den Kontrollen und ließ sich aufatmend in einen Sessel sinken. Er gönnte sich jedoch nur wenige Augenblicke Ruhe.

»Wie konnte das passieren?« fragte er dann die Positronik.

»Die Zusammenhänge sind unbekannt«, erwiderte die Lautsprecheranlage.

Ginkorasch resignierte.

»Natürlich! Ich hätte gern Wahrscheinlichkeitsberechnungen.«

Diesmal vergingen ein paar Minuten. Der Taschkar hatte jedoch damit gerechnet, daß die Positronik Schwierigkeiten haben würde. Es lagen kaum Daten vor.

»Mit den Schaltungen wurden Anlagen des Sammlers aktiviert, die der Taschkar stillgelegt hatte.«

»Um welche Anlagen handelt es sich?«

»Der Sammler war beschädigt. Es ist anzunehmen, daß jetzt die Reparaturarbeiten wiederaufgenommen werden.«

Ginkorasch betrachtete sein Gesicht, das sich in den Kontrollen spiegelte. Die Falten darin hatten sich vertieft. Er sehnte sich nach ein paar Stunden Schlaf. Voller Entsetzen fragte er sich, was geschehen würde, wenn der Sammler die Reparaturarbeiten beendet hatte.

Die Möglichkeit, daß der getötete Taschkar eine schreckliche Waffe ins Deep-Purple-System geschleppt hatte, war nicht auszuschließen.

»Wenn es nötig werden sollte, muß diese Station sofort vernichtet werden«, befahl Ginkorasch der Positronik. »Ich werde zu diesem Zweck ein paar Schiffe bereitstellen, die ständig einsatzbereit sein müssen.«

Ginkorasch fragte sich, ob der Sammler überhaupt zerstört werden konnte.

Dieser gigantische Roboter – oder was immer es war – hatte bestimmt schon Vorsichtsmaßnahmen getroffen.

Erst jetzt dachte Ginkorasch wieder an die Fremden, die sich noch immer innerhalb der geheimnisvollen Station aufhielten.

»Besteht noch eine Verbindungsmöglichkeit mit dem Sammler?« erkundigte Ginkorasch sich bei der Positronik.

»Nein.«

»Ein paar Roboter sollen versuchen, den Kontrolltisch zu reparieren«, entschied der Taschkar. »Ein entsprechend ausgerüstetes Schiff soll heute noch losfliegen.« Er zögerte einen Augenblick und fügte dann hinzu: »Die Besatzung soll ausschließlich aus Robotern bestehen. Ich will nicht, daß ein Takerer an Bord des Sammlers geht.«

Er gestand sich ein, daß diese Entscheidung von dem Wunsch geprägt wurde, die Station vielleicht doch noch für seine eigenen Zwecke retten zu können.

Ginkorasch streckte die Beine aus und lehnte den Kopf gegen die Nackenstütze.

Mächtig zu sein, war ein angenehmes Gefühl.

Aber es war auch anstrengend.

Der Raum kam ebenso ruckartig zum Stehen, wie er losgerast war. Rhodan prallte gegen eine Wand. Während er den Sturz mit den Händen abfing, sah er, daß sich die Decke schnell herabsenkte. Sie kam jedoch in sechs Metern Höhe zur Ruhe. Gleichzeitig versank eine der Seitenwände im Boden.

Rhodan und seine Begleiter blickten in eine riesige Halle, in der mehrere Zwischendecken bis in die Mitte reichten. Auf den einzelnen Etagen standen riesige Maschinen. Die gegenüberliegende Wand wölbte sich nach innen.

Atlan lächelte matt. »Wollen wir das als Einladung auffassen?«

Rhodan blickte in die große Halle. Es waren jedoch nirgends Raumschiffe oder andere Flugmaschinen zu sehen.

Ein untrügliches Gefühl sagte Rhodan jedoch, daß sie sich dicht unter der Oberfläche der Station befanden. Er wußte, daß er sich auf seine innere Stimme verlassen konnte.

Hier war es stiller als in den Räumen, aus denen sie gekommen waren. Nur die Maschinen auf den Zwischendecken summten.

»Worauf warten wir noch?« fragte Ovaron ungeduldig. »Wenn wir uns noch länger in diesem Raum aufhalten, werden wir vielleicht wieder fortgetragen.«

Rhodan nickte und band Ras Tschubai los, der sich wieder kräftig genug fühlte, um auf eigenen Beinen zu stehen. Gucky dagegen wollte sich offenkundig noch einige Zeit auf dem Rücken des Movators ausruhen.

Tschubai streckte die Arme.

»Teleportersprünge kann ich noch nicht durchführen«, sagte er bedauernd. »Aber ich erhole mich schnell.«

Gucky hob den Kopf.

»Was ist überhaupt passiert? Ich war die meiste Zeit ohnmächtig. Im Augenblick kann ich mich nur an Lärm und Hitze erinnern.«

Mit wenigen Worten berichtete Rhodan, was geschehen war.

»Das bedeutet, daß wir in einer riesigen Station umherirren und keinen Ausweg finden«, stellte Gucky fest. »Ich spüre die Mentalimpulse vieler fremder Wesen.«

»Das sind die Leibwächter des Taschkars«, erklärte Rhodan. »Sie scheinen jedoch unsere Spur verloren zu haben.«

Hinter ihnen begann sich eine Wand zu bewegen.

»Kommt!« rief Rhodan.

Sie betraten die große Halle.

Als sie ein paar Schritte gegangen waren, senkte sich hinter ihnen eine Zwischenwand herab. Der Raum, mit dem sie gekommen waren, verschwand aus ihrem Blickfeld.

»Ich habe es geahnt!« rief Ovaron.

»Man könnte glauben, der Raum hätte uns mit Absicht hierher gebracht«, bemerkte Rhodan.

»Daran glaube ich nicht!« widersprach Ovaron. »Die Bewegungsabläufe im Innern des Sammlers haben nichts mit unserer Anwesenheit zu tun. Dazu bewegt sich zuviel.«

Niemand antwortete. Rhodan hatte das Gefühl, von unzähligen unsichtbaren Augen beobachtet zu werden. Sein Sicherheitsbedürfnis rebellierte gegen diesen Marsch quer durch die riesige Halle. Da der Eingang, durch den sie hereingekommen waren, jedoch direkt in der Mitte gelegen hatte, mußten sie diesen Weg einschlagen.

Genau über ihnen verlief der äußere Rand der untersten Zwischendecke.

»Dort vorn beginnt ein Korridor!« rief Atlan und deutete auf einen hellen Fleck in der Wand.

Sie bewegten sich schneller. Der Paladin ging an der Spitze, den Abschluß bildeten Takvorian und Merkosh.

Atlans Vermutung erwies sich als richtig. Sie stießen auf einen Korridor mit ovalem Querschnitt. An der breitesten Stelle durchmaß er etwa sechs Meter. Die Decke strahlte helles Licht aus. Der Boden war weich und dämpfte ihre Schritte.

»Irgendwo wartet wieder eine Wand auf uns«, vermutete Takvorian.

Seine Befürchtung bestätigte sich nicht. Der Gang mündete in einen größeren Raum. Auf der gegenüberliegenden Seite befanden sich mächtige Stahltore.

»Eine Schleuse!« rief Rhodan überrascht. »Ich wußte es, daß wir uns im Randgebiet der Station befinden.«

»Das hilft uns wenig«, meinte Ovaron. »Wenn das eine Schleuse ist, müssen wir damit rechnen, daß sich dahinter der Weltraum befindet. Wir können die Station nicht verlassen.«

Sie begannen mit der Untersuchung der Schleusentore.

»Achtung!« rief Tschubai, der am Eingang des Korridors stehengeblieben war.

Seine Warnung kam zu spät. Rhodan sah gerade noch, wie sich mehrere dicke Wände vor den Korridor schoben.

Sie waren in der Halle eingeschlossen.

»Jetzt wird sich die Schleuse öffnen!« unkte Gucky.

»Das wäre nicht schlimm!« kam Dephins Stimme über die Sprechanlage des Paladins. »Cool Aracan hat soeben festgestellt, daß sich hinter der Schleuse ein Raum mit Sauerstoff befindet.«

»Das verstehe ich nicht«, sagte Ovaron. »Wozu dann die Schleuse?«

Bevor sie weitere Überlegungen anstellen konnten, wurden sie von einem lauten Knirschen unterbrochen. Aus einem Winkel der Halle schob sich ein meterhoher Metallklotz.

Das Ding bewegte sich auf Walzen. Es war fast so breit wie der gesamte Raum und rollte direkt auf sie zu.

»Irgendein Roboter!« rief Atlan. »Er kommt hierher!«

»Wir können ihm nicht ausweichen«, stellte Rhodan fest. »Zu beiden Seiten ist kaum noch Platz.«

»Für mich schon!« trompetete Merkosh triumphierend. »Ich bin so dürr, daß ich mich vorbeizwängen kann.«

Rhodan sah den Opproner verärgert an. Manchmal ließen die Äußerungen des Gläsernen eine Mentalität erkennen, die einem Menschen völlig unbegreiflich war.

Die Riesenwalze kam näher, und die kleine Gruppe mußte weichen.

Rhodan blickte zur hinteren Wand.

»Wir müssen etwas unternehmen, solange noch Zeit ist! Takvorian, versuchen Sie den Giganten aufzuhalten.«

Takvorian warf den Kopf zurück und konzentrierte sich. Sein blasses Gesicht bildete einen merkwürdigen Kontrast zum dunklen Hintergrund der Halle.

Die Walze wurde langsamer, kam aber nicht zum Stillstand.

»Ich bringe sie nicht völlig unter Kontrolle!« Takvorian bewegte unruhig die Hufe. »Sie wird offenbar ferngesteuert.«

»Versuchen Sie Ihr Glück!« sagte Rhodan zu dem Oproner.

Merkoshs häßliches Gesicht nahm einen starren Ausdruck an. Dann stülpte er den Rüssel vor. Seine schrille Stimme ertönte. Rhodan verzog schmerzlich das Gesicht.

In der Mitte begann die Walze zu zerbröckeln. Sie rollte jedoch weiter und walzte ihre eigenen Trümmer platt.

»Das geht zu langsam!« rief Atlan.

Rhodan stellte fest, daß sie nur noch zwanzig Meter Platz hatten. Merkosh schwenkte seinen Rüssel hin und her, um die Walze an mehreren Stellen zu zerstören. Das Gebilde knirschte, aber es rollte weiter.

»Es besteht aus ungewöhnlich festem Material!« Atlan griff nach seiner Waffe. »Merkosh kann es allein nicht schaffen.«

»Nicht schießen!« rief Rhodan erregt. »Wir gefährden uns durch unsere eigenen Schüsse.«

Die Lage wurde für die Eingeschlossenen immer bedrohlicher.

»Was liegt hinter dieser Wand?« fragte Rhodan die Thunderbolts. »Können wir einen Durchgang schaffen, ohne uns zu gefährden?«

»Das läßt sich nicht genau feststellen«, gab Dephin zurück. »Aracan sagt, daß es verschiedene Räume gibt. In einigen herrscht Vakuum, in anderen gibt es Sauerstoff. Nur der Raum hinter der Schleuse ist mit Sicherheit ungefährlich.«

»Der befindet sich auf der anderen Seite!« versetzte Rhodan grimmig.

Die Walze rumpelte weiter. Merkosh konzentrierte sich jetzt auf eine Seite, weil er hoffte, daß der Roboter dadurch die Richtung ändern und sich festkeilen würde. Metergroße Metallbrocken lösten sich aus der Walze und wurden pulverisiert. Doch der Koloß kam nicht zum Stillstand.

Dephin griff ein, als die Walze noch ein paar Schritte von ihnen entfernt war.

Er steuerte den Paladin auf den Roboter zu. Die Handlungsarme des Riesen stemmten sich gegen das rollende Metallmonstrum. Das Knirschen der Walze wurde noch lauter.

Der Paladin schwankte, dann gaben seine Beine nach.

Dephins Fluchen war deutlich zu hören.

Sie mußten weiter zurückweichen.

Merkosh schrie immer noch, aber seine Psi-Energie ließ bereits nach.

Takvorian aktivierte seine letzten Kräfte, um den Roboter anzuhalten.

Zwei Meter vor den Eingeschlossenen brach die Walze auseinander. Es gab einen explosionsartigen Knall, dann blieb sie liegen.

Rhodan war am ganzen Körper schweißnaß.

Mit ihren Waffen und mit Hilfe von Merkoshs Stimme vergrößerten sie die Bruchstelle, bis sie passieren konnten. Der gesamte Boden war mit Trümmern des zerstörten Roboters bedeckt.

»Wir untersuchen die Schleuse!« entschied Rhodan. »Vielleicht finden wir eine Möglichkeit, den Mechanismus zu betätigen.«

Sie mußten jedoch schnell erkennen, daß die Schleuse von einer Schaltstation im Innern des Sammlers aus gesteuert wurde.

»Wir brechen gewaltsam durch!« Rhodan wollte jetzt nicht aufgeben. »Im benachbarten Raum gibt es Sauerstoff, wir riskieren also nichts.«

Merkosh krächzte: »Vielleicht können Sie diesmal auf meine Stimme verzichten.«

Rhodan sah ihn von der Seite an.

»Das würden wir gern *immer* tun.« Er zog seine Waffe und brannte in Kopfhöhe ein Loch in die Schleuse. Als die Strahlung nachgelassen hatte, trat er an die Öffnung und blickte hindurch.

Was er sah, war so aufregend, daß er mit einem Schlag alle Strapazen und Gefahren der letzten Stunde vergaß.

»Vergrößert die Öffnung!« befahl er. »Wir müssen hinüber!«

Sie hatten ein großes Loch in die Schleuse gebrannt und waren in den Kuppelraum eingedrungen.

Über ihnen spannte sich die riesige Kuppel. Sie bestand aus durchsichtigem Material. Dahinter begann der Weltraum. Doch davon war nicht viel zu sehen, denn unmittelbar »über« der Station hing ein gigantischer Planet von dunkelroter Farbe. Der Sammler befand sich in einer so engen Kreisbahn um diese Welt, daß die Planetenscheibe fast das gesamte Blickfeld der Eindringlinge ausfüllte. Die Welt schien jeden Augenblick auf die Station herabstürzen zu wollen.

Schweigend beobachtete die kleine Gruppe die phantastische Szenerie.

Innerhalb der Kuppel war es fast vollkommen still. Die Ruhe war nach den lärmerfüllten Stunden mehr als angenehm.

Rhodans Stimme brach das Schweigen.

»Jetzt wissen wir mit Sicherheit, daß wir uns in einer Weltraumstation befinden. Sie kreist um diesen Planeten.«

»Eine Methan-Ammoniak-Wasserstoffwelt«, berichtete Cool Aracan sachlich. »Offensichtlich unbelebt. Schätzungsweise ist sie doppelt so groß wie Jupiter.«

»Das könnte einer der Planeten des Deep-Purple-Systems sein«, meinte Ovaron.

Nur allmählich konnte Rhodan seine Blicke von der Oberfläche des Riesenplaneten lösen.

Er sah sich innerhalb des Kuppelraumes um. Auf der der Schleuse gegenüberliegenden Seite befand sich ein flacher Durchgang in einen anderen Raum. Vereinzelte Maschinen standen an den Wänden. In zehn Metern Höhe begann die durchsichtige Kuppel.

Rhodan deutete zur Schleuse.

»Verschweißen Sie die Öffnung, Dephin!« befahl er dem Siganesen. »Ich kann mir vorstellen, daß wir längere Zeit hierbleiben. Wir wollen bei unseren Nachforschungen nicht gestört werden.«

Dephin steuerte den Roboter zur Schleuse, wo die Thunderbolts mit Hilfe ihres Paladins die gewaltsam geschaffene Öffnung wieder zu verschließen begannen.

»Wir wissen jetzt ungefähr, wo wir uns befinden«, sagte Atlan. »Aber eine Möglichkeit zum Verlassen der Station haben wir noch immer nicht gefunden.«

Rhodan deutete zur Kuppel hinauf.

»Wir haben noch nichts von der Oberfläche des Sammlers gesehen«, sagte er. »Sobald der Paladin seine Arbeit beendet hat, soll er Atlan und mich hinauffliegen, damit wir uns umsehen können.«

»Ich sehe mich mit den anderen inzwischen im Nebenraum um«, kündigte Ovaron an.

Merkosh und Takvorian folgten ihm zum Durchgang. Tschubai blieb in der Kuppelhalle zurück.

Die Thunderbolts hatten inzwischen die Öffnung in der Schleuse wieder zugeschweißt. Dephin hatte dazu Metallplatten benutzt, die der Paladin von den Maschinen an der Wand gelöst hatte.

»Heben Sie uns auf die Handlungsarme des Paladins!« befahl Rhodan dem siganesischen General. »Wir wollen uns die Oberfläche des Sammlers ansehen.«

Der Paladin hob erst Rhodan, dann Atlan hoch. »Festhalten!« rief Dephin. Er ließ den Roboter vom Boden abheben. Tschubai sah ihnen nach, wie sie dicht unter der Kuppel flogen.

Rhodan erblickte eine phantastische Landschaft. Zunächst glaubte er, eine zerklüftete Felsenoberfläche vor sich zu sehen, doch das war eine Täuschung. Auch die Oberfläche des Sammlers bestand aus Metall.

»Es gibt immer wieder Anblicke, die auch einen uralten Arkoniden noch überraschen können«, sagte Atlan. »Da hat jemand zur Tarnung eine Mondoberfläche aus Metall geschaffen.«

Rhodan antwortete nicht. Er dachte angestrengt nach. Wenn diese Landschaft eine Tarnung sein sollte, bedeutete die Kuppel, in der sie sich befanden, einen Widerspruch. Sie lag für jedermanns Blicke deutlich sichtbar zwischen den Metallfelsen.

Je länger Rhodan hinausblickte, desto überzeugter wurde er, daß diese Einöde keine Landschaft darstellte. Der Terraner hob den Kopf. »Noch etwas höher!« befahl er Dephin.

Der Paladin hob die beiden Männer dicht unter die Kuppel.

Rhodan konnte jetzt einen großen Teil der Sammleroberfläche überblicken. Und er erkannte, was der Sammler wirklich war.

Ras Tschubai war Ovaron und den anderen langsam gefolgt. Er sah, wie sie durch den flachen Ausschnitt in der Wand in den anderen Raum gingen. Tschubai fragte sich, ob er es riskieren konnte, schon eine Teleportation durchzuführen. Er entschied sich dagegen. Er mußte seine Kräfte schonen, sonst würde er noch Stunden bis zu seiner völligen Wiederherstellung benötigen.

Er erreichte den Durchgang. Da hörte er Ovaron aufschreien.

Dann sagte der Ganjase – und noch nie hatte seine Stimme in Tschubais Ohren besser geklungen: »Da steht die Raumjacht des Taschkars!«

»Siehst du es jetzt auch?« Rhodans Stimme klang vor Erregung fast schrill.

»Die Ähnlichkeit ist unverkennbar«, gab Atlan zu.

»Es paßt alles zusammen«, sagte Rhodan und lehnte sich gegen die Schulter des Paladins. »Dieses Ding hier ist nicht die Urmutter der Vasallen. Es ist ein Sammler kleinerer Vasallen und gleichzeitig Bestandteil von etwas Größerem.«

Der Paladin sank langsam nach unten. Rhodan und Atlan sahen, wie Ovaron und die anderen in den Kuppelraum gerannt kamen, um ihnen von ihrer Entdeckung zu berichten.

Noch einmal blickte Rhodan zu der dunkelroten Planetenscheibe hinauf.

»Der Sammler«, sagte er langsam, »ist nichts anderes als ein riesiger Vasall.«

29.

Eine knisternde Spannung herrschte in der Zentrale der MARCO POLO. Niemand sprach, ein unbehagliches Schweigen hatte sich ausgebreitet. Alle waren sie unruhig und gereizt.

Lavascha deutete auf Cascal, der neben Danton stand. »Wer ist dieser Mann?« fragte er leise.

»Ich bin dieser Mann«, sagte Cascal und lächelte höflich, »der zusammen mit neunundvierzig anderen Männern an Bord Ihres Schiffes gehen und versuchen wird, seinen Chef zu retten. Sofern noch eine Rettung möglich ist.«

Cascal und seine Männer waren in den Stunden zwischen Ankündigung und Ankunft der LAVASZA geschult worden. Was die Hypnoschulung nicht fertiggebracht hatte, war unter Schekonus unbestechlicher Leitung noch geschliffen worden. Es fehlten nur noch geringfügige Einzelheiten, um aus fünfzig Terranern fünfzig stilechte Moritatoren werden zu lassen.

»Ihr Name?«

Cascal verbeugte sich, machte eine barocke Geste und sagte finster:

»Joaquin Manuel Cascal, Herr. Ich empfehle mich Ihrer Gnade, wenn's beliebt.«

Lavascha schien im Augenblick jedoch alles andere als begeistert zu sein.

Wenn Cascal etwas haßte, dann dies, daß ein anderer ihn in völliger Unkenntnis unterschätzte.

»Gut. Wir starten in Kürze«, sagte Lavascha leise. »Kann ich mich auf die Männer verlassen, Schekonu?«

Schekonus Blick wanderte hinüber zu LaGrange Tuscalosa, dem rotbärtigen Riesen, der neben Cascal stand. Tuscalosas Finger spielten mit einer dreizehn Millimeter starken Eisenstange und bogen sie hin und her, bis eine fast geometrische Figur entstanden war. Schließlich, als Tuscalosa die pyramidenähnliche Konstruktion fertig hatte, brach das Eisen. Bedauernd grinste der zwei Meter große Mann und ließ die Schultern hängen. Dann steckte er die Eisenstange wieder zurück in seine Brusttasche.

»Ja!« sagte Schekonu. »Sie werden hier im Schiff keine besseren finden, Lavascha.«

Die Ankunft des Schiffes, das zwischen dem Start vom Moritatoren-Stützpunkt und dem Anlegen hier an der MARCO POLO weniger Fahrtzeit gebraucht hatte, als geschätzt worden war, hatte beträchtliche Aufregung hervorgerufen.

Jetzt schwebte es längsseits der MARCO POLO, eine Konstruktion von rund zweihundertfünfzig Metern Kantenlänge, geformt wie eine Pyramide. Man sah nur die quadratischen Umrisse des Hecks, der Schiffskörper selber maß achthundertfünfzig Meter bis zur Spitze, die im Licht der kleinen Sonne aufschimmerte. Dort vorn befand sich die Kommandozentrale des Moritatoren-Schiffes.

Cascal sah auf die Uhr.

»Wir haben jetzt 19:30 Uhr Bordzeit«, sagte er. »Sollten wir uns nicht etwas beeilen, selbst wenn Lavascha skeptisch ist?«

Wieder erntete er einen langen schweigenden Blick aus den blauen Augen des weißbärtigen Moritators.

»Wir sind früher angekommen als geplant«, sagte Lavascha. »Wir haben noch Zeit, einige Fragen zu klären.«

»Ich stehe zur Verfügung«, sagte Danton.

»Sie sind der Stellvertretende Kommandant, ja?« fragte Lavascha, der noch gut zehn Zentimeter größer war als Tuscalosa.

»So ist es.« Roi deutete einladend in eine etwas ruhigere Ecke der Zentrale. Dort, um einen großen Tisch, standen einige Sessel. Auch hier sahen die Männer das Bild des riesigen Pyramidenschiffes vor der stechenden kleinen Sonne.

»Die LAVASZA ist eine der mächtigsten und größten Einheiten der Moritatoren-Flotte in dieser Galaxis«, sagte Schekonu. »Und Lavascha ist Kommandant und Eigentümer zugleich.«

»Richtig. Aber Ihr Schiff ist größer, Danton!« meinte Lavascha, als sie sich setzten.

»Eine Kleinigkeit, aber wir alle hoffen, sie ist entscheidend«, sagte Roi höflich.

Lavascha, von dem man sagte, er habe den Beinamen »Der Dröhnende«, war ein ziemlich alter, aber sehr kräftig und entschlossen wirkender Cappin. Vermutlich bezog sich der Beiname auf die Art seiner Vorträge, in denen er die Ankunft des Ganjo vorausgesagt hatte. Breite Schultern und breite Hüften, ein schwerer und massig wirkender Mann, der sich aber auf dem Weg vom Hangar bis hierher überraschend leichtfüßig bewegt hatte. Langes, weißes Haar reichte bis zu den Schultern, und ein ebenfalls schneeweißer Bart hing bis zum Brustbein herunter. Gekleidet war Lavascha in ein Kostüm, das an eine Art Waldläufertracht erinnerte.

Leise fragte Roi Danton:

»Wieviel Mann Besatzung hat Ihr Schiff, Lavascha?«

Lavascha nahm ein Getränk, in seinem zerfurchten und von Falten bedeckten Gesicht rührte sich kein Muskel.

»Zweihundertunddreißig Männer und Frauen.«

Schekonu fügte hinzu:

»Von denen fünfzig hier bei uns an Bord bleiben werden, dafür gehen die fünfzig Mann von Cascals Gruppe nach drüben.«

Er deutete auf das Bild auf den Schirmen.

»Wie lösen wir die Fragen der Verkleidung . . . oder der Bekleidung und nötigenfalls der Bewaffnung?« wollte Cascal nun endlich wissen.

Lavascha drehte den Kopf, berührte seinen scharfen Nasenrücken mit Daumen und Zeigefinger und sagte:

»Ich brauche den Befehl nur zu geben. Eine große Menge von verschiedenen Kleidungsstücken ist vorbereitet. Sie sollten sich hier umziehen – falls unser Schiff angehalten und durchsucht wird, können keine verdächtigen Kleidungsstücke gefunden werden.«

»In Ordnung«, sagte Cascal. »Meine Leute sind bereit.«

Sie brauchten genau zwanzig Minuten, um sich zu verwandeln. Fast alle hatten sich im Beiboothangar eingefunden, in dem das Beiboot stand, mit dem die Moritatoren an Bord der MARCO POLO gekommen waren.

Mit der Kleidung, die nur sehr wenig mit einer Uniform zu tun hatte, schienen sie ihre Identität zu wechseln. Plötzlich sprach niemand ein Wort Terranisch mehr, nur noch Gruelfin wurde gesprochen. Schekonus Training hatte gewirkt, und die letzten Kleinigkeiten würden an Bord der LAVASZA korrigiert werden.

Lavascha erkannte Cascal nicht wieder, nachdem er sich umgezogen hatte. Er trug jetzt keinen Faden aus terranischer Produktion mehr am Leib. Nur seine Waffe, die von den Bordtechnikern sorgfältig präpariert worden war, steckte in der Schutzhülle unter der Schulter. Sie war zweiläufig, und sie konnte als Paralysator wie auch als Impulsstrahler eingesetzt werden. Cascal trug sie bei manchen Einsätzen lieber als einen der gängigen Kombinationsstrahler.

»Ich bin der Chef dieser Männer«, sagte Cascal und nickte Fellmer Lloyd zu, der sich eben zu ihnen gesellte. Auch Lloyd glich jetzt auf eigentümliche Art einem Moritator, er bewegte sich sogar anders als noch vor wenigen Stunden.

»Und wer ist dieser Mann dort?« fragte Lavascha, während er auf Tuscalosa deutete.

Cascal erwiderte:

»Das ist einer meiner besten Offiziere, LaGrange Tuscalosa. Lassen Sie sich von seiner Art und von seinem Aussehen nicht täuschen. Er ist verdammt gut.«

Der Moritator erwiderte:

»Er muß auch gut sein. Was wir tun, ist gefährlich.«

Roi Danton sah auf die Uhr.

»Sind Ihre Männer bereit?«

»Ja. Dort drüben – sie sammeln sich.« Er sah zu den fünfzig Moritatoren hinüber, die jetzt ihr Boot verlassen hatten und warteten.

Sie würden hier im Schiff bleiben, bis die LAVASZA wieder mit der MARCO POLO zusammentraf.

»Cascal?«

Der Oberst hatte mit seinen Männern bereits alles abgesprochen. Siebenundvierzig von ihnen befanden sich bereits startbereit im Innern des cappinschen Beibootes. Nur Lloyd, Tuscalosa und er standen noch neben Lavascha.

»Wir sind fertig. Es kann losgehen!«

Die Offiziere der MARCO POLO begrüßten die Cappins und zogen die fünfzig Moritatoren mit sich. Sie passierten die Schleusenschotte und verteilten sich über das gesamte Schiff.

»Gut. Viel Glück – und Ihnen zunächst allen Dank, Lavascha.«

Roi Danton und der Moritator schüttelten sich ein zweites Mal die Hände, dann ertönte dreimal ein laut schnarrender Summer. Langsam wurde die Hangarschleuse geräumt.

Die letzten vier Personen gingen schnell auf das niedrige Beiboot zu und verschwanden in der Luke. Die Schleuse des Bootes schloß sich, und als die Sirene ertönte und die roten Blinklichter zu arbeiten anfingen, war kein lebendes Wesen mehr im Hangar.

Die Tore öffneten sich.

Sauerstoff und Stickstoff fluteten nach außen und trieben in Form einer Gaswolke davon, die sich schnell auflöste. Die Glut der Sonne schlug nach ihnen, und das Moritatoren-Beiboot glitt nach draußen. Die Steuertriebwerke mußten mehrmals, der eigentliche Antrieb nur einmal ganz kurz eingesetzt werden, dann driftete das Beiboot an der langen, dreieckigen Fläche einer der vier Seiten der LAVASZA entlang. Die riesigen Buchstaben des Schiffsnamens schienen an den Sichtluken und Bildschirmen vorbeizutreiben, dann erschütterte eine Anzahl leichter Stöße das Boot.

Ein rundes Luk öffnete sich wie ein Zentralverschluß.

Das Boot drehte sich um neunzig Grad und über zwei Achsen, dann deutete es mit dem Heck zu der Öffnung.

Wieder arbeiteten die Triebwerke.

Langsam trieb das Boot in den Hangar hinein, und noch einmal sah Cascal die riesige Kugel des anderen Schiffes, das hell im Glanz der Sonnenstrahlen lag.

Die MARCO POLO war hier, im Ortungsschutz, sicher.

Aber die fünfzig Terraner in den Masken von Moritatoren waren am Anfang eines aufregenden und gefährlichen Abenteuers.

Summer, Lichter, Kommandos und leise Fragen und Antworten . . . dann war der kleine Schleusenraum wieder geflutet.

Lavascha deutete auf Cascal und Tuscalosa und sagte leise:

»Sie kommen bitte in die Zentrale mit – die anderen achtundvierzig Männer sollen sich an den Posten derjenigen Moritatoren, die in der MARCO POLO bleiben, mit der Mannschaft anfreunden. Auf diese Art und Weise werden die letzten Unterschiede abgeschliffen.«

Cascal instruierte seine Leute entsprechend.

Die Schleuse des Beibootes öffnete sich, und die falschen Moritatoren verließen das Schiff und wurden bereits im Hangar von den echten Moritatoren begrüßt und auf die einzelnen Gruppen verteilt. Einige Minuten später befanden sich Cascal und Tuscalosa in der geräumigen Zentrale des Schiffes, die mit fremder Nachrichtentechnik und fremder Einrichtung angefüllt war.

Während sich die LAVASZA langsam in Bewegung setzte, stellte Lavascha die beiden Terraner vor. Dann sagte er:

»Wir starten. Der Kurs bleibt, wie wir ihn errechnet haben. Ich bin in meiner Kabine, komme aber gleich wieder.«

»Verstanden.«

Acht Bildschirme bildeten die auffälligsten technischen Einrichtungsgegenstände der Zentrale. Vier von ihnen waren so angeordnet, daß es den Anschein hatte, man sähe durch die gläserne Spitze der Pyramide nach draußen, nur durch schmale Randleisten unterbrochen.

Natürlich waren die Bilder dreidimensional und farbig und von einer Qualität, die man schlichtweg als hervorragend bezeichnen mußte.

Einige Reihen kleinerer runder Monitore gaben andere Bilder, aufgenommen von anderen Linsensystemen, wieder. Die Sonne wurde kleiner, der Lichtpunkt neben ihr war bereits jetzt verschwunden – der Lichtpunkt, der die MARCO POLO war.

Cascal ging langsam zum Schiffsführer hin und blieb neben ihm stehen.

»Kollege«, sagte er höflich lächelnd, »kann ich mich irgendwie in Ihre Arbeit mischen?«

»Nein«, antwortete der Kommandant. »Aber ich werde Ihnen sagen, welchen Kurs wir fliegen.«

Er schaltete, und auf einem Monitor vor ihm erschienen Sterne, Linien, Kreise und Punkte. Eine verkleinerte, ebenfalls plastisch wirkende Sternkarte, die von den Computern des Schiffes ständig aufgebaut und – neu durchgerechnet – verändert wurde. Cascal sah einige bekannte Konstellationen der näheren stellaren Umgebung und rechts am Rand die purpurne Sonne des Riesen-Planeten-Systems.

»Wir beschleunigen bis zu diesem Punkt«, sagte der Kommandant. »Dann führen wir schnell nacheinander zur Tarnung drei Linearflüge durch.«

Die betreffenden Linien der Überlichtetappe erschienen in der Projektion.

»Ich verstehe«, sagte Cascal. »Recht geschickt. Sie kommen dann in der Nähe des Systems an, aber aus einer anderen stellaren Richtung.«

Die erste Etappe erfolgte kurz nach dem Start, der nach terranischer Zeitrechnung am 10. März des Jahres 3438 erfolgt war, kurz nach 20 Uhr Bordzeit der MARCO POLO.

Und als das Schiff vorsichtig in das Deep-Purple-System einflog, wußten sie, daß sie ihre Mission unter ungünstigen Vorzeichen beginnen mußten:

Funksprüche der Takerer wurden aufgefangen.

Zweihundertdreißig Frauen und Männer lebten und arbeiteten in der LAVASZA. Ihr Beruf, fast schon als Berufung zu bezeichnen, bestand darin, die Galaxis Gruelfin aufzuklären. Geschichte und Geschichten, Planungen und Vorhersagen – das brachten sie den Bewohnern der Planeten. Sie waren unabhängig und unparteiisch, die Moritatoren kannten nur eine Maxime für ihr Handeln: die Suche nach der Wahrheit und nach einer Möglichkeit, die verschiedenen Völker dieses riesigen Sternenreiches in Frieden zu sehen.

Die Moritatoren waren autark und unterlagen keiner Gesetzgebung außer ihrer eigenen.

Sie waren auch unverletzlich, niemand wagte es, sie zu belästigen – von Ausnahmen abgesehen. Diese Ausnahmen wurden von den Takerern besorgt.

Sie hatten es geschafft, die Speicher der Moritatoren zu fälschen und mit unwahren Daten zu versehen.

Und sie hatten nicht gezögert, das Feuer auf Moritatorenschiffe zu eröffnen.

»Lavascha – wir haben eine Reihe von ungewöhnlichen Funksprüchen aufgefangen!« meldete sich einer der Funker des Schiffes.

Lavascha wandte sich an den Piloten. Das Schiff verlangsamte seinen Flug, unaufhörlich seinen Moritatoren-Kennimpuls abstrahlend.

»Wo sind wir genau?« fragte der Chef der Moritatoren.

»Bereits im Deep-Purple-System. Wir nähern uns gerade dem sechsundzwanzigsten Planeten, Lavascha!«

»Verstanden. Blenden Sie die Funksprüche ein!«

Die Lautsprecher gaben wieder, was die Antennen des Schiffes aus dem interplanetaren Raum auffingen.

Lavascha fragte nach einigen Minuten:

»Was soll denn das?«

»Ohne Zweifel politische Erklärungen. Und zwar in ausgesprochen schlechtem Stil.«

Die Funker und die Moritatoren an den Ortungsgeräten hatten plötzlich Arbeit bekommen, und zwar in ausreichendem Maß. Schließlich hatten sie eine Sendung genau eingepeilt. Der Ton war klar, das Bild ausgezeichnet.

Ein Sprecher verlas einige schwülstige, politisch gefärbte Parolen, die sich auf die nächste Regierungszeit des Taschkars bezogen. Cascal und Lavascha sahen sich zweifelnd an.

Ein anderer Mann löste den Sprecher ab. Der letzte Satz hatte Glück, Segen und eine lange Regierungszeit heraufbeschworen. Jetzt hob der Mann auf dem Bildschirm grüßend die Hand und sagte:

»Ihr kennt mich alle unter dem Namen Ginkorasch. Ich bin der ehemalige Chef des Geheimdienstes dieses Planetensystems. Der Name Ginkorasch ist erloschen, es gibt ihn nicht mehr. Es gibt nur noch einen Begriff: Der Taschkar!«

Lavascha sagte voller Bestürzung: »Ginkorasch! Ein neuer Taschkar!«

Joaquin Manuel Cascal sagte scharf: »Das bedeutet, daß es keinen ›alten‹ Taschkar mehr gibt. Wie wir gehört haben, erlischt die Regierungszeit mit dem Leben, nicht vorher.«

Bevor sie weiter diskutieren konnten, sagte der neue Taschkar ruhig und mit unbewegtem Gesicht: »Der alte Taschkar, dessen Nachfolge ich kraft des Gesetzes antrete, ist tot. Er, der Mann aus den Reihen des stolzen Valos-Clans, ist einem tödlichen Unfall erlegen.«

Cascal sagte: »Ich ahne Schlimmes, Lavascha. Der Tod des alten Taschkars, der als sehr gefährlicher Mann galt, ist vielleicht auf irgendwelche Maßnahmen oder Unternehmungen von Rhodan und seinem Team zurückzuführen.«

Der neue Taschkar fuhr fort, seinem Publikum zu versichern, daß jetzt die goldenen Jahre angebrochen seien und daß er alles tun würde, um seinem Volk ein mehr als gerechter Herrscher und Wahrer des Rechts zu sein.

Die LAVASZA näherte sich, ständig mehr Geschwindigkeit abbremsend, Takera. Die Ortungen zeigten die massierten Anhäufungen von takerischen Schiffen, aber der plötzlich verkündete Machtwechsel schien alle Besatzungen irgendwie gelähmt zu haben, denn das deutlich sichtbar einfliegende Moritatorenschiff war noch nicht ein einziges Mal angerufen worden.

Noch immer liefen die Meldungen über den Bildschirm und wurden von den Terranern und den Moritatoren ausgewertet.

Ungehindert flog das Pyramidenschiff durch das System. Es war inzwischen angerufen worden und hatte sich identifiziert. Daraufhin ließen die Takerer die Moritatoren in Ruhe weiterfliegen. Eine gewisse nervöse Spannung hatte sich der Mannschaft bemächtigt, denn man konnte nicht wissen, ob sich nicht in der nächsten Sekunde die Situation grundlegend änderte. Der neue Taschkar konnte seine Macht plötzlich demonstrieren, indem er völlig sinnlose Befehle gab und Anordnungen erließ.

Die Männer beobachteten die Schirme, sie horchten schweigend auf den Funkverkehr, und plötzlich meldete sich der Chef der Funkabteilung.

»Lavascha! Kontakt!«

»Schalten Sie um!« sagte der Moritator, und zu Cascal und Tuscalosa meinte er:

»Das wird der verantwortliche Kommandant der planetaren Schutzflotte um Takera sein. Warten Sie!«

Das Bild erhellte sich auf dem großen Monitor neu, und Lavascha stand auf und blieb im Sichtbereich der Linsen stehen.

»Hier spricht die Wachflotte. Identifizieren Sie sich!« sagte der uniformierte Mann auf dem Bildschirm.

Lavascha meldete sich mit seiner dröhnenden Stimme:

»Hier Moritatorenschiff LAVASZA im Anflug auf Takera. Wir bitten um Landeerlaubnis, um den neuen Taschkar angemessen begrüßen und dem Volk unsere neuen Erkenntnisse bringen zu können.«

Der Uniformierte fragte scharf:

»Zufällig hier, Lavascha? Ich weiß, Sie sind sehr bliebt . . .«

Er ließ den letzten Teil der Frage offen.

»Ich weiß«, erwiderte Lavascha selbstbewußt. »Was sind das für aufregende Nachrichten?«

»Der ehemalige Ginkorasch ist Taschkar«, sagte der Uniformierte. »Sie wollen auf Takera landen?«

»Am gleichen Platz wie immer«, bestätigte Lavascha.

Der Uniformierte sagte kurz angebunden:

»Landung vorläufig gestattet, trotz der außergewöhnlichen Situation.«

»Danke«, versetzte Lavascha lakonisch. Dann fügte er hinzu: »Falls Sie es verhindern können, daß man uns beschießt?«

»Selbstverständlich!«

Das Bild erlosch.

»Es ist merkwürdig«, stellte Lavascha fest, »daß man unser Schiff trotz der verworrenen Verhältnisse landen läßt.«

Der Kapitän des Schiffes erwiderte:

»Das hängt sicher mit dem Umstand zusammen, daß Sie als einer der angesehensten und beliebtesten Moritatoren gelten. Es würde zu riskant sein, die LAVASZA nicht landen zu lassen. Das Volk würde vielleicht unwillig reagieren, und das wiederum wäre dem Taschkar nicht sehr recht, denke ich.«

»Genauso ist es wohl, Kapitän.«

Vermutlich war es aber auch so, daß es der takerische Kommandant für taktisch klug hielt, den Moritator, der anscheinend zufällig zu diesem Zeitpunkt um die Landung gebeten hatte, landen zu lassen. Lavascha und seine Leute wußten es zu diesem Zeitpunkt noch nicht, aber das Moritatoren-Schiff war das einzige Raumfahrzeug, das zu diesem ungewöhnlichen Datum noch Landegenehmigung erhalten hatte. Alle anderen Schiffe der Flotte, welche auch immer, wurden auf eine Parkbahn im System, jenseits des dreiunddreißigsten Planeten, zurückgewiesen.

Lavascha hob den Kopf, strich einige Male durch seinen langen Bart und befahl:

»Landen Sie auf der Raumbasis von Taschkanor!«

»Verstanden.«

Der Planet Takera wurde größer und schärfer auf den Schirmen. Es sah so aus, als würde sich die scharfe Spitze des Pyramidenschiffes genau in die halb ausgeleuchtete Kugel bohren. Kontinente und Meere, Inseln und Wolken wurden deutlicher. Cascal ballte die rechte Hand zur Faust und schlug mehrmals auf die offene Linke.

»Was gibt es?« fragte Tuscalosa.

»Aufregungen«, erwiderte Cascal. »Wenn ich das Gesicht des Taschkars sehe, dann ahne ich eine Serie schrecklicher Dinge.«

»Ich auch«, sagte Lavascha.

Joaquin Manuel Cascals Gesicht zeigte den Ausdruck angestrengten Nachdenkens, als er schweigend zusah, wie das Schiff der Moritatoren die Ketten der Wachschiffe passierte. Er sah auch schweigend zu, wie die LAVASZA durch die Lufthülle glitt und sich das Ziel aussuchte, den riesigen Raumhafen von Taschkanor. Einige lange Minuten verstrichen, und Cascal ertappte sich plötzlich dabei, wie sich seine Hand zwischen die Säume seiner Moritatorenjacke schob und nach dem beruhigenden Kontakt mit der Waffe suchte.

Aus dem großen, quadratischen Heckteil des Schiffes kamen, nachdem sich die Klappen gelöst hatten, insgesamt acht schwere, wuchtige Teleskopbeine hervor.

An den unteren, schräg auseinandergespreizten Enden waren sie mit riesigen Auflagetellern fest verbunden. Das Schiff schoß mit der Spitze nach vorn in die Atmosphäre hinein, bremste seine Geschwindigkeit ab und richtete sich dann auf.

Über dem Rand des Raumhafens sank es langsam mit feuernden Triebwerken herunter. Die waagrechte Platte des Hecks näherte sich in Schüben von hundert Metern, später in Abständen, die nur Meter maßen, dem Boden.

Zuerst bekamen die Teller Bodenberührung, preßten sich auf die Unterlage. Dann federten die Landebeine ein, und mit einem letzten Aufbäumen der Triebwerke stand die LAVASZA ruhig da.

Das Schiff wirkte neben den Bauten und Türmen des Hafens wie eine gigantische Pyramide, die aus einer vergangenen Urzeit des Planeten stammte.

Überall öffneten sich die Schleusen. Frische Luft drang ins Innere.

Lavascha sagte: »Wir sind gelandet, Cascal. Ehe wir darangehen, Rhodan und den Ganjo zu suchen, haben wir eine Reihe von Aufgaben zu erledigen.«

Cascal stand da und betrachtete auf den Bildschirmen das Treiben auf der Seite des Hafens, auf der sie gelandet waren. Es sah aus wie ein Ameisenhaufen, in den ein Wanderer einen Stock gesteckt und damit umgerührt hatte.

»Eine Menge Trubel dort unten«, meinte LaGrange Tuscalosa.

»Hier!« sagte Lavascha und reichte Cascal und dem hünenhaften Mann je ein Armbandfunkgerät cappinscher Produktion. Es war größer als ein terranisches Erzeugnis, aber als die Männer den Gegenstand genauer ansahen, wußten sie, daß er wesentlich mehr Funktionen in sich vereinte als das terranische Gegenstück.

»Danke«, sagte Cascal. »In Kürze werden Sie uns beweisen, daß Sie Lavascha der Dröhnende sind, nicht wahr?«

Die Männer in der Zentrale verließen, nachdem sie einen Großteil der Maschinen ausgeschaltet hatten, ihre Plätze und fanden sich zu einem lockeren Kreis zusammen, der die Gruppe der drei Männer umstand.

Lavascha lachte.

Dies war das erstemal, daß ihn Cascal lachen hörte. Lavascha stieß ein dröhnendes Gelächter aus, das ein wenig an den Heiterkeitsausbruch eines Haluters erinnerte oder an das Geschrei, das die Siganesen von sich gaben, wenn sie über Lautsprecher und Verstärker des Paladins einen siganesischen Kriegsgesang anstimmten.

»Ich bleibe Lavascha!« rief der Moritator. »Aber ich bin nicht nur ein harmloser Moritator, der sich damit beschäftigt, die Völker der Galaxis aufzuklären.«

Cascal grinste erwartungsvoll und sagte: »Gewiß nicht. Sie sind mehr, als wir alle ahnen. Sie haben die Untergrundorganisation auf Takera aufgebaut, und diese Leute werden uns jetzt alles über den Verbleib von Rhodan, Atlan und dem Ganjo berichten.«

Schlagartig änderte sich der Gesichtsausdruck des Moritators. Lavascha sah Cascal an, als habe er ein Gespenst gesehen, und fragte erschrocken flüsternd:

»Woher wußten Sie das, Terraner?«

Cascal mimte den Gleichgültigen.

»Ich habe einfach ins Blaue geschossen und getroffen. Ich wußte es nicht. Sind Sie der Chef des Untergrundes hier?«

»Unglaublich!« brummte LaGrange.

»Ich bin nicht der Chef«, sagte Lavascha. »Aber ich habe mitgeholfen, eine Untergrundorganisation aufzubauen. Sie ist sehr aktiv, was das Einsammeln unendlich vieler und wichtiger Daten betrifft.«

Lavascha deutete auf LaGrange und Cascal.

»Sie beide«, verkündete er, »werden unseren Verbindungsmann aufsuchen. Escroplan und seine Leute werden Sie erwarten. Alle anderen Terraner haben je einen Kontaktmann. Im Augenblick werden ihnen gerade die Anweisungen erteilt.«

Cascal schluckte – *das* hatte er nun wirklich nicht ahnen können.

Seine Einsatzgruppe sollte sich an neunundvierzig Punkten der Stadt mit den Kontaktleuten der Organisation treffen, die ein Moritator mit Namen Escroplan leitete. Geheime Botschaften sollten ausgetauscht und nicht minder wertvolle Informationen weitergegeben werden.

»Einverstanden«, sagte Cascal. »Wir müssen nur unauffällig das Schiff verlassen.«

»Das wird nicht schwer sein«, meinte einer der Moritatoren, die sie umstanden. »Wir haben für alles gesorgt.«

Cascal hielt dieses Unternehmen für eine Art geplanten Selbstmord, aber allmählich verstand er, aus welchem Grund Schekonu der Wissende in solch enthusiastischem Tonfall Lavascha gelobt hatte. Dieser weißbärtige alte Moritator schien genau der richtige Anführer einer solchen Gruppe von Männern zu sein. Er wußte, was er tat.

»Wie gehen wir vor?« fragte Cascal.

Lavascha sah auf die Uhr und sagte:

»Zuerst kommt ein takerisches Kommando an Bord und fragt uns, was wir wollen. Das ist schon fast langweilige Routine. Wir antworten ihnen, daß wir mit unseren Werbegleitern in die Stadt und durch deren Bezirke fahren und einen Platz suchen, auf dem wir sprechen und schildern können. Das wird genehmigt. Während dieser Werbefahrt werdet ihr Terraner euch entfernen, so unauffällig wie möglich. Ihre Männer treffen dann die Kontaktpersonen.«

»Einverstanden«, sagte LaGrange. »Und wenn man uns sieht?«

Lavascha grinste jetzt wie ein Verschwörer eines Schmierentheaters.

»Wenn man euch sieht, wird man sich freuen, denn die Moritatoren kaufen gern und viel auf Takerer-Planeten ein. Das belebt die Wirtschaft und macht uns beliebt. Bisher ist noch niemand darauf gekommen, daß wir teilweise mit Falschgeld zahlen.«

Tuscalosa sah sich in der Kabine um. Er wollte seine nervösen Finger wieder dadurch beruhigen, daß er einen »Draht«, wie er die dreizehn Millimeter starken Stangen nannte, zu lustigen Figuren drehte.

»In welche Gesellschaft sind wir hier geraten?« fragte er.

»Denken Sie an Rhodan und schweigen Sie«, sagte Lavascha. »In drei Minuten kommen die Takerer an Bord. Ich hoffe, Sie denken nicht einmal auf terranisch.«

»Ich hoffe es auch«, sagte Cascal.

Dann wartete er darauf, daß Lavascha ihm und LaGrange erklärte, was sie zu tun hatten und in welche Richtung sie ihr Weg führte.

Und als das takerische Hafenkommando, durchsetzt von Beamten der Geheimpolizei, an Bord erschien, bahnte sich die zweite Überraschung des Tages an.

Es wurde fast eine Tragödie daraus.

30.

Vor ihnen lag die Raumjacht schräg auf einer metallenen Unterlage.

Ovaron machte sich an den eingelassenen und dicken Metallplatten zu schaffen. Ein tiefes Summen war zu hören, und die äußere Schleusentür schob sich in das Metall der Schiffswand zurück.

Gucky rief:

»Nur weiter so, Ovaron!«

Rhodan schätzte die Länge des Raumbootes auf rund vierzig Meter, eher eine Kleinigkeit mehr. Die Form war genau spindelförmig, langgezogen, mit einer nadelfeinen Spitze und einem im rechten Winkel abgeschnittenen Heck, dessen Durchmesser fünf Meter nicht überstieg.

Im Heck waren die Öffnungen für den Antrieb zu erkennen, desgleichen die kleinen, vertieft untergebrachten Anlagen für die Steuertriebwerke und die Projektoren der Schutzschirme.

»Das Raumschiff war offenbar als letzte Fluchtmöglichkeit für den Taschkar gedacht«, sagte Merkosh undeutlich und sah sich um, ob er nicht wieder durch sein Gebrüll die Vasallen aufhalten mußte. Alles hatte sich geändert. Die Leibwache des toten Taschkars hatte die Verfolgung offenbar aufgegeben. Dafür aber waren schon zweimal Vasallen gegen die Gruppe vorgerückt, fast ausschließlich Reparaturroboter! Im Augenblick herrschte, abgesehen von dem nervenzermürbenden Sägegeräusch hinter der Schleuse, eine trügerische Ruhe.

Rhodan drehte sich um, die Waffe in der Hand.

»Ovaron?« rief er.

Der Cappin betrat eben die Schleuse, hielt sich an einem metallenen Bügel fest und sah hinaus.

»Ja?«

»Gehen Sie hinein und machen Sie, falls es möglich ist, das Schiff startklar. Wir suchen inzwischen nach einer Möglichkeit, die Kuppel zu öffnen.«

»Verstanden, Perry.«

Rhodan sah sich nach der Schleuse um. Die Linien der Metallplatte waren von den gerundeten, schuppenförmigen Spuren des Schweißvorganges bedeckt, die von den Strahlern des Paladins stammten. Nachdem die Wartungsroboter sie teilweise zerstört hatten, hatte er sie noch einmal verschließen können. Das Metall knisterte; es kühlte langsam ab, und eine graue Rauchwolke zog von der Tür bis hierher in die Mitte des Raumes.

»Atlan, wir suchen!« sagte Rhodan.

Der Arkonide und der Terraner setzten sich in Marsch und gingen langsam auf die Wände der Kuppel zu. Sie betrachteten jeden Quadratzentimeter des Bodens und der Wand vor ihnen, um irgendwo etwas Ähnliches wie eine Schalteinrichtung zu finden.

Rhodan drehte seine Waffe um, als er die Wand erreichte.

Er begann, methodisch die Wand abzuklopfen. Das pochende Geräusch schuf einen zusätzlichen Effekt in der Halle. Wie ein glänzender, unschuldiger Körper lag das Schiff zwischen ihnen. Ovaron und Gucky beschäftigten sich bereits mit dem Bewegungsmechanismus beider Schleusentüren. Das Schiff war geöffnet.

»Gut«, meinte Rhodan. »Wenn Ovaron auch noch die Schaltanlagen der Steuerung entschlüsseln kann . . .«

Fünf Minuten vergingen, und das Geräusch jenseits der Metallplatte wurde schärfer und lauter.

Wann drangen die Vasallen durch?

Die Station mußte sie gegen die Eindringlinge in Marsch gesetzt haben, nachdem alles sich zu verschieben begonnen hatte. Von der Schaltung, die Ginkorasch vorgenommen hatte, konnten die Gefährten natürlich nichts wissen.

»Nichts zu finden, Perry!« sagte der Arkonide.

In ihren Gesichtern zeichneten sich die Strapazen der letzten Tage ab. Die Linien hatten sich vertieft, Schmutz und Schrammen zeigten sich auf der Haut. Die Kleidung war abgerissen und zerfranst, und die Ausrüstungsgegenstände und Waffen zeigten deutlich, daß sie regelrecht verschlissen worden waren.

»Ich habe auch nichts gefunden«, meinte Rhodan. »Vielleicht können wir die Kuppel vom Schaltpult des Schiffes aus öffnen.«

Paladin stand zwischen der langgestreckten Form des Schiffes, das im ersten Drittel hinter der Spitze einen Durchmesser von rund acht Metern aufwies, und dem großen Schleusentor. Noch hielten die breiten Nähte des Schweißvorganges, aber die Geräusche der schnellaufenden Maschinen, mit denen die Roboter versuchten, das Tor wieder aufzuschneiden, wurden lauter und lauter.

Die Siganesen im Inneren des Robots hatten es am bequemsten

gehabt, aber gleichzeitig war es ihnen zu verdanken, daß sie alle noch lebten.

Die acht Partner dieser mörderisch harten Odyssee trafen sich vor der Schleuse des Raumbootes.

»Was tun wir, um hier herauszukommen?« fragte Takvorian leise.

Paladin hob einen Arm und deutete nach oben auf das Bild des glühenden Planeten. Die Stimme Harl Dephins erklang deutlich:

»Ich werde, wenn es nicht anders geht, die Kuppel zerschießen. Ovaron müßte dann das Boot vorsichtig durch das Loch bugsieren.«

»Das könnte gehen«, kommentierte Ovaron.

Auch er wirkte erschöpft, aber sie alle hielten sich mit bewundernswürdiger Beherrschung auf den Beinen.

Rhodan sagte:

»Paladin – Sie bleiben hier und sichern das Schleusenschott. Takvorian soll neben Ihnen bleiben und nötigenfalls die Bewegungen der Vasallen aufhalten.«

Der Pferdemutant tänzelte nervös auf seinen Vorderbeinen und antwortete:

»In Ordnung. Ich werde tun, was ich kann.«

Ovaron war im Schiffsinnern verschwunden, und Atlan und Rhodan folgten. Sie hielten ihre Waffen noch immer schußbereit. Niemand konnte ahnen, welche Fallen in dieser luxuriösen Raumjacht eingebaut oder versteckt waren.

Der Lordadmiral schob vorsichtig eine breite Tür auf und spähte hinter dem Lauf des Strahlers in den dahinterliegenden Raum.

»Verdammt luxuriös eingerichtet!« sagte er leise.

Rhodan blickte nach unten.

»Richtig. Vermutlich entspricht auch die technische Ausrüstung dem höchsten Standard. Diktatoren haben es schon immer leicht gehabt, sich gut einzurichten!«

Atlan fragte mit einem kalten Grinsen zurück:

»Höre ich Bitterkeit über deine spartanische Lebensführung aus deiner Stimme?«

»Keine Spur«, sagte Perry. »Ich traf lediglich eine Feststellung.«

Das Cockpit lag rechts von ihnen.

Ein breiter, gerader Korridor mit einigen geschlossenen Schotten rechts und links lag vor den Männern. Wände und Decke waren mit einem teuren, dicken Plastikstoff verkleidet. Der Boden war mit dikkem, dunkelrotem Teppich belegt, der hervorragend gepflegt war. Die schmutzigen Stiefelsohlen der Männer hinterließen deutliche Spuren auf dem Belag. Es sah so aus, als sei diese luxuriöse Raumjacht nur sehr selten benutzt und schon gar nicht im harten Einsatz gewesen.

Rhodan rief laut nach Ovaron.

Einige Meter vor ihnen ertönte die Antwort:

»Ich bin hier in der Steuerkanzel!«

Atlan und Rhodan gingen darauf zu. Sie öffneten gewissenhaft jeden Raum rechts und links von ihnen und durchsuchten ihn flüchtig, aber sie konnten nichts sehen, das nach Falle aussah.

»Eben haben wir einen Raum voller Dakkarkomausrüstungen betreten«, sagte der Großadministrator.

Sie blieben an der Rückwand der Steuerkabine stehen. Ovaron beugte sich über die Schaltungen und arbeitete schweigend und konzentriert.

»Wie geht es voran?« fragte Atlan.

»Die Maschinen werden in wenigen Sekunden anlaufen, und mit der Bedienung habe ich nur wenig Schwierigkeiten. Eine Weiterentwicklung der Technik, die ich kenne.«

»Ausgezeichnet.«

Hier drinnen hörten sie nichts von den bohrenden und fräsenden Geräuschen der Vasallen, die ihre Anstrengungen verdoppelten. Sie schienen, ganz im Gegensatz zur Leibwache, auf alle Fälle die Eindringlinge verfolgen zu wollen.

Rhodan sah auf seine Uhr und stellte fest:

»Es wird Zeit, Ovaron, wann können Sie starten?«

Der Ganjo wandte sich kurz um und erwiderte leise:

»In etwa einer Viertelstunde. Wir sollten alle an Bord gehen – der Paladin steht draußen und sichert?«

»Ja.«

»Ich sorge dafür, daß wir startbereit sind«, sagte Atlan. »Ich habe ein sehr ungutes Gefühl, wenn ich an die Vasallen und an eine Reihe von Gefahren denke, die noch zusätzlich auftreten können.«

Ovaron und Rhodan nickten zustimmend, und Atlan verließ die Steuerkabine, die mit vier hochlehnigen, luxuriösen Sesseln ausgestattet war. Die riesigen Bildschirme funktionierten bereits, sie boten ein Bild der Hangarkuppel, in der sich die anderen bewegten und noch immer an den verschiedensten Stellen nach dem Öffnungsmechanismus suchten.

»Die Versorgungseinrichtungen laufen bereits«, meinte Ovaron leise. »Und jetzt laufen auch die Maschinen an.«

Ein pfeifendes Geräusch kam aus dem Schaltpult, schraubte sich in die Höhe von Ultraschall hinauf und verschwand dann. Leise vibrierte das Schiff auf seinen stählernen Schienen.

Perry Rhodans Armbandfunkgerät summte auf.

»Ja?«

»Harl Dephin hier, Sir. Ich habe festgestellt, daß die Vasallen jenseits der Schleusentür eine geradezu hektische Aktivität zeigen. Das Verschweißen des Schotts hat sie vermutlich sehr nervös gemacht, und sie versuchen im Augenblick heftiger denn je, diese Sache wieder in Ordnung zu bringen. Was das für uns zu bedeuten hat, wissen Sie ja.«

Rhodan setzte sich und erwiderte:

»Bleiben Sie weiterhin zwischen Schiff und Schleuse stehen. Wenn nötig, kommen wir Ihnen zu Hilfe.«

»Verstanden.«

Gucky watschelte herein und warf sich in den Sessel neben Perry.

»Noch müde?« fragte Rhodan.

»Erschlagen, Perry«, sagte der Mausbiber.

Er rollte sich zusammen und begann, kaum daß er eingeschlafen war, zu schnarchen, als wolle er Stahlträger ansägen.

»Ras und ich haben eine Vermutung«, berichtete Atlan.

»Ich habe mehrere«, erwiderte Rhodan. »Welche habt ihr?«

»Es ist uns bisher nicht gelungen, die Schaltung für diese durchsichtige Riesenkuppel zu finden. Es muß aber eine Schaltung geben, denn der Taschkar ist zweifellos nicht durch das Panzerglas hindurch gestartet. Vielleicht hat die zentrale Schaltanlage dieses Satelliten durch unser Verschweißen der Schleuse diese Schaltung außer Funktion gesetzt.«

»Das wäre eine Erklärung«, sagte der Terraner. »Wie weit sind Sie, Ovaron?«

Der Ganjo antwortete gelassen:

»Wir können, von mir aus gesehen, in fünf Minuten einen Versuch machen.«

Die Jacht war startbereit. Bis auf Paladin, der die Schleuse sicherte, waren alle Mitglieder der Expedition in ihr. Das Ende ihrer Irrfahrt schien greifbar nahe; nur noch einige Zentimeter Panzerglas trennten sie vom freien Weltraum. Natürlich würde es auch dort um den glühend roten Planeten von fremden Schiffen wimmeln, aber sie hatten den Vorteil, daß sie das Privatschiff des Taschkars benutzten. Und dieses war tabu und unangreifbar. Niemand würde es wagen, es zu belästigen oder gar zu beschießen.

»Ich beherrsche die Kontrollen«, versicherte Ovaron nach einer

Weile und drehte den vierten Sessel zu Rhodan und Atlan herum.

»Wir warten noch eine Weile«, sagte Rhodan.

»Worauf?«

Perry zeigte auf die Kuppel.

»Vielleicht öffnet sie sich automatisch, wenn die Schiffsmaschinen warmgelaufen sind. Nötigenfalls kann Paladin mit seinen schweren Waffen die Kuppel aufschießen. Dieses Risiko, das unweigerlich einen massierten Großeinsatz der Vasallen auslösen wird, will ich nur im äußersten Notfall eingehen. Eine Energieortung und ein Alarm an die Schlachtschiffe könnte die Folge sein, und dann wissen es alle, daß in diesem Schiff nicht der Taschkar sitzt.«

»Ich fürchte«, meinte Atlan resignierend, »daß die Tatsache bereits weiter bekannt ist, als du und ich glauben.«

»Warten wir trotzdem«, sagte Rhodan.

Dann schaltete er sein Armbandgerät ein und stellte eine Verbindung mit Paladin her. Daraufhin bewegte sich der Riesenroboter auf die Schleuse zu, stellte sich dicht daneben auf und richtete seine Systeme wieder auf das Schott aus. Dabei sah er, daß sich an verschiedenen Stellen der Anlage bereits die ersten Energiefräsen durch das Metall fraßen, dicht neben den Schweißnähten, die von ihm stammten.

In wenigen Minuten würden die Vasallen den Hangarraum stürmen.

Die Spannung war unerträglich. Niemand wußte, was die nächsten Minuten bringen würden, und der rotglühende Planet über ihnen wirkte wie eine Drohung. Langsam tickerten die Sekunden herunter.

Und Rhodans Denkansatz war grundfalsch . . .

31.

Nur zwanzig Takerer, unter ihnen mindestens zehn Angehörige der Marsav, befanden sich in der LAVASZA, aber es wirkte, als hätten sie das gesamte Schiff fest in ihrer Hand. Fünf oder sechs Männer standen in der Zentrale, und deutlich sah Cascal, daß sie sich sehr wichtig vorkamen. Er kannte den Grund. Sie waren Mitglieder der Geheimpolizei, und der neue Taschkar war noch vor kurzer Zeit ihr Chef gewesen. Das bedeutete für sie einen deutlichen Gewinn an Prestige und uneingeschränkter Macht.

»Sie wissen, daß Ihr Schiff das letzte ist, das noch hier landen durfte?« fragte einer der Hafenpolizisten Lavascha.

Der Moritator hatte sich zu seiner vollen Größe aufgerichtet und erwiderte mit dröhnender Stimme:

»Ich weiß es. Und ich danke dafür dem Taschkar. Ein Unglücksfall, sagten Sie, habe den alten Taschkar ausgelöscht?«

Der Angesprochene bemerkte kurz:

»Ein tragischer Unglücksfall. Was haben Sie hier vor, Lavascha?«

Der Moritator breitete beide Arme aus und spreizte die Finger, dann machte er die rituelle Bewegung und antwortete als ginge ihn nichts auf diesem Planeten etwas an außer seiner Sendung:

»Ich will fünfzig Gleiter ausschwärmen lassen. Sie sollen, mit je vier Mann besetzt, die Landung verkünden und einen Platz ausrufen, an dem wir sprechen und diskutieren können. Welcher Platz bietet sich dafür an?«

»Sie meinen sicher das Große Stadion des Taschkars?«

Lavascha wirkte sehr überzeugend, als er sagte:

»Zweihunderttausend Besucher werden dort heute nacht die Botschaft erfahren, die wir ihnen bringen. Es wird das Stadion des Taschkars ungeheuer aufwerten, wenn Lavascha der Dröhnende gesprochen hat. Und es wird die Herrschaft des Taschkars festigen und bestätigen, die indes nur solange dauern kann, bis sie durch die Herrschaft des Ganjos abgelöst wird.«

»Das ist Ihre Meinung«, bemerkte der Wachhabende der Truppe. »Ich habe Erlaubnis, Ihnen die Benutzung des Stadions zu gestatten.«

Der Moritator verbeugte sich leicht.

»Dann also werden zweihundert meiner Mannschaft ausschwärmen. Ist etwas dagegen einzuwenden, wenn sie sich in persönlichem Gespräch an Passanten wenden und vielleicht etwas kaufen?«

»Nein, keineswegs. Es sei denn, sie haben die Absicht, wirre politische Diskussionen zu entfachen.«

Cascal spürte, wie er zusammenschrak und bleich wurde. Ein Terraner war in der Zentrale aufgetaucht. Er hatte sich mit einem Moritator unterhalten und den Kopf in eine andere Richtung gedreht. Diese Beleidigung wäre nicht schlimm gewesen, man hätte sie mit dem Hinweis auf leichte Trunkenheit herunterspielen können.

Aber der Terraner hatte Terranisch gesprochen.

Cascal vernahm neben sich einen harten Aufschlag. Er fuhr herum und starrte den Neuankömmling an. Aus dem Augenwinkel sah er, wie einer der Männer aus der Zentrale verstohlen nach seiner Waffe tastete. Neben Cascal hatte sich LaGrange Tuscalosa zu Boden geworfen und flüsterte, nur für Cascal hörbar:

»Nachmachen!«

Cascal fiel auf die Knie und streckte die Hände nach vorn aus.

Die tiefe Stimme Commander Tuscalosas schallte durch den Raum. Auch er sprach Terranisch, und zwar in einem etwas undeutlichen Küstendialekt. Er sagte langsam:

»Mitspielen, Myller!«

Myller, der jetzt fünf Meter weit im Raum stand, schaltete trotz seines eigenen Schreckens schnell. Er fiel ebenfalls auf den Boden und rief auf terranisch zurück:

»Ich spiele mit, Tusca. Was soll ich tun?«

»Aufstehen und herkommen. Und dann aufhören, in unserer Sprache zu reden.«

Cascal beobachtete Myller und den Commander, und als sich die beiden Männer erhoben, kam er ebenfalls auf die Beine. Sie gingen langsam aufeinander zu und schüttelten sich mit Ausdauer die Hände. Als Myller den Blick sah, den ihm Cascal zuwarf, wurde er kreidebleich. Dann trennten sie sich wieder und kehrten an ihre Plätze zurück.

Der Polizist fragte kopfschüttelnd:

»Habt Ihr neuerdings ein Irrenschiff, Lavascha?«

Der Moritator streckte einen Arm aus wie ein Patriarch, der seine Herde zählt, und verkündete lautstark:

»Diese drei Männer sind bisher in tiefer Kontemplation gewesen. Diese Wörter, die ihr niemals verstehen werdet, sind der Gruß der Kontemplativen untereinander und das Zeichen, daß sie wieder offen und laut sprechen dürfen. Mit jedem. Auch mit mir und euch.«

»Na ja«, sagte der Hafenpolizist, während die Marsav-Leute sich weiterhin mißtrauisch und argwöhnisch umsahen. »Jeder hat seine eigenen Probleme.«

Cascal, Myller und Tuscalosa verneigten sich wieder voreinander und sahen dann zu, wie sich die Mannschaft der Hafenpolizei langsam entfernte. Als es sicher war, daß erstens keiner von ihnen mehr an Bord war und als zweitens die Untersuchungen, ob sie Spionagegeräte hinterlassen hatten, negativ ausgefallen waren, sagte Cascal, dem der Schrecken noch in den Knochen saß:

»Myller – betrachten Sie sich durch Ihren eigenen Schrecken als gestraft, ja? Ersparen Sie mir, länger über diesen Zwischenfall nachzudenken!«

Lavascha betrachtete Tuscalosa mit neuerwachtem Respekt.

»Sie haben die Situation gerettet«, sagte er. »Wenn alle Ihre Leute solche Könner sein würden, dann hätte ich nicht die geringsten Befürchtungen.«

Cascal versicherte:

»Es kommt nicht wieder vor, Lavascha. Wie war das mit den Gleitern und unseren Zielen?«

Lavascha schaltete hinter sich einen Bildschirm ein und sagte:

»Es fängt bereits an. Ihre Männer werden die Gleiter verlassen und in der Stadt ausschwärmen. Sie sind entsprechend instruiert worden.«

»Wo finden wir Escroplan?« fragte Tuscalosa.

Der Moritator sagte leise:

»Kommen Sie mit. Ich zeige Ihnen alles, was Sie brauchen, um zu ihm und wieder zurückzufinden.«

Die Männer verließen die Zentrale.

Der Schock über diesen dramatischen Zwischenfall saß noch allen, die von ihm erfahren hatten, in den Knochen. Nur die schnelle Reaktion Tuscalosas hatte verhindert, daß es zu einer Katastrophe gekommen war.

Der Dröhnende aber, der bisher unvermutete Begabungen offenbarte, hatte in eigener Initiative eine Untergrundorganisation aufgebaut. Seine Leute waren Händler oder Kaufleute, Wirtschaftsberater oder hatten andere Berufe, trotzdem waren und blieben sie Moritatoren. Die Hauptwelt der Takerer war von Spionen durchsetzt, und jetzt wurden jene Informationen eingesammelt, die auf herkömmlichem Weg nicht bekommen oder weitergegeben werden konnten.

Lavascha sagte leise:

»Das ist der Geschäftsblock, in dem Escroplan seine exotische Handlung hat. Sie kommen auf diesem Weg dorthin.«

Auf einem kleinen Monitor erschien ein Gebäude, das sich Cascal sehr genau einprägte. Eine wirre Ansammlung von Linien, Kreisen und Vierecken wurde, als sich die Farbe dazugesellte, zu einem exzellenten Stadtplan. Der Zeigefinger des Moritators fuhr einige Straßen entlang, und deutete schließlich auf einen Häuserblock, der inmitten einer integrierten Landschaftsanlage stand.

»Hier ist der Laden«, informierte er. »Und hier, an dieser Stelle, werden Sie den Gleiter verlassen.«

»Einverstanden«, sagte Tuscalosa. »Gepäck?«

»Keines«, sagte Lavascha. »Mündliche Kontakte sind weniger riskant. Kein Beweismaterial, klar?«

Die beiden Terraner sahen sich an. Sie wußten, daß sie in Kürze ganz allein auf sich gestellt sein würden. Cascal berührte kurz den Arm Lavaschas und fragte:

»Wie erfahren wir, was im Schiff vor sich geht, beziehungsweise, wie halten wir untereinander Kontakt?«

»Es gibt für diesen Zweck Armbandfunkgeräte«, erwiderte der Moritator. »Ich glaube, Sie müssen jetzt in den Gleiterhangar hinunter. Viel Glück.«

»Danke«, sagte Cascal und stand auf. »Wo sind Sie?«

»Ich nehme einen Gleiter, ganz allein. Ich versuche, meine privaten Beobachtungen zu machen und inspiziere die technischen Einrichtungen des Großen Stadions.«

»Ich verstehe«, versetzte Cascal.

Sie verließen die Kabine und fuhren nach unten. Dort kletterten sie zu zwei anderen Moritatoren in einen Gleiter, der das Schiff durch eine große Luke verließ und den anderen Gleitern hinterher flog, dem Rand des Platzes entgegen. Die gesamte Umgebung wirkte nach wie vor wie ein aufgestörter Ameisenhaufen, aber jetzt erkannten LaGrange und Cascal, aus welchem Grund.

Gruppenweise flohen die Menschen vor Beamten in Uniform, die aus langen, schlanken Waffen gezieltes Feuer auf einzelne Personen abgaben.

Die Gleiter flogen weit gestreut durch die Stadt. An bestimmten, genau festgelegten Punkten verließen achtundvierzig Personen die Fahrzeuge und mischten sich unter die Bevölkerung.

Auf verschiedenen Wegen gingen die falschen Moritatoren auf ihre Ziele zu.

Und überall machten sie die gleichen Feststellungen.

Cascal und Tuscalosa schwangen sich rechts und links aus dem Gleiter, und der Fahrer sagte:

»Wenn nichts dazwischenkommt, bin ich in zwei Stunden wieder hier in der Nähe.«

Cascal verfolgte mit den Augen einen jungen Mann, der etwa dreihundert Meter entfernt über eine Straße spurtete und versuchte, zwischen den Fundamenten eines Hochhauses zu verschwinden. Hinter ihm zog sich im Zickzack eine Spur rauchender Asche über den Straßenbelag.

»Wenn wir dann noch leben«, sagte Cascal. »Los, weg! Seht zu, daß ihr wieder ins Schiff kommt. Hier scheinen Privatkriege ausgebrochen zu sein.«

Der junge Mann ging hinter einem Glaskasten in Deckung, und aus einem vorbeifahrenden Gleiter schob ein Mann eine Waffe heraus, zielte sorgfältig und schoß in das Glas. Es zerbarst mit einem Klirren, das sie bis hierher hörten.

»Das ist Mord!« empörte sich Tuscalosa.

Cascal nickte schweigend. Der Mann sprang auf, verließ die Dekkung, und im selben Moment feuerte ein unsichtbarer Schütze. Er traf ihn genau in die Brust, und nach rückwärts stolpernd brach der Mann zusammen.

Sie gingen schnell auf das Haus zu, bewegten sich auf einem leeren Fußgängersteg zwischen den Stämmen von Bäumen, während unter ihnen auf breiten Fahrbahnen Gleiter vorbeijagten. Das Haus, das sie suchten, lag inmitten einer integrierten Anlage.

In den untersten Stockwerken waren die Versorgungsanlagen untergebracht, darüber erhob sich eine raffiniert konstruierte Ladenanlage, und darüber, in mindestens dreißig Stockwerken Höhe, gab es Wohnungen. Überall war es merkwürdig leer, als wäre es Mittag, und jeder hätte sich vor der großen Hitze geflüchtet.

Aber es war nicht Mittag – die Sonne stand in den ersten Morgenstunden.

Es war auch nicht heiß – zwischen den Büschen glänzte noch der Tau auf den Gräsern, und die Brunnenanlagen verbreiteten Kühle.

Heulend raste ein Luftgleiter dicht über Cascal und Tuscalosa dahin. Ein bewaffneter Mann, dessen Gesicht hinter einer großen Brille verborgen war, spähte vorsichtig schräg über den Rand hinweg und beobachtete die beiden. Er sah, daß sie die Kleidung von Moritatoren trugen, und schob die Waffe wieder zurück.

»Sie suchen nicht uns«, meinte der Riese neben Cascal.

»Nein. Noch nicht!« sagte Manuel.

Sie gingen so schnell wie möglich, ohne aufzufallen. Sie bewegten sich auf das Haus zu, über eine modern geschwungene Brücke und einen Teil der parkähnlichen Fläche. Dann lasen sie die Aufschriften über den verschiedenen Geschäften, erhaschten einen Blick auf die vollen und glitzernden Auslagen und entdeckten schließlich das Geschäft, durch das sich Escroplan getarnt hatte.

»Hinein«, sagte Tuscalosa.

Er langte blitzschnell zwischen die Säume seines jackenartigen Hemdes und entsicherte seine Waffe.

Cascal blieb einige Sekunden vor dem Geschäft stehen und zitierte laut:

»Escroplans Exotische Erwerbungen.«

»Ein gängiger Titel«, meinte sein Begleiter, näherte sich der Tür und ging weiter, als sich die beiden wuchtigen Glasscheiben vor ihm nach beiden Seiten zurückzogen. Sie traten in die halbe Dämmerung eines bewußt altertümlich und bizarr aufgemachten Ladens hinein, in dem drei oder vier sehr gutaussehende junge Frauen bedienten.

Ein paar Kunden unterhielten sich damit, daß sie in exotischen Pelzen wühlten oder spielzeugartige Artikel betrachteten und wieder zurückstellten. Hierher war die Atmosphäre des Todes noch nicht gekommen, stellte Cascal mit seinem wachsamen Blick fest. Er und Tuscalosa blieben vor einem der Tische stehen.

Eine der Frauen kam lächelnd auf Cascal zu und fragte höflich:

»Was darf ich Ihnen zeigen, mein Herr? Ah – Sie sind Moritator? Was bringen Sie uns?«

Cascal legte ihr den ausgestreckten Zeigefinger unters Kinn, lächelte wie in alten Zeiten und sagte sehr leise:

»Sie dürfen mir Escroplan zeigen, Schönste. Ich bringe Ihnen, fürchte ich, schlechte Nachrichten.«

Sie deutete auf einen kleinen, dürren Mann, der mit ausgesuchter Höflichkeit und etwas unterwürfiger Art mit einem Kunden sprach.

»Das ist Escroplan«, sagte sie.

Tuscalosa blieb hinter Cascal, so daß er sich zwischen Escroplan, Cascal und der Tür befand. Soweit er es sah, war dies die einzige Möglichkeit, das Geschäft zu verlassen oder zu betreten. Cascal studierte blitzschnell das Aussehen des Mannes. Klein und flink, von der Art eines Wiesels, ein fast kahler Kopf und ein sorgfältig gestutzter, blaugefärbter Bart. Schnelle Augen, die Cascal schon längst gesehen und eingeschätzt hatten, ohne daß der Mann eine Sekunde lang die Aufmerksamkeit geteilt hätte zwischen dem Ankommenden und dem Kunden.

»Einen Moment, bitte«, sagte Escroplan, holte ein Gerät, das wie eine Zuckermühle aussah, aus einem matt ausgeleuchteten Verkaufsregal und stellte es vor den Kunden.

»Das ist echte Handarbeit, daher der etwas ungewöhnliche Preis. Aber Sie werden sehen, daß Sie sehr viel Freude daran haben.«

Cascal schaltete sich ein und sagte mit aller Höflichkeit, deren er fähig war:

»Nur weiß niemand genau, wie lange noch – Entschuldigung, Escroplan, aber ich bin von der Handelskammer. Hätten Sie vielleicht einige Sekunden Zeit für mich?«

Escroplan nickte kurz, entschuldigte sich bei dem Kunden, und sofort war eine der Verkäuferinnen bei ihm und bediente weiter. Schweigend stand Tuscalosa hinter ihnen. Seine rechte Hand hielt sich am Saum der Jacke fest, fünfzehn Zentimeter von der Waffe entfernt.

»Lavascha?« fragte Escroplan leise.

Cascal nickte.

»Ich muß schnellstens eine Information weitergeben«, sagte Escroplan, als sie außer Hörweite des Mädchens und des Kunden waren.

»Ja?«

Kurz und scharf blickte der kleine Mann Cascal an, dann fragte er lauernd:

»Kennwort?«

Cascal lächelte und sagte:

»Ganjo wird kommen.«

Plötzlich änderte sich das Gebaren des Mannes. Nichts mehr war von der typischen, leicht penetranten Unterwürfigkeit eines Händlers zu merken. Escroplan deutete nach draußen und sagte:

»Ich bin hier Chef der Untergrundbewegung. Wir alle sind sehr aufgeregt, weil wir uns in Lebensgefahr befinden. Auf Takera und vielen anderen Planeten hat Ginkorasch eine Welle von Verhaftungen und Morden gestartet.«

Cascal erwiderte stirnrunzelnd:

»Wir haben bereits auf dem Weg vom Raumhafen hierher ein paar Morde gesehen. Aber wir wußten nicht, was da wirklich los war – wir hielten es für eine Art Privatrache.«

»So ist es. Wir werden uns absetzen müssen. Hoffentlich ist unsere Tarnung gut genug«, sagte Escroplan.

Sie wurden durch das Geräusch der auseinanderfahrenden Glasscheiben unterbrochen. Cascal drehte sich langsam herum, und Tuscalosa bewegte den Kopf. Zwei Männer, hager und in dunkler, uniformähnlicher Kleidung, kamen herein. Tuscalosa ging auf die Männer zu. Cascals Hand berührte die Waffe, und zwischen den Fingern des Händlers erschien ein kleiner, silberner Gegenstand, nicht größer als ein Schreibstift. Die beiden Männer wandten sich an den Riesen.

»Wir müssen mit Escroplan sprechen«, sagte einer der beiden.

»Dort ist Escroplan«, sagte Tuscalosa.

Der größere der beiden Männer nickte ihm dankend zu und zog seine Waffe. Tuscalosa drehte sich plötzlich herum, und seine Faust traf mit der Wucht eines Dampfhammers den Nacken des Takerers. Gleichzeitig schnellte seine Hand nach unten, klammerte sich mit unwiderstehlicher Gewalt um die Waffe und riß sie hoch. In der Zwischenzeit sank der andere zu Boden und schlug hart auf. Cascal spurtete heran.

»Hier!«

Tuscalosa warf die Waffe. Cascal fing sie aus der Luft und blieb stehen. Mit einem einzigen Griff packte er den Mann, der wütend um sich schlug. Tuscalosa nahm ihn am Kragen der Uniform und am Gürtel, rannte mit ihm auf den Eingang des Geschäftes zu und warf sich durch den Spalt, den die aufgleitenden Türen bildeten. Er hielt an der Brüstung des Steges an, stemmte den Marsav-Mann hoch und schleuderte ihn hinunter in das Wasserbecken.

Als er wieder zurückrannte, flohen gerade die Kunden aus dem Geschäft. Die Verkäuferinnen zogen sich entsetzt an die hinterste Wand zurück. Der bewußtlos geschlagene Mann lag bereits über der Schulter Cascals.

»Wohin, Escroplan?«

Der verkleidete Händler sah sich schnell um und erkannte, daß er auf verlorenem Posten stand. Er sagte in geradezu bewundernswerter Ruhe zu seinen Angestellten: »Geht nach Hause – dieser Laden wird in wenigen Stunden von der Marsav in Fetzen geschossen. Ihr wißt nichts, ihr seid in Sicherheit. Eines Tages wird sich das alles ändern. Los, macht schnell!«

Die jungen Frauen verließen schnell das Geschäft. Escroplan blickte Cascal an und deutete auf eine Tür.

»Dorthin!« sagte er.

Cascal rannte hin, riß die Tür auf und entdeckte dahinter den Kontrollraum für die Energieanlage des Ladens. Cascal ließ den regungslosen Körper hineinfallen und schloß die Tür.

»Hier entlang!« sagte Escroplan.

Die drei Männer liefen um einige Verkaufstische herum, die voller Stoffe und Pelze waren, und kamen an eine massive Wand. Der Moritator drehte an einer Wandlampe, und ein Stück Mauer schob sich zurück. Tuscalosa deutete auf den dunklen Raum dahinter und erklärte:

»Es wird eng werden, Freunde! Schnell!«

Sie zwängten sich in eine kleine Liftkabine. Die Mauer schob sich wieder zurück, dann fiel die Kabine senkrecht nach unten, als habe sie keinen Halt mehr. Nach drei Sekunden freien Falls hörten die Männer von oben eine harte Explosion, dann schlug eine Glutwelle nach ihnen.

Der Lift fiel mindestens einhundert Meter tief, dann wurde er hart abgebremst. Keuchend fragte Escroplan:

»Brauchen Sie noch mehr Beweise?«

»Nein«, sagte Cascal. »Aber es steht wohl schlecht um die Organisation, die Lavascha aufgebaut hat.«

»Vermutlich. Hier treffen sich alle Agenten dieses Ringes«, sagte der Moritator. »Und mit einiger Sicherheit werden sie auch Ihre Männer mitbringen. Vorläufig sind wir in der Zentrale in Sicherheit.«

»Vorläufig. Wie lange?« erkundigte sich LaGrange in der Dunkelheit. Er unterdrückte schon seit zwanzig Sekunden einen Hustenreiz.

»Wer weiß?«

Cascal hatte schon genug gesehen. Er konnte sich vorstellen, wie das Morden draußen auf den Straßen und in den Gebäuden weiterging. Scheinbar wahllos wurden Menschen von den Scharfschützen der Marsav erschossen. Es handelte sich um jene Leute, die seit langem auf den schwarzen Listen Ginkoraschs gestanden hatten. Unerwünschte und gefährliche Personen wurden nach einem genauen Plan schlagartig eliminiert.

Plötzlich merkten sie, wie eine zweite Detonation weit über ihnen zu hören war.

»Sperren!« erklärte Escroplan. »Sprengungen lösen Gesteinslawinen aus, die fast alle Gänge verschütten. Etwa fünfzig solcher Gänge führen in unser Hauptquartier.«

Sie spürten, wie die Liftkabine kippte, anscheinend auf Schienen fiel und dann waagrecht beschleunigte wie das Element einer Röhrenbahn. Glücklicherweise lag Tuscalosa unten, und Cascal sowie Escroplan stützten sich schwer auf ihn. Nach zwei Minuten hielt der Lift, und die Männer krabbelten heraus.

»Wir sind da. Jetzt noch die letzte Ladung . . .«, sagte Escroplan, drückte einen Hebel hinunter und schloß hinter der Kabine, die wieder auf dem gleichen Weg zurückraste, eine schwere Stahltür.

Die Explosion, die diesen Gang verstopfte und unpassierbar machte, hörten sie nur noch schwach.

»Geradeaus!«

Sie liefen weiter. Einige Wände, die noch die Spuren von kleinen Exkavatoren zeigten, huschten an ihnen vorbei. Alle Gänge waren eckig und in rechten Winkeln angelegt, um etwaigen Verfolgern möglichst viele Chancen zu nehmen. Man sah, als die ersten Räume auftauchten, rohe Verschalungen und die Spuren von hastigen Bauarbeiten.

»Nett haben Sie's hier«, sagte Tuscalosa.

Als sie um die nächste Ecke bogen, sahen sie sich einem kleinen Saal voller Menschen gegenüber. An einer Wand standen übereinander lange Reihen von kleinen Farbmonitoren, die ausnahmslos eingeschaltet waren.

Cascal zählte ungefähr fünfzig Männer, rund die Hälfte waren Terraner seines Einsatzkommandos.

»Ruhe!« schrie Escroplan. »Die Fremden werden auf dem schnellsten Weg in Sicherheit gebracht.«

Er sprach leise mit einem der Männer.

Cascal und Tuscalosa verständigten sich mit einem schweigenden Blick und sahen dann zu, wie ein kleiner Transmitter eingeschaltet wurde.

Ein Moritator saß da, hatte Kopfhörer über den Ohren und sprach leise in ein winziges Mikrophon.

»Plan Belas tritt in Kraft!« rief Escroplan.

Die ersten Terraner wurden durch die Transmitteranlage geschleust. Ohne etwas gehört zu haben, wußten Cascal und sein Freund, daß es sich um eine Verbindung mit der LAVASZA handelte. Immer mehr kleine Gruppen kamen an, die sich in den letzten Sekunden vor den Marsav-Leuten in Sicherheit brachten.

Einige der Moritatoren waren verletzt, man brachte einen mit, der wie tot aussah. Nur ein kleiner Teil von ihnen ging durch den Transmitter. Der Raum leerte sich im gleichen Maß, wie Nachschub ankam.

Escroplan hastete zwischen den Nachrichtenpulten heran und blieb stehen. Er deutete auf die Bildschirme, auf denen Cascal und Tuscalosa voller Entsetzen das Geschehen beobachteten.

»Sehen Sie sich das an. Das sind die goldenen Jahre, die der Taschkar verheißen hat. Wir werden es ihm eines Tages heimzahlen!« sagte der Untergrundmann erbittert.

Was sie sahen, brachte sie zum Zittern.

Die Linsen der Geräte waren auf verschiedene Plätze oder besonders belebte Flächen gerichtet, von denen die beiden falschen Moritatoren naturgemäß keine Ahnung hatten. Es war ein lautloses Programm des Grauens.

Überall sah man dunkel gekleidete Männer, die durch die Menge streiften, die Waffen unter ihren Jacken.

Hin und wieder entdeckten sie jemanden, und während die Menschen erschrocken auseinanderrannten, feuerten die Geheimdienstler auf die überraschten Opfer. Daß sie bei ihren Überfällen auch Unbeteiligte töteten, schien sie nicht zu stören.

Erschütternde Szenen spielten sich ab. Das Ganze erhielt einen übersteigerten Effekt des Grauens dadurch, daß sich alles lautlos und ungeheuer schnell abspielte.

Zwei Bürger des Planeten erschossen einen Marsav-Mann.

Ein Marsav-Mann drang in eine Wohnung ein und streckte eine junge Frau nieder.

Sie schossen ohne Warnung.

Als sich Cascal mit bleichem Gesicht umdrehte, sah er, daß der Raum fast leer war.

»Wir müssen weiter«, sagte Escroplan. »Alle Ihre Leute sind im Schiff, zusammen mit einigen von uns. Lavascha wird uns retten.«

»Einverstanden«, knurrte der Riese neben Cascal und hieb mit der bloßen Faust auf einen der Schirme. Der Schirm brach nicht, aber das Bild verschwand. Der Schlag war ein Ausdruck der rasenden Wut, die in LaGrange tobte.

»Wohin?«

Escroplan flüsterte:

»Dort hinten sehen Sie es bereits. Die Marsav stürmt diesen Stützpunkt. Wir gehen zu den Wesakenos.«

Wie ein Blitz durchfuhr es Cascal. Er kannte die Wesakenos, die sich »Wahrer der Gerechtigkeit« nannten, gut. Er hatte sie unterhalb der radioaktiven Oberfläche eines Planeten erstmals kennengelernt.

»Es kommt niemand mehr?«

»Nein«, sagte der kleine Mann. Jetzt hatte er wirklich nichts mehr von einem Händler an sich, sondern wirkte wie einer, der kaum mehr zu verlieren hatte als sein eigenes Leben und der sehr genau wußte, welche Schritte aufeinander folgen mußten. Er zerrte Cascal am Ärmel zu einem anderen Bildschirm, und dort war zu sehen, wie sich ein Trupp von Marsav-Leuten durch einen unterirdischen Tunnel kämpfte, trotz der Sperren und der vielen Winkel und labyrinthischen Ecken. Gnadenlos schossen sie alles in Brand, was sie sahen.

»Nur wir vier?« fragte Cascal und deutete auf den Mann, der neben dem Transmitter hockte und sich eben die Kopfhörer abstreifte.

»Ja. Die Wesakenos haben ebenfalls einen Transmitter.«

»Gut. Diese Station?«

»Wird vernichtet.«

Es war ein schneller, kurzer Dialog, der aber alles beinhaltete, was gesagt werden mußte. Die drei Männer verließen die Wand mit den Sicherheitsschirmen und rannten auf den Transmitter zu. Escroplan als erster, dann folgte Cascal, Tuscalosa bildete den letzten. Der Moritator, der wie abwartend vor dem Transmitter stand, ging ruhig zu einem Schaltschrank an der Wand, klappte ihn auf und zog nacheinander sechzehn Hebel herunter. Sie rasteten mit scharfem Schnappen ein. Dann warf sich der Mann förmlich in den Transmitter hinein.

Drei Sekunden später schaltete sich der Transmitter ab.

Seine kleinen, übermannshohen Säulen fielen zusammen.

Weitere zwei Sekunden später flammten an fünfzehn verschiedenen Punkten der kleinen unterirdischen Station kleine Funkenentladungen auf, dann folgten die fünfzehn überschweren Detonationen nacheinander in so rascher Folge, daß man sie nicht mehr unterscheiden konnte.

Weit unterhalb der Stadt, sieben Kilometer vom Zentrum entfernt, bebte der Boden. Die Nadeln der Seismographen schlugen fünfzehnmal ins Maximum aus.

Schwer atmend standen die vier Männer in einem freundlichen, kleinen Raum.

Cascal sah hinter sich, wie der Rahmen einer Tür wieder sichtbar wurde. Der Transmitter, der sie hierher gebracht hatte, war hervorragend getarnt.

»Wo sind wir?«

»Im Hauptquartier der Wesakenos. In der Nähe des Hafens. Genauer gesagt im Verwaltungsgebäude für die Frachtabfertigung.«

Cascal ging schnell zum Fenster und sah hinaus.

Fast am Horizont erkannte er die Pyramide der LAVASZA.

Dann, als er sich umdrehte, kamen zwei Männer und eine hochgewachsene Frau in den Raum. Sie unterschieden sich in nichts von den zahllosen Cappins, die hier lebten. Einer trug sogar die Uniform der Marsav. Die Frau, die eine gewisse Ähnlichkeit mit Merceile aufwies, lächelte geschäftsmäßig und hatte ein Diktaphon in den Händen.

Escroplan ging auf einen der Männer zu, schüttelte dessen Hand und sagte:

»Der Stützpunkt ist zerstört, Miraltans.«

Dann stellte er die beiden Terraner vor und erläuterte in wenigen Sätzen deren Funktion.

Plötzlich, genau in dem Augenblick, in dem Miraltans auf die Sessel deutete, die den großen Tisch umstanden, verschwand die nervöse Spannung. Hier hörten sie nicht mehr die hämmernden Geräusche der Strahlschüsse und die Schreie, hier gab es nur das zuverlässige Brummen schwerer Robotmaschinen, die vierzig Meter unter ihnen Waren verluden. Hier herrschte eine wunderbar temperierte Luft, die nichts von der Mittagshitze spüren ließ, die sich draußen unter den stechenden Strahlen der riesigen, purpurfarbenen Sonne bemerkbar machte.

Joaquin Manuel Cascal räusperte sich, sah der Reihe nach in die Gesichter der Männer und in das der Frau und sagte:

»Es scheint an der Zeit zu sein, daß wir uns über einige wichtige Dinge unterhalten. Sie sagten, daß der Stützpunkt der Moritatoren zerstört ist?«

Escroplan bestätigte:

»Er ist in einem Glutorkan vergangen, nachdem der letzte Mann den Transmitter passiert hatte.«

Miraltans, der Wesakeno, nickte Cascal zu und sagte:

»Ich weiß von Ihnen, Terraner – Valtenosch aus dem Sorgelan-System hat mich über Sie informiert. Sie scheinen nicht den schlechtesten Eindruck gemacht zu haben.«

Cascal lächelte und sagte:

»Das ist klar, denn bei solch delikaten Missionen bemüht sich ein jeder, den denkbar besten Eindruck zu machen. Der Transmitter, den Sie hier eingebaut haben . . . kann er geortet werden?«

Der Wesakeno sagte:

»Wir haben ein Aggregat anlaufen lassen, das etwas störungsanfällig ist und daher gewisse Schwingungen aussendet. Das werden wir auch wieder tun, wenn Sie auf das Schiff zurückgehen. Zuerst die wichtigsten Nachrichten. Wir dürfen also die Untergrundorganisation von Lavascha dem Dröhnenden für aufgelöst betrachten?«

»Es sieht so aus!« bemerkte Tuscalosa.

Einer der anderen Cappins sagte ernst:

»Die Gruppe der Wesakenos ist kleiner, unauffälliger und noch besser getarnt. Wir befinden uns sogar in den Reihen der Marsav, wenn auch nur in sehr geringer Zahl. Miraltans ist Soziologe, und er kann hier unter dem Deckmantel seiner Forschungen wichtige Dinge einsehen. Zuerst: Meine Verbindungsleute im VALOSAR haben berichtet, daß einige Fremde – man sprach von einer Gruppe bis zu zehn – in die geheimen Anlagen eingedrungen sind und mit einiger Sicherheit für den Tod des Taschkars verantwortlich sind. Ich halte dies für eine etwas kühne Hypothese, aber es ist nicht ganz von der Hand zu weisen.«

Cascal widersprach:

»Sie kennen Rhodan nicht. Er hat mit Sicherheit den Taschkar nicht ermordet, aber es ist ihm oder Atlan durchaus zuzutrauen, daß er ihn in einer Notwehrsituation im Duell besiegt hat. Oder es ist ein Stück Mauerwerk dem teuren Verblichenen auf den gesalbten Kopf gefallen.«

Gelächter erfüllte kurz den Raum, dann sprach Cascal weiter:

»Gut. Verstanden und gemerkt. Was weiter?«

Miraltans deutete auf die vier Männer, die durch den Transmitter gekommen waren.

»Hauen Sie ab!« sagte er unkonventionell.

»Häh?« machte Tuscalosa.

»Sie sind in Lebensgefahr. Sie alle. Starten Sie mit der LAVASZA, so schnell es geht.«

Ein Summer ertönte, und Miraltans murmelte.

»Aus dem Sichtbereich!«

Mit einigen Sprüngen zogen sich die Männer zur Tür zurück, in deren Rahmen der Transmitter versteckt war.

Eine Frauenstimme sagte aus dem Kommandogerät, das mitten auf dem Arbeitstisch stand:

»Der Fahrer des Wagens, der den Mann der Marsav hergebracht hat, meldet sich. Er ist unruhig. Soll ich verbinden?«

»Ja!« sagte der Cappin in der Uniform und setzte ein dienstliches Gesicht auf. Er umrundete halb den Tisch und stützte sich schwer mit beiden Armen vor dem Gerät auf.

»Was wollen Sie?« fragte er kurz.

Der Gleiterpilot sagte in dienstlichem Tonfall:

»Wir haben eben einen Anruf von der Zentrale bekommen. Großeinsatz um das Schiff der Moritatoren. Kommen Sie?«

»Ich bin in einigen Minuten unten bei Ihnen. Ende.«

Miraltans sah die zwei Terraner an und sagte abschließend:

»Sie haben es selbst gehört. Die Lage beginnt ernst zu werden. Vermutlich will man das Schiff durchsuchen.«

Miraltans stand auf und ging auf die Tür zu. Binnen einer halben Minute flammten die Torbögen des Transmitters auf.

»Gehen Sie«, sagte er. »Schnell!«

Cascal hoffte nur, daß dieser Cappin nicht auch noch ein Opfer der Racheaktionen des neuen Taschkars werden würde. Er hatte nämlich den Eindruck, daß die ruhige Selbstsicherheit gespielt war und Miraltans gefährdeter war, als er zugeben wollte. Auf Takera schien der Satan persönlich sein Regiment angetreten zu haben.

32.

Der Cappin, der im jetzt gesprengten Stützpunkt den Transmitter bedient hatte, warf sich durch die beiden Säulen und verschwand.

Escroplan machte sich bereit.

Der Wesakeno, der in der Marsav-Uniform steckte, stand regungslos da und preßte das Ohr an den winzigen Lautsprecher seines Kommandoarmbandes.

»Halt!« sagte er plötzlich.

Er machte zwei Sätze und riß den Schalthebel herunter. Knallend erlosch der Transmitter, und Cascal und seine beiden Begleiter standen bewegungslos da.

»Was soll denn das?« fragte Tuscalosa ungehalten.

»Ich muß sofort weg. Sie haben einen Transmitterschock geortet, wissen aber noch nicht, wo sich das Gegengerät befindet. Zu riskant. Wir können das Ding nicht noch einmal einschalten. Sie müssen zu Fuß oder auf anderem Weg zurück ins Schiff – und ich gehe. Viel Glück!«

Der Wesakeno nickte ihnen zu, ging schnell zur Tür und verließ den Raum.

Miraltans nagte auf seiner Unterlippe und überlegte. Dann sagte er:

»Hier ist mein privater Lift. Sie fahren damit hinunter in die Halle und gehen auf verschiedenen Wegen auf das Schiff zu. Luftlinie etwa zehn Kilometer. Ich werde in Bälde einen Warentransport genau in Schiffsnähe vorbeifahren lassen. Es sind hellgrüne Kisten auf einem Robotwagen. Schnell.«

Er winkte einer jungen Frau.

»Zeigen Sie ihnen den Weg. Und kommen Sie so schnell wie möglich wieder zurück, klar?«

Sie nickte und durchquerte mit schnellen Schritten den Raum. Sie öffnete zwischen einer Wand voller Bandspulen und magnetischen Ordnern eine schmale Tür. Cascal, Tuscalosa und Escroplan drängten sich in den Lift. Die Tür schloß sich wieder, und der Lift sank schnell nach unten.

Die junge Frau sagte halblaut:

»Sie sind Moritatoren, Gäste unseres Chefs. Sie treten selbstbewußt auf und haben vor nichts Angst. Das sollten Sie berücksichtigen.«

»Verstanden«, sagte Cascal. »Im Vertrauen, wir haben wirklich vor nichts Angst.« Etwas leiser und mit einem schwachen Grinsen setzte er hinzu: »Oder vor fast nichts.«

Der Lift hielt, ziemlich scharf bremsend.

Die Tür fuhr zurück, und vor den vier Personen lag die Eingangshalle des Frachtgebäudes, das sich bereits mitten im Raumhafengelände befand. Ein weißer Gleiter stand in der Nähe der Ausgangstür, und zwei Roboter verluden einen verbrannten Körper in den Innenraum. Als Cascal sich umdrehte, verließ gerade der Wesakeno den Raum neben der Anmeldung und ging schnell auf den Ausgang zu.

Er ging vor ihnen durch die automatische Tür, schnarrte einige Befehle und lenkte die Besatzung des Marsav-Gleiters ab. Hinter ihm, als der Gleiter eben anruckte, verließen die Flüchtenden das Gebäude.

»Links«, sagte die Cappin.

Sie gingen schnell, aber keineswegs hastig durch einen kleinen Park, dessen weiße Steinpfade im grellen Sonnenlicht lagen. Niemand war hier, nur die Spuren der Schußbahnen einiger Strahler zeigten, daß auch hier ein Mord verübt worden war.

Am Ausgang des Parks hielt die Frau Escroplan an der Schulter fest und deutete auf das Schiff, dessen Spitze rund zehntausend Meter entfernt im Glast des Mittags leuchtete.

»Der Ring der Marsav um das Schiff ist noch nicht geschlossen«, sagte sie. »Dort drüben ist ein unterirdischer Stollen, der Sie direkt bis in Schiffsnähe bringen wird. Benutzen Sie die Wegweiser zu Punkt dreißig.«

Escroplan nickte und ging schnell auf die Rampe zu, die zehn Meter vor ihm im Boden des Raumhafens verschwand.

Cascal sah sich um und suchte die Umgebung ab.

Lähmende Öde ringsumher. Nirgends waren Menschen zu sehen, sie schienen ausnahmslos vor den Mordkommandos geflohen zu sein. Das Schweigen des Schreckens hatte sich ausgebreitet.

Das galt auch für das Gelände des eigentlichen Raumhafens, der deswegen ziemlich leer war, weil die LAVASZA das letzte Schiff gewesen war, das Landeerlaubnis erhalten hatte.

Die Cappin sagte tonlos:

»Escroplan wird viel Glück brauchen, aber er kennt sich hier aus. Es ist ein System von Transportbändern, das eigentlich nur Lasten befördert.«

Sie gingen auf einen flachen, sehr großen Güterschuppen zu, aus dem verschiedene Geräusche kamen. Ein paar Männer sahen ihnen von einer hochgelegenen Plattform zu, auf der sie Robots beaufsichtigten. Die Maschinen besserten ein Stück Wand aus.

»Weiter. Wir haben keine Zeit.«

Durch die Hitze marschierten sie entlang der teilweise geöffneten Tore des Frachtschuppens. Innen wurden von Robotmechanismen riesige Kisten auf noch größere Gleiter-Tieflader gestapelt. Am Ende des menschenleeren Schuppens blieben die drei Personen stehen und verschwanden im Schatten der Halle.

Tuscalosa fragte:

»Was ist jetzt zu tun?«

Die Frau antwortete:

»Wenn der Transport die Halle verläßt, springen Sie auf. Setzen Sie sich in eine Kabine. Der Transport wird so nahe am Schiff anhalten, wie es Miraltans möglich ist. Dann sind Sie auf sich angewiesen.«

»Einverstanden.«

Cascal streckte die Hand aus und sagte halblaut:

»Besten Dank für die Hilfe. Wie hoch sind unsere Chancen?«

Sie erwiderte zögernd:

»Ich weiß es wirklich nicht. Die kritische Phase ist das Aussteigen zwischen dem Wachring der Marsav und dem Schiff.«

»Gehen Sie jetzt«, forderte Cascal sie auf. »Hoffentlich hat sich Miraltans nicht zu sehr in Gefahr gebracht.«

Die junge Wesakeno erwiderte:

»Wir sind auf diesem Planeten stets in Gefahr gewesen. Daran wird sich auch in der nächsten Zeit nichts ändern.«

»Gehen Sie zu ihm und sagen Sie ihm, er habe uns sehr viel geholfen«, ermunterte sie Cascal. »Wir warten hier.«

Langsam und unauffällig ging die Frau den Weg zurück, den sie gekommen war. Er war etwa vierhundert Meter lang.

Tuscalosa und Cascal blieben im Schatten stehen, fast unsichtbar für jeden, der nicht genau hinsah. Sie warteten darauf, daß der Lastengleiter voll beladen war. Hinter ihnen arbeiteten unermüdlich und mit maschinenhafter Perfektion die Roboteinrichtungen. Immer mehr der großen Kisten stapelten sich auf den Ladeflächen, und als die Männer ihre Chancen abzuschätzen versuchten, sahen sie, daß die Führerkabine des Robotwagens Platz für sie beide bot, versteckt zwischen Armaturen, Linsen und Kontrolleinrichtungen.

Eine Minute später klickte es in Cascals Armbandfunkgerät.

»Ja?« meldete er sich voller Spannung.
»Lavascha. Wir warten. Wo stecken Sie?«
Cascal sah in die Augen LaGranges, der sich vorgebeugt hatte, um besser zuhören zu können.
»Der Transmitter mußte abgeschaltet werden«, flüsterte Cascal. »Ortungs- und Anmeßgefahr. Escroplan kommt auf dem unterirdischen Transportband, und wir nehmen einen Robotlastzug. Sorgen Sie dafür, daß Escroplan unter Deckung ins Schiff gebracht wird.«
»Verstanden. Wann sind Sie da?«
»Schätzungsweise in einer halben Stunde. Findet die Schau heute nacht statt?«
Lavascha erwiderte vorsichtig:
»Vermutlich. Ich weiß es nicht genau. Ein paar Gleiter mit Marsav-Leuten stehen um das Schiff herum.«
Cascal hatte einen Plan. Er sagte kurz:
»Der Robotzug wird in Schiffsnähe anhalten. Sie sollten eine Gruppe darum versammeln, die uns Sichtschutz gibt. Wir sind in Gefahr.«
»Verstanden. Ende.«
Wieder klickte es, und als Cascal den Arm senkte, sahen sie den langsam schwebenden Gleiter, der sich von rechts her näherte. Vier Männer saßen darin und beobachteten aufmerksam die Umgebung.
Tuscalosa sagte nur ein Wort:
»Marsav!«
»Liebenswerte Gesellen!« witzelte Cascal. »Schnell in Deckung.«
Sie verschwanden in langen Sätzen in der Halle. Zwischen Kistenstapeln und riesigen Fässern, unter arbeitenden Robotern hindurch, durch Staubwolken und Geräusche erreichten sie den schweren Lastzug, auf dem sich die bezeichneten Kisten türmten. Wieder klickte das Armbandgerät, und Cascal riß die kleine Tür einer Steuerkanzel auf.
Mit einem Satz war Tuscalosa drinnen und zog die Waffe.
Der Gleiter hatte sich bis auf dreißig, vierzig Meter genähert. Er schien wie ein Symbol der Gefahr und des Todes heranzuschweben. Cascal stand auf einem schmalen Trittbrett und schaltete das Funkgerät ein. Wieder meldete sich der alte Moritator.
»Halten Sie sich bereit, uns rauszuholen«, sagte Cascal. »Wir sind in der Frachthalle. Ein Gleiter der Marsav schwirrt hier herum.«
Tuscalosa streckte seine große, muskulöse Hand aus, ergriff Cascal am Oberarm und zog ihn ins Innere der kleinen Kabine.
»Escroplan ist im Schiff. Unbemerkt.«

Übergangslos schaltete der Moritator ab.

Der Gleiter blieb genau vor dem breiten, offenen Tor der Halle stehen. Zwei Marsav-Leute stiegen aus und gingen auf den Eingang zu. Cascal und Tuscalosa sahen schweigend und angespannt auf die zwei Männer, die sich als schwarze Silhouetten gegen das stechende Sonnenlicht abhoben. Die Mündungen der Waffen richteten sich auf die Mitglieder des Geheimdienstes, die jetzt stehengeblieben waren und sich suchend umsahen.

Tuscalosa bemerkte leise:

»Ich weiß nicht einmal, ob sie uns suchen. Vielleicht schweben sie nur von dieser Seite auf das Schiff zu.«

»Ich bin nicht sicher. Vielleicht suchen sie überhaupt nur Moritatoren im allgemeinen. Wer weiß?« versetzte Cascal.

Ein dunkles Brummen unterbrach ihn, die Kabine war plötzlich voller Vibrationen. Langsam ruckte der Robottransporter an.

»Tür zu!« mahnte Cascal.

Tuscalosa schloß langsam und leise die schmale Schiebetür, und der Transporter beschleunigte, da die Ladefläche ausreichend gefüllt war. Beide Männer machten sich so klein wie möglich. Die zwei Agenten standen genau in der vorprogrammierten Bahn des Wagens. Mit brummender Maschine fuhr der Robot auf sie zu, sie sprangen zur Seite. Am Gleiter vorbei hinaus ins Sonnenlicht und mit ständig steigender Geschwindigkeit weiter über die weiße Fläche des Raumhafens.

Cascal räusperte sich und atmete aus. Die Spannung verließ ihn für einen Moment.

In der Kabine wurde es langsam unerträglich heiß.

Mit ungefähr hundert Stundenkilometern Geschwindigkeit raste der schwere Lastzug über die Fläche des Raumhafens. Das erste Schiff tauchte auf, und haarscharf an einem der Landeteller nahm die Maschine eine leichte Kurve und wendete sich der LAVASZA zu. Miraltans, in seiner vollendeten Tarnung als Verantwortlicher für die Frachten, hatte einen ausgezeichneten Kurs programmiert, und vermutlich überwachte er auch von seinem Büro aus den genauen Kurs des Gefährts. Schwitzend und nach Frischluft schnappend warteten die Männer.

»Wie lange fahren wir noch?« fragte LaGrange unwillig.

Cascal hob seinen Kopf und sah vor sich die gewaltige, silberglänzende Pyramide des Moritatorenschiffes aufragen. Er musterte die Szene und fand die Bedingungen, die hier herrschten, nicht sonderlich schlecht.

Aber auch nicht gut.

»Ein paar Minuten«, sagte er. »Geschwindigkeit ist jetzt alles.«

Es würde bei den etwa zwanzig Marsav-Leuten, die inzwischen mit ihren Fahrzeugen an der LAVASZA eingetroffen waren, besonders schwierig sein, den Gleiter hier ungesehen zu verlassen.

»Sind Lavaschas Leute schon da?« fragte Tuscalosa.

»Ja«, sagte Cascal.

Was jetzt folgte, ähnelte in der Choreographie einem modernen Ballett, aber es war von tödlicher Gefahr erfüllt. Die Agenten des Sicherheitsdienstes hatten bewiesen, daß sie kaltblütige Mörder waren, und das Leben eines Moritatoren galt in diesen Tagen offensichtlich weit weniger als ein Atemzug. Sie würden nicht zögern, Cascal und Tuscalosa und noch ein paar andere Männer zu erschießen und dem Schiff Startverbot zu erteilen.

»Es muß schnell gehen«, sagte Cascal.

Der Gleiter hatte natürlich Einrichtungen, die in der Lage waren, Hindernisse zu erkennen und die Steuerung so zu beeinflussen, daß der Lastengleiter auswich oder hielt. Das war logisch. Langsam verringerte das Gefährt seine Geschwindigkeit, je mehr es sich der LAVASZA näherte.

»Jetzt!« flüsterte Cascal.

Unter dem Schiff standen, etwas rechts vor dem Gleiter und zwischen der größten Gruppe der Agenten, eine Menge Moritatoren im Schatten unter dem waagrechten Heck. Zwei von ihnen gingen diskutierend auf und ab. Als sich der Gleiter zwischen die Moritatoren und einige Agenten geschoben hatte, zwangen die beiden Männer den Zug, anzuhalten, indem sie so spazierten, daß sie, mit dem Rücken zu den Linsen des Apparates, im direkten Fahrtweg des Gleiters standen.

Cascal zuckte zusammen, als dicht neben seinem Kopf ein Summer laut schnarrte.

»Verdammt!« rief er unterdrückt.

Er steckte die entsicherte Waffe hinter seinen Gürtel und spähte wieder durch die Scheibe. Die beiden Moritatoren drehten sich erschrocken um. Im gleichen Augenblick ertönte der Summer zum zweitenmal, und der Lastengleiter hielt an.

»Raus!«

Eine größere Gruppe aus der Schiffsbesatzung lief auf den Gleiter zu. Die Szene wirkte noch immer sehr natürlich und nicht gestellt. Die Männer und Frauen umringten die dem Schiff zugewandte Seite des Gleiters.

Cascal öffnete langsam die Tür und spähte durch den Spalt.

Er sah vor sich eine dichte Wand aus Menschen. Vorsichtig und schnell, ohne jede überflüssige Bewegung glitt er aus der Kabine, dicht gefolgt von Tuscalosa.

Sofort schloß sich der Kreis um die beiden Männer, die Tür wurde von Tuscalosa mit einer einzigen Handbewegung geschlossen. Cascal wußte, daß jetzt der Höhepunkt der Gefahr bestand – eine falsche Aktion, und die Szene würde in ein Gefecht mit tödlichem Ausgang zersplittern.

Der Summer – zum drittenmal.

Die beiden Moritatoren gingen schnell und erschrocken aus dem Weg, und mit aufbrummenden Maschinen nahm der Wagen die Fahrt wieder auf und war mehrere Sekunden später wieder im hellen Sonnenlicht.

»Gerettet«, sagte jemand.

»Noch lange nicht«, meinte der Oberst und ging langsam in der Gruppe, deren Mitglieder ständig die Position wechselten, auf die schräge Rampe zu. Dieses ständige Durcheinanderquirlen der etwa dreißig Personen machte es unmöglich, ihre Anzahl genau zu zählen und festzustellen, daß es zwei Neuankömmlinge gab.

Inzwischen waren mehrere andere Gleiter eingetroffen und verkleinerten die Lücken in dem Kreis, der sich um die LAVASZA gebildet hatte.

Endlich erreichte Cascal den Fuß der Rampe.

Die Agenten waren unruhig geworden, hatten sich aber nicht eingemischt. Unauffällig sahen sich Cascal und Tuscalosa um, als sie die Mitte der Rampe erreicht hatten. Vermutlich waren noch keine Befehle ergangen – nur mehr und mehr Gleiter kamen aus der Stadt und schlossen den Kreis um das Schiff.

Einige Minuten später standen Cascal und Tuscalosa vor Lavascha. Der Moritator lächelte sie kurz an, und dann fragte er leise:

»Alles glattgegangen?«

»Soweit schon«, erwiderte Joaquin Manuel Cascal. »Aber Sie machen den Eindruck, als würden Sie auf den Überbringer einer sehr unangenehmen Nachricht warten.«

»Ganz richtig. Man hat mir, als Sie auf dem Weg waren, mitgeteilt, daß ein hoher Marsav-Würdenträger mich aufsuchen würde.«

Sie waren im Schiff und für den Augenblick in Sicherheit.

Cascal und seine neunundvierzig Terraner, einschließlich des Mutanten Fellmer Lloyd, hatten mit eigenen Augen die Grausamkeiten der Marsav gesehen und Kontakt mit den Männern der Untergrundorganisation gehabt. Im Augenblick wurden diese Nachrichten ausgewertet. Die meisten Männer der zerschlagenen Organisation befanden sich ebenfalls im Schiff und waren bereits in die Mannschaftslisten eingetragen und entsprechend maskiert worden, wobei sich die Maske fast ausschließlich auf leichte Korrekturen und auf veränderte Kleidung bezog.

Sämtliche Gleiter mit den echten Moritatoren waren ebenfalls wieder im Schiff, und das Volk in der Stadt und im näheren Umkreis wußte, daß heute abend im Großen Stadion eine Vorführung der Moritatoren stattfinden würde. Fernsehkameras hatten Gespräche mit Moritatoren aufgenommen – bisher waren sie noch nicht gesendet worden, wie die Bildauswertung der aufgefangenen Sendungen ergab.

Noch immer beherrschten die Aufrufe des Taschkars die Szene.

Unaufhörlich folgten die Kommentare einander, in denen die mächtige Persönlichkeit des Taschkars gelobt wurde.

Was würden die nächsten Minuten und Stunden bringen?

Cascal hatte eben seinen Kaffee ausgetrunken, als ein Bildschirm aufflammte und ein Mann, der in der Schleuse als Beobachter postiert worden war, in scharfem Tonfall fragte:

»Lavascha?«

Der Moritator drehte sich schnell herum und stellte sich vor den Schirm. Sie waren alle vom Warten sehr nervös.

»Was gibt es?«

»Der Ring der Agenten rückt langsam vor, und unsere Leute sind sehr energisch aufgefordert worden, ins Schiff hineinzugehen. Sie kommen jetzt gerade . . .«

Nach einer kleinen Pause, in der kommentarlos das Bild gesendet wurde:

»Und ein schwerer Gleiter kam soeben an. Zwei Männer steigen aus. Sie gehen auf die Rampe zu und kommen näher . . . mit schwerbewaffneter Eskorte. Sie . . . sie wollen Sie sprechen, Lavascha.«

Lavascha sagte laut, als er die Marsav-Leute sah:

»Sie sollen in die Zentrale kommen. Ich warte hier.«

Der Chef-Agent hörte die Worte, blieb kurz vor den Linsen stehen und versicherte:

»Keine Sorge, Lavascha. Ich weiß, wo ich Sie finde.«

Langsam füllte sich der Raum mit Astrogatoren, Funkern und Piloten. Einige andere Männer verteilten sich entlang der Wände, nahmen in den Sesseln Platz, und etwa in der Mitte des viereckigen Raumes erwarteten Lavascha, Cascal und Tuscalosa die Agenten.

Der Sektionschef der Geheimpolizei von Takera war ein großer, wuchtiger Mann mit einem zu kleinen Kopf. Er trug eine besonders dunkle Uniform mit silbernem Schmuck und eine Waffe mit weißen Griffen. Er hatte eine Hakennase und Augen, die wie die eines großen Raubvogels wirkten.

»Lavascha?« fragte er kurz.

Man hörte seiner Stimme an, daß er gewohnt war, Befehle zu geben.

»So ist es«, sagte der Moritator.

»Ich bin hier«, fuhr der Agent mit gelangweilter Stimme fort, »um Ihnen einen Beschluß des Taschkars mitzuteilen.«

»Ich höre.«

»Erstens: Die für heute abend geplante Vorführung Ihrer ›Ganjo-wird-kommen-Schau‹ entfällt. Das Stadion kann nicht freigegeben werden, das Volk hat sich mit großer Mehrheit gegen eine solche Vorführung ausgesprochen, die Sicherheitsbeamten befinden sich in Urlaub, und ohnehin ist Ihre Schau nicht im geringsten interessant.«

Ruhig entgegnete der Moritator:

»Das ist die schwächste Begründung, die ich für eine Absage in meinem ganzen Leben gehört habe. Und ich bin ziemlich alt.«

Der Marsav-Mann grinste.

»Man sieht's«, sagte er kalt. »Der Taschkar hat es nicht nötig, Verbote zu begründen. Dies *ist* ein Verbot. Verstehen Sie?«

»Ich denke schon.«

Niemand rührte sich. Sie alle begannen zu ahnen, daß die geringste Provokation tödlich sein würde. Die Agenten würden schonungslos schießen, und die Moritatoren – hauptsächlich die Terraner – würden sich wehren.

»Zweitens: Sie sind mit Ihrem Schiff binnen einer Stunde im Raum und entfernen sich mit hohen Beschleunigungswerten irgendwohin. Klar?«

»Auch klar«, sagte der Dröhnende. »Ich frage mich nur, weshalb der Taschkar unseren Versuch, seine Regierung zu bestätigen, unterbindet. Aber dies ist nicht mein Problem. Wann, sagten Sie, muß die LAVASZA starten?«

»Ich sagte es bereits. Innerhalb einer Stunde. Wenn möglich, gleich. Außerdem suchen wir rund dreißig Männer.«

Lavascha fragte entgeistert:

»Im Schiff?«
»Warum nicht?«
»Ich kann und werde mich nicht wehren«, sagte der Moritator gemessen. »Durchsuchen Sie das Schiff von oben nach unten.«
Cascal lächelte den Hakennasigen gewinnend an und fügte hinzu:
»Oder in umgekehrter Richtung, vielleicht. Wen, darf ich fragen, suchen Sie?«
Schweigend sah ihn der Takerer an, dann fragte er, den Kopf leicht schiefgelegt: »Wer ist dieser Spaßvogel, Lavascha?«
Cascal verbeugte sich und sagte leise:
»Erster Wahrheitssucher dieses Schiffes. Glauben Sie, daß ausgerechnet Moritatoren flüchtenden Verbrechern Ihres Planeten Schutz bieten?«
»Nein. So dumm könnten nicht einmal Moritatoren sein«, sagte der Sektionschef und drehte sich um.
Langsam und unter dem Schweigen sämtlicher Versammelter verließen die Marsav-Leute die Zentrale.
Dann gab Lavascha seine Befehle.

Perry Rhodan hatte bis zuletzt gezögert, aber als die Vasallen das Schleusenschott mit solcher Gewalt sprengten und zu Dutzenden eindrangen, hatte der Paladin keine Chance mehr, sie noch einmal aufzuhalten.
Rhodan befahl General Dephin zerknirscht, ihnen eine Öffnung in das Kuppeldach zu schießen.
Mit geradezu mathematischer Präzision und einer erstaunlich hohen Feuergeschwindigkeit schoß Paladin eine kreisförmige Spur von Löchern in die Kuppel. Er stanzte sozusagen im Verlauf von einigen Minuten eine Polkalotte aus einer Halbkugel heraus, und als letztes feuerte er mehrmals ins Zentrum des von Sprüngen zerrissenen Kreises.
Dann bog er seinen Körper wieder zurück.
Nach dem Donnern der Detonationen und der Abschüsse wirkte die folgende Stille doppelt intensiv. In dieser Stille war ein langanhaltendes Knistern zu hören, dann kamen die Aufschläge kleiner, glasähnlicher Trümmer auf den Hallenboden. Schließlich, nach einer langen Pause, krachte die gesamte Kalotte herunter. Ein ungeheures Klirren und Krachen erfüllte den Raum, gleichzeitig entleerte sich der gesamte Luftvorrat der Halle in den Weltraum.

Der Paladin gab noch ein paar Schüsse auf die Roboter ab, dann kam auch er in die Jacht.

»Los! Hinaus!« sagte Atlan.

Auf Ovarons Steuerpult erschien ein stechend rotes Licht, das nach vier Sekunden wieder erlosch.

Die äußere Schleusentür des Raumbootes war jetzt geschlossen.

Eine andere Lampe blinkte.

Dann befand sich der Paladin im Mittelgang.

»Ausgezeichnet«, sagte Atlan befriedigt und lehnte sich erschöpft zurück. »Endlich sind wir im freien Weltraum!«

»Noch nicht«, widersprach der Ganjo, richtete den nadelscharfen Bug des Schiffes auf das Zentrum der gezackten Öffnung im einstmals durchsichtigen Material der Kuppel, das jetzt durch Zehntausende von Sprüngen blind und undurchsichtig geworden war.

Ein kurzer Stoß erschütterte das Boot.

»Aber jetzt!« sagte Rhodan.

Mit aufheulenden Maschinen und unter Ausnutzung aller Beschleunigung, deren die Maschinen des Schiffes fähig waren, schoß die Raumjacht in das offene Weltall hinaus. Hinter ihr ergoß sich ein breiter Strom von wütenden Vasallen in die Kuppel, aus der alle Luft entwichen war.

Gucky atmete schnell ein und aus und fuhr sich über sein geschundenes Fell. Er sagte leise:

»Ich freue mich schon auf den Moment, an dem ich ruhig in meiner Kabine an Bord der MARCO POLO schlafen kann. Und dann werde ich wieder Roi ärgern können!«

»Schon gut«, meinte der Arkonide. »Träume weiter. Im Augenblick kannst du es dir leisten.«

Rhodan trank seinen Becher leer und orakelte: »Aber bis zum Ende dieses Weges ist es noch lange hin. Das klingt zwar ziemlich lakonisch und alltäglich, aber es ist so. Ovaron?«

Der Ganjase raste in einer weitgestreckten Kurve zwischen dem böse glühenden Planeten und dem künstlichen Mond dahin und steuerte senkrecht aus der Ekliptik heraus. Für sie alle war es wichtig, daß sie zuerst einmal einen genügend großen Sicherheitsabstand zwischen den Sammler, das System und dessen Gefahren legten.

»Was ist, Perry?«

Auch seine Stimme klang freier und selbstsicherer. Sie waren alle den Gefahren entronnen, die mit der Verhaftung durch den im Duell getöteten Taschkar angefangen hatten. Die kleine Crew kehrte mit sehr vielen wichtigen Informationen zurück – aber das Ziel war, wie Rhodan richtig bemerkt hatte, noch in weiter und dunkler Ferne.

»Haben Sie die Programmierung der Sicherheitsmaßnahmen eingeschaltet?«

Ovaron versicherte halblaut:

»Ich habe unsere Lebensversicherung, nämlich den Kennimpuls der herrscherlichen Jacht, vor genau acht Sekunden abstrahlen lassen.«

»In Ordnung!«

Acht Personen befanden sich in der Jacht, vorausgesetzt, man zählte Paladin als ein Individuum, was von den kleinen Siganesen empört als typisch terranisch, hochmütig und arrogant bezeichnet worden wäre. Tage voller tödlicher Abenteuer hatte sie zusammengeschmiedet.

Jeder hatte jedem geholfen.

Sie hatten geschwitzt und gehungert, hatten sich gegenseitig die Wunden verbunden, hatten gegen Durst, Vulkanismus und Dampfwolken gekämpft und gegen den tückischen Intellekt des Taschkars.

Hinter ihnen blieb der Planet zurück, sein düsteres Glühen wurde geringer, je weiter die Jacht in den Raum hinausraste. Natürlich waren ihre Triebwerke nicht mit denen eines terranischen Riesenschiffes zu vergleichen – sie waren nicht schlechter, aber naturgemäß schwächer. Es würde noch eine ganze Weile dauern, bis sie in den Linearraum gehen konnten.

Der Lordadmiral grinste Rhodan kalt an und fragte:

»Wetten wir, daß dein trefflicher Herr Sohn inzwischen ein Rettungsmanöver gestartet hat?«

Daran hatte Rhodan kaum gedacht, er hatte einfach keine Zeit und keine Ruhe dazu gehabt.

»Das ist nicht von der Hand zu weisen«, sagte er. »Wie steht es mit der Ortung, Ovaron?«

»Sie funktioniert ausgezeichnet, Perry. Sie zeigt an, daß das gesamte Sonnensystem, wie nicht anders zu erwarten, von Kriegsschiffen der Takerer förmlich wimmelt. Und einige von ihnen scheinen gerade auf uns aufmerksam geworden zu sein.«

Atlan kratzte sich im Nacken und überlegte. Er schien stille Zwiesprache mit seinem Extrasinn zu halten. Schließlich sagte er leise und unbehaglich:

»Der Taschkar ist tot, Perry. Vielleicht hat der Impuls, das Kennsignal, das uns freie Fahrt sichern soll, mit seinem Tod eine andere Bedeutung erlangt?«

Rhodan und Atlan sahen sich schweigend an.

Der Arkonide hatte recht. Sie befanden sich nicht mehr länger im Schutze dieses Impulses. Ab jetzt waren sie für jede bewaffnete Einheit dieses Planetensystems Freiwild . . .

33.

Zuerst war es nur ein tiefes, fast unterhalb der Hörschwelle liegendes Brummen, das die Zwerchfelle erschütterte.

Dann, wenige Minuten nach Beginn des tiefen Geräusches, begannen Gläser zu klirren und Wände zu vibrieren. Schreibstifte machten sich selbständig, rollten über anscheinend gerade Flächen und fielen zu Boden.

Eine Sirene heulte. Lampen und Lichtzeichen flammten auf. Die Raumbeleuchtung der Zentrale schaltete sich automatisch auf einen niedrigeren Wert. Sämtliche Schleusen des riesigen Pyramidenschiffes schlossen sich, und die Rampe wurde geräuschlos eingefahren.

»Klar bei Start in drei Minuten«, erklang die Meldung.

Überall rannten Moritatoren an ihre Plätze, schalteten ihre Instrumente ein und unterhielten sich mit der Zentrale. Die Sekunden vergingen, und die Antriebsaggregate der stählernen Pyramide kamen auf Hochtouren.

Dann setzten die Antigravtriebwerke ein.

Langsam stieß die LAVASZA hoch, verlor den Kontakt mit dem Boden und kletterte Meter um Meter in den sonnendurchglühten Himmel über dem Planeten. Unaufhörlich arbeitete die Funkabteilung und strahlte den Identifizierungsspruch hinaus, auf alle gebräuchlichen Wellen.

Joaquin Manuel Cascal saß neben Lavascha in der Zentrale.

»Es widerstrebt mir, Pessimismus zu verbreiten«, meinte er leichthin, »aber unsere Aktion war ein Schlag ins Wasser.«

Lavascha sah ihn ruhig an und schob dann eine Hand in den Ärmel der Jacke.

»Sie haben nicht recht«, widersprach er.

»Warum irre ich, Moritator?« fragte Cascal.

»Weil wir erstens einige unserer Leute aus der aufgeflogenen Untergrundbewegung gerettet haben«, entgegnete Lavascha. »Und weil wir wissen, daß – vorausgesetzt, die Informationen sind richtig – Ihr Perry Rhodan, zusammen mit dem vermutlichen Ganjo, für den Tod des Taschkars verantwortlich ist.«

Cascal rümpfte die Nase.

»Und das betrachten Sie als Erfolg?« wunderte er sich. »Bei einem solchen Ausgang einer Aktion würde selbst der optimistischste Terraner von einem heillosen Mißerfolg sprechen.«

Der Moritator sagte leise:

»Wir sind keine Terraner, Cascal!«

Das Schiff wurde im atmosphärischen Flug noch schneller. Noch immer heulte die Lufthülle um die vier dreieckigen Flanken und brach sich hinter der Abreißkante des Hecks. Die Landestützen waren eingezogen worden, die Teller im Schiffskörper verschwunden.

Lavascha wandte sich an den Piloten und sagte deutlich:

»Nehmen Sie bitte direkten Kurs auf den äußersten Planeten dieses Systems. Wir werden auf demselben Kurs abfliegen, auf dem wir gekommen sind.«

Das Raumschiff gewann schnell an Fahrt, und seine mächtigen Triebwerke stießen es in die Ebene der Ekliptik der vielen Planeten immer weiter in den Raum hinaus. Natürlich würden sie nicht den Fehler machen und geradewegs auf ihr Ziel Punkt Davis zufliegen, sondern wieder einen Zickzackkurs durch den Linearraum wählen.

Ein Mann aus der Ortung sagte:

»Lavascha – es sind inzwischen viele Schiffe dazugekommen. Tausende von Raumern bewegen sich auf langsamen Bahnen auf uns zu.«

»Der Taschkar hat es nicht gewagt, uns auf Takera festzuhalten«, beruhigte ihn Lavascha. »Er wird es auch nicht wagen, uns im System beschießen zu lassen.«

So war es auch.

Der Taschkar persönlich hatte die Wachflotte der Takerer benachrichtigt. Das Schiff LAVASZA hatte das Recht, ungehindert das System verlassen zu dürfen. Die riesigen Flottenverbände waren längst fest unter dem Kommando der Marsav; die wichtigen Stellen innerhalb der Flotte waren umbesetzt worden. Auch hier hatte der nackte Terror diktiert.

Pausenlos strahlten sie den Identifizierungsspruch ab.

Die Ringe der Schiffe öffneten sich, und in den Verbänden fanden Kursmanöver statt, die dem fremden Pyramidenschiff gestatteten, die Raumkugel zu verlassen. Diese Raumkugel wurde bestimmt durch den Durchmesser der Bahn des äußersten Planeten. Immer schneller raste das Schiff, noch immer im unterlichtschnellen Flug, durch die Verbände hindurch.

»Ich möchte wissen, was hier so schwer bewacht wird!« sagte Cascal. »Es hat den Anschein, daß außer den Flottenangehörigen und dem Taschkar jeder Cappin ein potentieller Attentäter ist. Hier gibt es jedenfalls für niemanden mehr ein Durchkommen.«

Die Mission war fehlgeschlagen. Cascal hatte sich vor Beginn dieses Fluges vorgestellt, daß er zusammen mit dem alten Moritator den Taschkar hätte zwingen können, die Gefangenen herauszugeben. Vielleicht wäre es auch zu einem Kampf gekommen, an dessen Ende Rhodans Befreiung und die anschließende Flucht aus dem System, in der Maske der Moritatoren, gestanden hätten.

Das alles war jetzt bedeutungslos geworden.

Sie würden zurückkehren zur MARCO POLO und berichten müssen, daß sie ein paar Gerüchte aufgeschnappt, sich einige Male in Lebensgefahr gebracht und einige Moritatoren gerettet hatten. Nicht mehr. Von Rhodan wußten sie nichts Genaues. Und das verzweifelte Warten würde weitergehen.

Cascal überlegte.

Falls es richtig war, daß Rhodans Leute den alten Taschkar getötet hatten, dann befanden sie sich noch hier im System oder zumindest in der unmittelbaren Nähe der Planeten. Befanden sie sich hier, dann bedeutete dies unzweifelhaft, daß sie noch lebten. Solange sie lebten, würden sie versuchen, sich zu wehren und zu entkommen. Konnte er sie dabei unterstützen?

Cascal fragte Tuscalosa:

»Meinen Sie nicht auch, LaGrange, daß ein Versuch besser als regungslose Untätigkeit ist?«

Tuscalosa grinste und erwiderte kurz:

»Sie machen wieder Scherze, ja?«

»Keineswegs«, sagte Cascal. »Keine Scherze. Wissen Sie, wo sich Lloyd befindet?«

Der breitschultrige Hüne nickte.

»Ortungsabteilung!« sagte er.

Cascal stand wortlos auf und ging quer durch die Zentrale. Lavascha schaute auf und rief ihm nach:

»Was wollen Sie tun, Cascal?«

Der Oberst antwortete ruhig:

»Ich will einen letzten Versuch starten. Keine Angst, er kostet weder Energie noch Menschenleben.«

Er verließ die Zentrale, auf deren Schirmen sich die fremden Sterne dieser Galaxis abzeichneten und einige nahe vorbeiziehende Schiffe der Takerer. Sekunden später befand er sich in der Ortungsabteilung und blieb vor dem Schirm stehen, an dem sich der Platz Fellmer Lloyds befand.

Cascal deutete auf die Schirmplatte und legte Lloyd leicht die Hand auf die Schulter.

»Trubel zwischen den Sternen?« fragte er leise und auf terranisch.

Lloyd deutete auf eine Ansammlung von Fernradarechos. Dies waren winzige Punkte, die wie leuchtende Mikroben durcheinanderschwirrten und sich langsam formierten. Es sah so aus, als hätten diese Schiffe etwas gesehen und schickten sich an, dieses Etwas zu verfolgen.

»Eine Jagd?«

»Möglicherweise«, sagte Lloyd. »Wir sind nicht nahe genug dran, um genaue Beobachtungen machen zu können. Es sieht so aus, als würden sich etwa dreihundert Schiffe in Marsch setzen, um ein Objekt, das ich nicht auf den Schirmen erkennen kann, zu verfolgen.«

Cascal sagte ruhig, als spräche er über das Wetter:

»Versuchen Sie, Fellmer, mit den Insassen dieses ›Objektes‹ telepathischen Kontakt aufzunehmen. Und wenn es zwei Stunden dauert. Ich übernehme inzwischen Ihren Job hier. Tun Sie mir den Gefallen?«

Lloyd nickte zustimmend.

»Ich habe schon seit der Ankunft auf diesem verwünschten Planeten versucht, Gucky zu entdecken. Telepathisch natürlich. Ich bekam nicht einmal die Spur eines Gedankens.«

»Versuchen Sie es trotzdem. Lassen Sie sich durch Mißerfolg nicht entmutigen.«

Lloyd zeigte seine Zähne und versicherte glaubwürdig: »Als ob sich jemals einer von uns durch Mißerfolge entmutigen ließe!«

»Keine großen Worte, Freund Lloyd!« bat Cascal und zog ihn aus dem Sessel. »Ich habe konkrete Ergebnisse viel lieber.«

»Sie Spaßvogel«, konterte Fellmer Lloyd, »ich auch!«

Er brauchte Ruhe, um sich konzentrieren zu können, und zog es vor, sich aus der geräuschvollen Ortungsabteilung zu entfernen.

Während der Mutant versuchte, die Gedanken der Insassen eines Raumschiffes auffangen zu können, das er nicht einmal auf den Ortungsschirmen hatte entdecken können, stürmte das Pyramidenschiff an den massierten Schiffsverbänden vorbei schräg in den Raum hinaus.

Die Ortungsabteilung merkte es zuerst.

Die Schiffe der Takerer schienen plötzlich dringende Befehle erhalten zu haben. Sie formierten sich um, und ständig verließen kleinere Schiffsgruppen ihren Kurs und wandten sich in rasender Fahrt jenem unbekannten Punkt weit außerhalb der Bahn des vierundzwanzigsten Planeten zu.

Es waren zuletzt mehr als eintausend Schiffe, die praktisch in die gleiche Richtung rasten wie die LAVASZA.

Die Spannung an Bord wuchs. Sollten sie schon jetzt einen Linearflug riskieren? Aber die Verfolgung galt nicht ihnen.

»Jetzt können Sie beweisen«, sagte der Arkonide grimmig, »wie gut die Ausbildung eines Ganjos ist!«

Er beugte sich vor und beobachtete die Kontrollen und die Schirme der automatischen Fernortung.

»Ich habe gelernt, wie ein Raumschiff zu fliegen ist«, konterte Ovaron und zog sämtliche Geschwindigkeitsregler bis ganz zum Anschlag durch. Die luxuriöse Raumjacht machte förmlich einen Sprung nach vorn.

»Damit werden wir, fürchte ich, nicht auskommen«, sagte Rhodan. Er hätte brennend gern die Steuerung der Jacht übernommen.

Die Flotte der Takerer oder wenigstens ein sehr großer Teil davon hatte sie entdeckt und machte Anstalten, eine großangelegte Verfolgungsjagd zu beginnen. Das war eine Gefahr, die für die kleine, nur durch Schirmfelder geringer Kapazität geschützte und unzulänglich bewaffnete Jacht tödlich werden konnte.

Atlans Vermutung war richtig gewesen: Der Kodeimpuls war vom inzwischen gestorbenen Taschkar programmiert worden. Zu einer Zeit, als dieser Mann noch lebte, wäre dieser bedingungslos als Passieraufforderung aufgefaßt worden. Aber der Taschkar war tot.

Der neue Herrscher hatte den Impuls aufgefangen und blitzschnell begriffen, was dort im Raum um den vierundzwanzigsten Planeten vorging. Die wichtigsten Gefangenen, die Takera je gesehen hatte, waren dabei, zu fliehen.

Ovaron sagte aufgeregt:

»Die Schiffe holen auf, Perry!«

Aufmerksam studierten sie die Anzeigen und den Geschwindigkeitsmesser. Noch war die Entfernung nicht kritisch; das Raumboot hatte noch eine echte Chance. Aber die Schiffe setzten bereits zu dem bekannten und gefürchteten Einkugelungs-Manöver an, indem sie versuchten, in einigen Angriffskeilen seitlich die Jacht zu überholen und sich weit vor ihr zu postieren.

Rhodan fragte mit rauher Stimme:

»Wann können wir in den Linearraum gehen?«

Ovaron überlegte und nannte dann eine Zahl, die sie erschreckte. Es dauerte noch lange – zu lange.

Der Taschkar, das wurde ihnen allen klar, ohne daß sie darüber sprachen, hatte der Wachflotte des Deep-Purple-Systems den Befehl erteilt, dieses Schiff zu stellen, zu verfolgen und auf alle Fälle abzuschießen.

»Was können wir tun?« fragte Atlan unruhig. Er überlegte sich bereits, welche Chancen er hatte, wenn er die Waffen dieses Schiffes einschaltete.

»Ausweichmanöver fliegen!« sagte Ovaron knapp.

»Tun Sie's!« bat Ras. »Ich käme gern heil aus dieser Zwickmühle heraus!«

»Das wollen wir alle«, stellte Ovaron fest. »Aber ich bringe die Maschinen nicht mehr auf höhere Touren.«

Die Raumjacht schlug jetzt einen Kurs ein, der einer lang ausgezogenen Schraubenlinie glich. Aber die einzelnen Kurven waren unterschiedlich groß. Die Finger des Ganjo lagen auf den Hebeln und Schaltern der Steuerung, und atemlose Stille herrschte in der Kabine, in der sich sämtliche acht Insassen des Bootes zusammendrängten.

»Dort vorn entsteht eine Lücke«, sagte Ovaron und deutete auf einen Schirm. Zum Teil waren die feindlichen Einheiten bereits auf gleicher Höhe, trotz des ziemlich großen Vorsprunges, den die Jacht herausgeflogen hatte.

Zum anderen Teil flogen sie in Form einer konkav gewölbten Linse hinter der Jacht her.

Aber noch nicht in Schußentfernung.

»Wenn sie die Initialdopplerkanone einsetzen, zerblasen sie uns in drei oder vier Minuten in Atome«, befürchtete Atlan. »Das ist ein schönes, schmerzloses Ende.«

Die ersten Schiffe rasten bereits an ihnen vorbei und gruppierten sich langsam zu der verderbenbringenden Kugelform, aus der es keine Fluchtmöglichkeit mehr gab.

»Sie eröffnen das Feuer!« schrie Ras Tschubai.

Die ersten Strahlen der Kanonen griffen nach der Jacht. Mitten im rasenden Flug zwang Ovaron das Schiff in eine steile Rechtskurve. Die kleine und wendige Jacht wurde auf ihren Hecktriebwerken herumgewirbelt, die Schwerkraftabsorber heulten auf, und der Kurs wurde um fast hundertzehn Grad geändert.

Mit rasender Geschwindigkeit und in einem dreidimensionalen Zickzackkurs flog das schnelle Boot rechtwinklig zur Flugrichtung der Verfolger und fegte durch eine Lücke zwischen den einzelnen Einheiten hindurch. Mehrere Schüsse, die man ihnen, schlecht gezielt, nachschickte, kreuzten sich im Schwarz des Raumes und gingen vorbei, ohne auch nur die Schutzschirme der Jacht zu berühren. Die gesamte Flotte änderte ihre Richtung; zwar wurden diese Manöver mit äußerster Schnelligkeit durchgeführt, aber die Schiffe besaßen mehr Masse, und die Richtungsänderungen dauerten einfach länger.

Ovaron bemerkte:

»Noch einmal knapp davongekommen. Aber es hat uns eine Menge Fahrtgeschwindigkeit gekostet!«

Während sich die Schiffe neu formierten und die Verfolgung wieder aufnahmen, leiteten die am nächsten fliegenden Takererschiffe den ersten konzentrierten Beschuß ein.

Zwanzig oder mehr Robotgeschütze richteten sich auf die Jacht und feuerten fast gleichzeitig.

Die Position der Gegner befand sich inzwischen hoch über der Ekliptik, in einem neunzig Grad messenden Winkel von der Bahn des vierundzwanzigsten Planeten, draußen im interstellaren Raum.

Die Strahlen der Kanonen zuckten durch das Dunkel, und als ob er es geahnt hätte, leitete Ovaron mehrmals eine Kursänderung ein. Dadurch, und durch eine Serie tollkühner Manöver, in denen das Schiff taumelte, wieder abgefangen und beschleunigt, herumgerissen und auf den Kopf gestellt wurde, entging es dem konzentrierten Feuer.

»Ausgezeichnet, Ganjo!« sagte der Arkonide. »Noch ein paar solcher Flugübungen, und der Flottenchef wird wahnsinnig.«

An der Stelle, an der sich das Boot eben noch befunden hatte, breitete sich ein riesiger Feuerball aus. Ovaron drehte die wendige Jacht herum, beschleunigte voll und raste dem aufholenden Schiffsverband entgegen, mitten durch die Glutwolke hindurch.

»Sie können uns im Augenblick nicht orten«, erklärte er und arbeitete schwitzend am Schaltpult.

Rhodan sah zu, wie die Schiffe nur wenige Kilometer entfernt an ihnen vorbeirasten und sie suchten – noch ahnten sie nichts von der neuen Position, aber es war nur eine Frage von Sekunden, bis sie sie wieder entdeckten.

»Achtung!« schrie Rhodan, als sie aus dem Gasnebel stiegen, dessen Partikel sich an den Schirmen des Schiffes brachen.

Genau vor ihnen tauchte ein takerisches Schiff auf, das sich auf Kollisionskurs befand. Nur noch wenige Kilometer trennten die aufeinander zurasenden Objekte voneinander.

Ovaron riß die Jacht aus dem Kurs, berechnete in einem Sekundenbruchteil seinen neuen Kurs und jagte so haarscharf an dem Takerer vorbei, daß die Flüchtenden auf den Bildschirmen die Projektoren und die offenen Geschützluken des feindlichen Schiffes sehen konnten. Einer der Schützen schien ebenfalls etwas gesehen zu haben – oder war es ein Reflex? – denn er betätigte den Auslöser.

Dicht vor dem Schiff tauchte ein Strahlbalken auf und durchschnitt das Dunkel.

»Meine Nerven!« schrie der Mausbiber fast hysterisch auf.

Die Jacht mit Ovaron am Steuer raste geradeaus weiter. In einigen Sekunden gewann sie ihre frühere Geschwindigkeit zurück und schickte sich an, in den Linearraum zu gehen.

Und plötzlich koordinierten einige Schiffsverbände ihre Aktionen. Sie rasten von allen Seiten herbei. Durch die tollkühnen Manöver hatten sie sich zerstreut und waren aus ihrem wohlgeplanten Kurs gekommen.

Jetzt schloß sich die Falle.

»Ras, Gucky?« sagte Rhodan keuchend.

Der Mausbiber sah ihn aufmerksam an.

»Ja?« fragte Tschubai.

»Wie fühlt ihr euch?« erkundigte sich Rhodan rasch.

»Versucht, einen Psi-Block zu bilden und nach Kontakten zu suchen. Vielleicht ist Roi in der Nähe oder ein von ihm geschicktes Kommando.«

Gucky nickte tapfer, und Ras bemerkte:

»Das hätte uns auch früher einfallen können.«

Sie blickten sich kurz an, faßten sich an den Händen, und Gucky schickte seine Gedanken hinaus in die Umgebung. Sie versanken im Schweigen eines Raumes, der nicht enträtselt werden konnte, und suchten darin, ob sie auf die Gedanken eines anderen Wesens stoßen würden, das in der Lage war, wiederum Guckys Ausstrahlungen wahrzunehmen und eine unsichtbare Verbindung zu knüpfen.

Bange Sekunden vergingen, dann keuchte Gucky:

»Fellmer ist in der Nähe!«

Er wußte, daß es um Sekundenbruchteile ging. Er raste in Gedanken jene unsichtbare Verbindung entlang und traf auf Fellmer Lloyd, der ihm sagte – auf lautlose, schnelle Weise, – daß er ihn ebenso dringend gesucht habe. Dann orientierte er sich über den Platz, den Lloyds Position in diesem unausmeßbaren Raum hatte, und raste die Verbindung zurück.

Fast automatisch handelten die Teleporter.

»Los!« rief der Ilt und griff nach Rhodan.

Gleichzeitig berührte Ras Tschubai den Arkoniden, und einen Sekundenbruchteil später waren sie verschwunden.

Eine Sekunde später.

Ras klammerte sich am Paladin fest, weil er gerade in seiner Nähe stand, und gleichzeitig griff Gucky nach Takvorian.

Wieder verschwanden sie.

Eine Sekunde verstrich.

Alles geschah lautlos, schnell und mit gespenstischer Aktivität. Merkosh stürzte nach vorn, weil er bemerkte, was sich abspielte, und stolperte beinahe über Tschubai. Sie verschwanden gemeinsam.

Gucky kreischte auf:

»Ovaron?«

Der Ganjo drehte sich um. Gucky sprang los und landete in seinen ausgestreckten Armen. Noch ehe Ovaron über die verlassene Kabine erschrecken konnte, fühlte er sich in eine vollständig veränderte Umgebung versetzt.

Die acht Personen rematerialisierten in der Zentrale der LAVASZA.

Genau in dem Augenblick, in dem Ovaron und der Ilt die Raumjacht verließen, gab der Kommandant der Wachflotte den Feuerbefehl.

Rund eintausend schwere Initialdopplerkanonen begannen fast synchron zu feuern.

Sie trafen.

Die Raumjacht verwandelte sich im Verlauf von weniger als zehn Sekunden in einen radioaktiven Feuerball, der aufglühte, sich vergrößerte und auseinanderzog wie ein Komet. Als der Feuerball dünner und das Gas diffuser wurde, suchten sämtliche Ortungsposten vergeblich nach der Raumjacht.

Von ihr existierten nur noch Atome, die langsam auseinanderdrifteten und den interstellaren Raum zu füllen begannen.

Die Vollzugsmeldung ging an den Taschkar.

Der Mann, in dessen Händen nun das Schicksal der Takerer und darüber hinaus das anderer Völkerschaften in der Galaxis Gruelfin lag, triumphierte.

Der Anführer der fremden Eindringlinge und seine merkwürdigen Partner waren ausgelöscht worden.

Die Jacht war vernichtet, mit allem, was sich in ihr befunden hatte.

Und: Der verhaßte Ganjo, jenes inkarnierte Hindernis für die Gesamtherrschaft über Gruelfin, war tot. Nicht mehr existent.

Nur die Moritatoren würden ihm noch einige Jahrhunderte lang nachtrauern und ihn dann vergessen. So wie alles einmal vergessen sein würde.

Einige Sekunden lang herrschte ein geradezu klassisches Durcheinander, dann richtete sich Joaquin Manuel Cascal zu seiner ganzen Größe auf und rief:

»Alles zurück! Das hier ist kein Ausflug! Unsere Freunde sind erschöpft!«

Langsam und zögernd, fast widerwillig, entfernten sich die wenigen Moritatoren und die Terraner bildeten einen Kreis um die acht Individuen, die da vor ihnen standen. Cascal stellte Rhodan und den Schiffsherrn einander vor, nachdem er die wichtigsten Informationen gegeben hatte.

Rhodan ging auf Lavascha zu, streckte die Hand aus und sagte:

»Wir alle danken Ihnen sehr, Lavascha.«

Lavascha nickte schweigend und erwiderte den überraschend festen Händedruck des schlanken, hageren Terraners in der zerfetzten und dreckigen Kleidung und der Waffe an der Seite.

Rhodan deutete auf Ovaron und sagte:

»Dies ist Ovaron, der erwartete Ganjo!«

Wieder nickte Lavascha der Dröhnende, der zu der kleinen Gruppe der Wissenden gehörte.

Er vergrub seine Hand in seinem langen Bart und spielte mit den dicken Strähnen. Er betrachtete nachdenklich schweigend und sehr, sehr genau die Gruppe, die vor ihm stand und sich ebenso konzentriert umsah. Eine Gruppe so ausgezehrter, übermüdeter und restlos erschöpfter Wesen war ihm noch niemals untergekommen. Er betrachtete den dünnen, gläsernen Merkosh, dessen Lippen sich nervös vorstülpten, und den riesigen Roboter, den er aber nicht als Maschine identifizieren konnte. Er blickte Ras Tschubai und das kleinere, pelzige Wesen genauer an.

Sie standen ruhig und mit hängenden Schultern da, aber trotz ihrer Erschöpfung hatten sie einen wachsamen Ausdruck in den Augen. Sie waren ganz anders als Moritatoren.

»Unser Ziel ist Punkt Davis«, sagte Cascal ruhig. »Und Sie alle sollten sich duschen und lange ausruhen. Dieses Schiff hat Erlaubnis bekommen, das System zu verlassen. Übrigens vom Taschkar persönlich.«

»Eine gute Idee, die wir gern befolgen«, meinte Rhodan. »Aber ich werde mit dem Ausruhen warten, bis wir im Linearraum in Sicherheit sind.«

Atlan fragte:

»Wo befindet sich das Schiff? Ich meine, wie ist seine genaue Position?«

Er sprach Gruelfin. Der Pilot drehte sich um, musterte den weißhaarigen, schlanken Arkoniden mit den scharfen Gesichtszügen und erwiderte:

»Wir befinden uns dreiunddreißigeinhalb Lichtminuten oberhalb der Ekliptik, in der Nähe der Bahn des neunundzwanzigsten Planeten dieses teuflischen Systems.«

Atlan wandte sich an Rhodan und schlug vor:

»Wir warten, bis das Schiff im Linearraum verschwunden ist. Einverstanden?«

»Ja«, sagte Rhodan. »Das gilt für dich, Ovaron und mich – die anderen . . . kümmern Sie sich um unsere Freunde, Cascal?«

Cascal grinste breit und sagte:

»Achtundvierzig verkleidete Terraner warten nur darauf, Ihnen helfen zu können.«

Er drehte sich um, deutete auf einige seiner Begleiter und ordnete an:

»Totale Regeneration, Männer. Behandelt sie wie rohe Eier, nur vorsichtiger. Die wichtigsten biologischen Funktionen: Essen, Waschen und Schlafen. Und vollkommene Ruhe, wenn ich bitten darf.«

Eine Gruppe begeisterter Terraner nahm den Mausbiber mit sich, eine andere kümmerte sich um Takvorian, die dritte schleppte Ras Tschubai ab und verließ mit ihm die Zentrale.

Harl Dephin sagte: »Sechs müde Siganesen brauchen einen ruhigen Platz. Wo finden wir ihn?«

Auch dem Paladin wurde ein ruhiger Raum zugewiesen. Die Siganesen in seinem Inneren hatten alles, was sie brauchten, mit sich.

Merkosh fand einige seiner Freunde von der MARCO POLO und ließ sich von ihnen wegbringen.

Rhodan, Atlan und Ovaron blieben zurück. Langsam leerte sich die Zentrale wieder, und auf den Schirmen sahen sie die Sterne und die fernen Konstellationen, und die leuchtenden Spuren eines dahinrasenden takerischen Schiffes. Rhodan setzte sich eben in den Sessel, den Cascal verlassen hatte, als ein Lautsprecher knackte.

»Lavascha! Hier ist die Funkabteilung!«

Der Moritator, der in der Zwischenzeit versucht hatte, den wahren Charakter des vermutlichen Ganjos zu erforschen, drehte sich hastig um, schaltete einen Bildschirm ein und blieb vor den Linsen und dem Mikrophon stehen.

»Hier bin ich«, sagte er.

»Wir erhalten eben einen Funkanruf von einer Gruppe aus fünf Raumschiffen.«

Lavascha fragte verwundert.

»Takerer?«

»Ja. Sie wollen, daß wir anhalten und ein Durchsuchungskommando an Bord gehen lassen, sonst drohen sie mit Beschuß.«

Lavascha drehte sich wieder um, schaute Rhodan und Ovaron an und sagte:

»Es ist eben berichtet worden, daß Ihr Schiff zerstört wurde. Kann es möglich sein, daß jemand merkte oder messen konnte, daß Sie durch diese erstaunliche Fähigkeit von Bord gebracht wurden?«

Ovaron antwortete schnell und sicher:

»Das ist unmöglich!«

Lavascha ging zum Funker.

»Sagen Sie ihnen, daß sie uns jederzeit durchsuchen könnten, wir haben nichts zu verbergen. Machen Sie aus, wo wir uns treffen und anhalten. Alles andere geht direkt über den Piloten!«

»Verstanden, Lavascha!«

Der Moritator sagte ernst:

»Wir haben schon einige Männer von Takera an Bord genommen, die wir maskieren mußten, damit sie in Sicherheit sind. Wir werden auch die Terraner und ihre Freunde verstecken.«

Fünf schwere Kriegsschiffe der Takerer fegten, aus der Ebene des neunundzwanzigsten Planeten kommend, auf die LAVASZA zu, die systematisch ihre hohe Fahrt verringerte und sich mit schwer arbeitenden Bremstriebwerken dem Treffpunkt der beiden Kurslinien näherte.

Cascal äußerte seine Bedenken.

»Das gibt Probleme. Rhodan, Ovaron, Ras und Atlan können in Moritatoren ›verwandelt‹ werden. Aber die anderen?«

Er spielte auf die Körperformen des Paladin, Takvorians, Guckys und des Gläsernen an.

Lavascha schüttelte den Kopf und ging bis zur Wandfläche der Zentrale.

»Die Zeit reicht nicht mehr«, sagte er kurz. »Auch die Männer müssen versteckt, nicht verwandelt werden.«

Er klappte ein Stück der Verkleidung weg, drückte auf zwei kleine Schalter und sah zu, wie sich im Boden vier Rechtecke zur Seite schoben. Im Boden der Zentrale, der mit einem weichen, federnden Material belegt war, entstanden vier sargähnliche Vertiefungen, die ebenfalls gepolstert waren.

Lavascha wandte sich an Rhodan:

»Sie müssen dort hinein. Es ist nicht sonderlich bequem, aber ziemlich sicher. Solange ich mit Takerern zu tun hatte, hat noch niemand die Zwischenböden der Decks kontrolliert. Und die LAVASZA hat schon eine Menge Kontrollen hinter sich.«

Rhodan, Atlan und Ovaron gingen auf die Vertiefungen zu und setzten sich an deren Ränder. Der Großadministrator fragte:

»Was unternehmen Sie, Lavascha, um meine Freunde zu verstecken?«

»Wir haben noch andere Möglichkeiten im Schiff.«

»Gut. Ich werde mich auf Sie verlassen«, sagte Rhodan.

Sie legten sich ausgestreckt in die Vertiefungen, und Tuscalosa sagte, bevor sich die Platten wieder schlossen:

»Nicht einschlafen, Sir! Und nicht schnarchen! Das ist zu auffällig.«

Rhodan grinste. Dieses Argument war nicht von der Hand zu weisen. Langsam schlossen sich die vier Öffnungen wieder, und die Fläche des Bodenbelags sah aus, als sei sie ununterbrochen.

Lavascha gab einige Anordnungen heraus, richtete seine Worte an einige Männer der Besatzung, und die fünf anderen Mitglieder des Teams wurden ebenfalls versteckt.

Paladin und seine Insassen wurden in einen anderen Raum gebracht. Dort klappte eine schwere Instrumentenwand nach vorn und gab einen Hohlraum frei, in den die siganesische Konstruktion gerade noch hineinpaßte. Dann wurden die Geräte aktiviert, und niemand würde hinter dieser Wand voller Skalen, Uhren und Schalter ein Versteck vermutet haben. Takvorian wurde in einem Speicher der Bordpositronik untergebracht.

Gucky und Ras Tschubai brachte man in die Magazine für die Nahrungsmittel des Schiffes. Auch Merkosh verschwand irgendwo in einem sicheren Versteck.

Dann warteten sie alle.

Die LAVASZA bremste die Geschwindigkeit weiter ab und trieb fast ohne Fahrt dahin, als die fünf Schiffe aufschlossen und die geringe Geschwindigkeit und den Kurs anglichen. Cascal, der in seinem Sessel wartete, beobachtete die Schirme.

Von den fünf Schiffen näherten sich langsam fünf Barkassen und strebten der Öffnung in einer der Flanken der LAVASZA zu.

Das Kommando der Takerer war einhundert Mann stark. Sie durchsuchten neunzig Minuten lang das Schiff von oben bis unten. Sie drangen sogar in die Magazine ein, und eine gefährliche Situation entstand, als Gucky sie kommen sah und hinwegteleportierte.

Dann, als die Besatzungen die Barkassen wieder bemannten, sprach Lavascha mit dem Anführer des Suchkommandos.

»Warum ist die LAVASZA durchsucht worden? Wen haben Sie eigentlich verfolgt?«

»Unerwünschte Gäste«, sagte der Takerer.

Beide Männer fixierten sich, ohne ihre offenkundige Feindschaft durch Worte auszudrücken. Dann grüßte der takerische Kommandant lässig und sagte:

»Sie können das System verlassen, Moritator.«

Als die Barkassen abgelegt hatten, nahm die LAVASZA wieder Geschwindigkeit auf und raste davon. Sie brauchte nur Stunden bis zum Punkt Davis. Rhodan und seine Leute verließen ihre Verstecke und wachten erst wieder auf, als die LAVASZA mit der MARCO POLO eine Serie von Funksprüchen wechselte und längsseits ging, um auf dem gleichen Kurs bleiben zu können.

Das Abenteuer auf Takera und im Sammler schien beendet zu sein.

Sie befanden sich im Beiboot, das sich langsam durch den Raum bewegte. Wieder war das grelle Leuchten einer Sonne beherrschend, sämtliche Filter waren vorgeschaltet, als die ersten zehn Terraner von der LAVASZA hinüber zur MARCO POLO gebracht wurden.

Rhodan sah, wie die riesige geschwungene Bordwand der MARCO POLO näher kam und wie sich in ihr eine Hangarschleuse aufschob. Das Licht dahinter war für ihn wie eine Art Begrüßung.

Sie standen noch alle im Bann ihrer Erschöpfung und würden einige Tage brauchen, um wieder normal zu reagieren. Jetzt sprachen sie leise und angestrengt, noch litten sie unter Schlafmangel, aber die

Nähe des Schiffes schien ihnen einen Teil ihrer Kräfte wiedergegeben zu haben.

Das Beiboot bremste ab, bevor es in die Schleuse hineinschwebte.

Plötzlich sagte Ovaron erschrocken:

»Perry, mein Armbandgerät spricht an!«

Mit einem Satz war Rhodan an seiner Seite und auf einem winzigen Bildschirm, der sichtbar geworden war, zeichneten sich wirre Kurven ab.

Ovaron deutete auf die oszillographischen Schwingungen und hörte die eigentümlichen Lautzeichen aus dem kleinen Lautsprecher. Er flüsterte:

»Sextadimsignale.«

Rhodan versuchte, den Rhythmus zu entschlüsseln.

»Sieht so aus wie jene Signale, die Sie in der unterseeischen Stadt aufgefangen haben, Ganjo!« rief er aufgeregt.

»Genau. Dieselben!«

Sie betrachteten einige Sekunden lang den Schirm.

Ovaron wurde aufgeregter, je länger er das Signal empfing. Irgendwo auf der Sextadimebene geschah etwas, das sehr viel bedeuten konnte. Was aber war das? Die Signale verstummten genau in dem Augenblick, als der Schirm der MARCO POLO aufriß und das Beiboot sich rückwärts in die hellerleuchtete Schleuse hineinbugsierte.

Als das Team im Schleusenvorraum stand, rannte Roi Danton auf sie zu und begrüßte sie mit deutlich sichtbarer Erleichterung.

»Entschuldigt«, sagte er, »aber als ihr gerade eingeschleust wurdet, hatte unsere Ortungsabteilung Hochbetrieb. Sextadimsignale und Ausschlag der Hyperortungsgeräte.«

Rhodan wirbelte herum und faßte Roi an den Schultern, dann fragte er drängend:

»Wo?«

»Im Deep-Purple-System!«

»Habt ihr genaue Ortungsergebnisse?«

»Natürlich«, sagte Roi. »Ihr könnt oben die Aufzeichnungen einsehen.«

Ovaron und Rhodan lösten sich aus der Gruppe und stürmten in die Ortungszentrale. Auch dort wurden sie begeistert begrüßt und sahen sofort die Meßergebnisse durch.

Die Hyperortungsgeräte hatten auf der Kreisbahn des vierundzwanzigsten Planeten, also der Riesenwelt Tschukmar, eine ungeheure, große Explosion festgestellt.

Die Detonation hatte den Hyperraum erschüttert.

Und noch während Rhodan und Ovaron zusammen mit den Sektionsleitern die Unterlagen auswerteten, stellten sie fest, daß der sogenannte Sammler sich offensichtlich selbst vernichtet hatte.

»Niemand weiß, woher dieses Signal kommt«, sagte Rhodan nachdenklich und sah sich um. Es war gut, wieder hier zu sein.

»Und anschließend«, fuhr Ovaron fort, »hat sich der Sammler aufgelöst. Was ist daraus zu schließen, Freund Rhodan?«

Rhodan hob den Kopf und sagte:

»Irgendwo in dieser Galaxis muß es eine zentrale Station geben. Sie hat diese eigentümlichen Vernichtungssignale abgestrahlt.«

Er überlegte.

Vermutlich war der Sammler von seinen Robotmaschinen repariert und somit wieder positronisch »normal« geworden.

Das hatte zur Folge gehabt, daß er einen Lagebericht abgestrahlt hatte.

Dieser Bericht, der sicher auch etwas über die Anwesenheit einer Gruppe merkwürdiger Individuen aussagte, schien der Zentrale aber entweder zu gefährlich oder zu verworren gewesen zu sein, also ging sie den Weg des geringsten Risikos und beseitigte durch Selbstzerstörung diesen Unruheherd. Das war die Detonation gewesen.

Ovaron schloß nachdenklich:

»Also ist durch einen solchen Sextadimimpuls mit dem Sammler das gleiche passiert wie vorher mit den verrückten Vasallen der unterirdischen Stadt.«

»Das war es«, sagte Rhodan. »Heute haben wir den vierzehnten März – eine lange Zeit der Abwesenheit.«

Cascal, der eingetreten war, sagte leise:

»Eine längere Zeit der Abwesenheit von Terra und dem Solsystem, Sir. Sie alle sollten sich einige Tage lang ausruhen. Niemand hat etwas von einem nervösen, erschöpften und überreizten Chef.«

Rhodan lächelte nur und schloß:

»Damit haben Sie natürlich recht, Cascal. Aber das ist ein Problem, das wir lösen müssen.« Sie hatten die Ruhe wirklich verdient.

Die Rückkehrer vernichteten die unbrauchbar gewordene Kleidung, ließen sich von den Robotern massieren und schliefen lange. In diesen Stunden umkreisten die stählerne Pyramide und die riesige Kugel die kleine Sonne Punkt Davis. Vorläufig waren alle Beteiligten in Sicherheit. Die Zeit der hektischen Abenteuer war vorbei, aber eine Prognose war unmöglich.

Eine andere Zeit brach an – die der phantastischen Entdeckungen und Enthüllungen, von denen selbst Ovaron nicht zu träumen gewagt hätte . . .

ENDE

Perry Rhodan-Buch Nr. 52

Exil im Hyperraum

erscheint im September 1995

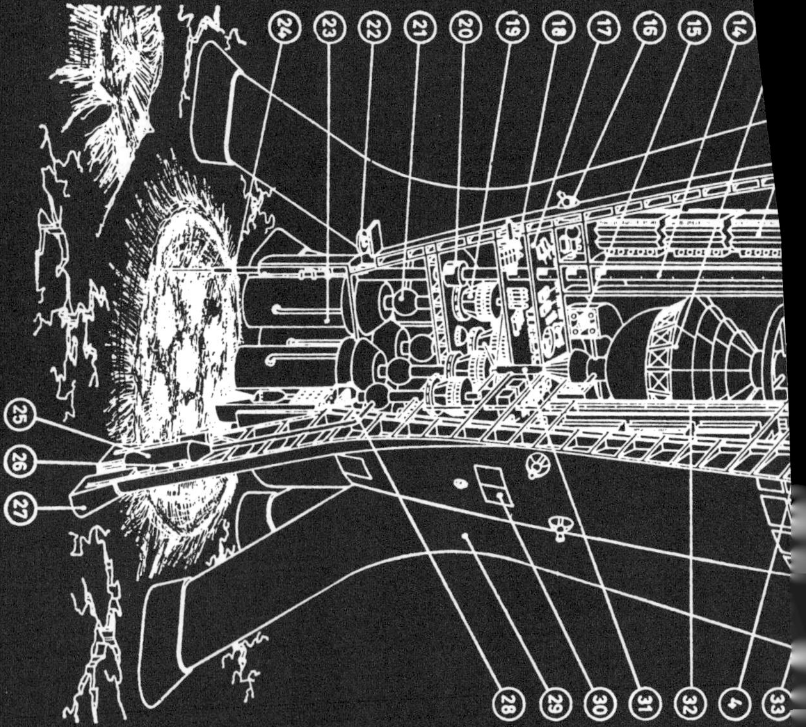

14. Lastenantigravschacht (3 Stück)
15. Energieumwandler für Lineartriebwerk
16. Leichte Desintegratorgeschütze (12 Stück)
17. Laderaum mit Flugpanzern und Kampfroboterdivisionen
18. Raketenabschußröhren (6 Stück) mit je 100 Raketen
19. Hochleistungs-Fusionsreaktoren
20. Sicherheitsschleuse für Lastenantigravschächte
21. Energieverteiler für Haupt- und Steuertriebwerke mit eingebauter Überlastungssicherung
22. Schleuse mit Lastenantigravheber
23. Hauptimpulstriebwerke (insg samt 7 Stück)
24. Teleskopartiger, ausfahrbar Personenantigravlift
25. Steuer- und Korrekturtrie werk
26. Landebeinhydraulik
27. Federnde Landefüße (6 Stüc mit einer Gesamtauflag fläche von je 25,2 qm
28. Energiezuleitungen für Steu triebwerke
29. Atmosphärenflugstabilisierungsflossen mit Versteifun rippen, die sich nach unten Landebeine verbreitern
30. Lastenschleuse
31. Energiezuleitung zum Li triebwerk